Thunder and Roses

by Mary Jo putney

Thunder and Roses

바람꽃

메리 조 푸트니 • 주숙연 옮김

현대문화센타

프롤로그

1791년, 웨일스

겨울안개가 영지를 둘러싼 벽을 타고 훨훨 기어오르는 듯 자욱하게 일었다. 마치 삶의 무상함을 나타내기라도 하듯 안개 사이로 희미하게 펼쳐진 정경 가운데, 낯선 침입자들이 살그머니 담을 타고 넘어와 정성스럽게 가꾸어진 뜰을 가로지르고 있었다.

니키가 조용히 속삭여 물었다.

「여기서 닭을 훔칠 거예요, 엄마?」

아이의 엄마인 마르터는 고개를 저었다.

「닭보다 더 중요한 일이야.」

말을 하려니 기침이 나와, 그녀는 야윈 몸을 떨며 몸을 오므렸다. 불안하고 걱정되는 마음으로 니키는 엄마의 팔을 붙들었다. 담장 아래에서 한뎃잠을 잔 탓에 그녀의 기침은 한층 심해졌고, 더구나 그 전부터 거의 아무 것도 먹은 것이 없었다. 니키는 식량과 따뜻한 불과 친구들이 있는 집시족 '꿈빼니아'로 하루빨리 돌아가고 싶었다.

마르터는 창백하지만 결연함이 서린 얼굴로 몸을 일으키고는 계속 걸어갔다. 스산한 겨울풍경 속에 색을 가진 것이라고는 그녀가 두른 화려한 보랏빛 치마뿐이었다.

마침내 모자는 나무숲을 빠져나와, 넓게 뻗은 석조건물 주위에 무성하게 펼쳐진 잔디밭에 발을 디뎠다.

입이 쩍 벌어진 니키가 물었다.

「여긴 높은 사람이 사나봐요?」

「그래, 잘 봐둬라. 언젠가는 네 집이 될 거니까.」

니키는 묘한 기분들이 뒤섞이는 것을 느끼며 저택을 응시했다. 놀라움, 흥분, 의혹, 그리고 결국은 경멸감.

「집시들은 하늘을 가리는 돌집 따위에서는 살지 않아요.」

「하지만 너는 디디코이스, 혼혈이야. 이런 곳에서 사는 게 마땅해.」

어안이 벙벙해진 채, 아이는 엄마를 쳐다보았다.

「아니에요! 난 태코우 랫, 순수 집시 혈통이에요. 고르조우(Gorgio, 집시 아닌 사람을 칭하는 집시 용어)가 아니라구요.」

「네 피에는 집시의 피와 고르조우의 피가 섞여 있어.」

한숨과 함께 마르터의 아름다운 얼굴이 일그러졌다.

「집시로 자라기는 했다만, 넌 앞으로 고르조우로 살아가야 해.」

니키가 반박하려 했지만, 느닷없이 들려온 말발굽소리에 마르터는 재빨리 아들의 입을 손으로 봉했다. 관목 덤불에 몸을 숨긴 채, 마르터와 니키는 말을 타고 달려와서 집 앞에 멈춰 서는 두 사람의 거동을 숨죽여 지켜보았다. 키가 큰 사람이 말에서 내리더니 같이 온 자에게 말을 맡겨두고 넓은 계단을 기운차게 올라갔다.

「근사한 말이다.」

니키가 부러운 듯 조용히 뇌까렸다.

「맞아, 저 사람이 분명 애버데어 백작일 거야. 켄릭이 말한 것과 똑같이 생겼어.」

마르터가 혼잣말처럼 중얼거렸다.

키 큰 사람이 안으로 들어가고 마부가 말을 끌고 사라질 때까지 기다린 후에 마르터는 니키에게 신호를 보냈다. 모자(母子)는 재빠르게 잔디를 가로질러 계단 위로 올라섰다.

빛나는 황동 문고리는 용 모양으로 만들어져 있었다. 니키는 만져보고 싶었지만 키가 닿지 않았다. 문을 두드리는 대신 마르터는 문손잡이를 잡고 돌려봤다. 쉽게 문이 열렸다. 그녀가 먼저 안으로 들어가고, 니키는 뒤꿈치를 들고 따라 들어갔다. 집시 꿈빠니아 전체가 들어와도 남을 만큼 공간이 넉넉한 대리석 거실을 본 아이는 눈이 휘둥그레졌다.

정교한 제복 차림의 하인이 눈에 들어왔다. 한순간 놀라는 듯하던 하인은 곧 조롱하는 표정으로 고함을 질렀다.

「집시들이잖아!」

다른 하인들을 부르려고 그가 종을 당겼다.

「당장에 나가! 오 분 안에 꺼지지 않으면 치안판사의 손에 넘길 줄 알아라.」

마르터는 니키의 손을 꽉 붙잡았다.

「우린 백작을 만나러왔어. 그분한테 보여드려야 할 것이 있단 말이야.」

「뭐, 훔친 물건을 보여드리려고?」

하인이 비아냥거리며 말했다.

「백작님 근처에는 가보지도 못한 것이! 썩 물러가.」

「안 돼! 난 그분을 꼭 만나야 해.」

「말도 안 되는 소리만 지껄이는군.」

하인이 위협하며 앞으로 나왔다. 마르터는 가만히 지켜보다가 접근해온 그의 옆구리를 공격했다. 욕지거리를 내뱉으면서 침입자를 잡아채려던 하인의 몸짓이 무력한 헛손질에 그치고 말았고, 바로 그때 세 명의 다른 하인이 벨소리를 듣고 달려왔다.

마르터는 잔뜩 억지 인상을 써 보이면서 상대를 위협했다.

「난 백작을 만나야만 해. 누구든 날 막는 놈은 가만두지 않을 거야.」

순간 하인들은 주춤거리다가 걸음을 멈추었다. 니키는 하마터면 큰 소리로 웃음을 터뜨릴 뻔했다. 한낱 연약한 집시 여자에 불과한 엄마 앞에서 고르조우 남자들이 어쩔 줄을 몰라 쩔쩔매고 있는 것이었다. 니키는 엄마가 자랑스러웠다. 세치 혀로 몇 마디 휘두르는 것만으로 그런 위력을 발휘할 수 있는 집시 여인이 또 있을까!

마르터는 아들의 손을 꼭 잡고 뒷걸음질쳐 집안으로 더 깊이 들어갔다. 하인들이 미처 정신을 수습하기도 전에 굵은 목소리가 들려왔다.

「대체 웬 소란들인 게야?」

키가 크고 사뭇 도도해 보이는 백작이 성큼성큼 홀 안으로 걸어왔다. 마르터 모자를 보는 순간 백작의 인상이 일그러졌다.

「집시들이군. 누가 이런 더러운 것들을 안으로 들여놓았나?」

마르터는 거두절미하고 본론으로 들어갔다.

「당신 손자를 데려왔어요, 애버데어 백작. 켄릭의 아들이죠. 앞으로 백작께서 보실 유일한 손자이기도 하고.」

홀 안은 물을 끼얹은 것처럼 조용해졌고 충격을 받은 듯한 백작의 시선은 니키 쪽으로 옮아갔다.

마르터가 말을 이었다.

「내 말을 못 믿으시겠다면…….」

잠시 혼란스러운 순간이 지나고 백작이 입을 열었다.

「이 구역질나는 녀석의 얼굴에 켄릭의 아들이라고 씌어 있으니 사실을 부정할 수는 없겠군.」

그는, 집시 아닌 남자들이 종종 집시여자들을 바라보는 자극적이고 음탕한 시선으로 마르터를 바라보았다.

「내 아들이 왜 너 같은 여자하고 동침을 했는지 알만 하군. 하지만 난 집시 사생아 따위는 관심 없어.」

「내 아들은 사생아가 아니에요.」

마르터는 품속에서 꼬깃꼬깃 접힌 두 장의 때묻은 종이를 꺼냈다.

「문서를 중히 여기는 당신네 고르조우들의 관습 덕분에 이렇게 결혼증명서와 니키의 출생증명서를 간직하게 되었죠.」

성급하게 문서들을 훑어보고 나더니 애버데어 백작은 뻣뻣하게 몸이 굳어버렸다.

「내 아들이 너와 결혼을 했다고?」

「그래요, 결혼했어요.」

마르터는 아주 자랑스럽다는 투로 대꾸했다.

「집식족 예식도 치르고 고르조우의 교회에서도 식을 올렸죠. 아드님의 결혼 사실을 다행스럽게 여겨야 할 겁니다. 이제야 백작께서도 대를 이을 수 있게 되었으니까 말이죠. 다른 아드님들은 이미 모두 죽어버렸으니 달리 손자를 기대할 수는 없잖아요, 안 그런가요?」

「대단하군. 그래, 저놈을 주는 대가로 얼마를 원하지? 오십 파운드면 되겠나?」

야비한 표정으로 백작이 말했다. 니키는 그 순간 분노로 타오르는 엄마의 눈동자를 목격했다. 하지만 그녀의 얼굴은 다시 교활하게 바뀌었다.

「금화 백 기니.」

백작은 조끼주머니에서 열쇠를 끄집어내어 가장 나이 든 하인에게 건네었다.

「금고에서 금화를 꺼내오게.」

니키는 한바탕 큰 소리로 웃어제끼고는 집시 언어로 말했다.

「최고로 멋진 작전이에요, 엄마. 저 멍청한 고르조우를 속여서 날 자기 손자라고 믿게 하고 뭐든 얻어내려는 거죠. 게다가 저 멍청한 영감은 금화까지 넙죽 내주려고 하잖아요. 내년까지 실컷 배불리 먹을 수 있겠어요. 오늘밤에 어디로 도망가면 돼요? 엄마랑 내가 담장을 넘곤 했던 그 늙은 오크나무에서 만날까요?」

마르터는 고개를 저으며 같은 집시 언어로 말했다.

「넌 도망가면 안 돼, 니키. 백작은 정말로 네 할아버지야. 그리고 이제 네 집은 여기다.」

그녀는 아들의 머리를 짧게 쓰다듬었다. 지금 들은 말만 가지고는 무슨 뜻인지 도무지 가늠이 되지 않아, 니키는 엄마 입에서 뭔가 더 설명이 나오려니 생각했다.

하인이 돌아와서 마르터에게 짤랑거리는 가죽 돈 자루를 건네주었다. 마르터는 노련한 눈썰미로 내용물을 가늠해보고는 치마를 걷어올려 속치마 안주머니에 자루를 집어넣었다. 니키에게는 엄마의 그런 행동이 충격적이었다. 이 고르조우들은 그녀가 자기들 앞에서 덥석덥석 치마를 들어올려 은근히 자기네들을 멸시하는 뜻을 비치는 것을 모르는 걸까? 하지만 그들은 전혀 그런 것을 안중에 두고 있지도 않았다.

마르터는 니키에게 마지막 눈길을 던졌다. 사뭇 거친 눈빛이었다.

「우리 아들한테 잘해줘요, 영감. 안 그러면 죽어서도 당신을 저주할 테니까. 내 말이 거짓이라면 오늘밤 죽어도 좋아.」

그 말을 끝으로 마르터는 돌아서서 치마를 휘날리며 반들반들 윤이 나는 마루바닥을 가로질러 갔다. 하인 하나가 문을 열어주었다. 마르터는 마치 공주처럼 다소곳이 머리를 숙이고는 밖으로 걸어나갔다. 니키는 갑자기 무서운 생각이 솟구치면서, 엄마가 정말로 자길 혼자 두고 떠나고 있다는 것을 깨달았다. 부르짖으며 니키는 엄마를 뒤좇아갔다.

「엄마, 엄마!」

아이가 미처 문 앞에 닿기도 전에 눈앞에서 속절없이 문이 닫혀버렸다. 니키는 문손잡이에 동동 매달렸고 마부는 아이의 허리를 붙들었다. 니키는 무릎으로 마부의 배를 걷어차고는, 새파랗게 질린 그의 얼굴을 할퀴었다. 다른 하인들이 가세하여 아이를 붙들어 맸지만, 니키는 그 와중에도 계속 발버둥을 치며 악악 소리를 질러댔다.

「난 집시야. 이런 흉측한 집에서는 절대로 살지 않을 거야.」

백작은 니키의 경거망동을 지켜보며 잔뜩 인상을 일그러뜨리고 있었다. 집시의 피를 물려받은 족속들은 다들 저 따위라니까. 켄릭 역시 지어미의 지나친 보살핌 때문에 제멋대로인데다 거칠기 그지없었으니까. 백작부인을 졸지에 산송장 신세로 전락시켜버린 것이 바로 그 아들,

켄릭의 사망소식이었다.

「저 아이를 데려가서 깨끗하게 씻겨라. 넝마주이 옷들은 말끔히 소각시켜버리고 맞는 옷을 찾아 입혀.」

모질게 뱉어내는 백작의 명에, 하인 두 명이 달라붙어 니키를 단단히 붙들었다. 하인들은 발버둥치며 엄마를 부르짖는 아이를 위층으로 끌고 올라갔다.

백작은 얼굴을 찡그리며, 니키가 자신의 유일한 혈육이라는 사실을 입증해주고 있는 때문은 그 서류를 다시 묵묵히 들여다보았다. 출생서류에 적혀 있는 아이의 이름은 니컬러스 켄릭 데이비즈였다. 그 아이가 백작의 혈족이라는 것은 의심의 여지가 없었다. 얼굴이 검다는 것만 제외하면, 켄릭의 어릴 적 모습을 빼 박은 듯했다.

하지만 집시가 웬 말인가! 거무스름하고 이방인의 외모를 지닌, 검은 눈의 집시. 그 더럽고 상스러운 놈이 애버데어의 후손이라니!

백작도 한때는 간절하게 손자를 원했지만 그 소망이 이런 식으로 이루어지리라고는 상상도 못했었다. 설사 병든 백작부인을 저 세상으로 먼저 보내고 재혼을 하여 아들들을 얻는다손 쳐도 저 집시 녀석이 그 아이들을 밀어내고 상속자의 자리에 앉을 터였다.

만약 백작이 재혼을 하여 아들을 더 두었더라면 무슨 일이 일어났을지 모를 일이었다. 거기에 생각이 미치자 서류를 들고 있던 백작의 손에 불끈 힘이 들어갔다. 어쨌든 이제 저 아이를 최고로 키워야 한다. 마을 감리교 목사인 모건에게 니컬러스를 맡겨 글과 예절을 비롯해서 정규학교에 들어가기 전에 필요한 제반 기초지식을 가르치게 해야 하리라. 백작은 발길을 돌렸다.

「엄마! 엄마아! 엄마아!」

애버데어 저택의 홀 안 가득 구슬프게 울려 퍼지는, 니키의 분노에 찬 울부짖음을 뒤로 한 채 백작은 문을 쾅 닫고 서재로 들어갔다.

1

1814년 3월, 웨일스

사람들은 그를 악마 백작, 혹은 때때로, 올드 닉이라고도 불렀다. 넌 할아버지의 젊은 부인을 농락하여 할아버지를 심장마비로 숨지게 만들고, 자기 신부의 명까지 재촉시킨 장본인이잖아. 나지막한 목소리가 그렇게 속삭이고 있었다.

사람들은 그를 두고, 무슨 짓이든 할 수 있는 인간이라고 했다.

클레어 모건의 시선은, 마치 지옥불에 쫓기는 사람처럼 미친 듯이 언덕 아래로 말을 타고 내달리는 남자의 모습을 바지런히 좇고 있었다. 니컬러스 데이비즈, 애버데어 가문의 집시 백작. 그가 사 년이라는 긴 세월을 흘려보낸 끝에 마침내 집으로 돌아온 것이었다. 이제 아주 집에 눌러 앉을지도 모르지만, 내일 다시 훌쩍 떠나버릴 수도 있는 일이었다. 클레어는 속히 행동에 나서야 했다.

하지만 나무숲에 숨어 지켜보고 있는 자신의 모습을 들킬 염려는 없겠다는 생각으로, 그녀는 조금 더 그를 지켜보았다. 목에 두른 주홍색 스카프를 제외하면 온통 검은색 일색으로 차려입은 니컬러스는 안장도 없이 묘기를 부리는 듯 멋진 솜씨로 말을 다루고 있었다. 거리가 멀어 얼굴은 잘 볼 수 없었다. 과연 그는 변했을까. 하지만 잠시 생각을 해 보니 클레어가 진정으로 걱정해야 할 것은 니컬러스의 변화 여부가 아니라, 과연 얼마나 변했을까 하는 것이었다. 그를 몰아냈던 당시 극단적인 사건의 진상이 무엇이었든 간에 그때의 일은 이제 그만 잊혀져가야 했다.

니컬러스는 그녀를 기억할까? 아마 기억하지 못할 것이다. 그녀와는 고작 몇 번 만났을 뿐이고, 그때 클레어는 어린아이였다. 니컬러스는 트레거 자작인데다가 클레어보다 네 살이 많았다. 나이가 좀 들었다 하는 아이들은 어린아이에게 관심을 갖는 경우가 별로 없었다. 하지만 반대의 경우에는 꼭 그렇지만도 않았다.

클레어는 펜리스로 되돌아 걸어오면서 다시 한 번 곰곰이 생각했다. 어떻게든 그녀를 도울 수 있게 악마 백작을 설득해야 한다. 그것은 클레어가 아니면 할 수 없는 일이었다.

말을 타고 광풍처럼 영지를 질주하는 동안 니컬러스는 그 속도감을 만끽하며 숨이 막힐 것만 같았다. 하지만 숨막히는 환희도 승마를 끝내고 집으로 돌아오는 순간이면 끝이 나버렸다.

타지에서 지내는 동안 니컬러스는 종종 애버데어에 대한 꿈을 꾸며, 과연 그곳으로 돌아가 무엇을 만나게 될까 하는 갈망과 두려움 사이에서 괴로워했다. 돌아오고 난 직후의 스물 네 시간은 무엇이 그토록 두려웠던 것인지를 비로소 알게 해주었다. 사 년간의 도피생활이 과거의 기억을 모두 거두어갈지도 모른다는 것은 어리석은 기대였다. 저택의 방방마다, 골짜기 구석구석마다 옛 기억을 붙들고 있었다. 행복했던 기억들도 있었지만 그것들은 최근의 사건들에 묻혀버렸고, 니컬러스가 한때 사랑했던 것들은 퇴색되어 있었다. 아마도 혐오스러운 손자가 앞으로 다시는 이곳에서 행복을 느끼지 못하게 하려고, 노백작이 숨을 거두기 직전의 격한 순간에 이 골짜기에 저주를 퍼부었는지도 모를 일이었다.

니컬러스는 침실 창문으로 걸어가 밖을 내다보았다. 골짜기는 전과 다름없이 아름다웠다. 야생의 상태 그대로인 언덕들, 그리고 그 발치에 펼쳐진 푸른 경작지들, 모두가 아름다웠다.

봄날의 고운 초록이 제 빛깔을 발하기 시작하고 있었다. 곧 수선화들이 꽃을 피우겠지. 어린 시절, 니컬러스는 정원사를 도와 나무의 구근들을 함께 심곤 했는데, 그럴 때면 늘 흙투성이가 되곤 했다. 조부는 그런 손자의 행동거지를 천한 피가 흐르고 있음을 보여주는 증거라 하여 업신여겼다.

니컬러스는 계곡을 낮게 드리우고 있는 황폐해진 성을 올려다보았다. 그 육중한 성벽은 수세기 동안 데이비즈 가문의 요새이자 안식처 구실을 해왔고, 태평세월이 계속되자 니컬러스의 고조부는 영국 제일의 부호 가문에 어울릴 만한 대저택을 지은 것이었다.

장점이 많은 저택이었지만, 침실이 많다는 점이 무엇보다 좋았다. 니컬러스가 예전에 감사히 여긴 것이 바로 그 점이었다. 조부의 화려한 방을 사용할 생각은 추호도 없었다. 조부가 쓰던 낡은 침대를 바라보자니 속이 울컥 뒤집히는 것만 같았다. 그 속에 벌거벗고 누워 유혹적으로 팔을 움직이던 케럴라인의 모습이 떠올랐던 것이었다. 그 장면이 떠오르자 니컬러스는 즉시 방을 나와, 고급 호텔처럼 안락하면서도 특색이 없는 손님방으로 갔다.

하지만 니컬러스는 그곳에서조차도 악몽과 나쁜 기억에 시달리느라 단잠을 이룰 수가 없었다. 날이 밝자, 니컬러스는 애버데어 가문과의 모든 인연을 끊어야겠다는 가혹한 결심을 했다. 이곳에서는 결코 마음의 평안을 느낄 수 없을뿐더러, 고달팠던 지난 사 년간의 방랑이 계속되는 것을 바라지 않기 때문이었다.

상속권을 파기시키면 영지를 팔아치울 수 있지 않을까. 변호사에게 자문을 구해봐야 했다. 막상 땅을 처치해버릴 생각을 하니 마음 한켠이 허망함으로 저릿해왔다. 그건 마치 제 살을 도려내는 것처럼 고통스러운 일이었다. 하지만 사지가 썩어 들어가고 있다면 달리 선택의 여지가 없지 않은가.

그러나, 땅을 처치하는 것이 전혀 보상이 없는 일은 아니었다. 영지가 남의 손에 넘어가면 조부가 구천을 떠돌다가 졸도하고 말겠지, 생각하면 니컬러스는 통쾌해졌다.

불현듯 니컬러스는 발을 돌려, 성큼성큼 방을 나가 서재로 향했다. 남은 생을 어떻게 살 것인가. 그것은 너무 우울한 주제여서 깊이 생각해보기가 두려웠지만, 앞으로 두어 시간에 대해서는 뭔가 할 만한 것이 분명히 있었다. 조금만 애를 쓰고 브랜디만 충분히 있어주면, 두어 시간쯤은 거뜬히 넘길 수 있으니까.

클레어는 애버데어 저택 안에 들어와본 적이 없었다. 짐작대로 넓고 웅장했지만 음울한 분위기가 감돌았고, 가구들은 대부분 무명 천으로 감싸져 있었다. 사 년간의 공백이 그곳을 더욱이나 황량한 공간으로 바꾸어놓은 듯했다. 집사인 윌리엄즈 역시 침울한 사람이었다. 그는 먼저 방문 소식을 알리지 않고서는 그녀를 백작에게 안내해주지 않으려고 했지만, 한동네에서 자란 덕에 클레어는 그를 잘 설득할 수 있었다. 집사는 긴 복도를 지나 서재로 그녀를 안내했다.

「미스 클레어 모건이 뵙기를 청합니다, 주인님. 급하게 드릴 말씀이 있다는데요.」

클레어는 용기를 내어 주먹을 불끈 쥐고는 윌리엄즈를 지나 서재 안으로 들어갔다. 막아설 틈을 주고 싶지 않아서였다. 오늘 백작을 만나지 못하면 두 번 다시는 기회가 없을지도 몰랐다.

백작은 창가에 서서 계곡을 바라보고 있었다. 외투는 의자 위에 걸쳐둔 채 셔츠만 입고 있는 모습에 왠지 건달기가 흘러 보였다. 왜 사람들은 그를 '올드 닉'이라고 부르는 걸까. 지금 보니 겨우 서른이 될까 말까해 보였다.

윌리엄즈가 문을 닫고 방을 나가자, 백작의 날카로운 시선이 곧장 클레어에게 날아들었다. 유난히 큰 키는 아니었지만 그는 왠지 모를 힘을 발산했다. 다른 사내아이들이 볼품없는 얼뜨기들처럼 보이던 시절에도 니컬러스만큼은 당당한 풍모로 남들을 압도했다는 것을 클레어는 기억하고 있었다.

겉만 봐서는 그저 예전과 다를 것이 없어 보였다. 굳이 달라진 것이 있다면, 사 년 전보다 훨씬 근사해졌다고나 할까. 미처 생각지 못한 일이었지만, 그는 정말 달라져 있었다. 눈동자를 보니 알 수 있었다. 한때는 다른 사람들에게 웃음을 불러일으키던 그 장난기 넘치는 눈동자가 이제는 광택을 뿜어내는 부싯돌처럼 단단하고 헤아리기가 어려웠다. 수차례의 결투, 극악무도하다는 불명예를 샀던 불륜사건과 공적인 스캔들이 남긴 흔적이리라.

먼저 말을 꺼내야할지 어째야 할지 망설이고 있는데, 니컬러스가 클레어에게 물음을 던졌다.

「토머스 모건 목사와 인척관계이신가?」

「딸이에요. 펜리스에서 교편을 잡고 있구요.」

니컬러스의 시선이 따분하다는 듯 그녀를 슬쩍 훑어내렸다.

「맞아, 종종 그 양반이 지저분한 선머슴 같은 아이 하나를 줄에 묶어서 질질 끌고 다니곤 했었지.」

빈정대는 말투에 기분이 상해서 클레어가 반박에 나섰다.

「당신에 비하면 난 훨씬 깨끗한 편이었어요.」

「그랬을지도 모르지.」

니컬러스는 눈가에 희미한 미소를 띠며 인정했다.

「나야 완전히 눈밖에 난 놈이었으니까. 수업시간에 당신 아버지는 종종 당신을 모범생으로 내세우곤 했소. 마치 성인군자인 것 마냥 말이오. 난 그런 당신을 은근히 혐오했고.」

클레어는 니컬러스의 부아를 슬슬 돋우고 싶어 부드럽게 비꼬았다.

「저에게는, 아버지가 가르친 학생들 중에서 가장 영리한 아이가 바로 당신이라고 하시던데요. 성격은 거칠어도 심성이 착하다는 말씀도

하셨죠.」

「당신 아버지는 내가 그러기를 바라셨던 거요.」

잠깐의 경박했던 태도를 일변하며 백작이 말을 이었다.

「그 아버지에 그 딸일 테니, 뭔가 따분하고 중요한 대의명분을 위해 자금을 구하려고 찾아왔나보군. 그런 문제라면 앞으로는 날 귀찮게 하지 말고 우리집 집사와 해결을 보시오. 그럼 잘 가시오, 미스 모건.」

백작이 자리를 뜨려하자, 클레어는 황급히 말을 꺼냈다.

「제가 하려는 얘기는 집사가 관여할 만한 일이 아니에요.」

니컬러스의 입술이 뒤틀렸다.

「하지만 당신은 뭔가를 원하고 있잖소, 안 그런가? 다른 사람들이 그러는 것처럼 말이오.」

니컬러스는 술병이 진열되어 있는 유리장식장으로 걸어가 잔에 술을 채웠다.

「그게 무슨 일이든 난 당신에게 해줄 수 있는 게 아무 것도 없소. 귀족이라는 신분에 맞게 도덕적 의무를 행하는 것은 내 할아버지 소관이오. 분위기 험악해지기 전에 그만 물러나주면 고맙겠군.」

백작이 꽤 취해가는 것 같아 클레어는 불안해졌다. 예전에도 주정뱅이들을 겪어본 적이 있었다.

「애버데어 백작님, 펜리스 주민들이 고통을 당하고 있어요. 문제를 해결할 수 있는 유일한 분이 백작님이세요. 시간과 돈을 아주 조금만 내주신다면…….」

「시간과 돈이 얼마나 적게 들든 그따위에는 관심 없소. 그 마을과는, 그리고 그곳에 사는 사람들과는 어떤 식으로도 얽히고 싶지 않아! 이제 똑똑히 알아들었소? 그러니 당장 꺼져버려!」

클레어는 오기가 솟구치는 것을 느꼈다.

「전 지금 백작님의 도움을 청하는 게 아니라 도움을 요구하는 겁니다. 지금 설명을 드릴까요, 아니면 기다렸다가 술이 깨셨을 때 다시 얘기를 나눌까요?」

니컬러스는 깜짝 놀라며 그녀를 쳐다보았다.

「여기에 취한 사람이 있다면 그건 내가 아니라 당신이겠지. 여자라는 이유로 무력을 피할 수 있다고 생각한다면 그건 오산이오. 조용히 알아서 나가겠소, 아니면 내가 밖으로 안아다드릴까?」

니컬러스는 정말 그녀를 끌어내기라도 할 듯 성큼성큼 다가왔다. 가슴을 풀어헤친 하얀 셔츠가 넓고 위압적인 어깨를 도드라져 보이게 했다. 주춤주춤 물러서면서 클레어는 마지막 희망으로, 주머니 안의 작은 수첩을 꺼냈다. 그리고는 손으로 쓴 글을 볼 수 있도록 수첩을 펼쳐 그에게 들이대며 말했다.

「이 글 기억하시겠죠?」

글의 내용은 간략했다.

'모건 목사님 - 목사님께서 저에게 베풀어주신 모든 것, 언젠가는 꼭 보답해드릴 수 있게 되기를 바랍니다. 친애하는 제자, 니컬러스 데이비즈.'

학생 시절 휘갈겨 쓴 글을 보자 니컬러스는 한대 얻어맞은 사람처럼 멈춰 섰다. 수첩에 머물렀던 차가운 시선이 클레어의 얼굴로 옮겨갔다.

「당신이 이겼다고 생각하는군, 안 그런가? 하지만 잘못 짚었소. 내가 느끼는 의리감은 어디까지나 당신 아버지에 대한 것일 뿐이오. 부탁할 게 있다면, 그 양반이 와서 직접 요구해야지.」

「그럴 수가 없어요. 아버진 이 년 전에 돌아가셨어요.」

어색한 침묵이 흐르고 나서 백작이 입을 열었다.

「미안하오, 미스 모건. 당신 아버지는 내가 알고 있는 사람 중에 정말로 훌륭한 단 한 분이셨는데.」

「당신 할아버지도 좋은 분이셨어요. 펜리스 주민들을 위해 좋은 일을 많이 하셨죠. 가난한 사람들을 위해 기부하시고, 예배당…….」

클레어가 최근 백작이 행한 선행들을 열거하려고 하자 니컬러스는 그녀의 말을 가로막았다.

「됐소. 할아버지가 아랫사람들에게 도덕적인 모범이 되기를 좋아했다는 건 잘 알고 있지만, 나에게는 별로 매력이 없는 일이오.」

「최소한 그분은 성실하게 책임을 행하셨는데, 백작님은 상속을 받고 난 후로 영지와 마을을 위해 아무 것도 한 일이 없으십니다.」

니컬러스는 잔을 비운 후 탁, 소리가 나게 탁자에 내려놓았다.

「당신 아버지가 본을 보여준 훌륭한 성품도, 내 할아버지의 도덕적 교화도 날 신사로 바꾸어놓지는 못했소. 누가 뭘 어쩌든 그 따위는 내 알 바도 아니고, 그게 내가 사는 방식이야.」

기가 막힌 채, 클레어는 백작을 올려다봤다.

「어떻게 그런 식으로 말을 하세요? 백작님처럼 무정하신 분은 정말 처음이네요.」

「오, 미스 모건, 당신의 그 순진무구함, 정말 감동적이군.」

테이블 모서리에 기대어 팔짱을 끼고 있는 니컬러스의 모습은 그가 가진 별명처럼 사악해 보였다.

「당신이 가지고 있는 더 많은 환상들을 산산조각으로 만들어버리기 전에 여기서 나가는 게 좋을 거요.」

「백작님은 이웃이 고통을 받고 있다는 데도 아무렇지 않으세요?」

「전혀. 성경에도 나와 있잖소. '가난한 자들은 늘 우리와 함께 할지니.' 예수가 가난을 구제하지 못했다면 나야 더 말할 것도 없겠지.」

니컬러스는 한껏 조롱 섞인 웃음을 지어 보였다.

「당신 아버지를 제외하면, 치사한 동기 없이 순수한 마음으로 자선을 베푸는 사람은 한 놈도 보지 못했소. 사람들이 자비를 베푸는 건 말이오, 대개 자기보다 못한 사람들로부터 존경을 받고 싶어 안달이 났다거나, 혹은 나는 의롭다, 하는 자기만족을 느끼고 싶기 때문이지. 내 정직한 이기심은 최소한 위선적이지는 않잖소.」

「설령 동기가 불순하다 할지라도 위선자는 선행을 베풀 수 있어요. 백작님 식의 정직을 내세우는 사람보다는 훨씬 귀하죠. 자선을 믿지 않는다 하시니, 그럼 백작님이 관심을 갖는 건 뭔가요? 백작님의 심장을 따뜻하게 해줄 수 있는 것이 돈이라면, 펜리스를 통해서도 얼마든지 득을 보실 수 있습니다.」

클레어의 쌀쌀맞은 대꾸에 니컬러스는 고개를 저었다.

「미안하오만 난 돈에도 별 관심이 없소. 돈이라면 이미 죽을 때까지 쓰고도 열 배는 남을 만큼 넉넉하지.」

「참 좋으시겠네요.」

클레어가 작은 목소리로 중얼거렸다. 당장 돌아서서 뛰쳐나가고 싶었지만 이제 와서 패배를 인정할 수도 없거니와, 패배를 인정하는 데 익숙하지도 않았다. 무엇이든 틀림없이 니컬러스의 마음을 움직일 방도가 있을 거라고 생각하며 그녀는 물었다.

「백작님의 마음을 돌려놓으려면 어떻게 해야 하죠?」

「내 도움을 받으려면 대가를 지불해야 하는데, 내가 바라는 대가를 당신은 기꺼이 지불할 수가 없을 거요.」

「그거야 두고봐야 알겠죠.」

그 말에 흥미가 동하여, 니컬러스는 클레어의 머리부터 발끝까지 노골적으로 훑어 내려갔다.

「어디 한번 거래를 해보자 그건가?」

충격을 줄 심산으로 뱉어낸 말이 제대로 먹혀들었는지, 클레어의 얼굴이 모욕감으로 벌겋게 상기되었다. 하지만 그녀는 니컬러스의 시선을 피하지 않았다.

「그렇다고 대답을 드리면 펜리스를 도와주실 건가요?」

니컬러스는 놀라며 그녀를 쳐다보았다.

「맙소사, 펜리스 주민들을 도울 수 있다면 정말 당신 신세를 망쳐도 좋다, 그 말이오?」

「그럴 수만 있다면, 그래요, 그렇게 할 거예요.」

클레어는 대답은 거침이 없었다.

「내 순결과 잠깐 동안의 고통은 마을의 굶주리는 가족들과, 펜리스 탄광이 붕괴되었을 때 잃게 될 목숨들에 비하면 아주 작은 희생일 뿐이에요.」

흥미가 일어났는지, 니컬러스의 눈동자가 광채를 번뜩였다. 한순간 그는 클레어에게 더 자세히 설명해볼 것을 요구해보고 싶은 마음까지 바짝 다가선 듯했다.

「흥미로운 거래이긴 하지만, 결전에 임하는 잔다르크처럼 치고 들어오는 여자를 안고 자는 건 별로 재미없을 것 같은데.」

클레어가 눈썹을 치켜올렸다.

「난봉꾼들은 순결한 여자 희롱하기를 즐기는 줄 알았는데요.」

「개인적으로, 순결한 여자들은 늘 따분하다는 생각이 들더군. 아무 때고 좋으니까 경험 있는 여자가 있으면 좀 보내보시겠소?」

그의 말을 무시한 채, 클레어는 심각하게 얘기했다.

「평범한 여자는 당신을 유혹할 수 없어도 미인이라면 당신의 권태감을 해소시켜줄 수 있을 것 같군요. 마을에 정말 아리따운 아가씨들이 몇 있죠. 그 아가씨들 중에 선한 일을 위해서 기꺼이 정조를 바칠 사람이 있는지 알아볼까요?」

한번의 날렵한 움직임으로 니컬러스는 클레어에게 바짝 다가가 그녀의 얼굴을 양손으로 감쌌다. 그의 숨결에서는 브랜디 냄새가 풍겼고, 그의 손이 닿은 곳은 데일 듯이 뜨거웠다. 마치 클레어의 영혼에 감추어진 비밀을 캐내기라도 하려는 듯 그녀의 얼굴을 유심히 들여다보는 동안, 클레어는 움츠러드는 몸에 억지로 힘을 주어 꼿꼿하게 서서 버티었다. 그의 따가운 시선을 더 이상은 견딜 수가 없겠다 싶었을 때쯤, 니컬러스가 천천히 입을 열었다.

「애써 아무렇지 않은 척해봐야 소용없소.」

떨고 있는 클레어를 놔주고서 니컬러스의 손이 아래로 내려갔다. 한시름 놓이게도, 그는 저편으로 걸어가 술잔을 집어들고 브랜디를 조금 더 따랐다.

「미스 모건, 난 돈이 필요 없소. 당신의 바보 같은 도움이 없이도 원하면 언제든지 여자들을 가질 수 있단 말이오. 이제 와서 굳이 선행을 한답시고 나서서, 그 동안 어렵사리 쌓아온 내 악명을 무너뜨리고 싶지는 않소. 자, 그럼 이제 곱게 떠나주겠소, 아니면 무력을 사용해야 겠소?」

달아나고 싶은 충동을 꾹 누르며 클레어는 악착같이 물고 늘어졌다.

「백작님의 도움에 대한 대가가 뭔지 아직 말씀하지 않으셨습니다. 반드시 뭔가 있을 겁니다. 말씀해보세요. 어떻게 해서든 그 대가를 치러드릴 수 있을 겁니다.」

니컬러스는 한숨을 쉬며 소파에 주저앉아 적절한 거리를 두고 클레어를 찬찬히 뜯어봤다. 왜소하고 다소 마른 체격이었지만 그녀가 서 있는 공간에는 왠지 모를 힘이 넘쳤다. 만만치 않은 여자구나 싶었다. 그녀의 재능은 아마도 저 세상 사람이 된 부친의 영향을 받아 갈고 닦여 온 것이리라.

그녀를 두고 미인이라고 할 사람은 아무도 없겠지만, 아무리 수수하게 보이려고 제 스스로 애를 썼다고 해도 클레어는 매력적이었다. 수수한 복장이 오히려 단정한 외모를 돋보이게 했다. 그리고 뒤로 빗어 넘긴 검은 머리칼은 짙푸른 눈동자를 더 커 보이게 했고, 고운 피부는 햇살처럼 포근하고 부드러운 실크의 느낌을 풍겼다. 니컬러스의 손가락은 클레어의 관자놀이를 눌렀을 때의 맥박의 기운이 남아 있는 듯 아직도 짜릿짜릿한 느낌이 들었다.

아니야, 미인이 아니라 그녀의 고집스러움 때문에 좀 특별해 보이는 것일 뿐이야. 비록 그녀가 성가신 방문객이라고는 해도 예까지 찾아온 용기는 높이 살 만했다. 골짜기에 떠돌고 있는 그에 대한 소문의 진상을 신은 알고 있겠지만, 사람들은 그를 육체와 영혼에 해악을 끼칠 위협적인 존재로 여겼다. 클레어는 그런 그를 찾아와 열성을 다해 대담한 요구를 하고 있는 것이었다. 하지만 때가 좋지 않았다. 그녀는, 니컬러스를 그 스스로 이미 저버리기로 결심한 장소와 사람들 속으로 끌어들이려고 하는 것이었다.

니컬러스가 좀 더 일찍부터 술을 마시기 시작하지 않았다는 것이 유감이었다. 만약 그랬다면 달갑지 않은 방문객이 찾아왔을 때 즈음에는 얼근하게 취기가 돌고 있었을지도 모를 일이었다. 그랬다면 클레어는 취한 그가 강제로 몰아낸다고 해도 도와달라고 계속 매달려 '예스'라는 대답을 얻어낼 수도 있었으리라. 아무래도 니컬러스가 보기에는, 클레어가 그를 펜리스의 유일한 희망이라고 확신하고 있는 듯했으니까 말이다. 그녀가 원하는 것을 골똘히 생각해보던 니컬러스는 문득 자신이 거기에 사로잡히는 것을 깨닫고는 얼른 생각을 그쳤다. 정말이지 펜리스의 일에는 관여하고 싶지 않았다. 술기운으로 정신이 몽롱하긴 했지만, 그녀에게 지금 그녀는 희망 없는 일을 계획하고 있는 것이라는 사실을 일깨워주는 편이 훨씬 나은 일이었다. 하지만 목적을 이루기 위해 죽음보다 더 처절한 운명을 견뎌내고 있는 여자에게 뭘 어떻게 할 수 있을까? 너무 충격적이라 생각할 여지도 없이 단호하게 거절할지도 모르는데 무슨 말을 하란 말인가?

해답은 완벽주의라는 간단명료한 사실에서 찾아들었다. 아버지처럼 클레어 역시 술을 멀리하는 정숙한 감리교도일 것이다. 그녀의 지위나 인격은 동료들이 그녀를 어떻게 보느냐에 달려 있을 것이다.

의기양양하게 생각을 마무리지으며, 니컬러스는 클레어 모건을 떼어낼 준비를 했다.

「내가 원하는 대가가 있긴 하지만 당신이 지불할 수 없는 거요.」

「그게 뭐죠?」

클레어가 조심스럽게 물었다.

「걱정 마오, 울며 겨자 먹기로 내놓으려는 당신 정조는 무사할 테니까. 그런 식으로 당신 정조를 빼앗는 건 나로서도 따분한 일이고, 그렇게 되면 당신은 내 사악한 정욕에 희생당하는 순교자가 되는 기분을 누릴 수 있겠지. 하지만 내가 원하는 건…….」

니컬러스는 말을 멈추고 술을 깊이 한모금 들이켰다.

「당신의 명성이요.」

2

「내 명성이라고요?」

클레어는 어리둥절하니 되물었다.

「도대체 그게 무슨 뜻이죠?」

사뭇 즐거운 표정으로, 백작은 말했다.

「당신이 나와 삼 개월간 같이 살아준다면 내 능력이 닿는 데까지 당신 마을을 돕겠소.」

클레어는 두려움에 오싹해졌다. 비록 그녀가 대담하게 제안하긴 했지만, 백작이 자신에게 한 가닥의 관심이라도 품을 리는 없다고 생각했다.

「따분함을 견디셔야 할 텐데, 그래도 절 정부로 삼고 싶으신가요?」

자기방어적인 빈정거림을 실어 클레어가 물었다.

「당신이 원치 않으면 나도 원치 않소. 당신은 너무 고지식해서 육체의 죄악을 즐기는 것을 스스로에게 허락하지 못할 것 같긴 하오만.」

니컬러스의 시선이 다시 클레어에게로 옮겨갔다. 이번에는 차가운 관찰의 시선이었다.

「설령 석 달 사이에 당신 마음이 바뀌게 된다 해도, 어쨌든 그 동안은 내 집에 당신을 들이게 될 테니까 나야 기쁜 일이 될 거요. 순결한 감리교 여선생을 취해본 적은 아직 한번도 없거든. 그런 여자와 함께 자면 나도 천국에 좀 더 가까워지지 않겠소?」

「정말 못됐군요!」

「고맙소. 그렇게 되려고 애쓰는 중이오.」

술을 한 모금 들이킨 후, 니컬러스는 계속 말했다.

「하던 얘기나 계속합시다. 이 집에서 내 정부처럼 행세하면서 살더라도 실제로 나와 잠자리를 같이 할 필요는 없소.」

「그게 무슨 숨바꼭질을 하자는 거죠?」

클레어는 안도가 되면서도 한편으로는 어리둥절해서 물었다.

「당신이 원하는 것을 얻기 위해 얼마나 자신을 내던질 수 있는지를 한번 보고 싶소. 내 제안을 받아들이면 당신 마을은 원조를 받겠지만 당신은 두 번 다시 얼굴을 들고 다니지 못하겠지. 당신 명성이 더럽혀질 테니까 말이오. 과연 그만한 대가를 치를 가치가 있는 일일까? 당신 이웃들이 그 일로 인해 혜택을 입는다고 해서 과연 당신의 타락을 용서해줄까? 흥미로운 물음이긴 하지만, 내가 당신이라면 그들에게서 그만한 너그러움은 기대하지 않겠소.」

클레어는 그제야 백작의 의도를 알아챘다.

「백작님에게 이 일은 아무 의미 없는 게임일 뿐이군요, 안 그런가요?」

「의미 없는 게임이란 존재하지 않소. 물론 게임은 규칙을 필요로 하고 말이오. 그럼 이 게임에서 우린 어떤 규칙을 세워야 하겠소?」

백작의 눈썹이 가운데로 모아졌다.

「어디 한번 생각해볼까…… 기본적인 조건은, 당신이 나와 한 지붕 아래, 표면상으로는 나와 같은 침실에 머무르는 대가로 내 도움을 얻어간다는 거요. 당신을 성공적으로 유혹하는 것은 부차적인 내기, 그러니까 우리 두 사람을 즐겁게 해줄 보너스가 될 거요. 나에게 당신을 유혹할 기회를 주기 위해 당신은 내게 하루에 한번씩 키스하는 것을 허락해야 하오. 키스할 장소와 시간은 내가 선택할 거요. 그 이상의 애정표현은 어떤 것도 상호동의 하에 이루어질 거요. 하지만 한번 키스를 하고 나면 당신은 싫다고 말할 권리가 있고, 그럼 다음날까지 난 당신에게 손대지 않겠소. 석 달이 지나서 당신이 집으로 돌아가겠다고 해도 내 도움을 필요로 하는 한 계속 도와주겠소.」

니컬러스가 인상을 찌푸리며 계속 말했다.

「위험해……, 당신의 계획에 동조하면 난 남은 생애를 이 마을에서 자유롭게 살 수 없을 거요. 하지만 그만한 위험쯤은 감수해야 공정하겠지. 내 제안을 받아들이는 대가로 당신은 너무 많은 것을 잃게 될 테니까.」

「말도 안 돼요!」

니컬러스는 아기천사처럼 순진한 표정을 지어 보였다.

「난 아주 재미있을 거라고 생각했는데, 싫다니 유감이군. 하긴 대가가 너무 크긴 하지, 안 그렇소? 당신의 처녀성이야 제대로 알지도 못한 채 제물로 바쳐질 수 있다손 쳐도, 명성은 부서지기 쉽고 잃어버리기는 쉬운데 다시 찾기는 불가능하니까.」

니컬러스는 거만해 보일 만큼 우아한 손짓을 하며 말했다.

「자, 이쯤 하면 순교자가 되고 싶어하는 당신의 소망도 한계에 이르렀을 테니 이제 그만 물러나 달라고 다시 한 번 부탁해도 되겠소? 다시 날 귀찮게 하는 일은 없을 거라고 믿겠소.」

골골거리는 말을 제 값의 다섯 곱절이나 올려 팔아치운 집시 말 장수처럼 사악한 표정을 짓는 그를 보자 억제할 수 없는 분노가 치밀어, 클레어는 무슨 일이 닥칠지 생각도 하지 않고 똑 부러지게 대답했다.

「네, 좋습니다, 백작님. 백작님의 제안을 받아들이겠습니다. 도움을 주시는 대가로 제 명성을 드리죠.」

순간 시간이 멈춘 듯 침묵이 흘렀다.

「그 말이 무슨 뜻인지 알고 하는 거요? 당신은 친구와 이웃들의 조롱거리가 될 수 있소. 펜리스에서 쫓겨나고 교사직도 박탈당하고 말겠지. 나를 꺾어서 잠깐의 통쾌함을 맛보겠다고 당신 인생을 희생하는 게 가치가 있는 일일까?」

「백작님의 제안을 받아들이는 이유는 제 친구들을 돕기 위해서예요. 물론 백작님의 거만함에 상처를 내는 일도 기분 좋은 일이라는 것을 부인하지는 않지만요.」

클레어는 아주 차갑게 말을 이어나갔다.

「그리고 백작님 생각대로 되지는 않을 거예요. 스물 여섯 해 동안 쌓여온 명성이 백작님께서 생각하는 것만큼 그렇게 쉽게 무너지지는 않을 테니까요. 내가 무엇을 하고 있는지, 왜 해야 하는지를 친구들에게 명확하게 설명을 해주면, 그럴 수밖에 없었던 제 처지를 이해해줄 거예요. 저의 이런 믿음이 어긋나고, 백작님께서 제안한 이 게임에 제 삶이 희생된다면……」

클레어는 망설이다가 어깨를 으쓱거리며 입술을 깨물었다.

「그럼 어쩔 수가 없는 거죠.」

니컬러스는 속수무책인 심정이 되어버렸다.

「아버지한테 도대체 무슨 말을 듣고 지낸 거요?」

「아무리 힘들어도 다른 사람들을 위해 봉사하는 것이 크리스천의 의무라고 늘 말씀하셨어요. 말보다 선을 행하는 일이 중요하다구요.」

「이 일을 받아들이면 당신은 후회하게 될 거요.」

「그럴지도 모르죠. 하지만 하지 않으면 제 자신의 비겁함을 더 후회하게 될 거예요.」

클레어의 눈이 가늘어졌다.

「자신만만한 선수께서 갑자기 자신이 제안한 게임에 도전하기가 두려워지기라도 하셨나요?」

클레어가 말을 마치기도 전에 니컬러스가 소파에서 일어나 일 미터쯤 걸어나와 눈을 반짝이며 말했다.

「좋소, 미스 모건, 아니 클레어라고 부르는 게 좋겠군. 이젠 내 정부

가 된 것이나 다름없으니까. 당신이 원하는 대로 해주겠소. 이제 마을
로 돌아가서 일을 정리하고 내일 아침까지 이리로 오시오.」

니컬러스는 클레어를 위아래로 스윽 훑어보다가 덧붙여 말했다.

「괜히 옷을 많이 챙겨오지는 말아요. 나와 함께 런던으로 갈 거니까
알아서 적당히 채비를 갖춰오도록 하시오.」

「런던이라구요? 약조하신 의무는 이곳에서 행해주셔야 합니다.」

「걱정 마시오, 약조한 바는 지킬 테니까.」

「하지만 백작님께서 해야 할 일이 뭔지 묻지도 않으셨잖아요?」

「내일까지는 아직 시간이 충분하오.」

긴장을 풀면서 니컬러스가 클레어에게로 다시 천천히 다가섰다. 두
사람의 거리가 서로 닿을락 말락 할 만큼 가까워졌다. 클레어의 장이
요동쳤다. 그가 첫 번째 키스를 하려는 것인지도 모른다는 생각이 들
었다. 코앞까지 니컬러스가 다가오자, 지금껏 그녀를 지탱해온 분노는
어느새 사그라져 갔다.

불안해하며 그녀가 말했다.

「이제 그만 가야겠어요. 해야 할 일이 많아서요.」

「아직 아니오.」

니컬러스의 얼굴에 슬며시 위험한 미소가 떠올랐다.

「앞으로 석 달 동안 우린 서로에 대해 상당히 많은 것을 알아가게
될 거요. 보다 친밀해지기 위한 미리 준비를 해야 하지 않겠소?」

니컬러스가 천천히 손을 들어올리기 시작했다. 클레어는 오싹 소름
이 돋는 듯했다. 니컬러스가 동작을 멈추고 부드럽게 말했다.

「석 달 동안 나와 한 지붕 아래 살면서 당신 명성은 건재하게 될지
도 모르겠소만, 당신 자신이 견뎌낼 수 있겠소?」

초조한 듯 클레어는 마른 입술을 깨물었다. 그러나 확신에 찬 목소
리로 말하려고 일부러 힘주어 대답했다.

「꼭 해야 할 일이라면 참을 수 있어요.」

「나도 그러리라 믿소. 나와 함께 지내는 동안 당신을 즐겁게 만들어

주는 것이 내 목표요.」

놀랍게도 니컬러스는 키스를 하는 대신 클레어의 머리 위로 손을 올려 머리핀을 끌러내기 시작했다. 클레어는 그에게서 뿜어져나오는 강렬한 남성다움을 인식하게 되었다. 능숙한 손놀림, 그리고 풀어헤친 셔츠 사이로 드러난 햇빛에 그을린 목덜미. 그에게서 풍기는 톡 쏘는 브랜디 향은 솔숲과 거칠고 상쾌한 바닷바람을 떠올리게 했다.

두꺼운 코일처럼 말려져 있던 클레어의 머리카락이 한순간 급류처럼 허리 아래로 쏟아져내렸다. 니컬러스가 머리카락을 한 움큼 들어올리자, 엉겅퀴 넝쿨처럼 손가락 사이로 머리카락이 올올이 흘러내렸다.

「한번도 자른 적이 없소?」

클레어가 고개를 끄덕이자 니컬러스가 중얼거렸다.

「아름답군. 붉은 계피 빛이 도는 진한 초콜릿색. 당신의 다른 곳들도 이렇소, 클레어? 새침한 듯 하면서도 열정을 숨기고 있는…….」

클레어는 당황하여 황급히 말했다.

「내일 뵙겠습니다, 백작님.」

클레어가 몸을 비틀어 나가려 하자, 니컬러스가 그녀의 손목을 잡았다. 클레어가 겁을 집어먹기 전에 니컬러스는 그녀의 손바닥에 머리핀을 올려놓은 후 손목을 놓아주었다.

「내일 봅시다.」

니컬러스는 클레어의 자그마한 등 위에 손을 올려놓고 문까지 안내했다. 문을 열기 전에 니컬러스가 그녀의 얼굴을 내려다보았다. 그의 표정은 장난기와 진지함 사이를 오락가락하고 있었다.

「혹시라도 나중에 당신이 이 일을 못하겠다고 마음을 바꾼대도, 난 당신을 못난 사람이라 여기지 않겠소.」

그가 그녀의 마음을 읽고 있는 것일까? 아니면 그저 인간의 본성을 너무 잘 알고 있기 때문일까? 클레어는 문을 열고 방에서 나왔다. 다행히 근처에 윌리엄즈가 없어서 그녀의 부스스한 머리와 상기된 볼을 들킬 일은 없었다. 만일 윌리엄즈가 보았다면 틀림없이 이상하게 생각했을 것이다. 클레어는 숨이 막힐 것만 같았다. 백작의 도전을 받아들이면 이 집에서 살게 되는데 그러면 윌리엄즈와 매일 얼굴을 맞대어야 하는 것이었다. 과연 그가 이해를 해줄까, 아니면 경멸의 눈초리로 바라볼까? 자초지종을 설명하면 믿어줄까? 거짓말쟁이라고, 혹은 매춘부라고 조롱하진 않을까?

마치 벼랑 끝에 서 있는 듯한 기분을 느끼면서, 클레어는 먼지가 뿌연 작은 거실 안으로 황급히 들어가 문을 닫고, 천을 씌운 의자에 털썩 주저앉아 두 손에 얼굴을 묻었다. 윌리엄즈와는 잘 알지 못하는 사이였지만, 클레어는 그가 자신을 어떻게 생각하고 있는지 염려가 되었다. 그것은 이 미치광이 같은 계획을 계속 밀고 나갔을 때 그녀가 겪게 될 일이 무엇인지를 보여주는 통렬하고 날카로운 증거였다. 그녀가 악명 높은 난봉꾼과 함께 살고 있다는 것을 펜리스의 주민들 모두가 알게 되면 그야말로 일은 더욱 끔찍해지는 것이었다.

니컬러스의 게임이 순전히 무모한 장난이라는 것을 깨닫자 클레어는 다시금 화가 치밀었다. 사실 그는 사람들의 비난이 두려워 클레어가 지레 포기할 거라고 가정하여 그런 터무니없는 제안을 내놓은 것이었다.

그렇게 생각하니 다시 마음의 평정이 되돌아오는 듯했다. 클레어는 몸을 펴고 머리를 매만져 핀을 다시 꽂았다. 어렴풋이, 자신의 분노와 자존심이 그런 제안을 받아들이도록 부추겼다는 사실을 인정하지 않을 수 없었다. 아무리 스스로 노력한다고 해도 그녀는 믿음이 아주 독실한 여인이라고 할 수는 없었다.

머리 매무새를 정리한 후 그녀는 거실을 지나 밖으로 나와서 마차가 있는 마구간으로 걸어갔다. 아직 마음을 바꿀 시간은 있었다. 하지만 백작에게 비겁한 모습을 보일 수는 없었다. 클레어가 할 수 있는 일은 내일까지 이곳에 오는 것, 그것뿐이었다. 그녀 자신과 니컬러스를 말리 수 있는 사람은 아무도 없으며 아무도 그 비밀을 알지 못할 것이다.

하지만 애초에 얘기한 대로, 정말 중요한 문제는 그녀나 그녀의 자존심 혹은 백작의 철저한 이기심 따위가 아니라 펜리스였다. 작은 언덕을 지나 마을이 보이는 곳에 이르렀을 때 그런 사실이 클레어의 마음을 세게 때렸다. 그녀는 말을 멈추고 익숙한 슬레이트 지붕들을 내려다보았다. 초록이 무성한 골짜기에 열을 지어 있는 조그마한 돌집들. 웨일스의 수많은 여느 마을들과 닮은 모습이었다. 별로 특별한 것이 없어도 그곳은 클레어의 고향이었고 그녀가 아끼고 사랑하는 모든 것이 숨쉬는 곳이었다. 사람들은 그녀의 사람들이었고, 그들 속에서 클레어는 지금껏 죽 살아온 것이었다. 차마 사랑하기 어려웠던 사람들에게 조차 그녀는 최선을 다했다.

광장 탑이 국교회당임을 나타내며 서 있는 반면, 그보다 수수한 감리교 예배당은 가옥들 틈에 가려져 있었다. 계곡 저 아래로 아슬아슬하게 광산이 보였다. 그 광산은 지금까지 이 지역에서 가장 많은 인부들을 고용하고 있는 곳이지만, 폭탄을 사용해 발파작업을 하곤 했기 때문에 마을 공동체에게는 가장 큰 위협의 대상이기도 했다.

생각이 거기에 이르자 클레어의 어지러웠던 마음에 가닥이 잡히기 시작했다. 자존심과 분노를 다스리지 못해 오늘 행동이 경솔했을 수도 있지만, 그녀의 대의명분은 타당한 것이었다. 마을의 복지를 위해 싸우는 일은 결코 잘못된 것이 아니라는 사실. 자신의 영혼이 싸움에서 부상을 당하지 않게 지키는 것, 그것이 클레어가 도전해야 할 일이었다.

구역예배는 감리교 진목회를 이끌어가는 핵심이었는데, 클레어의 모임은 저녁에 정기모임을 가졌다. 가장 가까운 친구들이 다 모인 자리에서 편안하게 얘기를 나눌 수 있는 시간이었다. 평소처럼 모임은 찬송가로 시작되었는데, 클레어는 근심으로 창자가 꼬이는 듯했다.

리더인 오웬 모리스의 대표기도에 이어, 각자가 돌아가면서 지난 한 주간 겪은 신앙적인 기쁨과 시험에 대해 간증하는 시간을 가졌다. 대체로 모두들 순탄한 한 주를 보냈는지 클레어의 간증 순서도 빨리 돌아왔다. 그녀는 일어나, 다섯 남자와 여섯 여자들을 차례차례 둘러봤다.

모두의 노력으로 그들의 모임은 기쁨이 넘치는 신앙친목회의 본보기가 되고 있었다. 회원들이 어려움을 당할 때 클레어가 힘이 되어주었듯이, 클레어의 아버지가 돌아가셨을 때는 그들이 그녀의 힘이 되어 시련을 극복할 수 있게 도와주었다. 지금 여기 모인 사람들은 클레어의 정신적 가족이자, 그녀의 의견을 가장 존중해줄 사람들이었다. 그런 믿음이 제발 틀린 것이 아니기를 바라면서 클레어는 조용히 말했다.

「형제자매 여러분……, 저는 지금 펜리스를 위해 어떤 일을 감행하려고 합니다. 그건 이단적일 수도 있고, 많은 사람들로부터 음탕하다는 비난을 받을 수도 있는 일입니다. 제발 여러분들은 그러지 말아주셨으면 해요.」

클레어의 절친한 친구이자 오웬의 아내인 마기드가 용기를 내라는 듯 미소를 지으며 말했다.

「말해봐. 설마 네가 우리한테 비난 살 일을 하겠니.」

「그 말이 맞았으면 좋겠어.」

클레어는 꼭 맞잡은 손을 내려다보았다. 그녀의 아버지는 남부 웨일스 감리교인들 누구에게나 사랑을 받은 사람이었다. 교인들은 그에 대한 존경과 애정을 클레어에게 고스란히 쏟아 부었기 때문에, 클레어는 어찌 보면 과분한 신뢰를 받고 있었다.

「애버데어 백작이 영지로 돌아왔어요. 오늘 제가 그분을 찾아뵙고 마을을 도와달라고 부탁드렸어요.」

늘 제 생각을 털어놓아야 직성이 풀리는 이디스 위크스가 끔찍하다는 듯한 표정으로 입을 열었다.

「그 사람하고 말을 했다니! 세상에, 제 정신이야?」

「그렇다고 할 수는 없겠죠.」

클레어는 애버데어와 맺은 거래의 내용을 간단하게 설명했다. 하지만 자신이 어떻게 느꼈고, 백작이 어떻게 행동했는지 하는 것과, 백작이 그녀에게 하루에 한번씩 키스하기로 했다는 사실은 언급하지 않았다. 경솔했던 자신의 반응 역시 밝힐 수 없었다. 이런저런 상세한 내용들을 빼고 나니 상황을 설명하는 데 걸리는 시간은 그리 길지 않았다. 이야기를 마쳤을 때, 친구들은 저마다 충격을 받은 표정으로 그녀를 쳐다보고 있었다. 먼저 입을 연 사람은 이디스였다.

「안 돼, 그만둬. 어떻게 그런 상스러운 일을 하니. 그건 널 더럽히는 짓이야.」

「그럴지도 모르죠.」

클레어는 기도하듯 손을 올렸다.

「하지만 탄광에 얼마나 문제가 많은지 여러분들도 잘 알잖아요. 애버데어 백작이 탄광 상황을 바꾸어줄 수만 있다면, 최선을 다해서 그분의 도움을 얻어내는 게 제가 해야 할 일이에요.」

「네 평판을 팔아먹으면서까지 그럴 수는 없어! 여자에게는 좋은 평판이 금은보화보다도 더 귀중한 법이라구.」

「세속적인 의미에서나 그렇죠. 남자든 여자든 자신의 신념에 따라 행동해야 한다는 게 우리 신앙의 가르침이잖아요. 세상 사람들의 생각에 휘둘리며 살면 안 되죠.」

「그래.」

마기드가 반신반의하는 투로 클레어의 말에 응수했다.

「하지만 너 정말 이 일이 네 소명이라고 확신하는 거야? 기도는 해봤니?」

「확신해.」

확신에 찬 목소리로 대답하려 애쓰며 클레어가 대답했다.

이디스는 얼굴을 찌푸렸다.

「애버데어가 네 이름에 먹칠을 하고 나서 약속을 지키지 않으면 어쩔 거니? 말만 번지르르 했지, 넌 그 사람한테 건져낼 게 아무 것도 없다구. 백작이니 뭐니 해도, 그 사람은 그저 거짓말쟁이 집시일 뿐이야.」

「그분한테는 마을의 운명이 일종의 게임이죠. 하지만 게임을 아주 진지하게 받아들이는 분이에요. 난 백작님이 명예를 아는 사람일 거라고 생각해요.」

클레어의 말에 이디스는 코웃음을 쳤다.

「그 양반은 믿을 사람이 못 돼. 어렸을 때는 매처럼 사나웠고, 사년 전에 일어났던 일은 우리 모두 알고 있잖아.」

가만히 듣고만 있던 제이미 하킨이 차분하게 입을 열기 시작했다. 다리를 잃기 전에 그는 군인이었다.

「그때 실제로 무슨 일이 있었는지는 우리도 모르고 있잖아. 소문은 무성했지만, 백작에게 가해지는 비난은 없었어. 내 기억으로는, 어릴 적의 니컬러스는 꽤 괜찮은 아이였어. 하지만, 클레어가 그 저택에서 지내는 것에 대해서는 찬성할 수가 없군. 우리들이야 클레어를 잘 아니까 이해해준다고 하지만, 다른 사람들은 수군거리며 조롱할 거야. 그렇게 되면 클레어 당신이 너무 힘들어질 거야.」

마기드는 광산 채탄부로 일하고 있는 남편을 쳐다보았다. 운이 좋아 남편이 일자리를 얻긴 했지만, 마기드는 그 일이 힘들고 위험하다는 것을 한시도 잊어본 적이 없었다.

「만약 클레어가 애버데어 백작을 설득해서 광산의 여건을 개선시킬 수만 있다면 정말 좋을 텐데.」

「그렇겠죠.」

역시 같은 광산에서 일하고 있는 젊은 남자, 휴 로이드가 말했다.

「광산주와 관리자라는 인간들은 쥐뿔만큼도…….」

저도 모르게 튀어나오는 욕설에 무안해졌는지 휴가 얼굴을 붉혔다.

「미안합니다, 자매들. 그러니까 내 말은, 그 사람들은 우리 탄광노동자들 따위에는 관심이 없다, 그거죠. 새 장비를 들이는 것보다 인부를 갈아치우는 편이 훨씬 싸게 먹히니까요.」

「정말 그래요.」

오웬도 침울한 얼굴로 휴의 말에 동의했다.

「정말로 그 일이 옳다고 믿는 거요, 클레어? 자신의 이름이 더럽혀질지도 모르는 위험 속으로 뛰어드는 거야 용감한 일이지만, 여자가 정숙하지 못한 일을 하는 걸 달가워할 사람은 아무도 없어요.」

다시 한 번, 클레어는 방안에 있는 사람들을 차례로 둘러보았다. 자격이 부족하다는 것을 알기에, 그녀는 모임의 리더 자리를 거절했었고, 회원들 앞에서 설교를 하게 되리라고는 꿈도 꾸지 못했었다. 하지만 그녀는 교사이기 때문에, 방을 가득 메운 청중의 이목을 집중시키는 법을 알고 있었다.

「예전에 우리 교회가 박해를 당할 때 아버지는 목숨을 걸고 하나님 말씀을 전하셨어요. 두 번이나 폭도들에게 죽임을 당하실 뻔했죠. 돌아가실 때까지 그 폭행의 상처가 남아 있었어요. 아버지는 목숨을 바쳐서 일하셨는데, 어떻게 제가 그깟 세속적인 평판 따위가 두려워 일을 망설일 수 있겠어요?」

표정을 보아하니, 클레어의 친구들은 그녀의 설교에 감화를 받은 듯하면서도 여전히 미덥지가 않은 모양이었다.

「애버데어 백작은 자신의 제안이…… 부정한 욕망에서 나온 것이 아니라 그저 날 포기하게 만들려는 의도에서 나온 것이라고 분명히 밝혔어요. 사실상, 그분은 제가 어떻게 반응하고 무엇을 잃게 될지 내기를 걸어온 거예요.」

클레어는 침을 꾹 삼키고 나서 사실을 왜곡한 채 털어놓았다.

「한 지붕 아래 살게 한 건 아마도 절 하녀장이나 비서로 부리려고 그러는 게 아닌가 싶어요.」

그제야 모두의 표정에 인도감이 돌았다. 하녀장이라면 안심해도 좋을 자리였다. 이디스 혼자만 여전히 탐탁지 않은 기색이었다.

「아무리 관리인이라고 해도 백작이 딴 생각을 품고 있다면 안심할 수 없는 일이지. 악마 백작이라는 별명이 괜히 있는 거겠어?」

동료에게 엉뚱한 추측을 심어줬다는 자책감을 꾹 억누르면서, 클레어는 입을 열었다.

「그분이 왜 저 같은 여자에게 딴 생각을 품겠어요? 원하기만 하면 얼마든지 음란한 여자들을 취할 수도 있고…….」

「클레어!」

이디스가 수치스럽다는 듯 소리를 질렀다.

제이미 하킨은 껄껄거리며 웃었다.

「우리 모두 그런 여자들이 있다는 걸 알지. 그 여자들 중 몇 명은 백작을 알고 나서 좋은 감리교인이 되기도 했잖아. 그 여자들에 대해 툭 터놓고 얘기하지 못할 이유가 뭐가 있다고 그래?」

이디스는 못마땅한 시선으로 늙은 군인을 흘겨봤다. 두 사람은 전에도 종종 의견충돌이 있었다. 믿음을 공유하고 상호간에 애정을 느끼는 모임이긴 해도, 서로 다른 계층의 사람들이 모인 터라 세속적인 문제에 대해서 늘 의견이 일치하는 것은 아니었다.

「학교는 어떻게 할 거니, 클레어? 가르칠 시간이 없겠구나. 설령 그럴 수 있다고 해도, 애버데어에 머무르면서 가르친다고 하면 대부분의 마을 사람들은 난잡하다고 손가락질을 해댈 텐데.」

클레어는 마기드를 쳐다봤다.

「마기드 언니가 정규 수업을 맡아주었으면 해요. 해줄 수 있지?」

마기드의 눈이 휘둥그레졌다.

「내가 할 수 있을 거라고 생각해? 주일학교를 제외하고는 가르쳐본 경험이 없어. 그리고 난 너만큼 아는 것도 없잖아.」

「언닌 할 수 있어. 수업은 주일학교에서 읽기, 쓰기, 철자법, 숫자, 가사일 등에 대해 가르치는 거랑 아주 비슷해. 크게 다른 점이라면, 성경을 좀 덜 가르친다는 것과 연령이 높은 학생들이 좀 더 수준이 높다는 거야. 물론 가르치는 동안 언니에게 교사 월급이 주어진다는 것도 차이점이라고 할 수 있지.」

클레어의 짐작대로, 월급에 대한 기대가 마기드의 마음을 움직이는 결정적인 역할을 했다. 한창 자라고 있는 세 명의 자녀들에 대해 큰 포부를 가지고 있는 마기드로서는 귀가 솔깃할 법도 했다.

「좋아, 클레어, 최선을 다해볼게.」

「잘 생각했어! 수업 개요랑 각 아이들의 진도를 적어서 줄게. 수업 끝나고 나랑 같이 우리 집에 가면 필요한 것들도 챙겨서 줄게.」

마기드에게 말을 끝낸 후, 클레어는 이디스를 돌아봤다.

「앞으로 석 달 동안 마기드 언니는 아주 바빠지게 될 거예요. 부담이 되겠지만, 내가 맡던 주일학교 수업을 아주머니가 맡아주실래요?」

이디스는 처음에는 놀라다가, 곧 흔쾌히 청을 받아들였다.

「아유, 그럼, 얘야. 널 도울 수만 있다면야.」

그러자 회원 중의 다른 한 명인 빌 존스도 나서서 말했다.

「근처에 살고 있으니까, 집은 내가 봐줄게요.」

그의 아내, 글렌더도 힘주어 덧붙였다.

「당신을 욕하는 사람이 있으면 내가 호되게 쏘아붙여 줄게요.」

클레어는 의외의 반응에 가슴이 찡해 입술을 깨물었다.

「모두들 너무 고마워요. 친구 복을 많이 받았어요, 전.」

이들의 믿음을 배반하지 않으리라, 클레어는 속으로 다짐했다.

「이건 각 학생들의 수업내용을 요약해둔 거야.」

클레어는 애버데어 백작 집에서 돌아온 후 정리를 해둔 마지막 교안을 마기드에게 건네주었다. 중간중간 질문을 하며 자료를 훑어보던 끝에, 마기드가 걱정스러운 투로 말했다.

「이 가운데 세 사람은 거의 내가 아는 만큼 알고 있을 거야. 결국 나도 얼마 전까지는 네가 가르친 성인반의 학생이었잖아.」

「상급반 학생들이 가르치기는 제일 수월해. 대부분 스스로 알아서들 공부를 하니까 조금만 도와주면 될 거야. 언닌 잘 해낼 거야. 문제가 생기거나 궁금한 게 있으면 겨우 3킬로 떨어진 곳에 내가 있다는 사실을 기억해.」

마기드는 걱정스러운 듯 조금 떨리는 미소를 지어 보였다.

「늘 그렇듯이, 넌 모든 일을 깔끔하게 정돈해놓았구나. 정말 놀라워, 하지만…… 오, 클레어, 이 일을 내가 할 수 있을 거라고 네가 믿어주다니 너무 흥분이 돼. 오 년 전에 난 글도 못 읽었잖니. 내 자신이 선생님이 될 거라고 누가 상상이나 했겠어?」

「다시 집으로 돌아왔을 때 학교에서 날 필요 없다고 내몰까봐 걱정인걸.」

클레어가 농담처럼 내뱉긴 했지만, 아주 터무니없는 걱정만은 아니라는 생각이 들었다. 지금까지 겪어본 바에 의하면 마기드는 좋은 교사가 될 것이며, 어떤 면에서는 클레어 자신보다 더 나은 교사가 될 수도 있겠다 싶었다. 배운 것은 클레어보다 적었지만, 인내심에 있어서는 마기드가 그녀보다 한 수 위였다.

용무를 마치자 마기드는 의자에 기대어 앉아 클레어가 내온 차를 한 모금 마셨다.

「그 사람 어땠어?」

클레어는 무슨 뜻인지 몰라 반문했다.

「누구?」

「트레거 자작, 아니 지금은 애버데어 백작이라고 해야겠구나.」

마기드의 눈동자에 속에 서서히 장난기가 보이고 있었다.

「우리의 니컬러스. 그가 감시인을 피해 마을로 놀러 내려올 기회가 잦지는 않았지만, 아직도 난 그를 잊을 수가 없어. 물론 넌 어렸으니까 그때의 그를 잘 기억하지 못하겠지만 말야. 개구쟁이에다가 조금 거칠기는 했어도, 누구에게 해를 끼치거나 하는 일 따위는 없었어. 그렇게 못되지도 않았고. 우리들 중 어느 누구보다도 웨일스 말을 잘했지. 노백작과는 달랐어.」

「웨일스 말을 하는 줄을 몰랐는데.」

웨일스의 상류층들은 보통 언어나 관습에 있어서 다분히 영국적이었기 때문에, 클레어는 니컬러스에 대한 자신의 평가를 마지못한 듯 억지로 끌어올렸다.

「그분을 찾아갔을 때 난 영어로 말을 했어.」

「그가 친구 세 명을 데리고 옥스퍼드에서 돌아왔을 때가 생각나.」

마기드는 꿈꾸듯 듯한 목소리로 이야기를 했다.

「누군가가 그랬어. 그들이 런던에서는 '타락천사들'이라고 불린다고 말야. 악마처럼 검고 잘생긴 니컬러스, 루시퍼처럼 아름다운 금발의 루시언, 지금은 공작인 된 라파이엘, 그리고 펜리스의 화근덩어리가 되기 이전의 마이클 경. 다소 거친 면들이 있긴 했지만, 내가 보아온 남자아이들 중에 최고로 멋졌어. 물론 오웬은 빼고 말야. 다행히도 오웬이 나에게 청혼을 했기에 망정이지, 안 그랬으면 난 타락한 여자가 되고 싶은 유혹을 느꼈을지도 몰라.」

「설마, 과장이겠지.」

「아주 조금 과장했을 뿐이야.」

마기드는 찻잔을 비우며 대화를 이어나갔다.

「이제 니컬러스는 백작이 되었고, 낯선 땅을 돌아다니다가 집으로 돌아온 거지. 여전히 예전처럼 근사하니?」

「응.」

클레어는 감정을 억제하며 말했다. 자세한 설명을 기다리던 마기드는 클레어가 더 이상 말을 않자 다시 물었다.

「그 영지 안에 신기한 동물들이 뛰어다니고 있었니? 사람들 말을 들어보니까, 니컬러스가 돌아올 때 이상한 동물들을 데리고 왔다고 하던데. 난 아이들이 그곳에 구경하러 가지 못하게 하고 있어.」

「공작새들보다 더 색다른 동물들은 아무 것도 보지 못했어. 그리고 공작새들이야 늘 그곳에 있었잖아.」

클레어는 자료들을 가지런히 모아 마기드에게 건네주었다. 이제 그만 가보라는 의미임을 눈치챈 마기드는 천천히 자리에서 일어섰다.

「구역예배에는 참석할 거지, 응?」

「당연하지.」

클레어는 머뭇거리다가 덧붙여 말했다.

「그럴 여건이 되어주기만 하면 말야. 애버데어 백작이 날 런던으로 데리고 간다고 했거든.」

마기드의 눈썹이 치켜 올라갔다.

「정말이야? 하녀장을 거기까지 데리고 가야할 이유는 없잖아.」

「날 비서로 삼으려는 걸지도 몰라. 내가 하게 될 일이 뭔지는 두고 봐야 알 것 같아.」

자신이 지금 정직하지 못한 대답을 하고 있다는 것을 알기 때문에 클레어는 마음이 편치 않았다.

「올드 닉을 조심해, 클레어. 위험한 사람이야.」

「글쎄. 애버데어 백작은 너무 오만해서, 싫다는 여자를 우격다짐으로 취하려 들지는 않을 것 같던데.」

「내가 걱정되는 건 그게 아니야. 네가 그 사람에게 마음이 끌리게 될까봐 위험하다는 거지.」

그 불길한 말을 남기고 마기드는 자리를 떴다. 클레어는 그제야 한시름을 놓았다.

클레어가 애버데어 저택에 가지고 갈 소지품들을 챙기는 데는 그리 오랜 시간이 걸리지 않았고, 달리 해야 할 허드렛일도 없었다. 긴장감으로 잠을 이룰 수가 없어, 클레어는 이것저것 익숙한 물건들을 만져보곤 하면서 네 개의 방을 둘러보았다. 이 집의 지붕 아래서 태어난 이래 한번도 다른 곳에서 살아본 적이 없었다. 애버데어에서는 가장 작은 방도 크고 웅장할 테지만, 클레어는 이 방의 하얀 벽들과 평범하고 튼튼한 가구들이 그리워질 것 같았다.

클레어는 오래되어 거멓게 변해버린 오크목 궤를 손가락 끝으로 가볍게 어루만졌다. 대대로 가문의 여자들에게 물려져 내려온 궤인데, 이제 물려줄 딸이 없을 거라는 사실이 못내 아쉬워졌다. 뚜껑 안쪽에는 '앤가래드 1579'라고 새겨져 있었다. 가끔씩 클레어는 먼 옛날에 살았던 할머니들의 삶이 궁금했었다. 아마도 앤가래드는 그 땅에서 살아나갔던 소자작농의 딸이자 아내였을 텐데, 그녀의 남편은 어떤 사람이었을까? 아이는 몇이나 낳았을까? 그녀는 행복했을까?

거실 한쪽 끝에 서 있는, 책으로 꽉 찬 책꽂이가 클레어의 집에서는 유일한 사치품이었다. 토머스 모건은 옥스퍼드에서 교육을 받은 웨일스의 상류층 자제이며 영국 국교회에서 목사 안수를 받았지만, 존 웨슬리 목사의 설교를 듣고 깊은 감화를 받아 감리교 목회자로 개종한 사람이었다. 집안이 엄격하고 보수적이라 모건 목사는 가족에게 의절을 당해야 했지만, 결코 자신의 선택을 후회하지는 않았다. 대신, 그는 독실한 소작농의 딸과 결혼하여 펜리스에 정착했고, 자신의 삶을 바꾸어놓은 진리를 설교하고 가르치며 일생을 살았다.

배움에 대한 토머스의 열망은 식을 줄을 몰랐고, 딸아이 역시 그 열정을 고스란히 물려받았다. 수차례 순회설교를 다닐 때마다 토머스는 저렴한 중고서적을 찾아다녔다. 클레어는 집에 있는 그 책들을 모두 독파했고, 대부분은 두 번 이상 읽은 것들이었다.

클레어의 모친은 십이 년 전, 살아 있을 때와 마찬가지로 아주 조용히 눈을 감았다. 모건 목사는 순회설교를 다니는 동안 열 네 살짜리 딸을 아는 감리교도 가정에 맡기려고 했지만, 클레어는 다른 집에서 지내기를 완강하게 거부했다. 아버지의 말에 거역한 적은 그때가 처음이자 마지막이었다.

열 여섯 살이 되었을 때 처음으로, 클레어는 소규모의 비공식 교실을 열어 성인 여자들에게 읽고 쓰기를 가르치기 시작했다. 그로부터 사 년 후, 애버데어 백작의 젊은 둘째 부인이 자선학교 설립을 위한 기부금을 내놓자, 마을 주민들이 그간 버려져 있던 십일조 곡식 창고를 수리하기 위해 힘을 모았다. 교사들은 대개 남자들이었지만 가르친 경력을 인정받아 클레어도 자연스럽게 신설학교의 교직을 맡을 수 있었다. 수년을 지나오는 동안, 펜리스의 주민들 중 절반이 한번 이상씩은 그녀의 학생이 되어 가르침을 받았다. 연 이십 파운드의 급료가 생활을 풍족케 해주지는 못했지만, 클레어는 그것으로도 만족했다.

니컬러스 데이비즈는 클레어로부터 사랑하는 집과 질서정연했던 삶을 빼앗아버린 것이다. 뒷마당의 작은 정원을 바라보면서, 클레어는 이제 모든 것이 끝이라는 생각을 견딜 수가 없어 몸을 떨었다. 왠지 이것으로써 자신의 인생이 일단락 지어진다는 생각이 뼛속 깊이 파고들었다. 애버데어에서 어떤 일이 일어나건 그것은 클레어의 삶을 영원히 바꾸어놓을 것이다. 더 나은 삶으로 바뀔지 어쩔지는 확신할 수 없지만, 어쨌든 다시는 예전으로 돌아갈 수 없을 것이다.

어지러운 심정이 가라앉기를 바라는 절망적인 마음으로, 클레어는 무릎을 꿇고 기도했다. 기도에 대한 응답은 없었다. 그런 적은 한번도 없었다.

늘 그랬듯, 내일 그녀는 홀로 운명과 맞서야 했다.

3

    니컬러스는 머리가 깨지는 듯한 두통을 느끼며 눈을 떴다. 누운 채로 가만히 눈을 감고 생각을 정리해보았다. 틀림없이, 시종인 반즈가 잠옷을 입혀 침대에 눕혔으리라. 니컬러스는 알몸으로 잠자리에 드는 것을 더 좋아했지만, 불평하고 자시고 할 입장이 아니었다.

    그는 머리를 조금 들어올리다가 이내 멈추고 말았다. 머리통이 떨어져나갈 것처럼 욱신거렸다. 바보 같은 짓을 저지른 데 대한 대가를 톡톡히 치르고 있는 셈이었다. 하지만 불행하게도, 지난밤 일이 생각나지 않을 만큼 민취했던 것은 아니었다. 느닷없이 성큼성큼 걸어 들어와서 그가 내민 터무니없는 도전을 받아들인 그 촌색시 같은 호전적인 아가씨를 떠올리자, 니컬러스는 웃어야 할지 울어야 할지 알 수가 없었다. 앞으로 닥칠 일들을 생각하니, 웃을 수도 없고 울 수도 없었다.

    자신이 내뱉었던 말들을 차마 믿기가 어려웠지만, 거부할 수 없을 만큼 기억이 너무나 또렷했다. 클레어 모건이 무장을 하고 오지 않은 것만도 천만다행이었다. 아마도 그녀는 기생충처럼 눌어붙어 살고 있는 귀족을 이 세상에서 쫓아내는 일이 감리교도로서의 자신의 의무라고 여기는 것일지도 몰랐다. 그 생각을 하니 미소가 나오려고 했다. 클레어가 신중하게 생각을 해본 후에 거래를 취소하기로 결심하기를 간절히 바라면서도, 니컬러스는 한편으로 그녀와의 만남을 기대하고 있었다. 클레어 같은 여자는 남자의 마음을 세게 흔들어놓을 수 있었다.

문이 열리고 조용하게 다가오는 발소리가 들렸다. 아마, 반즈가 주인이 깨어났는지 들여다보려고 오는 모양이었다. 혼자 있고 싶어서 눈을 감은 채 가만히 있으려니, 발걸음 소리가 다시 멀어져갔다.

하지만 그 상태가 그리 오래 가지는 못했다. 오 초쯤 지났을까, 니컬러스의 머리 위로 차가운 물이 흘러내렸다.

「젠장, 뭐야!」

벌떡 몸을 일으키면서 니컬러스가 고함을 내질렀다. 반즈, 이 인간 죽여버릴 거야, 콱 죽여버리고 말 거야.

하지만 거기 서 있는 사람은 시종이 아니었다. 니컬러스는 침침한 눈으로 클레어 모건을 쳐다봤다. 그녀는 텅 빈 도자기 주전자를 들고 저만치 떨어져 서 있었다. 처음에는 악몽을 꾸고 있나 했지만, 클레어의 작은 얼굴에 드리워진 거만한 표정도, 흠뻑 젖은 자신의 잠옷도 결코 상상이 아니었다. 니컬러스는 버럭 성을 냈다.

「대체 무슨 짓이오?」

클레어는 차분하게 대답을 했다.

「내일 아침이 내일 오후가 되어버렸군요. 세 시간이나 기다렸어요. 펜리스에 대한 저의 요구사항들을 구체적으로 정리하며 차도 충분히 마셨고, 이 집에서 제가 해야 할 일이 뭔지 알아보려고 집안도 대충 둘러보았어요. 할 일이 좀 많겠더군요. 백작님도 알고 계시겠지만, 아니, 모를 수도 있겠군요, 남자들은 집안 일에는 희한할 정도로 무심하니까요. 더 이상 기다리기가 지루해서 당신을 깨워야겠다고 생각했어요. 그것도 정부가 해야 할 일이 아닌가 싶더군요.」

경쾌한 웨일스 억양이 섞인 굵고 허스키한 목소리가 니컬러스로 하여금 숙성된 위스키를 생각나게 했다. 새침한 처녀에게서 흘러나오는 목소리치고는 놀랄 만큼 에로틱했다. 니컬러스는 그녀를 골려주고 싶은 마음이 들었다.

「내 정부들은 늘 좀 더 흥미진진한 방법으로 날 깨우곤 했는데. 어떻게 했었는지 들려줄까?」

「일부러 그러실 필요는 없어요.」

클레어는 세면대에서 수건을 꺼내어 그에게 건네주었다. 니컬러스는 머리와 얼굴을 대강 닦고 나서, 젖은 잠옷의 물기를 훔쳐냈다.

「술에 자주 취하시나요?」

「그럴 때는 거의 없소.」

니컬러스는 무뚝뚝하게 대답했다.

「이번 경우는 명백히 내 실수요. 술에 취하지 않았더라면, 앞으로 석 달 동안 피곤하게 당신과 마주치면서 지낼 필요도 없었을 텐데 말이오.」

클레어는 적의가 담긴 표정으로 점잖게 대꾸했다.

「이번 일을 끝까지 밀고 나가지 않기로 작정하신다면, 전 당신을 별 볼일 없는 사람으로 간주하겠어요.」

「독설가시로군.」

니컬러스는 클레어를 노려보다가 그녀의 불안해하는 얼굴을 보고 나서야 시선을 돌리며 말했다.

「난 그런 여자를 좋아하지.」

모욕적인 말에 태연하던 그녀도 칭찬이니 성적인 관심에는 어쩔 줄 모르겠는지, 얼굴이 붉게 상기되었다.

흥이 난 니컬러스가 말했다.

「시종을 찾아서 뜨거운 면도물을 들여오라 하시오. 그리고 주방에 시켜서 커피를 아주 뜨겁게 끓이게 하고 삼십 분 후에 내려가겠소.」

니컬러스는 이불을 걷어내고 침대에서 일어났다.

시선을 돌리며 클레어가 말했다.

「잘 알겠어요, 니컬러스.」

클레어가 서둘러 문을 닫고 나가자 니컬러스는 혼자 즐거워하며 웃어댔다. 클레어는 정말 흥미로운 여자였다. 저 강인한 천성이 열정으로 바뀌면, 잠자리에서도 기가 막힌 상대가 될 것이다.

차가운 바닥으로 내려서자, 과연 클레어를 성공적으로 유혹할 수 있을까 하는 걱정이 들었다. 클레어의 냉혹한 도덕심은 그에게 끈질긴 인내심을 요구할지도 모를 일이었다. 하지만 재미있는 게임이 될 것 같긴 하다. 가볍게 휘파람을 불며 그는 눅눅하게 젖은 잠옷을 벗어버리고는, 언제 어디에서 그녀에게 첫 키스를 할지를 곰곰이 생각했다.

애버데어 백작은 정확하게 삼십 분 후 말끔한 모습으로 점심이 마련된 식당으로 내려왔다. 길고 어두운 색깔의 머리카락을 제외하면 여지없이 런던 신사의 모습 그대로였다. 오히려 좀 흐트러진 모습이었을 때가 클레어는 더 좋았다는 생각이 들었다. 왠지 그의 지금 차림새가 두 사람간의 생활수준의 격차를 느끼게 했기 때문이었다.

문득, 가슴을 반쯤 드러낸 채 탄탄한 어깨 위에 옷감이 착 달라붙어 있던 그의 잠옷차림이 떠올랐다. 너무나 스스럼이 없는 모습이었다.

클레어는 말없이 일어나, 김이 모락모락 나는 커피를 그의 잔에 따랐다. 니컬러스 역시 아무 말 없이 단 세 모금에 잔을 비우고는 다시 잔을 내밀었다. 두 번째 잔도 처음처럼 신속하게 비운 그는 이번에는 직접 잔을 채운 후, 클레어의 맞은 편 자리에 앉았다.

「펜리스의 어려움이 무엇이고 당신이 나에게 제시하고 싶은 해결책이 무엇인지 어디 한번 설명해보시오.」

니컬러스의 말투는 조급하고 사무적이었다. 이미 대답이 준비되어 있던 질문인지라, 클레어는 기뻐하며 말했다.

「몇 가지 원인에 따른 경제적인 문제점들이 있어요. 오 년 전에 백작님의 조부께서 공유지를 사유화하는 법령을 의회에서 통과시키면서 시작된 문제죠. 공동 소유지이던 고지에 구획을 설정함으로 해서 애버데어는 그곳에서 양을 방목할 수 있게 되었지만, 더 이상 그 땅에서 생계를 이어나갈 수 없게 된 많은 주민들이 아랫마을로 떠밀려갔어요. 일자리는 거의 전무했고, 있는 일자리라고 해봐야 대개는 탄광노동직이었죠. 노동자들이 너무 많으니까 광산 감독들은 임금을 낮게 책정했어요. 그러면서도 장비 보완이나 기본적인 안전설비를 위해서는 돈을 쓰려고 하지 않았구요.」

더 구체적인 설명을 들어보기도 전에 니컬러스가 손을 들어 클레어의 말을 막았다.

「탄광에서 몇 명이나 죽었소?」

「지난 사 년간 총 열 여섯 명의 성인 남자와 네 명의 남자아이들이 이런저런 사고로 목숨을 잃었어요.」

「안된 일이긴 하지만, 그게 부당하다는 말이오? 탄광 일이 위험하다는 거야 어제오늘 일이 아니잖소. 내가 아는 광부들은 힘과 용기를 요구하는 일을 한다는 것에 자부심을 가지고 있던데.」

「자부심, 그래요 가지고 있죠. 하지만 그 사람들은 바보가 아니에요. 펜리스 탄광에서 그들이 겪는 위험은 일반 광부들이 감수해야 하는 것보다 훨씬 지독해요. 오죽했으면, 이제까지 그곳에서 큰 재난사고가 일어나지 않았다는 게 기적이라고들 하겠어요. 조만간 그런 행운이 막을 내리는 날에는 아마도 수십, 아니 수백 명이 죽게 되겠죠.」

냉정하고 객관적인 어조로 말하려고 애를 썼지만, 그래도 클레어의 목소리는 떨리고 있었다.

「광산에서 친구들을 잃기라도 한 모양이군?」

「친구가 아니었어요.」

클레어는 단호한 표정으로 고개를 들어올렸다.

「아버지가 그곳에서 돌아가셨어요.」

순간, 니컬러스는 마치 뒤통수를 한 대 맞은 기분이었다.

「대체 모건 목사가 탄광 속에 무슨 일로 들어갔다는 거요?」

「늘 하시던 일을 하기 위해서요. 붕괴사고가 있었어요. 두 남자는 그 자리에서 숨졌고, 교인 한 분이 무너진 바위에 깔렸어요. 하체가 으

깨어졌는데, 의식은 남아 있었어요. 저의 아버지를 찾더군요. 다른 사람들이 광산을 빠져나가려고 아우성칠 때, 아버지는 그분 손을 잡고 함께 기도를 하셨어요.」

고르지 못한 숨을 내쉰 후, 클레어는 말을 멈추었다.

「그때 또 한차례 바위가 굴러 떨어졌어요. 아버지, 바위에 깔린 광부, 그리고 구조원 중 한 사람이 목숨을 잃었죠.」

「사람들은 당신 아버지에게 너무 많은 것을 기대했소. 아버지가 연민과 용기로 사셨듯이 또 그렇게 돌아가셨다는 것을 위안으로 삼을 수 있겠소?」

니컬러스가 부드러운 목소리로 말했다.

「아주 조금은요.」

클레어의 목소리는 왠지 쓸쓸했다.

어색한 침묵이 흐르고 나서 니컬러스가 물었다.

「왜 나한테 접근했소? 아무리 내가 광산 부지의 소유자라 해도, 이미 그 땅은 광산회사에 임대되었잖소. 그렇다면 광산주나 감독들과 얘기를 나눠봐야 할 문제인 것 같은데.」

클레어는 입을 꾹 다물었다.

「광산 감독인 조지 매덕은 어림도 없어요. 자기한테 이득이 된다면 다른 사람의 목숨을 담보로 내놓는 것도 서슴지 않는 사람이죠.」

「마이클 케넌이 아직도 광산주인가? 그 친구라면 합리적인 요구들을 수용해줄 수 있을 거요.」

「여러 번 그분과의 대화를 시도해봤지만, 편지와 탄원서를 보내도 답신이 없더군요. 지난 사 년 동안 이곳에 발을 들여놓으신 적이 없기 때문에 아무도 그분과는 직접 얘기를 나누어볼 수가 없었어요.」

「사 년이라.」

니컬러스는 이해할 수 없다는 표정으로 되뇌었다.

「그 친구가 그렇게나 오래 발걸음을 끊었다니, 재미있는 일이군. 하지만 매덕과 마이클이 가만히 있는데 내가 무슨 일을 할 수 있겠소?」

「마이클 경에게 말씀을 전해주세요. 당신과 친구사이잖아요. 그분이 탄광의 열악한 환경을 바꾸어줄 수만 있다면 더 이상의 사고는 일어나지 않을 거예요.」

「친구였었지. 하지만 지난 사 년 동안 그를 만난 적이 없소. 그보다도, 사실은…….」

니컬러스는 점점 말끝을 흐리다가, 넋이 나간 사람처럼 멍하게 말을 이어나갔다.

「그 친구 행방도 모를뿐더러, 과연 내 말을 들으려 할지 의문이오. 그는 지금 상황에 극히 만족하고 있을지도 모르는데 말이오.」

「그럴 거라고 생각했어요.」

백작이 그녀와 맺은 거래를 얼마나 충실히 이행하려 할 것인지를 파악할 수 있는 순간이 바로 지금임을 알기에, 클레어는 축축하게 땀이 배어나온 손바닥을 회색 치마에 문질렀다.

「만일 광산 근로조건이 개선되지 않는다면, 해결책은 다른 종류의 고용을 창출하는 길뿐이에요. 그런 거라면 당신이 좀 더 쉽게 도움을 줄 수 있을 거예요.」

「당신한테 뭔가 계획이 있는 모양이군. 계속해보시오, 미스 모건.」

니컬러스는 의자에 깊숙이 몸을 묻으며 팔짱을 꼈다.

「우선, 당신은 이 고장에서 가장 큰 지주인데도 보다 과학적인 영농법을 장려하는 일을 아무 것도 하지 않았어요. 당신의 소작인들은 아직까지도 튜더왕조 대의 방식을 고수하고 있죠. 품종개량, 영농개선을 행하면 소출이 늘고 일자리도 더 많이 생겨날 거예요.」

클레어는 종이 한 다발을 집어들어 니컬러스에게 건네었다.

「전문가는 아니지만, 영국에서 행해지는 과학적인 농경법에 관한 자료들을 조사해봤는데, 이 지방에 효과적으로 적용해볼 수 있음직한 기술들을 메모해놓았어요.」

니컬러스는 서류를 대충 훑어보고는 테이블 위에 올려놓았다.

「중세의 지방농경법을 타파하려면 앞으로 십 년, 아니 이십 년은 나도 눈코 뜰 새 없이 바빠지겠지만, 혹시라도 내게 시간이 남는다면 또 어떤 걸 해줬으면 좋겠소?」

비아냥거리는 말투에도 아랑곳하지 않고 클레어는 대꾸했다.

「시행하시기만 하면 거의 즉시 효과를 볼 수 있는 중요한 일이 한 가지 있어요.」

「오호. 계속해봐요, 미스 모건. 무슨 말을 듣게 될지 설레는군.」

「당신은 기억 못하겠지만, 마을 변두리에 당신이 소유하고 있는 슬레이트 채석장이 있어요. 수년간 아무 쓸모 없이 버려져 있었지만, 다시 일으키지 못할 이유는 없죠.」

클레어의 목소리에 힘이 넘쳤다.

「그곳을 개발하면 당신에게도 이득일 뿐 아니라, 현재 무직상태인 많은 사람들에게도 일자리를 제공할 수 있어요. 플린트셔의 펜린 채석장은 오백 명이 넘는 일꾼들을 고용하고, 광산에 비해 일도 위험하지 않아요. 게다가, 그렇게 되면 매덕은 광산의 근로조건을 개선하든지 아니면 숙련된 광부들을 잃게 되든지 하겠죠.」

「나도 그 채석장을 기억하고 있소. 그 계곡에 있는 집들 모두 그곳에서 나는 슬레이트로 지붕을 삼고 있긴 하겠지만, 그렇다고 상업적으로 개발할 만큼 슬레이트가 충분하겠소?」

「측정을 해보니까 채석장이 아주 넓고, 질도 늘 최상이었어요.」

「측정이라. 그럼 내 자산을 평가해보기 위해서 내 땅에 무단침입했다, 그 말인가?」

순간, 클레어는 움찔했다.

「채석장이, 사람들이 다니는 한길 근처에 있어서요.」

「양들을 놀래키지만 않는다면 상관없소.」

니컬러스의 눈썹이 반사적으로 치켜 올라갔다.

「슬레이트의 문제점은 운반비용이 많이 든다는 거요. 바지선으로 석탄을 해안까지 운반하려면 강 하류에 궤도(軌道)를 설치해야 하니까 말이오.」

「궤도가 뭐죠?」

「일종의 선로인데, 길 양쪽에 목재나 철을 놓아 만드는 거요. 말들이 그 선로를 따라 마차를 끌고 가는 거지. 설치비용이 많이 드는데, 탄광에 선로가 없는 게 아마도 그래서일 거요. 하지만 그 선로를 이용하면 일반 도로를 이용하는 것보다 훨씬 빨리 무거운 짐들을 운반할 수 있소.」

니컬러스는 다시 곰곰이 생각을 해보다가 말했다.

「해안에는 부두도 새로 갖추어져야 할 거요.」

「하지만 일단 부두가 만들어지기만 하면, 어디로든 슬레이트를 실어나를 수 있잖아요. 브리스틀 해협을 가로질러 북쪽의 머지사이드(Merseyside, 잉글랜드 북서부의 주, 주도는 리버풀)까지 말이에요. 당신은 탄광으로부터 부두 사용료를 받아 그 비용을 충당하면 될 거구요. 탄광 선박시설은 열악하니까요. 큰 이득을 보실 수 있을 거예요, 애버데어 백작님.」

「이득을 미끼로 삼으려들지는 마시오. 난 그런 문제에는 별로 흥미가 없으니까.」

짜증을 내듯 내뱉고서 니컬러스는 적갈색 탁자를 톡톡 두드렸다.

「채석장을 개발하는 데 몇 천 파운드가 들지 생각해봤소?」

「아뇨. 사실 그만한 액수의 돈은 가늠이 잘 되지 않아서요. 당신이 감당할 수 없는 정도인가요?」

「그렇다고 말하지는 않았소.」

니컬러스가 자리에서 일어나며 물었다.

「말을 탈 줄 아시오?」

갑자기 화제가 바뀌자 클레어는 어리둥절했다.

「조금 탈 줄은 알지만 최근에는 타보지 못했어요. 아버지가 돌아가신 후에 말을 팔아버렸거든요. 유순하고 늙은 말이었기 때문에, 그나마 승마 경험도 극히 제한적인 것이었어요.」

「마구간에 당신에게 적당한 말이 있을 거요. 십오 분 후에 승마복으로 갈아입고 만납시다. 당신이 말한 그 채석장을 둘러봐야겠소.」

그 말을 남기고 니컬러스는 발걸음을 돌려 방을 나갔다. 클레어는 한바탕 폭풍우가 휩쓸고 지나간 것처럼 정신이 멍했다. 하지만 최소한 백작이 그녀의 생각을 진지하게 받아들이고 있는 것만은 확실했다.

그나저나, 클레어는 승마복이 없었다. 니컬러스는 그런 말을 할 틈도 주지 않고 나가버린 것이었다. 희미한 미소를 지으며, 클레어는 자신에게 배정된 방으로 올라갔다. 옛날에 입었던 승마복이라도 꺼내 입을 수밖에 없었다. 아마도 백작이 놀랄 것이다. 아니, 놀라게 해주고 싶었다.

클레어가 마구간에 들어가서 보니, 먼저 도착한 니컬러스가 넓은 마방 안에 있는 말과 정답게 속삭이고 있었다. 따각거리는 낡은 부츠발 소리에 고개를 돌리던 그가 흠칫 놀라는 표정을 지었다.

「펜리스에서는 사내아이 반바지를 승마복으로 입고 있소?」

「마을 여자 중에 말을 타는 사람은 거의 없거니와, 겨우 한번 입고 말 것을 비싼 돈주고 살 만큼 여유가 있는 여자는 더욱 드물죠. 옷이 마음에 안 드신다니 유감이긴 하지만, 어쩌죠, 이 옷은 제가 가진 유일한 승마복이라서요.」

또박또박 뱉어내는 클레어의 말에 니컬러스는 능글맞은 미소를 지어 보였다.

「마음에 들지 않는다고는 하지 않았소. 런던에서 그런 바지를 입고 말을 타보지 그러오. 그럼 당신이 신식유행을 만들어낼 수 있을 텐데. 뭐, 유행이 되거나 반란이 되거나 둘 중의 하나겠지만.」

옷이 많지 않다는 것에 대해 그다지 개의치 않고 살아온 클레어였지만, 반바지를 입은 자신의 다리를 니컬러스가 뚫어지게 쳐다보자 발가벗은 느낌이 들어 얼굴이 붉어지고 말았다.

마구간을 흘끗 쳐다보며 그녀가 물었다.

「절 위해 골랐다는 말이 저 녀석이에요?」

「그렇소. 순종 웨일스 산 조랑말이오.」

니컬러스가 길고 우아한 손가락으로 암말의 콧잔등을 쓸어내자, 말이 간드러진 웃음소리를 냈다.

「유순하고 매너도 좋고 보통 말보다 상당히 영리한 말이오. 나에게는 너무 작지만 당신에게는 잘 맞을 것이오.」

니컬러스가 마구간 문을 열고 론더를 끌어내는 사이, 마부는 마구창고에서 곁안장을 끄집어내려 했다.

「그건 필요 없을 거야. 미스 모건에게 일반 안장을 주게.」

마부는 흥미로운 눈초리로 클레어를 쳐다보고는, 주인의 지시대로 조랑말에 안장을 채웠다. 니컬러스는, 클레어가 그를 처음 보았을 때 그가 타고 달리던 그 우람한 검은색 종마를 직접 끌고 나갔다. 말이 격앙되어 사납게 날뛰었다. 겁을 먹은 클레어가 주춤주춤 뒷걸음질을 치고 있는데, 니컬러스가 다가가 말의 콧구멍으로 입김을 불어넣었다. 그러자 말이 일순간에 조용해졌다. 놀란 클레어를 바라보며 니컬러스가 싱긋 웃음을 지었다.

「옛날 집시들이 말을 진정시킬 때 쓰던 비법이오. 말을 훔치려고 할 때 써먹으면 아주 유용할 거요.」

「그 방면에 꽤 경험이 많은가보군요.」

클레어가 무뚝뚝하게 대꾸했다. 니컬러스는 종마에 안장을 채우고 나서 안타깝다는 듯 머리를 흔들었다.

「그런 것 같진 않소. 부자라서 슬픈 이유 중의 하나는, 도둑질을 하지 않아도 된다는 사실이오. 어렸을 때 훔친 암탉과 토마토를 장작불에 구워서 나눠 먹었는데, 내가 지금까지 먹어본 가장 맛있는 음식이 바로 그거였소. 최고였지.」

자신이 니컬러스의 말장난에 걸려들었다는 것을 깨닫자, 클레어는 론더에게 돌아서서 안장이 잘 조여졌는지를 점검했다. 슬쩍 곁눈질로 보니, 안장을 조이는 그녀의 꼼꼼함에 흐뭇함을 느낀 듯 그가 희미하게 고개를 끄덕이고 있었다. 그가 자신에게로 다가오려고 하자, 클레어는 그가 거들어주기 전에 황급히 말에 올라탔다.

마구간을 나와 달리기 시작했을 때는 초조했는데, 클레어는 이내 론 더가 정말 니컬러스의 말처럼 잘 조련된 말임을 확신하게 되었다. 오랫동안 쓰지 않았던 근육이 나중에 탈이 날 것을 알면서도 클레어는 긴장을 풀고 승마를 즐기기 시작했다.

니컬러스는 골짜기의 가장자리를 질주하면서 길을 이끌었다. 초봄치고는 드물게 따뜻한 날씨였고 공기도 너무 맑아 계곡 저 멀리 서 있는 나무들 하나하나까지 다 분간할 수 있을 정도였다.

옛 채석장까지의 거리는 몇 킬로미터쯤 되었고, 처음 한동안은 서로 아무 말 없이 말을 달렸다. 클레어는 문득 자신의 눈길이 계속 니컬러스를 향하고 있다는 것을 깨달았다. 켄타우루스(반인반마)처럼 질주하는 그의 모습을 말을 타고 달리면서 지켜보는 것은 즐거운 일이었다. 하지만 클레어는 그런 즐거움에 취하려는 자신에게 애써 지금의 처지를 떠올리게 했다.

목적지에 절반쯤 다다랐을 무렵에는 길이 넓어져서 두 사람이 나란히 달릴 수 있었다.

「생각보다 말을 잘 타는군. 당신 아버지의 그 느림보 말을 타고 배운 솜씨치고는 말이오. 돌덩이처럼 입이 무거운 녀석이었지.」

니컬러스의 농담에 클레어가 미소를 지었다.

「제가 말을 잘 타는 것처럼 보인다면 론더를 칭찬해줘야겠네요. 말 잘 듣고 유순한 말을 타고 달리는 건 즐거운 일이죠. 하지만 윌로우도 나름대로 장점을 지닌 녀석이었어요. 아버지는 말을 탈 때 종종 딴 생각에 빠지시곤 했는데, 혹시라도 방심한 틈에 윌로우가 달아나지는 않을까 하는 걱정 따위는 전혀 하실 필요가 없었거든요.」

「그럴 가능성은 별로 없지. 당신 아버지가 딴 생각에 빠질 때마다 윌로우는 오히려 가만히 멈춰 서서 풀을 뜯어먹었으니까.」

똑같은 어조로 니컬러스는 말을 계속했다.

「내 평판이 얼마나 나빠졌는지 궁금하군. 사 년 전 그 멜로드라마 같은 사건을 두고 펜리스 사람들은 뭐라고들 하오?」

클레어가 고삐를 잡아당기는 바람에 론더가 멈춰 서면서 그녀의 머리를 세게 흔들어놓았다.

긴장을 풀려고 애쓰면서 클레어가 말했다.

「당신이 수년간 할아버지 가슴에 못을 박으려고 애쓰다가 결국은 그분의 부인을 농락하는 것으로 목적을 달성했다고 믿고들 있어요. 당신과 부인이 같은 침대에 누워 있는 것을 목격한 후에 노백작은 심장 발작으로 죽고 말았죠. 당신 부인이신 레이디 트레거는 그 일을 알고는 공포에 사로잡혔구요. 당신이 자신을 해칠까봐 두려워서 그녀는 애버데어에서 달아나버렸어요. 폭풍이 치던 그날 밤, 마차가 길을 벗어나 강으로 곤두박질치는 바람에 목숨을 잃고 말았죠.」

클레어가 말을 멈추자 니컬러스는 태연한 어조로 물었다.

「그게 전부요?」

「그것으로도 충분하지 않으신가요?」

가시 돋은 목소리로 클레어가 쏘아붙였다.

「아마 당신은 당신 할아버지가 실제로는 집시의 독 때문에 죽었고, 당신 아내의 사고는 우발적인 일이 아니었을 거라는 추측이 나돌고 있다는 걸 알면 만족스러울 테죠. 당신이 그날 밤 집을 떠나 다시 돌아오지 않았다는 사실이 사건을 더 크게 만들었어요. 하지만 치안판사의 조사 결과 아무런 범죄 행각이 발견되지 않았죠.」

「사람들은 분명 내가 치안판사를 매수해 진실을 숨겼다고 믿고 있겠군.」

니컬러스가 빈정거리는 투로 말했다.

「그런 의견이 나오기도 했었지만, 치안판사는 아주 존경받는 분인데다가, 레이디 트레거의 마부는, 안 된다고 그러는데도 자꾸만 그녀가 말을 빨리 몰라고 다그치는 바람에 일어난 사고였다고 증언했어요.」

「케럴라인이 그렇게 급히 어디를 가려고 한 것이었는지, 마부가 아무런 말도 하지 않았소? 가끔 난 그게 궁금하던데.」

클레어는 가만히 생각을 해보다가 고개를 저었다.

「모르겠어요. 그게 중요한가요?」

「뭐, 중요하지 않을지도 모르지. 그저 궁금했을 뿐이오. 당신도 알다시피, 난 자세한 내막도 모른 채 급하게 떠났으니까. 그 마부…… 아직 이 골짜기에 살고 있소?」

「아뇨. 당신이 떠났을 때 하인들도 대부분 해고되어 뿔뿔이 흩어져버렸어요. 저택이 폐쇄되었을 때 적어도 삼십 명의 하인들이 일자리를 잃었어요. 떠나실 때 그런 문제를 생각해보신 적은 있나요?」

잠시 말이 없다가 니컬러스가 입을 열었다.

「솔직히 말해서, 그런 적 없소.」

니컬러스의 옆모습을 가만히 살펴보던 클레어는 그가 평상시와는 달리 굳어지는 것을 보았다. 따끔하게 양심의 가책을 느끼게 해주고 싶었는데, 지금은 우선 그의 표정을 풀어줘야 할 것 같았다.

「당신을 비방하는 사람들뿐 아니라, 당신 편을 드는 사람들도 있어요. 저희 아버지는 당신은 절대로 그런 악한 짓을 할 사람이 아니라고 믿으셨어요.」

아버지와 같은 심정인 클레어는 이번 기회에 니컬러스가 자신에게 씌워진 누명을 부정하길 바랐다. 패륜의 죄에 대한 그럴 듯한 해명을 하길 바랐다. 하지만 니컬러스의 반응은 냉담할 뿐이었다.

「당신 아버지는 성자였지. 하지만 난 죄인이오.」

「그게 자랑이라도 되는 모양이네요?」

실망감으로 날이 선 목소리로 클레어는 말했다.

니컬러스의 눈썹이 치켜 올라갔다.

「물론이오. 누구에게든 자랑거리가 하나쯤은 있어야 하니까.」

「고결한 성품이나 자비로움, 아니면 학식 같은 걸 자랑삼을 수는 없으세요? 아이들의 치기가 아닌 어른들의 미덕을 말이에요.」

클레어가 성을 내자, 니컬러스는 잠시 놀라고 당황한 듯싶었다. 하지만 그는 이내 태연하게 말했다.

「애버데어에서 할아버지는 온갖 미덕을 갖춘 사람이라 자칭하셨소. 내게 남겨진 것은 악덕뿐이었지.」

클레어는 그를 매섭게 쏘아봤다.

「노백작님은 사 년 전에 돌아가셨고 당신은 지금 성인이 되었어요. 좀 더 근사한 변명을 찾던지 아니면 어른답게 행동을 하세요.」

니컬러스의 표정이 어두워졌다.

「정부가 아니라 꼭 마누라처럼 잔소리를 해대는군.」

클레어는 자신이 지나치게 많은 말을 했다는 것을 깨달았다.

「차라리 학교 선생처럼 잔소리를 해댄다고 해주세요.」

「술에 취하지 말고, 고결한 품성을 지니고, 가치 있는 사람이 돼야 한다, 그게 당신이 내게 가르치는 교훈인 것 같은데, 그럼 당신은 나한테서 뭘 배울 거지?」

클레어는 잠자코 있었지만, 그의 물음에 대한 대답을 알고 있었다. 자신이 니컬러스로부터 배우게 될 것은 어떤 것이든 위험할 거라는 사실을.

4

수년만에 처음으로 찾아온 채석장이었다. 옛날에는 아무 생각 없이 둘러봤었지만, 이번에는 니컬러스도 돌출한 바위들을 주의 깊게 살펴보았다.

말에서 내리며 그가 말했다.

「구역 일대가 얇은 토양에 덮인 슬레이트 지대처럼 보이는군.」

「슬레이트에 대해 잘 아는 친구 말이, 이곳의 슬레이트를 전부 채석하려면 수십 년은 걸릴 거라고 하더군요.」

클레어가 조랑말을 세우고 내려서려는데 그때 마침 니컬러스가 그녀를 거들어주려고 다가왔다. 클레어는 바짝 몸이 얼어붙었다.

니컬러스는 그녀의 놀란 얼굴을 보고 안심시키려고 미소를 지어 보였다. 소년의 복장이 그녀에게 아주 잘 어울렸다. 더 어려 보이고, 훨씬 덜 고집스러워 보였다. 여교사라기보다는 개구쟁이 소년 같았다.

「여우에게 쫓기는 암탉처럼 굴지 말고, 나와 같이 있을 때 좀 더 편안해지는 법을 배워야겠소. 정부라면 연인의 손길을 즐거워해야지.」

클레어를 말에서 내려준 후에도 니컬러스는 그녀의 손을 계속 잡고 있었다. 그녀의 손가락이 떨리고 있었다.

「전 진짜 정부가 아니에요.」

「잠자리를 같이 해야 할 필요는 없지만, 다른 점에 대해서는 난 당신을 정부로 대할 거요. 그 말은, 앞으로 석 달 동안 당신이 긴장을 풀고 나와 함께 하는 시간을 즐기기만 하면 훨씬 기분 좋게 지낼 수 있을 거라는 뜻이지.」

클레어의 가느다란 손가락을 엄지손가락으로 부드럽게 쓰다듬으면서 그가 계속 말했다.

「난 접촉을 좋아하오. 여자의 살은 남자의 살과는 다른 즐거움을 주거든. 예를 들면, 당신의 손이 그렇지. 작고 섬세하고, 포크를 들어올리는 것 이상의 거친 일은 해본 적이 없는 숙녀의 연약한 손. 매혹적인 힘을 지닌 손이지. 사랑을 나눌 때 그 손을 사용하면 놀라운 솜씨를 발휘할 수 있을 거요.」

클레어의 눈동자가 동그래졌고, 그녀의 손은 니컬러스의 손에 갇힌 채 떨고 있었다. 그것은 혐오감에서 나온 반응이 아니었다. 그녀 자신도 깨닫고 있는지 의심스럽기 했지만, 니컬러스는 클레어가 육체의 온기에 목말라 있다는 것을 알 수 있었다. 그는 그러한 목마름을 십분 활용해야 했다. 서서히 클레어를 부추겨 그를 원하게 만들어야 했다. 하지만 매사에 티격태격 싸우지 않으려면 서두르지는 말아야 한다.

다시금 니컬러스는 궁금해졌다. 클레어의 도덕성과 자신의 설득력 중 과연 어느 쪽이 더 강한 힘을 발휘할 것인지. 결과에 대한 불확실성은 지난 수년간 느껴보지 못했던 기대감을 느끼게 했다.

니컬러스는 클레어의 손을 놓고 두 마리의 말을 밧줄로 묶었다. 그리고는 마치 늘 해오던 행동인 양, 그녀의 조그마한 등에 손을 얹고 풀밭을 가로질러 가장 가까운 슬레이트 지층이 돌출한 곳으로 데려갔다. 외투와 셔츠를 겹겹이 걸친 상태였지만, 니컬러스는 클레어가 처음에는 긴장했다가 차츰 풀어지고, 이어 그런 친밀한 행동에 가만히 자신을 맡기고 있음을 느낄 수 있었다. 니컬러스는 그녀의 나긋나긋한 움직임을 음미하며 속으로 미소를 지었다. 친밀감이라는 것은 가닥가 닥 거미줄을 엮어가는 것과 같은 것이고, 클레어가 고분고분한 반응을 보일 때마다 그는 한 점씩 점수를 따 들어가고 있었다.

바위가 돌출한 곳에 이르자, 니컬러스는 클레어에게서 떨어져, 울퉁 불퉁한 지층을 유심히 관찰했다.

「이런 평범한 광산에 점판암 지대가 있을 줄은 생각지도 못했소.」

「항상 그렇지는 않아요. 여긴 지질이 특별히 뛰어난 곳이에요. 하지 만 점토가 가장 많이 섞인 지층에서도 질이 좋은 지붕용 슬레이트를 만들어낼 수는 있어요.」

니컬러스에게 문득 어떤 생각이 떠올랐다.

「돌아서보시오.」

니컬러스는 커다란 바위덩이를 들어올려 돌출한 점판암을 향해 힘껏 내리쳤다. 귀청이 찢어질 듯한 파열음과 함께 사방으로 파편이 튀었다. 커다란 점판암층이 부서지면서, 거의 평면에 가까운 장방형의 슬레이 트들이 떨어져나왔다.

니컬러스는 손바닥으로 슬레이트의 표면을 문질러 보았다.

「당구대로 쓰면 딱 좋겠군.」

「왜 이걸 당구대로 쓰고 싶다는 거죠?」

클레어가 미간을 모으며 물었다.

「목재로 만든 당구대는 종종 휘어지기 쉽거든. 특히 웨일스처럼 습 기가 많은 지역에서는 말이오. 이 슬레이트 조각을 짜 맞춰서 초록색 베이즈(baize, 당구대 · 탁자 · 커튼 따위에 쓰는 초록색의 설핀 나사羅紗)로 감싸면 훌륭한 당구대가 될 거요.」

「질 좋은 슬레이트를 그렇게 하찮은 용도로 쓰겠다는 말이에요?」

「당신이 아직 모르는 게 한가지 있소, 클레어. 하찮은 일이 대개는 꼭 필요하다고 여겨지는 것보다 훨씬 유익하다는 사실을 말이오.」

니컬러스는 손에 묻은 먼지를 털어내며 돌아섰다.

「영지 내의 목수를 시켜서 이것들 중에 몇 개를 애버데어의 당구대에 사용하게 해야겠소. 만일 효과를 보게 되면, 최고의 슬레이트로 시장을 개척해서 이윤을 볼 수 있을 거요.」

말을 한 후 니컬러스는 클레어의 어깨 위에 편안하게 팔을 걸쳤다.

「다른 곳도 둘러봅시다.」

이후 한 시간 동안, 두 사람은 언덕중턱을 기어오르며 슬레이트의 규모와 질을 살펴보았다. 풀을 뜯어먹고 있는 어미 주위에서 깡충깡충 뛰어다니는 양들의 우스꽝스러운 모습을 보며 함께 웃기도 했다. 니컬러스는 클레어와 티격태격 말다툼을 벌이는 것만큼이나 그녀와 함께 다니는 것이 유쾌한 일이라는 생각이 들었다. 성급하고 직선적인 클레어의 성격은 그가 지금껏 알고 지낸 여자들과는 사뭇 달랐기 때문이었다. 덤으로, 수수한 부츠와 반바지 차림이 매혹적이었다.

가장 낮은 돌출 지대에서 그들은 멈추었다. 경사를 가늠해보던 니컬러스가 남서쪽까지 구불구불하게 이어진 산등성이를 가리켰다.

「여기가 궤도를 놓기에 가장 적합한 장소인 것 같소. 강까지의 거리가 그리 멀지도 않고, 전부 애버데어의 땅이니까.」

「채석장의 일은 언제쯤이나 시작할 수 있는 거죠?」

니컬러스는 잠시 생각을 해보았다.

「아마도 한여름쯤이면 시작할 수 있을 거요. 궤도는 완성할 수 없겠지만, 그때까지 슬레이트 채석작업은 마칠 수 있을 거요. 일을 시작하기 전에 난 런던으로 가서 재산문제를 처리해야겠소. 그리고 규모가 큰 채석장을 방문해서 기술도 전수받아야겠고, 경험이 많은 감독도 고용해야 할 거요.」

니컬러스는 앞으로 추진해야 할 상세한 계획들을 생각하면서 멍하니 계곡을 응시했다. 돈이 사람의 관심을 대신할 수는 없는 법이었다.

「웃고 있군요. 마치 도전을 기대하는 사람처럼 보이네요.」

클레어가 부드럽게 말했다.

「혼란스러운 기분이오. 애버데어를 팔아치울 생각이었는데 당신이 제안한 것들이 날 그곳과 더 바짝 옭아맬 것 같소. 적어도 앞으로 한

두 해 동안은 말이오.」

「애버데어를 팔다뇨!」

클레어는 마치 그가 애버데어의 재산과 양들을 포함해서 영지를 통째로 배에 실어 중국으로 보내버리고 싶다고 말하기라도 한 것처럼 소스라치게 놀랐다.

「하지만 당신은 웨일스 사람이잖아요. 이곳은 몇 백년간이나 데이비즈 가문의 터전이었다구요.」

「난 웨일스 사람이 아니오. 난 반은 집시오. 내 조부께서야 자신을 웨일스 왕족의 후손이라고 주장하고 싶어했지만, 사실은 그 후손들이 영국의 상속녀들과 결혼하면서 데이비즈 가문의 혈통은 웨일스보다 영국 쪽에 가까워졌지. 내 운명에서 애버데어가 차지하는 부분은 극히 작은 것이기 때문에, 그 집안과 영원히 등을 돌리고 산다고 해도 난 아쉬울 게 전혀 없소.」

클레어의 놀란 표정을 관찰하면서, 니컬러스는 말했다.

「충격을 받은 거요?」

정신을 가다듬으며 클레어는 대답을 했다.

「설사 당신이 원한다고 해도 애버데어를 팔 수는 없어요. 애버데어는 상속인이 한정된 영지이기 때문에, 생존해 있는 유일한 상속 후계자인 당신이 재산소유권을 가지고 있다가 당신 후계자에게 물려줘야 하는 거 아닌가요?」

니컬러스가 고개를 저었다.

「한사 상속권은 세대가 바뀔 때마다 고치게 되어 있소. 보통은 상속자의 스물 한 번째 생일이나 결혼을 할 때 개정이 이루어지지. 하지만 내 조부의 외아들은 상속을 받기도 전에 죽어버렸고, 노친네는 날 당신의 후계자로 인정하려 들지 않았기 때문에 개정을 미루고 있었소. 노친네가 갑작스럽게 세상을 뜨는 바람에 내가 상속을 받았을 때도 여전히 개정이 되지 않은 상태였던 거요. 하려고만 하면 난 얼마든지 그 한사 상속권을 파기할 수 있소.」

「하지만 당신은 백작의 상속자였고, 백작의 둘째 부인이 아들을 낳았더라도 그건 마찬가지였을 거예요. 그 사실을 인정하지 않으므로 해서 그분이 바랄 수 있는 게 뭐가 있었겠어요?」

「그 양반은 기적을 바라고 있었소.」

니컬러스가 냉담하게 말했다.

「워낙에 독실한 사람이라, 내 조부는 집시의 피가 섞인 상속자보다 나은 무엇인가를 하나님이 내려주실 거라 확신했던 거요.」

조롱 섞인 니컬러스의 말투를 통해, 클레어는 그가 아주 예민한 지각을 가지고 있는 사람이라는 생각을 했다.

「할아버지를 미워하는 이유가 그건가요?」

니컬러스는 문득, 가까운 친구한테 털어놓는 것보다 더 많은 속내를 낯선 여자 앞에서 드러내고 있는 자신이 이상하게 느껴졌다.

「당신이 상관할 바 아니오」

니컬러스는 클레어의 팔을 잡고 말을 매어둔 언덕으로 향했다.

「누군가 당신에게 지나치게 똑똑하다는 지적을 한 적이 있던가?」

「그런 말을 듣기는 했죠.」

클레어는 안장에 올라탄 후, 그를 진지하게 내려다봤다.

「당신 할아버지는 독실한 크리스천이자 양심적인 귀족이라는 평판을 받으셨어요. 진실은 겉으로 보이는 것하고는 다르다는 생각이 들기 시작하네요.」

「클레버, 클레버 클레어(똑똑한, 똑똑한 클레어).」

니컬러스는 말에 올라타 왔던 길로 방향을 틀었다.

「왜 그런 옛날이야기에 신경을 쓰는 거요?」

「정부니까 애인의 일에 신경이 쓰이는 게 당연하지 않나요?」

클레어가 부드럽게 물었다.

두 사람의 시선이 마주치자, 니컬러스는 자신의 마음 깊은 곳에서, 한 순간 낯선 연약함을 불러일으키며 무언가가 꿈틀거리는 것을 느꼈다. 방심하다가는 이 여자가 자신에게 상처를 입힐 수도 있었다. 다시 빈정대는 투로 돌아가서, 그는 말했다.

「정부라면 지나치지 않게 조금만 관심을 가져야지. 이런 종류의 관계에서 기본이 되는 것은 돈과 열정이니까.」

「둘 중 어느 하나도 원하는 게 없는데, 그럼 난 뭐가 되는 거죠?」

니컬러스는 바로 그녀의 말을 받아쳤다.

「이 채석장의 수호 성인으로서, '위대한 클레어'라고 부르면 되겠군.」

클레어가 얼굴을 찌푸리자, 그가 말을 계속했다.

「당신이 말했던 그 갱도에 가보고 싶소. 당신 친구들을 통해서 한번 자리를 주선해줄 수 있겠소?」

「감독인 조지 매덕은 지역의 최고 지주인 당신의 방문을 분명히 환영할 거예요.」

「내가 만나고 싶은 것은 매덕이 아니오. 적어도 아직은 말이오. 갱도에 들어가서 당신이 강조했던 작업 여건을 직접 들여다보고 싶어서 그러는 거요.」

다시 한 번, 클레어는 감정의 소용돌이가 일어나는 것을 느꼈다. 니컬러스가 이렇게 빨리 행동에 나서거나 거래 조건을 충실히 수행하려 들 거라고는 기대하지 않은 일이었다.

「구역모임 리더가 탄광 인부예요. 그 사람이라면 기꺼이 당신을 데리고 탄광으로 들어가서 위험한 상황을 설명해줄 거예요.」

「그러다가 혹시 그 사람 일자리가 위태로워지는 건 아니오?」

「그럴지도 모르죠. 하지만 그 사람이 해고를 당하면 당신이 그 사람을 채석장 인부로 고용하면 되잖아요. 아주 뛰어난 일꾼이니까요.」

「좋소. 가능하면 빨리 일을 추진해주시오. 이왕이면 매덕이 없을 때가 낫겠지. 괜한 분란을 일으킬 필요는 없을 테니까 말이오.」

그러고 나서 두 사람은 침묵 속으로 빠져들었다. 정오가 거의 다 되어 가는데, 때 아니게 날씨가 포근했다. 니컬러스가 모자를 쓰고 있지 않았기 때문에, 클레어는 자신도 모자를 벗어도 되겠다고 생각했다. 길고 추운 겨울이 지난 후에 얼굴에 와 닿는 햇살이 너무나 상쾌했다.

니컬러스는 말에서 내려, 시커먼 웨일스산 소들이 꽉꽉 들어차 있는 방목장으로 들어가는 문을 열었다. 니컬러스 혼자였다면 훌쩍 울타리를 뛰어넘어 들어가면 그만이었을 것을 알기에, 클레어는 그의 배려가 고마웠다.

클레어를 안으로 들인 후, 그가 문을 닫으며 입을 열었다.

「지방 영농법에 관심을 가져야 한다는 당신 말이 옳소. 해마다 우량종의 소들이 런던으로 반출되는 바람에 웨일스 전역의 소들은 점점 질이 떨어지게 되었소. 런던에 머무르는 동안 질 좋은 육종(育種) 황소를 두어 마리 알아볼 작정이오. 애버데어의 소 종자를 개량하는 데도 쓰고, 지역의 소작농들도 이용할 수 있게 하고 말이오.」

「전, 탕아들은 그 지방 종마로서의 서비스를 제공하는 일에나 관심을 가지는 줄 알았어요.」

니컬러스의 악마 근성이 전염된 탓인지, 클레어의 입에서 저도 모르게 그런 말이 튀어나왔다.

기분이 상하기는커녕, 니컬러스는 박장대소를 했다.

「당신, 조심하지 않으면 난 당신이 유머감각을 가지고 있다고 생각하게 될지도 모르겠소. 고약한 유머 감각 말이오.」

론더가 속력을 늦추자, 클레어는 문득 자신이 다시 고삐를 잡아당기고 있다는 것을 깨달았다. 세상에, 니컬러스가 매력적으로 느껴지고 있었다. 보다 안전한 쪽으로 화제를 돌리며 그녀가 말했다.

「여행길에서 특이한 동물들을 데리고 왔다는 게 사실인가요?」

니컬러스가 빙그레 웃음을 지었다.

「두어 놈 데리고 왔지. 함께 가봅시다, 내 보여줄 테니.」

니컬러스는 오른쪽으로 말머리를 돌려, 영지 중에 조금 더 높고 바위가 많은 구역으로 클레어를 인도했다. 또 다른 문을 지났는데, 이번에는 새로 지은 것처럼 보이는 높은 담 안으로 들어가게 되었다.

문을 닫은 후, 니컬러스는 단풍나무숲의 끝자락에 자신의 말을 매어

두고는 말에서 내리는 클레어를 거들어주었다.

「나머지 길은 걸어서 갑시다.」

다시 니컬러스는 클레어의 등에 가볍게 손을 얹고 숲으로 들어갔다. 조마조마한 마음으로, 클레어는 자신이 보호를 받고 있다는 느낌이 얼마나 기분 좋은 것인지를 깨달았다. 혼자가 아니라는······.

깜짝 놀라 기겁을 하긴 했지만, 귀에 거슬리는 시끄러운 소리에 침묵이 깨어지자 안심이 되었다. 처음 들린 울음소리에 포문이 열려, 그와 유사한 소리들이 합창을 하기 시작했다.

조금 실망을 하며, 클레어가 말했다.

「당나귀 떼 울음소리 같은데요.」

니컬러스가 미소를 지었다.

「기다려봐요.」

숲에서 나오자, 그 옆으로 울퉁불퉁한 컵처럼 자리 잡고 있는 호수가 보였다. 클레어는 멈춰 서서, 자신이 본 것을 믿을 수 없다는 듯 눈을 깜박거렸다.

「대체 저게 뭐죠?」

호숫가를 따라 뒤뚱거리며 걸어가고 있는 열두어 마리 정도의 이상한 동물들. 그렇게 괴상하게 생긴 녀석들은 정말 처음이었다. 60센티미터쯤 되는 키에 검은색과 흰색으로 뒤덮인 녀석들은 사람처럼 서 있긴 했지만, 차마 발이 있다고 말할 수가 없을 듯싶었다. 뒤뚱거리는 걸음걸이가 참을 수 없을 만큼 우스꽝스러워서 클레어는 웃음을 터뜨렸다.

당나귀처럼 울어대면서 한 녀석이 무리 중의 한 녀석과 다투고 있었다. 잠시 실랑이를 벌이다가, 두 번째 녀석이 꽥꽥거리며 호수로 줄행랑을 치더니 물 속으로 머리를 처박고 사라져버렸다.

「클레어, 펭귄을 만나보시오. 애들아, 이분은 클레어란다.」

니컬러스는 클레어의 손을 잡고 울퉁불퉁한 바위들을 지나 자갈길로 밟을 수 있게 그녀를 이끌어주었다.

펭귄 몇 마리가 높은 곳에 있는 풀밭으로 달아났지만, 나머지는 낯선 사람의 침입에도 아랑곳하지 않는 것 같았다. 어떤 녀석들은 검은 부리를 거만하게 쳐들고 동상처럼 가만히 서 있었다. 또 어떤 녀석들은 마치 그곳에 사람이 없다고 생각하는 듯, 이리저리 종종걸음을 치면서 덤불을 잡아당기거나 조약돌을 쌓아올리고 있었다.

한 녀석이 느릿느릿 걸어오더니 뭔가를 바라는 듯 클레어의 부츠를 콕콕 찍어대기 시작했다. 그러다가 실망을 했는지, 녀석은 말똥말똥한 눈으로 클레어를 보며 머리를 갸웃거리는 것이었다. 클레어는 다시 웃음을 터뜨렸다.

「책에서 펭귄에 대해 읽은 적이 있었지만, 이렇게 재미있는 줄은 상상도 못했어요. 우리 아이들이 애들을 보면 정말 좋아할 거예요. 학생들을 데려와서 보여줘도 되나요?」

백작이 눈썹을 치켜올리자, 클레어는 이제 더 이상, 적어도 앞으로 석 달 동안은 그녀의 학교가 아니라는 사실을 기억해냈다.

하지만 니컬러스의 대답은 의외였다.

「아이들이 저 녀석들 비위를 건들지만 않는다면 안 될 것도 없지.」

클레어는 허리를 굽혀, 계속 자신을 탐색하고 있는 펭귄의 매끄러운 머리를 만져보았다. 검은 깃털은 짧고 뻣뻣했다.

「펭귄들은 아주 추운 땅에서만 사는 줄 알았어요. 영국은 애들이 살기에는 너무 따뜻하지 않나요?」

「이 녀석들은 희망봉 근처의 섬 태생들이오. 그곳 섬들은 웨일스와 기후가 비슷하지.」

니컬러스가 조약돌을 집어던지자, 펭귄 한 마리가 그것을 이리저리 살펴보다가 무리 속으로 가져갔다.

「여기까지 데리고 올 때는 참 힘이 들었는데, 무럭무럭 잘 자라는 것 같소. 푹푹 찌는 더위 속에서 몇 주 동안 녀석들을 태우고 오느라 배 한 칸을 지푸라기와 얼음으로 꽉꽉 채워서 가둬야 했지.」

「펭귄들이 굉장히 어설프네요.」

「지상에서만 그렇지. 물 속에서는 물고기처럼 날렵하고 우아하게 헤엄칠 수 있소. 저 두 녀석이 호수 속으로 들어갈 때 한번 봐요.」

클레어는 니컬러스의 손짓을 따라가 봤다. 육지에서는 뒤뚱거리며 서투른 몸짓을 보이던 펭귄들이 물 속에서는 놀랄 만큼 빠르고 유연하게 움직였다. 녀석들은 물 속으로 사라졌다가 수면 위로 총알처럼 솟아올랐다. 워낙 날렵해서, 클레어는 녀석들이 언제 다시 사라졌는지도 알아채지 못할 정도였다.

「몇 시간을 보고 있어도 질리지 않을 것 같아요. 당신이 왜 그렇게 애를 써가면서 이 녀석들을 데리고 왔는지 이제 알겠어요.」

니컬러스는 생각에 잠긴 듯 묵묵히 펭귄들을 바라보고 있었다.

「한동안 난 검은색과 흰색 동물들만 별도로 사육하는 동물원을 지어볼까 생각했소.」

「그래서 늘 검은 색과 흰색 옷만 입는 거예요? 당신을 그곳에 맞추려고?」

니컬러스가 씩 웃음을 지었다.

「아니오. 그건 내가 펭귄만큼이나 얼룩말을 좋아하기 때문이오. 얼룩말은 흰색과 검은색의 줄무늬가 있는 조랑말처럼 생긴 아프리카 동물이오. 놈들은 마치 기병대나 서커스에서 훈련된 말들처럼 서로 바짝 달라붙어서 초원을 질주하지.」

흥미가 동한 클레어는 그 광경을 상상해보려고 했다.

「얼룩말도 흥미롭게 들리네요. 그런데 왜 마음이 바뀐 거죠?」

「얼룩말은 태양이 자글자글 타오르고 끝없는 평원이 펼쳐져 있는 곳에서라야 제대로 살 수 있소. 습하고 비가 많이 내리는 웨일스에서 병들거나 죽게 될까봐 두려웠소. 공작들도 이곳 기후에 늘 괴로워하고 있으니까. 하지만 그 녀석들을 인도에서 데리고 온 사람은 내가 아니니까 굳이 죄의식을 느끼고 싶지는 않소.」

「누구나 웨일스의 기후를 불평하죠. 그게 바로 웨일스를 나타내주는 가장 크고 유일한 특색인 걸요.」

니컬러스는 껄껄 웃었다.

「맞소. 그래도 떠나 있으니까 이곳의 날씨가 그리웠소. 날마다 지루하게 햇빛만 내리쬐는 것보다는 항상 바뀌는 날씨가 더 흥미롭지.」

펭귄 세 마리가 물 속으로 첨벙 뛰어들었다.

「물밑에서 저놈들을 관찰하면 정말 재밌을 거요. 수중발레를 보는 것처럼 말이오. 수달들처럼 같이 어울려서 논다오.」

짓궂은 장난기가 니컬러스의 얼굴을 스쳐갔다.

「어디 저 녀석들 노는 것 좀 구경해볼까. 날씨가 따뜻하군. 수영하기에 안성맞춤이야.」

니컬러스가 열 두어 발자국쯤 움직여 자갈길 밖으로 나가더니 코트와 양복조끼를 벗어던졌다. 그리고는 크러뱃을 풀어내기 시작했다.

펭귄들 일은 까맣게 잊어버린 채, 클레어는 고개를 푹 숙였다.

「지금 옷을 벗고 호수 속으로 뛰어들려구요? 안 돼요.」

「아니, 되오.」

벗어놓은 옷 위에 크러뱃을 떨어뜨리며 그가 말했다.

「당신이 만약 훌륭한 정부라면 같이 옷을 벗어야 마땅하지. 그렇게 되면 물에 들어가기도 전에 우린…….」

「사람이 왜 그렇게 진지할 줄을 몰라요!」

클레어가 신경질적으로 말했다.

「아, 클레어, 당신은 날 너무 몰라주는군.」

니컬러스는 바위에 앉아 부츠를 벗어던지고는, 일어나 목덜미의 단추를 풀었다.

「이 펭귄 녀석들이 내 옷 위에 둥지를 틀지 말아야 할 텐데. 시종이 보면 노발대발할 테니 말이오.」

니컬러스가 머리 위로 셔츠를 벗어내자, 검고 단단한 근육질의 상체가 드러났다. 당황한 클레어는 더듬더듬 중얼거렸다.

「머, 멈춰요. 점잖지 못한 행동이에요.」

「왜 그렇지? 펭귄, 조랑말, 공작, 그리고 지구상의 다른 모든 생물들도 신이 내려준 자연 그대로의 몸으로 돌아다니는데. 인간만이 늘 옷으로 자신을 감추며 살아간다는 것은 분명 본성에 위배되는 일이오. 따뜻한 땅에 살면서 그래야 할 필요는 없지.」

빙긋빙긋 웃으면서 니컬러스는 벗은 셔츠를 쌓인 옷가지 위에 내던졌다. 마치 그리스 조각상처럼 아름다운 그의 가슴과 어깨 근육은 생명의 온기가 살아 있어 더욱 매혹적이었다. 클레어는, 그의 가슴을 덮고 있는 검은 체모에서 시선을 떼지 못한 채, 얼이 나간 사람처럼 멍하니 서 있었다. 그 검은 선은 삼각형을 이루면서 점점 아래로 이어지다가 허리춤에서 아스라하게 사라지고 있었다.

「정말 같이 들어가지 않을 거요? 물이 좀 차긴 하겠지만 햇살도 좋고, 펭귄 발레단은 쉽게 만날 수 있는 구경거리도 아닐 텐데.」

니컬러스가 바지 단추를 풀기 시작했다. 그러자 클레어는 벌떡 일어나, 뒤도 돌아보지 않고 숨이 찬 소리로 말했다.

「말들이 있는 곳에서 기다리겠어요.」

니컬러스의 웃음소리를 뒤로 한 채 클레어는 숲으로 달려갔다. 호수가 보이지 않는 곳까지 다다라서야 그녀는 멈추어 나무를 붙잡았다. 숨을 가라앉히려고 애를 쓰는데, 문득 섬뜩한 깨달음이 들었다.

그녀의 마음속에는 니컬러스의 벗은 몸을 오래도록 지켜보고 싶은 갈망이 숨어 있던 것이었다. 클레어는 나무둥치를 손톱으로 할퀴었다. 어떻게 그런 부도덕한 생각을 할 수 있을까? 흠 없이 살고자 애를 써 온 스무 여섯 해의 삶을 어쩌면 한순간에 잊어버릴 수가 있단 말인가?

달아오른 그녀의 마음은 돌아가서 니컬러스의 수영하는 모습을 지켜볼 적당한 구실을 찾고 있었다. 아마도…… 아마도 지금 그를 잘 관찰해두면 그에 대한 남성적인 신비감이 사라질 테고, 그러면 다음 번에 다시 그가 터무니없는 행동을 보이더라도 그때는 훨씬 더 유연하게 대처할 수 있지 않을까.

구실을 찾기는 했지만 클레어는 그것이 거짓임을 알았다. 사실은 니컬러스를 다시 보고 싶은 욕구를 억누를 만큼 의지가 강하지 못했던 것이다. 자책감에 입술을 꼭 깨물며, 클레어는 왔던 곳으로 다시 발걸음을 돌렸다. 숲 가장자리에 이르자, 혹시라도 니컬러스에게 모습을 들키면 수치심에 죽고 싶을 것만 같아, 그녀는 나무 뒤에 몸을 숨겼다.

니컬러스는 햇빛에 피부를 반짝이며 물 속을 거닐고 있었다. 곧게 뻗은 등줄기, 그리고 걸을 때마다 유연하게 움직이는 탄탄한 엉덩이와 허벅지의 근육을 클레어는 넋을 놓고 바라보았다. 바람과 숲이 조화를 이루듯, 그는 자연과 멋있게 어우러지고 있었다.

자신은 결코 그의 이브가 될 수 없다는 생각에 클레어는 숨이 멎을 듯 가슴이 아려왔다.

수심이 허벅지에 이르렀을 때, 펭귄 한 마리가 니컬러스의 곁에서 쉭쉭 소리를 내었다. 이내 그는 물 속으로 뛰어들어 사라져버렸고, 너무 오랫동안 그가 수면 위로 떠오르지 않자 클레어는 슬슬 걱정이 되기 시작했다. 바로 그때, 호수 중간 지점에서 니컬러스가 펭귄들에게 둘러싸여 환하게 웃으면서 물 밖으로 얼굴을 내밀었다. 검은 머리카락이 물에 젖어 매끈하게 머리와 목으로 흘러내렸다.

얼마나 많은 여자들이 저 아름답고 남성적인 육체를 사모했을까? 그가 아무 생각 없이 데리고 놀다가 잊어버린 여자들은 얼마나 많을까? 그 생각에 클레어는 번쩍 정신이 들었다. 니컬러스는 비열한 짓을 해놓고도 부정할 생각조차 하지 않는 파렴치한이 아니었던가. 그녀는 지금 젖 짜는 처녀처럼 사랑에 빠져 정신을 팔고 있을 때가 아니었다. 어떻게 하면 앞으로 석 달 동안 자신의 품위와 명성을 다치지 않고 그와의 생활을 버틸 것인가, 오직 그 문제에만 정신을 집중해야 했다.

클레어는 숲 속으로 몰래 숨어 들어가 말이 있는 곳으로 돌아갔다. 사무치게 요동치는 외로움을 느끼며 그녀는 론더의 따뜻한 목을 끌어안고 얼굴을 파묻었다. 니컬러스의 매력 앞에 자신이 얼마나 무력할 수 있는지를 깨닫게 되자 속이 울렁거려왔다.

니컬러스의 제안을 받아들였을 때만 해도, 자신은 너무나 엄격하고 도덕적이라 육욕에 굴복하지 않을 것이라고 믿었던 그녀였다. 그런데 그와 같이 지낸 불과 몇 시간 사이에, 그녀는 니컬러스의 간계가 자신의 생활신조를 쓰러뜨릴 수 있을지도 모른다는 생각을 하게 된 것이었다. 사람들이 생각하고 있는 대로라면, 클레어는 그에 대항할 힘을 지닌 여자였다. 하지만 그렇지가 못했다.

그녀는 사람들을 기만해온 것이었다. 경건한 영혼을 지니고 있는 사람처럼 보이려고 그렇게 평생을 애써가며 살아온 것이었다. 도움이 필요한 사람들에게는 도움을 주고, 고통받는 사람들에게는 위안을 베풀며 독실한 감리교도의 본을 보이며 살아왔다. 그녀의 허울 좋은 믿음은 그녀에 대한 사람들의 신뢰를 확고하게 해주었다. 토머스 모건의 딸의 신앙을 사람들은 한번도 의심한 적이 없었으니까 말이다.

난 사기꾼이야……. 마음속에 깊은 회한이 밀려들었다. 하나님에게 온전히 자신의 영혼을 내맡기는 뜨거운 믿음을 클레어는 아직 한번도 체험하지 못했었다. 하나님의 은총을 체험하는 환희를 맛본 적이 없는 것이었다.

클레어는 그런 어두운 비밀을 아무에게도 털어놓을 수가 없었다. 딸의 영혼이 자신의 영혼처럼 진실할 것이라고 믿어주던 아버지에게도, 올바른 신앙의 길을 제시해주던 구역모임의 리더, 오웬스에게도…….

그렇다고 클레어에게 믿음이 부족한 것은 아니었다. 세상은 신성한 목적에 의해 창조되었고, 잔인함보다는 친절함을 행해야 하며, 예배야말로 삶의 가장 고귀한 목적이라는 것, 그녀는 진실로 그런 것을 믿고 있었다. 무엇보다도 그녀는, 말보다는 행함이 중요하다는 것을 믿었고, 또 믿어야 했다. 심판의 날이 오면, 아마도 그녀가 행했던 의로운 행위들이 그녀의 영적 과오들을 압도할 것이다.

클레어는 절망적인 흐느낌을 막으려고 주먹으로 입을 꽉 눌렀다. 이건 정말 부당해. 그녀는 죄책감을 느끼지 않고 니컬러스를 대할 수 있을 만큼 순전한 이교도가 아니었다. 그렇다고 그를 침착하게 견디어낼 수 있을 만큼 믿음이 강한 것도 아니었다.

그러나 한가지만은 확실했다. 앞으로 석 달 동안 지옥이 무엇인지를 배우게 되리라는 것…….

5

펭귄 한 마리가 니컬러스의 넥타이를 물고 달아나버렸지만, 나머지 옷들은 그대로 있었다. 니컬러스는 물기를 대충 닦아내고 양복조끼를 입은 후, 부드럽게 휘파람을 불면서 말들이 있는 곳으로 돌아갔다. 클레어가 나무 아래 다리를 포개고 냉담한 표정으로 앉아 있었다. 유감스럽게도, 좀전에 그가 옷을 벗기 시작했을 때 그녀가 보여주었던 그 매혹적인 수줍음의 기색은 더 이상 남아 있지 않았다.

클레어를 일으켜주려고 손을 내밀면서 그가 말했다.

「당신도 함께 봤어야 했는데. 펭귄들이 정말 대단했었소.」

클레어는 그가 내민 손을 무시한 채 혼자 일어났다.

「당신 모습이 눈부셔, 펭귄들은 눈에 들어오지도 않았을 거예요.」

클레어가 기어 들어가는 목소리로 말했다.

「오, 내가 드디어 당신을 감동시키기 시작했단 말이군.」

니컬러스가 싱글벙글 좋아하며 말했다.

「부정하진 않겠어요.」

구름이 해를 가려 쌀쌀했고, 말을 타고 돌아오는 길은 묵묵히 말이

없었다. 마구간에 말들을 들여 넣고서 니컬러스는 클레어를 에스코트
하며 집안으로 들어갔다. 그런 가벼운 접촉을 클레어가 아무렇지도 않
게 받아들이는 것을 알고 니컬러스는 기분이 좋았다.

유쾌한 기분은 할아버지의 집안으로 들어서는 순간 거품처럼 사라지
고 말았다.

큰 응접실로 그녀를 안내하면서 그가 물었다.

「여길 본 소감이 어떻소?」

클레어는 잠시 생각을 하다가 대답했다.

「아주 넓군요.」

니컬러스는 혐오스럽다는 듯 방을 둘러보았다.

「이곳이 마음에 드오?」

「그건 공평하지 않은 질문이에요. 전 오두막 취향의 단순한 여자예
요. 오크나무로 만든 의자나 하얀 벽, 혹은 잘 짠 퀼트 따위를 감상하
는 법은 알지만, 훌륭한 가구, 예술작품처럼 귀족적인 스타일에 대해서
는 아는 게 없어요.」

「그렇다고 해서 당신 의견이 아무 쓸모 없다고는 할 수 없잖소. 이
집이 마음에 드오?」

「솔직히 말하면, 좀 숨이 막혀요.」

클레어는 방안을 휘휘 둘러보았다.

「너무 산만해요. 구석구석마다 온갖 문양과 직물, 가난한 가정을 일
년은 족히 먹여 살릴 수 있을 만한 도자기들로 가득 차 있네요. 확실
히 모든 게 고급스러워요.」

클레어는 그림 액자 위를 손가락으로 쓸어보다가 뿌옇게 먼지가 묻
어나오자 얼굴을 찌푸렸다.

「관리에 좀 더 신경을 쓰긴 해야겠지만 말이에요. 그래도 전 제가
사는 오두막이 더 좋아요.」

「너무 산만하다……. 나와 생각이 똑같군. 집시들은 날씨가 좋을
때 집안에 틀어박혀 있는 것을 싫어하는데, 이 집은 늘 나를 질식하게

만들거든.」

「자신을 집시라고 생각하세요?」

니컬러스가 어깨를 으쓱거렸다.

「그렇게 느껴질 때가 있소.」

니컬러스는, 말 안 듣는 아이를 먹어치우는 사자 그림이 새겨진 작은 도자기 상(像)을 들어올렸다. 놀랄 일도 아니지만, 그의 할아버지는 그것을 좋아했다. 니컬러스는 항상 그것을 집어던져 부서버리고 싶었다.

왜, 왜 그러지를 못했을까? 니컬러스는 도자기를 난롯불 속으로 확 집어던졌다. 와장창, 통쾌한 소리와 함께 도자기는 산산조각이 났다.

후련하다는 표정을 지으며 니컬러스는 클레어를 돌아봤다. 그녀는 조심스러운 눈길로 니컬러스를 지켜보고 있었다.

「당신 마음대로 집을 고칠 수 있게 해주겠소. 지저분한 잡동사니들은 내다버리고 하녀들도 더 고용하시오. 청소하고 칠도 하고 도배도 다시 하고, 뭐든 당신이 최고라고 생각되는 대로 바꿔봐요. 당신 때문에 이 무덤 같은 곳에서 더 살게 되었으니까, 어디 한번 살 만한 곳으로 신명나게 꾸며보라 그 말이오. 필요하다고 생각하는 것은 모두 구입하고 청구서만 내게 보내시오. 그 돈 덕에 지방 경제도 많이 살아나긴 하겠지만, 뭐니뭐니해도 윌리엄즈가 굉장히 좋아하겠군. 안 그래도 요즘 많이 따분해하는 것 같았는데 말이오. 당신 지시를 내 지시처럼 따르라고 일러놓으리다.」

「애인의 집을 단장하는 것도 정부가 해야 할 일에 속하나요?」

클레어가 당황하여 물었다.

「대부분의 정부들은 그런 기회를 주면 좋아서 까무러치려고 하지. 다락방에 가구들이 잔뜩 쌓여 있는데, 한번 가보겠소? 당신 구미에 맞는 좋은 것들을 찾을 수 있을 거요.」

조금 멍한 상태로, 클레어는 대답했다.

「나중에요. 먼저 집안을 둘러보면서, 어떻게 바꾸면 좋을지 생각을 좀 해봐야겠어요.」

「현명한 생각이군.」

니컬러스는 벽난로 선반 위에 놓인 도금 시계를 흘끗 쳐다보았다.

「난 지금 집사를 만나봐야 하니까, 남은 오후 시간 동안 혼자 궁리를 좀 해봐요. 여섯 시에는 함께 저녁식사를 하게 될 거요. 목욕을 먼저 하고 싶다면, 당신 방에서 벨을 울려요. 하인들이 뜨거운 물을 준비해줄 거요. 그럼 저녁식사 때 봅시다.」

니컬러스는 어느새 집에 대한 중압감이 덜어진 것을 느끼며 사라졌다. 클레어의 착실한 성품이라면 석 달 동안 애버데어를 속속들이 변화시킬 수 있으리라. 아마도, 그때가 되면, 애버데어가 더 이상 할아버지의 집이라는 느낌이 들지 않겠지.

클레어는 이 방 저 방 둘러보며 남은 시간을 보냈다. 기본적인 설계와 배치는 흥미를 끌었지만, 가구들은 안락함보다는 화려함을 내세우기 위해 선택되어진 것 같아 보였고, 모든 것이 너무 많았다.

다 둘러보고 나서 클레어의 방으로 갔는데, 그녀가 사는 오두막의 전체 넓이보다도 큰방이었다. 산만하기는 마찬가지였지만, 파란색 벽지와 침대에 걸린 족자가 예뻤다. 불필요한 가구들과 죽은 동물이 그려져 있는 혐오스러운 그림 두 장를 치워내면 훨씬 기분 좋은 방이 될 것 같았다.

기운이 쭉 빠져나가는 것을 느끼며, 클레어는 침대 위에 털썩 쓰러졌다. 그리고 팔베개를 하고 누워, 애버데어에 도착한 이후로 일어난 일들을 생각해보았다. 몇 시간이 아니라 며칠이 지난 것만 같았다.

아직까지도 클레어는, 원하는 것은 무엇이든 사도 좋다는 허락과 함께 저택의 살림을 자신에게 맡긴 백작의 말이 쉽사리 믿어지지 않았다. 그렇다고 마냥 놀라고만 있을 수는 없었다. 이제, 먼지가 수북한 채 관리도 이루어지지 않고 있던, 겉만 번지르르한 이 저택을 훌륭하게 바꾸어놓을 수 있게 되었다는 사실에 클레어는 신이 났다. 남은 오후 시

간 동안 목록을 작성하고 의문사항들을 메모해둬야겠다고 그녀는 생각
했다.

시계가 다섯 시를 쳤을 때 클레어는 계획 작성하던 것을 멈추었다.
니컬러스와의 첫 저녁식사를 준비해야 할 시간이었다.

일하는 동안 마음이 가라앉아, 클레어의 감성 상태는 더 이상 아까
호수에서와 같이 깨지기 쉬운 상태가 아니었다. 그럼에도 불구하고, 이
런 거대한 저택에 있으려니 왠지 주눅이 들었다. 모건 가정에서는 하
인을 부려본 적이 한번도 없었기 때문에, 목욕을 하려고 벨을 울리는
것조차 클레어는 낯설기만 했다.

그런 불안감은, 벨 소리를 듣고 달려나온 어린 하녀가 이전에 그녀
가 가르쳤던 학생이었다는 것을 알게 되는 순간 사라져버렸다. 딜리스
는 선생님을 늘 존경하던 착한 소녀였는데, 그 아이는 미스 모건의 출
현을 여교사의 한 사람으로서 백작을 방문한, 아주 자연스러운 일로
받아들이고 있었다.

클레어로서는, 막상 해보니, 딜리스에게 목욕물을 부탁하는 것이 학
생에게 수업시간표를 암기하게 하는 것보다 수월하다는 생각이 들었다.
하지만 딜리스가 뜨거운 물 두 통을 휘청대며 들고 들어오는 것을 보
자 도와주지 않을 수가 없었다. 정말 숙녀였다면 애쓰는 아이의 모습
을 가만히 서서 바라보기만 했을 텐데, 하는 생각이 들었다.

입욕을 하니 기분이 좋았다. 이렇게 뜨거운 물이 가득 찬 욕조에서
호사스럽게 목욕을 하기는 난생 처음이었다. 시간 가는 줄 모르고 물
속에 오래 몸을 담그고 있다 보니, 클레어는 서둘러 머리를 손질하고
옷을 입어야 했다.

클레어가 가지고 있는 가운 중에 이브닝 웨어로 어울리는 것은 단
한 벌뿐이었는데, 그나마도 낡고 유행에 뒤떨어진 것이었다. 그래도,
옷감의 짙푸른 색조가 그녀의 눈동자와 잘 어울렸고, 목선은 그녀의
목 언저리의 매끄러운 피부를 잘 드러내주고 있었다.

클레어는 자신의 모습을 위 아래로 훑어보면서, 깊게 파인 가운을

입으면 어떤 모습일까 상상해보려 했다. 유감스럽게도, 설령 그런 옷을 가지고 있다고 해도, 또 그런 옷을 입을 용기가 있다고 해도, 결국 자신에게는 잘 어울리지 않을 것이라는 생각이 들었다.

머리를 빗고 멋지게 틀어올려 핀을 꽂으면서 클레어는 거울 속의 자신의 모습을 꼼꼼하게 살펴보았다. 욕조에서 올라오는 뜨거운 김 때문에 검은 머리카락이 얼굴 위로 부드럽게 흘러내려 평소의 엄격한 분위기를 찾아보기 힘들었다. 다행히 안색은 웨일스 장미처럼 자연스러운 빛깔을 띠어 아주 좋아 보였다.

거울 속의 모습을 보면서 스스로 느낀 감상은 원래 자신의 모습을 그대로 말해주고 있었다. 수수하고 정숙한 여자. 자존심을 위해서 나름대로 신경을 쓰긴 했지만, 워낙에 평범해서 애버데어 백작의 통제할 수 없는 욕망을 끌어내지는 못할 듯싶었다. 천만다행한 일이 아닌가. 다만, 백작이 그녀를 유혹하는 것을 게임으로 여기고 있어 유감이었다. 만약 그가 몸과 마음을 던져 공격을 해온다면, 클레어는 그를 이겨낼 수 없을지도 모를 일이었다.

어느새 땀으로 흥건해진 손바닥을 닦으며, 클레어는 저녁식사를 위해 아래층으로 내려갔다. 하루가 얼마 남지 않았기 때문에, 그녀는 니컬러스가 언제쯤이면 키스를 할 것인지 궁금하지 않을 수 없었다. 더 중요한 것은, 그 순간에 자신은 어떤 반응을 보여야 하느냐 하는 것이었다.

니컬러스는 이미 가족실로 와서, 잔에 술을 따르고 있었다. 멋지게 재단된 검정색의 코트와 홀태바지 차림의 그는, 마치 섭정 황태자와 만찬을 나눌 준비라도 하는 사람 같았다. 그 우스꽝스럽기 짝이 없는 상황에 순간적으로 충격을 받아, 클레어는 잠시 멈추어 섰다. 보통사람 클레어 모건이 애버데어에 와서 도대체 뭘 하고 있는 거야?

클레어의 발소리에, 니컬러스가 동작을 멈추고는 감탄하는 표정으로 그녀를 바라봤다.

「오늘밤은 아름다워 보이는군, 클레어.」

니컬러스의 목소리가 너무나 다감하게 들려 클레어는 가슴이 두근거렸다. 부자에 생긴 것도 멋있는 그는 여자로 하여금 스스로를 아름답고 매력적으로 느끼게 하는 재주까지 타고난 듯했다. 아마도 그것은 호색한이 갖추어야 할 필수적인 재능이리라.

「고마워요.」

마치 늘 들어왔던 칭찬이라는 듯, 클레어는 태연하게 대답했다.

「감수성이 예민한 소녀들이 지금 백작님의 모습을 보면 다들 마음이 흔들릴 것 같다고 하면 제가 잘못 본 걸까요?」

그 말에, 니컬러스가 기대에 찬 표정으로 물었다.

「당신도 감수성이 예민하오?」

「전혀요.」

무뚝뚝하게 대답하려고 했는데도, 클레어는 자꾸만 미소가 나왔다.

「아쉽군. 백포도주 한 잔 하겠소?」

다른 술병으로 손을 뻗으면서 니컬러스가 물었다. 클레어는 순간적으로 그러마, 대답하려다가 고개를 저었다.

「아니, 됐어요.」

「알았소. 감리교인들은 독한 술은 무엇이든 피하니까.」

니컬러스는 술병을 내려놓고 잠시 생각을 했다.

「맥주는 마시겠지?」

「그럼요. 맥주는 누구나 마시는 거잖아요.」

「그럼 이 독일산 와인을 조금만 마셔봐요. 보통 맥주들보다 더 순하니까.」

클레어가 계속 망설이자, 그가 말했다.

「당신이 이 술을 마시고 취해서 식탁 위에 올라가 춤을 추는 일은 절대로 없을 거요.」

니컬러스는 짐짓 한숨을 내쉬어 보였다.

「안타깝게도 말이오.」

클레어는 그만 깔깔 웃고 말았다.

「알았어요. 조금만 마셔볼게요. 하지만 식탁이 망가질까 걱정하실 필요는 없을 거예요. 전 춤을 출 줄도 모르니까요.」

「저런, 내가 그 사실을 잊고 있었군 그래.」

니컬러스는 병마개를 열고 클레어의 잔에 와인을 따라주었다.

「감리교인들은 뭘 하면서 기분을 풀지?」

「기도하고 찬송을 부르죠.」

클레어의 입에서 바로 대답이 튀어나왔다.

「내가 당신의 레퍼토리를 넓혀줘야 할 것 같군.」

클레어에게 잔을 하나 건네주면서 니컬러스가 말했다.

「서로 간에 만족스러운 결과를 얻게 되기를 바라면서 한잔합시다.」

「좋아요.」

클레어가 잔을 들어올렸다.

「앞으로 석 달 후에 광산은 더 안전해지고, 펜리스 마을은 더 건강하고 부유하고 행복해지길 바라면서. 덧붙여서, 당신이 영혼의 빛을 보게 되기를, 그래서 맑은 정신을 지키고 사는 경건한 사람이 되길 바라고, 저는 명성과 일을 잃지 않고 집으로 돌아가게 되기를 바라요.」

니컬러스는 눈을 반짝거리며 그녀의 술잔 끝에 잔을 부딪쳤다.

「'상호 만족'의 구체적인 의미에 대한 내 생각은 그런 것과는 좀 다르지.」

「어떻게요?」

니컬러스는 씩 웃음을 지었다.

「말하지 않는 편이 나을 것 같소. 그랬다가 당신이 술잔을 마구 비워대면 내가 감당하지 못할 테니까 말이오.」

문득 자신이 지금 한 남자와 농담을 주고받고 있다는 것을 깨달은 순간, 클레어는 조금 놀라운 기분이 들었다. 유혹적인 저음의 목소리로 간드러진 대화를 계속하고 있었을 뿐 아니라, 은근히 그것을 즐기고 있었던 것이었다.

니컬러스의 얼굴을 쳐다보는 실수를 범하고 만 그 순간, 클레어의 분별력과 통제력은 사라지고 말았다. 니컬러스는 직접적인 접촉만큼이나 뜨겁고, 마치 최면을 거는 듯한 강렬한 눈빛으로 그녀를 뚫어지게 바라보고 있었다. 검은 눈동자를 바라보는 순간, 클레어는 달아날 수 없는 덫에 걸려들고 말았다는 것을 알았다. 온몸의 피가 낯선 열정으로 소용돌이치면서, 천천히 움직이는 니컬러스의 시선이 닿는 곳으로 급류처럼 솟구쳤다. 처음에는 입술이 후끈거리다가, 이어 목덜미의 맥박이 빨라졌다. 마치 니컬러스가 손가락 끝으로 그곳을 애무하고 있는 것처럼 느껴졌다.

니컬러스의 시선이 그녀의 가슴에 와 닿자, 클레어의 젖꼭지가 민감한 반응을 보이며 팽팽해졌다. 맙소사, 그와 두어 걸음쯤 떨어져 있는데도 이런 반응을 보인다면, 나중에 그와 정말로 접촉을 했을 때는 어떤 일이 일어날 것인가.

완전히 넋이 나가버리기 직전에, 저녁식사를 알리는 부드러운 종소리가 그녀를 구해주었다. 마력의 시선으로부터 클레어를 놓아주면서, 니컬러스는 얼굴을 돌렸다.

「우리 요리사 실력이 어느 정도인지 어디 한번 봅시다. 애버데어에 온 이후로 식사다운 식사를 하지 못한 터라, 그 사람이 요리를 얼마나 잘 하는지를 모르겠소. 사실 요리사가 남자인지 여자인지조차 모르고 있지.」

「윌리엄즈에게 미리 물어봤는데, 두 명의 하녀 중에 글래디스를 임시요리사로 투입했다고 하더군요.」

자신의 목소리가 침착하게 들리기를 바라면서 클레어는 말했다.

「당신에게는 가짜 정부가 필요한 게 아니라, 살림을 잘 꾸려 나가줄 가정부가 필요한 거예요.」

클레어가 침착하게 들리기를 바라며 말했다.

「두 가지를 다 해주면 안 되겠소?」

다시 한 번 니컬러스가 클레어의 조그마한 등에 자신의 손을 올려놓았다. 가운과 속옷이 조금 전에 입었던 옷보다 얇았기 때문에 마치 맨

살에 그의 손바닥이 닿은 것처럼 느껴져, 클레어는 움찔했다.

물론, 니컬러스는 그녀의 반응을 감지하고 있었다.

「여기에서는 당신이 조금 더 편안한 마음으로 나와 함께 있을 수 있을 거라고 생각했소.」

니컬러스가 부드럽게 말했다.

「겁낼 필요 없소, 클레어.」

클레어는 매서운 눈초리로 그를 올려다보았다.

「저에게 분별력이 전혀 없었다면 당신이 무서웠을 거예요. 몸집은 저보다 두 배나 크고 힘은 아마도 네 배쯤 더 셀 테니까, 당신 마음대로 할 수 있겠죠. 누가 시킨 것도 아니고 제가 자진해서 이 집에 들어왔으니 당신은 살인만 빼면 저에게 어떤 일을 할 수도 있다는 뜻이고, 설령 무슨 일이 생기더라도 사람들은 제가 수치심도 모르고 경거망동을 했으니 그래도 싸다고 할 거예요.」

니컬러스의 얼굴이 어두워졌다.

「거듭 말하지만, 난 나에게 마음이 없는 여자한테는 관심이 없소. 아무리 내가 세속적인 지위와 더 강한 육체적인 힘을 가지고 있다 해도, 당신과 나 사이에 있어서 결정적인 권한을 가지는 쪽은 당신이오. 당신한테는 '싫다'라고 말할 수 있는 권리가 있으니까 말이오. 예를 들면……」

니컬러스는 손을 들어올려 손가락 마디로 클레어의 볼을 쓰다듬었다. 클레어는 갑자기 허물어지는 자신을 느꼈다. 니컬러스의 손길이 그녀의 분별력을 벗겨버리고 허락되지 않은 갈망을 드러낼 것만 같았다.

니컬러스가 속삭여 물었다.

「계속해도 되겠소?」

진심으로, 클레어는 '네'라고 대답하고 싶었다. 하지만 그녀는 딱 부러지게 말했다.

「안 돼요!」

니컬러스의 손이 즉시 내려갔다.

「날 멈추게 하는 방법이 얼마나 간단한지 이제 알겠소?」

니컬러스는 생각했다. 정말 그렇게 간단했을까? 하지만 그녀의 속마음을 알 길은 없었다. 온 신경이 가닥가닥 풀리는 것을 느끼며, 클레어가 입을 열었다.

「어서 오늘 해야 할 키스를 해버리는 게 어때요? 고양이한테 쫓기는 쥐 같은 기분으로는 저녁을 맛있게 먹을 수 없을 것 같아서요.」

니컬러스는 느긋하게 미소를 지었다.

「이번엔 내가 '싫다'고 대답할 차례군. 기대감도 사랑을 나누는 기쁨에 한몫하지. 딱 한차례의 키스만 허락되어 있으니까, 가능하면 그 기대감을 길게 만끽하고 싶소.」

클레어를 식당으로 안내하며 그가 말했다.

「그렇게 두려워하지는 마오. 당신이 든든하게 음식을 먹고 힘을 내기 전에는 식탁을 뛰어넘어 덤벼들지 않겠다고 약속할 테니까.」

클레어가 진짜로 두려워하는 것은 그가 멈추지 않으면 어쩌나 하는 것이 아니라, 그녀 자신이 '싫다'고 말할 수 없게 되면 어쩌나 하는 것이라는 속내를 니컬러스는 알고 있는 게 분명했다. 그런 생각이 클레어의 결의를 더욱 굳게 해주었다. 분명 그는 힘이 있고, 그녀에 비해 경험도 셀 수 없이 많았지만, 그렇다고 해서 클레어가 이번 내기에서 질 수밖에 없다는 의미는 아니었다. 얼마나 강해지느냐 하는 것은 그녀 자신에게 달려 있었다.

마음속에 목표가 서지, 클레어는 사사로운 주제보다는 니컬러스의 여행담에 대해 얘기하도록 부추겼다. 놀랍게도, 니컬러스가 돌아본 유럽 대륙은 아주 광범위했다. 니컬러스가 파리를 방문했던 얘기를 꺼내자, 클레어는 물었다.

「나폴레옹이 대륙봉쇄령(1806년 10월, 나폴레옹 1세가 영국을 경제적으로 봉쇄시키기 위해 내린 칙령)을 내렸는데, 어떻게 그렇게 여러 곳을 돌아다닐 수 있었어요?」

「악평이 자자한 내 친족들과 함께 다녔지. 나폴레옹 부대도 집시가

가려고 하는 길을 막을 수는 없거든. 꿈빠니아에 가입하자, 난 일개 집시 말 상인이 되었소. 아무도 내가 영국인이라고는 짐작하지 못했소」

니컬러스는 소금이 너무 많이 들어간 부추 수프를 포기하고 두 사람의 잔에 포도주를 따랐다. 클레어도 안도하며 수프 접시를 밀어냈다. 정말로 끔찍하게 맛이 없는 수프였다.

「스파이 노릇 하는 것에 취미가 있으시다면, 집시처럼 행세하며 여행하는 것이야말로 완벽한 위장이 되었겠군요.」

니컬러스가 갑자기 기침을 했다. 클레어가 놀라서 쳐다보자, 그는 겨우 진정을 하고 말했다.

「음식을 잘못 삼켰소.」

클레어가 고개를 한쪽으로 갸웃거렸다.

「우연의 일치인가요, 아니면 정말로 첩보 활동에 연루되었던 적이 있어서 그에 대한 죄책감으로 나온 반응인가요?」

「당신이 너무 영리하니까 내가 마음을 놓을 수가 없군.」

무엇인가를 곰곰이 생각하는 표정으로 니컬러스는 포도주를 한 모금 들이켰다.

「내 오랜 친구 중에 한 명이 첩보 활동을 하고 있고, 나도 가끔씩 쓸만한 정보가 생기면 그 친구에게 넘겨줬었다는 얘기를 당신에게 들려줘도 별 해가 되지는 않겠지. 종종, 내 계획과 맞아떨어질 때는 밀사로 활동하기도 했지. 하지만, 난 진정한 스파이는 결코 아니었소.」

나라를 위해 일했다는 것을 마지못해 인정하는 듯한 니컬러스의 말투에 클레어는 호기심이 일었다. 건달 행세만 했지, 실제로는 그런 남자가 아니겠지. 그리고 첩보라는 모험적인 일도 그저 재미 삼아 해본 것이겠지.

윌리엄즈와 딜리스가 함께 방으로 들어왔다. 그 여자아이는 소심한 눈길로 백작을 힐끗힐끗 쳐다보면서, 먼저 나온 코스대로 차근차근 그릇들을 치워나갔다. 윌리엄즈는 검게 탄 듯한 양고기를 담은 큰 접시를 주인의 앞에 내려놓은 후, 여섯 개의 다른 음식 접시를 더 내왔다.

집사를 물리고 나서, 니컬러스는 양고기를 썰었다.

「아무래도 글래디스는 부엌일에는 소질이 없나보오. 아까는 수프 맛이 이상하더니 이 고기도 별로 신통치 않아 보이니 말이오.」

가죽처럼 질긴 고기를 먹어본 후에 클레어도 그 말에 동감할 수밖에 없었다. 이어 니컬러스가 맛을 보고는 움찔 인상을 찡그렸다.

「이 음식을 당장 어떻게 좀 해봐야 할 것 같소.」

의미심장한 니컬러스의 눈빛을 읽고, 클레어는 포크를 내려놓고 경고하듯 찡그린 얼굴로 그를 쳐다봤다.

「그래요, 전 요리를 잘해요. 하지만 부엌일까지 할 시간은 없어요. 정부라면 애인을 위해서 요리도 해야 한다는 따위의 말로 절 설득시킬 생각은 말아요.」

「당신의 귀중한 시간을 부엌에서 낭비하게 할 생각은 없소.」

니컬러스는 장난스럽게 미소를 지었다.

「하지만 정부는 음식을 가지고 재미있는 일들을 할 수 있지. 그게 뭔지 설명을 해도 되겠소?」

「안 돼요!」

「그럼 다음 기회에 해야겠군.」

니컬러스가 삶은 토마토를 포크로 찔렀다. 그러자 토마토는 이내 형체도 없는 하얀 덩어리로 부서졌다.

「일자리를 찾고 있는 훌륭한 요리사 어디 없소?」

「펜리스에는 없어요. 스완지(Swansea, 영국 웨일스 남부에 있는 항구도시)에서 물색해볼 수도 있겠지만, 런던으로 사람을 보내는 편이 더 나을 거예요. 그곳에는 귀족의 집안에서 일할 프랑스 요리사를 알아봐주는 전문 중개업소가 많을 테니까요.」

「프랑스 요리사들은 대개 변덕스러운데다가, 웨일스에서 살라고 하면 따분해서 미쳐버리려고 할 거요. 주변에 실력 있는 웨일스 요리사는 없소?」

클레어의 미간이 가운데로 모아졌다.

「그런 요리사들이 만드는 음식은 너무 평범해서 신사의 입맛에 맞지 않을 텐데요.」

「제대로 만들기만 하면 난 시골 음식을 좋아하오.」

고기를 찬찬히 뜯어보다가, 니컬러스는 불길해 보이는 그 고깃덩어리를 접시 한쪽으로 밀어냈다.

「펭귄들도 보고 비웃을 거요. 당신이 알고 있는 사람 중에 내일부터 당장 일을 시작할 수 있는 능력 있는 사람이 정말 없소?」

니컬러스의 귀족적인 조급함이 클레어를 미소 짓게 했다.

「결혼하기 전까지 애버데어의 주방 하녀로 일을 했던 여자가 펜리스에 한 명 있긴 해요. 정식으로 요리 훈련을 받지는 않았지만, 그녀의 집에서 식사를 할 때마다 음식 맛이 정말 괜찮았어요. 그녀에게도 마침 일이 필요하구요. 남편이 작년에 광산에서 목숨을 잃었거든요.」

무엇인지 알 수 없는 이상한 물질을 니컬러스가 숟가락으로 그의 접시에 떠놓았다. 그 갈색 물질에서 물기가 스며나오고 있었다.

「이게 뭐지? 아니, 말해주지 마시오. 모르는 게 차라리 낫겠소. 내일 그 미망인을 잘 구슬려서 이곳으로 데려와주면, 평생 은혜 잊지 않으리다.」

「한번 알아보죠.」

흐늘거리는 차가운 회색 양배추 냄새에 클레어는 코를 찡그렸다.

「저 자신을 위해서도 정말 잘 알아봐야겠어요.」

건성으로 조금 더 음식을 씹어대다가 니컬러스가 말했다.

「쭉 한번 둘러보면서 생각할 시간을 가졌으니, 당신이 세운 꾸미기 전략을 들어봐도 되겠소?」

「일층을 둘러보니, 제 첫인상이 맞았다는 확신이 들더군요. 청소를 하고 심플하게 꾸미면 훌륭하게 바뀔 거예요.」

클레어는, 맛은 없지만 그럭저럭 먹을 만한 사과 파이를 집어들고 먹었다.

「지나치게 튀는 장식은 하지 않을 거예요. 재혼을 하시면, 당신의 새 부인께서 나름대로 다시 계획을 세울 테니까요.」

니컬러스는, 마치 깨어 부수기라도 할 듯 힘껏 포도주 잔을 식탁 위에 내려놓았다.

「그런 문제까지 당신이 신경 쓸 필요는 없소. 난 재혼 따위는 절대로 하지 않을 거요.」

클레어는 이렇게 험상궂은 말투를 한번도 들어본 적이 없었고, 니컬러스의 얼굴은 암운(暗雲)처럼 어두웠다. 그는 마치 사랑하는 아내를 잃고 깊은 슬픔에 빠진 남편처럼 보였다.

지금은 고인이 된 케럴라인, 즉 트레거 자작부인은 백작의 딸이었고, 결혼을 하면서 작위와 재산을 가지고 왔다. 애버데어에 사는 동안 그녀는 펜리스 마을에 발을 들인 일이 거의 없었지만, 클레어는 말을 타는 그녀의 모습을 꼭 한번 본 적이 있었다. 니컬러스의 부인은 키가 크고 우아하며 금발이 눈부신 여인이었는데, 그 모습이 너무나 아름다워 걸음을 멈추고 한참을 바라봐야 했다. 니컬러스가 그녀를 잃고 아직까지 마음 아파하는 것도 그리 놀랄 일이 아니었다. 그리고 니컬러스의 슬픔은 부인의 이른 죽음이 자신의 탓이라는 죄책감과 맞물려 있는 것이 분명했다.

다시금 클레어는, 노백작과 트레거 부인이 죽은 그날 밤에 정말로 무슨 일이 있었던 것인지 궁금해졌다. 니컬러스가 욕정에 미쳐, 체통도 깡그리 잊어버린 채 조부의 아내와 동침했다는 것은 차마 믿기 힘든 일이었다. 두 번째 백작부인, 에밀리는 의붓 손자보다 불과 두어 살 연상이었다. 그녀가 아무리 매력적이라 해도, 만약 케럴라인과 같은 방 안에 있다면 아무도 그녀에게 두 번 눈길을 주지는 않았을 것이다.

만약에…… 만약에 니컬러스가 할아버지를 너무나 저주한 나머지 상상할 수 있는 가장 잔인한 방법으로 그 노백작을 해치려 했던 게 아니라면…….

니컬러스가 그런 추악한 이유로 백작부인을 유혹했을지도 모른다는 생각을 하자 클레어는 속이 뒤틀릴 것만 같았다. 끔찍한 일련의 장면들이 섬광처럼 머릿속을 스치고 지나갔다. 니컬러스와 그의 할아버지의 부인은 현행범으로 체포되고, 노백작은 심장발작으로 쓰러지고, 그 광경에 넋이 나가 기겁을 하며 뛰어나간 케럴라인은 괴물 같은 남편에게서 도망을 치다가 목숨을 잃고……

정말로 그랬던 거라면, 니컬러스는 비록 제 손으로 살인을 한 것은 아니더라도 자신의 아내와 조부의 죽음에 대한 책임을 면할 수는 없을 터였다. 하지만 클레어는 니컬러스가 그렇게 비열한 행동을 했으리라고는 믿어지지 않았다. 거친 남자일지는 몰라도, 그에게서 악한 구석이 보이지는 않았다.

하지만, 그의 행동이 계획된 범죄가 아니라 충동적으로 저질러진 것이었다면 믿지 못할 일도 아니잖은가. 만약 그가 원하지 않은 재앙을 불러일으킨 것이었다면, 그는 죄의식을 느낄 이유가 충분했다.

속이 울렁거려, 클레어는 접시를 밀어냈다. 그녀의 끔찍한 속생각을 알지도 못한 채, 니컬러스가 말했다.

「내 생각도 같소. 이건 끝까지 붙들고 먹을 음식이 아니오.」

한순간 클레어는 갈피를 잡을 수가 없었다. 악몽 같은 상상 속의 남자와 지금 눈앞에 있는 매력적이고 쾌활한 남자를 일치시키기가 불가능했다. 클레어는 분명하게 알 수 있었다. 석 달간 이 남자와 잘 지내려면 그의 과거에 대한 추측들을 마음속으로부터 걷어내야 한다는 것을. 안 그러면 클레어 자신이 돌아버릴지도 모를 일이었다. 벌써부터 니컬러스는, 뭐가 잘못되었는지 궁금하다는 표정으로 그녀를 보며 인상을 쓰고 있었다. 애써, 클레어는 침착하게 말을 했다.

「이제 쉬실 시간이니 전 그만 물러가도 될까요?」

니컬러스의 얼굴이 편안한 표정으로 바뀌었다.

「쉬는 건 건너뛰겠소. 당신이 훨씬 흥미로운 것 같아. 정부라면 그래야 하겠지만 말이오.」

「전 지금 별 흥미가 없는데요.」

클레어는 자리에서 일어섰다.

「지금 제 방으로 가도 될까요? 아니면 저녁 내내 당신 옆에 있어주는 것도 계약 조항에 들어가나요?」

니컬러스도 일어났다.

「당신이 온종일 억지로 나와 함께 있어주는 것은 공정하지 못하다는 생각이 드는군. 하지만 당신이 기꺼운 마음으로 남아 있어준다면 기쁠 것 같소. 시간도 아직 이르잖소.」

니컬러스의 목소리에는 희미한 갈망이 담겨 있었다. 아마도 외로운 것이겠지. 애버데어에 친구나 가족이 없으니 외로운 것도 이상할 일이 아니겠지만, 클레어는 그가 외로움과 같은 일반적인 슬픔 따위로 괴로워할 것이라는 생각을 해본 적이 없었다.

클레어는 왠지 모르게 강한 동병상련이 느껴졌다.

「상류 사회 사람들은 저녁시간을 어떤 식으로 즐기죠?」

니컬러스의 눈동자 속에 낯익은 어떤 빛이 감돌자, 클레어는 서둘러 덧붙여 말했다.

「싫어요, 난 당신이 생각하고 있는 그런 것은 하지 않을 거예요.」

그 말을 들은 니컬러스는 껄껄 웃었다.

「영리한 줄만 알았더니 내 마음을 읽을 줄도 아는군 그래. 내 첫 번째 선택을 거절했으니, 그럼 당구를 칩시다.」

「좀 품위 있는 일은 할 줄 아는 게 없나요? 서재에서 책을 읽으면서 조용하게 저녁시간을 보낼 수도 있잖아요.」

「그건 다음에 합시다. 걱정 말아요. 당구가 원래부터 부도덕한 건 아니니까 말이오. 점잖은 양반들이 당구를 비난하는 유일한 까닭은 나쁜 친구들과 어울리게 될 위험이 있기 때문이지. 당신이야 이미 나에게 걸려들었으니, 당구를 친다고 해서 당신한테 더 나빠질 상황이 있는 것 같진 않은데.」

니컬러스가 양초를 들고 그녀와 함께 방밖으로 나갈 때, 클레어는 저도 모르게 쿡쿡 웃고 있었다. 정말 위험한 건 나쁜 친구가 아니라 웃음이었다. 애버데어를 떠나는 날까지 웃음을 멈추기는 어려우리라.

6

당구실은 저택의 끄트머리에 있었다. 클레어가 천장의 한가운데 달린 샹들리에 속의 초에 불을 붙이는 동안, 니컬러스는 습한 봄날 밤의 한기를 없애려고 장작불을 피웠다. 그러고 나서 그는 테이블을 덮고 있는 벨벳 덮개를 벗겨냈다. 먼지가 사방으로 날려 클레어는 재채기를 했다.

「미안하오. 집안 관리 못한 게 여기서도 들통이 나는군.」

니컬러스는 덮개를 접어 한쪽 구석에 내려놓았다.

「하녀장으로서의 소임을 다하려면 정부 노릇할 시간은 없을 것 같네요.」

「난 먼지와 함께 살아도 괜찮소.」

니컬러스가 잽싸게 되받아치자, 클레어는 저도 모르게 미소를 짓다가 얼른 표정을 바꾸었다. 잠깐이었지만 너무나 매혹적인 미소였다. 그 미소를 끌어내는 것은 수줍어하는 망아지를 살살 구슬려서 그의 손안으로 들어오게 하는 것과 마찬가지 일이었다. 인내심이 관건이었다.

그는 장비 창고에서 아이보리 공 한 세트를 꺼내서 초록색 나사 천이 씌어진 테이블 위에 내려놓았다.

「메이스(mace, 구식 당구봉)를 사용하겠소, 아니면 큐 스틱(cue stick, cue, 큐대)을 사용하겠소?」

「뭐가 다르죠?」

니컬러스는 클레어에게 메이스를 건네주었다. 끝이 넓고 평평한 막대기였다.

「이건 구식 당구 방법이오. 셔플보드(shuffleboard, 원반밀어치기)를 해본 적이 있는지 모르겠는데, 그것처럼 공을 밀어넣는 거라고 생각하면 되지. 메이스를 사용하는 사람은 몸을 굽혀서는 안 되오.」

니컬러스는 메이스를 큐 볼(cue ball, 수구手球, 자신이 치는 공)에 맞추고, 표적공을 한쪽 구석에 있는 포켓으로 들어가게 하는 시범을 보여주었다.

「그럼 큐는 어떤 거죠?」

니컬러스는 편안하게 움직일 수 있게 코트를 벗고서 몸을 굽혀 샷을 조준한 후, 공을 쳤다. 수구가 빨간 공을 쳐서 포켓으로 빠뜨리더니 이어 두 번째 공을 맞혔다. 이번 공 역시 포켓으로 빠졌다.

「큐는 더 유연하고 조절이 잘 되지. 하지만 내가 생각하기에 당신은 메이스를 더 좋아할 것 같군. 메이스가 큐보다는 도덕적이니까.」

클레어의 짙은 눈썹이 치켜 올라갔다.

「어떻게 나무 막대기를 가지고 도덕성을 비교할 수 있죠?」

「메이스를 사용하면 몸을 굽히지 않아도 되니까, 엉큼한 남자들이 보는 앞에서 발목을 드러낼 일이 없거든.」

도톰한 입술이 바르르 떨리자, 그녀는 입술을 꼭 깨물었다. 그 모습이 재미있는 듯, 니컬러스가 말했다.

「왜 마음놓고 웃지 않는 거요? 내 옆에서 계속 그렇게 굳은 표정하고 있으려면 무척이나 긴장이 될 텐데.」

니컬러스의 냉정하고 경건한 여선생이 드디어 깔깔 웃음을 터뜨리고 말았다. 만약 니컬러스가 제 귀로 직접 듣지 않았더라면 믿지 못했을 것이었다.

「당신 말이 맞아요.」

클레어가 한스러운 투로 말했다.

「워낙 진지할 줄 모르는 사람 옆에 있으려니까, 제가 품위를 지키기가 너무 힘이 드네요. 하지만 견뎌내야겠죠.」

클레어는 한 손에 메이스를 들고, 다른 한 손에는 수구를 들었다.

「어느 것을 사용하든 그게 무슨 소용이겠어요. 어차피 당구 전문가의 마수에 걸려들었는데.」

니컬러스는 초록색의 베이즈 천 위에서 포켓을 향해 빨간 공을 굴렸다. 테이블의 중간쯤 갔을 때, 공이 딱 하고 부딪치더니 오른쪽으로 튀어나가 버렸다.

「이 테이블은 너무 휘어서 기술을 제대로 발휘할 수가 없지. 슬레이트 테이블에서는 얼마나 잘 될지 기대하고 있는 중이오.」

「규칙은 어떻게 되죠?」

「게임 방법은 여러 가지가 있으니까, 게임을 하는 사람들이 기분에 따라 선택을 할 수 있소. 간단한 것부터 시작해봅시다. 우선 여섯 개의 빨간 볼과 여섯 개의 파란 볼, 그리고 흰색 수구 하나가 있소. 수구로 다른 공들을 맞춰서 포켓으로 집어넣는 거지. 단, 수구는 포켓 속으로 들어가면 안 되오. 각자 색깔을 하나씩 선택하게 되는데, 만약 당신이 빨간 색을 선택했다면 빨간 공을 칠 때마다 점수를 얻게 되고, 잘못해서 파란 색 공을 치게 되면 점수를 잃게 되는 거요. 샷에 실패할 때까지 한 사람이 계속 치다가 교체를 하게 되오.」

클레어는 메이스를 내려놓고 테이블의 반대편으로 걸어가, 몸을 구부려 큐대로 공을 쳐봤다. 나무로 된 딱딱한 큐 끝이 반들반들 윤이 나는 상아 당구공의 중심을 빗나갔고, 공은 힘없이 한쪽으로 데굴데굴 굴러갔다. 클레어가 얼굴을 찡그렸다.

「보기보다 어렵네요.」

「만사가 보기보다 어려운 법. 그게 바로 인생의 제1법칙이지.」

니컬러스가 테이블을 돌아 클레어의 옆으로 걸어왔다.

「내가 시범을 보여주지. 당신 발목을 훔쳐보지는 않겠소.」

미소가 또 다시 클레어의 입술을 잡아당겼다.

「거짓말쟁이.」

「의심 많은 아가씨.」

니컬러스는 큐대를 들고, 타구의 절차를 한 단계씩 보여줬다.

「체중의 대부분을 오른쪽 다리에 싣고 허리를 구부려요. 왼쪽 손가락으로는 큐대를 지지하고. 시선은 큐대와 일직선을 이루게 하고, 공의 중앙을 치려고 해봐요.」

니컬러스가 다시 한 번 시범을 보여주었다.

클레어가 몸을 구부려 공을 치려고 하자, 니컬러스는 테이블에 기대어 가슴 위에 팔짱을 끼고는 노골적으로 그녀의 발목을 쳐다보았다. 클레어는 여봐란 듯이 그의 시선을 무시했다.

클레어의 다른 부분처럼 발목도 충분히 봐줄 만했다. 클레어는 사람이 많은 곳에서 남자들의 이목을 끌어당길 만큼 눈부신 외모는 아니었다. 옷도 몸매를 드러내는 게 아니라 가리는 것이었다. 하지만 그녀의 몸매는 단정했고, 긴장을 풀고 있을 때는 시선을 끌어당기는 자연스러운 우아함이 배어나왔다. 좀 더 화려하고 야한 옷을 입으면 어떤 모습일까, 니컬러스는 사뭇 기대가 되었다. 물론, 옷을 하나도 입지 않은 모습이 더 좋을 테지만.

클레어가 기초를 익히고 나자, 본격적인 게임이 시작되었다. 니컬러스에게는 한가지 불리한 조건을 붙여, 포켓에 공이 들어가기 전에 투 쿠션을 맞추지 않으면 점수를 인정하지 않기로 했다. 그런 제약과 고르지 못한 테이블 표면의 상황이 결합되자 비로소 두 사람은 어느 정도 균등한 게임 상대가 되었다.

놀랍게도, 니컬러스의 차분한 여선생은 놀이에 정신을 빼앗긴 아이처럼 게임에 몰두했다. 공을 잘못 칠 때마다 얼굴을 찌푸리고, 공이 포켓 속으로 들어가면 좋아서 어쩔 줄을 몰라 얼굴까지 붉게 상기되었다.

니컬러스는 과연 그녀가 자신을 위한 즐거움을 추구해본 적이 몇 번이나 있었을까 싶었다. 아마도 그런 적은 거의 없을 것이다. 아주 어렸을 적부터 늘 힘든 일과 선행을 하며 시간을 보냈을 테니까.

하지만 지금 그녀는 너무나 즐거워하고 있었다. 빨간 공 두 개를 연속으로 치고 나서 이제 테이블 위에 몸을 쭉 펴서 세 번째 공에 조심스럽게 큐대를 맞추고 있었다. 머리카락 몇 올이 클레어의 얼굴 위로 매혹적으로 흘러내렸고, 그녀의 자세는 매혹적인 엉덩이의 곡선을 도드라져 보이게 했다. 니컬러스는 그곳을 쓰다듬고 싶은 강렬한 유혹을 느꼈다.

안타깝지만, 지금의 정다운 분위기를 깨뜨리지 않기 위해 니컬러스는 충동을 억눌렀다. 신경이 곤두서지 않을 때, 클레어는 지적이고 차가운 위트를 지닌, 인간의 본성을 이해할 줄 아는 훌륭한 친구였다.

클레어가 타구를 시도했지만, 수구의 중앙을 때리지 못했다. 공이 한쪽으로 튀어나갔다.

「젠장, 또 빗나갔어.」

니컬러스가 빙그레 웃었다. 당구가 원래 부도덕한 게임은 아니지만, 볼(ball)은 어떻고, 샤프트(shaft, 큐대의 자루부분)가 어떻고, 혹은 스트로크(strokes, 당점을 겨냥하면서 큐를 흔드는 예비동작)나 포켓(pockets, 당구대의 네 귀퉁이나 양쪽에 마련된 구멍)은 어떻고, 하는 따위의 얘기를 할 때는 은근히 외설적인 농담이 담겨 있다는 것을 부정할 수는 없었다. 다행히도 클레어는 너무 순진해서 두 사람의 대화에 숨어 있는 상스러운 뜻을 알아채지 못했다.

「말투가 험하오, 클라리시마.」

짐짓 힐난하는 투로 니컬러스가 말했다.

「당구에 노출되면 사람의 도덕심은 뿌리가 흔들리게 되는가보군.」

클레어는 웃음을 감추려고 손으로 입을 막았다.

「잘못은 나쁜 친구에게 있지 게임에 있는 게 아닌 것 같은데요.」

니컬러스는 그녀에게 고맙다는 듯한 눈길을 보낸 후에 테이블 위로 몸을 기울여 다음 타구를 조준했다. 그는 느릿느릿 우아하게 움직였고, 흰 셔츠는 그의 넓은 어깨와 잘록한 허리를 두드러져 보이게 했다. 정말로 나쁜 친구였다. 음험하고 사악할 만큼 멋있는 남자. 니컬러스는 모든 낭만적인 소녀들의 꿈이자, 그 딸을 지키는 아버지들에게는 악몽과도 같은 존재였다. 클레어는 그를 바라보던 시선을 억지로 테이블로 옮겼다.

니컬러스가 저녁 내내 배운 것은 어떻게 하면 테이블의 가장 심한 돌출 부위를 피해가며 공을 치는가 하는 것이었다. 표적공들을 쿠션에 맞혀야 하는 복잡한 조건 속에서도 니컬러스는 마지막 네 개의 볼을 잘 맞혀 게임을 일단락지었다.

「내기 당구를 한 게 아니어서 다행이에요. 그랬으면 지금쯤 전 거지 신세가 되었을 테니 말이에요.」

클레어의 말에 니컬러스는 승자의 관대함을 보이며 대꾸했다.

「초보자치고는 아주 잘했소, 클레어. 계속해서 나와의 점수 차를 줄여나갔잖소. 연습을 하면 당신도 당구 전문가가 되겠는걸.」

부끄러운 칭찬이었지만, 클레어는 우습게도 기분이 좋았다.

「한 게임 더 할까요?」

벽난로의 장식 시계가 시간을 알리는 종을 쳤다. 흘끗 시계를 쳐다보다가, 클레어는 깜짝 놀랐다.

「벌써 열 한 시예요.」

하루가 거의 끝나가고, 결전의 순간이 목전에 다가온 것이었다. 클레어의 편안했던 기분이 한 순간에 물거품처럼 사라져버렸다.

키스를 하기로 되어 있는 사실을 니컬러스가 잊어버렸을 수도 있다는 헛된 희망을 가지고 클레어가 말했다.

「물러갈 시간이네요. 내일 할 일이 너무 많아요. 펜리스에 가서 요리사를 물색해보고, 탄광 방문 약속도 정해놓고, 제 친구 마기드가 학교 일을 잘하고 있는지도 살펴봐야 하고, 정말 바쁠 것 같아요.」

클레어는 큐대를 큐대걸이에 걸고 문으로 돌아섰다. 그녀가 발걸음을 떼기도 전에, 니컬러스의 큐대가 뻗어 나와 그 딱딱한 끝이 클레어의 옆에 있는 벽을 탕탕 치면서 길을 막았다.

니컬러스가 느릿느릿한 말투로 물었다.

「뭐 잊어버린 것 없소?」

클레어는 움찔했다.

「잊지 않았어요. 당신이 잊어버렸길 바랐는데.」

니컬러스는 매력적인 약탈자의 표정으로 클레어를 쳐다봤다.

「하루종일 키스하려고 기다렸는데, 잊을 수가 없지.」

니컬러스가 큐대를 내리고 앞으로 걸어왔다. 그가 팔을 들어올리자 클레어는 재빨리 뒷걸음질을 치다가, 그가 그저 큐대를 걸이에 걸려고 하는 것임을 알고는 바보가 된 기분을 느꼈다.

니컬러스가 큐대를 걸고 나서 심각한 눈빛으로 그녀를 바라보았다.

「나와 입을 맞추기가 그렇게 끔찍한 거요? 그걸 불만으로 여기는 여자는 한 명도 없었는데. 오히려 정반대였지.」

벽에 등이 닿아 클레어는 더 이상 물러설 수가 없었다.

「그럼 어서 하세요.」

팽팽하게 긴장이 된 채 클레어가 말했다.

「클레어, 당신은 한번도…… 사랑의 감정을 가지고 키스를 해본 적이 없소?」

굴욕적인 사실을 부인할 수가 없어, 클레어는 단호하게 말했다.

「없어요. 원했던 남자가 없었죠.」

당구에 있어서처럼, 이번에도 니컬러스는 클레어의 무경험이나 두려움을 비웃지 않고 편견 없이 들어주었다.

「당신과 입을 맞추고 싶어하는 남자들이 분명히 있었을 거요. 단지 당신이 너무 무섭게 나오니까 그 사람들이 감히 엄두를 내지 못했을 뿐이지.」

니컬러스는 엄지손가락으로 클레어의 입술을 어루만지기 시작했다.

「긴장을 풀어요, 클라리시마. 난 당신을 설득하려는 거지 위협하려는 게 아니니까 말이오.」

니컬러스의 리드미컬한 동작이 너무나 자극적이어서, 전날 그가 클레어의 머리를 풀어냈을 때보다 훨씬 더 그녀의 마음을 요동치게 했다. 클레어의 입술이 촉촉해지면서 조금 벌어졌다. 본능적으로 그녀는 니컬러스의 엄지손가락을 혀끝으로 건드렸다. 짭짜름한 맛과 남성다움을 느끼던 그녀는 문득 자신의 행동이 너무 앞서나간 것을 깨닫고는 당혹스러워 얼굴을 붉혔다.

예민하게 움츠러드는 클레어의 반응을 모르는 척하며 그가 말했다.

「이게 첫 번째 키스라면, 가볍게 해두겠소. 어쨌든 우리에게는 삼 개월이라는 시간이 남아 있으니까.」

니컬러스는 클레어의 어깨 위에 손을 올려놓고는 머리를 숙였다. 그가 덮쳐올 것에 대비해 마음을 굳게 먹으며 클레어는 얼굴을 바짝 긴장시켰다. 하지만 니컬러스는 그녀의 입 대신에 부드러운 목에 입을 맞추었다.

유혹적인 입맞춤에 클레어는 맥박이 뛰고 숨이 가빠졌다. 각오는 하고 있었지만 이런 식의 애무는 뜻하지 않은 것이었다. 열기와 촉촉함. 온몸의 감각의 아래로 녹아내리면서 그녀를 허물어뜨렸고, 은밀한 치부에서는 맥박이 고동치고 있었다.

「피부가 곱군. 켈트족의 비단처럼 부드럽고 매혹적이오.」

목과 어깨 사이의 민감한 부위를 따라 입술을 움직이며 니컬러스가 중얼거렸다. 클레어는 뭔가를 해야겠다고 느끼면서도 뭘 해야 할지 알 수가 없었다. 주저주저하며 그녀는 니컬러스의 허리에 손을 올려놓았다. 고급스러운 흰 삼베 셔츠 아래로 탄탄한 근육이 느껴졌다.

니컬러스는 그녀의 귓속에 따뜻하고 감질나는 숨을 불어넣다가, 귓불을 살짝 깨물었다. 입술의 부드러움에 비해 그의 이는 자극적이었다. 클레어의 손가락들은 하릴없이 그의 늑골 위를 움직이고 있었다.

니컬러스가 그녀의 어깨와 팔을 주무르기 시작하자, 클레어의 눈동자가 감겼고, 그녀는 감각의 바다를 떠다니면서, 새끼고양이를 애무하듯 두 손으로 그를 어루만졌다. 풀어헤쳐진 머리타래가 클레어의 어깨 위로 흘러내리더니, 민감해진 그녀의 살갗 위를 깃털처럼 가볍게 쓸어 내렸다. 클레어는, 자신이 마치 그가 원하는 형상대로 만들어질 수 있는 밀랍처럼 느껴졌다.

클레어의 뒷목이 약간 당겨지는 듯한 느낌이 들더니, 니컬러스의 손이 아래로 미끄러져 내려와, 그 따뜻한 손바닥이 어깨뼈 사이에 닿았다. 얼음물을 끼얹은 듯한 충격과 함께, 클레어는 그가 가운의 맨 위 단추를 풀었다는 것을 깨달았다. 다음 단추를 풀려고 하자, 클레어는 그에게서 몸을 획 돌렸다.

「키스를 하는 데 시간제한은 없나요? 이번 키스는 이쯤에서 끝내야 해요.」

애써 침착한 척하며 클레어가 말했다.

니컬러스는 클레어가 달아나는 것을 막으려 하지 않았다. 그의 호흡은 빨라졌겠지만, 포옹으로 별 다른 영향을 받은 것 같지는 않았다.

그가 부드럽게 대답했다.

「키스에 시간 규정 따위는 없소. 어느 한쪽에서 그만하자고 했을 때 끝내는 거지.」

「좋아요. 오늘 입맞춤은 끝났어요.」

클레어는 뒤로 팔을 뻗어 불안정한 손길로 단추를 채웠다.

「생각했던 것처럼 나쁜 경험이었소, 클라리시마? 싫어하는 것 같지는 않던데.」

클레어는 별로 대답하고 싶지 않았지만, 정직해야 한다는 생각 때문에 어쩔 수가 없었다.

「시…… 싫지 않았어요.」

「아직도 내가 두렵소?」

니컬러스가 클레어의 흘러내린 머리카락을 나비처럼 살며시 매만졌다. 클레어는 잠시 눈을 감았다. 다시 눈을 떴을 때는 두 사람의 시선이 한동안 마주친 채 있었다.

「아리스토파네스(옛 아테네의 시인이자 희극작가)가 말하길, 아이들은 장난 삼아 개구리에게 돌을 던지지만, 그 개구리들은 정말로 죽는다고 했어요. 당신은 내 인생을 산산조각 내고 말 거예요. 그러고 나서도 아무 생각 없이 살아가겠죠. 오, 주여, 당신이 무서워요.」

니컬러스가 갑자기 동작을 멈추었다.

「단단한 것은 부서질 수가 있소. 당신의 삶은 깨어져야 할 필요가 있다고 생각하오.」

「굉장히 심오하게 들리는군요. 당신 인생은 사 년 전에 산산조각이 났어요. 그로 인해 더 나아지거나 더 행복해졌나요?」

빈정거리는 클레어의 대꾸를 듣자, 니컬러스는 표정이 굳어졌다.

「이제 정말 자야 할 시간이군. 난 내일 스완지에 갔다올 거니까, 저녁시간에나 당신을 보게 될 거요.」

니컬러스는 먼지투성이의 벨벳 덮개를 들어 테이블 위로 던졌다. 클레어는 비품함 위에 있는 촛대의 작은 손잡이를 잡고 뛰다시피 방을 나왔다. 방에 도착하고 나서야 그녀는 걸음을 멈추었다. 방문을 걸어 잠근 후 촛대를 내려놓고서, 그녀는 손으로 관자놀이를 누르며 의자에 털썩 주저앉았다. 하루, 그리고 한번의 키스가 지나갔다. 남은 90일을 도대체 어떻게 견디어낼 것인가?

클레어는 남편도 아닌, 도의에 어긋난 의도를 가진 남자와의 포옹을 즐겼을 뿐만 아니라 다음 날의 포옹에 대한 갈망도 억누를 수가 없었다. 자신의 영혼을 위해, 그녀는 당장 애버데어를 떠나야 했다. 마을 일은 마을이 알아서 할 수 있을 것이다. 펜리스를 위해 그녀에게 희생을 강요한 사람은 아무도 없었다. 그것은 순전히 스스로의 의무감에서 나온 생각일 따름이었다.

떠난다고 생각하니 흥분했던 머리가 식는 것 같았다. 백작은 기꺼이 수백 명의 사람들을 이롭게 할 일들을 해줄 것이고, 노처녀의 신경질적인 공격으로 인해 그것을 잃게 된다면 그건 정말 미친 짓이었다. 그녀는 지금 놀랍고 새로운 경험에 대해 과잉반응을 보이고 있었다. 내

일은 그의 엉큼한 수작에 쉽게 넘어가지 않으리라.

플란넬 잠옷으로 갈아입고 머리를 길게 땋은 후, 클레어는 커다란 침대에 올라가 깊은 잠을 청했다. 악마 백작에게 대항하려면 기운을 많이 모아둬야 했다.

니컬러스는 벽난로 앞에 서, 스러져가는 장작불을 멍하니 쳐다봤다. 클레어가 머물고 있어 집이 덜 음산하게 느껴지긴 했지만, 그녀의 존재가 니컬러스의 마음을 어지럽히고 있었다. 아마도 그것은 그가 순수함에 익숙지 않은 탓일지도 몰랐다. 순진함과 냉혹한 실용주의가 합쳐진 그녀의 분위기는 이상하게도 사람의 마음을 끌어당겼다. 그리고 잠깐 동안, 그녀는 상식의 지배에서 벗어나, 버드나무가 햇살을 받아 휘어지는 것처럼 그의 손길에 굴복했다.

니컬러스는, 욕망은 죄가 아니라는 것을 그녀에게 가르쳐주고 싶었다. 그리고, 젠장, 그는 오늘밤에 그 일을 하고 싶었다.

내일이 오기 전에는 더 이상 그녀를 유혹할 수 없게 만든 두 사람간의 협정을 저주하면서 니컬러스는 벽난로의 대리석 장식을 손가락으로 힘없이 두드렸다. 클레어의 커다란 눈망울과 비단결 같은 피부가 떠올라 깊은 잠을 이루기는 그른 듯싶었다.

별안간, 니컬러스는 머리를 젖히며 크게 웃었다. 비록 욕구불만 상태일 망정, 그는 지금 너무나 오랜만에 활력을 느끼고 있었다. 그러니 그 말괄량이 감리교인 아가씨에게 신용을 지켜야만 한다.

조용히 학교 문을 열고 클레어는 평범하고 깨끗한 교실 뒤쪽으로 들어갔다. 마기드가 제일 꼬맹이 학생들을 데리고 낮은 목소리로 셈을 가르치는 동안, 나머지 학생들은 자습을 하고 있었다.

클레어가 들어가자, 소곤거리는 소리와 낄낄 웃는 소리가 들려왔다. 마기드도 눈을 들어 그녀를 쳐다보았다. 미소를 지으며, 마기드는 차분하게 수업을 중단시켰다.

「점심시간이에요. 미스 모건에게 인사하고, 모두들 밖으로 나가요.」

쏟아져나온 아이들이, 마치 클레어가 하루하고 반나절이 아니라 몇 달만에 돌아오기라도 한 것처럼 그녀의 주위를 에워쌌다. 클레어는 아이들의 인사를 받아주고, 적당한 칭찬 - 이제 뺄셈을 배웠구나, 이안토 훌륭해! - 도 해준 후에, 앞으로 나가 마기드를 껴안았다.

「일은 어떻게 하고 있어?」

웃으면서, 마기드는 찌그러진 책상 모서리에 걸터앉았다.

「어제는 도저히 이 일을 계속 할 수 없겠다는 생각이 들더구나. 네가 여기 있었더라면, 다시 와달라고 무릎 꿇고 빌었을 거야. 하지만 오늘은 좀 나아졌어. 이 주일 정도 지나면 요령이 생길 것 같아.」

마기드는 할말을 찾는 사람처럼 머리카락을 매만졌다.

「힘들긴 해도, 내 설명을 듣고 이해하는 아이들의 밝은 얼굴을 보면 너무 기분이 좋아. 그 느낌을 말로 표현할 수가 없어. 물론 너도 그런 기분을 잘 알겠지만 말야.」

마기드의 말에 클레어는 양심이 조금 찔리는 것을 느꼈다. 교육을 열정적으로 신봉하면서도, 실제로 가르치는 기쁨을 느낀 것은 처음 몇 년에 불과했다. 종종, 반복되는 학습에 내심 싫증이 나기도 했던 것이었다. 아마도 그 때문에 니컬러스에 대한 도전을 즐기는 것일지도 몰랐다. 자신과 지적수준이 동등한, 교활하고 예측할 수 없는 재치를 지닌 남자와의 한판 승부는 묘미가 있었다.

그런 생각에 어렴풋이 죄의식을 느끼며 클레어가 입을 열었다.

「애버데어 백작이 광산에 들어가서 그곳 상태를 보고 싶은데, 조지 매덕의 안내를 받지는 않겠대. 오웬이 모시고 들어갔다 올 수 있을까?」

마기드는 입술을 깨물었다.

「매덕이 알게 되면 오웬을 가만두지 않을 거야.」

「위험하다는 건 알고 있어. 하지만 최악의 상황이 발생해서 오웬이 해고당하게 되면, 틀림없이 백작이 오웬에게 다른 일자리를 찾아줄 거야. 오웬만 빼고 아직 아무에게도 말하면 안 돼. 애버데어 백작이 슬레이트 채석장을 다시 열고 확장하겠다고 했거든.」

「너, 해냈구나! 클레어, 정말 굉장하다.」

「속단하기는 아직 이르지만 어쨌든 지금까지는 잘 되어가고 있어. 백작이 마이클 케넌 경하고도 탄광에 관해 얘기를 나눠보려 하고 있어. 그 사람은 여자의 말을 듣기보다는 직접 문제점을 알아보고 싶어하는 것 같아.」

「그가 갱 안으로 들어 갔다오는 건 정말 좋은 일이야. 직접 가보지 않고서는 그곳이 어떤지를 이해할 수 없거든.」

잠시 생각을 하다가 마기드는 말을 이었다.

「매덕은 항상 정오쯤 두 시간 정도 점심 식사를 하러 집으로 가니까, 내일이라도 당장 애버데어 백작을 그곳으로 데려갈 수 있어. 오늘 저녁에 오웬이 돌아오면 내가 물어봐서, 만약 문제가 생기면 애버데어로 연락할게. 별 소식이 없으면 정오가 조금 지나서 데리고 와.」

문제가 정리되자, 마기드는 눈을 반짝이며 클레어를 쳐다봤다.

「악마 백작과 지내는 건 어때?」

「아주 좋아.」

클레어는 무뎌진 깃펜과 펜나이프를 들고 기계적으로 펜을 깎기 시작했다.

「내가 제안을 받아들인 일에 대해 흔쾌하게 생각하지는 않지만, 나와 함께 있는 시간을 좋아하는 것 같긴 해.」

「그 집에서 어떤 일을 하는 거야?」

펜나이프가 삐끗하여 하마터면 클레어의 집게손가락을 벨 뻔했다.

「내가 마치 대단한 하녀장이라도 된 기분이야. 나에게 하인들을 고용해서 청소를 시키고 집을 살 만한 곳으로 다시 꾸미라는 권한을 주었거든.」

「리스 윌리엄즈는 그 사실을 어떻게 생각하니?」

「오늘 아침 이곳으로 오기 전에 그 얘길 했더니 좋아하더라구.」

클레어는 깃펜 하나를 더 깎기 시작했다.

「그 큰 저택을 하녀 둘이서 관리하긴 너무 힘들어. 난 오전 내내, 임시로 일할 사람들을 찾느라고 마을을 돌아다녔어. 백작이 계속 그 저택에서 살기로 결심을 굳힌다면 영구적인 일자리가 될 수도 있거든.」

「그럼 일꾼들을 구하는 데 별 어려움은 없었겠구나.」

클레어가 고개를 끄덕였다.

「결혼하지 않은 사람들이 모두 좋다고 했고, 애기가 끝나자마자 모두들 애버데어로 들어갔어. 리스 윌리엄즈가 최소한 열두 명에게는 쓸고 닦는 일을 시킬 거야. 하우얼 부인은 주방 일을 하느라 바쁠 거고. 실내장식도 다시 해야 하는데, 우선 빨리 청소를 해야 해.」

「애버데어 백작은 건달이라는 자신의 평판을 바꾸기 위해 뭘 하고 있다니?」

나이프가 깃펜을 동강내어 버렸다.

「미안해, 내가 언니 펜을 망가뜨렸어.」

클레어는 펜나이프를 책상 위에 가만히 갖다놓았다.

「난, 그 사람이 건달이라기보다는 외로운 사람으로 보여. 아직도 부인의 죽음을 슬퍼하고 있나봐. 날 친구로 삼고 싶어하는 것 같았어.」

「하녀장으로 삼는다는 것보다 더 흥미롭게 들리는걸.」

「참, 깜빡 잊어버릴 뻔했네. 그 유명한 '이상한 동물들'을 만나봤는데, 알고 보니 펭귄이었어. 정말 환상적이더라구. 애버데어 백작이 아이들을 데리고 와서 보여줘도 된대.」

「잘 됐다! 몇 주 후에 날씨가 따뜻해지면 소풍을 갈 예정이었거든. 마차 몇 대 정도는 어렵지 않게 빌릴 수 있을 거야.」

그때부터 두 사람은 학교에 관한 이야기에 몰두했다. 클레어는 마기드의 질문에 대답을 해준 후, 애버데어로 돌아왔다.

저택의 현관에 들어서자 마치 소용돌이 속으로 빨려 들어온 듯싶었다. 홀이나, 홀에 인접한 거실은 열심히 일하는 사람들로 가득 차 있었고, 모두들 웨일스 사람들이라 함께 노래를 부르며 열정적으로 일하고 있었다. 음악은 그곳에 축제 분위기를 불러일으키고 있었다. 클레어는 그 동안 애버데어가 얼마나 음울한 분위기였는지를 어렴풋이 느꼈다.

그녀가 어리벙벙한 채 주위를 둘러보고 있는데, 황동 전등을 광이 나게 닦고 있던 리스 윌리엄즈가 돌아서서 인사를 건네왔다. 얼굴에 그토록 생기가 넘치는 윌리엄즈를 클레어는 본 적이 없었다.

「집에 생기가 돌고 있어요. 아가씨 충고대로 현관과 거실을 집중적으로 청소하기로 했어요. 아마 백작님이 깜짝 놀랄 겁니다.」

윌리엄즈가 자랑을 하듯 말했다.

「저도 놀랄 거예요.」

거실에 들어서는 순간, 클레어는 너무 놀라 머리를 흔들었다.

「흉한 가구들과 장식물을 이렇게 많이 치워냈다니 정말 놀라워요.」

치워버린 게 너무 많아 이제는 오히려 그 공간을 채워넣어야 할 것 같았다.

「다락에 가구들이 쌓여 있다고 백작님이 그러시던데, 혹시 거실에 어울릴 만한 가구가 있을까요?」

「괜찮은 게 몇 가지 있어요. 지금 같이 올라가보죠.」

집사는 전등을 닦던 천 조각을 문손잡이에 걸어놓고, 클레어의 모자와 어깨 숄을 잡아 그녀를 위층으로 인도했다.

「지난 몇 년 동안 집안이 너무 음울하고 활기가 없어서, 종종 이곳이 탄광인가 싶었죠. 방들의 위치나 크기가 적당해서 조금만 손을 보면 훌륭한 집이 될 텐데도, 주인님의 지시가 없이는 아무 것도 할 수가 없었어요.」

잠시 멈추어 램프 불을 켠 후, 두 사람은 다락방으로 가는 좁은 계단을 올라가기 시작했다.

클레어가 말했다.

「백작께서 집을 수리해도 된다고 했으니, 좋은 생각이 있으면 저에게 말해보세요.」

윌리엄즈는 어렴풋한 형상들이 늘어서 있는 곳을 지나 작은 다락방 안으로 클레어를 데리고 들어갔다.

「이 가구들을 원래 있었던 거실로 다시 옮겨놓을까 합니다. 오십 년 도 더 된 것들이지만, 아름답기도 하고 디자인에서 자연스러운 우아함 이 배어나오죠.」

집사가 작은 소파에서 먼지방지용 덮개를 잡아당겼다.

「변덕스러운 유행의 흐름 때문에 밀려난 거죠. 트레거 아씨께서 악 어가죽 소파로 바꾸셨거든요.」

집사가 희미하게 코웃음을 쳤다.

「혈통이 좋다고 안목까지 뛰어난 건 아니라는 명백한 증거죠.」

클레어는 빙그레 미소를 지었다. 그녀는 양쪽 세계의 장점을 모두 가지고 있었다. 때문에 윌리엄즈는 그녀의 명령에 따르면서도 여전히 그녀를 펜리스 주민으로 스스럼없이 대하고 있는 것이었다. 남의 얘기 를 수군거리지 말아야 한다는 것을 알면서도, 클레어는 더 알고 싶은 것을 물어볼 수 있는 기회를 놓치기가 싫었다.

「트레거 부인은 어떤 사람이었나요?」

「난 아무 것도 말해줄 수가 없어요, 미스 모건. 그때 난 집사의 아 랫사람으로 있었기 때문에 마님을 뵐 기회가 거의 없었지요. 물론 매 우 아름다운 분이기는 했죠.」

집사가 무표정한 얼굴로 대답하다가 잠시 말을 멈추었다가 물었다.

「마님의 초상화를 보지 못했나요?」

「네, 이곳에 초상화가 있는 줄 몰랐어요.」

「손자가 결혼을 할 무렵에 노백작님이 초상화를 주문하셨죠.」

윌리엄즈는 클레어를 더 작은 다락방으로 안내했다. 커다란 목조 선 반이 한쪽 벽면에 걸려 있고, 천으로 덮인 직사각형 모양의 것이 공간 의 대부분을 차지하고 있었다.

「그림을 안전하게 보관하도록 목수를 시켜서 이걸 만들었죠.」

집사는 그림에서 덮개를 걷어내고 손전등을 올려 그 초상화를 비추었다. 그리스 요정 같은 복장을 한 젊은 여자의 화려한 모습이 그려져 있었다. 여자는 꽃밭 가운데 서서 바람에 금발을 날리며 하얀색 천으로 관능적인 육체를 감싸고 있었다.

클레어는 여자의 흠 없는 얼굴과 차가운 녹색 눈동자, 그리고 감추어진 수수께끼를 암시하는 듯한 희미한 미소를 찬찬히 뜯어보았다. 이 사람이 바로 니컬러스와 결혼을 해서 잠자리를 함께 나누고, 지금은 밤마다 그를 슬픔과 죄책감에 사로잡히게 하는 바로 그 여자란 말인가.

「저도 트레거 부인을 먼발치에서 한번 본 적이 있어요. 하지만 그때 보았던 것보다 훨씬 더 아름답네요.」

「전 이런 미인을 한번도 본 적이 없어요.」

윌리엄즈가 딱 잘라 말했다.

「왜 초상화를 아래층에 두지 않고 이곳에 둔 거죠?」

「미망인이 되신 백작부인이 이 저택을 폐쇄하고 런던으로 가기 전에 그림을 다락으로 올려버렸어요.」

노백작의 두 번째 부인인 에밀리 데이비즈를 말하는 것이리라. 그녀는 남편의 무례한 손자를 사랑하고, 니컬러스의 아름다운 아내를 질투한 걸까? 안 그렇다면 초상화를 이런 구석에 처박아둘 리가 없었다.

클레어의 표정이 굳어졌다. 이 집은 음울한 감정을 너무 많이 알고 있었다. 이제 조금은 대낮 같은 밝은 빛 속으로 나아갈 때가 되었다.

「이 초상화는 거실 벽난로들 중 한 군데를 골라서 그 위에 걸어두면 좋을 것 같아요. 아래층으로 옮기세요.」

윌리엄즈가 이의를 제의하려다가, 마음을 바꾸었다.

「그렇게 하죠, 미스 모건.」

대답을 하고 나서 잠시 생각하다가 그가 한가지 제안을 했다.

「여기 이 그림을 다른 벽난로 위에 걸어두는 건 어떨까요? 이것도 원래 거실에 걸려 있었는데, 미망인께서 트레거 아가씨의 초상화와 함께 다락에 두셨거든요.」

집사가 다른 그림 하나를 꺼내어 덮개를 걷어냈다. 노백작의 전신 초상화인 듯싶었다. 흰머리로 보아 말년에 그린 그림인 듯했지만, 여전히 정력이 넘치고 표정도 거만해 보였다. 인상적인 그림이긴 해도, 클레어는 니컬러스가 날마다 그림 속의 노백작을 쳐다보며 지내고 싶어하진 않으리라는 생각이 들었다.

「이 그림은 그냥 여기에 두세요. 다른 그림들 중에 적당한 게 있나 살펴볼게요.」

클레어는 아래층에 걸어둘 만한 두 개의 멋진 그림을 찾아냈다. 마지막 그림 역시 초상화였는데, 이번 캔버스에 그려진 얼굴은 니컬러스였다. 그는 말고삐를 잡고 말 위에 앉아 포즈를 취하고 있었고 발치에는 사냥개들이 누워 있었다. 클레어는, 멋지게 웃고 있는 젊은 남자가 발산하는 자연스러운 매력에 사로잡혀 순간적으로 숨을 멈추었다. 그 얼굴은 어린 시절 자신을 매료시켰던 바로 그 니컬러스였다.

순간 클레어는 얼굴을 찌푸리며 당혹감을 느꼈다. 그림 속 남자의 옷차림이 어딘가 이상한데다 너무 구식이었고, 색상도 생각보다 어둡지가 않았다.

「백작의 아버지인가요?」

윌리엄즈가 쭈그리고 앉아, 액자의 틀에 붙은 작은 명판을 자세히 들여다봤다.

「켄릭 데이비즈 백작님이십니다.」

허리를 펴며 집사는 설명을 덧붙였다.

「제가 이곳에서 일을 시작하기 전 집을 떠나셨죠. 이 그림을 처음 보았을 때는 니컬러스 주인님이 아닌가 생각했어요.」

「이 그림은 홀에 가까운 벽난로 위에 걸고, 트레거 부인의 그림을 다른 벽난로 위에 걸기로 하죠. 다행히, 애버데어 백작이 스완지에서 돌아오기 전에 거실 정돈을 끝낼 수 있을 것 같아요.」

클레어는 먼지를 털고 일어났다. 니컬러스가 돌아와 오래 전에 죽은 아내의 초상화를 보면 과연 어떤 반응을 보일까.

7

거실 단장을 마쳤을 때는 해가 뉘엿뉘엿 기우는 늦은 오후였다. 클레어는 맡은 일을 열심히 해준 일꾼들에게 고마움을 전하고 다시 마을로 내려보냈다.

목욕을 하려고 위층으로 올라가기 전에, 그녀는 마지막으로 한번 더 거실을 둘러보았다. 비평가가 봤다면, 벽에 칠도 다시 하고 융단이나 커튼 따위는 유행이 지났다고 할지 모르지만, 전체적인 변화는 눈길을 끌 만했다. 니컬러스가 좋아하기를 바라며, 클레어는 행복한 마음으로 숨을 들이마셨다. 새로 들어온 요리사, 하우얼 부인은 하루종일 바쁘게 움직였고, 온 집안에 고기와 빵을 굽는 냄새가 진동하며 군침을 돌게 했다.

그때 마침 백작이 문을 열고 들어와 클레어를 당황하게 했다. 머리에 모자도 쓰지 않아 머리카락이 제멋대로 헝클어져 있었고, 손에는 채찍을 말아 쥐고 있었다.

「안녕하시오, 클레어. 오늘 하루를 보람있게 보냈소?」

그녀의 옷에 묻은 얼룩은 그녀를 지저분한 여자로 보이게 하는데,

왜 니컬러스의 부츠나 코트에 묻은 진흙은 그를 멋있어 보이게 하는 걸까. 클레어는 괜스레 심통이 났다. 삶이 참 불공평하다. 그가 삼십 분만 더 늦게 왔으면 좋았을 텐데 하는 생각을 하며 클레어가 대답했다.

「네. 당신은 어때요?」

「선로 기술자를 만났는데, 머사이어 티드필에 있는 궤도를 거의 다 그 사람이 건설했다는군. 그리고 부두를 만들기 좋은 터를 하나 발견했소. 나머지 얘기는 저녁식사를 하면서 합시다. 뭔가 맛있는 냄새가 나는군. 요리사를 꾀어 데려오는 데 성공한 거요?」

니컬러스가 코를 킁킁거리면서 말했다.

「네, 하지만 성공한 게 그것만은 아니죠.」

클레어는 흥분된 기분을 감추려고 애쓰면서, 그에게 거실로 들어오라는 손짓을 해 보였다. 니컬러스는 안으로 들어와 멈추어 서더니 놀란 듯 가벼운 휘파람을 불었다.

「세상에, 애버데어가 이렇게 밝고 근사해졌단 말이야? 믿을 수가 없군. 어떻게 그 짧은 시간에 이 많은 일을 해치웠소?」

「제가 한 게 아니에요. 윌리엄즈가 아이디어를 냈고 힘든 일은 오늘 아침에 고용한 하인들이 했어요. 결과가 만족스러우신가요?」

「아주 만족하오.」

니컬러스는 그녀에게 매혹적인 미소를 지어 보이고 나서 다시 주위를 꼼꼼하게 둘러봤다. 꽃병 속에 가득 꽂힌 향긋한 카네이션 봉오리를 만져보며 그가 물었다.

「이른봄에 이런 꽃들을 어디에서 구했소?」

「믿으시거나 말거나지만, 애버데어의 온실에서 꺾어온 거예요. 지난 사 년 동안 정원사가 꽃과 채소들을 계속 가꿔왔더군요. 아무도 그만두라는 말을 하지 않아서 말이에요.」

백작이 놀란 듯싶었다.

「의족을 한 그 이올로 영감 말이오?」

클레어가 고개를 끄덕이자, 그는 다시 말했다.

「나는 애버데어에 대해 생각조차 하지 않고 있었는데, 애버데어에서의 내 힘이 그렇게 막강했다는 것을 생각하니 정신이 번쩍 드는군. 이올로, 윌리엄즈, 그리고 수년 동안 남아서 맡은 일을 꾸준하게 해온 하인들. 난 그런 충성을 받을 자격이 없는 놈인데.」

「맞아요. 당신은 그럴 자격이 없어요.」

클레어는 신랄한 어조로 맞장구를 쳤다.

「다행한 점이 있다면, 그들의 충성심은 당신을 위한 것이 아니라 그들의 급료를 위한 것이었다는 거죠. 제 추측으로는, 이올로가 꽃을 재배해서 펜리스 시장에 내다판 것 같긴 하지만, 그렇다고 해서 그 사람이 당신이 없는 틈을 타서 나쁜 짓을 했다고는 생각하지 않아요.」

「아직도…….」

니컬러스가 고개를 들어 켄릭 데이비즈의 초상화를 쳐다보는 순간, 그의 말꼬리가 잦아들었다. 잠시 침묵하다가 그는 조용히 말했다.

「내 아버지인가?」

「명판에 그렇게 쓰여 있어요. 다락방에 있던 그림이에요. 전에 한번도 본 적이 없나요?」

「처음이오. 아마 할아버지가 아버지와 의절하고는 이 그림도 다락에 처박아버렸겠지.」

니컬러스는 골똘히 그림을 들여다봤다.

「아버지와 내가 부자지간이라는 것에 대해 논란의 여지가 없었던 이유를 이제야 알겠군.」

「아버지를 기억하고 있나요?」

「아주 조금. 대단히 잘 웃는 분이셨지. 아버지에게는 집시로서의 삶이 일종의 유희가 아니었나 싶소. 집시 생활을 즐기기는 하셨지만, 열병으로 죽지 않았더라면 결국 다시 고르조우 세계로 돌아오셨을 양반이지.」

그는 돌아서서 천천히 방을 거닐기 시작했다.

「가구들을 오밀조밀 사이좋게 배치해놓은 방식이 마음에 드는군. 한 결 친밀감이 도는 듯하니 말이오.」

클레어는 기분이 좋았다. 그 배치방식은 바로 자신이 내놓은 아이디어였으니까. 니컬러스가 무엇을 제일 마음에 들어하고, 또 무엇을 제일 마음에 들어하지 않는지 보려고, 클레어는 그의 표정과 반응을 살피면서 벽을 따라 시선을 옮겼다. 그는 반짝반짝 빛나는 마호가니 테이블의 표면을 손바닥으로 가볍게 쓸어보거나 감아쥔 채찍으로 의자의 쿠션을 쿡쿡 찔러보기도 하고, 혹은 돌돌 말려서 다락에 보관하고 있던 화려한 페르시안 카펫이 얼마나 푹신푹신한지 시험하려고 부츠 코로 톡톡 차보기도 하면서, 촉각으로 변화를 평가하고 있었다.

말을 하려고 클레어를 힐끗 쳐다보려던 니컬러스는 순간, 입을 다물어버렸다.

「저따위 그림이 대체 어디서 튀어나온 거야!」

이렇게 격분하리라고는 차마 예상치 못했던 클레어는 순간적으로 바짝 얼어붙고 말았다. 비로소 그녀는 자신이 트레거 부인의 초상화 밑에 서 있다는 것을 깨달았다.

침을 꿀꺽 삼키고 나서, 그녀가 말했다.

「다락방에서요.」

니컬러스는 채찍을 들어올려 사나운 손목의 힘으로 클레어를 향해 휙 휘둘러댔다. 클레어는 헉, 소리를 내며 본능적으로 팔을 들어올려 얼굴을 감쌌다.

쉭, 채찍을 가르는 희미한 소리에 이어 찰싹, 후려치는 소리가 들렸다. 클레어는 아무 것도 느낄 수가 없었고, 잠시 혼미한 순간, 자신이 채찍을 맞고 그 충격으로 감각이 마비되어버린 것이 아닌가 싶었다.

니컬러스가 다시 채찍을 당겨 휘둘렀을 때에야 그녀는 비로소 그 표적이 자신이 아니라는 것을 깨달았다. 가죽 채찍이 그의 죽은 아내의 얼굴을 사납게 내리쳤다.

니컬러스가 성난 맹수처럼 소리를 질렀다.

「지금 당장 치워. 지금 당장!」

그는 휙 돌아서서 성큼성큼 걸어가더니 쾅 소리가 나게 문을 닫고 나가버렸다. 그 충격으로 램프의 유리 등피가 덜걱거렸다.

아연실색하여, 클레어는 쓰러지듯 의자에 주저앉았다. 초상화를 보면 놀라겠지, 어쩌면 슬픔을 느끼기도 하겠지 생각하며 위로의 말까지 준비해두었건만, 그의 분노는 클레어의 그런 생각들을 무용지물로 만들어놓고 말았다. 아마도 니컬러스의 분노는 남편으로서의 슬픔과 죄책감에 기인한 것일지도 몰랐다. 하지만 그의 얼굴에 나타난 표정은 사랑보다는 증오에 가까웠다.

그녀는 벨을 흔들어 윌리엄즈를 불렀다. 집사는 이내 걱정스러운 표정을 하고 나타났다.

「주인님께서 새 단장이 마음에 들지 않다고 하시나요?」

「거실을 보고는 아주 좋아하셨죠. 그분이 싫어한 건 바로 저 초상화였어요. 당장 치워야겠어요.」

레이디 트레거의 아름다운 얼굴 위에 X자로 채찍 자국이 나 있는 것을 보고 집사는 눈이 휘둥그레졌다. 집사의 시선이 클레어에게로 기울어졌지만, 그는 아무 말도 묻지 않았다.

「지금 당장 그림을 내리죠. 빈자리는 그대로 남겨놓을 건가요?」

클레어는 생각을 정리해보려고 애를 썼다.

「일몰을 배경으로 한 낡은 성 그림을 거세요. 크기가 비슷할 거예요.」

그녀는 위층으로 올라가 목욕물을 준비시켰다. 이번에는 딜리스가 도와서 뜨거운 물을 날라왔는데, 두 소녀는 즐겁게 재잘거리고 있었다. 집안에 생기가 살아나고 있었다.

뜨거운 물은 쓰린 근육뿐 아니라 근심까지도 진정시켜주었다. 클레어는 아무 일도 일어나지 않은 듯 저녁을 보내기로 했다. 그러기 위해서는 옷을 갈아입고 내려가 니컬러스의 저녁식사에 벗이 되어주어야 했다.

몸을 닦은 후에 클레어는 전날 밤보다 더 수수하게 머리를 단장했다. 적당한 옷이 달리 없어서 전날 입었던 파란색 가운을 다시 입어야만 했다. 마음의 준비를 하고 그녀는 저녁식사를 하기 위해 아래층으로 내려갔다.

클레어가 내려갔을 때는 거실이 비어 있었지만, 시계가 여섯 시를 알리자 니컬러스가 모습을 나타냈다. 전날 밤과 마찬가지로 나무랄 데 없는 차림새였다.

「곧장 저녁식사를 하러 가겠소? 난 요리사의 음식솜씨가 궁금해서 못 견디겠군.」

거실에서의 난동을 모른 체하는 듯한 니컬러스의 태도에 클레어는 비겁하게도 고마움을 느꼈다. 하지만 그의 팔을 잡았을 때, 클레어는 그의 우아한 검은 소매 아래로 긴장한 근육을 느낄 수 있었다. 아직 분노가 수그러들지 않은 모양이었지만, 적어도 그 분노가 그녀를 향한 것이 아니라는 것은 분명했다.

윌리엄즈와 새로 고용된 마부가 저녁 식탁을 차리는 동안 니컬러스는 긴장을 풀기 시작했다. 음식이 다 차려진 후 두 하인이 물러나려고 하자 니컬러스가 말했다.

「윌리엄즈, 자네가 거실 단장에 실질적인 공헌을 했다면서. 아주 잘 했네.」

기뻐서 얼굴이 붉어진 집사는 클레어에게 감사의 눈길을 보냈다.

「고맙습니다, 주인님. 당연히 해야 할 일이지요.」

. 클레어는, 몇 마디 감사의 말만으로도 효과적으로 충성심을 이끌어내는 방법을 알고 있는 니컬러스에게 감탄하지 않을 수 없었다. 그녀가 들은 바로는, 그건 노백작이 결코 터득하지 못한 교훈이었다.

고기를 자르면서 니컬러스가 말했다.

「같은 양고기지만 이번에는 제대로 구워졌군. 옆에 있는 것이 산딸기 젤리를 얹은 양기름 크러스트 맞소?」

「맞아요. 하우얼 부인의 특별 요리 중 하나죠.」

구운 감자는 바삭하고 뜨거웠으며 아스파라거스는 부드러웠다. 그리고 귀니어드라는 살짝 튀긴 송어요리는 먹음직스럽게 가시가 발라져 있었다. 클레어가 몇 달 새 먹어본 음식 중에 최고였다. 만약 니컬러스가 음식이 촌스럽다고 비웃었다면 그녀는 아마 치즈 소스에 들어 있는 부추를 그의 머리 위로 확 부어버리고 싶은 충동을 느꼈을지도 몰랐다. 하지만 그는 분명히 즐겁게 음식을 먹고 있었다. 다음 음식까지 모두 먹은 후에 니컬러스는 행복한 한숨을 쉬며 접시를 밀어냈다.

「하우얼 부인의 급료를 두 배로 올려줘야겠소.」

클레어는 하마터면 포크를 떨어뜨릴 뻔했다.

「하지만 당신은 하우얼 부인이 지금 얼마를 받는지도 모르잖아요.」

「얼마든 간에 지금보다 더 받을 자격이 있소.」

「원하신다면 그렇게 하죠, 주인님.」

클레어는 미소를 지었다.

「어제의 실패한 요리사, 글래디스는 이제 하녀장이에요. 청소 솜씨는 뛰어나거든요.」

니컬러스가 껄껄 웃으며 포도주를 더 따르고 나서, 스완지에서 있었던 일을 자세히 설명하기 시작했다. 그의 이야기가 끝나자 클레어는 집안 일을 간략하게 보고하고, 내일 광산을 방문하기로 했다는 것을 알려주었다. 신기하게도, 두 사람은 너무나 가정적인 대화를 나누고 있었다.

클레어와 니컬러스가 다음에 해야 할 일을 의논하는 동안 하인들이 그릇을 걷어가고 커피를 내왔다. 시계가 열 시를 치자 클레어가 깜짝 놀랐다. 갑작스러운 피로를 느끼며 그녀는 자리에서 일어섰다.

「정신없는 하루였어요. 전 그만 자야겠어요.」

「이리 와요.」

니컬러스가 부드럽게 말했다. 클레어의 피로는 조심스럽게 솟아나는 기대감에 묻혀 사라져버렸다. 오후에 일어났던 일로 미루어, 그녀는 니컬러스가 키스를 미룰 것이라 생각했었다.

니컬러스는 의자를 테이블에서 밀어냈지만 여전히 앉아 있었다. 클레어와의 거리가 아주 가까웠기 때문에 그는 그녀의 손을 잡아당겨 의자 옆에 서게 했다. 불과 몇 센티미터 눈 아래 그의 얼굴이 있었기 때문에, 클레어는 그의 속눈썹이 얼마나 긴지를 알 수 있었다. 그는 정말 믿을 수 없을 만큼 멋있었다.

여전히 손을 잡은 채, 그가 나른하게 말했다.

「오늘밤은 어디에서 키스를 하지?」

그의 단단한 허벅지가 다리를 누르고 있어서 클레어의 판단력은 방해를 받고 있었다.

최대한 여선생다운 투로 그녀가 말했다.

「그런 질문은 수사학적인 것 아닌가요. 당신은 이미 마음을 정하고 있으니까 말이에요.」

그 말에 니컬러스는 빙그레 미소를 지었다.

「아직은 아니오.」

그의 시선이 클레어의 목, 어젯밤 키스했던 그곳에 머물렀다. 클레어는 맥박이 심하게 요동치는 것을 느꼈다. 니컬러스의 시선이 입 쪽으로 올라오자 그녀는 혀로 아랫입술을 건드렸다. 분명 오늘밤에는 입술에 키스를 할 모양이었다.

니컬러스는 또 한차례 그녀를 놀라게 했다. 그녀의 손바닥에 입술을 댄 것이었다. 처음에는 단순히 감각적인 살갗에 가볍게 숨을 내쉬더니, 이어 혀로 손바닥 가운데를 긴질이며 속삭였다.

「여자의 몸은 교향곡 같소. 당신의 몸은 제각각의 부위가 소리를 내어 연주를 하는 악기이고 말이오.」

클레어의 손가락이 무의식적으로 그의 볼을 쓰다듬었다. 검고, 부드럽게 면도를 한 피부 아래로 따끔거리는 수염이 만져졌다. 놀랄 만큼 에로틱한 감촉이었다.

단단한 입술이 점점 위로 올라오다가, 니컬러스는 클레어의 작은 손가락을 자신의 입으로 가져다대었다. 압박감, 열기, 습기. 그것들이 바로 욕망의 본질임이 어렴풋이 이해되었다. 클레어의 숨이 빨라지고 몸은 허물어지고 있었다. 마치 최면에 걸린 사람처럼 그녀는 니컬러스의 무릎 위에 푹 주저앉았다. 어렴풋이 그녀는 자신이 바람에 나부끼는 나뭇잎보다 더 무기력하다는 것을 깨달았다.

니컬러스의 입술이 그녀의 손목 안쪽, 희고 가녀린 살결을 따라 움직였다. 황홀감에 빠져, 클레어는 가쁜 숨을 내쉬었다. 잡혀 있지 않은 손으로 그녀는 니컬러스의 머리카락을 매만졌다. 흑단처럼 부드럽고, 굵고, 매혹적이며, 생기가 넘치는 머리카락.

다시 한 번 클레어는 온몸이 녹아내리는 느낌을 경험했다. 어떻게 해서 니컬러스가 자신을 이렇게 빨리 유혹해서 굴복시킨 것일까 하는 헛된 궁금증이 일어났다. 그만두라고 요구하면 된다는 것을 알면서도 그녀는 온몸에 흐르는 온기가 너무나 달콤해서 끝을 낼 수가 없었다.

문득 그녀는 니컬러스의 다른 한 손이 자신의 허벅지에 얹어 있고, 천천히 위로 올라오고 있다는 것을 깨달았다. 심장이 고동치는 가운데, 클레어는 그가 허벅지 사이의 맥박치는 곳까지 이르도록 내버려둘까 하는 생각이 들었다. 그가 진정시켜 주겠지…….

그때 순간 번쩍 정신이 돌아왔다.

「그만, 됐어요!」

그녀는 니컬러스의 무릎에서 튕겨 나오듯 서둘러 일어나다가 하마터면 넘어질 뻔했다. 어느 틈에, 쓰러지지 않게 니컬러스가 그녀의 손목을 잡고 있었다.

「굉장히 섭섭하지만, 내일은 오늘과 다를 것이라 기대하겠소.」

클레어의 손목을 놔주면서 그는 조금 가쁘게 숨을 쉬고 있었다.

「잘 자요, 클라리시마.」

클레어는 마치 사냥꾼에게 잡힌 사슴처럼 휑한 눈망울로 그를 바라보다가 전날 밤처럼 초를 집어들고 황급히 방을 나왔다.

니컬러스는 테이블 위에 놓인 냅킨을 집어들고 하릴없이 접기 시작했다. 클레어는 지금껏 그가 알고 지낸 여자들과 달랐다. 분명 케럴라인과는 전혀 다른 여자였다…….

그는 초상화에 대해 잊고 있었다. 아니, 기억에서 아예 그 존재를 까맣게 지워내버린 것인지도 몰랐다. 빌어먹게도 초상화 속의 그림이 실물과 너무 똑같아서, 마치 케럴라인을 직접 본 것 같은 충격을 받은 것이었다. 이 집에 살면서 그녀를 잊을 수 있다고 생각한 것이 어리석었는지도 모를 일이었다.

냅킨이 마치 올가미처럼 꼬여진 것을 보고 그는 소름이 끼쳐 테이블 위로 내던져버렸다. 클레어에 대해, 그녀의 달콤함에 대해 생각하는 편이 과거를 생각하는 것보다 훨씬 나았다.

클레어와의 게임을 시작했을 때는 니컬러스를 그녀를 유혹하지 못할 수도 있다고 생각했다. 하지만 그런 결과는 받아들일 수 없었다. 이 게임은 그가 이길 게임이었다. 그 사이, 그는 언제나 위안을 줄 수 있는 한가지 행위에 몰두할 것이다. 그는 일어나서 집의 제일 끝 구석진 곳으로 향했다.

클레어는 안전한 그녀의 방에 도착하자 창문을 열어 차갑고 축축한 공기를 길게 들이마셨다. 보슬보슬 내리는 봄비가 마음을 안정시켜주는 것 같았다. 한탄스러운 심정으로 그녀는 생각했다. 펜리스의 그 누구도 그녀를 자신의 자녀를 믿고 맡길 수 있는 냉정하고 침착한 여교사로 봐주지 않으리라.

그녀는 니컬러스가 정말 악마라는 생각이 들기 시작했다. 유혹의 손길을 내미는 데 천재적인 악마. 문제는 클레어 자신이 그에게 감각적으로 반응한다는 것이었다. 그에게 저항을 하려면 감정이 아닌 이성으로써 마음을 다스리는 법을 터득해야 했다.

니컬러스가 옆에 없을 때는 그게 아주 쉬운 일처럼 여겨졌다.

문을 열어둔 채 클레어는 잠옷으로 갈아입고 넓은 침대로 미끄러져 들어갔다. 긴장이 풀리는 데는 시간이 걸렸지만, 편안한 빗방울소리가 그녀를 잠재워주었다.

비몽사몽간을 헤매고 있는데, 음악 소리 같은 속삭임이 빗방울소리를 비집고 들려왔다. 마치 꿈의 단편처럼. 처음에는 그저 그 소리를 즐기기 만했다. 그러다가 문득 이건 있을 수 없는 일이라는 생각이 들면서 번쩍 잠에서 깨어났다. 거의 비어 있는 것이나 마찬가지인 집안에서 한밤중에 웬 음악소리란 말인가? 게다가 그것은 요정의 노래처럼 희미하고 달콤한 곡조였다.

애버데어에 유령이 출몰한다는 이야기를 들은 기억이 있는지를 생각해보려고 애를 쓰는데, 자꾸만 목덜미의 머리카락이 따끔거리기 시작했다. 물론 그녀는 유령을 믿지 않았다.

그녀는 침대에서 빠져나와, 열려 있는 창문으로 걸어가서 가만히 귀를 기울였다. 처음에는 빗소리와 멀리서 들려오는 염소 울음소리 말고는 아무런 소리도 들리지 않았다. 그러다가 다시, 늘 기억 속을 맴도는 노래구절이 귓가를 간질였다. 골짜기를 호위하고 있는 돌투성이 언덕들만큼 웨일스의 깊은 정서를 느끼게 하는 소리였다. 밤공기를 통해 듣고 있었지만, 아무래도 소리는 집안에서 나오는 것 같았다.

여러 젊은 하인들이 내일 이사를 오기로 했고, 오늘밤은 겨우 여섯 명만 애버데어에서 잠을 자고 있었다. 혹시 윌리엄즈가 한밤중에 음악 연습을 하는 것일까. 하지만 그는 마을에서 자랐고, 클레어는 그에게 남다른 음악성이 있다는 말을 들어본 적이 없었다.

한숨을 쉬며, 그녀는 촛불을 밝혀 신발을 신고 낡은 모직 겉옷을 걸쳤다. 호기심 때문에 잠을 이루기는 글렀으니, 노랫소리의 발원지를 알아내고 싶었다.

초를 들어, 자물쇠를 풀고 홀 안으로 걸음을 내딛었다. 춤추는 불빛, 흔들거리는 그림자와 똑똑 떨어지는 빗방울소리가 마치 중세풍의 괴기스러운 통속극 속에서 어슬렁거리고 있는 기분을 자아냈다. 클레어는 몸을 떨면서, 니컬러스를 깨울까 생각해보다가 이내 그 생각을 떨쳐냈다. 벌거벗고 침대에 누워 있는 악마 백작은 어떤 유령보다도 훨씬 위험했다.

소리의 진원지를 찾아가다 보니 아래층의 맨 끝 외진 방에 다다르게 되었다. 방문 아래로 희미한 불빛이 새어나오고 있어, 클레어는 안심했다. 유령들은 램프가 필요 없을 테니까. 조심스럽게 클레어는 문손잡이를 돌렸다. 문이 반쯤 열렸을 때, 그녀는 흠칫 놀라며 멈춰 섰다. 방 안에 있는 것은 유령이 아니었다.

차라리 유령이었더라면 그토록 놀라지는 않았으리라.

8

　덮개가 씌워진 피아노 한 대가 어둠 속에 서 있어서, 클레어는 그곳
이 음악실이라는 것을 알았다. 하지만 얼을 빼앗긴 그녀의 시선을 붙
잡은 것은 다름 아닌 니컬러스였다. 그는 깜박거리는 불 옆의 의자에
앉아 있었는데, 얼굴은 꿈을 꾸는 듯했고 작은 하프가 왼쪽 어깨에 기
대어져 있었다. 고요한 표정과는 달리, 그의 손가락은 금속 현 위에서
춤을 추며 종소리처럼 맑은 멜로디를 불러내고 있었다.
　클레어는 어디서라도 그를 알아볼 수 있었지만, 지금 그의 표정은
왠지 낯선 사람을 보는 듯한 생각이 들게 했다. 더 이상 경박한 귀족
도, 험악한 건달도 아닌, 전설적인 켈트족 음유시인의 화신처럼 여겨졌
다. 보통 사람들을 뛰어넘는 재능과 슬픔을 가진 사람.
　상처받기 쉬워 보이는 그의 얼굴 표정이 그녀와 니컬러스는 결국 다
르지 않다고 속삭이면서 클레어를 부르는 듯했다. 그리고 그런 생각은
위험한 것이었다.
　그는 웨일스 말로 노래를 부르기 시작했다. 진한 벌꿀처럼 달콤하고
풍부한 바리톤 음색의 낮은 목소리가 방을 가득 채웠다.

오월의 한때, 곱고 고운 계절
새들은 달콤하게 지저귀고, 숲은 초록으로 물드나니…….

두 소절을 부른 후에 노래는 즐거운 봄에서 슬픈 단조의 비가로 바꾸었다.

높다란 나무 위에 뻐꾸기 노래할 때,
내 슬픔은 더욱 커지네.
담배 연기 코를 찌르고 슬픔은 감출 수가 없네,
내 동족이 떠나버렸기에.

세상의 온갖 고뇌가 담겨 있는 목소리로, 그는 부드럽게 마지막 소절을 반복했다.

음조가 낯설기는 했지만, 클레어는 그 시구가 웨일스어로 쓰인 가장 오래된 텍스트 가운데 하나인 중세의 '케르마덴의 검은 책'에 나오는 것임을 알 수 있었다. 클레어의 눈에 눈물이 고였다. 익히 알고 있었던 그 시구에 이처럼 깊은 감동을 받은 적은 한번도 없었다.

마지막 선율이 잦아들자, 클레어는 잃어버린 모든 것, 그리고 앞으로 결코 가질 수 없는 모든 것을 슬퍼하며 한숨지었다.

그 소리에 니컬러스가 반사적으로 고개를 들어올렸다. 수심이 가득하던 얼굴이 순시간에 적의를 띤 얼굴로 돌변하면서 손가락과 현이 충돌하여 불협화음을 냈다.

「아직 안 자고 있었소, 클라리시마?」

「당신도 마찬가지 아닌가요.」

클레어는 방으로 들어서며 등뒤로 문을 닫았다.

「왜 저를 그렇게 부르시죠?」

니컬러스의 표정이 편안하게 바뀌었다.

「'클레어'는 투명한, 총명한, 솔직한, 이라는 뜻이지. '클라리시마'는 이탈리아어로 최상급을 나타내는 말이오. 가장 투명한, 가장 솔직한. 당신한테 어울리는 말이지.」

클레어는 앞으로 걸어가 그의 근처에 있는 의자에 걸터앉았다.

「당신한테 그런 음악적 소양이 있는 줄은 몰랐어요.」

「그리 널리 알려진 사실은 아니오.」

니컬러스가 무뚝뚝하게 대꾸했다.

「고대 웨일스에서는 하프를 다룰 줄 알아야 진짜 신사라고 여겨졌었는데, 요즘 같은 미개한 시대에는 그렇지도 않더군. 내 은밀한 악습이라고 보시오.」

「음악은 악습이 아니에요. 인생의 위대한 즐거움 중의 하나이죠.」

클레어가 부드럽게 응수했다.

「만약 이게 당신의 거칠고 사악한 생활습관을 보여주는 것이라면, 전 당신이 정말 세상 사람들이 생각하는 그런 탕아가 맞는지를 의심해봐야 할 것 같은데요.」

「내 사악함은 이미 다들 알고 있는 사실이오. 하프를 연주한다고 하면 참으로 난감하게도 천사를 연상시키지. 그러니 내 악명 높은 명성에 흠을 내지 않으려면 그 사실을 숨겨야 하오.」

그 말을 한 후 니컬러스는 간결하고 음탕한 후렴구를 뜯었다.

「당신이나 나나 명성의 소중함은 잘 알고 있는 바잖소.」

「재미있는 설명이지만, 순 억지예요.」

클레어는 그를 진지하게 쳐다보았다.

「제가 당신을 발견했을 때, 왜 그렇게 적의를 품고 노려보셨어요?」

니컬러스로 하여금 진실한 대답을 하게 만든 것은 아마도 깊은 밤이 불러일으킨 친밀감이었으리라.

「신사는 미술이나 건축을 감상하듯 음악을 감상하기도 하지만, 연주를 하는 데 시간을 낭비하지는 않소. 그래도 정 악기를 연주해야겠다면, 물론 그건 당치도 않은 일이겠지만, 그렇다고 하면 바이올린이나 피아노 같은 것을 선택해야겠지. 신사는 절대로 웨일스 하프 같은 저

속한 것에 시간을 낭비하지는 않소.」

니컬러스가 현을 잡아당겨 손가락 끝으로 퉁겨 내려가자, 하프는 마치 비탄에 잠긴 난쟁이처럼 우는소리를 냈다.

클레어는 악기에서 흘러나오는 비탄의 소리에 몸을 떨었다.

「노백작님 얘기인가보군요. 하지만 어떻게 그분이 당신 음악을 싫어하실 수 있었는지 믿을 수가 없네요. 그렇게 멋진 연주와 노래를 말이에요.」

니컬러스는 팔 안에 하프를 느슨하게 안으며, 의자에 등을 기대어 발목을 꼬았다.

「웨일스 사람들은 대부분 먹기보다 노래하기를 더 좋아할 거요. 집시들은 발바닥에서 피가 날 때까지도 춤을 출 수 있소. 할아버지는 그런 지나친 행위를 인정하지 않으셨지. 내가 하프를 연주하고 싶어하는 것도 다 나에게 더러운 천민의 피가 흐르기 때문이라고 생각하셨소.」

느리게, 그는 갈망이 담긴 곡조를 연이어 연주했다.

「내가 웨일스 말을 배운 이유 중의 하나가 이거요. 킴릭은 고대의 원어이면서 전사들과 시인들의 말이었지. 하프를 제대로 하려면 그 말을 배워야 했소.」

「어디서 그렇게 훌륭한 연주법을 배웠죠?」

「탬 더 텔린이라고 불리는 언덕 양치기에게서 배웠소.」

「토머스 더 하프」

클레이는 그 이름을 영어로 옮겨서 되뇌었다.

「저도 어렸을 때 그의 연주를 들은 적이 있어요. 대단했어요. 우리에게 웨일스의 옛 영광을 되새겨주려고 나타난 '위대한 루일린의 하프 연주자'라는 기발한 말이 나돌았었죠.」

「탬은 그야말로 다시 돌아온 위대한 음유시인이었지. 엄청난 재능을 가진 사람이었소. 이 하프는 그가 직접 만든 거요. 중세 스타일로.」

나무로 조각된 하프의 기둥을 어루만지며 그가 말했다.

「공명 상자는 버드나무 속을 파내어 만들었고, 옛날 하프처럼, 장선

(腸線)이 아닌 금속 현으로 되어 있소. 그가 가르쳐 준대로 나도 한번 만들어봤는데 그리 맑은 음색이 나오지 않더군. 탬이 세상을 뜨면서 나에게 이걸 남겨줬소.」

「당신은 제가 에이스테드바드(eisteddfod, 웨일스의 예술제, 특히 음유 시인 경연대회)에서 연주를 들어본 어떤 하프 연주자들보다도 뛰어나요. 언젠가는 꼭 한번 참가해보세요.」

「어림도 없는 소리요, 클레어. 난 그냥 혼자 즐길 거요.」

과거에 대한 회상이 사라져 가는 가운데, 니컬러스가 말했다.

「사람들이 당신에게 감탄을 하면 어쩌나 걱정이 되어 그러세요? 비난을 받으며 사는 게 훨씬 마음이 편안한 모양이죠?」

「바로 맞혔소. 사람은 누구나 야망을 가져야 하는데, 내 야망은 영혼이 없는 괴물이 되어서, 경건하고 고상한 사람들에게 결연하게 맞서는 거요.」

실크처럼 부드럽게 뱉어내는 그의 말을 들으면서 클레어는 미소를 지었다.

「당신처럼 음악을 아는 사람에게 영혼이 없다는 건 믿을 수가 없는 일이죠. 정말로 사악한 사람을 우리 아버지가 그렇게 좋게 봤을 리도 만무하고 말이에요.」

분위기를 좀 더 부드럽게 하려고, 니컬러스가 또 다시 하프를 가볍게 퉁겼다.

「당신 아버지가 아니었으면 난 애버데어에서 달아났을 거요. 그분이 날 붙잡으려고 설득을 했다고 생각지는 않지만, 난폭한 아이를 길들이는 솜씨에 감탄하지 않을 수가 없었소.」

「아버지가 당신을 어떻게 길들이셨는데요? 아버진 자신을 하나님의 도구일 뿐이라고 생각하셨기 때문에, 하시는 일에 대해 이러쿵저러쿵 말씀을 잘 하지 않으셨어요.」

「내 어머니가 날 백 기니에 팔아치운 사실을 당신도 아오?」

그의 담담한 어조에 클레어가 놀라기도 전에 니컬러스는 다시 현을 뜯기 시작했다. 깊고, 운명을 괴로워하는 듯한 곡조가 허공을 울렸다.

「애버데어에 왔을 때, 난 일곱 살이었고, 집이라는 곳에서 밤을 보 낸 적이 한번도 없었소. 난 덫에 걸린 새처럼 미쳐서 날뛰고, 달아나려 고 발버둥을 쳤지. 그들은 날 육아실에 가두고 도망가지 못하게 창문 마다 빗장을 질러놓았소. 노백작이 당신 아버지를 부르더군. 그 양반은 당신 아버지의 영적인 업적을 존경했소. 아마도 그 양반은 모건 목사 가 나에게서 악귀들을 몰아낼 수 있을 거라고 생각한 모양이오.」

「우리 아버지는 귀신을 쫓는 사람이 아니에요.」

「아니었지. 그분은 그냥 음식 한 바구니만 들고 방으로 들어오시더 니, 나와 시선을 마주하려고 바닥에 주저앉았소. 그리고는 양고기파이 를 먹기 시작하더군. 경계심이 일긴 했지만, 해를 끼칠 사람 같아 보이 지는 않았소. 게다가 난 며칠 동안이나 아무 것도 먹지 않아서 배가 고프기도 했고 말이오. 마부가 음식을 가져올 때마다 그의 머리에 집 어던져 버렸거든. 하지만 당신 아버지는 나에게 아무 것도 강요하려 하지 않았소. 바구니에서 양고기파이를 훔치는 데도 꾸짖지 않았소. 내 가 파이를 허겁지겁 먹어대자 마실 것과 건포도 케이크까지 건네주면 서, 얼굴과 손을 닦으면 좋겠구나, 하고 부드럽게 권하시더군. 그러고 는 여호수아와 여리고 성벽의 이야기를 들려주셨소. 사자 굴에 들어간 다니엘의 얘기도 해주셨고. 삼손과 들릴라에 관한 얘기도 들었는데, 난 특히 삼손이 이교도 신전의 기둥을 무너뜨리는 장면이 마음에 들더군. 애버데어에 들어온 뒤로 내내 나도 그러고 싶다는 기분을 느끼고 있었 거든.」

니컬러스가 의자 등받이에 머리를 기대자, 윤곽이 뚜렷한 그의 얼굴 표면이 불빛을 받아 황금색을 빛냈다.

「당신 아버지는 날 처음으로 맹수가 아닌 어린아이로 대해주면서 온순해지게 만든 분이었지. 결국 난 그분의 품에 안겨 엉엉 울고 말았 소.」

버림받은 외로운 소년의 모습을 그려보면서 클레어는 울고 싶은 기분을 느꼈다. 다른 사람도 아닌 제 어미한테서 내다 팔리다니! 목구멍에서 울컥거리는 묵직한 덩어리를 삼키며 그녀는 말했다.

「아버지는 제가 알던 사람 중 가장 인정이 많은 분이셨어요.」

니컬러스가 고개를 끄덕였다.

「노백작이 제대로 택했던 거지. 모건 목사 말고는 아무도 그 상황을 받아들이도록 날 설득하지 못했을 거요. 그 양반이 그러시더군. 애버데어가 내 집이고, 할아버지와 잘 지내기만 하면 그 어느 집시들보다 더 많은 자유와 부를 누리게 될 거라고 말이오. 그래서 난 아래층으로 내려가서 노백작에게 거래를 제안했소.」

니컬러스는 얼굴을 찌푸리며 설명을 계속했다.

「아무래도 나에게는 색다른 흥정을 좋아하는 성향이 있는 모양이오. 난 할아버지에게 당신이 원하는 상속자가 되기 위해 최선을 다하겠노라고 말했소. 단, 일년 중 열 한 달만. 그 대가로 한 달은 집시촌에 가서 지내겠노라고 말이오. 당연히 백작은 달가워하지 않았소. 모건 목사가 그 양반을 설득했지. 날 달랠 방법은 그 길뿐이라고 말이오. 그래서 당신 아버지가 나의 선생님이 되셨소. 다음 이삼 년간 그분은 순회설교도 다니지 않으시고 거의 날마다 애버데어를 방문했지. 게다가 일반 과목 외에, 어떻게 하면 고르조우처럼 행동할 수 있는지도 가르치셨소. 그렇게 해서 결국 난 영국신사가 되기 위한 훈련을 받을 수 있는 공립학교에 다닐 만한 자질을 갖추게 된 거요.」

그는 잠시 말을 끊어 야릇한 시선으로 클레어를 쳐다봤다.

「당신이 나에게 공갈을 치려고 하면서 이용했던 그 책은 내가 떠나기 전에 당신 아버지한테 드린 것이었소.」

클레어는 죄책감 느끼기를 거부하며 대꾸했다.

「그렇게 매년 어머니의 식구들 품으로 돌아가는 것으로 당신의 집시 기질을 지켜나갔군요. 아이치고는 꽤 똑똑한 생각을 했네요.」

「그렇게 똑똑한 생각은 아니었소. 난 고르조우로서 생활하는 것이 옷을 입고 벗는 일처럼 간단하리라고 생각했소. 하지만 그렇지가 않더군. 누구든 그 역할에 맞추어 행동을 하다보면 결국은 그 가식이 진짜가 되어버리기 마련이거든.」

「두 개의 다른 세계에 다리를 걸치고 서 있으려면 힘이 들었겠군요. 물고기도 아니오, 새도 아니오, 이도 저도 아닌 기분이 들던가요?」

니컬러스는 그녀의 말에 공허한 웃음을 지었다.

「그럴듯한 설명이군.」

「당신 얘기를 들으면 들을수록, 당신이 할아버지를 증오했다는 것이 별로 놀라운 사실로 여겨지지 않네요.」

니컬러스는 머리를 끄덕이고는, 옥타브의 한 음 한 음 쭉 올라갔다가 다시 쭉 내려가면서 하프 현을 퉁겼다.

「내가 그 양반을 증오한다……. 그렇게만 말하고 말면 그건 잘 모르고 하는 소리요. 그 양반은 내 유일한 혈육이고, 난 그 양반을 기쁘게 하고 싶었소. 적어도 가끔씩은 말이오. 예절과 도덕, 그리스어와 역사와 농경에 대해서도 배웠지만, 난 한번도 그를 흡족하게 해주지 못했소. 용서받지 못할 내 죄가 무엇이었는지 아오?」

클레어는 고개를 저었다.

「손 좀 내밀어봐요.」

클레어가 손을 내밀자 니컬러스도 그 옆에 제 손을 내밀었다. 켈트족의 피부색깔을 띠는 클레어의 우윳빛 손과 나란히 놓고 보니 니컬러스의 손은 크림을 탄 진한 커피 빛이었다.

「이 피부 색깔, 이건 내가 원한다고 해도 바꿀 수가 없는 거였소. 내 피부 색이 조금만 더 밝았다면 할아버지도 결국은 내 집시 혈통을 잊고 살았을지도 모르지. 그 양반은 날 볼 때마다 '저주받은 검은 집시'를 보았던 거요.」

마치 처음 보기라도 하듯, 길고 유연한 손가락을 구부렸다 폈다 하면서 유심히 관찰하다가 그가 씁쓸한 목소리로 말했다.

「어이없고, 크리스천답지도 않아. 피부색 때문에 누군가를 증오한다는 게 말이오. 하지만 그런 사소한 것들이 삶의 형태를 바꾸어놓을 수도 있소.」

「지금 모습 그대로도 당신은 완벽해요.」

클레어가 흥분한 어조로 힘주어 하는 말에 니컬러스는 놀란 듯했다.

「칭찬을 듣고 싶어서 한 말이 아니오.」

「칭찬이 아니에요. 그건 객관적인 판단일 뿐이죠. 좋은 가문에서 자란 여자는 절대로 그렇게 천박한 방식으로 사람을 칭찬하지 않아요.」

짐짓 뽐내는 투로 클레어가 말하자, 니컬러스는 편안한 표정으로 미소를 지었다.

「그럼 난 지금 그리스 항아리나 르네상스 그림들과 같이 분류되어지는 건가?」

「둘 중 어느 것보다도 더 흥미롭죠.」

머리를 한쪽으로 기울이며 클레어는 계속 말했다.

「집시들과 떠돌아다니면서 사는 것이 더 편안했나요?」

「대부분은 그랬지. 내 어머니는 고아라서 가까운 일가친척이 없었고, 그래서 나는 애버데어와 가장 가까운 꿈빠니아에 합류했소. 그들은 항상 날 길 잃은 강아지처럼 거두어주었지.」

니컬러스는 잠시 머뭇거렸다.

「난 그곳에 가는 것을 즐겼지만, 시간이 흐르면서 차차 내 동족들을 다른 눈으로 보기 시작했소. 집시들은 자신들을 완전히 자유롭다고 생각할지 몰라도 실제로는 자신들만의 관습에 얽매어 있소. 옹졸하고, 여자들을 무식하게 다루고, 대개 별로 여유가 없이 사는 고르조우들을 등쳐먹고는 그걸 자랑으로 여기고, 청결함을 터부시하지. 난 더 이상 그런 것들을 아무렇지 않게 받아들일 수가 없었소.」

「하지만 당신은 애버데어에 집시 야영지를 제공해주었잖아요.」

「물론이오, 그들은 내 동족이니까. 원하면 얼마든지 오래 머물러도 괜찮소. 그 대신 마을사람들을 괴롭히지는 말라고 부탁했소.」

호기심에 차서 클레어가 입을 열었다.

「그래서 수년 동안 집시들이 아무 문제도 일으키지 않은 거군요. 어렸을 때, 집시들이 마을에 나타날 때마다 엄마가 저를 집안으로 데리고 들어가서 문을 닫아걸었던 일이 기억나요. 엄마는, 집시들은 도둑놈들이고 미개인들이고 아이들을 훔쳐간다고 말씀하셨죠.」

니컬러스가 껄껄 웃었다.

「처음 두 가지는 맞는 말일지 모르지만, 아이를 훔쳐갈 필요는 없소. 집시들에게도 자기들의 아이가 많으니까.」

「전 가끔 집시들에게 잡혀가는 꿈을 꾸곤 했어요. 날 그렇게 필요로 한다면 잡혀가도 괜찮겠다고 생각했죠.」

불행히도, 니컬러스는 그녀의 말뜻을 간파했다.

「당신이 불필요하게 느껴졌다, 그 말이오, 클라리시마? 난 때때로 모건 목사가 내 아버지라면 좋겠다고 생각했소. 흔들림 없는 도덕심과 열정을 가지고 있고, 자신을 필요로 하는 사람들에게 자신의 시간을 아낌없이 쏟아 붓는 사람…….」

니컬러스가 부드럽고 애잔한 곡조를 연주하면서 말했다.

「하지만 성자들도 함께 살기에 편한 사람들은 아닌 모양이군.」

클레어는 그에게 비수를 맞은 기분이었다. 어떻게 감히 이 탕아가 어느 누구도 알지 못했고 그녀조차도 인정할 수 없었던 사실을 알 수 있단 말인가.

입술을 깨물며 그녀가 말했다.

「너무 늦었어요. 이제 당신이 유령이 아니란 걸 알았으니 가서 좀 더 자야겠어요.」

「질문을 교묘하게 피하는군. 당신은 다른 사람들에 대해서는 이것저것 다 알고 싶어하면서도 남들이 당신 안에 들어가는 것은 원치 않는, 그런 사람들 가운데 한 명이오.」

클레어가 자리에서 일어났다.

「다른 사람들에 대해 아는 건 아무 것도 없어요. 전 그냥 단순히 한 사람의 여자일 뿐이고 단순하게 살아왔어요.」

니컬러스는 그 말을 듣고 웃었다.

「당신에게는 여러 가지 면이 있지만 단순함은 거기에 해당되지 않소. 지성은 부글부글 끓고, 감정은 억누르고. 당신은 그런 사람이오.」

니컬러스는 클레어로 하여금 고양이가 참새에게 몰래 다가가는 상상을 하게 하려고 짐짓 그런 템포로 하프를 퉁겼다.

「당신이 필요한 존재이길 바라오, 클라리시마? 내가 당신을 원하오. 당신은 마셔도, 마셔도 또 마시고 싶은 맛을 지닌 포도주처럼 신비롭고 미묘한 사람이오. 발목도 아름답고. 당신이 큐를 잡고 당구를 치기로 마음먹었을 때 난 아주 기분이 좋았지.」

대꾸도 하지 않은 채, 클레어는 겉옷을 걸치고 문 쪽으로 걸어갔다. 니컬러스는 그녀가 걸음을 내딛을 때마다 하프 줄을 퉁겼다. 걸음이 빨라지면 하프도 따라서 빨라지고, 걸음을 멈추면 음악도 멈췄다. 클레어는 현기증이 났다.

「놀리지 말아요.」

니컬러스가 한 손으로 현을 눌러 소리를 그치게 하고 나서 하프를 바닥에 내려놓았다.

「놀리는 게 아니오. 웃음을 포함한 인생의 향연을 함께 나누려고 초대하는 거지.」

그가 자리에서 일어나자, 불빛에 비친 얼굴 윤곽의 그림자가 극적인 인상을 풍겼다.

「그리고 거기에는 욕망도 포함되어야겠지. 열정은 인생의 슬픔을 잊게 해주는, 내가 알고 있는 가장 좋은 방법이오.」

그 말에 클레어의 가슴이 두근거렸다.

「왜 당신이 악마 백작이라고 불리는지 알겠군요. 당신은 악마의 교리를 떠들어대고 있는 거예요.」

「교육을 받는 과정에서 난 내키지도 않는 종교적 신념을 억지로 받아들여야 했소. 쾌락은 원래부터 사악한 것이라는 말, 난 그 말을 믿지 않소. 악은 남을 해치지만, 열정은 서로에게 즐거움을 주거든.」

니컬러스가 그녀를 향해 다가서기 시작했다.

「자정이 지났으니 다시 하루가 시작된 셈이로군. 그럼 어디 다음 키스를 접수해볼까?」

「싫어요!」

클레어는 휙 돌아서 문을 향해 돌진했다. 그녀가 마지막으로 들은 것은 나직한 웃음소리였다.

「당신이 옳아. 너무 빨리 해치워버리면 아쉬움이 많이 남지. 나중을 기약하겠소, 클라리시마.」

클레어는 황급히 복도를 지나 그녀의 안전한 방으로 돌아왔다. 악인을 대할 때는 조심하는 게 상책이라는 말, 누가 한 말인지 몰라도 정말 맞는 말이라는 생각이 들었다. 니컬러스의 생각이 그녀에게도 차츰 그럴 듯하게 들리기 시작하고 있으니 말이다.

이미 그녀는 지옥의 문턱에 반쯤 다가갔을 뿐 아니라, 은근히 기대가 되고 있었다.

9

　광산이 가까워지자, 니컬러스는 말고삐를 쥐고 서서 목적지를 유심히 바라보았다. 그리 유쾌하지는 않은 풍경이었다. 가장 높은 건물이 구름 낀 하늘에 검은 연기를 뿜어내고 있었다. 더러운 건물 주위에는 폐석들이 산더미를 이루고, 반경 수백 미터 안에는 나무 한 그루 자라고 있지 않았다.

　클레어가 말했다.

　「주요 수갱(竪坑, 수직갱, 수직으로 파내려간 갱도)은 저 건물들의 중간에 있어요. 통풍구와 출구로 사용하는데, 가끔씩은 석탄을 밖으로 옮기는 데 이용되기도 하죠.」

　그러고 나서 클레어는 왼쪽을 가리켰다.

　「여기서는 보이지 않지만, 저기에도 브크한이라고 불리는 작고 더 오래된 수갱이 있어요. 근래에는 대개 환기구로 쓰이는데, 때때로 탄갱의 남쪽 끝 출입구로 쓰이기도 하죠.」

　400미터 이상 떨어진 곳에 있는데도, 증기엔진의 울리는 소리가 또렷하게 들려왔다.

「저 시끄러운 소리는 탄갱에서 물을 퍼올리는 엔진소리요?」

니컬러스가 물었다.

「네, 구식 뉴코먼(1663-1729, 증기기관의 발명자) 엔진이에요. 현대식 와트 엔진이 훨씬 성능이 좋죠.」

니컬러스는 말을 움직여 언덕 아래로 달려 내려갔다.

「그 엔진도 문제점들 중 하나인가?」

클레어가 고개를 끄덕였다.

「광산에서 쓰기에는 너무 작을뿐더러, 백년 가까이 된 낡은 엔진이라 믿을 수가 없어요.」

「왜 엔진을 교체하지 않은 거지? 마이클이 광산을 사들였을 때, 그 친구는 설비를 현대화해서 생산을 증대시킬 계획이었는데.」

「처음 몇 달은 개선작업을 좀 하시는가 했더니 곧 흥미를 잃고 광산 경영을 조지 매덕에게 넘기시더군요. 매덕은, 탄광에 지하 배수로 역할을 하는 오래된 횡갱(橫坑)이 몇 군데 있으니까 괜히 더 나은 펌프를 사들인답시고 돈을 쓰는 건 낭비라고 판단한 거예요. 구식 자아틀(whim gin, 광석이나 광수를 실어내는 기구, 권양기)을 사용하는 것도 그 때문이라고 핑계를 대고 있죠. 신식 증기 권양(捲揚) 엔진이 더 빠르고 더 힘이 좋고 훨씬 안전한데도 말이에요.」

「매덕, 그 친구 하나만 알고 둘은 모르는군. 신식 장비가 비싸기는 해도 곧 제값을 하게 되는데 말이오. 마이클이 탄광 운영 상황을 날마다 감독하지 않았다는 게 놀랍소. 사업에는 늘 빈틈이 없는 친군데.」

그가 클레어를 흘끗 쳐다보고 다시 말을 이었다.

「당신도 알다시피, 데이비즈 가문이 탄광을 소유해오기는 했지만, 할아버지는 탄광을 중요시하기보다는 오히려 성가신 것으로 여겨왔소. 마이클이 날 찾아왔다가 탄광에 관심을 가지게 되었소. 잘 운영하기만 하면 큰 이익을 낼 수 있을 거라고 생각해서, 자기가 탄광을 맡아 운영해보겠다고 할아버지에게 제안을 했지. 할아버지는 관리하느라 늘 성가셨던 탄광을 넘겨버리게 되어서 후련해하셨고.」

「그래서 탄광 소유권이 바뀌게 된 것이군요. 그곳에서 일하는 사람들한테 애써 그런 얘기를 들려준 사람이 아무도 없었어요. 사람들은 마이클 경이 펜리스에 대해 스쳐 지나가는 환상을 가져서 충동적으로 집과 사업체를 사들인 거라고들 했죠.」

「아주 틀린 얘기는 아니오. 마이클이 처음으로 애버데어를 방문했을 때는 이곳에 마음을 빼앗기기도 했으니까 말이오. 그 친구는 장남이 아니어서 상속받을 땅이 없었고, 그래서 탄광과 함께 브린 매너 저택을 구입한 것이었지.」

문득 니컬러스는 어떤 생각이 떠올랐다.

「그 친구가 그 집에 대해서도 탄광처럼 아주 소홀했소?」

「제가 알기로는, 몇 년 동안 마을에 발을 들이지 않았어요. 브린 매너 저택이 문을 닫았을 땐 적어도 열 다섯 명이 일자리를 잃었구요.」

뒤의 말을 하면서 클레어는 힐난하는 듯한 눈빛으로 니컬러스를 쳐다보았다. 니컬러스는 움찔했다.

「상류 사회가 마을을 위해 제대로 처신을 못했다는 말이군?」

「수년 동안 많은 일이 잘못되어 가고 있어요. 상황이 워낙에 절망적이라 당신 같은 무뢰한의 도움이라도 구할 수밖에 없었던 거죠.」

클레어의 눈에서 장난기가 반짝거리는 것을 보고, 니컬러스가 곧바로 말을 되받았다.

「어쨌든 그 일은 잘 되어가고 있잖소. 보시오, 내가 당신에게 크리스천으로서 순교할 근사한 기회를 주었잖소.」

시선이 서로 마주치자, 두 사람은 함께 웃음을 터뜨렸다. 젠장, 니컬러스는 이 여자와 이 여자의 신랄한 유머감각이 좋았다. 그녀는 니컬러스에게 굴하지 않는 것 이상의 능력을 가진 여자였다.

으스스한 건물 앞에 이르자 두 사람 모두 진지해졌다.

「저 커다란 창고에서 나오는 무시무시한 소음은 뭐요?」

「석탄을 체질해서 분류하는 거예요. 지상 인부들 중 대부분은 저곳에서 일을 하고 있죠.」

니컬러스는 하얀 소매에 묻은 얼룩을 털어냈다.

「눈에 보이는 것마다 석탄가루로 뒤덮여 있는 까닭도 바로 저기에 있는 모양이군.」

「검정 색 옷을 입었더라면 신경 쓰지 않아도 되었을 거예요.」

창고 쪽을 향해 고갯짓을 하며 클레어가 덧붙였다.

「여기서부터는 걸어가야 해요.」

그들이 말에서 내리는데, 체격이 탄탄하고 근육질인 한 남자가 앞으로 걸어왔다. 클레어가 말했다.

「애버데어 백작님, 이 사람은 오웬 모리스예요.」

「오웬!」

니컬러스가 손은 내밀며 소리쳤다. 기계소리와 덜컹거리는 석탄소리 때문에 목소리를 높여야 들을 수 있었다.

「내가 안내해야 할 분이 누구인지를 클레어가 말해주지 않았어요.」

광부, 오웬이 웃으며 악수를 했다.

「세월이 많이 흘러 절 알아보지 못할 거라고 생각했습니다.」

「어떻게 자네를 잊을 수 있겠나? 내가 아이들에게 손으로 송어 잡는 법을 가르쳐주었을 때, 유일하게 자네 혼자 솜씨 있게 그 기술을 터득했었지. 마기드는 잘 지내나?」

「네, 결혼할 때보다 훨씬 예뻐졌어요. 백작님이 자기를 기억하고 있는 줄 알면 집사람이 좋아할 겁니다.」

오웬이 다정하게 말했다.

「그녀는 기억할 가치가 있지. 물론, 자네한테 목이 졸릴까봐 무서워서 감히 제대로 인사 한번 못 건네 봤지만 말야.」

말을 하면서 니컬러스는 옛 친구의 얼굴을 유심히 살펴봤다. 석탄가루 아래로 보이는 안색이 여느 광부들처럼 창백했지만 건강하고 행복해 보였다. 소년시절에도 오웬은 남들이 부러워하는 내적 평온함을 지닌 아이였다.

「광산복으로 갈아입는 게 좋을 겁니다. 근사한 런던제 의상을 버리면 아깝잖아요.」

니컬러스는 순순히 오웬을 따라 창고 안으로 들어가 겉옷을 벗고 셔츠와 헐렁한 재킷, 그리고 오웬이 입은 것과 비슷한 바지로 갈아입었다. 거칠거칠한 플란넬 의복은 꼼꼼하게 세탁을 했는데도 여전히 묵은 때가 남아 있었다. 준비의 마지막 단계로 단단하게 심을 넣은 펠트 모자를 머리에 쓰면서 니컬러스는 싱긋 웃음을 지었다. 런던 재단사가 지금 이 모습을 봤더라면 어처구니없어 하겠지.

오웬이 그에게 양초 두 자루를 건네주며 말했다.

「단추 구멍에 이걸 매세요. 부시도구는 가지고 계신가요?」

오웬이 묻지 않았더라면 니컬러스는 그것들을 코트 주머니 속에 그대로 두고 갈 뻔했다. 부싯깃 통을 플란넬 재킷의 주머니 속으로 옮겨 놓으면서 그가 물었다.

「다른 필요한 것은 없나?」

오웬은 나무상자에서 부드러운 점토 한 움큼을 퍼내어 양초 두 자루의 밑동에 덩어리를 만들었다.

「하나 집어드세요. 기어가야 할 때 진흙으로 양초를 모자에 고정시키시면 됩니다.」

두 남자가 밖으로 나가보니, 클레어 역시 탄광 복장으로 갈아입고 기다리고 있었다. 옷이 헐렁해서 그녀는 마치 어린 소년처럼 보였다.

「당신도 같이 가려고?」

니컬러스가 놀라며 물었다.

「갱도에 들어가는 게 이번이 처음은 아니에요.」

클레어가 차갑게 대답했다. 니컬러스는 얼토당토않은 보호본능이 솟구쳐 그녀를 말리고 싶었지만, 혀를 함부로 놀리지 않을 만큼의 분별력은 있었다. 클레어에게 명령할 권리도 없거니와, 탄광에 대해서라면 그녀가 자신보다는 경험이 더 많았다. 클레어의 표정으로 봐서는, 만에 하나 잘못 말렸다가는 달려들어 콱 물어버릴지도 몰랐다. 물려도 상관은 없었지만, 지금은 때와 장소가 적당치 않았다.

광산 입구에 다다르려면 권양기를 돌아가야 했다. 그 기계는 모로 누워 있는 물레바퀴와 비슷하게 생긴 거대한 축이었다. 한 팀의 말들이 그 축을 돌리자, 본 수갱 위에 매달려 있는 끽끽대는 도르래가 움직였다.

일행이 다가가자, 석탄을 가득 채운 바구니가 수갱의 꼭대기에 이르렀다. 근로자 두 사람이 화물을 한쪽으로 빙 돌려 마차 속으로 내용물을 쏟아 부었다. 석탄이 마차 속으로 와르르 쏟아져 내리는데, 그때 좀 나이 들어 보이는 사람 한 명이 오두막에서 나왔다.

「이분이 자네 손님인가, 오웬?」

「네. 애버데어 백작님, 이분이 갱외감독이신 젠킨즈 씨입니다. 광산에 들어오고 나가는 모든 것에 대한 책임을 맡고 있죠.」

니컬러스가 손을 내밀어 악수를 청하자, 갱외감독은 순간적으로 놀란 듯하다가 황급히 손을 흔들었다.

「뵙게 되어 영광입니다, 나리.」

「아니, 오히려 내게 탄광을 방문하는 특권을 허락해줘서 고맙소. 아래로 내려가 보아야겠소. 어떻게 내려가야 하지?」

니컬러스가 열려 있는 수갱을 들여다보며 물었다. 그러자 젠킨즈가 도르래 하나를 멈추게 하고서, 쉰 목소리로 껄껄 웃었다.

「움막 안에 있는 불로 나리 초에 불을 붙이십시오. 그러고 나서 밧줄을 잡으세요, 나리.」

니컬러스가 조금 더 가까이 들여다보니, 로프의 위아래로 고리 뭉치들이 쭉 달라붙어 있었다.

「세상에, 맙소사. 저걸 이용해서 갱을 드나든단 말이오? 난 철근 운반 기구가 일반적으로 쓰이는 방법인 줄 알았는데.」

「현대식 탄광에서는 그렇죠.」

클레어가 대답했다.

하지만 펜리스는 원시적인데다가 안전하지도 않았고, 니컬러스가 여기 온 이유가 바로 그것이었다. 그는, 오웬이 양초에 불을 켜고 고리

안으로 들어가 한 손으로 무심코 밧줄을 잡고 앉는 모습을 지켜보았다. 그가 지금 천길 낭떠러지 위에 매달려 있다는 것을 날카롭게 의식하면서, 니컬러스는 자신도 똑같이 해보았다. 그는 시험을 당하고 있는 느낌이 들었다. 만약 모든 광부들이 날마다 하고 있는 일을 할 용기가 그에게 없다면, 그 땅에서 귀족이 된다는 것은 아무런 가치가 없었다.

위태하게 앉아 있는 클레어의 모습을 바라보는 것이 고리 안에 앉아 있는 것보다 더 어려웠다. 그녀가 그 지옥에서 걸어나올 때, 니컬러스는 다시 보호본능을 억눌러야만 했다.

끽끽거리는 소리를 내며 도르래가 돌기 시작했고, 그들은 양파송이처럼 줄줄이 매달려 어둠 속으로 떨어졌다. 연기가 휙 스쳐 지나가자 양초의 불꽃이 좌우로 흔들렸다. 아래로 내려가면서 그들은 빙글빙글 돌았다. 니컬러스는 광부들이 어지러워 떨어지기라도 하며 어떡하나, 내심 걱정스러웠다. 약간 위쪽에 클레어가 앉아 있었기 때문에 니컬러스는 그녀의 가냘픈 등을 계속 주시할 수 있었다. 만약 조금이라도 균형을 잃은 기미를 보이면 그가 즉시 붙잡았을 것이었다. 하지만 클레어는 난로 가에 앉아 차를 마시는 사람처럼 태평스러웠다.

수갱의 꼭대기에 있는 빛이 사그라져 갈 때, 니컬러스는 저 아래서 붉은 점이 팽창되어 가는 것을 보았다. 조금 전에 클레어가 통풍 시스템의 일부분으로 수갱 밑바닥에서 불이 타는 것이라고 언급을 했었다. 주위의 공기 중에 연기와 열기가 묻어나오는 원인이 바로 거기에 있었다. 사실상, 그들은 지금 굴뚝 아래로 내려가고 있는 것이었다.

니컬러스는 다시 아래를 흘끗 내려다보았다. 무서운 속도를 내며 위로 휙 날아오르는 거대한 검은 물체에 불꽃의 일부분이 사라져 보였다. 본능적으로 니컬러스는 긴장했다. 그러나 충돌을 막으려면 어떻게 해야 할지는 오직 신만이 알고 있었다.

공기의 폭발적인 충돌과 함께, 물체가 그들을 향해 날아들더니 간발의 차이로 오웬을 지나쳐갔다. 오웬은 눈도 꿈쩍하지 않았다. 니컬러스는 그 물체가 그저 석탄 바구니였다는 것을 알고 안도의 한숨을 내쉬었다. 하지만 붙들고 있는 줄이 계속 흔들렸다면 누구 한 사람 부딪쳤을 것이었다. 이 탄광에는 증기 권양 엔진과 승강기가 절대적으로 필요했다.

이 분 정도 서서히 아래로 내려가자, 으르렁대며 타오르고 있는 환풍 열 한쪽으로 몇 발자국 떨어진 곳에 가 닿았다. 줄을 놓고 고리에서 내려와 보니 넓은 회랑이었다. 몇 걸음 떨어진 곳에, 새까맣게 먼지를 뒤집어쓴 사람들이 또 올려보낼 석탄 바구니에 짐을 싣고 있었다.

「당신 아버지가 지옥을 설명할 때 꼭 이런 분위기였지.」

클레어가 그 말에 살짝 웃음을 지었다.

「그럼 여기가 당신 집처럼 느껴지겠군요, 올드 닉.」

니컬러스는 미소로 답하긴 했지만, 전혀 집 같은 기분이 들지는 않았다. 집시의 피가 흐르는 그의 반쪽은 늘 신선한 공기와 열린 공간을 갈망했는데, 탄광 안에는 그 어느 것도 없었다. 왜 어렸을 때는 이곳에 들어와 보고 싶은 호기심이 들지 않았었는지를 떠올리면서 그는 기침을 하고 따가운 눈을 깜빡거렸다.

「서쪽의 채탄 막장(노출된 석탄층의 표면)으로 가보겠습니다. 그 끝에는 그다지 분주하지 않으니까, 더 많이 보실 수 있을 겁니다.」

오웬이 설명했다.

본 회랑으로부터 여섯 개의 터널이 이어져 있었다. 그 가운데 목적지에 다다를 수 있는 터널을 골라 건너가다가, 그들은 석탄이 가득 실린 작은 수레를 재빨리 피했다.

청년 둘이서 밀고 있는 첫 번째 수레가 지나갈 때 오웬이 설명했다.

「저건 석탄 운반 바구니입니다. 190킬로그램이나 나가는 석탄을 실은 겁니다. 수레를 밀고 있는 아이들은 운반부라고 불리고요. 큰 탄광에는 레일이 깔려 있어서 일하기가 더 수월하죠.」

그들은 한 통로로 들어갔다. 오웬이 앞장서고 그 뒤를 클레어가 따르고 니컬러스가 맨 뒤에 따라갔다. 천장이 그다지 높지 않아 니컬러스는 똑바로 서서 걸을 수가 없었다. 습한 돌 냄새는 새로 땅을 갈아

엎은 들녘 흙 냄새와는 사뭇 다르다는 것을 그는 깨닫게 되었다.

니컬러스의 어깨너머로 오웬이 말했다.

「가스가 가장 큰 문제입니다. 작업을 그만둔 채굴장 바닥에 모여 있는 질식가스 때문에 숨이 좀 막히실 거예요. 폭발성 메탄가스는 폭발하기 때문에 더 심각하죠. 가스가 너무 가득 차면 한 사람이 기어 들어가 가스에 불을 붙인 다음 누워서 그 불꽃이 그 사람 위로 지나가게 해야 합니다.」

「지저스(Jesus, 맙소사), 그건 자살 행위야!」

오웬이 어깨너머로 쳐다보았다.

「그렇긴 하지만, 그렇다고 해서 주의 이름을 헛되이 입에 담아도 되는 건 아니죠.」

그가 희미하게 눈을 반짝이며 덧붙여 말했다.

「아무리 백작님이 영지의 주인이라고 해도 말입니다.」

「난 늘 신성을 모독하는 놈이긴 하지만, 입은 조심하겠네.」

니컬러스가 그에게 다짐했다. 문득 그는 클레어도 자신의 말에 기분이 언짢았을 거라는 생각이 들었다. 아무래도 욕을 할 때는 짐시 말을 사용해야 할 것 같았다.

「자네가 한 설명은 가스를 태워서 없앤다는 말인데, 난 그런 방법이 위험해서 사라진 줄만 알았네.」

「여긴 아주 옛날식 탄광입니다, 백작님.」

오웬이 무뚝뚝하게 말했다.

「말을 잘못했다고 날 꾸짖을 생각이라면, 자네 날 다시 니컬러스로 불러야 해.」

작업복의 소매 깃으로 이마를 닦으며 니컬러스가 또 말했다.

「내 상상인가, 아니면 여기가 위보다 더 따뜻한 건가?」

「상상이 아니에요. 탄광이 깊어질수록 온도가 더 올라가는 거예요.」

클레어가 흘끗 위를 쳐다보며 덧붙였다.

「지옥과 더 가까워지는 거죠, 말하자면.」

니컬러스는 미소를 짓고 있는데, 발 아래서 무엇인가 새된 소리를 내더니 발톱으로 할퀴며 휙 날아갔다. 다시 균형을 잡으려고 애쓰다가 천정(天庭)을 얻어맞은 니컬러스는 연거푸 욕을 뱉어냈다. 집시 말로.

클레어가 걱정스러워 하며 돌아보았다.

「괜찮아요?」

니컬러스는 조심조심 머리를 움직여봤다.

「심을 넣은 모자 덕분에 머리가 터지지는 않은 것 같소. 내가 뭘 밟은 거요?」

클레어가 차가운 손으로 그의 이마를 만졌다.

「아마 생쥐였을 거예요. 이 아래 아주 득시글거리고 있거든요.」

마찬가지로 걸음을 멈추고 있던 오웬이 한마디 거들었다.

「겁 없는 녀석들이죠. 어떤 때는 일하는 아이들의 손에 들려 있는 음식을 가로채 가기도 한다니까요, 글쎄.」

다시 앞으로 움직이며 니컬러스가 말했다.

「누가 고양이를 아래로 데려다가 풀어 놓아보지 그랬나?」

그러자 클레어가 말했다.

「몇 마리 데려다 놓긴 했었지만 피둥피둥 살만 찌면서 호사를 누렸죠. 그래도 쥐는 늘 더 많이 들끓구요.」

덜컹거리는 금속음이 앞에서 희미하게 들려왔고, 일행이 굴곡부 주위에 도착했을 때 니컬리스는 금속 문이 터널을 막고 있는 것을 보았다.

「휴, 문 열어라.」

오웬의 부르는 소리에 끽 하는 소리와 함께 문이 흔들리며 열리더니 여섯 살쯤 되어 보이는 꼬마 사내아이가 머리를 내밀었다.

「모리스 아저씨! 진짜 오랜만이에요.」

오웬이 기뻐하는 아이의 머리를 쓰다듬어 주었다.

「아저씨는 동쪽 막장에서 일하고 있었단다. 트래퍼(trapper, 통풍구 개폐 담당자, 광산 용어) 생활은 할 만하냐?」

휴는 곰곰이 생각을 해보는 듯 하다가 대답했다.

「힘들지 않아요. 하지만 하루종일 캄캄한 데 앉아 있으면 외로워요. 그리고 전 생쥐가 정말 싫어요, 아저씨.」

오웬이 여분의 양초 하나를 꺼내어 아이에게 건네주었다.

「아빠가 초를 주지 않던?」

휴가 고개를 저었다.

「하루에 겨우 4페니를 버는 아이가 쓰기에는 초가 너무 비싸대요.」

아이의 말에 니컬러스는 얼굴을 찌푸렸다. 하루에 4페니를 받으면서 이 어린아이가 이런 지옥 같은 새까만 구덩이 속에서 일을 하고 있단 말인가? 소름이 끼쳤다. 오웬이 주머니에서 삶은 고구마를 꺼내어 아이에게 주었다.

「돌아오는 길에 다시 보자.」

일행은 문을 지나 계속해서 통로를 내려갔다. 말소리가 들리지 않을 만큼 왔을 때 니컬러스가 말했다.

「빌어먹을, 도대체 왜 어린아이를 이런 곳에서 일하게 하는 거야?」

「애 아버지는 돈을 원하니까요. 휴의 어머니는 죽었고 아버지, 나이 월킨즈는 주정뱅이에다 아들이 겨우 다섯 살일 때부터 갱 아래로 내려보낸 탐욕스러운 작자예요.」

클레어가 굳은 목소리로 말했다. 그러자 오웬이 덧붙여 설명했다.

「광부들 중 절반은 교회당에 충성을 바치고 나머지 절반은 선술집에 모든 것을 갖다 바치죠. 오 년 전, 우리의 클레어가 교회 강대상에서 말했어요. 아이들이 있어야 할 곳은 탄광이 아니라 학교라고. 꽤 많은 말들이 오갔는데, 그날 예배 끝에, 시온 예배당에 다니는 사람들은 누구나 아이들이 열 살이 되기 전에는 일터에 보내지 말기로 약속했어요.」

「간 큰 사람이 아니면 클레어를 거역할 수가 없지. 내가 그 자리에 있었어야 했는데. 잘 했소, 클레어.」

니컬러스의 말에 클레어는 찬바람이 도는 쌀쌀한 어조로 대꾸했다.

「할 수 있는 일을 했을 뿐이지만, 결코 충분치는 않았어요. 탄광에는 휴 또래의 아이들이 최소한 십여 명은 있을 거예요. 그 아이들은 하루종일 어두운 곳에 쭈그리고 앉아서, 수갱의 통풍구 개폐를 조절하는 역할을 하는 거예요.」

일행은 긴 나무로 못 박아 놓은 수갱을 지나갔다.

니컬러스가 물었다.

「이 갱도는 왜 막혀 있지?」

오웬이 멈추어 섰다.

「결국 암석은 급변하고 광맥은 사라지죠.」

오웬의 미간이 모여들었다.

「여기가 막혀 있다니 이상하군요. 폐기된 수갱은 많이 널려 있는데.」

「이 갱도에 질식가스가 특히 심해서 그런 게 아닐까요?」

「그런 것 같네요.」

오웬이 클레어의 의견에 동의했다.

석탄 운반 바구니가 밀려올 때마다 울퉁불퉁한 벽에 바짝 붙어서면서 일행은 계속 걸어갔다. 그렇게 해서 마침내 갱도의 끝에 이르렀다. 좁고 불규칙한 모양의 공간에서 십여 명의 남자들이 삽질을 하며 석탄을 퍼 올리고 있었다. 잠깐, 별 관심 없는 눈길로 새로 나타난 사람들을 쳐다본 후에, 그들은 일을 계속했다.

오웬이 설명했다.

「이 사람들은 채탄부들입니다. 긴 벽을 만들고 있는데, 석탄을 파낼 때마다 뒤로 폐석이 쌓이기 때문에 버팀목들을 앞으로 움직여 작업 공간을 확보하는 거죠.」

그들은 작업 광경을 말없이 쳐다보았다. 부드러운 점토를 이용해서 곳곳에 양초가 부착되어 있어, 채탄원들은 자유롭게 손을 움직일 수 있었다. 채탄원들은 각자의 채탄량에 따라 임금을 받기 때문에 채탄 바구니를 뒤에 놓고 작업했다. 석탄을 손에 넣으려고 온몸을 비틀어대는 인부들의 모습을 니컬러스는 넋을 잃고 바라봤다. 어떤 이들은 무릎을 꿇고, 어떤 이들은 아예 눕고, 또 어떤 이들은 얇은 석탄층의 밑바닥을 쳐내느라 몸을 잔뜩 구부리고 있었다.

니컬러스의 시선이 갱도의 맨 끝에서 일하고 있는 채탄원에게 머물렀다. 낮은 목소리로 그가 말했다.

「저 아래 있는 사람은 양초도 가지고 있지 않군. 보이지도 않을 텐데 어떻게 일을 하는 거지?」

「앞을 못 봐요. 블레딘은 장님이에요.」

클레어가 대답했다.

「정말이오?」

니컬러스가 믿을 수 없다는 듯이 말했다.

「장님에게 탄광은 너무 위험하잖소. 게다가 석탄과 쓰레기를 어떻게 구분한단 말이오?」

이번에는 오웬이 대답했다.

「석탄을 캐낼 때의 촉각과 청각으로 알아내죠. 블레딘은 갱도 안의 구부러진 길과 방향을 모두 알고 있답니다. 한번은 홍수가 나서 초가 다 잠겨버렸는데, 블레딘이 우리 여섯 사람을 인도해서 안전하게 빠져나갈 수 있게 해주었어요.」

「또 장전할 시간이오.」

채탄원 한 사람이 말했다. 그러자 또 다른 채탄원이 허리를 펴고 일어나 얼굴의 땀을 훔쳐내며 받아 말했다.

「그래. 보드빌, 자네가 화약을 넣을 차례야.」

어깨가 넓고 과묵한 남자가 곡괭이를 내려놓고 커다란 수동 드릴을 들어 바위 표면에 구멍을 뚫기 시작했다. 다른 채탄원들은 각자의 석탄 바구니에 연장을 집어넣고 갱도를 따라 뒤로 굴리기 시작했다. 니컬러스와 클레어가 옆에 와서 서자, 오웬이 설명을 했다.

「구멍이 충분히 깊게 파이면 검은 화약가루를 집어넣고서, 천천히 타오르는 도화선에 불을 붙이는 거예요.」

「화약이 폭발하면 갱도가 무너지지 않나?」

「제대로 터지기만 하면 그렇지는 않아요.」

짧고 퉁명스러운 클레어의 목소리가 긴장감으로 떨리는 것을 듣고 니컬러스는 어리둥절한 눈길로 그녀를 바라보다가, 그녀 역시 폭발하기 일보직전인 사람처럼 보인다는 것을 알았다. 왜 그럴까? 니컬러스는 잠시 의아했다. 그러다가 명백한 해답이 뇌리를 때리는 순간, 그는 자신을 뻥 걷어차고 싶었다.

클레어의 아버지가 이곳에서 숨졌다는 사실을 그는 거의 망각하고 있었지만, 클레어는 그렇지가 않은 것이었다. 니컬러스는 그녀를 감싸 안아 어떤 말로든 위로를 해주고 싶은 충동을 느꼈지만 꾹 눌러 참았다. 그녀의 표정으로 보아, 동정 따위는 바라지 않을 것이 분명했다.

제일 마지막으로 그 자리를 뜬 인부는 우람한 근육에 턱이 호전적으로 보이는 땅딸막한 사내였다. 그가 방문객들에게로 와서 멈춰 서더니 가늘게 뜬눈으로 니컬러스를 노려봤다.

「당신이 집시 백작이시군, 안 그렇소?」

「그렇게 불려왔소만.」

사내가 발 밑에 침을 뱉고는 또 말했다.

「당신의 그 빌어먹을 친구 마이클 경에게 매덕 감시 좀 잘 하라고 이르시오. 조지 영감, 그 인간 탄광 감독치고는 분에 넘치는 호의호식을 누리고 있소이다.」

그 채탄원은 자신의 석탄 바구니로 돌아가 갱도 아래로 바구니를 밀었다.

사내가 사라지자, 니컬러스가 물었다.

「자네도 매덕이 광산 이익금을 착복하고 있다고 생각하나?」

오웬은 말하기를 꺼리는 듯했다.

「말할 수 없습니다. 잘못하면 분란이 일어날 수 있어서요.」

「맞아요. 무관심한 소유주 밑에 탐욕스러운 감독을 둔다는 건 횡령을 보증해주는 기나 다름없죠.」

클레어가 하는 말이었다. 그러자 니컬러스가 다시 입을 열었다.

「만약 그게 사실이고 마이클이 그 사실을 알게 된다면 매덕의 처지가 그리 좋아 보이지는 않을 것 같군. 마이클은 늘 성질이 사나웠으니까 말이오.」

보드빌이 드릴을 빼내어 구멍에 화약가루를 채워넣기 시작했다.

「이제 우린 그만 가봐야죠. 가는 길에 보여드릴 게 많습니다.」

오웬이 말에 따라 일행은 왔던 길을 다시 조금 밝아가다가, 육중한 기둥들이 천장을 떠받치고 있는 거대한 회랑으로 이어지는 갱도 쪽으로 걸음을 돌렸다.

오웬이 촛불을 들어올려 그곳을 비추며 말했다.

「백작님께 탄광의 기둥과 채탄장을 보여드리고 싶어서요. 큰 광맥들은 대개 이런 식으로 작업이 이루어집니다. 이로운 점들이 있지만, 아마 석탄의 절반은 기둥 안에 남아 있을 겁니다.」

호기심이 일어, 니컬러스는 지지대의 하나를 유심히 살펴보다가 그 거칠게 잘린 표면이 석탄으로 검게 빛나고 있는 것을 알았다.

순간 오웬이 소리를 질렀다.

「머리 조심하세요! 이런!」

오웬이 니컬러스의 팔을 잡고 뒤로 홱 잡아당겼다. 니컬러스가 서 있는 자리 바로 앞에 바위가 쿵, 떨어지더니 산산조각이 났다.

오싹 떨며, 니컬러스는 울퉁불퉁한 천장을 올려다보았다.

「고맙네, 오웬. 어떻게 그렇게 때맞춰 알았지?」

익살스럽게 오웬은 대답했다.

「동굴은 하나님이 만드셔서 견고하지만 탄광은 사람들이 만들었기 때문에 늘 조각조각 무너져내리죠. 이런 곳에서 일을 하려면 백작님도 한쪽 눈으로는 늘 머리 위에서 일어나는 일을 주시하는 법을 익혀야 합니다. 채탄원이 되려면 요령과 힘이 필요해요.」

「자네가 나보다 낫군. 집시한테 여기 내려와서 일을 하라고 하면 죽고 말 거야.」

「죽는 거야 쉽죠. 이런 특별한 탄광에서는 너무 쉬워요.」

오웬이 그늘진 동굴을 가리켰다.

「매덕은 그 기둥들을 훔치고 싶어해요. 거기에서 더 많은 석탄을 긁어모으려는 거죠. 이렇게 방치하는 건 낭비라고 하면서.」

니컬러스가 얼굴을 찡그렸다.

「그럼 천장이 무너지는 거 아닌가?」

「그럴 수도 있죠.」

오웬이 나무로 만든 들보를 가리켰다.

「버팀목을 충분히 세우면 무너지지 않을 테지만, 매덕은 더 많은 목재를 사들이는 데 돈을 쓰려고 하지 않아요.」

니컬러스의 인상이 더 일그러졌다.

「매덕이란 작자, 한번도 본 적이 없지만 지독하게 혐오스러워지는군.」

「만나면 보세요. 혐오가 아니라 아주 구역질이 날 정도가 될 테니까요.」

클레어가 신랄하게 내뱉자, 오웬이 점잖게 질책을 했다.

「그건 크리스천답지 못한 발언이에요, 클레어. 빨리 와요. 이제 갈 시간이에요.」

오웬을 따라 회랑 밖으로 나갔을 때, 클레어가 뉘우치며 말했다.

「당신 말이 옳아요. 미안해요.」

니컬러스는 뒤에 처지게 되었지만 유감스럽지 않았다. 클레어의 뒤로 처지자, 그는 한쪽 눈으로는 천장을 또 한쪽 눈으로는 좌우로 우아하게 흔들리는 클레어의 엉덩이를 주시했다. 이제 슬슬 오늘의 키스에 대해 생각해봐야 할 시간이었다.

본 갱도에 이르러 탄광 입구를 향해 돌아섰을 때, 오웬이 머리를 곧추세웠다.

「펌프가 다시 멈췄네요.」

니컬러스도 가만히 귀를 기울여봤다. 아니나 다를까, 멀리서 끊임없이 들려오던 쿵쿵거리는 엔진소리가 깊은 정적을 남긴 채 뚝 끊겨 있었다.

「이런 일이 자주 발생하나?」

「일주일에 한두 번이요. 기술자들이 빨리 좀 고쳐주었으면 좋겠네요. 봄비라도 내리게 되면, 펌프가 한두 시간 이상 작동을 안 하면 물난리가 날 겁니다.」

오웬이 다시 길을 되돌아가기 시작했다.

니컬러스는 따라가다가 쿵, 하는 소리에 걸음을 멈추었다. 통로와 회랑 곳곳에서 무시무시한 메아리가 울리고, 발 밑의 암석을 통해 진동이 전해져왔다.

오웬이 어깨너머로 말했다.

「보드빌이 발파를 했군요.」

갑자기 클레어가 왔던 길로 휙 몸을 돌리더니, 다급한 표정으로 말했다.

「들어봐요!」

놀라서, 니컬러스도 돌아서 같은 방향을 바라보았다. 뒤로 약 60미터쯤 되는 곳은 굴곡이 져 있어 보이지 않았지만, 공기가 왠지 심상치 않았고 정체 모를 물소리와 함께 무엇인가가 그들 쪽으로 밀려오고 있었다.

무슨 일이 일어났는지 물어볼 겨를도 없이, 거대한 물결이 굴곡에서 터져 나와 갱도의 전체를 채우고 집어삼킬 듯 무시무시한 속도로 밀려들었다.

10

물결을 보자마자 오웬이 고함을 질렀다.

「벽에 기어올라가서 매달려 있어요! 난 휴를 구해볼 테니.」

달려나가면서 오웬의 초가 꺼졌다.

클레어는 니컬러스의 팔을 붙잡고 가장 가까이 있는 나무 버팀목 쪽으로 그를 잡아당겼다.

「빨리요! 되도록 천장에 가까이 다가가야 해요.」

상황을 이해한 니컬러스는 양초를 떨어뜨리고 클레어의 허리를 잡아 할 수 있는 한 높이 위로 올렸다. 클레어는 위로 기어올라가서, 거칠게 잘려나간 바위 표면에 발판이 될 만한 곳을 찾았고, 니컬러스도 그녀를 뒤따랐다. 클레어의 모자챙에 붙어 미친 듯이 흔들리고 있는 양초 불빛이 버팀목과 암벽 사이에 몇 센티미터 가량 남아 있는 공간에 있는 나무 갈고리를 비춰주었다. 니컬러스는 한 팔로 그 나무를 두르고 나머지 팔로 클레어를 끌어안았다.

그때 사나운 물결이 밀려와 촛불을 집어삼켜 그들을 완전히 물에 잠기게 했다. 물살이 세게 몰아치고 있어, 니컬러스는 온힘을 다해 나무에 매달려야 했다. 뭔가 무거운 물체가 그들을 강타해 빙빙 돌게 하자 그는 하마터면 클레어를 잡고 있는 손을 놓을 뻔했다.

그는 밀려드는 물살의 위력에 대항하며 클레어를 잡아당겼고, 클레어는 맹렬하게 그를 감쌌다. 일단 클레어를 확실히 붙잡을 수 있게 되자, 니컬러스는 물살의 반대쪽으로 그녀를 돌려 암벽에 등을 지탱하게 하면서 자신의 몸으로 그녀를 보호했다. 또 다른 물체가 갈비뼈를 후려치고 지나가는 바람에 니컬러스는 숨을 쉴 수가 없었지만, 이번에는 클레어가 무사했다.

시간은 째깍째깍 흘러갔지만, 물살은 줄어들지 않았다. 숨이 차 올라 더 이상 참을 수 없는 지경에 이르자, 니컬러스는 이렇게 여기서, 바람과 하늘에서 멀리 떨어져 있는 이곳에서 그들의 운명이 다하는 게 아닌가 하는 생각이 들기 시작했다. 그는 클레어의 머리카락에 얼굴을 기댔다. 뺨 위로 비단 같은 머리타래가 소용돌이치는 것이 느껴졌다. 이 무슨 덧없음인가. 두 명의 목숨이 이렇게 죽어가다니 이 무슨 덧없는 삶이란 말인가. 니컬러스는 생각했다. 시간이 조금만 더 주어진다면…….

조류가 잠잠해졌을 때 니컬러스의 시야는 어두워지고 클레어를 잡은 손의 힘도 점점 약해지고 있었다. 수위가 낮아지고 있음을 알고 얼굴을 위로 내밀어본 그는 수면과 천장 사이에 좁은 공기층이 있다는 것을 발견했다.

니컬러스는 공기를 들이마시는 순간에도 팔로 클레어의 엉덩이를 들어올려 그녀가 숨을 쉴 수 있게 해주었다. 수면 밖으로 머리가 나오자 클레어는 기침을 터뜨리며 경련을 일으키듯 마른 몸을 떨었다. 위험한 어둠 속에서 그녀는 부서질 듯 매우 약해 보였고, 니컬러스는 다시 그녀를 꼭 껴안았다.

잠시 동안 그들은 서로 매달려 숨을 쉴 수 있다는 사실에 안도하고 있었다. 물이 천천히 빠져나가 천장으로부터 삼십 센티미터 정도의 공간이 생겼다.

니컬러스가 물었다.

「당신은 왜 이런 엄청난 일이 일어났는지 알고 있소?」

클레어는 다시 기침을 하고는 간신히 입을 열었다.

「화약이 폭발하면서 숨겨져 있는 급수기 스프링을 열어버린 게 틀림없어요. 가끔 생기는 일이지만 물이 이렇게 범람하지는 않았어요.」

그러자 니컬러스가 험악하게 말했다.

「증기 펌프도 고장이 났소. 빨리 고쳐야 할 텐데.」

차가운 물살이 계속 그들을 끌어당기고 있었고, 니컬러스가 붙잡고 있는 나무토막이 유일한 버팀목이었다. 그는 팔의 부담을 덜어 줄 만한 단단한 암붕(岩棚)을 찾을 때까지 왼쪽 발로 열심히 더듬었다. 대체 얼마나 오래 매달려 있는 것일까. 니컬러스는 궁금해졌다. 드디어 피로와 추위가 위력을 발휘하기 시작하고 있었다.

「다시 물이 차 오르면 헤엄쳐서 나가야 하는데, 어둠 속이라 통로 교차로에서 길을 잃을지도 모르오. 당분간 여기 그대로 있으면서 물이 빠지길 기도하는 편이 더 나을 것 같소.」

「당신이, 기도를 해요? 아무래도 제 귀에 물이 찼나보네요.」

애써 밝게 클레어가 말했다. 니컬러스는 껄껄 웃었다.

「악명 높은 내 친구 마이클은 부자가 되기로 결심하기 전에는 군인이었소. 언젠가 그 친구가 말하길, 전쟁터에서는 신을 믿지 않는 사람이 한 명도 없다더군.」

니컬러스는 클레어로 인해 기쁨의 물결이 작게 출렁거리는 것을 느꼈지만, 그도 잠시였다. 클레어가 다시 입을 열었을 때 그녀의 목소리가 바짝 긴장하고 있었기 때문이었다.

「오웬과 휴가 무사히 빠져나갔을까요?」

「그들은 안전할 거요.」

자신의 낙관적인 생각이 틀리지 않기를 바라며 니컬러스가 말했다.

「오웬은 우리보다 어느 정도 앞서 가고 있었으니까, 그 아이가 지키는 문에서 그리 멀지 떨어지지 않았을 거요. 우리처럼 그들도 버팀목에 매달려 있었겠지만, 운이 좋으면 문 밖으로 빠져나가서 문을 닫을 수도 있었겠지. 그렇게 해서 물살을 늦추고 더 높은 곳으로 올라갈 시간을 벌었을 거요.」

「아, 하나님, 제발 그래야 할 텐데. 하지만 다른 광부들은 홍수에 떠내려갔을지도 몰라요. 아마도 보드빌은 발파를 하고 여기까지 나오지 못했을 거예요.」

클레어는 심하게 몸을 떨고 있었다. 이유를 추측하면서 니컬러스가 물었다.

「당신 아버지가 이 구역에서 돌아가셨소?」

「아뇨. 그 일은 탄광의 저쪽 끝에서 일어났어요.」

긴 침묵 후에, 그녀가 별안간 소리를 내질렀다.

「난 이곳이 싫어요! 너무너무 싫어요. 내일이라도 탄광을 닫을 수가 있다면, 그렇게 하고 싶어요. 너무나 많은 사람들이 이곳에서 목숨을 잃었어요. 너무나 많이…….」

목소리를 흐리며 클레어는 니컬러스의 어깨에 얼굴을 파묻었다.

「누군가 다른 특별한 사람을 잃은 거요?」

니컬러스가 조용히 물었다.

클레어는 처음에는 아무 말도 하지 않았다. 출렁이는 잔물결소리만 간간이 들릴 뿐이었다. 그러다가 그녀가 망설이며 입을 열었다.

「한때…… 한때 사랑하는 사람이 있었어요. 우리는 둘 다 어렸어요. 저는 열 다섯 살이었고 아이버는 저보다 나이가 많았죠. 난 그를 사랑했고 그도 날 사랑했어요. 우리는 서로를 바라봤죠. 예배가 끝나면 가끔씩 아무도 엿들을 수 없는 말들을 사용해서 서로의 느낌을 얘기하곤 했구요.」

클레어는 몸서리를 치더니, 멜로드라마보다 더 생생하고 처참한 이야기의 결말을 털어놓았다.

「오래지 않아 가스 폭발사고가 일어났어요. 그이는 산채로 불에 타 죽었구요.」

마을에서 자라면서 니컬러스는 인생의 동반자를 찾는 마을 젊은이들의 순수한 열정을 보았었다. 빈정대는 사람은 그런 사랑은 단순히 동물적인 욕정에서 나오는 것이라고 하겠지만, 니컬러스는 그보다 잘 이해하고 있었다. 마기드에 대한 오웬의 청혼을 떠올려보기만 해도 분명히 알 수 있었다. 처음부터 그 두 사람은 너무나 달콤한 광휘로 묶여 있었다. 니컬러스는 화가 날 정도로 부러웠다. 그는 한번도 그렇게 순수해본 적이 없었기 때문이었다.

열 다섯 살의 클레어도 마기드와 아주 비슷했으리라. 순수한 영혼과 진실한 마음. 젊은 아이버는 클레어의 첫사랑이라는 선물을 받을 만한 가치가 있는 남자였을까? 클레어는 절대로 알지 못하리라. 움트기 시작한 사랑이 아직 무한한 가능성을 가지고 있을 때 사랑하는 사람이 죽었으니, 절대로 그로부터 배신당할 염려를 하지 않아도 된다는 것을.

탄광에 도착한 이후 내내 니컬러스는 클레어에 대한 그의 본능을 꾹꾹 억누르고 있었다. 이제 그런 싸움은 집어치우고 그가 해줄 수 있는 위로를 건네어야 했다.

그가 속삭였다.

「그래서 이렇게 깊은 곳까지 위험을 무릅쓰고 들어올 정도로 용감했던 거로군.」

니컬러스는 머리를 숙여 클레어의 젖은 얼굴에 입술을 대고 볼 선을 따라 움직였다.

클레어는 그의 입술이 닿자 부드럽고 황홀한 한숨을 내쉬며 그의 어깨 위에 머리를 기대었다. 그녀의 입술은 차가운 뺨에 비해 따뜻했고 갈망이 담겨 있었다. 물이 그녀의 체중을 받쳐주고 있었으므로, 니컬러스는 수월하게 그녀의 나긋나긋한 몸을 이끌 수 있었다. 젖은 옷이 달라붙어 살이 닿는 곳마다 온기가 느껴졌고, 마치 벌거벗은 느낌이 들기도 했다. 서로의 허벅지가 맞물리고 젖가슴이 닿아 있는데도 클레어는 개의치 않는 것 같았다.

처음에 니컬러스는 간단한, 거의 순수에 가까운 입맞춤을 계속했다.

하지만 클레어가 그에게 불러일으키는 욕망은 전혀 순수한 것이 아니었다. 시험삼아, 니컬러스는 입술을 약간 벌려보았다. 그의 입술 아래서 클레어의 입술이 열리고 두 사람의 숨소리가 부드럽게 교차되었다.

대담해진 니컬러스는 혀로 클레어의 입술을 건드렸다. 그녀가 놀라며 약간 움직이자, 잠시 아픔의 순간, 니컬러스는 혹시 클레어가 이것으로 오늘의 키스를 끝낸 것이라고 판단하는 게 아닐까 하는 생각이 들었다. 하지만 오히려 클레어의 혀는 수줍게 그의 입술을 건드렸고, 그녀의 손은 그의 등을 가볍게 쓸어내렸다.

클레어는 여름날의 와인처럼 달콤했다. 목숨이 위태로운 상황에서 그와 같은 욕정을 느끼다니, 미친 짓이었다. 하지만 그것을 알면서도 니컬러스는 미쳐 있는 지금 이 순간, 이 순간만큼은 물도 어둠도 죽음의 위협도 모두 망각할 따름이었다. 오직 클레어만이 현실이었다. 클레어가 그의 허벅지에 더 바짝 달라붙을 수 있게 니컬러스는 무릎을 들어올렸다. 두 사람의 다리가 나란해졌다. 주위를 둘러싸고 있는 물살처럼, 클레어는 온몸으로 그를 받아들이고 있었다.

니컬러스가 마침내 전형적인 입술 대 입술의 키스를 해왔을 때, 클레어는 감각적인 유린을 기대했었다. 이렇게 매혹적인 부드러움은 기대하지 못한 것이었다. 본능적으로 그녀는 이번 포옹이 이전에 했던 두 차례의 키스와는 다르다는 것을 알았다. 그때는 그가 냉정하게 클레어의 반응을 시험하고 기대를 뒤집어 당혹케 한 것이었지만, 위험스러운 상황이 그들을 적대자에서 동료로 바꾸어놓은 지금의 입맞춤은 함께 나누는 것이었다.

그리고 위험은 아직 끝난 것이 아니었다. 마지못한 듯, 클레어가 얼굴을 돌렸다.

「이제 멈춰야 할 시간인 것 같아요.」

「'같다'고? 꼭 그래야 하는 건 아니고?」

클레어가 대답을 하기도 전에 니컬러스의 입술이 다시 그녀를 찾아, 마법을 풀어 클레어의 허약한 분별력을 녹여버렸다. 클레어는 그에게 더 바짝 안기다가, 그의 손이 위로 올라와 가슴 한쪽을 쓸어내리자 부르르 몸을 떨었다. 그의 가벼운 손놀림이 엄청난 흥분을 자아내고 있었다.

자신의 은밀한 부위에 그의 그것이 적나라하게 와 닿자, 클레어는 수치심과 함께 날카로운 당혹감을 느꼈다.

그녀는 단호하게 말하면서 다시 그를 밀어냈다.

「멈춰야 해요.」

니컬러스는 숨을 멈추었다가, 부드러운 아쉬움의 한숨으로 토해냈다.

「정말 유감이군.」

니컬러스가 클레어를 꼭 잡고 있던 팔을 조금 느슨하게 하자 약간의 틈이 생겼다. 클레어는 너무 친밀한 기분이 들지 않게 하려고 꿈틀거리며 그의 허벅지에서 몸을 빼내었다. 하지만 물에 휩쓸려가지 않으려고 서로 엉켜 있는 모습은 아무래도 점잖아 보이기가 어려웠으리라.

그 생각을 하자, 클레어는 물에 빠져 죽을 뻔했을 때 느꼈던 공포감이 다시 떠올랐다. 미쳐 가는 세상에서 오직 니컬러스만이 안전지대였다. 만일 그가 그렇게 힘이 세지 않았거나 끈기가 없었다면, 클레어는 또 한 명의 탄광 희생자가 되었을지도 몰랐다.

「당신이 제 생명을 구해주셨어요, 백작님. 고마워요.」

「순전히 내 이기심에서 한 일이오. 당신이 없다면 내 집안 일이 엉망이 될 테니.」

니컬러스의 농담이 클레어의 유머감각을 되살려주었다.

「하지만 당신 삶을 복잡하게 만든 제가 없어졌다면 당신은 애버데어를 떠나 자유로워질 수 있었을 테죠.」

「누군가 인생은 단순한 거라고 말하지 않았던가?」

니컬러스는 클레어의 목과 어깨 사이에 얼굴을 디밀었다.

클레어는 숨을 죽였다. 그들이 원래 합의를 본 것에는 입맞춤이 포함되어 있었을 뿐, 고지식한 클레어로서는 남자가 여자를 유혹하는 방법이 얼마나 많은지를 몰랐다.

육체적인 친밀감에서 벗어나려고 그녀가 말했다.

「물이 또 삼십 센티미터 정도 낮아졌어요.」

「그렇군. 물에 잠기지 않고 서 있을 수 있는지 어디 한번 알아볼까?」

니컬러스는 클레어의 손을 끌어당겨 버팀목에 얹어주고는 그녀에게서 떨어졌다.

클레어의 손가락이 젖은 나무에서 미끄러져 버려 그녀는 아무 지탱할 게 없는 상태로 물 속에 잠기고 말았다. 숨이 막혀 허우적거리며 나무를 잡았지만, 또 다시 물에 떠밀려나가 별 도움도 되지 않는 미끄러운 돌만 잡힐 뿐이었다.

당장에 니컬러스가 그녀를 붙잡아 안전한 곳으로 끌어올렸다.

「수영을 할 줄 아는지 물어봤어야 했는데.」

클레어가 머리를 흔들었다.

「전 무섭지 않아요.」

「좋아요, 그럼 다시 좀 더 조심스럽게 시도해봅시다.」

이번에는 니컬러스가 클레어의 양손으로 버팀목을 잡게 해주고는 자리를 뜨기 전 그녀가 단단하게 쥐고 있는지를 다시 한 번 확인했다.

「물이 내 턱 정도까지 차는군. 물살이 그리 세지는 않소. 이제 나가면 될 것 같소. 미스 모건, 내 등에 업혀요. 당신을 어둠 속에서 잃고 싶지 않으니까.」

「더 이상 당신 말대로 움직이면 안 되겠어요. 어둡다구요? 부시도구 가지고 있지 않으세요. 그걸로 양초에 불을 붙이면 되잖아요.」

「당신은 아직도 초를 가지고 있단 말이오? 난 물에 휩쓸렸을 때 초를 잃어버렸소. 더 단단히 고정시켰어야 했는데 말이오. 내 부싯깃 상자를 살펴봐야겠군.」

자꾸 물이 튀어, 니컬러스는 상자를 찾아 수면 위로 들어올렸다. 잠시 후 그가 유감스러운 목소리로 말했다.

「미안하오, 상자가 물에 흠뻑 젖어버렸어. 내가 진짜 올드 닉(the

Old Nick, 사탄, 악마라는 뜻)이 아닌 게 유감이군. 만약 그랬다면, 손가락으로 딱 소리를 내서 초에 불을 붙일 수 있을 텐데 말이오.」

물이 클레어의 주위로 움직이자 니컬러스는 그녀에게 다가갔다.

「당신을 업어야겠소. 올라타요.」

클레어는 그의 목에 팔을 두르고 그의 허리에 다리를 감았다. 탄탄하게 근육이 잡힌 그의 몸이 나무보다 훨씬 안전하다는 생각이 들었다. 니컬러스는 왼쪽 팔로 그녀의 왼쪽 다리를 단단히 붙들고, 벽에 부딪히지 않으려고 오른 팔로 앞을 휘저으며 물 속을 걸어가기 시작했다.

「제가 팔을 옆으로 뻗으면 벽을 따라 길을 찾아나갈 수 있을 거예요.」

「좋은 생각이오. 그렇게 하면 방향을 잃지 않을 거요.」

니컬러스는 물 속을 천천히 우아하게 걸어갔다. 클레어의 안쪽 허벅지에 닿는 그의 엉덩이 근육들이 육감적으로 씰룩거렸다. 문득 클레어는 우연히 들었던 두 중년 여자의 대화가 떠올랐다. 한 사람은 과부였는데, 그 여자는 자신의 다리 사이에서 다시금 근사한 남성을 느껴보고 싶다고 음담을 했었다. 클레어는 저속한 그 말을 외면했었는데, 지금은 그 말의 의미를 좀 더 잘 이해할 수 있을 것 같았다. 지금 상황이 그 과부의 상상과 일치하지는 않았지만, 니컬러스의 움직임은 그녀의 안에 강렬하고 진한 쾌락을 불러일으키고 있었다. 그녀는 엉덩이를 움직여, 허벅지가 맞닿은 부분의 통증을 가라앉히고 싶었다.

클레어는 달아오른 얼굴을 니컬러스의 뒷목덜미에 묻었다. 이렇게 외설적인 친밀감을 나누다가 다시 안전한 관계로 돌아갈 수 있을까? 하긴, 그의 협력을 얻으려고 애버데어로 간 이후로 내내 안전하지 않았지만.

이런저런 생각이 오락가락 하는 가운데, 클레어의 오른쪽 손가락은 버팀목으로 인해 중간중간 끊기는 암석의 거칠한 감촉을 느끼며 오른쪽 벽을 미끄러져 내려가고 있었다. 두 번, 그들은 열린 갱도를 지나쳤다.

그때, 클레어는 무언가 다른 느낌이 드는 물체를 만졌다. 차갑고 매끄러우면서도, 짧고 빳빳한 털을 가진 유연한 물체였다. 쭉쭉 움직이던 손에 천이 닿았다. 클레어는 작게 새된 소리를 내지르며 휙 손을 잡아당겼다.

「무슨 일이오?」

니컬러스가 날카롭게 물었다.

목소리를 떨면서, 클레어가 대답했다.

「여…… 여기에 사람이 빠졌어요.」

니컬러스가 걸음을 멈췄다.

「아직 살아 있는 것 같소?」

흐느적거리던 살갗의 감촉을 되살아나, 클레어는 몸서리를 치며 머리를 흔들었다.

「그런 것 같지 않아요.」

「아마도 운 나쁜 보드빌일 거요. 처음 물이 터져 나왔을 때 무언가 내 머리를 내리쳤는데 그게 시체였나보군. 이미 도울 길이 없으니 그냥 두고 가야 하오, 클레어.」

니컬러스의 냉철한 어조가 클레어의 마음을 가라앉혀 주었다. 혹시라도 오웬의 시체이면 어쩌나 하고 끔찍한 상상을 했었는데, 그녀의 친구는 깨끗하게 면도를 한 반면 이 불쌍한 시체는 그렇지 않았다.

니컬러스가 다시 앞으로 나가기 시작했다. 어느 정도 거리가 멀어지자 클레어는 허벅지에 손을 닦고는 - 거의 물에 잠겨 있기 때문에 그런 행동은 사실상 별 의미가 없었지만 - 다시 벽을 더듬기 시작했다.

갱도는 끝이 없어 보였고 불이 있었을 때보다 훨씬 멀게 느껴졌다. 니컬러스가 다시 멈추어 섰을 때, 그녀는 혹시나 본 갱도를 이탈한 게 아닐까 걱정이 되기 시작했다.

잠시 후, 니컬러스가 말했다.

「그대로 있어요. 막힌 길이오. 아니, 터널은 계속 이어지는데 천장이 수면 아래로 가라앉았소.」

클레어가 기억을 더듬으며 얼굴을 찌푸렸다.

「우리는 천장이 낮은 구역을 지나왔어요. 그렇게 길지는 않았던 것 같은데. 기억나요? 그래서 당신이 자꾸 머리를 숙여야 했잖아요.」

「솔직히, 그다지 신경 쓰지 않고 있었소. 내가 기억하는 건, 어떤 때 는 똑바로 서서 걸을 수 있었는데, 또 어떤 때는 그럴 수 없었다는 것 뿐이오.」

니컬러스의 목소리가 시무룩해졌다.

「이 구간이 얼마나 긴지도 모르면서 당신을 데려가고 싶지 않소. 내 가 한번 돌아보고 올 동안 나무에 매달려 있을 수 있겠소?」

언제 어디서 떠내려올지 모를 시체와 함께 범람하는 갱도에 혼자 남 겨지기는 끔찍하게도 싫었지만, 클레어는 담담하게 말했다.

「삼 미터쯤 뒤에 버팀대가 있어요. 전 거기에 있으면 될 거예요.」

니컬러스는 뒤로 움직여, 클레어가 버팀대에 닿을 때까지 걸어갔다.

「단단히 잡고 있을 수 있겠소?」

「이 나무는 잡기가 아주 편해요.」

니컬러스가 재빠르게 이마에 키스를 하더니 곧 분하다는 듯 말했다.

「미안하오, 깜박 잊었소. 내가 내일 키스를 해버린 건가?」

「상황이 상황이니만큼, 그걸 당신 탓이라고 하진 못할 것 같네요.」

클레어가 침통한 어조로 말했다.

「그렇다면……」

니컬러스의 팔이 클레어를 감싸더니 그가 다시 입을 맞추었다. 입술 에, 훨씬 오래도록.

포옹은 클레어의 차가워진 발가락 끝까지 반가운 온기를 흘려보냈 다. 마침내 니컬러스가 가려 했을 때 클레어는 애써 단호한 목소리를 내며 말했다.

「당신, 정말 뻔뻔스러워요, 애버데어 경.」

니컬러스가 껄껄 웃었다.

「물론이오.」

그러고 나서, 니컬러스는 이제 거치적거리는 동행인 없이 혼자 천장이 가라앉은 곳으로 헤엄쳐갔다.

클레어는 귀를 바짝 기울여 소리로 니컬러스의 움직임을 좇았다. 그가 잠시 멈추더니 연거푸 심호흡을 하면서 최대한 공기를 들이마셨다. 물살을 미끄러져 가는 수달처럼 잔물결소리를 일으키며, 그는 사라졌다.

클레어의 주변 수온이 갑자기 십 도는 내려간 것 같았다. 끔찍한 일이 일어날지도 모른다는 생각에 몸이 부들부들 떨렸다. 만일 그들이 본 갱도에서 일탈한 것이라면, 니컬러스는 생각지도 않았던 위험 속으로 뛰어든 것이었다. 걱정하지 말자. 클레어는 속으로 단호하게 중얼거렸다. 악마 백작은 그 자신을, 그리고 그녀까지도 돌볼 수 있다는 것을 이미 증명했으니까.

그럼에도 불구하고, 니컬러스가 돌아와 수면 위로 떠올라서 숨을 몰아쉬기까지의 그 시간이 클레어에게는 영원처럼 길게 느껴졌다.

니컬러스가 그녀에게로 헤엄쳐 다가와 입을 열었다.

「터널이 위로 약간 기울어 있어서 반대쪽은 물이 더 얕을 거요. 거기까지 가려면 당신은 숨이 좀 찰 거요. 날 믿고 따라올 수 있겠소?」

「물론이에요. 집안 일을 관리하려면 당신한텐 제가 필요하잖아요.」

그와 다시 함께 있을 수 있어서 클레어는 쉽게 농담이 나왔다.

니컬러스는 소리내어 웃고는, 천장이 높은 구역까지 물 속을 헤치며 그녀를 끌었다.

「심호흡을 여러 번 하고 두 손으로 내 왼손을 잡아요. 준비가 되면, 두 번 꽉 쥐시오.」

클레어는 니컬러스의 지시대로 그의 손을 잡았다. 준비가 되었다는 신호를 하자, 니컬러스가 그녀를 뒤로 끌어당기며 수면 아래로 잠수했다. 클레어의 아래서 가위처럼 다리를 힘차게 저으면서 그는 옆으로 기울어 헤엄을 쳤다. 클레어는 그를 믿었지만 숨을 쉴 수 없게 되자 공포가 밀려왔다. 수면 위로 얼굴을 내밀어 도리깨질을 하고 싶었다.

심장이 두방망이질치자 그녀는 천천히 숨을 내쉬었다.

숨이 막혀 일 초도 더 견딜 수 없어졌을 때 니컬러스가 그녀를 위로 끌어올렸고 그들은 밖으로 튀어나왔다. 클레어는 그에게 매달려 가쁘게 숨을 몰아쉬었다.

「용감한 소녀로군.」

니컬러스가 그녀의 등을 두드리며 중얼거렸다. 그러자 클레어는 숨을 헐떡이며 말했다.

「용감하지 않아요. 소녀도 아니구요. 난 말이에요, 매우 성질 사나운 독신 여교사라구요.」

니컬러스가 웃으며 다시 그녀에게 입을 맞추었다. 그를 멈추게 할 권리가 있었지만 - 이미 그는 정해진 한계를 초월했으니까 - 클레어는 그렇지 않았다. 니컬러스의 키스는 그녀에게 용기를 주었고, 그러므로 클레어는 그 입맞춤이 너무나 필요했다. 도덕성에 대한 걱정은 안전하게 지상으로 나갔을 때에나 해야 할 것이었다.

그녀의 안에 고동치는 욕망이 피곤한 육체에 활력을 불어넣어 주었다. 맥박의 리듬이 그녀의 안에서뿐만 아니라 바위와 물 속까지 주위에 가득 넘치고 있다는 것을 깨닫는 데는 시간이 좀 걸렸다.

고개를 들고, 클레어가 안도하며 말했다.

「펌프가 다시 작동하고 있어요.」

조심스럽게 클레어는 발이 바닥에 닿는 것을 느꼈고 얼굴을 물 밖으로 내밀어 똑바로 서 있을 수 있다는 것을 알았다.

「할렐루야. 이럴 때는 축하의 키스를 해야 하는 거요.」

니컬러스가 다시 클레어를 껴안아 그녀의 입술을 더듬었다.

웃으면서, 클레어는 그를 밀어냈다.

「키스 말고는 아무 것도 생각하지 않으세요?」

「가끔씩은. 하지만 그러고 싶어서 그러는 거요.」

니컬러스는 입술 높이를 맞추려고 클레어를 팔에 안아 들어올렸다.

갈수록 클레어는 점점 더 쉽게 그의 키스에 녹아들어 갔다. 다시 한

번, 그녀는 어느새 자신이 무분별하게 뒤섞인 물과 욕망 속을 둥둥 떠다니고 있다는 것을 알았다. 탄광에서의 파라다이스…….

이성을 찾으려고 발버둥치면서, 그녀는 몸을 뒤로 기울였다.

「우리가 멈추지 않으면, 물이 끓어오를지도 몰라요.」

「클라리시마! 당신이 내게 했던 말 중에서 최고로 근사한 말인걸.」

니컬러스가 기쁨의 탄성을 질렀다.

클레어의 의지력이 바닥을 드러내고 있었기 때문에, 그가 다시 입맞추려고 하지 않는 것은 정말 다행이었다. 니컬러스는 그녀를 내려놓고 어깨를 붙들어 계속 나아갔다.

그들은 곧 어느 벽에 다다랐는데, 니컬러스가 손으로 더듬어보니 덜컹거리는 금속소리가 났다.

「휴가 지키던 문에 도착한 것 같소.」

고맙게도 이 근방에 작은 익사체는 없어 보였다.

니컬러스가 먼저 물에 잠긴 문을 통과한 후, 클레어를 불러 따라오라고 했다.

맞은편에 다 왔을 때, 눈을 깜빡거리다가, 촛불이 다가오는 것을 보고 클레어는 기뻐서 흥분을 했다. 여섯 명의 남자가 허리만큼 차 있는 물을 첨벙첨벙 튀기며 그들 쪽으로 다가오고 있었다.

앞장서서 걸어오던 오웬이 소리쳐 불렀다.

「클레어, 니컬러스, 당신들이에요?」

「우리 둘 다 여기 있고 무사하네. 휴는 안전하게 대피시켰나?」

니컬러스가 클레어를 부축하여 일으켜 세우며 대답했다.

「네, 아찔한 일이긴 했지만요. 높은 곳으로 헤엄쳐간 후에, 아이를 풀밭까지 데려가야 했어요. 그 불쌍한 꼬마가 완전히 겁에 질려서는 더 이상 탄광 안에 있을 수가 없었거든요.」

「갱도 안에 익사한 사람이 있어요. 다른 사상자는 없었나요?」

클레어가 진지하게 말했다.

「죽은 그 사람, 아마 보드빌이었을 거예요. 영혼이 편히 쉬기를. 그

밖에 죽거나 심하게 부상당한 사람은 없었어요. 우린 운이 좋았죠.」

오웬의 대답에 이어, 다른 광부들 중 한 사람이 말했다.

「우린 보드빌을 찾으러갈 거요.」

「천장이 낮아지는 구간에서 그리 멀지 않은 곳에 있소.」

니컬러스가 말했다.

광부가 고개를 끄덕이고 나서 다른 세 사람을 데리고 금속 문으로 갔다. 물이 서서히 빠져나가고 있었고, 이제 촛불을 켜고 지나갈 수 있었다.

클레어와 다른 사람들이 첨벙첨벙 물을 튀기며 회랑을 향해 나가고 있는데, 오웬이 말했다.

「당신에게 가는 데 시간이 너무 오래 걸려 미안해요. 펌프를 고쳐야 지나갈 수 있는 구역이 있었거든요.」

그러자 니컬러스가 담담하게 말했다.

「아무 일도 없었잖나. 덕분에 난 더 즐거운 오후를 보냈네만. 매일 오늘 같은 일이 일어나나, 아니면 특별히 날 즐겁게 해주려고 마련된 소동이었나?」

오웬이 한숨을 지었다.

「난 오늘이 특별한 날이었기를 바랄 뿐입니다.」

이번 사고가 한가지 좋은 결과를 낳을 수는 있으리라. 터벅터벅 힘 겨운 걸음으로 물을 헤쳐나가면서 클레어는 그렇게 생각했다. 이제 니 컬러스의 관심을 끌었으니 곧 탄광에 변화가 생기겠지……

11

삐걱거리는 로프가 그들을 위로 끌어올리는 동안, 클레어가 얼마나 지쳐 있는지를 아는 니컬러스는 팔로 단단히 그녀를 안았다. 범람하는 탄광에서 클레어를 끌어내고 여로의 막판에서 그녀를 잃고 싶지는 않았다. 클레어는 기진맥진한 상태로 그에게 기대었다. 그를 의지할 수 있어 정말 다행이었다.

꼭대기에 이르자, 니컬러스가 굳은 땅 위로 뛰어내린 후 클레어를 부축하여 올라오게 했다. 젖은 옷으로 스며드는 바람 때문에 몸이 얼어붙을 것 같았다.

휴가 걱정스런 얼굴로 위에서 기다리고 있었다. 니컬러스, 클레어와 함께 나타난 오웬을 보자 소년의 표정이 환해졌다.

「아저씨가 무사해서 너무 기뻐요. 여긴 아주 못된 곳이에요.」

오웬이 아이의 어깨를 토닥였다.

「모든 사람들한테 좋은 곳은 아니지만, 탄광이 그렇게 나쁜 곳만도 아니란다, 휴.」

「예수님에게 맹세하는데, 난 다신 이곳에 내려가지 않을 거예요.」

소년이 자못 경건한 목소리로 맹세하듯 말했다.

그때, 권양기가 몇 명의 사람들을 더 위로 올려보냈다. 그들 중, 큰 키에 호리호리하고 얼굴이 빨간 남자가 고함을 질렀다.

「휴, 이 자식, 네놈이 하는 말 다 들었다. 그런 말 두 번 다시 했다 간 혼날 줄 알아. 뚝 그치지 않으면 지금 당장 다시 저 아래로 데리고 들어갈 테다.」

소년의 작은 얼굴이 파랗게 질렸다. 떨리지만 단호한 목소리로 아이가 말했다.

「시…… 싫어요, 아빠, 내려가지 않을래요.」

「난 네 애비야. 그러니까 넌 뭐든 내가 말하는 대로 해야 해.」

사내가 을러대며 한 걸음씩 한 걸음씩 앞으로 다가가 아이의 팔목을 잡으려고 손을 뻗었다. 소년은 새된 소리를 지르며 오웬의 뒤로 허겁지겁 달아났다.

「도와주세요, 아저씨. 절 데려가지 못하게 해주세요.」

오웬이 나서서 부드럽게 말했다.

「이 아이는 물에 빠져 죽을 뻔했소, 윌킨즈. 또 다시 탄광으로 들어가는 게 아니라 따뜻한 음식과 수면이 필요한 아이란 말이오.」

「당신이 관여할 일이 아냐, 모리스.」

또 다시 아들에게 달려들던 윌킨즈는 그 과정에 비틀거리며 넘어질 뻔했다. 오웬의 얼굴이 굳어졌다.

「당신은 취했소. 정신이 들 때까지 아이를 가만히 내버려두시오.」

그 광부는 화약처럼 뻥 폭발하여, 뼈마디가 굵은 주먹을 흔들어대면서 악을 썼다.

「내 아들에 대해 이래라저래라하지 마, 이 위선적인 감리교도 자식아.」

오웬이 슬슬 옆으로 비켜섰다. 그러더니 흡족한 듯한 표정을 지으며 적의 턱을 한 방에 날려버렸다. 윌킨즈가 정신을 잃고 쓰러져 있을 때, 오웬이 소년의 옆에 무릎을 꿇고 앉았다. 그러고는 부드럽게 말했다.

「휴, 아저씨네 집에 가서 같이 차를 마시는 게 좋겠다. 네 아빠가 오늘 화가 많이 나셨어.」

니컬러스는 소년의 얼굴에 드리워진 침통한 표정을 보고 움찔했다. 자신의 어린 시절을 떠올리게 했기 때문이었다. 오웬이 휴에게 말하는 투는 니컬러스로 하여금 모건 목사를 떠올리게 했다.

지나간 기억들로 심란해하고 싶지 않아, 니컬러스는 비틀거리며 일어나고 있는 윌킨즈에게 시선을 돌렸다. 윌킨즈의 손에는 광부들이 사용하는, 손잡이가 짧은 곡괭이가 들려 있었다. 분노하여 일그러진 얼굴로 그는 곡괭이를 치켜들며 오웬의 뒤통수를 향해 돌진하기 시작했다.

조심하라는 외침들이 들려오자, 니컬러스가 앞으로 나가 사내의 손에서 곡괭이를 비틀어 뺐다. 비트는 힘을 이기지 못한 윌킨즈는 다시 쓰러지고 말았다. 으르렁거리며, 그가 허둥지둥 일어나려고 했다.

니컬러스가 그의 배를 걷어차, 바닥에 대자로 뻗게 만들었다. 그리고 나서 무거운 곡괭이 끝으로 그의 목을 내리눌렀다. 광부에게서 싸구려 위스키 냄새가 났다. 자식은 고사하고 강아지 한 마리 제대로 키우지 못할 작자였다.

니컬러스가 입을 열어 싸늘하게 내뱉었다.

「내가 당신한테 제안을 하나 하지. 저 아이는 고집이 세고 탄광에도 별 취미가 없으니 당신한테는 분명 쓸모가 없는 존재일 거야. 내가 저 아이를 당신 손에서 빼내올까 하는데, 어때, 이십 기니면 되겠나? 그 돈이면 저 아이가 몇 년간 트래퍼로 일해서 벌어들일 만큼은 될 테고, 또 당신은 아이를 먹이고 입히는 데 돈을 쓰지 않아도 될 것 아닌가.」

「당신은 도대체 누구야?」

혼란스러운 듯 눈을 깜빡거리며 윌킨즈가 말했다.

「난 애버데이야.」

윌킨즈의 얼굴이 비틀렸다. 니컬러스의·손아귀에 붙들려 있는 제 처지를 잊은 채, 그는 경솔하게 코웃음을 쳤다.

「오호라, 집시는 사내아이들에게 취미가 있나보군 그래. 그래서 당신 어부인께서 그 꼴을 봐줄 수가 없어서 그 지경이 된 건가?」

니컬러스는 그 작자의 주둥이 속에 연장을 처박아넣고 싶은 충동과 싸우며, 곡괭이의 손잡이를 부르르 움켜쥐었다.

애써 이성을 찾고 그가 말했다.

「당신 아들을 어떻게 할 건지나 어서 말해. 이십 기니야, 윌킨즈. 그 돈으로 위스키를 얼마나 많이 사 마실 수 있는지를 생각해보라구.」

돈을 강조하자 광부는 멈칫했다. 골똘히 생각하더니 그가 말했다.

「저 자식을 데려가고 싶으면 이십 오 기니를 내야 해. 얼마나 쓸모없는 녀석인지 하나님이 아시지. 칭얼대고 눈물이나 찔끔거리고 밥이나 축내는 것 말고는 정말 아무 쓸모도 없다니까.」

니컬러스는, 옹기종기 모여들어 말없이 그 광경을 지켜보고 있는 광부들을 흘끗 쳐다봤다.

「윌킨즈 씨가 이십 오 기니에 아들 휴에 대한 권리를 자발적으로 포기하는 광경을 여러분들 모두 똑똑히 목격했소?」

구경꾼들 대부분이 고개를 끄덕였다. 제 자식을 팔아치운 남자에 대한 혐오감이 여실하게 드러난 표정들이었다.

니컬러스가 곡괭이를 치우자 윌킨즈는 느릿느릿 힘들게 몸을 일으켰다.

「당신 집이 어딘지 말해봐. 오늘 저녁에 돈을 보낼 테니까, 내 집사에게 아이에 대한 영수증을 보내시오.」

윌킨즈가 고개를 끄덕이자 니컬러스는 곡괭이를 옆으로 던지고 나긋나긋하게 말했다.

「이제 일어났으니, 내 사생활이나 좀 더 헐뜯어보시지? 이제 나도 무장해제 상태니까 아까 당신이 했던 말에 대해 일대일로 심각하게 토론해보자구.」

니컬러스보다 최소한 십 킬로그램은 몸무게가 더 나가는 윌킨즈는 그의 시선을 피하면서 니컬러스에게만 겨우 들릴 만한 소리로 구시렁거렸다.

「까불지 마, 이 집시 자식아.」

윌킨즈에게 넌더리가 나, 니컬러스는 돌아서서 오웬에게 말했다.

「내가 휴의 몸값을 지불했으니 자네가 데려다가 키울 수 있겠나? 그게 여의치 않다면, 다른 적당한 가정을 알아볼 수는 없을까?」

「마기드와 내가 맡아 키울게요.」

오웬이 소년을 팔에 안아 들어올렸다.

「아저씨랑 같이 가서 살래, 휴? 잘 들어, 넌 학교에도 다녀야 해.」

아이의 눈에 눈물이 그렁그렁 맺혔다. 아이는 고개를 끄덕거리더니, 오웬의 목에 얼굴을 묻었다.

오웬이 휴의 등을 토닥거리는 동안, 니컬러스는 돈의 위력을 생각하며 쓸쓸함을 곱씹었다. 겨우 이십 오 기니에 한 아이가 새 삶을 얻었다. 물론, 귀족의 피는 더 비쌌다. 노백작은 니컬러스의 몸값으로 네 배나 더 많은 돈을 지불했으니까. 만약 집시의 때가 묻지 않았다면 몸값은 더 올라갔으리라.

냉정한 얼굴로, 니컬러스는 발길을 돌렸다. 어쨌든 이제 휴가 저에게 잘해줄 사람들과 함께 살게 되었다는 사실이 중요하잖은가.

그 장면을 처음부터 끝까지 죽, 클레어는 꿰뚫어보는 듯한 파란 눈동자로 말없이 지켜보고 있었다.

니컬러스가 흘끗 쳐다보자, 그녀가 말했다.

「당신에게는 아직 희망이 있는 것 같네요, 백작님.」

「내 자선행위에 대해 별 다른 생각은 하지 마시오. 순전히 심술이 나서 튀어나온 행동이었을 뿐이니까.」

클레어가 빙그레 미소를 지었다.

「설마 당신이 선행과 손을 잡았을 리 있겠어요. 또 모르죠, 그 일 때문에 탕아 및 건달 협회에서 제명되었다는 소문이 날지도.」

「날 쫓아낼 수는 없지. 내가 창립멤버이니까. 얼어죽기 전에 가서 마른 옷으로 갈아입어요. 목욕도 해야겠소. 석탄가루를 뒤집어쓰고 있으니까 꼭 굴뚝 청소부 같군.」

「당신도 마찬가지예요.」

여전히 미소를 지으며, 클레어는 조금 전에 옷을 갈아입었던 작은 헛간 안으로 들어갔다.

니컬러스와 오웬과 휴는 다른 헛간으로 들어갔다. 오웬은 평소 더 늦게까지 일을 하는 편이었지만, 홍수가 작업장을 난장판으로 만들어 놓는 바람에 휴를 데리고 일찍 집에 들어가기로 했다.

오웬이 옷을 다 갈아입고 나자 니컬러스가 조용히 물었다.

「저 아이를 집으로 데려가면 마기드가 반대하지 않겠나?」

오웬은 확신 있게 대답했다.

「개의치 않을 겁니다. 휴는 똑똑하고 성품이 착한 아이예요. 언젠가 마기드는 저 아이가 우리 아이였으면 좋겠다고 말한 적도 있었는걸요. 윌킨즈가 아이를 주일학교에 보내지 않았기 때문에, 기회가 있을 때마다 마기드가 문자와 숫자를 가르치고 먹을 것도 가져다주었죠. 불쌍하게도, 휴는 늘 배를 곯고 살았어요.」

이야기를 나누는 사이, 휴가 축축하게 젖은 누더기 셔츠를 당겨 벗었다. 아이의 등에 그어져 있는 흉한 채찍 자국이 드러났다. 니컬러스의 인상이 험악하게 일그러졌다.

「나가서 윌킨즈의 머리를 박살내버리고 싶어. 아니면, 이제 휴의 아버지가 되었으니까 자네가 할 텐가?」

「날 충동질하지 말아요.」

오웬이 침통하게 대꾸했다.

「아이를 포기하는 데 동의했으니까 그냥 내버려두는 편이 낫습니다. 워낙 군대생활을 오래 해서 뭐든 싸울 명분만 생기면 좋아서 날뛰는 인간이에요. 이미 적이 된 사람을 더 큰 적으로 만들어봤자 소용없는 일이에요. 게다가…… 주님은 폭력을 거부하십니다.」

니컬러스가 씨익 웃으며 외투를 걸쳐 입었다.

「그게 프로 권투선수처럼 단 한 방에 윌킨즈를 때려눕힌 사람의 입에서 나오는 말 맞나?」

「때때로 저런 사악한 인간들은 강경하게 다루어야 합니다. 예수님께서도 성전에서 장사하는 사람들을 보고 화를 내며 쫓아낸 적이 있잖아요.」

오웬이 눈빛을 반짝이며 말했다.

휴가 다가와 오웬의 손을 의지하듯 잡았다. 또 다시 니컬러스는 모건 목사를 생각했다. 짐승 같은 아비에게서 소년을 산 것은 니컬러스의 선한 충동에서 나온 행동 중의 한가지였다.

일행과 함께 헛간에서 나오던 중, 니컬러스는 보드빌의 시체가 갱도에서 실려나와 갱외감독의 오두막 옆에 내려 눕혀지는 광경을 보게 되었다. 지휘를 하는 사람은, 광부의 우람한 근육에 비싼 옷을 걸쳐 입은, 거부할 수 없는 권위를 풍기는 자였다.

오웬이 투덜거리며 말했다.

「저 작자가 매덕이에요.」

니컬러스도 충분히 짐작하고 있던 바였다. 감독을 만나고 싶긴 했지만, 지금과는 다른 상황에서였으면 했다. 클레어를 찾아 주위를 두리번거리던 그는 사내아이용 승마복을 입고 다른 헛간에서 나오고 있는 그녀를 보았다.

주위에 사람들이 떼를 지어 몰려 있는 걸로 보아, 클레어와 말들을 데리고 쉽게 사람들의 눈에 띄지 않고 빠져나갈 수 있을 것 같았다.

행운은 그들 편이 아니었다. 매덕이 희생자의 시신에서 눈을 돌렸을 때, 그의 시선이 클레어에게 떨어진 것이었다.

그가 버럭 고함을 질렀다.

「지금 여기서 뭘 하고 있는 거야, 말썽꾼 아가씨? 그 경건한 엉덩이를 탄광에 디밀지 말라고 내가 말했을 텐데.」

머리를 박살내버려야 할 사람이 여기 또 있었지만, 니컬러스는 탄광을 답사하기 위해 온 것이지 전쟁을 시작하려고 온 것이 아니었다. 클레어가 대답하기 전에 그가 앞으로 걸어나가 우호적으로 말을 꺼냈다.

「화가 났다면, 날 탓하시오. 내가 미스 모건에게 날 여기로 데려와 달라고 부탁했으니까.」

매덕이 돌아봤다.

「당신은 또 뭐야?」

「애버데어 백작이오.」

감독은 순간적으로 당황한 듯했다. 그러더니 곧 다시 발끈하는 태도로 돌아갔소.

「당신은 무단침입을 한 거요, 애버데어 백작. 남의 재산에 신경 쓰지 말고 썩 나가시오.」

「탄광회사에서 데이비즈 가의 영지를 부지로 빌려쓰고 있는 줄로 알고 있소만. 기억해두시오, 내가 아직 그 영지를 소유하고 있다는 걸 말이오. 예의를 지키는 게 좋을 거요.」

침착하게 내뱉는 니컬러스의 말에 찍 소리 못하게 된 매덕은 눈에 보일 정도로 화를 억누르고 있는 모습이었다.

「무례함을 사과하오만, 치명적인 사고가 있었던 터라 방문객을 모실 만한 계제가 못 되어놔서 말이오.」

무슨 생각이 불쑥 떠오른 듯 그의 눈이 가늘어졌다.

「벌써 갱 아래로 내려가 본 것이오?」

「그렇소. 잊혀지지 않을 경험이었소.」

의미심장한 말로 니컬러스가 대답했다.

매덕은 휙 몸을 돌려, 모여 있는 인부들을 놀려보았다.

「애버데어를 데리고 내려간 사람이 누구야?」

누구든 나서서 책임을 인정하는 사람은 그 자리에서 당장 해고되겠구나 싶어, 니컬러스가 오웬에게 가만히 있으라는 눈짓을 보낸 후 입을 열었다.

「그것도 내 잘못이오. 인부들은 내가 당신 허락을 받고 온 것으로 알았을 거요. 내가 그렇게 행세를 했거든.」

감독은 화가 머리끝까지 치솟아 곧 쓰러질 사람처럼 보였다.

「당신이 백작이든 땅 주인이든 상관없소. 당신한테는 나 몰래 이곳을 엿볼 권리도, 내가 고용한 인부들에게 거짓말을 할 권리도 없단 말이오. 당신을 법에 회부하겠소.」

그러자 니컬러스가 쾌활하게 대꾸했다.

「좋으실 대로. 감옥 구경 못해본 지도 꽤 되었는데 잘됐군. 하지만 내 오랜 벗인 마이클 케넌 경이 아직 이 탄광의 주인일 텐데, 안 그렇소? 그렇지 않아도 돌아가면 그 친구한테 연락을 해볼 생각이었지. 자기 부동산 안에서 이런 무례한 일이 일어나는 것을 묵인할 친구가 아니라서 말이오.」

매덕의 불안한 마음이 그의 목소리에 날카롭게 묻어나왔다.

「마음대로 해보시오. 나리께서는 나에게 이 탄광에 대해 전권을 위임하셨고, 한번도 내가 하는 일을 간섭한 적이 없으니까.」

편치 않은 심기가 감독의 날카로운 대꾸에 드러나고 있었다.

「대단히 양심적인 감독을 두어서 마음을 푹 놓고 있나보군.」

니컬러스가 비꼬아 말했다. 클레어를 흘끗 쳐다보니, 그녀가 조용히 말을 데려오고 있었다.

「이제 그만 가죠, 미스 모건? 내가 보고 싶은 건 다 보았으니까.」

클레어가 머리를 끄덕거렸고 두 사람은 말에 올라탔다. 니컬러스는 등에 꽂히는 매덕의 시선을 느끼며 그곳을 떠났다. 쩌려보는 것만으로 사람을 죽일 수가 있다면, 그는 이미 죽은 사람이 되었으리라.

광산에서 멀리 왔을 때, 니컬러스가 입을 열었다.

「적을 둘이나 만들고 왔는데도 아직 저녁 차 마실 시간조차 되지 않았군. 별로 일진이 나쁘진 않은걸.」

그러자 클레어가 날카롭게 쏘아붙였다.

「웃을 일이 아니에요. 나이 윌킨즈는 어느 날 밤 갑자기 술을 잔뜩 퍼마시고는, 자기 자존심을 상하게 한 것에 대한 보복으로 당신네 마구간에 불을 지를 위인이라구요.」

「게다가 매덕은 더 지독한 인간이고. 그 작자에게 작업환경을 개선해달라고 요구하는 게 왜 시간낭비였다는 것인지를 이제 알겠소. 아주 위험한 인간이야.」

클레어가 놀라며 그를 쳐다봤다.

「저도 늘 그렇게 느꼈지만, 내가 탄광을 싫어하기 때문에 괜히 색안경을 끼고 그 사람을 판단하는 게 아닌가 생각했어요.」

「매덕은 약자를 괴롭히는 폭군인데다가 싸우다가 죽는 한이 있어도 자기 권력을 지키려고 들 독재자요. 위협을 당하면 족제비처럼 교활해지겠지. 전에도 그런 자를 본 적이 있소. 마이클이 그런 인간을 고용했다는 것도 놀라운데, 게다가 그가 하는 일에 만족하고 있다니 말도 안 되오. 마이클 그 자식이 지난 몇 년간 도대체 뭘 하고 다닌 건지 궁금해지는 중이오. 죽지 않고 살아 있다면 얘기를 들어볼 수 있을 테지만, 어쨌든 자신에게 중요한 일들에 대해서 놀랄 만큼 소홀해졌어.」

「더 이상 그것들이 중요해 보이지 않나보죠 뭐. 사 년이라는 시간은 사람을 변하게 할 수 있으니까요.」

「맞소. 하지만 마이클이 그렇게 무신경한 쪽으로 바뀌었다는 것이 나에게는 놀라운 일이오. 항상 철두철미 했으니까 말이오. 가끔씩은 너무 신경을 많이 써서 탈이었지.」

멍하니 니컬러스는 말의 목을 쓸어주었다. 그의 마음은 과거를 떠올리고 있었다.

「런던에 가면, 나와 마이클의 친구인 루시언에게 마이클이 어디에서 뭘 하며 살고 있는지 물어봐야겠소. 루시언은 소식통이거든.」

클레어는 마기드에게 그 이름을 들었던 기억이 났다.

「루시언도 당신네 '타락천사들' 중 한 명인가요?」

니컬러스가 깜짝 놀라며 그녀를 바라보았다.

「맙소사, 그 케케묵은 별명이 웨일스에까지 알려졌단 말이오?」

「그런 것 같은데요. 어디에서 유래한 별명이죠?」

「루시언, 라파이엘, 마이클, 그리고 나, 이렇게 우리 네 사람은 이튼에서 친구가 되었소. 런던에서 종종 함께 돌아다녔지. 사교계라는 곳이 워낙에 별명을 좋아해서, 몇몇 여자들이 우리에게 '타락천사들'이라는 별명을 붙여주었소. 우린 젊었고, 젊은 사람들이 흔히 그렇듯 다소 거칠기도 한데다가 우리들 중에 두 명은 대천사의 이름을 가지고 있기 때문이었소. 뭐, 별 뜻은 없는 별명이지.」

「제가 듣기로는 당신들 모두가 천사들처럼 멋있고, 악마들처럼 사악했었다던데요.」

클레어가 새침하게 말하자 니컬러스는 빙그레 웃었다.

「소문이라는 게 놀랍다니까. 실제 이야기보다 훨씬 더 흥미진진하니 말이오. 우린 성인(聖人)들은 아니었지만, 그렇다고 법을 크게 어기거나, 집안을 말아먹거나, 아니면 젊은 처자들 신세 망치는 짓을 한 것도 아니었소.」

잠시 생각을 해보는 듯 하다가 그는 다시 말했다.

「적어도 그 별명을 얻었던 그 시기에는 우리 모두 그랬소. 지난 사년 동안 누가 어떻게 살았는지는 장담할 수 없지만 말이오.」

클레어는 니컬러스의 목소리에 담긴 회한을 느낄 수 있었다.

「친구들을 다시 만나고 싶겠네요?」

「그렇소. 마이클은 땅으로 꺼져버렸는지 어쨌는지 모르지만, 루시언은 화이트홀(Whitehall, 영국 정부, 런던의 관청 소재지)에 근무하고 레이프는 상원에서 활동하고 있으니, 아마 지금은 거의 다들 런던에 있을 거요.」

니컬러스가 슬쩍 클레어를 쳐다보며 덧붙여 말했다.

「우리 모레 떠납시다.」

클레어의 턱이 무심결에 아래로 처졌다.

「정말 절 런던으로 데리고 가실 거예요?」

「물론이오. 당신이 약탈을 해가려고 애버데어에 왔을 때 말했잖소.」

「하지만……, 하지만 그때 당신은 취했었잖아요. 전 당신이 그 일을 잊어버렸거나, 아니면 더 나은 생각을 했을 거라고 생각했어요.」

「당신에게 적당한 옷장을 갖게 해주는 것보다 더 나은 생각이 뭐가 있지? 그 낡은 셔츠가 몸에 착 달라붙어 있는 모습도 꽤 매혹적이긴 하지만. 그 밑에 뭘 또 입고 있소?」

클레어는 고삐를 꽉 움켜쥐어 천천히 말을 몰았다. 아무래도 니컬러스로 인해 끊임없이 쩔쩔매야 할 처지에 놓인 듯 하니까, 말을 몰면서 감정의 동요에 휘말리지 않는 법을 익혀야 해. 그 생각을 하니 클레어는 넌더리가 났다.

「젖은 속옷 위에 마른 옷을 입을 수는 없었어요.」

「실질적이고 미적인 이유에서 내린 결단이셨군. 얼어죽기 직전처럼 보이기는 하지만.」

그가 양복 윗도리를 벗어 그녀에게 던져주었다.

「여자들에게 옷을 더 입으라고 권하는 건 내 원칙에 어긋나지만, 아무래도 당신은 이걸 입는 게 낫겠소.」

클레어는 옷을 다시 돌려주려고 했다.

「그럼 당신이 추울 텐데요.」

「난 별이 빛나는 하늘 아래 누워서 추위와 싸우며 밤을 지샌 적이 많았소.」

그의 고집에 꺾여, 클레어는 코트를 몸에 둘렀다. 코트자락에 니컬러스의 체온과, 희미한 남자의 체취가 묻어 있었다. 클레어가 어디에서건 쉽게 분간할 수 있는 바로 그 체취였다.

런던 구경도 흥미로운 일이기는 하겠지만, 그 방문이 그들 사이에 자라나고 있는 묘한 친밀감에 종지부를 찍을 게 분명했다. 대도시에는 니컬러스의 친구들이 있을 것이고, 어쩌면 그의 옛날 정부들도 있을지 몰랐다. 니컬러스는 그의 존재를 깡그리 잊어버릴 것이다. 그렇게 되면 클레어는 훨씬 지내기가 편해질 테고.

사실 정말 다행으로 여겨야 할 일이었다.

집에 돌아온 후 남은 시간은 원래의 생활방식에 맞추어 지냈다. 클레어는 몸과 머리카락에 묻은 탄광 냄새와 때를 씻어내며 오래 목욕을 했다. 그러고 나서, 그녀는 물에 빠진 후유증 때문에 아직 골골거리는 상태였지만, 윌리엄즈와 함께 집 단장에 대해 논의했다. 오늘 하인들은 대청소와 식당 재배치를 아주 훌륭하게 끝냈다. 클레어와 윌리엄즈는 그녀가 집을 비울 동안 방을 어떻게 꾸밀지에 대해 계획을 세웠다. 그리고 그녀가 런던에서 사 가지고 올 벽지와 옷감의 목록을 만들었다.

하우얼 부인이 만든 훌륭한 요리로 저녁식사를 마친 후, 클레어와 니컬러스는 서재로 갔다. 그곳에서 니컬러스는 탕아라는 평판과 달리 아주 열중하는 모습으로, 편지를 쓰고 이것저것 계산을 하느라 정신이 없었다.

클레어는 꿈에서나 갈망하던, 무궁무진한 책들이 꽂혀 있는 서재를 둘러보게 되어 기쁘기 그지없었다. 삼 개월이 지난 후에도 니컬러스와 친한 사이로 남게 된다면 가끔씩 그에게 책을 빌려볼 수 있으리라.

클레어는 눈살을 찌푸리며 서류를 내려다보고 있는 니컬러스의 옆얼굴을 가만히 쳐다봤다. 늘 그렇듯, 그는 클레어를 깜짝 놀라게 했다. 말문이 막힐 정도로 잘 생겼고, 귀족이면서 집시인 그는 딱히 한 마디로 설명할 수 없는 지적인 분위기를 풍겼다. 그와 클레어는 본질이 전혀 다른 사람들이라, 둘이 서로 친구가 되어 지내는 미래를 상상하는 것은 불가능했다. 오히려, 석 달간의 이 어리석은 모험은 재난으로 끝나기가 쉬웠고, 그로 인해 고통을 당할 사람은 악마 백작이 아닐 터였다.

애버데어로 들어가기를 강요한 사람은 아무도 없었다고 자신에게 되뇌면서 클레어는 계속해서 책꽂이를 둘러보았다. 문학서적들은 6개 국어로 분류해서 차곡차곡 잘 정리되어 있었다. 웨일스 어로 쓰인 책도 간혹 보였다.

책꽂이의 다른 칸에는 역사, 지리, 자연철학서 같은 책들만 모아서 정리되어 있었다. 클레어의 아버지는 때때로 이곳에서 신학 서적들을 빌려오곤 했는데, 노백작은 국교에 남는 것을 자신의 의무라고 생각하면서도 비국교도의 성향을 지닌 사람이었다. 손자의 교육을 비국교도 목사에게 맡긴 것도 아마 그래서였을 것이다.

그 칸의 한가운데에는 가죽과 금박으로 제본된 큰 성경책 하나가 놓여 있었다. 데이비즈 가문의 성서구나, 생각하면서 클레어는 선반에서 그 책을 꺼내어 테이블 위에 내려놓았다. 아무 생각 없이 책장을 넘기면서, 그녀는 자신이 좋아하는 일부 구절을 읽어내려 갔다.

앞면에 가계도가 하나 그려져 있었는데, 가족들의 출생, 사망, 결혼이 여러 다른 필체와 잉크로 꼼꼼하게 기록되어 있어 인상적이라는 생각이 들었다. 아마도 눈물자국인 듯싶은 얼룩으로 사망일자 하나가 번져 있었다. 잉크 빛이 바랜, 백년쯤 된 그윌림 류엘린 데이비즈의 탄생 기록이었다. 그 옆에는 '드디어, 아들이다!'라는 기쁨에 넘치는 문구가 덧붙여져 있었다. 이 아기가 자라서 니컬러스의 증조부가 된 것이었다.

가계도를 살펴 내려가다 보니, 클레어는 왜 노백작이 후계자 문제에 그토록 노심초사했는지 이해할 수 있었다. 자손이 번성하지 못한 가문이었고, 최소한 남자 쪽으로는 니컬러스와 가깝다 할 친척도 없었다. 만약 그가 재혼을 하지 않기로 맘을 먹는다면, 애버데어 백작의 작위는 그가 세상을 뜨는 것과 함께 끝이 나는 셈이었다.

클레어는 책장을 넘겨 가장 최근의 기록을 살펴보았다. 두 차례에 걸친 노백작의 결혼과 세 아들의 이름이 노백작 자신의 힘에 넘치는 필체로 씌어 있었다. 세 아들 모두 결혼을 했지만, 위로 두 아들의 이름 밑으로는 자식에 관한 기재 사항이 없었다.

켄릭의 이름을 보았을 때, 클레어의 입술이 굳어졌다. 잉크로 쓰인 다른 기재 사항들과는 달리, '마르타, 성(姓)은 모름'이라는 켄릭의 결혼 사항과, '니컬러스 켄릭 데이비즈'의 출생이 연필로 기록되어 있었다. 그것은 노백작이 얼마나 그의 후계자를 받아들이기 싫어했는지를 보여주는 증거였다. 만약, 오웬이 친자식도 아닌 휴에게 보여주었던 애정의 십분의 일만이라도 노백작이 니컬러스에게 보여줬더라면!

허무하게 지나간 세월을 씁쓸하게 생각하며, 클레어는 다음 장으로 넘겼다. 접혀 있는 종이 몇 장이 미끄러져 나왔다. 클레어는 종이를 힐 끗 쳐다보다가 좀 더 자세히 들여다보면서 중얼거렸다.

「정말 이상하네.」

니컬러스를 방해할 생각은 없었는데, 그가 의자에 등을 기대며 나른하게 기지개를 폈다.

「뭐가 이상하다는 거요, 클라리시마?」

「별로 중요한 건 아니에요.」

클레어가 그의 책상으로 걸어가 기름 램프 불빛 아래 서류를 내려놓았다.

「이 두 장은 교구에서 공증해서 받은, 당신 부모님의 결혼과 당신의 출생에 관한 서류인데, 두 장 모두 닳고 때가 묻었어요. 마치 주머니에 오래 담아두고 다닌 것처럼 말이에요.」

클레어는 다른 두 장을 가리켰다.

「이것도 역시 똑같은 내용의 서류인데 상태가 더 나빠요. 이상한 건, 공증인에게 인증을 받지 않은 거라 아무런 법적 가치가 없는데도 접혀 있고 원본만큼이나 때가 묻었다는 거예요. 제 생각에는 당신 할아버지께서 이 사본을 만드신 것 같은데, 어디다가 쓰려는 것이었는지, 또 왜 그렇게 종이가 너덜너덜해졌는지 그걸 모르겠어요.」

니컬러스가 공증을 받지 않은 사본 중 한 장을 들어올렸다. 갑자기 그의 손등의 힘줄이 팽팽하게 솟아오르더니, 분위기가 마치 번개가 치듯 우지끈거리며 불꽃이 튀어오를 듯했다.

클레어가 눈을 들어보니, 니컬러스는 아내의 초상화를 후려쳤을 때 보여주었던 것과 똑같은, 다 깨부술 듯 분노에 찬 모습으로 서류를 노려보고 있었다. 도대체 무엇이 저런 노여움을 폭발시킨 걸까, 의아해하면서 클레어는 숨을 죽였다.

니컬러스가 또 다른 사본 한 장을 집어들더니 두 장을 모아 난폭하게 구겼다. 그리고는 의자에서 일어나 성큼성큼 방 저편으로 걸어가서 서류를 불 속에 휙 집어던졌다. 불꽃이 솟아오르다가 천천히 사그라졌다.

머리를 저으며 클레어가 물었다.

「왜 그래요, 니컬러스?」

니컬러스는 난로를 노려보고 있었고, 그곳에서 서류가 천천히 재로 부서지고 있었다.

「신경 쓸 것 없소.」

「당신이 화를 내는 이유에 대해서는 내가 신경 쓸 바 아니겠지만, 화내는 것 자체는 신경이 쓰이네요. 훌륭한 정부라면 당신을 괴롭히고 있는 문제가 뭔지를 털어놓게 할 수 있어야 하는 것 아닌가요?」

클레어가 조용히 말했다.

「정부로서 물어볼 수는 있겠지만, 그렇다고 해서 내가 꼭 대답을 해야 하는 건 아니지.」

그가 딱 잘라 말했다. 무뚝뚝한 말투를 후회하는 듯 그가 더 온화하게 덧붙였다.

「당신의 좋은 의도는 충분히 이해하고 있소.」

클레어는 돌부처 흉내를 내는 그의 모습보다는 변덕부리는 모습이 차라리 더 낫다는 결론을 내렸다. 한숨을 누르며, 그녀는 다른 종이쪽지들을 책갈피에 다시 끼워 성서를 책장 선반에 가져다 꽂았다. 니컬러스는 그녀의 행동을 못 본 체하며, 화강암처럼 굳은 얼굴을 하고서 부지깽이로 난롯불을 쑤시고 있었다.

「내일은 주일이라 예배당에 가야 하니까, 진 이만 기벼야겠어요. 안녕히 주무세요.」

듣고 있으리라 기대하지 않은 채 클레어가 정중하게 인사말을 건네었는데, 니컬러스가 고개를 들어 쳐다봤다.

「오늘의 키스가 끝나버려서 유감이오. 내가 생각이 짧아, 탄광에서 오늘 몫을 다 써버렸군.」

니컬러스가 차가운 농담조로 툭 내뱉었다. 화는 누그러진 듯했지만, 위태로울 정도로 표정이 처량해 보였다. 왜 그 서류가 그를 그토록 화나세 만들었는지는 하나님만이 아실 일이었지만, 클레어는 그의 얼굴에서 그런 슬픔을 봐야 하는 게 견딜 수가 없었다. 나흘 전에는 감히 생각도 할 수 없었을 대담함으로 그녀는 방을 가로질러 가 니컬러스의 어깨 위에 손을 올려놓고 수줍게 말했다.

「당신의 키스는 끝났지만, 제가 당신에게 키스할 수는 있잖아요, 안 그래요?」

고뇌에 시달려 보이는 니컬러스의 눈길이 그녀의 눈길과 얽혔다.

「당신이 원하면 언제든지 키스를 해도 좋소, 클라리시마.」

니컬러스가 잠긴 음성으로 말했다.

클레어는 그의 근육이 긴장되는 것을 느꼈지만, 니컬러스는 그대로 가만히 그녀의 첫 입맞춤을 기다리고 있었다. 클레어는 발꿈치를 들고 그에게 입을 맞추었다.

그의 팔이 굶주려 있었다는 듯 그녀를 껴안았다.

「오, 이런, 당신 느낌이 너무 좋아.」

둘의 입술이 깊고 뜨겁게 마주쳤다. 주도권이 클레어에게서 그에게로 넘어가자, 클레어가 의도했던 밤인사로서의 가벼운 포옹은 훨씬 강렬한 것으로 바뀌어갔다.

탄광에서 입을 맞추었을 때는 어두웠기 때문에, 그의 눈에 나타난 강렬한 친밀감을 들여다볼 수 없었다. 날카로운 시선에 당황하여, 클레어는 눈으로 보는 것으로 인해 마음이 산란해지는 것에서 벗어나고자 눈을 감고 다른 감각에 집중했다. 창문을 때리는 빗소리와 함께, 젖은 벨벳처럼 축축한 니컬러스의 혀가 그녀를 침범했다. 톡 쏘는 냄새가 났다. 담배와 소나무 비누 냄새, 그리고 니컬러스의 냄새였다. 거칠고 갈망에 찬 숨소리 속에는 클레어의 숨소리도 섞여 있을지 몰랐다. 석탄이 타닥타닥 부스러지며 화상(火床, 벽난로의 연료 받이)으로 빠져들어 갔다. 니컬러스가 클레어의 등을 쓸어내릴 때 천에 닿은 손바닥에서 마찰이 일어났다.

문 열리는 소리.

놀라서 정신이 든 클레어는 키스를 마치고 어깨너머로 뒤돌아봤다. 입구에 서 있는 사람은 새로 들어온 하녀들 중 한 명, 테그웬 얼라이어스, 도덕성이 엄격하고 입버릇이 난폭한 젊은 교인이었다.

두 여자가 말없이 서로를 바라보는데, 테그웬의 얼굴은 믿을 수 없다는 듯 파랗게 질려 있었다.

그 눈빛은 클레어에게 자신의 죄악 된 행동을 뼈저리게 일깨워주고 있었다. 그녀가 하는 행동은 옳지 않은 것이었고, 그 엄한 사실을 변호해줄 것은 아무 것도 없었다.

잠시 얼어붙은 듯 서 있다가 정신이 든 하녀는 문을 닫고 휑하니 사라져버렸다.

클레어에게 온 정신이 모아져 있던 니컬러스는 상황을 깨닫지 못하고 있었다.

「숨이 좀 가라앉았으면, 다시 한 번 키스를 해도 되겠소?」

클레어의 엉덩이를 유혹적으로 쓰다듬으며 그가 말했다.

클레어는 니컬러스의 품에 안겼을 때 느꼈던 감정과 테그웬의 눈빛과 마주쳤을 때 느꼈던 감정 사이의 간극에 당황하며 그를 쳐다봤다.

그녀가 태도를 바꾸어 말했다.

「아뇨. 안 돼요. 지금 가야겠어요.」

니컬러스가 손을 들어 막으려고 했지만, 클레어는 황망하니 그의 옆을 지나쳐 방을 나가버렸다.

십 분만 더 일찍 나왔어도 좋았을 것을.

클레어가 없는 방은 너무나 허전했다. 어떻게 하면 클레어의 마음 가는 대로 몸이 가고, 몸이 가는 대로 마음이 가게 할 수 있을까. 니컬러스는 그런 생각을 하면서 벽난로 불을 물끄러미 응시했다. 그녀는 매번 만날 때마다 똑같았다. 처음에는 수줍어하고 약간은 머뭇거린다. 그 다음은, 새벽 꽃봉오리처럼 활짝 열리며 반응하기 시작한다. 그러다가 결국은 펄쩍 놀라면서, 자신은 그런 본능적인 행동을 즐겨서는 안 된다는 것을 떠올린다. 늘 그런 식이었다.

니컬러스는 낭패감에 휩싸여 벽난로의 맨틀피스에 주먹질을 해댔다. 일단 종교적 아집에서 벗어나기만 하면 그녀는 최고의 정부가 될 여자였다. 감각적이고, 지적이고, 이해심이 많은 정부. 선한 일에 대한 그녀의 열정 때문에 때로는 성가시기도 하겠지만, 그녀와 같은 침대를 쓰는 것에 비하면 그건 아주 작은 대가에 불과했다.

일단 그의 정부가 되기만 하면, 석 달이 지났을 때는 그녀도 애버데어에 계속 남겠다고 동의할 것임을 니컬러스는 의심하지 않았다. 그녀가 원하지도 않을 것이거니와, 그때가 되면 펜리스의 생활로 돌아가는 것은 사실상 불가능할 터였다. 니컬러스의 계략은 애초부터 그녀를 자신의 침대로 끌어들이는 것이었다.

니컬러스는, 양심에 사로잡힐 때마다 토끼처럼 숨어 들어갈 굴을 찾아 사라지는 클레어 때문에 지독하게 피곤해지고 있었다.

12

그날 밤, 클레어는 잠을 이루지 못했다. 니컬러스의 주문에 걸려들었을 때는 자신의 행동을 가벼운 것으로 얼렁뚱땅 넘길 수 있었다. 키스는 그저 키스일 뿐이고, 죄스럽기보다는 장난스러운 것이라고. 하지만 테그웬의 눈을 통해 자신을 바라보니 어쩔 수 없이 자신의 행동과 대면할 수밖에 없었다. 더 이상 그녀는 자신의 나약함과 음욕을 부인할 수가 없었다.

잠을 이루지 못하고 누워 있는데, 니컬러스의 손짓하는 하프소리가 들려왔다. 클레어는 유혹하는 그 음악을 따라가 니컬러스의 따뜻한 품에 안겨 번뇌를 잊고 싶었다. 하지만 그것은 촛불의 유혹에서 벗어나기 위해 그 불꽃으로 뛰어들려고 하는 나방과 같은 짓이었다.

클레어는 무거운 눈과, 그리고 그보다 더 무거운 마음으로 아침에 눈을 떴다. 예배당에 가야 한다는 사실이 손을 부들부들 떨리게 했지만, 그렇다고 안 갈 수는 없는 일이었다. 그녀는 지금껏 살아오면서 주일예배에 빠진 적이 없었고, 오늘 빠지면 죄를 인정하는 셈이 되는 것이었다.

주일에 입는 수수한 회색 드레스를 입으면서 클레어는 테그웬이 예배에 참석할 것인지, 혹 자신이 본 것을 다른 사람들에게 고자질하지나 않을지 궁금해졌다. 씁쓸한 일이었지만, 그건 '할지 안 할지'의 문제가 아니라 '언제 할 것인가'의 문제였다. 테그웬은 남들에게 어서 그 추문을 알리고 싶어 몸이 달았을 터였다. 남들에게 주목받는 것을 아주 좋아하는 아이였고, 게다가 여교사가 악마 백작과 키스를 했다는 것은 말하지 않고는 못 배길 이야깃거리였다. 아직 소문이 퍼지지 않았다면, 머지않아 그렇게 될 게 분명했다.

펜리스로 가는 도중, 클레어는 앞서 예배당으로 가고 있던 새 주방장, 하우얼 부인을 따라잡게 되었다. 하우얼 부인은 마차를 함께 타고 가자는 제안을 기쁘게 받아들였고, 가는 도중 내내 클레어에게 애버데어에 일자리를 갖게 해주어 고맙다는 말을 했다. 클레어의 도덕성에 대해 비난하는 말을 아직 들어본 적이 없는 게 확실했다.

그들이 도착했을 때는 사람들이 자리를 찾아 앉고 있었다. 클레어는 친숙한 의자들과 하얀 벽, 왁스칠을 해서 반짝반짝 윤이 나는 나무 마루에서 편안함을 느꼈다. 그런데, 오늘, 그녀는 혹시 예배에 참가한 사람들 중에 자신을 이상하게 쳐다보는 사람이 없는지, 저도 모르게 주위를 주시하고 있었다.

재빠르게 회중을 훑어보니, 테그웬은 참석하지 않은 것 같았다. 클레어가 평소에 앉던 대로 마기드의 옆자리에 들어가 앉자, 친구는 미소를 지으며, 오웬과 트레버 사이에 앉아 있는 휴를 고갯짓으로 가리켰다. 휴의 갸름한 얼굴이 행복한 빛을 발하고 있었고, 작은 몸은 새로 생긴 형들에게 물려받은 두툼하고 따뜻한 옷에 감싸여 있었다. 짧은 생에 처음으로 휴는 진정한 가정을 가지게 된 것이었다. 클레어는, 그 아이가 짐승 같은 아버지의 손아귀 속에서 탄광 생활을 견디며 살아야 했던 것에 비하면 자신의 문제는 아주 사소한 것으로 느껴졌다.

강단에 선 집사가 찬송가 제목을 말하자 노래가 시작되었다. 음악은 예배 순서에 있어 절대적으로 필요한 부분이었고, 클레어는 기도를 할 때보다 찬송가를 부를 때 하나님과 더 가까워지는 기분이 들었다. 목소리를 높이니까 긴장이 풀어지기 시작했다.

뒤늦게 들어와 자리에 앉는 사람 때문에 클레어의 평화는 오래지 않아 깨지고 말았다. 회중의 옷자락 스치는 소리 사이로 클레어의 이름이 들려왔다. 불길한 예감 속에 클레어는 눈을 감고, 앞으로 닥칠 일을 생각하며 마음을 굳게 가졌다.

시온 예배당에는 지정 설교자가 없기 때문에, 예배는 교인이나 방문 목사에 의해 주도되었다. 오늘의 설교자는 이웃 마을에서 온 마크로스라는 사람이었는데, 웅성대는 소리가 점점 커져가자 설교를 멈추었다.

천둥처럼 쩌렁쩌렁 울리는 목소리로 그가 말했다.

「보세요들, 하나님의 말씀보다 더 중요한 게 도대체 뭡니까?」

중얼거리는 소리가 조금 더 나더니 삐걱거리는 나무 소리를 내며 누군가가 자리에서 일어났다. 이어 여자의 거친 목소리가 예배당 안에 울려 퍼졌다.

「오늘 우리 가운데 부정한 자가 앉아 있습니다. 우리가 믿고 아이들을 맡겼던 그 여자는 죄인이고 위선자예요. 그런데도 그녀는 감히 우리와 함께 이 거룩한 주님의 성전에 앉아 있습니다.」

클레어는 말하고 있는 사람이 테그웬의 어머니라는 것을 알고 입술을 꽉 물었다. 그웬더 얼라이어스는 여자의 지위에 대한 의견이 확고한 사람이었고, 클레어가 아이들을 가르치는 것이나 클레어 자신을 결코 승인하지 않았다. 그리고 이제 얼라이어스는 두 여자 사이에 있어 왔던 대립에 대해 클레어를 처단할 무기를 가지고 있는 셈이었다.

마크로스가 얼굴을 찡그렸다.

「그것은 아주 중대한 고발입니다, 자매. 증거가 있습니까? 증거가 없다면, 입을 다물어주십시오. 주님의 집은 쓸데없는 험담을 하는 곳이 아닙니다.」

회중의 머리가 모두 얼라이어스에게로 향했다. 그녀는 키가 크고 몸집이 큰 여자였고, 얼굴에는 정의의 주름살이 새겨져 있었다.

그녀가 한 손을 들어 클레어를 가리키면서 우렁찬 목소리로 말했다.

「클레어 모건, 우리가 사랑했던 설교자이며 우리 아이들의 선생님이 었던 분의 딸인 그녀는 사악한 정욕에 굴복했습니다. 나흘 전, 그녀는 사람들이 악마 백작이라고 부르는 애버데어 백작의 집으로 들어갔죠. 그녀는 자신이 그 집에서 하녀장 노릇을 하게 될 거라고 했습니다. 하 지만 어젯밤, 애버데어에서 일하는 내 딸 테그웬이, 이 뻔뻔스러운 창 녀가 백작의 품에 안겨서 반쯤 벌거벗은 채 추잡한 짓을 하고 있는 장 면을 발견했습니다. 내 순진한 딸아이한테 간음 현장을 붙잡히지 않은 것만도 하나님의 은혜였죠.」

그녀의 목소리가 과장되게 떨리고 있었다.

「당신의 고결하신 아버지께서 살아서 지금 이 모습을 보고 있지 않 을 것을 천만다행으로 여겨야 해!」

회중의 시선이 클레어를 향했다. 그녀의 친구들, 이웃들, 그녀가 가 르쳤던 학생들이 충격과 공포에 찬 눈으로 쳐다보고 있었다. 많은 얼 굴들이 믿을 수 없다는 표정을 짓고 있었지만, 나머지 얼굴들 - 역시 만만치 않은 숫자였다 - 은 이미 비난조의 표정을 담고 있었다.

동네 분쟁에 휘말리게 될까봐 불안한 듯 보이는 마크로스가 말했다.

「해명을 할 수 있겠소, 미스 모건? 간음은 어떤 경우든 죄악이오. 더군다나 마을에서 신뢰를 받는 입장에 있는 당신 같은 사람이 저지른 죄악은 특히나 더 비난을 받게 되오.」

동의하는 웅성거림이 여기저기서 일어났다.

금방이라도 쓰러질 듯, 클레어의 얼굴에서 핏기가 빠져나갔다. 이미 각오한 일이었지만 생각했던 것보다 훨씬 가혹했다. 그때, 마기드가 그 녀의 손을 꼭 쥐었다. 클레어가 눈을 들어서 보니, 친구의 얼굴에는 근 심과 함께 믿음과 사랑이 실려 있었다.

그녀의 격려에 힘을 얻어 클레어는 자리에서 일어섰다. 앞좌석의 등 받이를 꽉 움켜잡고, 그녀는 할 수 있는 최선을 다해 침착하게 말했다.

「테그웬은 제가 가르친 학생 중 한 명이고, 늘 상상력이 풍부했습니다. 어젯밤 키스하는 장면을 그 아이가 목격했다는 것은 부인하지 않겠습니다. 전 애버데어 백작에게…… 고마움을 느끼고 있었습니다. 그가 어제 탄광에서 제 목숨을 구해주기도 했고, 마을을 이롭게 할 일들을 하기도 했으니까요.」

정직하면서도, 자신을 너무 나쁘게 몰아세우지 않을 말을 찾기 위해 클레어는 잠시 눈을 감았다.

「제가 한 행동이 현명했다거나 옳았다고는 하지 않겠습니다. 하지만 키스를 간음이라고 할 수는 없거니와, 맹세하건대, 어젯밤 저는 지금처럼 점잖게 옷을 입고 있었습니다.」

「간음이 뭐예요?」

한 아이가 재잘거리는 목소리로 물었다.

거의 하나같이, 어린아이들이나 미혼인 딸을 자식으로 둔 여자들이 일어나더니 서둘러 제 아이들을 데리고 밖으로 나갔다. 몇몇 여자는 나가면서도 계속 어깨너머로 흘끗흘끗 시선을 던지며 남아 있고 싶어 했지만, 이런 종류의 이야기가 오가는 속에 아이들을 그냥 풀어 놔둘 수는 없는 노릇이었다. 마기드가 제 자식들을 불러모으며 클레어에게 동정 어린 미소를 보냈다. 그러고 나서 그녀 역시 자리를 떠났다.

아이들이 모두 나가자 얼라이어스 부인이 다시 공격을 시작했다.

「당신은 지금 백작과 살고 있다는 것도, 불순하게 행동했다는 것도 부인할 수 없어.」

「아주머니 딸도 에버데어 백작의 지붕 아래 같이 살고 있어요. 따님의 정조는 걱정되지 않으세요?」

클레어가 지적했다.

「우리 테그웬은 다른 하인들과 함께 살고 있어서 백작을 볼 기회도 거의 없지만, 당신은 늘 그와 붙어 지내잖아. 그걸 부정하려고 들지 말란 말이야! 설령 당신이 진실을 말하고 있고, 당신이 아직 그의 정부가 아니라고 해도…….」

조롱 섞인 목소리가 얼라이어스 부인의 불신감을 더욱 강하게 부각

시키고 있었다.

「……당신이 정조를 굽히는 것은 시간 문제야. 우리 모두 악마 백작에 대해서, 그가 어떻게 해서 할아버지의 부인을 유혹해서 그 노백작과 자신의 부인까지 죽게 만들었나 하는 걸 알고 있다구.」

그녀의 목소리가 격앙되어 헉헉거렸다.

「난 트레거 마님의 몸종이었고, 마님은 남편의 배신에 대한 얘기를 내게 직접 들려주셨어. 그 아름다운 눈동자에 그렁그렁 눈물이 맺혀가면서 말이야. 남편의 부정으로 마님은 상심을 하셨고, 사악한 현장을 목격하셨을 때 겁이 나서 달아나시다가 그만 죽고 만 거야.」

그녀의 목소리가 악의에 찬 목소리로 돌변했다.

「당신은 너무 잘나고, 자신의 정조를 너무 자신해서, 타락의 길로 빠지지 않고도 사탄과 타협할 수 있다고 생각하고 있어. 부끄러운 줄 좀 알아, 클레어 모건. 부끄러운 줄을 좀 알라고! 토머스 모건의 딸로서, 당신은 자신이 다른 사람들보다 잘났다고 생각해왔지. 하지만 지금 분명히 말해두겠는데, 당신이 계속해서 그 악마의 집에 살게 되면, 머지않아 그놈의 자식을 가지게 될 거야.」

소용돌이치는 분노가 클레어에게 오히려 힘을 주었다.

「아주머니는 지금 누구를 더 비난하고 싶으신 건가요? 저예요 아니면 애버데어 백작이에요? 주인을 사랑했고, 아직까지 그분을 애도하고 있다는 것은 이해하겠어요. 하지만 백작 자신을 제외하고는 아무도 그와 부인 사이에 무슨 일이 있었는지 모르거니와, 우리가 앉아서 왈가왈부하는 건 옳지 않은 일이죠. 그래요, 백작의 평판이 좋지는 않아요. 하지만 제가 본 바로는, 사람들이 생각하는 것처럼 사악한 사람도 아니에요. 여기 있는 분들 중 백작의 사악한 행위에 대해서 개인적으로 알고 계신 분 누구 있나요? 전 그런 이야기를 들어보지 못했어요. 백작이 마을 소녀들 중 누구라도 유혹한 일이 있나요? 펜리스의 여자들 중 어느 누구도 그를 자기 아이의 아버지로 거론한 적이 없었어요.」

클레어는 잠깐 멈추어 회중을 둘러보았다.

「하나님 앞에 맹세하는데, 제가 그 첫 번째가 되지는 않을 거예요.」

잠시 후, 그웬더 얼라이어스가 침묵을 깨며 딱 잘라 말했다.

「지금 당신은 그를 두둔하고 있어! 바로 그게 당신이 그의 꾐에 넘어갔다는 명백한 증거지. 그래 좋아, 그 악마에게 가라구. 하지만 우리 아이들은 절대로 데려갈 수 없어. 당신 스스로 신세를 망치고 나서 우리에게 용서를 구할 생각은 하지도 마!」

그러자 한 남자가 중얼거렸다.

「저 여자는 부정한 행위를 인정했어. 그것 말고도 뭔가가 더 있을 텐데, 정말 궁금하구만.」

손마디가 하얗게 되도록 클레어는 앞좌석의 등받이를 꽉 움켜쥐었다. 순종을 하거나 고백을 하는 것이 더 크리스천다울 수도 있었지만, 클레어 자신이 한번도 인식한 적이 없었던 그녀의 천성 중 일부가 그녀에게 물러나지 말라 하고 있었다.

아까 말한 남자를 바라보며, 그녀가 입을 열었다.

「클런 씨, 당신 어머니가 죽어가고 있을 때, 난 일주일 밤을 꼬박 그분 옆에서 지샜어요. 그때도 날 거짓말쟁이라고 생각했나요?」

클레어는 자신을 비난하는 또 다른 얼굴을 찾아냈다.

「베이넌 씨, 홍수가 난 후에 내가 당신네 집 청소를 도와주고, 새 커튼을 만들어드렸죠. 그때도 날 부도덕하다고 생각했나요?」

그녀의 싸늘한 눈길이 계속 움직였다.

「루이스 씨, 당신 부인이 아프고 당신이 실직했을 때, 난 당신과 당신 아이들을 위해 옷과 음식을 모아주었어요. 그때 당신은 날 타락했다고 생각했나요?」

지적 당한 세 사람 모두 클레어와 눈을 마주치지 않으려고 시선을 피하고 있었다.

침묵 속에, 오웬 모리스가 자리에서 일어났다. 집사이면서 이 모임의 리더인 그는 교회에서 가장 존경받는 사람들 가운데 한 명이었다.

「정의는 신에게 속한 것이오, 얼라이어스 부인. 용서하거나 비난하는 것은 우리가 할 일이 아니란 말입니다.」

그의 엄숙한 시선이 클레어를 향했다.

「우리 교회 성도들 중 다른 사람을 위해 클레어 모건보다 봉사를 더 많이 한 사람은 아무도 없습니다. 백작이 자신의 집에서 일을 해주면 그 대가로 마을을 도와주겠다고 해서 클레어가 자발적으로 학교를 떠난 것이니까, 어떤 소문도 아이들에게 영향을 끼칠 것은 없습니다. 클레어의 명성은 항상 비난과는 거리가 멀었습니다. 그녀가 결백을 맹세한다면 우린 그녀를 믿어야 하지 않겠습니까?」

점차 수긍하는 속삭임들이 회중으로 퍼져나갔다. 하지만 누구나 다 동의하는 것은 아니었다.

얼라이어스 부인이 단호하게 말했다.

「당신이 무슨 말을 하든, 난 애버데어 백작과 사귀는 여자하고는 같은 지붕 아래서 예배를 드릴 수가 없어요.」

그녀는 돌아서 문 쪽으로 걸어갔다. 잠시 후, 다른 사람들이 남녀를 가리지 않고 일어나더니 그녀를 따라 나가기 시작했다.

잠시 동안 클레어는, 자신으로 인해 회중이 분열되기 일보직전이라는 것을 알고 두려움에 사로잡힌 채 얼어붙어 있었다. 당장 뭔가를 하지 않으면, 성도들이 클레어 편과 클레어를 반대하는 편으로 나뉘어질 태세였다. 그 결과 남게 되는 것은 동료애의 목적인 사랑이 아니라 증오가 될 터였다.

클레어는 외쳤다.

「기다려요!」

사람들이 동작을 멈추어 그녀를 향했다.

떨리는 목소리로 클레어는 말을 이어나갔다.

「제 행동이 비난받을 만하다는 것을 인정하겠어요. 아버지가 그토록 사랑하셨던 우리 교회 회중이 분열되는 것을 보느니 차라리 저 혼자 물러나는 편이 나을 것 같습니다.」

클레어는 깊게, 떨리는 숨을 내쉬었다.

「의혹의 그림자에서 벗어나기 전까지는 돌아오지 않겠다고 약속하겠어요.」

오웬이 말리려다가, 클레어가 고개를 젓자 입을 다물었다. 턱을 꼿꼿하게 세우려고 애를 쓰며, 그녀는 문 쪽으로 걸어나갔다. 누구인지를 알 수 없는 목소리가 감탄하며 말했다.

「내가 늘 보고 싶었던 크리스천의 자비를 보여주는 훌륭한 본보기야.」

또 다른 누군가는 야유를 던졌다.

「쫓겨나기 전에 제 발로 나가는 편이 현명하지. 교육도 받을 만큼 받았고 그간의 생활태도가 괜찮기도 해서 그나마 그 정도로 덮어두는 거야.」

클레어는 구역예배의 회원 두 명 앞을 지나가야 했다. 이디스 위크스가 얼굴을 찌푸리는데, 심하게 힐책하는 표정은 아니었지만 분명 못마땅하다는 눈초리였다. 전직 군인, 제이미 하킨은 손을 뻗어 클레어를 툭 치면서 힘내라는 미소를 지어 보였다. 그의 동정 어린 미소를 보자 클레어는 위태위태하게 참고 있던 눈물이 하마터면 쏟아져나올 것만 같았다. 그에게 고개를 끄덕이고 나서, 클레어는 문을 열고 차가운 봄의 아침 공기 속으로 걸어나갔다.

아이들이 노는 동안, 엄마들은 호기심 많은 딸자식들을 멀찍이 떨어져 있게 감시하면서 안에서 무슨 일이 일어나는지 엿들으려고 귀를 쫑긋 세운 채 창가에 달라붙어 있었다.

마기드가 걸어와 클레어를 끌어안으며 조용히 속삭였다.

「오, 클레어. 정신 바짝 차려. 내가 너와 백작을 두고 농담을 하긴 했지만, 이건 웃을 문제가 아니야.」

「분명 웃을 일은 아니지.」

클레어는 애써 미소를 지어 보였다.

「걱정하지 마, 마기드 언니. 백작이 날 파멸시키려고 하면 가만 내버려두지 않겠다고 약속할게.」

더 이상 누구와도 얼굴을 마주치지 않으려고, 클레어는 그녀의 조랑말 마차를 불러 길을 달렸다. 하루 새에 펜리스에 있는 사람들 모두가 자신에 관해 험담을 할 것이고, 자신의 여러 동료들도 의혹을 선의로 해석해주지 않으려 할 것이라는 사실에 그녀는 몸서리가 쳐졌다.

더 끔찍한 것은, 자신을 의심하는 사람들의 생각이 옳다는 것을 클레어 자신도 안다는 것이었다. 실제로 그녀는 음탕하게 행동했고, 니컬러스의 악마적인 유혹에 굴복을 했다. 그리고 정조는 지킬 수 있다고 당당하게 맹세를 하긴 했지만, 하루라도 속히 애버데어를 떠나지 않는다면 자신의 몰락에 스스로 동조하게 될지도 모른다는 것을 그녀는 씁쓸하게 인정하고 있었다.

클레어가 예배를 드리러 간 것을 알고, 니컬러스는 일찍 말을 타고 나가, 한때 탬 더 텔린이 사용했었던, 애버데어의 가장 높은 언덕에서 양떼를 방목하고 있는 목동을 방문했다.

방문을 마치고 돌아오는데, 최초의 애버데어 가문 사람들이 살았던 중세 성곽의 폐허 쪽으로 향하는 움직임이 보였다. 놀랍게도, 클레어의 조랑말 마차가 그 가파른 언덕을 따라 느릿느릿 올라가고 있었다.

너무 가팔라서 더 이상 올라갈 수 없는 지점에 마차가 이를 때까지 니컬러스는 가만히 지켜봤다. 클레어가 내려와 조랑말을 묶어놓고는 걸어서 절벽을 올라가기 시작했다.

햇빛이 좋으니까 성곽에 올라가서 전망을 즐기려는 것이리라. 그녀와 합류하기로 마음먹고, 니컬러스는 말을 타고 천천히 계곡을 가로질러 길을 올라갔다. 클레어의 조랑말과는 달리, 그의 종마는 성으로 가는 길을 올라갈 수 있었다. 바람이 들지 않는 구석에 말을 세워두고 그는 클레어를 찾아 나섰다.

클레어는, 휘갈기듯 불어오는 바람에 가운과 솔을 날리면서, 볼이 발갛게 상기된 채 가장 높은 난간에 앉아 있었다. 니컬러스가 다가가는 것도 모르고 그녀는 계곡을 내려다보고 있었다. 이렇게 높은 곳에서 내려다보니, 펜리스는 마치 장난감 크기의 건물들을 오밀조밀 모아놓은 것 같았고 탄광은 그저 가는 연기 줄기일 뿐이었다. 남쪽으로 면한 협곡에서는 수선화가 황금빛 봉오리를 터뜨리고 있었다.

그녀가 놀라지 않도록 조용히, 니컬러스가 말을 건넸다.

「전망이 근사하군, 안 그렇소? 여기는 내가 어렸을 때 가장 좋아하던 곳이었소. 언덕과 성벽이 날 안전하게 지켜줄 거라는 착각이 들었지.」

「하지만 안전하다는 것은 환상일 뿐이에요.」

고개를 돌린 클레어의 얼굴이 경직되어 있었다.

「절 보내줘요, 니컬러스. 그간 즐겁게 지내셨잖아요. 이젠 집에 가고 싶어요.」

불시의 공포감에 니컬러스는 마음이 찌르듯 아파왔다.

「당신 지금, 우리 거래를 파기하고 싶다는 거요?」

「이제 당신은 런던에 가실 거고, 제가 동반할 필요는 없잖아요.」

지친 듯, 클레어는 모자에서 빠져나온 머리카락을 쓸어넘겼다.

「마을을 도우려면 뭘 해야 할지를 직접 보셨으니까, 그것에 대해서도 제 도움이 필요하진 않구요.」

「아니오! 난 당신이 우리 거래의 몫을 완수하지 않는 한 펜리스를 위해 아무 일도 하지 않겠소.」

니컬러스가 언성을 높이며 나오자 클레어는 순간 당황했다.

「왜 하지 않겠다는 거죠? 당신은 사람들을 위하잖아요. 탄광에서 휴에게 했던 행동을 보면 분명히 알 수 있어요. 분명, 이번 일을 계기로 당신은 마을 사람들을 돕고 싶어졌을 거예요. 우리의 바보 같은 거래 때문이 아니라 마을 사람들의 안전을 위해서요.」

「내 이타성(利他性)을 과대평가하고 있군. 당신이 펜리스로 돌아가는 날 난 애버데어를 떠날 거요. 탄광과 마을이 어찌되든 그건 내 알 바 아니오.」

클레어의 눈동자가 충격으로 크게 벌어졌다.

「쉽게 도와줄 수 있으면서 어쩜 그렇게 이기적일 수가 있죠?」

니컬러스는 빈정거리는 투로 응수했다.

「그건 내 본성이오, 순진한 아가씨. 이기심은 믿음이나 자비보다 더 많은 걸 나에게 가져다주었는데, 이제 와서 그걸 포기할 수는 없지. 나에게 구세주의 역할을 바란다면, 당신은 그 값을 제대로 치러야 할 거요.」

「그 값은 내 인생이에요!」

클레어가 눈물을 글썽이며 울부짖었다.

「오늘 아침에 난 교회에서 공개적인 비난을 받았어요. 날 존경한다고 믿었던 사람들로부터 말이에요. 날 가장 믿는 친구들조차도 내가 지금 뭘 하고 있는지 걱정하고 있어요. 불과 나흘 만에 스물 여섯 해를 순결하게 지켜온 삶이 망가져버렸어요. 당신의 일시적인 기분 때문에 난 내 친구들과 직업, 내 인생에 의미를 부여해준 모든 걸 잃어버렸다구요.」

괴로워하는 클레어를 보자니 니컬러스의 마음이 아팠지만, 여기서 져버리면 그녀를 영영 놓치게 될지도 몰랐다.

그는 차갑게 말했다.

「대가가 비싸리라는 걸 처음부터 알고 시작한 것이었잖소. 당장 요구받는 것이 없을 때는 용감해지기가 쉬웠는데, 지금 이렇게 어려움에 봉착하기 시작하니까 본색을 드러내고 있군. 당신은 겁쟁이요, 클레어 모건.」

클레어는 눈물을 거두며 굳은 얼굴을 하고 말했다.

「날 보고 겁쟁이라구요? 위기를 피하려고 사 년이나 집을 나가 있던 사람이 그런 말을 해요?」

「지금 우린 내 실패담이 아니라 당신 실패담을 말하고 있는 거요. 떠나고 싶으면, 가시오. 그게 당신에게 그렇게 중요한 거라면 그 고결한 정조를 지키라구. 하지만 난 내 시간과 돈을 아무런 보상 없이 당신 계획에 투자할 만큼 바보는 아니오. 만약 당신이 석 달이 끝나기 전에 떠난다면 슬레이트 채석장은 계속 폐쇄된 채로 남아 있을 것이고, 애버데어는 팔아 없앨 방법을 찾을 때까지 하인들도 모두 내보낸 채 비워둘 거요.」

클레어의 눈이 분노로 가늘어졌다.

「날 죄수처럼 붙잡아 두면 내가 기꺼이 당신과 잠자리를 같이 할 거라고 생각하나요?」

맨 처음에 클레어로 하여금 니컬러스의 도전을 받아들이게 한 것이 바로 분노였다. 하지만 신중하게 하지 않으면 오히려 분노가 그녀를 데려가 버릴 수도 있었다.

목소리를 부드럽게 하면서 그가 말했다.

「난 당신의 간수가 아니오, 클레어. 결정은 당신 몫이오. 동료들에게 비난받는 게 얼마나 마음 아픈 일인지 알고 있소. 하지만 내가 아는 감리교인들의 신앙에 비추어 보자면, 정말 중요한 건 하나님 앞에서의 당신 양심이오. 당신은 우리 사이에 있었던 일이 정말 부끄러운 것이었다고 말할 수 있소?」

클레어는 공허한 웃음을 지었다.

「이브에게 뱀이 했던 말도 바로 그런 것이었겠죠.」

「그럴 법하군. 뱀이 가르쳐준 것은 육욕에 관한 깨달음이었으니까. 아담과 이브는 사과를 먹고서 자신들이 발가벗었다는 것, 다시 말해서 성(性)을 알게 되었고, 그래서 결국은 에덴에서 쫓겨났지. 개인적으로, 난 늘 에덴은 분명 따분한 곳이었을 거라고 생각했소. 완벽이라는 게 늘 그렇듯이 말이오. 악을 행할 여지가 없다면 선을 행할 가능성도 없는 거요. 우리가 살고 있는 세상은 에덴보다 힘들기는 해도 훨씬 흥미로운 곳이고, 열정은 우리에게 보상으로 주어진 것들 중 하나요.」

「분명 어려서 당신은 교리를 뒤집는 법을 터득할 만큼 종교에 대해 많이 배운 모양이군요. 하지만 자비에 대해서는 배우지 못하셨어요. 세상에는 아름답고 당신의 관심을 반길 경험 많은 여자들이 많아요. 그런데 왜 굳이 싫다는 저를 붙잡아두려는 거죠?」

「왜냐하면, 더 아름다운 여자들이 있기는 하지만, 내가 원하는 여자는 당신이니까.」

니컬러스가 가까이 걸음을 옮겨 그녀의 팔에 손을 얹었다.

「솔직하게 말해주시오. 나의 관심이 싫은 거요?」

클레어의 몸이 뻣뻣하게 굳어졌다.

「제가 좋아하든 싫어하든, 그건 중요하지 않아요.」

「정말 그렇소?」

니컬러스가 입을 맞추자, 클레어의 차가운 입술이 그의 입술 아래에서 순식간에 따뜻하게 데워졌다.

니컬러스가 중얼거렸다.

「이것도 싫은가?」

클레어의 목 깊은 곳에서 거칠고 열정적인 소리가 새어나왔다.

「아니에요, 그래요, 아니라구요! 그래서 난 당신이 두려워요.」

클레어의 반응에는 안타까운 절망감이 담겨 있었고, 니컬러스는 그녀가 자신의 포옹을 두려워하면서도 위안으로 느끼고 있다는 것을 알았다. 만약 클레어를 지금 그에게 묶어둘 수 있다면, 그녀는 영원히 그의 여자가 될 수도 있을 것만 같았다.

포옹을 한 채 그대로, 니컬러스는 난간을 따라 몇 발자국 걸어 벽 안으로 들어왔다. 바람이 불어와 클레어의 치맛자락이 그의 발목에 휘감길 때, 니컬러스가 그녀의 모자 끈을 풀었다. 모자를 살짝 잡아당겨 아래로 떨어뜨리자, 감겨 있던 풍성한 머리타래가 스르르 풀어져내렸다. 니컬러스는 솔 아래로 손을 집어넣어 그녀의 젖가슴을 감싸, 단단해진 젖꼭지를 엄지손가락으로 간질이며 부드럽게 가슴을 주물렀다. 클레어가 헉, 숨을 멎더니 활처럼 몸을 휘었다.

클레어의 가벼운 반응은 쉽게, 너무도 쉽게 그를 불타오르게 했다. 그녀를 향해 엉덩이를 움직이며, 니컬러스는 자신과 벽 사이에 그녀를 가두어버렸다. 클레어는 그를 피하는 게 아니라, 오히려 가장 좋은 자세를 본능적으로 찾으려는 사람처럼 흥분한 채 몸을 들썩였다.

클레어의 촉촉한 입 속을 탐색하는 동안, 니컬러스는 그녀의 등으로 손을 미끄러뜨려, 목까지 단단하게 채워진 단추의 위치를 더듬었다. 첫 번째 단추가 쉽게 풀어졌고, 이어 두 번째도 풀어졌다. 손을 멈추어 그녀의 매끄러운 피부를 어루만지다가 가운을 아래로 내리자, 그녀의 창백한 어깨가 드러났다.

클레어에게서는 라벤더와 타임(thyme, 백리향 속 식물) 향기가 났다. 달콤하고 알싸하면서도 그녀 자신처럼 기품을 풍기는 향기. 니컬러스는 그녀의 목과 쇄골을 따라 나비처럼 살포시 입을 맞추기 시작했다. 열에 들뜬 채, 클레어는 골반을 움직이며 그에게 바짝 몸을 붙여왔다.

니컬러스는 신음하며 반응했다. 그의 온몸이 단단하게 굳어지고 있었다. 두 사람을 가로막고 있는 몇 겹의 옷자락을 통해, 클레어는 자신의 배를 누르고 있는 그의 그것이 단단하게 융기되어 떨리는 것을 느꼈다.

「클레어, 당신은 날 흔들리게 해.」

니컬러스가 쉰 목소리로 말했다.

클레어는 마법에 걸려 더 이상 자신이 선택해야 할 바를 생각하지 않아도 되었으면 싶었다. 하지만 니컬러스의 품에 안겨 있는 것, 그것으로 이미 그녀는 선택을 한 것인지도 몰랐다.

소용돌이치는 감각 속에 빠져 혼미해져 있던 그녀는, 니컬러스가 자신의 스커트와 페티코트를 조금씩 움직여 무릎 위까지 들어올렸다는 것을, 그래서 왼쪽 다리에 차가운 바람에 스며들고 있었다는 것을 천천히 깨달았다. 니컬러스의 따뜻한 손이 가터 위를 미끄러져 나갔고, 니컬러스는 민감한 살갗을 따라가며 클레어의 안쪽 허벅지를 어루만지기 시작했다.

클레어를 구원해준 것은 사악한 행위에 대한 부끄러움이 아니라, 자기 몸의 은밀한 부위가 촉촉하게 젖어들고 있다는 사실에 대한 깨달음이었다. 이유를 알 수는 없었지만 너무나 당혹스러워, 그녀는 온힘을 다해 소리치고는 숨을 헐떡였다.

「이제 그만해요.」

다급함에 거칠어진 목소리로, 니컬러스는 말했다.

「당신의 의혹을 끝내고 싶다면, 계속하게 해주시오. 후회하지 않을 거라고 맹세하오.」

「그건 당신이 장담할 수 있는 일이 아니에요. 제가 제 자신을 용서하지 못할 테니까요.」

다시 눈물이 맺힌 채, 클레어는 그의 팔을 잡아 떼어냈다.

「날 그렇게도 파멸시키지 못해 안달하는 이유가 뭐죠?」

니컬러스는 진이 빠져 느린 숨을 내쉬었다.

「울지 마오, 클레어. 제발 울지 말란 말이오.」

클레어를 놓아주고 나서 그는 벽에 기대어 미끄러지듯 주저앉았다. 그러고는 자신의 어깨에 클레어의 머리가 와 닿도록 그녀의 손을 잡아 끌어당겨 무릎에 앉혔다. 클레어가 자신의 감정과 싸우는 동안, 그는 마치 놀란 아이를 달래듯 그녀를 부드럽게 어루만졌다.

자신의 몸에 침투했던 열기가 썰물처럼 조금씩 빠져나가는 동안, 클레어는 자기 앞에 놓인 딜레마를 애써 직시해보았다. 니컬러스를 떠나 마을에서의 일상적인 삶으로 돌아갈 수 있는 시간은 아직 남아 있다. 약간의 추문이 돌긴 하겠지만, 그거야 곧 사그라질 것이다. 떠나는 것은 간단하고, 안전하며, 도덕적인 해결책이었다.

하지만 그걸 택하면, 클레어는 비겁하게 행동했다는 죄책감을 안고서 남은 생을 살아야 할지도 몰랐다. 니컬러스는 수백 명의 삶을 바꾸어 놓을 수 있는 힘을 가지고 있기 때문에, 그녀의 후퇴는 비겁할 뿐 아니라 이기적인 것이기도 했다.

마을을 돕기 위해 자신의 명성과 생활방식을 희생하는 것은 예상했던 것보다 훨씬 더 고통스러운 일이었다. 하지만 그가 강요하는 것들이 싫었다면 오히려 참기 쉬웠을지도 몰랐다. 고통받는 순교자로서, 양심에 거리낄 것이 전혀 없었을 테니까. 그녀에게 죄책감과 의혹의 혼란을 불러일으킨 것은, 얄궂게도 니컬러스가 그녀에게 그녀의 인생 최고의 행복을 안겨주고 있다는 사실이었다.

니컬러스는 탕아이고 간통한 자이며, 자신의 욕망을 만족시켜주는 일 말고는 어느 것에도 부와 권력을 쓰고 싶지 않다고 공언하는 이기적인 남자였다. 하지만 그는 클레어가 알지 못했던 방식으로 그녀를 깊이 감동시켰다. 그리고 이상하게도, 완전히 상반된 가치관을 가지고 있으면서도 어느 누구보다 그녀를 잘 이해했다.

거센 봄바람이 스커트자락을 펄럭이며 클레어의 머리카락을 간질였다. 그늘진 구석 난간이라 제법 공기가 차가웠지만, 그녀는 니컬러스가 따뜻하고 편안한 섬처럼 여겨졌다. 한숨을 쉬며, 클레어는 그의 단단한 팔을 꽉 움켜쥐었다. 도덕관념과 의식과는 달리, 그와 함께 있으면 안전하다는 기분이 들었다.

니컬러스가 부드럽게 말했다.

「장미처럼 붉은 뺨이여. 사랑에 빠진 구혼자가 연인에게 형편없는 시를 써서 바칠 때 써먹던 상투적인 문구지. 하지만 당신 얼굴에 나타난 사랑스런 빛깔을 이보다 훌륭하게 표현할 말은 없소. 흠 없이 완벽한 켈트족의 피부에 피어난 웨일스의 붉은 장미.」

그가 그녀의 볼을 손등으로 쓸어내렸다.

「떠나지 마오, 클레어.」

설령 클레어가 펜리스로 돌아갈 결심을 했다고 하더라도, 그의 부드러운 목소리 속에서 그 결심은 힘없이 무너지고 말았으리라. 놀랍게도 니컬러스는 진심으로 그녀와 함께 있고 싶어하는 것 같았다. 그녀를 일시적인 기분으로 잠시 데리고 노는 그 이상의 존재로 여기는 듯했다. 비록 함께 껴안고 있을 때에는 열정으로 인해 아무런 생각을 할 수가 없었지만, 지금 그녀는 굶주린 사람처럼 그녀의 반응에 몸을 떨던 니컬러스의 몸짓을 떠올리고 있었다.

하지만 니컬러스가 그녀를 원하고 있다는 사실이 그녀의 안전을 보장하는 것은 아니었다. 오히려 두 사람이 불꽃 속에 함께 타오르게 될 수도 있는 것이었다.

그런 생각을 하면서 클레어는 엉겁결에 말을 꺼냈다.

「지금 떠나면, 갈가리 찢어진 제 명성을 바로잡을 수 있을 거예요. 여기에 계속 남는 건 제가 지금껏 알고 살아온 유일한 삶을 통째로 잃어버리는 거나 마찬가지예요. 파멸하게 되는 거죠.」

「열정이 늘 파멸을 가져온다는 생각에는 동의할 수가 없소. 육체적인 친밀함은 기쁨을 가져다주고, 누구에게 상처를 주는 것도 아닌데 어떻게 그걸 나쁘다고 할 수 있단 말이오?」

클레어는 그의 말에 차갑게 대꾸했다.

「인류의 타락 이래 남자들은 늘 그런 식으로 순진한 여자들을 꼬드겨왔죠. 너무 어리석어서 그 말을 곧이 들은 여자들은 뒷골목에서 아이를 가져 구빈원에 맡겨 키우고 말이에요. 그런데도 아무에게 상처를 주는 게 아니라구요?」

「아이를 갖게 하는 건 옳지 않지. 그건 엄마에게 뿐만 아니라 아이에게도 죄를 범하는 거요. 하지만 임신은 열정으로 빚어지는 불가피한 결과요. 무리 없이 효과적으로 예방할 수 있는 방법들이 있소.」

「그게 사실이라면 흥미로운 일이군요. 하지만 아이를 가질 위험이 없다 하더라도 아무 생각 없이 나누는 우발적인 정사는 옳은 게 아니에요.」

니컬러스가 머리를 흔들었다.

「아이가 생기는 것을 막는 방법들이 널리 알려지면 옳고 그름에 대한 관념들도 바뀔 거라고 생각하오. 현재 우리의 성도덕은 여자들과 아이들과 사회를 부주의한 열정으로 생기는 위험한 결과로부터 보호하기 위해 존재하는 거요. 만약 그런 결과가 없다면, 다시 말해서 남녀가 서로 몸을 나눌 것인지 말 것인지를 도덕이 아닌 욕망에 기초해서 자유롭게 결정할 수 있다면 우리가 사는 세상은 아주 달라지겠지.」

「그렇다고 더 나은 세상이 될까요? 그렇게 되면 남자들이야 욕망을 채우고 나서도 홀가분한 마음으로 꺼리길 것 없이 떠날 수 있겠죠. 여자들이 과연 그렇게까지 무분별해질 수 있을지는 모르겠지만요.」

「어떤 여자들은 그럴 수 있소, 클레어. 정말이오. 어떤 남자보다도 무모하고 냉혹한 여자들이 있소」

날이 서 있는 목소리로 니컬러스가 말했다.

「그런 부류의 여자들을 많이 알고 있는 모양이군요.」

클레어는 한탄스럽다는 듯 한숨을 내쉬었다.

「정말 이교도다우시네요, 니컬러스. 부도덕하며, 죄악조차 달콤한 것으로 만드는, 언변이 좋은 악마 말이에요. 당신은 내가 당신과 같이 있게 되면 결국 당신의 야만스런 매력에 굴복하게 될 것이라고 생각하고 있겠죠.」

니컬러스가 그녀의 이마에 가볍게 입을 맞추었다.

「제발 그러길 바라는 바요.」

클레어의 웃음 속에 분노가 묻어나왔지만, 아주 적은 분노였다. 니컬러스는 이렇게 그녀를 아주 힘들게 하고 있었다.

이제 갈 길을 결정해야 할 시간이었다. 클레어는 생각을 정리하면서 니컬러스의 단추 하나를 만지작거렸다.

먼저, 백작의 도움을 받아 이로움을 얻을 사람들을 위해 그녀는 머물러야 했다. 의무감 때문에 어쩔 수가 없었다. 그렇게 되면, 다음 석 달 동안은 될 수 있는 한 어떤 작은 위험도 피하기 위해 안간힘을 써야 한다. 잔인하지만 애버데어에 머무른다는 것은 도덕성을 위반하는 소소한 죄를 수없이 많이 짓게 되리라는 것을 의미한다는 사실을 그녀는 인정해야 했다. 더 나쁜 죄를 삼가는 것이 가치가 있는 일이기를 기도해야 하리라.

문득, 짜릿한 생각이 클레어의 뇌리를 쳤다. 니컬러스는 자신의 욕망을 채우며 사는 데 익숙해져 있는 세속적인 사람이었다. 단순한 입맞춤에는 곧 따분함을 느낄 게 분명했다. 클레어가 궁극의 접촉을 거부하면 그는 화가 나서 그녀에게 떠날 것을 요구하되, 체면상 자신의 거래를 완수해야겠다고 느낄지도 모를 일이었다.

그야말로 마음이 혹해지는 생각이었다. 조금이라도 성공하려면, 그녀는 계속해서 '노!'라고 말할 수 있는 의지력을 지키는 가운데 니컬러스의 욕망을 부채질할 방법을 알아야 했다. 관능을 자극하는 것은 위험한 게임이었고, 그런 방면에서는 니컬러스가 그녀보다 훨씬 훈련이 잘된 사람이었다. 하지만 남자의 열정이 여자의 열정보다 강하다는 사실이 그녀에게 유리하게 작용할 수도 있었다.

마음이 정해지자, 클레어는 천천히 말했다.

「양심상, 많은 이점을 뒤로하고 떠날 수는 없겠어요. 하지만 경고해두는데, 당신의 목표가 날 유혹하는 것이라면, 제 목표는 제가 그럴 만한 여자가 아니라는 사실을 당신으로 하여금 깨닫게 하는 거예요.」

니컬러스가 안도의 한숨을 내쉬더니, 클레어에게 숨이 막힐 정도로 달콤한 미소를 지어 보였다.

「남아 있어줘서 너무 기쁘오. 당신이 어떻게 내 속을 태울지 재미있을 것 같긴 하지만, 성공하진 못 할 것 같은데.」

「그건 두고 봐야 알 일이죠, 백작님.」

니컬러스의 어두운 눈동자를 들여다보았을 때, 클레어는 짓궂은 기대감이 발동하는 것을 느꼈다. 더 이상 니컬러스의 거만한 경험과 힘에 무기력하게 희생당하지는 않을 것이다. 그에 비하면 힘에 한계가 있을지도 모르지만, 맹세코, 그 힘을 최대한 발휘해보리라.

13

클레어는 눈을 동그랗게 뜨고, 마차의 창문 밖으로 땅거미가 지는 런던의 경치를 내다보고 있었다.

「전 세상에 이렇게 사람이 많은 줄은 상상도 못했어요.」

니컬러스가 그 말에 껄껄 웃었다. 그는 가슴 위에 팔짱을 끼고 클레어의 옆자리에 느긋하게 기대어 앉아 있었다.

「꼭 시골 쥐가 도시에 온 것 같군.」

「당신은 런던에 처음 왔을 때 별 흥미를 못 느꼈나보군요.」

짐짓 짜증을 내는 투로 클레어가 인상을 찌푸렸다.

「전혀.」

니컬러스가 쾌활하게 말을 받았다.

「난 열 일곱 살이었고 런던의 매력에 푹 빠져서 마차 창문에서 거의 떨어질 줄을 몰랐지. 런던을 사랑하거나 증오할 수는 있어도 무관심할 수는 없소. 여기에 있는 동안 당신도 런던의 다양한 모습들을 많이 경험하길 바라오.」

마차가 삐긋하게 길을 벗어나자 지나가던 마차의 마부가 이쪽 마부에게 상소리를 내뱉었다. 듣고 있던 클레어의 이맛살이 찌푸려졌다.

「저 마부가 외국말을 하고 있는 건가요? 무슨 말을 하는지 전 통 못 알아듣겠어요.」

「런던 사투리 중에서도 특히 사투리 냄새가 지독하게 나는 동 런던 사투리인데다가, 저 친구가 쓰는 단어들은 곱게 자란 양갓집 규수라면 알아들을 수가 없는 것들이오.」

클레어가 그에게 장난기가 발동하는 눈길을 던졌다.

「저 사람이 한 말을 좀 설명해주실래요?」

니컬러스의 눈썹이 치켜 올라갔다.

「당신을 타락시키는 게 내 바람이기는 하지만, 저런 지저분한 말을 가르치는 건 내가 원하는 방식이 아니오.」

클레어는 빙그레 미소를 지어 보이다가 다시 창문 밖을 내다보았다. 웨일스에서 런던까지 오는 여정이 숨 가쁘고 지치기는 했지만, 클레어는 즐거웠다. 성(城)에서의 일이 있고 나서 자신의 처한 현실을 감수할 수밖에 없다고 느끼게 된 이후로, 클레어는 니컬러스와 함께 있는 것이 더 편안해졌고, 두 사람은 서로 놀리며 장난치는 관계로까지 무르익어 있었다.

아직 더 나아져야겠지만, 클레어는 이제 니컬러스의 애무를 당황하지 않고 즐겁게 받아들일 수 있다는 것을 알게 되었다. 매일의 입맞춤은 즐거운 시간으로 발전하여, 니컬러스의 손길이 위험 수위를 넘으려 할 때까지 계속되었다. 그럴 때마다, 클레어는 멈추어줄 것을 요구했고, 니컬러스는 늘 고분고분 그녀의 말에 따랐다. 클레어가 느끼기에, 자신처럼 니컬러스도 욕망에 휩쓸리지 않고서 입맞춤을 즐기려고 조금씩 자제하는 것 같았다.

그런 상황이 오래 가지는 못할 것이다. 조만간 니컬러스는 그녀를 유혹하기로 본격적으로 마음을 먹고 감각의 속박을 완전히 풀어놓을 테니까. 지금 클레어는 날마다 더 강해지고 그와 동등해지는 것을 느끼고 있기 때문에, 그날이 왔을 때는 저항할 힘을 가질 수 있을 것 같왔다. 그 동안, 클레어는 런던 생활을 즐길 것이다.

마차가 점차 깨끗하고 조용한 거리로 들어서다가 마침내 기우뚱하며 멈추어 섰다. 마부가 문을 열고 계단을 내려주자 니컬러스는 클레어가 내려올 수 있게 거들어주었다. 날이 거의 어두워져 있었고, 클레어가 볼 수 있는 애버데어 저택의 모습은 넓고 고전적인 외관이 전부였다.

「여기에도 하녀장이 필요한가요?」

클레어가 물었다.

「며칠 전에 런던 대리인에게 올 거라고 미리 알려두었으니까 집은 깨끗할 거요. 임시 하인들도 와 있을 테고.」

니컬러스가 팔을 내밀며 덧붙여 말했다.

「물론, 식솔들의 여주인으로서, 당신이 적당한 사람으로 교체를 해도 좋소.」

클레어는, 이것도 일종의 미묘한 유혹이겠지, 하는 삐딱한 생각이 들었다. 숙녀처럼 대우를 받고, 자신의 의견을 존중받을 수 있다는 것은 넋을 쏙 빼앗길 만큼 기분 좋은 일이었다. 그게 일시적인 상황이라는 것을 알기 때문에 클레어는 정신을 똑바로 차리고 균형 잡힌 생각을 유지할 수 있었다.

대리석 계단을 오르면서, 클레어의 행복감은 서서히 사그라지기 시작했다. 지금까지는 그녀의 동행이 니컬러스에게 즐거움을 주었을 것이다. 하지만 런던에는 보다 흥미진진한 오락거리가 많을 터였다. 어쩌면 그는 곧 클레어에게 싫증을 느껴, 한 주가 끝나기도 전에 그녀를 집으로 돌려보낼지도 몰랐다.

그렇게 되면 클레어가 이기는 것일까?

애버데어 저택의 화려한 방들과 호사스러운 가구들은 상태가 좋아 보이긴 했지만, 수년간 비워두었던 탓인지 사람 냄새가 나지 않아 건조한 호텔 분위기를 풍겼다. 니컬러스는 적은 수의 인부들에게 클레어를 자신의 조카라고 차분하게 소개했다. 런던으로 오는 도중 여관에서 별도의 방을 예약할 때도 그러했었다.

처음에, 하인들은 클레어를 어떻게 대해야 할지 몰랐다. 클레어는 자신이 너무 촌스러워서 귀족의 친족으로 보이지 않을 거라는 생각이 들었지만, 여주인 후보 감으로는 더욱이나 어울리지 않아 보일 것 같았다. 그러나, 하인들은 런던 사람들이었고 충격에 무딘 사람들이라, 집단적으로 어깨를 으쓱하더니 자신들이 받을 관대한 보수를 위해 그녀의 지시에 복종했다. 클레어는 자신에 대한 그들의 사사로운 견해 따위는 아무래도 상관없다는 생각이 들었다. 낯선 사람들 틈에서 살다 보면 평생 알고 지낸 사람들과 살 때보다 더 이러쿵저러쿵 말이 많을 게 뻔했다.

클레어는 샘솟는 흥분과 함께 도시에서의 첫날 아침을 맞이했다. 아래층으로 내려가 보니, 니컬러스가 벌써 아침식사용 응접실에 앉아 커피를 마시면서 '모닝 포스트'를 읽고 있었다. 클레어가 들어서자 그는 정중하게 일어섰다

「좋은 아침이오, 클레어. 잘 잤소?」

「별로예요. 메이페어(Mayfair, 런던 하이드 파크 동쪽의 고급 주택지)는 펜리스만큼이나 시끄러운 곳이네요. 그렇지만 곧 익숙해지겠죠.」

클레어는 '모닝 포스트'를 흘끗 쳐다봤다.

「세상에, 발행된 신문을 몇 주가 지나서가 아니라 당일 즉시 읽을 수 있다니! 정말 호사스럽군요.」

빙그레 웃으며, 니컬러스가 그녀에게 김이 모락모락 나는 차를 컵에 따라주었다.

「런던은 세상의 중심이오, 클레어. 많은 뉴스거리가 이곳에서 만들어지지.」

클레어가 식기대 위에 놓인 따끈따끈한 음식 접시에서 아침식사거리를 고르고 나서 두 사람은 자리에 앉았다.

「사교란을 읽고 있었소. 마이클 케넌 경이나 스트레스모어 백작에 대한 글은 없는데, 캔도버 공작은 런던 시내에 있다는군.」

클레어는 약간의 놀라움을 느꼈다.

「공작이라고요?」

클레어의 표정을 정확하게 해석하여, 니컬러스가 말했다.

「레이프요. 걱정 마오. 그 친구는 공작이고 크로이소스(Croesus, 기원전 6세기 리디아 최후의 왕, 큰 부자로 유명)보다 더 큰 부자일지 모르지만 결코 비위 거슬리는 것을 용납하지 않는 친구니까 말이오. 절제된 신사도를 믿는 친구지.」

「돈과 좋은 조상을 별개로 하면 남자를 신사로 만드는 게 과연 뭐가 있을지 전 늘 그게 궁금했어요.」

니컬러스가 빙긋 웃으며 신문을 접었다.

「레이프의 말에 따르면, 영국 신사는 고의적으로 그럴 때가 아니면 절대로 무례하게 굴지 않는다더군.」

「별로 만족스러운 정의는 아닌 것 같은데요.」

클레어가 미소를 지으며 대꾸했다.

「스트레스모어 백작은 당신 친구 루시언이 아니던가요?」

「정확하게 맞혔소. 걱정 마오. 신분이 높다고 해도 내 친구들은 아량을 지닌 녀석들이라 날 잘 참아주거든.」

니컬러스가 옛날을 추억하듯 미소를 지었다.

「이튼에서 루시언을 만났는데, 그때 아이들 네 명이 나처럼 검고 이국적으로 생긴 아이를 때려주기로 작당을 했소. 루시언은 그걸 정정당당하지 못한 장난이라고 생각해서 내 편에서 싸웠소. 덕분에 우리 둘은 눈이 시퍼렇게 멍이 들었지만 녀석들을 죄다 물리쳤고, 그후로 우리는 친구가 된 거요.」

「스트레스모어 백작은 인정해줘도 될 것 같군요.」

클레어는 달걀과 소시지를 다 먹었다. 하우얼 부인이 만든 것만큼 맛있지는 않았지만 그런 대로 괜찮았다.

「'타락천사들' 중 결혼한 사람도 있나요, 아니면 그건 '탕아들의 규약'에 위배되는 건가요?」

「내가 아는 바로는 모두들 총각이지만, 너무 오래 떨어져 지냈기 때문에 그 동안 무슨 일이 있었는지 모를 일이지.」

니컬러스가 주머니에 손을 찔러 지폐 몇 장을 꺼내더니 클레어에게 건네주었다.

「받아요. 런던은 물가가 비싼 곳이라 용돈이 좀 필요할 거요.」

클레어는 어리둥절한 미소를 지어 보이더니 돈을 세었다.

「이십 파운드. 제가 일년 동안 가르치고 받는 급료와 같은 액수네요.」

「세상이 불공평하다고 말하고 싶은 거라면, 난 그 점에 대해서는 논쟁하지 않겠소. 아마도 펜리스 학교 재단에서 당신네 월급을 올려줘야겠지.」

「이십 파운드면 후한 거예요. 웨일스에는 일년에 오 파운드를 버는 남자 교원들도 있어요. 물론 대부분 다른 일도 가지고 있긴 하지만요. 저도 여러 학생들과 그 가족들에게서 음식 선물이랑 도움을 받구요. 내가 과연 이십 파운드나 용돈으로 쓰며 사는 세상에 속한 사람일까 싶네요.」

클레어는 지폐를 테이블 저편으로 도로 밀어내려 했다. 그러자 니컬러스가 날카롭게 말했다.

「어느 세상이든 당신이 택하는 곳에 속할 수 있는 거요. 이십 파운드가 사치스럽다고 여겨지면 쓰지 말고 그냥 가지고 있으시오. 혹시라도 내가 참을 수 없게 되어서 당신이 펜리스로 돌아가려면 그 돈이 필요할 테니까. 그런 경우도 배제할 수는 없는 거잖소.」

늘 그렇듯, 이번에도 허튼 소리처럼 들리는 그의 말이 클레어의 정신을 산란케 했다.

「좋아요. 당신한테서 돈을 받는다는 게 이상해 보이긴 하지만.」

니컬러스의 눈동자가 번득였다.

「부도덕한 목적으로 당신에게 돈을 지불한다면 그 돈은 가치가 없을 거요. 하지만 이십 파운드는 당신의 의지와 상관없이 당신을 런던으로 데리고 온 것에 대한 대가로 지불하는 거요.」

클레어는 포기하여 지폐를 주머니에 넣었다.

「당신하고는 말싸움으로 이기기가 너무 힘들어요.」

「집시와 말싸움 따위는 절대로 하지 마시오, 클레어. 우린 논리든 품위든 그런 것에 속박 당하지는 않으니까.」

니컬러스는 일어나서 기분 좋게 기지개를 폈다.

「아침식사를 마치면 다음은 당신 옷 문제를 해결해볼 차례요.」

클레어는 재빨리 찻잔으로 시선을 떨구었다. 기지개를 켜는 그의 모습이 자못 노골적인 음탕함을 풍겼다. 그의 고양이 같은 관능성은 가장 냉정한 숙녀의 마음을 어지럽히기에 충분했다.

한때 클레어는 자신을 냉철하다고 생각했지만, 그런 때를 기억해내기가 점점 어려워져가고 있었다.

우아한 양장점의 입구에 '데니스'라는 이름을 조심스럽게 채색한 작은 간판이 걸려 있었다. 비록 데니스라는 여자 자신에게는 조심스러운 구석이 조금도 없었지만. 그들이 가게에 들어서자마자, 통통하고 발랄한 금발의 여자가 비명을 지르며 나오더니 대담하게 니컬러스의 팔에 달려들어 안기는 것이었다.

「그 동안 어디에 있었어요, 집시 건달님? 당신 때문에 내가 얼마나 애가 탔는지 몰라요, 내가.」

니컬러스가 그녀를 허공으로 들어올려 '쪽' 소리가 나게 입을 맞추고는, 다시 내려놓아 등을 토닥여주었다.

「어느 녀석한테나 그렇게 말한다는 거 알아, 데니스.」

「그래요. 하지만 당신한테는 진심이라구요. 최소한 지금까지는 말이에요.」

클레어는 보이지 않는 약간의 살의를 느끼며 조용히 두 사람을 지켜보고 있었다. 니컬러스가 키스에 대해 자유분방한 줄은 그녀도 알고 있는 바였지만, 직접 증거를 목격하는 것은 그리 즐거운 일이 아니었다. 이렇게 몸가짐이 헤픈 여자일 바엔 특히 그러했다.

클레어의 기분이 위험 수위에 이르기 전, 니컬러스가 입을 열었다.

「데니스, 이 사람은 미스 모건이오. 이분에게 속옷부터 시작해서 완벽하게 변신을 좀 시켜줘야겠소.」

양장점 주인이 고개를 끄덕이더니 새로 찾아온 고객의 주위를 천천히 돌기 시작했다. 대략 훑어보는 것이 끝나자, 그녀가 설명을 했다.

「화려한 색깔, 단순한 선, 상스럽지 않으면서 도발적인 옷이 좋겠어요.」

그러자 니컬러스가 맞장구를 쳤다.

「내 생각과 똑같군. 그럼 이제 시작해볼까?」

데니스는 화려한 카펫이 깔린 가봉실 안으로 그들을 안내했고, 그곳에서 여자재봉사와 어린 견습생이 자리를 같이 했다. 방 한가운데 있는 단 위에 서게 된 클레어는 니컬러스와 데니스가 그녀에게 천을 둘러보고 스타일, 색상, 소재를 논하는 동안 자신이 마치 생명이 없는 인체모형처럼 느껴졌다.

데니스의 발랄함이 니컬러스뿐만 아니라 클레어에게까지 영향을 끼쳤는지, 클레어가 처음에 느꼈던 짜증은 어느새 사라지고 없었다. 클레어 자신에게보다 옷에 더 관심을 쏟고 있는 두 사람을 가만히 지켜보고 있자니 솔솔 재미가 느껴졌다. 그들이 의논중인 옷들은 웨일스에서 적절하다고 여겨지는 옷들과는 사뭇 달랐기 때문에 더욱 웃음이 나왔다. 만약 혼자서 옷을 골라야 했다면, 클레어는 너무 많은 옷들 앞에서 완전히 혼란에 빠져 포기하고 말았을지도 몰랐다.

마음을 정리하기 위해, 클레어는 런던에 체류하는 동안 뭘 보고 뭘 해볼 것인지를 생각해보았다. 옷 입는 스타일에 대한 생각이 머리에 떠오르는 찰나, 데니스가 파란색 실크를 그녀의 어깨에 두르며 말했다.

「색깔이 정말 잘 어울리네요, 안 그래요?」

「보는 안목이 정확한걸. 그것으로 하면 아주 멋진 이브닝 가운이 만들어질 것 같군.」

니컬러스가 데니스의 말에 맞장구를 치며 말했다.

두 사람이 디자인을 의논하고 있을 때, 견습생이 와서 실크를 다시 감으려 했다. 하지만 천이 목둘레에서 나풀거리자 클레어는 저도 모르게 한 움큼 붙잡아 그것을 놔주지 않으려 했다. 그것은, 상상할 수 있는 온갖 푸른 색조가 우아하고 구름 같이 부드러운 천과 어우러져 아름답게 반짝거리는, 클레어가 보아온 어떤 옷감보다도 아름다운 것이었다. 그녀는 볼을 실크에 대고 고양이처럼 비벼보았다. 그러다가 자신의 모습을 쳐다보고 있는 니컬러스를 보는 순간, 당황해서 그 옷감을 떨어뜨리고 말았다.

「아름다운 것을 보고 즐기는 것은 잘못된 일이 아니오.」

니컬러스가 점잖게 웃으며 말했다.

「저런 실크는 허영적이고 사치스럽기만 해요.」

완고하게 내뱉기는 했지만, 아까 천이 닿았던 클레어의 피부에는 아직도 그 감촉이 살랑거리고 있었다.

「돈을 쓰는 더 나은 방법들은 얼마든지 있어요.」

「그렇긴 하겠지. 하지만 그 천으로 가운을 만들어 입으면 당신의 푸른 눈동자와 잘 어울릴 거요. 그리고 그 옷을 입으면 당신 기분도 근사할 테고.」

그렇게 예쁘고 쓸모 없는 옷으로부터 어떤 특별한 즐거움을 얻을 수 있다는 것을 부정하고 싶었지만, 클레어는 그럴 수가 없었다. 마음은 이미 기대를 배반한 채 그 푸른 실크를 갈망하고 있었으니까. 니컬러스의 도전을 받아들이는 것이 자신의 도덕성을 시험하는 것임을 알면서도, 자신이 얼마나 쉽게 탐욕과 허영과 세속적인 것에 빠져들 수 있는지를 알게 되는 것은 침울한 일이었다. 마음속으로 클레어는 허영의 어리석음을 경고하는 성경구절들을 모두 뒤적이며 암송했다.

그 노력도 푸른 실크를 갖고 싶어하는 마음을 막지는 못했다.

스타일과 옷감이 선택된 후, 니컬러스가 완성된 옷들 중에서 클레어에게 맞을 만한 것이 있는지를 물었다. 데니스는, 어떤 여자가 주문을 해놓고서 돈을 지불하지 않은 옷이 있다며 세 벌의 옷을 꺼내어왔다.

첫 번째 옷을 입어보기 위해, 클레어가 휘장 뒤로 들어갔다. 재봉사, 마리의 도움을 받아 아주 좋은 머슬린 옷을 입었는데 거의 투명에 가까운 옷이었다. 마리는 그녀에게 짧고 가벼운 코르셋을 입히고 허리를 끈으로 묶어주었다. 클레어는 코르셋을 입어본 적이 거의 없어 꽤 불편할 줄 알았는데 막상 입어보니 생각만큼 불편하지는 않았다.

마리가 중얼거리며 말했다.

「아가씨는 허리가 너무 가늘어서 이게 별로 필요하지 않겠지만, 가운의 선을 살려주는 효과는 있을 거예요.」

재봉사가 클레어의 다른 옷을 만들기 위해 필요한 치수를 재었다. 그리고 나서 마리는 가벼운 샬리 천으로 만든 장밋빛 가운을 클레어의 머리 위로 입혀주었다. 등뒤의 여밈이 꽤나 복잡했다. 사교계 숙녀들에게 왜 하녀가 필요한지, 클레어는 비로소 깨닫기 시작했다.

벽의 거울에 클레어의 모습을 비춰보게 하기 전에, 마리가 크림색의 작은 장미 장식을 꺼내어 클레어의 머리카락 사이에 밀어넣었다.

「트레 비앵(아주 멋있어요)! 액세서리도 하시고 머리 모양도 바꾸셔야 하겠지만, 이것도 신사분을 기쁘게 해드릴 거예요.」

마침내 거울 앞에 섰을 때, 클레어는 자신의 모습에 놀라 눈을 깜박였다. 장밋빛 샬리 천은 그녀의 피부를 빛나게 하고 눈을 더 커 보이게 했다. 클레어는 자신이 마치 숙녀, 그것도 아주 매력적인 숙녀처럼 보였다. 게다가, 다행히도, 다소 당당해 보이기까지 했다. 그녀는 가운의 목선을 불안한 마음으로 유심히 쳐다봤다. 놀라울 정도로 깊게 파여 있었고, 코르셋 때문에 앞이 불룩 솟아 있었다. 클레어는 자신이 천부적으로 소박한 기질을 타고났다는 것을 알고 있지만, 이런 최신 유행하는 가운을 입고 보니 자신이 너무나…… 풍족해 보였다.

벌거벗은 가슴을 손으로 가리고 싶은 욕구를 억누르며, 클레어는 수줍은 모습으로 휘장 뒤에서 나타났다. 니컬러스와 데니스가 하던 얘기를 중단하고 쳐다봤다. 양장점 주인이 흡족하여 고개를 끄덕이는 동안,

니컬러스는 됐다는 듯 눈빛을 반짝이며 클레어를 한바퀴 돌아봤다.

「당신에게 어울릴 줄은 알았지만, 막상 입은 모습을 보니 감동적이군. 그런데 딱 한가지 바꿀 게 있소.」

니컬러스는 클레어의 보디스 앞부분을 가로질러 손끝으로 선을 그려나갔다.

「목둘레선을 여기까지 잘라내시오.」

니컬러스가 충격적일 만큼 깊게 파인 목선을 원한다는 사실도 어이가 없었지만, 까딱하면 그가 자신의 가슴을 만질 것만 같아 클레어는 숨이 막힐 지경이었다. 그것도 사람들이 보는 앞에서!

「상스러운 옷은 입지 않을 거예요!」

「난 지금 꽤 절제된 수준으로 제안을 하고 있는 거요.」

니컬러스가 그녀의 가슴을 따라 다시 선을 그어나갔다. 이번에는 젖꼭지를 가까스로 비켜나갔다.

「이 정도면 상스럽다고 할 수 있겠지.」

질겁한 얼굴로, 클레어가 데니스를 흘끗 쳐다봤다.

「이 사람 지금 절 희롱하고 있는 게 맞죠?」

그러자 양장점 주인은 쾌활하게 대답했다.

「전혀 그렇지 않아요. 내 단골손님들은 아슬아슬하게 노출시킬 수 있는 옷이 아니면 사지 않으려고 해요. 그런 옷이 신사분들의 눈길을 끌어당길 수 있다나, 뭐 그러더라구요.」

그래도 클레어는 진정이 되지 않아 중얼거리며 말했다.

「저도 그럴 거라고 생각은 해요. 하지만 전 그렇지 않아요.」

「당신은 내가 만난 어떤 여자들보다도 불평이 심하군.」

니컬러스가 클레어에게 사악한 미소를 건네며 말했다.

「내가 제안한 목둘레선은 당신이 원하는 것에 비해서는 대담하고, 내가 원하는 것에 비해서는 수수한 편에 속하오. 그쯤이면 충분히 공평한 거 아닌가?」

클레어는 웃고 말 뿐 달리 도리가 없었다. 아는 사람들 앞에서는 절대로 이런 옷을 입지 않으리라 맹세하면서, 그녀가 말했다.

「좋아요. 하지만 내가 감기에 걸리면 당신이 책임져요.」

「내가 당신을 따뜻하게 해주겠소.」

말하는 그의 눈빛에 위험한 기운이 역력했다.

여기에 있는 낯선 사람들이 자신을 니컬러스의 부인으로 착각을 한다고 해도 대수로운 일이 아니라고 속으로 중얼거리면서, 클레어는 허둥지둥 휘장 뒤로 사라졌다. 다음으로 입어본 옷은 평상복으로, 목선이 다소 점잖기는 했지만, 펜리스 주민들이 보았더라면 여전히 눈썹을 치켜세울 만큼 깊이 파여 있었다.

다른 사람들이 모두 말소리가 들리지 않을 만큼 멀리 떨어져 있는 잠깐 동안, 클레어는 조용히 니컬러스에게 물었다.

「데니스를 찾는 손님들은 어떤 부류의 사람들이죠? 제가 느끼기에는 그다지 품위 있는 사람들이 찾는 곳은 아닌 것 같은데요.」

「당신이 느낀 그대로요. 여기에 오는 여자들은 될 수 있는 한 매혹적으로 보이고 싶어 안달이 난 여자들이지. 일부는 사교계 여자들이지만, 배우와 고급매춘부들이 많소.」

대답 끝에 니컬러스가 머리를 갸웃하며 물었다.

「그래서 기분이 불쾌하오?」

「그래야 하겠지만, 전 사교계 모임에는 어울리지도 않을 거예요. 게다가, 전 오히려 데니스가 마음에 들어요.」

어린 견습생이 차와 케이크를 쟁반에 담아오자, 그들의 대화는 그쯤에서 중단되었다. 니컬러스와 데니스는 스타킹, 구두, 장갑, 망토 그리고 입에 담기 쑥스러운 속옷 등, 필요한 것들에 대해 열띤 토론을 벌이기 시작했다. 그저 듣고만 있으려니 클레어는 따분했다.

하지만 니컬러스는 점점 신이 나고 있었다. 세 시간 후, 의상실을 나왔을 때 그가 활기차게 말했다.

「자, 아가씨, 이제 내가 당신에게 당신 인생에서 가장 감각적인 경험을 하게 해주겠소.」

그러자 클레어는 당황하며 만류했다.

「됐어요, 그만해요. 당신한테 좋은 정부가 되려고 노력은 하겠지만, 당신이 나에게 수치심을 안겨주는 건 공정하지 않다고 생각해요.」

「내가 언제 당신에게 수치심을 안겨주겠다는 말을 했던가 ?」

니컬러스는 클레어를 쌍두마차에 태워주고 나서 마부에게 고삐를 넘겨받은 후, 마부를 마차의 뒤칸으로 보냈다.

런던 번화가로 접어들었을 때, 클레어가 조심스럽게 물었다.

「지금 절…… 오지(orgy, 난교 파티, 섹스 파티, 흥청거리며 마셔대며 노는 주연) 같은 곳으로 데려가는 건가요?」

「오호, 클레어! 충격이군. 당신이 오지를 다 안단 말이오?」

곁눈질치는 클레어를 흘끗 바라보며 니컬러스가 말했다.

「많이는 모르지만, 추잡하고 음란한 파티라는 것, 천한 짐승들처럼 행동하는 사람들이 많이 모여드는 곳이라는 건 알고 있어요.」

클레어의 신랄한 지적에 니컬러스가 웃음을 터뜨렸다.

「그리 나쁜 정의는 아니군. 물론 오지의 모습은 천태만상이긴 하지만, 내 생각에는 특성에 따라 최소한 세 가지 부류로 나뉘어야 할 것 같소. 그들 모두가 꼭 사람일 필요가 없는 것은 물론이고.」

클레어가 무안하여 숨도 제대로 쉬지 못하고 있는 찰나, 큰 짐마차 하나가 옆길에서 불쑥 튀어나와 그들과 거의 부딪힐 뻔했다. 니컬러스가 솜씨 있게 쌍두마차를 세워 사고를 피했지만, 지저분한 런던토박이 짐마차꾼은 여전히 마땅찮은 모양이었다. 불이 꺼진 길쭉한 시가를 입가에 대롱대롱 물고서 그는, '번지르르한 마차를 타고 있으면 다냐, 네 녀석들이 이 길을 전세내기라도 했냐'며 큰 소리로 욕설을 퍼붓기 시작했다.

「정말 마음에 안 드는 작자로군. 예의를 좀 가르쳐줘야겠어.」

니컬러스의 손목에 한차례 세게 힘이 들어가더니 채찍이 허공을 갈랐고 짐마차꾼의 입가에서 시가가 사라졌다. 그 런던토박이는 뭉툭하게 잘려나간 꽁초를 이 사이에 문 채로 놀란 표정을 짓고 있었다.

인상적인 광경이었지만, 클레어는 기겁을 하여 숨을 헐떡였다.

「맙소사, 까딱 실수라도 했으면 저 사람 눈을 빼버릴 뻔했잖아요.」

「난 실수 따윈 하지 않소.」

니컬러스의 말투는 차분했다. 그가 다시 한 번 채찍을 휘두르자, 짐마차꾼의 모자가 허공을 날아 클레어의 무릎 위에 내려앉았다. 클레어는 쉭, 바람을 가르는 희미한 소리를 듣긴 했지만, 채찍 끈이 너무나 빨리 움직여 그 끈을 볼 수는 없었다.

구겨진 모자를 말없이 내려다보고 있는데, 니컬러스가 그녀에게 말했다.

「채찍 솜씨가 좋은 사람은 말의 귀가 떨어져나갈 만큼 빨리 말을 몰 수 있다고 하지만, 실제로 그렇게 할 수 있는 사람은 거의 없소.」

채찍이 다시 한 번 소리를 내며 허공을 가르더니, 모자가 나선을 그리며 날아가, 어리둥절해져 있는 짐마차꾼의 머리 위에 내려앉았다.

「하지만 난, 그렇게 할 수 있는 사람들 중 하나요.」

여흥이 끝나자, 니컬러스는 다시 번화가를 헤치며 나가기 시작했다.

「오지의 매력에 대한 얘기로 다시 돌아가 보자면, 침대에서 두 여자를 동시에 껴안고 뒹구는 건 남자들에게는 환상적인 일이요. 사실 침대라는 건 틀린 말이지. 아주 여러 장소를 뒹굴고 다니다가 마지막에 가서야 바닥에서 끝을 내니까 말이오. 호기심이 생겨서, 나도 한때 이 특별한 환각 속에 빠져들어 보기로 결심한 적이 있었소.」

니컬러스는 마차를 돌려 좀 더 넓은 거리로 들어섰다.

「이 오지에 대해서 내가 가장 생생하게 기억하고 있는 게 뭔지 아오?」

얼굴이 빨개지면서, 클레어는 손으로 귀를 막았다.

「더 이상 듣고 싶지 않아요!」

클레어의 저항을 무시하며 니컬러스는 홍겹게 애기를 풀어놓았다.

「무릎 아래 불타는 카펫, 그게 내가 기억하는 거요. 어느 한 여자도 지루하지 않게 하려면 끊임없이 앞뒤로 기어다녀야 했소. 정말 진이 빠지는 일이었고, 그 덕에 난 일주일간 절뚝거리면서 다녔지.」

니컬러스는 잠시 생각을 하듯 말을 멈추었다.

「거기서 내가 배운 건, 어떤 환상들은 그대로 마음속에 남겨두는 게 더 낫다는 사실이었소.」

클레어는 어쩔 도리 없이 웃음을 터뜨리고 말았다.

「통탄할 일이군요.」

오직 니컬러스만이 구제 받지 못할 만큼 음탕한 이야기를 이렇게 유쾌한 것으로 바꾸어놓을 수 있다고 생각하면서, 클레어는 숨이 넘어가게 웃었다. 아마도, 결국, 그가 말한 '가장 감각적인 경험'은 그렇게 끔찍한 것은 아닌 모양이었다.

하지만, 그가 마차를 거대한 고딕 양식의 교회 건물 앞에 세운 것은 전혀 뜻밖의 일이었다. 인쇄물을 통해 이 건물의 모습을 보아왔던 클레어는 믿어지지 않는다는 듯 입을 열었다.

「여긴 웨스트민스터 성당이잖아요.」

니컬러스가 마부에게 고삐를 넘겨주고 나서 클레어를 마차에서 내려주었다.

「맞소.」

잠시 서로 말이 없이 서 있는 가운데, 클레어는 흥분된 눈길로 건물의 정면을 유심히 바라보았다. 그 어느 인쇄물도 이 건물의 크기, 이 건물이 지닌 힘을 제대로 보여줄 수는 없었다. 웨스트민스터 성당의 모든 선과 두 개의 탑은 하늘을 향해 솟구치고 있었다. 성당을 지은 사람들의 신앙에 찬사를 보내며.

니컬러스가 그녀의 팔꿈치를 잡고 입구를 향해 움직였다. 클레어가 건물에서 눈을 떼지 못하고 있었기 때문에, 그가 이끌어주지 않았더라면 발부리가 걸려 넘어졌을지도 몰랐다.

내부는 외관보다 훨씬 더 웅장했다. 다른 방문객들과 예배를 드리러 온 사람들이 여기저기 흩어져 있긴 했지만, 어마어마하게 높은 천장은 그 사람들을 그저 한낱 미물처럼 보이게 했다. 어두운 그림자들, 보석

처럼 빛나는 창문들, 뾰족한 아치들, 숲을 이룬 거대한 기둥들. 클레어
는 그 장엄한 광경에 현기증을 느껴, 성당 전체를 한눈에 파악하기가
어려웠다.

한쪽 통로를 따라 거니는 동안 클레어는 니컬러스의 팔을 꼭 붙잡고
있었다.

「이 성당은 하나님의 힘과 위엄으로 인간을 감화시킬 수 있게 설계
된 건물이에요.」

소리를 높이지 않으려고 클레어가 중얼거리며 말했다. 그러자 니컬
러스가 조용히 그녀의 말을 받았다.

「웅장한 예배당들은 다 그렇소. 난 교회, 이슬람 사원, 유대교 회당,
인도 사원 등지를 여러 곳 둘러보았었는데, 어느 곳을 가나, 사람으로
하여금 이 종교라는 것에는 무언가 중요한 게 있다는 생각이 들게 하
더군. 그 외에 펜리스의 시온 예배당보다 작은 성소들도 가보았었는데,
그 중에 몇몇 성소는 어느 곳보다 거룩해 보였소.」

클레어는 넋이 나간 사람처럼 고개만 끄덕거리고 있었다. 웨스트민
스터의 웅장함에 압도되어 종교 건축물에 대한 논리적인 토론을 계속
할 수가 없었다. 벽에는 저명한 영국인들의 기념비가 줄지어 있었다.
자신이 지금 여러 성현들의 유골 위를 걸어가고 있다는 사실이 클레어
는 믿어지지 않았다. 에드워드 1세와 헨리 8세. 처녀 여왕 엘리자베스
와 그녀의 사촌이자 적인 스코틀랜드의 메리 여왕. 제프리 초서, 아이
작 뉴턴, 그리고 윌리엄 피트 부자(18세기 영국의 정치가 부자父子). 왕이
자 성자였던 참회왕 에드워드의 예배당에 이르자, 클레어가 쉰 목소리
로 말했다.

「영국 역사상 중요한 인물들은 모두 여기에 묻혀 있나요?」

니컬러스는 낮은 소리로 웃었다.

「그렇게 보일 수도 있지만, 그렇지는 않소. 웅장한 건축물과 역사의
조합은 다소 사람을 압도시키는 게 있지.」

그는 주머니시계를 꺼내어 기간을 확인하고는, 돌아서서 남쪽 통로

를 따라 걸음을 되돌렸다.

조금쯤 갔을까, 갑자기 음악소리가 터져 나와 고요함을 깨뜨렸다. 클레어는 숨을 멎은 채, 등골이 오싹해지는 전율을 느꼈다. 그것은 오르간 소리였다. 어떤 악기도 이렇게 거대한 예배당 안에 그런 힘과 위엄을 채워놓을 수는 없으리라.

오르간 소리는 천사들의 합창과 어우러졌다. 아니, 천상의 소리처럼 들리기는 했지만 천사들은 아니었다. 성당 안의 복잡한 공간 어딘가에 숨겨져 있던, 수많은 남자들의 목소리가 승리의 찬가를 울리고 있는 것이었다. 석조 벽에서 울려나와 장엄하게 메아리치는 그 음악소리는 그야말로 패러다이스, 천국 그 자체였다.

니컬러스는 황홀한 듯 부드러운 숨을 내쉬었다.

「저 사람들은 부활절 찬송을 연습하고 있는 거요.」

그는 클레어의 손을 잡고, 플랑부아 양식(15-16세기 경 프랑스에서 유행한 고딕 양식)의 기념 조각상으로 일부가 가려져 있는 벽감 안으로 들어갔다.

석조 벽에 기대어 긴장을 풀면서, 니컬러스는 눈을 감고, 꽃이 햇빛을 흡수하듯, 그 울리는 선율에 가만히 귀를 기울였다. 하프 연주하는 모습을 보았을 때부터 클레어는 그가 음악을 사랑한다는 것을 알고 있었지만, 지금 니컬러스의 얼굴을 보니 '사랑'이라는 단어로는 충분치 않다는 것을 깨달을 수 있었다. 그는 구원의 가능성을 바라보고 있는 파멸 당한 천사의 표정을 하고 있었다.

천천히, 느낄 수 없게, 클레어는 니컬러스의 하얀 리넨 셔츠에 등이 닿을 때까지 그에게로 가까이 다가갔다. 니컬러스의 한쪽 팔이 그녀의 허리를 휘감더니, 그녀의 몸과 그의 몸이 겹치게 했다. 육욕은 전혀 느껴지지 않는 포옹이었다. 오히려 말로 표현할 수 없는 심오한 경험을 공유하는 방법이었다. 가만히 눈을 감고, 클레어는 그 순간을 마음껏 음미하고자 했다. 음악의 초월적인 힘이여. 니컬러스의 힘과 온기여. 기쁨이여.

세 번째 곡은 헨델의 '할렐루야 합창'이었다. 의심의 여지가 없이 충격적인 감동을 주는 곡이었다.

'전능하신 주께서 다스리시네……'

영혼의 깊은 곳에서 울려나오는 감화 속에 클레어는 전율했다.

'왕의 왕이시며 주의 주……'

영혼의 믿음과 열정, 미와 사랑, 관능과 부드러움, 신성함과 불경스러움, 그 모든 것들이 분리할 수 없는 덩어리로 엉켜들어 그녀의 눈에 소망의 눈물이 차 오르게 했다.

'영원, 영원토록, 영원토록……'

이질적인 감정들을 그렇게 양립시키는 것은 어쩌면 불경스러운 일일 수도 있겠지만, 클레어는 그것들을 분리할 수가 없었다. 그녀는 그저 존재할 뿐이고, 삶 이상은 더 이상 원하는 것이 아무 것도 없었다.

합창이 끝나자, 오르간은 성당의 오래된 돌들을 무너뜨리려고 위협하는 천둥소리처럼 혼자 울려 퍼졌다. 천천히 클레어는 황홀경에서 빠져나왔다. 눈을 떠보니 두 여자가 얼굴을 찌푸리며 지나가고 있었다. 니컬러스의 팔이 아직 자신의 허리를 감싸고 있다는 것이 떠오르자, 그녀는 마지못해 그를 밀어냈다.

그녀는 돌아서서 니컬러스를 올려다보았다. 그러자 부드러운 음성으로, 그가 말했다.

「난 늘, 지옥에는 분명 음악이 없을 거라는 생각을 해왔소」

친밀감이 두 사람 사이에 고동치며 흐르고 있었다. 그리고 니컬러스에게는 뭔가 달라진 것이 있었다. 순간적으로 클레어는, 처음으로 그가 완전히 솔직한 표정을 짓고 있다는 것을 깨달았다. 평소에는 그의 자극적인 말과 표정이 수시로 바뀌는 얼굴이, 그가 자신을 억제하고 있다는 사실을 감추어주었지만, 지금은 그 장벽이 무너져내린 것이었다. 클레어가 그의 눈동자 속에서 본 것은 상처받기 쉬운 감수성이었고, 그녀는 그가 과연 얼마 만에 자기 마음 깊은 곳을 남에게 보여주는 것인지 궁금해졌다. 혹시 한번도 그런 적이 없는 것은 아닐까.

문득 클레어는, 과연 니컬러스는 그녀의 눈동자 속에서 무엇을 보고 있을까 하는 의문이 들기 시작했다. 걱정이 되어, 그녀는 두 사람 사이에 흐르는 친밀감을 깨뜨리며 시선을 돌렸다.

말을 꺼내기에 앞서 클레어는 목을 가다듬어야 했다.

「근사했어요. 그리고 당신이 옳았구요. 정말 제 생애에서 가장 감각적인 경험이었어요.」

「그리고 아주 아주 점잖았고.」

니컬러스가 그녀에게 팔을 내밀었다.

클레어는 아직도 자신의 허리에 둘렀던 니컬러스의 팔의 온기를 환각처럼 느끼고 있었다. 그녀는 니컬러스의 구부린 팔꿈치 안으로 손을 집어넣었고, 그러고 나서 둘은 말없이 성당 밖으로 걸어나왔다. 합창이 끝났으니 이제 남은 것은 점강법에 따른 진행이겠지.

밖에는 상쾌한 바람이 변함없는 모습으로 하늘을 가로지르며 구름 조각들을 쫓고 있었다. 니컬러스가 소리쳐 마차를 불렀고, 곧 그들은 웨스트민스터의 번잡한 거리를 헤치며 나아갔다. 메이페어의 한적한 거리는 마음을 편안하게 해주었고, 클레어는 애버데어 저택에 도착하기를 기대하고 있었다. 사실, 의상실과 대성당에서 충격을 받은 뒤끝이라, 가서 아무렇게나 낮잠을 자버릴지도 몰랐다.

그러나, 니컬러스는 아직도 놀라움에서 벗어나지 않고 있었다. 평화로운 주거단지를 따라 내려가다가 그가 갑자기 고삐를 죄었다.

「노커가 높이 달려 있어서 집안에 사람이 있어야 할 텐데.」

고삐를 마부에게 다시 넘겨준 후, 그는 보도 위로 훌쩍 뛰어내려 클레어를 거들어주려고 다가갔다.

「누가 살고 있는데요?」

클레어가 그의 옆에 나란히 서며 물었다.

눈빛을 반짝이며 니컬러스는 그녀를 계단으로 인도한 후, 사자머리 모양의 노커로 문을 톡톡 두드렸다.

「에, 나의 사랑하는 할머니가 사는 곳이오.」

할머니. 할머니라고? 하지만 그의 친할머니는 수년 전에 세상을 떠났고, 혹여 집시인 외할머니가 살아 있다고 해도, 그녀의 집이 메이페어에 있을 리는 없잖은가.

문이 열리기 시작했을 때, 비로소 한가지 답이 뇌리를 스쳤다. 니컬러스가 그의 할아버지의 젊은 미망인을 만나려고 하는 것이 틀림없다는 것을 깨닫는 순간, 클레어는 경악했다. 에밀리, 미망인이 된 애버데어 백작부인. 니컬러스의 정부라고 소문이 난 그녀는 두 사람의 생명을 앗아간 스캔들의 중심에 놓여 있던 바로 그 여자였다.

14

니컬러스와 함께 그 집에 들어섰을 때, 클레어는 크리스천으로서 가질 만한 바람은 아니었지만, 정말이지 그의 목을 비틀어버리고 싶은 충동을 느꼈다. 노백작과 케럴라인이 죽은 그날 밤, 니컬러스가 백작부인의 침실에 있는 모습을 하인들이 목격했다는 것은 펜리스에서는 상식처럼 되어 있는 사실이었다. 그러한 정황 증거에도 불구하고, 클레어는 분명한 결론 내리기를 꺼려오던 중이었다. 비록 그 당시에는 남을 함부로 심판하는 것이 옳은 일이 아니라서 그런다고 생각했지만, 이제 돌이켜보니, 내심 니컬러스를 그렇게 비열한 사람이라고 믿고 싶지 않았기 때문에 그랬던 것 같은 생각이 들었다. 그러나, 지금 두 사람이 함께 있는 것을 보니 진실을 알 것 같았고, 실제로 무슨 일이 일어났었는지를 알고 싶어하지 않는 자신을 클레어는 깨달았다.

위엄 있어 보이는 집사가 방문객들을 들이면서 이름을 물어보고 있을 때, 아장아장 걷는 벌거숭이 아기가 새된 소리를 지르면서 홀 안으로 달려 들어왔다. 그 바람에 손님을 맞고 있던 정중한 분위기는 깨지고 말았다. 보모가 숨을 헐떡거리며 아기를 쫓아오더니, 몇 초쯤 지나자 서른 중반쯤 됨직한 여자의 웃음소리가 뒤이어 들려왔다.

여자의 시선이 방문객들을 향했고, 이어 그녀의 표정이 바뀌었다.

「니컬러스!」

그녀가 니컬러스에게 손을 내밀며 탄성을 질렀다.

「영국에 돌아왔다고 알려주지 그랬어요?」

니컬러스는 그녀의 손을 붙잡고 양쪽 볼에 입을 맞추었다.

「어제 막 런던에 도착했소, 에밀리.」

클레어는, 오늘 니컬러스가 도대체 얼마나 많은 여자에게 입을 맞추었던가를 생각하면서, 아무 말 없이 굳은 얼굴로 그들을 바라보고 있었다. 미망인인 백작부인의 얼굴에서는 건강하고 행복한 빛이 돌았고, 애버데어에 살 때보다도 십 년은 젊어 보였다. 그리고 그들 사이의 명백한 애정표현으로 판단해보건대, 두 사람이 연인이었다는 것은 쉽게 믿을 수 있는 일이었다.

니컬러스가 돌아서서 클레어를 앞쪽으로 끌어당겼다.

「아마 당신도 내 친구를 기억할 거요.」

잠시 당황하는 기색을 보이다가, 백작부인은 입을 열었다.

「미스 모건, 펜리스의 선생님, 맞죠? 니컬러스가 그 학교에 기부금을 증여해서 재단을 세웠을 때, 우리 서로 만났었잖아요.」

이번에는 클레어가 당황할 차례였다.

「니컬러스가 재단을 설립했다고요? 전 그 학교가 부인이 설계한 사업이라고 생각했는데요.」

「내 남편이 니컬러스의 진보적인 생각들을 인정하려 들지 않았기 때문에, 공적인 부분을 내가 맡는 게 나았어요. 학교는 잘 돌아가고 있겠죠? 아직 그 학교에서 일하고 있나요?」

「거의 그렇다고 봐야지.」

니컬러스가 말을 가로채며 끼어들었다.

「지금은 날 가르치려고 석 달간 휴가 중이오.」

백작부인의 호기심 어린 시선이 다시 클레어에게로 옮겨왔고, 그녀가 입을 열어 뭔가를 말하려는 찰나, 젊은 보모가 그녀의 품에 안겨 벌거벗은 채 꼬르륵거리고 있는 아기를 데리고 다시 나타났다.

「죄송합니다, 마님. 도대체 윌리엄 도련님이 어떻게 해서 이렇게 자꾸 몰래 빠져나오는 건지 알 수가 없네요.」

백작부인이 몸을 기울여 아들의 뺨에 입을 맞추었다.

「정말 똑똑하죠, 안 그래요?」

그녀가 자랑스럽게 말했다.

「똑해, 똑해, 똑해!」

아이가 제 엄마의 말을 따라했다.

「그러니까 내 대자(代子)지.」

허허, 웃으면서 니컬러스가 보모에게서 아기를 받아 안았다.

「옷 입기를 그렇게 싫어하는 걸 보니, 앞으로 옷값은 별로 들지 않겠구나. 자유를 좋아하는 집시 기질이 좀 있나보군.」

클레어는 니컬러스와 윌리엄 사이에 닮은 점이 있는지를 찾아내 보고 싶은 마음을 막을 수가 없었다. 하지만 아기는 금발에 푸른 눈동자를 가진, 전형적인 영국 아기였다. 게다가 사 년 전의 사통(私通)을 통해 태어났다고 하기에는 아기가 너무 어렸다.

백작부인의 경쾌한 목소리가 클레어를 상념에서 깨어나게 했다.

「무례함을 용서하세요, 미스 모건. 보다시피, 집안이 온통 뒤죽박죽이랍니다. 그래도 차 한잔 같이 해주실 수는 있겠죠? 니컬러스와 난 할 이야기가 아주 많거든요.」

니컬러스가 껄껄 웃으며 윌리엄을 보모에게 넘겨주었다.

「지난 몇 년간 당신이 어떻게 살았는지 훤히 보이는군.」

백작부인은 여학생처럼 얼굴을 붉히며 손님을 응접실로 안내한 후, 하녀를 불러 마실 것을 들여오게 했다. 두 사람이 그간 지낸 얘기들을 주고받는 동안, 클레어는 차를 홀짝이고 케이크를 조금씩 입에 넣고 있었다. 런던에 온 이유가 이것이란 말인가? 니컬러스가 다른 여자들을 유혹하는 것을 지켜보려고? 그런 생각을 하자 클레어는 적대감이 확연하게 느껴졌다.

삼십 분쯤 지나자, 니컬러스가 밝게 채색된 둥근 나무 물건 하나를 주머니에게 꺼내었다.

「윌리엄을 위해 작은 선물을 하나 가져왔소. 동인도에서 가져온 건데, 거기서는 이걸 '요요'라고 부르더군.」

니컬러스는 비단 줄을 손가락에 감고는 그 장난감이 부드러운 음악 소리와 함께 줄을 따라 위아래로 오르락내리락 하게 했다.

「어렸을 때, 우리 오빠도 이것과 비슷한 장난감을 가지고 있었는데, 오빠 것은 밴덜로어라고 했었어요. 어디 내가 한번 그 놀이방법을 기억하는지 해볼까요.」

백작부인이 몇 차례 시도를 해봤지만 잘 되지 않았다. 세 번째에 요요의 줄이 맥없이 풀려버리자, 요요를 다시 니컬러스에게 돌려주었다.

「아무래도 서투른 것 같네요.」

「당신이 괜찮다면, 아기방에 들고 가서 윌리엄에게 시범을 보여주고 싶은데.」

「애가 아주 신기해할 거예요.」

백작부인이 집사를 불러 니컬러스를 아기방으로 안내하게 했다.

클레어는 백작부인과 단 둘이 남게 되어 서먹하고 불편했는데, 상대방 여인이 솔직해 보이는 엷은 갈색 눈동자를 돌려 자신을 바라보자 그 서먹함은 사라져버렸다.

「니컬러스와 나만 얘기를 나누어서 미안해요. 사 년은 긴 시간이었는데, 저 개구쟁이 같은 남자는 소식 한번 전할 줄을 모르더군요.」

「니컬러스가 다시 돌아와서 기쁘시겠네요, 레이디 애버데어.」

클레어가 자연스러운 어조로 말을 꺼냈다.

「그래요. 비록 끔찍했던 시간들을 생각나게 만들기는 하지만.」

백작부인이 버터 케이크 한 쪽을 집어들며 응수했다.

「말이 난 김에 말하자면, 난 이제 그런 경칭을 쓰지 않아요, 미스 모건. 이제는 그냥 평범한 로버트 홀크로프트의 아내예요. 아니면 니컬러스의 친구 에밀리이던가.」

「경칭을 버리다뇨? 그런 말은 금시초문이네요. 전 부인 같은 신분의 여자들은 대개 서민과 재혼을 하더라도 이전의 계급을 고수한다고 생각했어요.」

에밀리의 얼굴이 굳어졌다.

「난 결코 백작부인이 되고 싶지 않았어요. 지금의 남편인 로버트와 나는 함께 자랐고, 우린 늘 결혼하고 싶어했어요. 하지만 그는 별 볼일 없는 시골 지주의 차남이었고, 반면에 전 자작의 딸이었죠. 애버데어 백작이 그럴싸한 청혼을 해오자 우리 부모님은 백작이 나보다 마흔 살이나 연상인데도 내게 그 청혼을 받아들이라고 강요하셨어요.」

「미안해요.」

클레어가 겸연쩍어하며 말했다.

「그런 줄은 몰랐어요. 부인이 워낙에 조용하니까, 펜리스 사람들은 부인이 원하지 않은 결혼을 했을 거라고는 생각지 못했죠.」

「애버데어 백작은 자식을 더 많이 낳아줄 씨받이를 원했던 거예요.」

에밀리는 손가락 사이로 버터 케이크를 부스러뜨리기 시작했다.

「그 사람은…… 부부의 권리를 아주 성실하게 행사했지만, 결국 난 그에게 실망을 안겨주는 존재가 되고 말았어요. 힘든 시간이었죠. 니컬러스는…… 그런 나에게 커다란 위안이었어요.」

버터 케이크의 부피가 점점 줄어들면서 누런 빵 부스러기가 산처럼 쌓여갔다.

클리어에게는 그 말이 에밀리와 니컬러스가 연인이었다는 간접적인 고백처럼 들렸지만, 두 사람의 정사가 우발적인 정욕에 의해 일어난 일은 아니었다. 적어도 에밀리 쪽에서 보자면 그랬다. 비록 간통을 용서할 수는 없지만, 어떻게 해서 불행한 여인이 잘생기고 매력적인, 자기 또래의 양손자에게 마음이 이끌려 사랑을 나누게 되었는지를 클레어는 이해할 수 있을 것 같았다.

달리 무슨 말을 해야 할지 몰랐지만, 클레어는 입을 열었다.

「윌리엄은, 초혼에서 당신이 아이를 낳지 못한 게 당신 탓이 아니라는 것을 보여주는 증거네요.」

「그 사실을 알고 기뻤어요. 애버데어 백작 4세가 지금 어디에 있든, 내 생각엔 그곳이 아주 뜨거운 곳일 것 같지만 말이에요, 내가 아이를 갖지 못하는 여자가 아니라는 걸 그 사람이 알아주었으면 좋겠어요.」

에밀리는 배를 어루만지며 덧붙였다.

「가을이면 윌리엄한테 동생이 생길 거예요.」

「정말 좋겠어요. 축하해요.」

어리둥절함을 더 이상 참을 수가 없어 클레어는 물었다.

「그런데 왜 처음 보는 저에게 그런 얘기를 모두 털어놓는 거죠?」

에밀리가 어깨를 으쓱거렸다.

「당신이 편하게 느껴져서. 니컬러스가 당신을 데려왔으니까. 그리고 당신은 펜리스 출신이니까. 마지막 이유가 가장 큰 이유일 것 같네요. 그곳에 살고 있다면, 당신도 내 남편과 니컬러스의 아내의 죽음을 둘러싼 소문을 알고 있을 거예요. 비록 하늘만이 내막을 알고 있겠지만, 그 소문들도 진실보다 고약할 수는 없었을 거예요. 남편을 묻자마자 난 웨일스를 떠났어요. 그때는 워낙 제정신이 아니라 남들이 뭐라고 생각하든 신경 쓸 경황이 없었는데, 지금이 그 기록을 바로잡을 수 있는 기회인 것 같네요.」

니컬러스는 그 일에 대해서 어떻게 느끼고 있을까? 클레어는 궁금했다. 그는 에밀리를 사랑했을까? 아직도 사랑하고 있는 걸까? 그렇다고 그걸 물어볼 수는 없었다.

「무슨 일이 일어났는지에 대해 말들이 참 많았지만, 이제는 반쯤 잊혀진 일이 되었어요. 부인과 니컬러스가 마을을 떠나버렸고, 사건의 진상을 아는 사람은 아무도 없고, 그래서 소문들도 대단치가 않았죠.」

「잘됐군요.」

에밀리의 눈썹이 모아졌다.

「로버트는 내가 끔찍했던 시간들을 잊을 수 있게 도와줬어요. 니컬러스는, 내가 생각하기에, 운이 더 없었던 것 같아요. 아마 로버트가 날 도와주었던 것처럼, 당신이 그를 도와줄 수 있을 거예요.」

듣고 있는 클레어가 좀 난감해하며 입을 열었다.

「대화가 너무 이상해지고 있어요.」

「그런 것 같네요.」

에밀리가 미소를 지으며 말을 받았다.

「당신과 니컬러스가 정확히 어떤 사이인지는 모르겠지만, 당신에게 아무런 관심이 없었다면 여기에 데려오지 않았을 거예요. 니컬러스에게는 그를 돌봐줄 사람이 필요해요. 그이가 신뢰할 수 있는 사람으로 말이에요.」

에밀리가 상황을 잘못 생각하고 있다는 것을 클레어가 설명하려고 하는 찰나, 아기방에 갔던 니컬러스가 돌아왔다. 다시 일반적인 대화가 시작되자, 클레어는 대답하지 않기를 잘했다고 결론지었다. 사실 뭘 어떻게 생각하고, 어떻게 말해야 할지도 알지 못했다. 그녀는 흑백논리가 분명한 세계에서 자라왔고, 그 세계에서는 옳은 것은 옳은 것이고, 틀린 것은 틀린 것이었다. 불행하게도, 니컬러스를 둘러싼 세계는 온통 회색빛 그림자뿐이었다.

잠시 후, 클레어와 니컬러스가 떠나려고 할 무렵, 에밀리의 남편이 돌아왔다. 로버트 홀크로프트는 전염성을 띠는 미소를 짓는 금발의 사나이였다. 니컬러스를 소개받자, 그는 얼마나 이 만남을 고대했는지 모른다며 뜨겁게 악수를 했다. 에밀리와 니컬러스가 연인이었다는 것을 안다면, 그런 태도를 보일 리 없었다.

마차를 타고 가면서, 클레어가 말했다.

「레이디 애버데어가 행복하게 살고 있다는 걸 알고 나니 기쁘네요. 사 년 전에 남편을 묻고 마을을 떠날 때는 나락으로 떨어진 심정이었겠지만요. 펜리스 사람들은 아무도 그녀에게 무슨 일이 일어났는지 모르고 있어요.」

「에밀리는 웨일스에서 지냈던 시간들을 잊고 싶어했소. 누구도 그녀를 비난할 수는 없소.」

담담한 어조로 니컬러스가 말을 이어나갔다.

「할아버지가 죽고 일년 후에 에밀리는 홀크로프트와 결혼했소. 법정 변호사 연수생이지만, 지금 그는 의회에서 떠오르는 별 같은 존재지. 언젠가 각료가 될 사람이오.」

「어느 주 출신 의원인데요?」

「레스터셔(잉글랜드 중부의 주).」

니컬러스는 마차를 천천히 몰다가 왼쪽으로 방향을 틀어 좀 더 조용한 거리로 들어섰다.

「내가 의석을 관리하고 있는데, 에밀리한테서 홀크로프트가 정치에 입문하고 싶어한다는 편지를 받고는 그에게, 자리를 내주었지. 듣자하니, 일을 잘하고 있다더군. 선임자보다 더 똑똑하고 절도 있는 사람 같다고 말이오.」

그의 설명에 클레어가 깜짝 놀라며 물었다.

「당신이 레스터셔 주의 자치구를 관리한다고요?」

「그 외에도 몇 군데가 더 있소. 이 나라의 썩어빠진 정치 시스템이 나에게 세 개의 카운티(county, 영국의 행정구역 단위로, 주 최대의 행정, 사법 및 정치 구획)에 대한 의석 관리 권한을 주더군. 애버데어라는 직함이 웨일스에 뿌리를 두고 있긴 하지만, 요즘에는 그 밖의 다른 곳에서도 이 가문의 부(富) 생겨나고 있소.」

자신이 니컬러스에 대해, 혹은 그와 같은 지위에 있는 사람이 휘두를 수 있는 부와 권력에 대해 너무나도 아는 게 없구나 하는 생각에 클레어는 충격을 느꼈다.

「당신이 홀크로프트 씨의 정치적인 후견인이니, 그가 당신을 만나서 그토록 기뻐했던 건 당연한 일이었군요. 게다가 당신은 윌리엄의 대부이기도 하잖아요?」

니컬러스는 빙그레 미소를 지었다.

「그 안에 우정도 한 자리를 차지했으면 좋겠군. 에밀리는 애버데어에서 내가 쉴 수 있었던 따뜻하고 건전한 안식처였소」

그것은 실연으로 괴로워하는 사람이 하는 말처럼 들리지 않았다. 분명 그는 에밀리를 아주 좋아하고 있긴 하지만, 에밀리가 그의 인생이 있어 위대한 사랑의 대상은 아니었다. 그것을 알고 나니, 클레어는 알 수 없는 만족감을 느꼈다.

「홀크로프트를 의회에 앉힐 수 있는 직위에 있는 사람이라면, 이 나라를 떠나 있을 때도 할 일이 꽤 되셨겠네요.」

「육 개월쯤마다 한번씩 계속 법률 문서가 한 상자씩 보내어져 오면, 난 실무담당자에게 지시사항을 일러 보내곤 했지.」

클레어에게 비꼬는 듯한 눈길을 던지며 니컬러스는 덧붙였다.

「난 내 명성이 의미하는 것처럼 그렇게 무책임한 사람은 아니오.」

「누구든 그래서는 안 되죠.」

클레어가 가시 돋친 어투로 쏘아붙이자, 그가 소리내어 웃었다.

「당신은 완벽한 웨일스의 장미요. 섬세하고, 향긋하고, 가시로 잘 무장한 웨일스의 장미.」

니컬러스는 손을 뻗어 장갑 낀 손마디로 그녀의 턱을 어루만졌다.

「그리고 당신에 대한 내 흥미를 불러일으키는 것이 바로 그 가시지.」

칭찬치고는 그리 대단한 것이 아니었지만, 클레어는 어쨌든 그 말이 기슴에 외 닿았다. 판에 박힌 매력보다는 가시가 훨씬 나았다.

클레어는 조심스럽게 수구를 겨냥하여 큐대를 밀어넣었다. 큐대가 상아 공을 삐끗 미끄러져 나가는 바람에 표적공을 놓치고 말았다.

「에이! 또 빗나갔어요.」

클레어가 큐대를 세우면서 울상을 지었다.

「나무가 너무 부드럽고 단단해서 문제예요. 잘 미끄러지지 않는 재료를 큐대 끝에 덧붙이는 건 반칙인가요?」

「반칙은 아니라고 생각되지만, 진짜 당구 애호가들은 별로 좋아하지 않을 것 같군. 도구를 핑계 삼지 않고도 게임을 잘 할 수 있어야 도전하는 맛이 나니까 말이오.」

니컬러스는 몸을 구부려, 하얀 론 셔츠 아래로 근육을 꿈틀거리며 깔끔하게 공을 쳤다.

「그래도 이 테이블은 애버데어의 것과 비교하면 평평한 편이군. 한겨울에 갈아놓은 밭을 닮았소.」

「집에 돌아가면, 테이블 면을 슬레이트로 바꿔야겠어요. 얼마나 효과가 있을지 기대해보는 것도 재미있을 거예요.」

런던에서의 첫날이 극적인 일들로 꽉 차 있었기 때문에, 클레어는 니컬러스와 함께 조용히 저녁을 보내는 것이 즐거웠다. 당구 초보자이기 때문에 대부분의 시간을 니컬러스가 치는 모습을 지켜보면서 보낼 수 있어서 그녀는 오히려 더 좋았다. 표범처럼 가뿐하고 우아하게 테이블 주위를 움직이는 그의 모습은 어떤 여자가 보더라도 좋아할 만했다. 약간의 설렘을 느끼며, 그녀는 언제쯤 니컬러스가 오늘의 키스를 해줄까 궁금해했다. 어서 해주지 않으면, 클레어 자신이 먼저 그에게 입을 맞출지도 몰랐다. 니컬러스도 그녀가 입맞추는 것을 좋아하는 것 같았다.

니컬러스가 다시 공을 쳤다. 수구가 멋있게 세 번의 쿠션을 넣은 후, 표적공을 쳐서 포켓에 빠뜨렸다.

클레어가 찬사를 꺼내려고 하는 찰나, 입구 쪽에서 점잔을 빼며 말하는 나른한 목소리가 들려왔다.

「당구에 있어 어느 정도의 기술이 신사의 척도이긴 하지만, 너무 잘 치는 것은 젊은 시절을 탕진했다는 표시라고 할 수 있지.」

「루시언!」

니컬러스는 큐대를 테이블 위에 떨어뜨리고, 새로 나타난 그 남자에게 걸어가 그를 힘껏 껴안았다.

「내 편지를 받았군. 이렇게 오늘밤에 찾아와줘서 너무 기쁘네.」

「자제할 줄 모르는 건 여전하시군, 그래.」

루시언이 투덜거렸다. 하지만 클레어는 그 역시 분명히 애정을 담아 포옹하고 있다는 것을 알 수 있었다.

사내들이 인사를 나누는 동안 클레어가 새 방문객을 유심히 살펴보았는데, 그는 멋 내지 않은 우아한 옷차림을 하고 있었다. 니컬러스만큼이나 잘 생겼지만, 금발에 완전한 영국인 타입이었다. '타락천사들' 가운데, 하늘에 반역하기 이전 시절 가장 밝고 가장 아름답게 빛나던 샛별, 루시퍼는 분명 이 사람이리라. 그는 또한 고양이처럼 살금살금 다가왔기 때문에, 클레어와 니컬러스 모두 그가 다가오는 소리를 듣지 못했다.

친구와 포옹을 풀고서 니컬러스는 두 사람을 서로 소개했다.

「클레어, 당신도 짐작하겠지만, 이 친구가 스트레스모어 백작이오. 루시언, 내 친구 미스 모건이네.」

자기와 내가 친구라고? 정말 두루뭉술하게도 설명하는구나. 미소를 지으며, 클레어는 인사를 건넸다.

「만나게 되어 반갑습니다, 백작님. 니컬러스에게 말씀은 많이 들었어요.」

그러자 루시언이 즉각 그녀의 말을 받았다.

「거짓말이에요, 모두 거짓말. 아무 것도 증명할 수 없는 얘기들이죠.」

클레어가 소리내어 웃자, 루시언이 그녀의 손을 잡고 허리를 굽혀 우아하게 인사했다. 그가 몸을 펴자, 클레어는 혼치 않은 초록 빛깔을 띤 그의 눈동자를 보고 다시 한 번 고양이를 떠올렸다. 그는, 마치 이 집안에서의 그녀의 위치가 무엇인지를 알아내려는 듯 호기심 어린 눈길로 그녀를 쳐다봤다. 조신한 처녀라면 혼자의 몸으로 외간남자의 집에서 밤을 지새우려 할 리가 없었다. 한편, 그녀의 차림새를 보아서는 니컬러스가 함부로 대할 성싶은 부류의 여자도 아니었다.

「웨일스 분이시군요, 미스 모건?」

스트레스모어 백작이 물었다.

「전 이제까지 제 영어가 완벽한 줄만 알았어요.」

「웨일스 억양은 사람의 목소리에 음악 같은 감미로움을 더해주죠.」

루시언의 미소는, 외모뿐 아니라 매력에 있어서도 그가 니컬러스와 견줄 만한 수준임을 입증해주었다.

「클레어, 하던 게임은 나중에 끝내야 할 것 같은데, 괜찮겠소?」

니컬러스가 묻자, 클레어는 미소를 지으며 대답을 건넸다.

「제가 졌다고 하죠. 어차피 이길 가망성도 없는데.」

「그렇다면…….」

니컬러스는 친구에게 큐대를 건네주었다.

「마지막 두 공은 자네가 쳐도 되겠군.」

그러자 루시언이 테이블 위로 몸을 구부려 공을 쳤다. 큐볼이 핑, 소리를 내면서 굴러가서 첫 번째 표적공을 맞추고, 이어 다음 공까지 포켓 속으로 빠뜨렸다.

「나도 말이지, 젊은 시절을 탕진했거든.」

한바탕 웃음이 잦아들자, 클레어가 입을 열었다.

「날이 저물어서 전 이만 물러갈게요. 두 분, 나누고 싶은 얘기도 많으실 것 같은데.」

그러자 니컬러스가 그녀의 어깨에 팔을 두르며 만류했다.

「아직 가지 마오. 루시언에게 마이클에 대해서 물어볼 생각인데, 당신도 나만큼이나 그 대답을 듣고 싶을 거요.」

스트레스모어 백작은 난색을 표했지만, 세 사람이 함께 서재에 자리를 잡고 앉을 때까지 아무 말도 하지 않았다. 두 남자는 브랜디를 마시고 클레어는 소량의 셰리주를 홀짝이고 있었다. 그녀와 니컬러스는 서로 가까이 있는 윙체어(wing chair, 등널 상부 좌우에 기대는 부분이 달려 있는 안락의자)에 앉았고, 스트레스모어는 반대편 소파에 느긋이 기대어 앉았다. 석탄으로 불을 때는 벽난로 불빛이 포근하고 안락한 기운을 내며 방안을 환히 밝히고 있었다.

펜리스 광산의 상황을 간략하게 설명한 후, 니컬러스가 말했다.

「마이클은 사업을 완전히 포기한 것 같은데, 그 친구답지 않은 행동이야. 자네 그 친구 지금 어디 있는지 알고 있나? 난 영국을 떠난 후로는 통 연락을 못해봤거든. 가능한 빨리 그를 만났으면 하네.」

루시언이 놀랐다는 듯 눈썹을 치켜올렸다.

「그 친구 다시 군대로 복귀했는데, 모르고 있었단 말이야?」

「맙소사, 난 전혀 몰랐네. 군직을 팔고 퇴역할 때는 앞으로 다시는 군대 생활을 하지 않겠다고 맹세했잖아.」

「그때는 그게 진심이었겠지만, 자네가 영국을 떠나고 얼마 되지 않아서 다시 현역으로 복귀했네.」

니컬러스의 얼굴이 일그러졌고, 클레어는 그의 눈동자에 근심이 어리는 것을 보았다.

「그 거지같은 녀석이 죽으려고 제 발로 기어 들어갔는데도 나한테는 얘기해주지 않을 생각이었나보군, 그런 거야?」

「걱정 말게. 마이클은 쉽게 무너지지 않아. 지난 사 년은 대부분 반도(the Peninsula, 이베리아 반도를 말함)에서 프랑스와 전쟁을 치르면서 보냈네. 지금은 소령인데, 뭐 거의 영웅 같은 존재가 됐지.」

그 말에 니컬러스가 미소를 지었다.

「그 친구답군. 그 사나운 기질을 친구들에게 푸느니 적군에게 터뜨리는 편이 훨씬 낫긴 하겠지.」

루시언이 기만히 내려다보던 술잔을 흔들어대며 다음 말을 이었다.

「기질 얘기가 나와서 그러는데, 자네하고 마이클, 서로 다퉈서 연락을 하지 않는 거야?」

「아냐. 사실, 영국을 떠나기 몇 달 전부터, 그때는 마이클이 꽤 오랫동안 펜리스에 있었는데도 그 친구를 거의 못 만나봤어. 그때는 광산 계획이나 개량 공사 같은 문제에 푹 빠져 있었는데, 도대체 뭣 때문에 그후로는 그렇게 소홀해진 건지 알 수가 없다니까.」

무의식적으로, 니컬러스는 손을 뻗어 클레어의 손을 덮었다.

「지금 마이클은 어디에 있지? 프랑스로 출전했나?」

「아냐, 자네 운이 좋아. 그 친구 엄동설한에 병영생활을 하느라 열병에 걸려서 웰링턴의 지시를 받고 집으로 후송됐네. 지금 런던에 있는데, 병세가 꽤 좋아지긴 했지만 아직 떠나기에는 일러.」

그 말을 하고 나서 루시언은 함묵한 채 골똘히 무언가를 생각하며 술잔을 응시했다.

「그럼 자넨 그를 보았을 텐데, 뭔가 걱정이 있는 모양이군. 뭐가 잘못되기라도 했나?」

「전쟁을 견디기가 힘들었던 것 같아.」

루시언이 천천히 입을 열기 시작했다.

「어느 날 아침, 공원에서 말을 달리고 있는 마이클을 만났어. 늑대처럼 상체를 굽히고 있었는데 난폭함이 느껴지더라구. 어쩌면 절망감이었을지도 모르고. 나라는 그 친구의 군복무로 득을 보았겠지만, 그 친구는 그렇지 않았다는 생각이 들어.」

「지금 애쉬버튼 저택에 머물고 있나? 한번 찾아가보고 싶네.」

「아니야. 숙소를 잡긴 했는데, 어딘지는 나도 몰라. 날 보고 반가워하는 기색이긴 한데, 먼저 얘기를 꺼내려고 들질 않더군. 꼭 굴속으로 숨어들어 가버린 여우를 떠올리게 하더라구. 몇 달 동안 런던에 머무르면서도 그다지 옛 친구들을 만나려고 들지도 않고 말이야.」

「자넨 그 친구가 기거하고 있는 곳을 알아낼 수 있잖아. 누가 어디서 뭘 하고 있는지 늘 꿰어차고 있으니까 말이야.」

「그렇다고 내가 아는 걸 다 얘기하는 경우는 별로 없네.」

루시언이 고개를 들자, 그의 눈동자가 난로 불빛을 받아 황금빛을 발했다.

「만나지 않는 편이 나을 것 같아. 마이클과 얘기를 나누다가 문득 자네 이름이 나왔는데, 글쎄, 말 그대로 늑대가 이빨을 드러내는 것 같았다고 하면 좀 그렇겠지만, 어쨌든 내가 받은 인상이 그랬어.」

클레어의 손을 덮고 있던 니컬러스의 손가락이 바짝 굳어졌다.

「그 친구 기분이 언짢은 상태라면 골치 아픈 일이네만, 그래도 난 펜리스 광산에 대해서 얘기를 좀 나눠봐야겠네. 광산을 제대로 운영할 생각이 없다면 임차권을 나한테 되팔아도 되겠지만, 그 땅은 내 땅이고, 그곳 사람들은 내 사람들이니까, 광산 상태가 계속 그렇게 지속되는 걸 난 그냥 봐줄 수가 없어.」

니컬러스의 강한 의지에 놀라, 클레어는 그를 흘끗 쳐다보았다. 비록 그녀가 떠나면 자기도 그냥 돌아서 버리고 말겠다고 위협하긴 했었지만, 지금 그가 하는 말은 마치 클레어의 대의명분을 니컬러스 자신의 대의명분으로 여기는 것처럼 들리게 했다.

「자네도 마이클만큼이나 고집이 세.」

루시언이 화를 낼 기미를 보이며 말했다.

「감정이 폭발할 소지가 있다면 공적인 장소에서 만나는 편이 좋을 거야. 레이프가 다음주에 연회를 여는데, 마이클이 자기도 참석한다더군. 물론 자네가 돌아왔다는 걸 레이프가 알게 되는 즉시 자네도 초대를 받을 테고 말이야.」

「완벽하군.」

니컬러스가 긴장을 풀고 클레어를 보며 미소를 지었다.

「레이프의 연회는 유명하지. 당신도 아주 재미있을 거요.」

그러자 루시언이 얼굴을 찡그리며 난색을 표했다.

「미스 모건을 데려가서는 안 될 자리 같은데.」

「안 된다고?」

니컬러스의 눈빛이 도전적이었다.

「의식이나 예절을 따지는 고결하신 잔소리꾼들은 레이프의 연회를 인정하지 않겠지만, 레이프는 정말 상스러운 언동은 절대로 허락하려 들지 않아. 클레어도 즐거워할 거야.」

「그래도 점잖은 처녀들이 있을 만한 자리는 아니지.」

「전 점잖지 않은 걸요.」

클레어가 자리에서 일어나며 부드럽게 말했다.

「무슨 말인지 궁금하시면 니컬러스가 설명해줄 거예요. 만나서 반가 웠어요, 스트레스모어 백작님. 니컬러스, 내일 봐요.」

니컬러스가 따라 일어섰다.

「금방 돌아올게, 루스.」

클레어를 홀로 데리고 나가서 니컬러스는 등뒤로 서재 문을 닫았다.

「오늘의 키스를 자진납세하지 않고 지나갈 수 있을 거라고 생각했 소?」

「당신이 그걸 잊어버렸으면 어쩌나 했어요.」

클레어가 깔깔 웃으며 응수했다. 그녀는 니컬러스의 품에 안겨 고개 를 들었다.

늘 그렇듯이, 니컬러스의 키스는 짜릿해서 온몸의 맥박을 요동치게 했다. 그의 한쪽 손이 아래로 내려와 클레어의 엉덩이를 움켜잡고 그 녀를 자신의 몸에 바짝 밀착시켰다. 그때 문득, 어떤 짓궂은 악마가 그 녀에게, 니컬러스는 곧 친구에게 돌아가야 하니까 어서 한번 희롱해보 는 게 좋지 않겠느냐고 일러왔다.

그녀는 살짝 니컬러스의 아랫입술을 깨물었다. 그러자 그가 숨을 헐 떡이더니, 마치 그녀를 흡수하려는 사람처럼 그녀의 몸을 주무르며 발 작적으로 손을 움직이기 시작했다. 자신의 대담함에 놀라면서, 클레어 는 점차 손을 아래로 내려 매혹적이고 놀라운 남자의 이랑에 가 닿았 다. 순간 그의 온몸이 팽팽하게 굳어졌다.

「루스는 알아서 집으로 돌아갈 테니까 우리는 위층에 가서 계속합 시다.」

니컬러스가 숨을 헐떡이며 말했다. 그의 격렬한 반응에 취해 있던 클레어는 그제야 그의 팔을 풀고 숨을 가쁘게 몰아쉬었다.

「오랜만에 만난 친구에게 무례하게 굴면 안 되죠.」

클레어가 계단을 오르려 하자, 그가 손을 잡아 다시 돌려 세웠다. 부 드럽고 매혹적인 목소리로 그는 물었다.

「이따가 당신 방으로 가서, 다음에 일어날 일이 무엇인지를 보여줘도 되겠소?」

클레어는 한편으로는 두렵고 또 한편으로는 흥분이 되었다. 지금 그 녀는 호랑이 한 마리를 희롱하고 있었고, 조심하지 않다가는 그 호랑 이 밥이 될지도 몰랐다. 손은 빼며, 그녀는 부드럽게 말했다.

「너무나 피곤한 하루였어요. 밤새 푹 자야 해요.」

「머지않아 좋다는 대답을 하게 될 거요. 내가 장담하지.」

「기대하지 말아요, 니컬러스. 명심하세요, 당신 목적은 날 유혹하는 것이고, 내 목적은 그런 당신 마음을 어지럽혀놓는 거예요.」

니컬러스가 한바탕 크게 웃음을 터뜨렸다.

「당신은 말괄량이요, 클레어. 하지만 이건 내가 이길 게임이오.」

그러자 클레어는 가장 감미로운 미소를 지어 보였다.

「실패에 대한 각오나 단단히 하고 계시죠, 백작님.」

그 말을 던지고 나서, 클레어는 혈관 속에 지글거리는 짜릿한 흥분 을 느끼며 위층으로 홱 올라가버렸다.

방에 올라와서도 흥분은 가시지 않았다. 문을 걸어 잠근 후, 클레어 는 그 문에 기댄 채 호화로운 침실을 둘러보았다. 금빛 아기천사들이 천장에서 뛰어 놀고, 금색의 벨벳 커튼이 훌륭하게 조각된 침대를 감 싸고 있었고, 그녀의 발은 아마도 그녀가 평생 벌어도 살 수 없을 중 국산 카펫을 밟고 서 있었다. 문득 어질어질한 기분이 들었다. 세상에, 평범하고 지각 있는 펜리스의 클레어 모건이 지금 이런 곳에서 뭘 하 고 있는 거지?

처음에는 선한 의도가 그녀를 니컬러스에게 인도했지만, 그가 내민 악마 같은 거래를 받아들인 것은 거룩하지 못한 분노였다. 그러고 나 서부터, 그들 두 사람은 밀고 당기면서 어지러운 원무를 추고 있고, 그 원의 한가운데는 파멸이, 영적인 파멸과 사회적인 파멸이 있었다. 그러 면서도 여전히 클레어는 춤을 추고 있었다. 그녀의 인생에 이처럼 살 아 있다는 기분을 느껴본 적은 없었으니까. 모든 죄악이 그렇게 달콤 하고, 그렇게 흥분되는 것이라면, 인류가 죄 많은 종족이 될 수밖에 없는 것도 당연한 일이었다.

한 순간, 클레어는 아버지가 자기 앞에 서서 수심이 담긴 실망의 눈길로 바라보고 있는 듯한 상상이 들었다. 차라리 분노가 담긴 눈빛이었으면 그보다는 마음이 덜 아플 것 같았다. 결국 아버지의 기준대로 살 수는 없는 것. 지금껏 그렇게 살 수도 없었거니와, 니컬러스를 만난 이후로 그녀는 자존심과 분노와 정욕에 시달리고 있었다.

절망감이, 지독한 절망감이 그녀를 집어삼키는 듯했다. 펜리스를 떠난 이래 처음으로 클레어는 무릎을 꿇고 기도하기 시작했다. 하늘에 계신 우리 아버지시여…….

천부(天父)도, 니컬러스의 따뜻하고 탄탄한 실체 앞에서는 도움이 되지 않았다. 니컬러스는 그녀를 원했다. 비록 그의 욕망이 잠깐 스쳐 지나가는 덧없는 것일지라도, 그의 정욕을 탐닉하고 싶은 클레어의 욕구 또한 어쩔 수 없을 정도로 실제적이고 강렬한 것이었다. 어느 누구도 그토록 열렬히 그녀를 원한 적이 없었다.

그것은 지금 그녀가 갈구의 대상이 되고 있다는 의미였다.

차라리 니컬러스가 악마였다면 저항하기가 더 쉬웠으리라. 하지만 그는 성인이 아니듯 악마도 아니었다. 그에게 가장 잘 어울리는 말은 '무신론자이자 도덕을 초월한 사람'이 아닐까 싶었다. 하지만 그는 클레어에게 친절했고, 때때로 클레어는 그에게서 자신이 느끼고 있는 것만큼이나 지독한 외로움을 감지할 수 있었다. 그녀는 이제 알 것 같았다. 외로움은 욕망보다도 더 사람을 어쩔 수 없게 만드는 것임을…….

다시 기도에 전념하려고 애를 쓰던 클레어는 '우리를 시험에 들게 하지 마시고……' 라는 대목에서 또 멈추고 말았다.

너무 늦었어. 이미 시험에 둘러싸여 있으니. 그 시험에 아직 굴복하지 않고 있는 가장 큰 이유는, 니컬러스가 제안한 게임에서 그를 지게 만들고 싶은 그녀의 경쟁심 때문이었다. 솔직히 말하라고 하면, 그에 대한 자신의 저항에 있어 도덕심은 그다지 중요한 몫을 차지하고 있지 않다는 것을 클레어는 인정해야 할지도 몰랐다.

어찌어찌 해서 처녀성을 잘 보존하게 된다면 양심은 떳떳할 테니까 펜리스에 돌아가서도 소문을 무마시킬 수 있을 것이다. 하지만 만약 굴복하면 어떻게 되는 걸까? 망가진 여자가 되어서 옛날의 삶으로 돌아간다는 건 차마 상상할 수 없는 일이었다. 그렇다고 해서 니컬러스와 함께 할 수 있는 미래가 있는 것도 아니었다. 그는 다만 게임에 이길 수 있다는 것을 보여주기 위해서 그녀와의 동침을 원하는 거니까. 결혼은 아예 불가능한 것이었고, 설령 그가 계속 그녀를 원한다고 해도 그의 정부로 살아갈 수는 없는 노릇이었다.

주기도문을 포기한 채, 클레어는 마음속으로 소리 없이 울부짖었다. '하나님, 제가 제 자신을 파멸시키기 전에 부디 이 위험한 연회에서 벗어날 수 있는 힘을 갖게 해주소서.'

그녀의 인생에서 가장 절망적인 그 기도를 클레어는 하고 또 했다. 하지만 아무리 소리를 죽여 귀를 기울여봐도 누군가가 듣고 있다는 기미는 전혀 느껴지지 않았다. 어떤 존재도, 또 어느 길로 가야 할지에 대한 아무런 확신도 느낄 수가 없었다. 그녀는 혼자였다. 오직 그 유혹적인 춤만이 유일한 현실이었고, 그 춤은 어둠, 위험, 욕망 속으로 소용돌이치며 빠져들고 있었다.

손안에 얼굴을 파묻고 흐느끼면서, 클레어는 그 어느 때보다도 더 자신이 혼자라는 생각을 절절하게 느꼈다.

니컬러스가 다시 서재로 들어왔을 때, 루시언은 그들의 잔에 브랜디를 더 따르고 있었다.

「미스 모건이 자기는 점잖지 않다고 하던데, 내가 궁금하다고 하면 자네가 그것에 대해 설명해줄 수 있겠지.」

술을 조금 들이마신 후 루시언은 덧붙였다.

「궁금하네, 아주.」

몇 마디 간결한 문장으로, 니컬러스는 그와 클레어 사이에 맺어진 거래의 내용을 설명해주었다. 펜리스 주민들의 생활을 개선시켜주는 것에 대한 대가로 그녀가 자신과 함께 지내기로 했다는 것이 요지였다.

일부러 자세한 얘기를 생략했는데도, 설명이 끝나자 루시언은 작은 소리로 욕설을 내뱉었다.

「염병할, 니컬러스, 도대체 무슨 망령이 든 거야? 자네 짓궂은 장난 기야 익히 아는 바이지만, 순진한 사람을 망가뜨릴 생각까지 할 줄은 정말 몰랐다구.」

「클레어는 전혀 순진하지 않아. 스물 여섯 살에, 학식을 뽐낼 만큼 교육도 충분히 받은 데다가, 감탄할 만큼 고집이 대단해. 자기가 선택해서 나와 함께 있기로 한 거야.」

「정말이야?」

루시언의 초록색 눈동자가, 논점이 삼천포로 빠져들게 놔두지는 않겠다는 듯 반짝거리고 있었다.

「여자에게 반항을 하고 싶어 그런 것이라면 그럴 만한 계집을 찾아보라구. 참한 여자의 양심과 따뜻한 마음씨를 이용해서 그 여자를 망치려고 들지 말고 말이야.」

니컬러스가 자신의 술잔을 보조 테이블 위에 탁, 소리가 나게 내려놓았다.

「빌어먹을. 루스, 나보고 이래라 저래라 책망할 권리를 준 적은 없어. 내가 자네의 그 째째한 비밀기관의 공식 멤버가 되지 않고 늘 아마추어로 활동하고 있는 이유가 바로 그거라구.」

루시언이 한 손을 들어올리며 니컬러스를 말렸다.

「싸우지 말자, 니컬러스. 나도 특별히 간섭하고 싶은 마음은 없는데, 그저 사태가 어떻게 돌아가는 것인지 걱정이 되는데 아무도 미스 모건의 입장을 대변해주지 않을 것 같아서 그런 거야.」

「그 여자에게 상처를 줄 의도는 없어.」

「하지만 이미 상처를 입혔어. 마을에 뭐라고 소문이 날지도 생각을 좀 해봐야지. 그녀가 예전의 생활로 돌아가기는 아주 힘이 들 거란 말일세.」

니컬러스가 자리에서 일어나더니 안절부절못하는 사람처럼 서재 안을 왔다갔다했다.

「좋아. 그녀는 나와 함께 있으면 돼.」

「영원한 정부로서?」

루시언이 깜짝 놀라는 목소리로 물었다.

「안 될 게 뭐 있나? 난 그보다 더한 짓도 할 수 있는데. 종종 그래 왔었고.」

「그렇게 생각한다면 차라리 그녀와 결혼을 해.」

「절대 안 돼.」

니컬러스가 단호하게 내뱉었다.

「이미 한번 했던 결혼이고, 나한테는 그 한번도 너무 많았어.」

긴 침묵 끝에 루시언이 입을 열고 부드럽게 말했다.

「난 간혹, 자네와 그 아름다운 케럴라인 사이에 무슨 일이 있었는지 궁금해져.」

순간, 니컬러스가 빙 돌아서더니, 폭발하기 일보직전인 표정으로 친구를 노려봤다.

「루스, 우정이 지속될 수 있는 유일한 길은 넘지 말아야 할 선을 넘지 않는 거야. 우리 우정을 소중하게 여긴다면, 자네 일이나 신경 쓰게.」

「내가 짐작했던 것보다 더 심했던 모양이군. 미안하네, 니컬러스.」

「미안해하지 마. 어차피 죽을 생각을 했던 사람이니까.」

니컬러스는 다시 잔을 채워 들어올리며 짐짓 건배를 하는 척했다.

「인생과 사랑에 대해 나에게 너무나 많은 유용한 교훈을 가르쳐준 케럴라인을 위하여.」

그리고서 그는 남은 브랜디를 단숨에 비워버렸다.

루시언은 말없이 바라보고만 있었다. 사 년이면, 니컬러스를 영국에서 뛰쳐나가게 만든 그 재앙을 잊기에 충분한 시간이었다고 생각했는데, 그렇지가 않은 모양이었다. 루시언은 마이클에 대해서 만큼이나 니컬러스에 대해서도 걱정이 되기 시작했다.

그러나, 힘들었던 지난 몇 년의 세월을 겪으면서 루시언은 스스로 깨달은 교훈들이 있었다. 그것들 가운데 하나는, 어느 누군가가 친구를 위해 해줄 수 있는 일이 그리 많지는 않다는 것이었다. 그저 친구가 되어주는 것 말고는…….

15

클레어는 별로 잠을 자지 못했지만, 깜깜한 밤이 허용하는 흐릿한 사고력 안에서 냉엄한 마음의 평정을 찾았다. 훌륭한 감리교인은 내면의 깨달음을 통해 다스림을 받는 법이고, 그녀가 얻은 단 한가지의 내적인 깨달음은 가능하면 오래도록 니컬러스와 함께 있고 싶다는 것이었다. 그의 연인도 아니면서. 그렇기 때문에 그토록 지독한 도덕적 타락을 범한 자신을 과연 용서할 수 있을지 의심스럽기도 했다.

하지만 그와 함께 지낸 시간들을 돌이켜보면, 그때의 장면들이 생생하게 총천연색으로 마음속에 되살아났다. 그 다음에는, 그녀의 남은 생애가 흐릿한 회색 그림자로 등장했다. 지금이 클레어에게는 인생의 정점이었고, 석 달이 지나고 나면 아무 것도, 그리고 그 누구도 니컬러스만큼 자신을 깊이 감동시키지 못할 것이라는 생각이 들었다. 그렇다면, 어차피 지옥에 떨어질 운명, 자신의 사악함을 꾸짖기보다는 차라리 그와 함께 하는 시간을 즐기는 게 더 나은 일일 수도 있었다. 참회는 남은 생애 동안 하면 될 테니까.

클레어는 정성껏 옷단장을 하긴 했지만, 니컬러스가 스트레스모어 백작과 밤을 새우고 이른 아침에야 잠자리에 들었을 테니 늦게까지 일어나지 않을 것이라고 생각했다. 계단을 내려갔는데, 아침식사용 응접실에서 그가 나타나자 그녀는 깜짝 놀랐다.

클레어가 층계 맨 끝에 이르자, 그가 길을 막아섰다. 한마디 말도 없이 다짜고짜, 그는 클레어를 끌어안고 입을 맞추었다. 클레어가 계단 위에 서 있어서 두 사람이 키 높이가 엇비슷했는데, 그렇게 해서 입을 맞추어보니 놀라울 정도로 편안한 느낌이 들었다. 니컬러스의 포옹은 부드러움과 의외의 갈망이 담겨 있었다. 그의 목에 팔을 두르면서 클레어는, 그도 간밤에 외로움을 느꼈을까 하는 궁금증이 일었다.

키스를 끝내었을 때, 두 사람은 서로의 품에 안긴 채 그대로 있었다. 조금 수줍게 클레어가 입을 열었다.

「오늘의 키스를 아주 일찍 청구해버리셨군요.」

「당신을 놀래주려고. 오늘의 것을 한번 더 원한다면, 그건 당신이 먼저 시작해야 하오. 내 기분이 좋으면 협조해줄 테니까.」

말투는 경쾌하고 가벼웠지만, 니컬러스의 눈길은 그녀를 유심히 살피고 있었다.

「오늘은 거의 종일, 일 때문에 정신이 없을 것 같은데, 오후 늦게까지는 돌아올 거요. 오늘 저녁에 특별히 하고 싶은 거라도 있소?」

「전 항상 애스틀리 원형극장에 가보고 싶다는 은밀한 소원을 가지고 있었어요. 가볼 수 있을까요?」

니컬러스의 눈에 광채가 돌기 시작했다.

「당신이 어릿광대와 곡마사에게 취미가 있었단 말이오? 어렵지 않은 일이지. 마침 오늘밤에 공연이 있을 거요. 런던에서 또 뭘 보고 싶은지 한번 생각해봐요. 서재에 안내 책자들이 있으니까.」

그는 클레어의 허리에 팔을 두르고 다정하게 아침식사를 하러 갔다.

그 주는 내내 그날과 비슷한 유형으로 흘러갔다. 니컬러스는 사업상 시간을 보내고 나서 남는 시간을 클레어와 함께 지냈다. 그 역시 클레어만큼이나 런던 구경을 즐기는 것 같아 보였다.

아침마다 그들은 공원에서 같이 말을 탔고, 오후에는 런던탑에 들러 왕실 보물들을 구경하기도 하고 기계 박물관을 둘러보기도 했다. 클레어는 마담 터소 인형관(Madame Tussaud's Waxworks, 프랑스와 영국에서 활약한 스위스 태생의 밀랍인형 세공사 터소 부인이 세운 밀랍 인형관)에는 가지 않으려고 했는데, 프랑스 혁명의 희생자들을 실물과 똑같이 본뜬 밀랍인형들을 보면 악몽을 꾸게 될 것 같은 섬뜩한 기분이 들었기 때문이었다. 니컬러스는 가구상과 직물 가게에도 클레어를 데리고 가서 애버데어에 필요한 새 가구들을 고르게 했다.

몇 차례인가 루시언이 저녁식사에 자리를 함께 했는데, 그에게서 풍기는 이지적인 감흥은 니컬러스의 생기에 찬 열정과는 대조를 이루었다. 클레어를 향한 루시언의 태도는 정중했고, 마치 여동생을 보호하려는 오빠처럼 느껴지기도 했다. 그의 절제하는 태도가 다소 위협적으로 생각되기는 했지만, 클레어는 그가 아주 마음에 들었다.

안전을 위해, 클레어는 키스 시간이 돌아올 때마다 짐짓 가볍고 장난을 치듯 행동했다. 니컬러스는 결과를 강요하진 않았지만, 점차 그의 손길은 더 많은 영역을 침투해왔고, 클레어는 자신 역시 그에게 점잖은 행동을 요구하고 싶은 마음이 없다는 것을 알게 되었다.

모두 함께 한가롭게 보낸 한 주였다. 비록 클레어는 그게 폭풍전야의 고요함이 아닐까 하는 생각이 들기도 했지만. 그 폭풍이 어떤 모양으로 불어닥칠지는 모르는 일이기 때문에, 클레어는 그것에 대해 걱정하지 말기로 했다. 시간은 째깍째깍 흘러가고 있고, 그녀가 할 수 있는 최선의 일은 니컬러스와 함께 보내는 시간에서 떨어지는 방울방울의 즐거움을 모두 쥐어 짜내는 것이었다.

클레어는 당구대에 몸을 구부리고 과녁을 조준한 후 공을 쳤다. 큐대가 공을 치는 순간, 중심에서 약간 빗나가게 쳤다는 것을 알았지만, 이번에는 큐대가 미끄러져 나가지는 않았다. 대신, 공이 앞으로 굴러가더니 표적공을 맞혀서 포켓으로 떨어뜨렸다.

「할렐루야!」

클레어가 기뻐하며 소리쳤다.

런던 저택의 살림은 감독할 필요가 거의 없었다. 클레어는 게으름을 피우는 데는 재주가 없는 터라, 서재나, 혹은, 니컬러스를 이길 수 있는 실력을 연마하고자 당구실에서 자유시간을 보냈다. 이웃 거리에 사는 신기료장수에게 둥근 가죽 쪼가리를 잘라달라고 해서 그것을 큐대의 끝에 붙이기 전까지는 실력에 별 진전이 없었다. 오늘 처음으로 그 개조한 큐대를 사용해보는 중인데, 놀라운 결과가 나타나고 있었다.

두 번째, 세 번째 공이 연속 성공이었다. 큐대를 들어올려, 클레어는 흡족한 듯 큐대의 끝을 쳐다보았다. 덧댄 가죽이 공을 쳤을 때의 충격을 완화시켜 실수의 횟수를 줄여주었고 더 정확하게 공을 칠 수 있게 해주었다. 싱글벙글 웃으면서, 클레어는 연습을 계속했다. 다음 번 게임에서는 니컬러스가 깜짝 놀랄 게 분명했다.

「조금만 더 기다리세요, 아가씨.」

하녀, 폴리가 마지막 머리핀을 꽂았다.

「됐어요. 완벽해요.」

클레어가 거울에 비친 자신의 모습을 살펴보고 감명을 받았다.

「아주 잘했어요. 난 혹시나 머리에 새둥지를 튼 것 같은 기분이 들게 만들어버리지 않을까 염려했거든요.」

「여자들이 머리에 새둥지를 틀고 다닌 지는 몇 년 안 됐어요. 배나 꽃병 모형은 말할 것도 없구요. 우리 할머니는 귀부인의 몸종이었는데, 가끔씩 저에게 옛날 머리장식에 대해 들려주곤 했죠.」

폴리가 딱 맞는 위치에 웨이브를 넣으면서 계속 입을 놀렸다.

「그런데 아가씨는 머리칼이 아주 근사하시네요. 숱이 많고 윤기도 나구요. 단순한 스타일이 가장 돋보이겠어요.」

「이제 가운을 입어야죠.」

클레어가 일어서서 팔을 들어올리자, 폴리가 머리 위로 파란색 실크

드레스를 입혔다. 그 옷은 캔도버 공작의 연회 시간에 맞춰 오후에 배달되었고, 이제 처음으로 입어보는 것이었다.

폴리가 옷을 다 입히자 클레어는 자신의 모습을 보려고 돌아섰다. 처음으로 입어보는 정식 이브닝 가운이었는데, 전신 거울에 비친 자신의 모습에 클레어는 깜짝 놀라고 말았다. 낯선 사람을 보는 것만 같았다. 도발적이고 세련된 이방인.

「너무 근사해요, 아가씨.」

「난 이게 정말 내가 맞는지도 모르겠어요.」

무지개 빛 색조가 희미하게 반짝이는 실크는 그녀의 안색에 우아한 빛을 드리우고 눈동자를 거대한 사파이어처럼 반짝이게 했다.

깊이 파인 목선 때문에 봉긋 솟은 가슴이 드러난 것을 보고 클레어는 당혹스러워 미간을 찌푸렸다.

「가운과 코르셋만으로도 지극히 평범한 사람이 이렇게 요염하게 바뀔 수 있다니, 정말 믿을 수가 없어요.」

「아가씨 몸매는 최고예요. 어떤 사람들은 그저 그렇다고 할지도 모르지만, 옷만 제대로 입으면 충분히 풍만해 보일 수 있을 만큼 통통한 편이죠. 또 평상시에는 체구가 작으니까 호리호리해 보이기도 하구요. 얼마든지 아가씨가 원하는 모습으로 꾸밀 수가 있다는 말이에요.」

클레어는 믿을 수 없다는 듯 고개를 절레절레 저었다.

「이런 옷을 입고 사람들 앞에 설 자신이 생길지 모르겠어요.」

「그보다 더 깊게 파인 드레스를 입은 분들도 많을 거예요.」

「하지만 그들은 상류층 여자들이잖아요?」

클레어가 우울하게 말했다.

「이걸 하면 좀 나을 거예요. 백작님께서 보내셨답니다.」

폴리가 벨벳으로 커버를 씌운 상자를 들어올려 뚜껑을 열었다.

세 줄 짜리 진주 목걸이를 보는 순간, 클레어의 눈이 휘둥그래졌다. 니컬러스는 정말 그녀를 정부로 대접하고 있는 것이었다. 비록 그가 쓴 돈이 제 값을 못하고 있기는 하지만.

폴리가 목걸이를 채워주자, 벌거벗은 듯했던 느낌이 다소 줄어든 것 같았다.

「애써줘서 고마워요, 폴리. 당신 덕에 호박이 수박이 되었네요.」

「전 아가씨가 이미 가지고 있는 것을 최대한 빛나게 했을 뿐이에요. 분이나 연지를 바르지 않고도 아가씨처럼 얼굴이 고울 수 있다면 무슨 짓이라도 하려고 들 숙녀분들도 있답니다.」

시계가 아홉 시를 쳤다. 니컬러스에게 내려갈 시간이었다. 클레어는 화려한 캐시미어 숄을 어깨에 두르고 나가 계단을 내려갔다.

니컬러스는 아래에서 기다리고 있었는데, 평소보다 훨씬 멋있었다. 평소처럼 입은 검정색 양복이 하얀색 셔츠와 조끼로 인해 더 돋보였다.

「멋쟁이 숙녀들은 절대로 시간을 지키는 법이 없다는 말, 못 들어봤소, 클레어?」

「전 멋쟁이도 아니고 숙녀도 아니에요.」

그 말에 대꾸를 하려던 니컬러스는 동그란 램프 불빛 안으로 들어선 클레어의 모습을 보는 순간 숨이 멎는 듯했다.

「지금 당신의 모습을 보면 아무도 믿으려 하지 않을 거요.」

그의 눈빛에 담긴 노골적인 욕망이 클레어를 당혹스럽게 했다. 그리고 자신이 여자라는 사실을 깊고 강렬하게 느끼게 했다.

니컬러스가 그녀를 끌어안으며 숄을 끌어내렸다.

「참을 수가 없군.」

숄이 주르르 미끄러져 내려가 클레어의 슬리퍼 주위에 웅덩이를 만들었다. 니컬러스는 앞으로 몸을 기울여, 그녀의 목과 턱이 만나는 민감한 부위에 따뜻하고 단단한 입술을 문질렀다.

「순수함과 관능의 강렬한 혼합이라.」

낯설고 짜릿한 느낌이 클레어의 몸을 관통하며 전율을 일으켰다. 일순, 그녀는 거울 속의 그 여인이 된 듯한 기분을 느꼈다. 매혹적이고, 지극히 여성적이고, 니컬러스만큼이나 사랑의 게임에 능할 것 같은 그 여인. 마치 또 다른 여인의 영혼이 그녀의 안에 들어온 듯했다. 전혀 점잖지 않은 여인의 영혼이.

클레어가 손을 들어올려 크러뱃의 매듭을 망가뜨리지 않도록 주의하면서 손가락 끝으로 니컬러스의 얼굴을 어루만졌다. 방금 면도를 해서 그런지 턱이 아주 부드러웠다.

「내가 최근에 그런 말을 했던가요? 비록 유럽을 통틀어서는 아닐지라도 브리튼 안에서는 당신이 최고의 미남이라고 말이에요.」

니컬러스가 껄껄 웃으며 그녀에게 다가갔다.

「우리 서로에 대한 칭찬은 위층에 가서 계속하는 게 어떻겠소?」

몸을 움직이면 폴리가 권해주었던 들장미 향수의 냄새가 풍겨 나올 것을 알고, 클레어는 우아하게 그의 손길을 피했다.

「가야 할 시간이에요. 마이클 경과 만날 기회를 놓칠 수는 없잖아요.」

「당신은 위험한 존재가 되는 것을 배우고 있는 거요, 클라리시마.」

욕망과 즐거움이 교차된 얼굴로 니컬러스가 중얼거렸다.

「최선을 다해서 공부하는 중이랍니다.」

니컬러스가 소리내어 웃고 나서, 숄을 다시 주워들어 그녀의 어깨에 둘러주었다. 살짝 스친 손길이 불길을 일으켜 클레어의 혈관을 따라 줄달음질쳤다. 니컬러스의 팔을 잡고 그녀는 마차가 기다리고 있는 밖으로 나갔다.

마차 안에 들어가 앉은 후, 클레어가 물었다.

「스트레스모어 백작은 그곳이 왜 날 데려갈 만한 장소가 아니라고 말한 거죠? 공작께서도 오지를 벌이시는 건가요?」

클레어는 니컬러스의 손위에 자신의 손을 올려놓고 엄지손가락으로 그의 손바닥을 간질였다.

「그런 건 전혀 아니지만, 일부 가정에서 미혼인 딸들을 참석하지 못하게 하는 건 사실이오. 레이프가 주선하는 오락거리들은 천박하다고 여겨지거든. 일종의 기회인데, 거기서는 남자가 정부를 취할 수도 있고, 어쩌면 애인과 함께 참석한 마누라를 만나기도 하지.」

니컬러스가 자신의 손과 클레어의 손을 깍지 껴서 자신의 무릎 위에 올려놓았다.

「여자들 대부분은 사교계 출신들이지만, 몇몇은 고급 창녀들일 거요.」

「제가 그 차이를 어떻게 구별하겠어요?」

「가장 화려한 게 사교계 여자들이고, 고급 창녀들은 조금 더 신중해 보이고.」

클레어가 빙그레 웃음을 지었다. 어두운 마차 안이라 편안하게 시시덕거릴 수 있었다. 폴리의 말이 옳았다. 거울에 비친 도발적인 여자는 실제로 존재했다. 클레어 자신이 알지 못했던 위험한 면이 그녀의 안에 숨어 있는 것이었다. 마치 우연인 것처럼 그의 무릎에 자신의 무릎을 비비면서도 클레어는 자신의 행동을 뉘우치지 않았다. 나중에, 나중에 하면 되겠지…….

어둠 속에서 니컬러스의 입술이 그녀의 입술을 더듬어 길고 느긋하게 입을 맞추었다. 그의 손이 숄 아래로 미끄러져 들어와 맨 어깨를 보듬으면서 키스는 더욱 강렬해졌다.

삼십 초쯤 지났을까, 공격이 최대의 방어임이 떠올라, 클레어는 그의 무릎에 손을 얹어 꽉 쥐었다. 전율이 그의 몸을 훑고 지나갔다.

「정말 위험해.」

자제력을 잃은 듯 흔들리는 어조로 니컬러스가 말했다. 그의 손은 클레어의 젖가슴에 닿아 있었다.

「마차 안에서 얼마나 오래 할 수 있는지 알고 싶소?」

클레어가 깔깔 웃음을 터뜨렸다.

「공작 댁하고 당신 집은 아주 가깝다면서요.」

「그런 뜻이 아니라는 거, 당신도 알고 있잖소, 말괄량이 아가씨.」

니컬러스가 만지작거리자, 클레어의 젖꼭지가 단단해졌다. 여기에서 더 나가면 그들은 마차 안에서의 한계를 시험하게 될 터였다.

클레어는 숨을 깊게 들이마시고서 말했다.

「그만둬야 할 때인 것 같아요.」

젖가슴에 있던 그의 손이 보다 안전한 영역인 허리로 내려갔다.

「남은 밤을 위해서?」

「지금은 이것으로 충분하다는 거예요. 남은 밤을 위해서 그때까지 만지지 말자고 하기에는 너무 이른 시간이잖아요.」

「절대 동감.」

니컬러스는 여전히 클레어의 손을 잡은 채, 벨벳 의자에 기대어 앉았다.

숨을 가다듬으면서, 클레어는 이런 정신 나간 게임을 가능하게 만드는 것은 신뢰라는 사실을 깨달았다. 그만두라고 하면 언제든지 니컬러스는 멈췄고, 그의 자제력은 경보를 울리는 역할로부터 그녀를 자유롭게 풀어주었다. 그녀는 어둠 속에서 미소를 지으며, 게임의 다음 단계는 과연 어떻게 될까 궁금해했다.

16

캔도버 저택의 방문객 열에 서서 입장을 기다리는 동안 클레어가 물었다.

「런던으로 돌아온 후에 공작을 만난 적이 있나요?」

그러자 니컬러스가 빙그레 웃으며 입을 열었다.

「방문을 했었는데 집에 없어서 명함을 남겨놓았소. 그랬더니 레이프가 날 연회에 초대한다는 편지를 보내왔더군. 자발적으로 오지 않으면 멱살을 잡고서라도 끌고 오겠다는 협박과 함께 말이오.」

「두 분이 서로 인사만 나누고 말아야겠네요? 듣자하니, 런던의 연회는 북적거려야 유행에 뒤떨어지지 않는 것으로 여겨진다던데.」

「레이프는 유행을 좇아가는 게 아니라 유행을 만드는 친구요. 오합지졸 같은 무리들을 좋아하지 않기 때문에 편안하게 즐길 수 있을 만한 규모로 모임을 주선하는 편이지. 그래서 모임이 더 배타적이기도 하지만.」

「결혼하지 않은 여자들은 참석이 허락되지 않아서 초대를 하지 않는 건가요?」

「레이프는 곱게 자란 규수들 따위에는 관심이 없소.」

니컬러스가 냉담하게 대답했다.

「저 여자가 레이디 웰코트, 그 친구의 현재 정부라는군, 루시언의 말에 의하면.」

「유부녀예요?」

니컬러스가 고개를 끄덕였다.

「레이프가 관심을 가지는 유일한 부류의 여자들이지. 그런 여자들은 규칙을 알고 있고, 괜히 그 친구와 사랑에 빠져서 골치 아픈 문제 따위를 일으키지도 않으니까.」

「상류사회에서는 간통이 삶의 방식인가요?」

목사의 딸다운 말투로 클레어가 묻자, 니컬러스는 어깨를 으쓱했다.

「여러 귀족들의 혼사가 가문이나 부를 위해 이루어지는 것이라, 다른 곳에서 즐거움을 찾으려는 건 하등 놀라울 게 없는 일이오.」

니컬러스가 아내에게 충실하지 않았던 것도 그 때문이었을까? 클레어가 입고 있는 눈부신 가운조차도 그런 질문을 할 수 있는 용기를 불러일으키지는 못했다.

「그럼 분명 공작은 가문보다는 자신의 의지로 선택한 여자와 결혼을 할 수 있는 위치에 있는 것이겠군요.」

「딱 한번 그럴 뻔한 적이 있었는데, 레이프가 옥스퍼드를 막 마쳤을 때 사랑에 빠진 여자였소. 난 계속 대학을 다니느라 그녀를 본 적은 없지만, 어느 날 보내온 편지에 횡설수설 철부지처럼 말하길, 지상으로 내려온 여신이다, 시즌이 끝나는 대로 정식 약혼을 치르겠다, 그러더군. 레이프가 평정을 잃은 것처럼 보였던 때는 그때가 처음이자 마지막이었소.」

「그 여자는 죽고, 그후로 그 여자 만한 다른 여자를 만나지 못했나 보군요?」

클레어가 동정심을 담아 물었다. 그러자 니컬러스의 눈빛이 의미심장하게 빛났다.

「아니, 그녀가 레이프를 배신했소. 그게 바로 사랑이 무엇인지를 보여주는 것 아니겠소?」

클레어는 허파의 공기가 모두 빠져나가는 듯한 느낌이 들었다.

「그 말은, 의심의 여지없이, 내가 이제껏 들어본 말 중에 가장 냉소적으로 들리는 말이군요.」

「그렇소? 내 경험은 다른데. 날 사랑한다고 했던 사람들은 모두……..」

그의 음성이 갑자기 뚝 끊어졌다.

그가 자신을 지금 이런 사람으로 만들어버린 진실 가운데 한가지를 무심코 내뱉었다는 것을 알고, 클레어는 그의 딱딱한 손을 가만히 잡아주었다.

「필요에 의해서, 지배하고자 하는 욕구에 의해서, 혹은 그와 같은 다른 이기적인 동기에 의해서 사랑을 요구하는 사람들도 있을 거예요. 하지만 오웬과 마기드, 에밀리와 로버트 홀크로프트 같은 사람들도 있잖아요. 당신은 그들의 사랑이 배신을 품고 있다고 생각하세요?」

니컬러스의 손이 천천히 그녀의 손을 움켜쥐었다.

「아니, 그렇지 않을 거요. 진실한 사랑도 하나의 재능이거나 혹은 단순히 운일지도 모르오. 그래서 어떤 사람들은 가지고, 어떤 사람들은 못 가지는 것이겠지.」

「저도 가끔 그런 생각을 했어요. 사랑을 믿지 않는다면, 그럼 당신은 뭘 믿으세요?」

잠시 말이 없다가, 니컬러스는 입을 열었다.

「우정이라고 생각하오.」

「우정을 믿는 사람도 훨씬 더 큰 배신을 할 수가 있어요. 하지만 깊은 우정은 그 역시도 사랑과 같은 것이죠.」

「나도 그렇게 생각하오.」

니컬러스는 자조적인 미소를 지었다.

「하지만 사랑보다는 이해관계가 훨씬 낮으니까 배신을 느낄 가능성도 적고, 그래서 사랑보다 훨씬 안전한 셈이지.」

방문객의 열이 끝에 다다르자 클레어는 비로소 앞에서 한 쌍의 방문객과 얘기를 나누고 있는 캔도버 공작의 얼굴을 뚜렷이 볼 수 있었다. 키 크고 잘생겼고, 클레어는 그에게서 배어나오는 귀족적인 분위기가 아주 자연스럽게 느껴졌다. 정중하고, 유쾌하고, 절도 있는 전형적인 영국 신사의 모습이었다.

앞 손님이 지나가자 공작이 그들에게 돌아섰다. 보자마자 그의 얼굴이 환하게 밝아졌다.

「니컬러스! 이렇게 와줘서 정말 기쁘네.」

공작은 친구의 손을 잡고 정말로 열렬하게 악수를 했다.

「오늘밤은 얘기를 나눌 시간이 많지 않을 테니까, 내일 화이트네 가게에서 점심이나 같이 하세.」

학창시절 니컬러스의 편에 서서 수적으로 우세한 아이들과 맞붙어 싸웠다는 루시언을 인정했듯이, 클레어는 친구와의 재회를 진심으로 기뻐하고 있는 공작 역시 마음에 들었다. 니컬러스가 비록 사랑에 대해서는 낮게 평가하고 있지만 친구를 사귀는 재주만큼은 확실했다.

클레어를 앞으로 끌어내며 그가 말했다.

「레이프, 내 친구 미스 모건.」

아까 나눈 대화 덕분에 니컬러스가 자신을 친구라고 소개하는 것의 의미를 새롭게 이해하게 된 클레어는 미소를 지으며 인사를 건넸다.

「뵙게 되어 영광입니다, 공작님.」

「오히려 제가 영광입니다, 미스 모건.」

공작이 우아하게 고개를 숙이며 인사를 받았다. 니컬러스와 달리 그의 눈동자는 회색이었고, 클레어는 그 차가운 눈빛 깊숙한 곳에 담긴 호기심과 사내다운 당당함을 느낄 수 있었다.

소개가 끝나자 공작이 먼저 말을 꺼냈다.

「레이디 웰코트, 애버데어 백작과 미스 모건이오.」

공작의 정부는 그보다 몇 살 연상으로, 한 마흔쯤 되어 보였다. 세속적인 분위기를 풍기는 멋쟁이 금발 여자였지만, 난잡한 감정에 흥미가 없는 남자한테 병적으로 매달릴 타입은 아니었다. 클레어는 레이프를 이런 지경에 이르게 한 '지상으로 내려온 여신'을 생각하면서, 한숨이 나오려는 것을 꾹 참았다. 불쌍한 공작. 많은 사람들이 사랑을 원하지만, 주위를 돌아보면 결코 그런 사랑이 많지 않았다.

레이디 웰코트는 클레어에게 형식적으로 고개를 끄덕이더니, 니컬러스에게 시선이 돌아가자마자 눈에 생기가 돌았다.

「애버데어 백작님.」

다정하게 인사를 건네며 그녀가 손을 내밀었다.

「백작님은 기억 못하시겠지만, 백작님이 트레거 자작이었을 우리 만난 적이 있었잖아요. 블렌하임에서였죠, 아마.」

「물론 기억하오. 난 매력적인 여자는 절대로 잊지 않으니까.」

클레어의 편견일 수도 있겠지만, 레이디 웰코트의 선웃음이 지나치게 세련된 척해 보이는 것 같았다.

우아하게 부채를 펄럭이며, 그 귀부인이 말했다.

「이제 영국에 돌아오셨으니, 런던에서 좀 더 자주 뵙기를 바랄게요.」

「암, 그래야죠.」

니컬러스가 매력적인 미소를 지었다. 그의 미소는 늘 그랬지만.

공작은 그들의 대화를 기분 좋게 즐기는 눈치였지만, 클레어는 니컬러스나 그 여자의 정강이를 발로 걷어차고 싶은 심정을 꾹 누르고 있었다. 마냥 즐거운 눈길로 클레어를 곁눈질하던 니컬러스가 그녀의 생각을 읽었는지, 부드럽게 말을 했다.

「우리 지금 줄을 서고 있었네. 오늘밤 얘기할 기회가 나지 않으면, 레이프, 내일 화이트의 가게에서 보자구.」

그는 클레어의 팔을 잡고 거대한 홀 입구로 인도한 후, 왼쪽으로 돌아 연회장으로 향했다.

「사교계에서 성공하려면, 클레어, 표정관리하는 법을 배워야 하오.

난 당신이 레이디 웰코트를 물어뜯지나 않을까 걱정했소.」

그러자 클레어가 톡 쏘아 말했다.

「난 사교계에서 성공하고 싶은 생각 따윈 없어요. 그리고 나이든 귀부인이 내 앞에서 당신에게 그렇게 침 질질 흘리며 아양을 떤다는 건 좀 꼴사나운 태도 아닌가요.」

니컬러스가 빙그레 웃음을 지었다.

「지금 내가 간파한 게 질투심이던가? 질투는 일곱 가지 대죄 가운데 하나가 아닌가 생각하오만.」

「질투가 아니라, 시기심, 탐욕, 정욕, 분노, 탐식, 자만심, 나태, 이렇게 일곱 가지예요.」

「그 항목들은 나도 잘 알고 있소.」

그의 눈동자가 신이 난 듯 춤을 추고 있었다.

「누구에게나 가슴속에 품고 살 숭고한 목표가 필요한 법.」

클레어는 그만 웃고 말았다.

「부끄러운 줄 좀 아세요.」

「그렇게 하지요.」

니컬러스가 짐짓 겸손한 투로 대꾸했다.

아치를 지나 들어간 넓은 연회장에는 곱게 단장한 남녀들이 춤을 추고 있었다. 이렇게 웅장한 사교 모임은 클레어에게 처음이었지만, 그녀가 정작 놀란 것은 사람들이 아니라 무대장식 때문이었다.

벽과 높은 천장은 검은색으로 칠해져 있는데, 샹들리에의 빛을 빨아들여 신비롭고도 환상적인 분위기를 자아내고 있었다. 검정색은 또한 방의 구석을 빙 돌아가며 서 있는 대좌 위의 대리석상의 멋진 배경막 역할을 하기도 했다.

조각상은 모두 가늘고 고전적인 직물을 걸친 실물 크기의 여자들이었는데, 신체의 대부분이 맨살을 드러내고 있었다.

「잠시 조각상들을 쳐다보고 있어봐요.」

니컬러스가 씩 웃으며 말했다. 그의 말대로 가만히 조각을 지켜보던 클레어는 조각 중의 하나가 자세를 바꾸는 순간, 헉, 숨을 멈추었다.

「맙소사, 살아 있어요!」

「레이프는 자신의 연회가 길이 길이 기억에 남길 바라오.」

니컬러스가 다른 '조각상'을 손가락을 가리켰는데, 그곳에서는 활기에 찬 한 남자가 대좌에 기대어, 그 위에 있는 멋진 여자 조각과 이야기를 나누고 있었다.

「아마 저들은 밤의 여인들일 거요. 보수를 두둑이 받는 대신 저녁 내내 저렇게 하얀 백연과 파우더를 뒤집어쓰고 있어야 하는 거지. 저 사내는 아마도 지금 자기 맘에 든 요정과 은밀한 거래를 시도하는가 보오.」

「공작이 싫어하지 않을까요?」

「글쎄, 조각상이 저 사내하고 같이 벽감 속으로 들어 가버린다면 좋아하지 않겠지만, 연회가 끝나면 얼마든지 둘의 시간을 가질 수 있지 않을까 싶소.」

클레어는, 그 가짜 조각상이 자신의 발가락을 간질이고 있는 신사에게 하얀 속눈썹을 천천히 감아 윙크하는 모습을 지켜봤다. 최소의 옷감을 걸치고 있어, 그 몸매가 얼마나 뛰어난지를 확연히 알 수 있었다.

「사람들이 왜 순진한 딸들을 이곳에 데려오고 싶어하지 않는지 이해할 것 같네요.」

다소 풀이 죽은 목소리로 클레어가 말했다.

별석의 연주가들이 악기 소리를 높이자, 남녀가 한 줄로 마주보고 서며 춤의 대열을 갖추어갔다. 클레어는 어느새 음악에 맞춰 발장단을 치고 있었다.

「춤추겠소?」

니컬러스가 물었다.

「춤출 줄 몰라요.」

클레어의 목소리에 저도 모르게 실망감이 묻어나왔다.

「음, 춤은 비감리교적이라는 사실을 내가 깜빡했군.」

그는 클레어의 발장단을 내려다봤다. 클레어가 옷단 아래로 발을 감추자, 그가 말했다.

「이건 좀 간단한 컨트리댄스(남녀가 두 줄로 마주서서 추는 영국의 지방 춤)요. 일단 한번 보고 나면 다음 번 곡에서는 같이 동참할 수 있을 거요. 당신 양심이 허락한다면.」

잠시 생각을 해보다가 클레어가 말했다.

「주중에 겪은 충격들로 제 양심은 이미 마비되었어요. 춤 한번 춘다고 더 나빠질 것도 없죠 뭐.」

첫 번째 춤곡에 이어 두 번째에도 비슷한 곡이 흘러나오자, 클레어와 니컬러스도 무리 속에 끼어들었다. 클레어가 한번 발을 헛디딜 뻔했는데, 다행히 니컬러스가 가까이 있어 그녀를 붙잡아주었다. 죄의식을 단호하게 끊어버리고, 클레어는 흥겹게 춤을 즐겼다.

다음 춤은 왈츠였다. 연회장의 한쪽으로 물러나와서 니컬러스가 말했다.

「부도덕한 왈츠가 서구문명의 몰락을 가져올 것 같지 않소?」

「그렇지 않을 거예요.」

미끄러져 나가듯 춤을 추고 있는 한 쌍을 물끄러미 바라보며 클레어가 대답했다.

「저 춤은 굉장히 좋아하는 상대와 추면 아주 좋을 것이고, 그렇지 않은 상대와 추면 무척 불쾌할 것 같아요.」

「관심이 있다면, 내가 춤 선생이 되어 당신에게 가르쳐줄 수도 있소. 배우지 않고 추기에는 좀 복잡한 춤이거든.」

귀가 솔깃해지는 제안이었지만, 아직 클레어에게는 일말의 양심이 남아 있는 모양이었다.

「고맙긴 하지만, 앞으로 저에게 왈츠를 출 기회가 또 생길 것 같진 않아요.」

「그건 두고봐야 알 일이오.」

순간, 요염하게 생긴 빨강머리 여자 하나가 난데없이 나타나더니 클레어를 완전히 무시한 채 니컬러스에게 달려들어 교태를 부렸다.

「내 사랑 올드 닉, 자기 돌아왔군요. 날 찾아오지도 않고 뭐예요. 힐 스트리트 12번 가. 내 지금 보호자는 뭐라고 하지 않을 거예요.」

니컬러스는 조용히 그녀를 품에서 떼어냈다.

「그건 당신이 지난번에 했던 말이야, 일리애너. 그리고 초크 목장에서의 결투로 모든 것은 끝났어. 다행히 그때 당신 남자가 지독하게 총을 못 쏘았고, 그 때문에 그 남자가 불평을 하는 것도 당연하다고 생각을 했지.」

「헨리는 잘하는 게 별로 없어요. 그래서 그때 당신을 초청한 거구요.」

아랑곳하지 않고, 그녀는 아이보리 부채로 손목을 톡톡 치며 말했다. 「언제 올 수 있어요?」

「미안하지만, 난 다른 볼일이 있어서.」

그의 시선이 클레어의 굳어진 얼굴로 움직였다.

「게다가 난 같은 실수를 반복하고 싶지 않아.」

빨강머리의 교태가 토라짐으로 바뀌었다.

「난 옛정을 생각해서 예의를 갖추고 있는 거예요, 알아요? 당신이 필요해서가 아니라구요. 지금 날 돌봐주는 남자는 180센티미터가 넘는 장신에 체격도 완벽하다구요.」

모욕감을 느끼는 대신 니컬러스는 크게 웃음을 터뜨렸다.

「잘 알겠소, 일리애너. 나 같은 시시한 남자에게 당신 시간을 낭비해서는 안 될 일이지.」

빨강머리는 붉게 칠한 입술을 치켜올리며 마지못한 듯 미소를 지어 보이다가, 그제야 처음으로 클레어를 쳐다보았다.

「잘해봐요, 귀여운 아가씨. 침대 안에서든 밖에서든 니컬러스처럼 해줄 남자는 세상에 아무도 없으니까.」

일리애너가 소란을 피우고 가버리자 클레어가 톡 쏘아 붙였다.

「여기 있는 여자들은 당신이 과거에 같이 자봤거나 아니면 장차 자볼 여자들, 이렇게 두 부류로 나누어지는군요.」

니컬러스의 입꼬리가 치켜 올라갔다.

「당신한테 화내지 마라, 말해봤자 내 입만 아픈 일이겠지만, 어쨌든 난 그 여자의 제안을 받아들이지 않았다는 걸 명심하시오. 비록 내가 당신을 유혹하려 하고, 당신 이름에 먹칠을 하고, 그밖에도 수없이 많은 잘못을 저지르긴 하지만, 사람들 앞에서 당신에게 모욕을 주는 일만은 하지 않을 거요.」

니컬러스가 그녀의 목덜미에 손을 얹고 천천히 주무르기 시작했다. 클레어의 긴장이 풀리기 시작했다. 후회하는 마음이 들면서, 그녀는 니컬러스가 그녀 자신을 얼마나 잘 꿰뚫어보고 있는지를 깨달았다. 비록 그녀가 일곱 가지 대죄 중에 다른 것과는 무관할지 몰라도, 분명 교만의 죄는 짓고 있었고, 만약 니컬러스가 다른 사람들 앞에서 그녀에게 그렇게 신랄하고 야비한 말을 한다면 정말 견디기 힘들었을 터였다.

「고급 창녀들은 귀부인들보다 더 신중하다고 하지 않았던가요?」

「모든 규칙에는 예외가 있는 법이오.」

그때 불쑥, 친숙한 목소리가 끼어들었다.

「안녕, 니컬러스, 미스 모건.」

스트레스모어 백작이 그들에게로 느릿느릿 걸어왔다.

「마이클이 카드 룸으로 가고 있는 걸 본 것 같긴 한데, 너무 멀어서 그 친구가 맞는지 잘 모르겠군.」

「뛰어가면 만날 수 있을 거야. 내가 돌아올 때까지 클레어와 함께 있어 주겠나?」

「물론이지.」

니컬러스가 사람들 사이를 비집고 달려나가자, 스트레스모어가 반사적으로 내뱉었다.

「잡종의 참값을 보여주는 산 증인이 나가신다.」

그러자 클레어가 깜짝 놀라며 물었다.

「무슨 말씀이세요?」

스트레스모어는 사라지는 니컬러스의 뒷모습을 향해 고개를 끄덕였다.

「여기 귀하게 자란 나머지 귀족들과 저 친구를 비교해보세요.」

순간적으로 말뜻을 이해한 클레어가 웃음을 지었다. 연회장 안에 니컬러스만큼 매력적인 생명력을 발산하는 사람은 아무도 없었다.

「무슨 말씀인지 알겠어요. 그 사람 옆에 서면, 누구든 반만 살아 있는 것처럼 보이죠.」

클레어는 장난기 섞인 눈길로 말동무를 흘끗 쳐다봤다.

「백작님도 귀하게 자라셨나요?」

「물론이죠. 고귀한 스트레스모어 가문의 설립자는 원기 왕성한 강도 남작이었는데, 몇 세기를 거치는 동안 기질이 약해졌어요. 한두 명쯤 집시와 결혼을 하면 혈통이 개선될지도 모르죠.」

백작이 클레어에게 천사 같은 미소를 지으며 말을 이었다.

「난 절대로 함부로 열정을 발산하지 않는 사람이라고 알려졌다는 걸 아니까, 저 친구가 마음놓고 당신을 나에게 맡겨놓고 간 거죠.」

「열정이 부족한데도 탕아가 되는군요.」

「관련 모임에 연루될 때만 그렇지, 난 탕아가 아니에요. 하지만 사람들한테는 내가 은밀한 비밀들을 알고 있는 자로 알려져 있죠.」

백작이 빙그레 웃으며 말했다.

「그럼 스파이 단장이세요, 탕아가 아니라?」

그러자 가볍게 장난을 치는 듯 싶던 백작의 태도가 바뀌었다.

「니컬러스한테 무슨 말을…….」

날카롭게 내뱉던 말을 멈추고 그가 얼굴을 찡그렸다.

「내가 너무 말을 많이 했나보군요.」

비록 클레어의 말은 농담이었지만, 스트레스모어의 반응을 보고 그녀는 재빨리 감을 잡았다.

「언젠가 니컬러스가 대륙을 여행했던 얘기를 들려준 적이 있는데, 정보 수집도 하고 옛 친구를 위해서 밀사 역할을 하기도 했다고 하더군요. 백작님은 화이트홀에 근무하고 계시니까, 그때 니컬러스가 말했던 그 친구분이 백작님이 아닐까 하고 그냥 추측을 해본 거예요.」

「첩보원의 자질을 가지고 있군요.」

루시언이 미소는 그를 더 여리고 보다 덜 염세적인 사람으로 보이게 했다.

「내가 그다지 쓸모 없는 놈이 아니라는 것은 나도 인정하지만, 추측하신 것을 혼자만 알고 계셔주었으면 고맙겠어요.」

「이런 건 워낙에 은밀한 사안이라 누구에게 함부로 얘기할 수가 없답니다, 스트레스모어 백작님.」

「지력(知力)에 신중함까지 갖추셨다니!」

루시언은 가늘게 한숨을 내쉬었다.

「왜 난 당신 같은 여자를 만나지 못했을까요? 내 친구들처럼 날 루시언이라고 불러달라고 하고 싶네요. 그래야 나도 당신을 클레어라고 부를 수 있을 테니까요. 당신이 싫다고 하지만 않으면요.」

「좋아요, 루시언.」

그가 팔을 내밀었다.

「자, 그럼 이제 우린 공식적인 친구가 되었으니, 펀치나 한잔 하러 갈까요? 여긴 좀 더운 것 같은데.」

빙긋 웃으며, 클레어는 그가 내민 팔꿈치에 손을 끼우고 연회장을 가로질러 반침이 있는 곳으로 걸어갔다. 그곳에서는 벌거벗은 인어가 떠받들고 있는 항아리에 들어 있는 와인 펀치가 크리스털 연못으로 폭포처럼 쏟아지고 있었다. 이번 것은 진짜 조각상이었지만, 만약에 살아 있는 인어를 구할 수만 있다면 공작은 분명 하나를 여기에 데려다놓았을 것이라고 클레어는 생각했다.

루시언은 클레어를 위해 항아리 밑에 잔을 받쳐 채우고 나서 자신의 잔도 채웠다.

「처음 온 연회인데 즐거우세요?」

「네. 제가 이 자리에 잘 어울려야 할 텐데, 잘 모르겠네요.」

「침착하게, 집에 온 것처럼 아주 잘 하고 있어요. 아무도 당신을 낯선 곳에 억지로 끌려온 웨일스의 선생님이라고 생각하지 않을 걸요.」

루시언은 클레어를 다시 연회장으로 데리고 가, 춤추는 사람들을 함께 구경했다.

「당신한테 한 일을 생각하면 니컬러스는 호되게 매를 맞아도 싸지만, 그 친구의 충동을 이제 나도 알 것 같군요.」

「그 말이 칭찬이었으면 좋겠네요.」

「칭찬이에요. 굳이 내가 말을 하지 않아도 알겠지만, 니컬러스는 겉으로 보이는 것보다 훨씬 복잡해요. 늘 그랬고, 사 년 전의 그 비참한 일이 있고 난 후로도 그랬죠. 그 별난 집시의 마음 밑바닥에 무슨 생각이 들었는지는 오직 하나님만 아실 거예요. 그 친구에게는 뭔가가, 혹은 누군가가 필요한데, 내가 보기에 지금은 당신만이 가장 큰 희망이에요. 그 친구가 당신 인생에 해놓은 짓들을 생각하면 괘씸하기 짝이 없겠지만, 잘 참아주기를 바라요.」

「공평하게 말하자면, 저 역시 이런 상황을 초래한 장본인 중의 한 사람이라고 할 수 있죠. 제가 먼저 그에게 도움을 요청했고, 그 사람이 터무니없는 제의를 받아들이라고 강요하지도 않았어요.」

클레어는 루시언이 했던 나머지 말들을 곰곰이 생각해보았다.

「하지만 전 그의 인생에 실질적으로 아무런 의미가 없는 사람이에요. 펜리스와 관련된 일만 빼면요.」

클레어는 씩 웃음을 지었다.

「가끔은 니컬러스가 절 정부로 대해야 할지 애완동물로 대해야 할지 몰라 하는 것처럼 생각되기도 해요.」

루시언은 웃으면서 고개를 저었다.

「니컬러스의 실제 속마음이야 알 수 없는 일이지만, 당신은 그 친구에게 있어 정부나 애완동물보다 훨씬 중요한 존재예요.」

흥미롭게 들리는 말이기는 했지만, 클레어는 그 말을 믿을 수가 없었다. 펀치를 조금씩 음미하면서 그녀는, 이 냉철하고, 이른바 곱게 자랐다고 하는 스트레스모어 백작도 은근히 로맨틱한 면이 있는 사람이라는 결론을 내렸다.

차라리 그것을 믿는 편이, 자신이 니컬러스에게 중요한 존재라는 말을 믿는 것보다 쉬운 일이었다.

17

연회에 참석한 손님들 태반이 니컬러스를 멈춰 세우며 집으로 초청하려고 수선이었다. 벌써 떠들썩한 인사를 건네며 세 번이나 여봐란 듯이 수작을 걸어왔고 다섯 번은 노골적인 유혹을 해왔다. 루시언과 클레어를 남겨두고 온 것은 다행스런 일이었다. 그녀의 질투를 염려해서가 아니었다. 그는 그것이 오히려 애정의 발로임을 알았다. 클레어는 하루가 다르게 정숙한 여교사의 모습을 벗어버리고 차츰 여성스러워지고 있었다.

니컬러스는 카드 룸에 들어서 분주하게 시선을 움직였다. 그곳에 머물렀었는지 몰라도 마이클 케넌은 보이지 않았다. 몇 명의 남자들에게 물어보았지만 아무도 확실히 보지 못한 것 같아, 결국 그는 실망하며 클레어와 루시언을 찾기 위해 돌아왔다.

현관 입구를 지나려는데, 여행길에 먼지를 뒤집어쓴 한 남자가 늦게 도착한 방문객들을 접대하고 있던 캔도버 공작에게 입회를 허락받고 급히 말을 전하고 있었다. 소식을 들은 레이프는 함성을 지르며 돌아서서 바로 계단을 뛰어 올라갔다. 니컬러스는, 침착하기로는 루시언과

겨룰 만한 그가 무슨 전갈이기에 저런 반응을 보일까 추측해보았지만 감이 잡히지 않았다. 어깨를 으쓱하면서 그는 한참 쿼드릴(quadrille, 2인 내지 4인이 짝지어 추는 춤)이 진행 중인 연회장으로 걸어 들어갔다.

루시언의 큰 키와 밝은 머리칼 덕분에, 금방 클레어가 있는 곳을 찾을 수 있었다. 니컬러스가 두 사람에게 다가간 순간 음악이 곡 중간에서 끊어졌다. 갑작스러운 침묵을 가르며 레이프의 목소리가 연회장에 울려 퍼졌다.

「나의 친구들이여! 놀라운 소식이 있습니다.」

니컬러스가 고개를 들어 작은 오케스트라가 있는 무대 위에 선 공작을 바라보았다. 흥분으로 들뜬 레이프의 목소리가 이어졌다.

「방금, 나폴레옹이 퇴위했다는 전갈을 받았습니다. 전쟁이 공식적으로 끝났답니다.」

처음에는 다들 멍하니 침묵을 이어가다가, 어디선가 갈채소리가 들려오자, 더 많은 사람들이 캔도버 저택의 서까래가 들썩거릴 정도로 함성을 질러대기 시작했다.

니컬러스는 기쁨에 넘치는 소리를 지르며 클레어에게 성큼 다가갔다. 완벽한 축하를 할 수 있는 방법은 그녀와의 입맞춤뿐이었다. 유감스럽게도, 더 가까이에 있던 루시언이 앞서 클레어를 안아올리며 감격스러운 포옹을 하는 바람에 니컬러스는 잠시 어쩔 줄을 몰라 쩔쩔맸다.

루시언이 그녀를 바닥에 내려놓자 니컬러스가 팔로 그녀를 감싸 안으면서 친구에게 말했다.

「자네 기분을 꺾는 것 같아 좀 야비하게 느껴지긴 하지만, 다음에는 진짜 자네 사람을 찾게, 친구.」

하나도 무섭지 않다는 듯, 루시언이 빙긋 웃더니 그의 등을 마구 두드렸다.

흥분한 클레어가 팔로 니컬러스를 감싸더니 그에게 감격스러운 키스를 했다. 그녀는 마음을 진정하고 떨리는 목소리로 말했다.

「나폴레옹의 군대가 작년 내내 방어적인 자세로 일관해오긴 했지만 전쟁이 끝나다니 실감이 나질 않아요. 마침내, 마침내 우린 평화를 얻었어요.」

니컬러스는 그가 보았던, 전쟁으로 황폐화된 유럽을 생각하며 클레어를 단단히 끌어안았다.

「전쟁이 영국 땅을 휩쓸지 않은 것을 신께 감사하오. 우리가 당한 피해는 다른 유럽 국가들이 받은 고통에 비하면 경미하지 않소.」

「다행히 난 이제 저주받은 그 중요한 일들을 하지 않아도 되겠군.」

여전히 밝게 웃으며 루시언이 말했다.

「자넨 지난 몇 년 동안 나라를 위해 일을 한 대가로 결국 남은 삶은 빈둥거리며 누워지낼 수 있는 자격을 얻은 셈이로군 그래.」

그들처럼 환희에 찬 사람들의 모습이 주위를 에워싸고 있었다. 그들 곁에 한쪽 팔이 없는 군복차림의 늙은 남자가 서 있었다. 남자는 남은 팔로 아내를 감쌌고 둘은 부끄러움도 잊은 채 울고 있었다. 조상(彫像)들조차도 자신들의 역할을 포기하고 바닥으로 뛰어내려와 축하의 행렬에 동참했다. 웰링턴 장군을 위한 갈채를 보내고 그의 군대를 위해 환호했다.

니컬러스는 연주자들이 있는 무대를 다시 올려다보다가 흠칫했다.

「저기 위에서 레이프와 이야기하고 있는 사람, 마이클 아닌가?」

루시언이 위쪽을 자세히 쳐다보았다.

「맞군. 레이프에게 더 자세한 내용을 들어보고 싶어하는 것 같아. 신은 아시겠지. 마이클이 어느 누구보다 승리를 위해 더 많은 대가를 지불했다는 걸 말일세.」

「다행히 소식을 듣고 기분이 좋아졌나본데.」

루시언을 뒤로 한 채 클레어의 손을 잡고 니컬러스는 열광하는 군중들 사이를 헤쳐나갔다. 클레어는 거의 뛰다시피 걸어야 했다. 그들은 홀 입구에 있는 층계를 올라가서 오른쪽으로 돌아 연회장 이층의 윗벽과 평행을 이루고 있는 길고 빛이 희미한 복도로 들어섰다.

복도의 저쪽 끝, 연주자들이 무대로 들어가는 문에서 공작과 키 큰 남자가 나왔다. 뒤에서 관현악단이 승전가를 울렸지만, 공작이 문을 닫자 소리가 들리지 않았다.

공작과 그의 친구가 진지하게 이야기하며 복도 아래로 내려오고 있었다. 클레어는 마이클 케넌 소령을 자세히 보았다. 그를 마르고 늑대 같다고 묘사했던 루시언의 말 그대로였다. 최근에 앓은 병으로 인해 무서울 정도로 야위어 있었지만 얼굴의 탄탄한 골격은 여전히 운동선수처럼 강인해 보였다. 그는 '타락천사들'에 낄 만한 자격이 있는 사람이었다. 특별히 그의 윤기 나는 밤색 머리칼은 짙은 검은색이거나 금발인 다른 친구들과 잘 어울린다고 그녀는 생각했다.

눈앞에 채석장이 어른거려, 니컬러스는 천천히 다가섰다.

「축하하네, 마이클. 이번 승리를 위해 싸운 한 사람으로서 누구보다 기쁨이 크겠어.」

마이클은 얼어붙은 듯 그 자리에 멈추어 섰다. 기뻐하던 표정은 온데간데없고, 마치 주먹을 휘두를 듯한 분위기였다.

「행복한 순간을 망쳐서 어떡하나, 애버데어.」

그가 거칠게 말했다.

「널 다시 보게 되면 가만두지 않겠다고 맹세했었지만, 이번만은 참겠다. 마음이 바뀌기 전에 내 눈앞에서 사라져.」

니컬러스는 여전히 클레어의 손을 잡고 있었다. 그녀는 그의 손가락이 파르르 떨리고 있음을 느꼈다. 루시언의 경고에도 불구하고 옛친구가 적이 되어있다는 얘기를 니컬러스가 진정으로 믿지 않고 있다는 사실에 그녀는 마음이 아팠다.

지금까지도 그는 그 사실을 믿지 못하고 온화하게 말했다.

「몇 년 떨어져 있었다고 이상한 인사를 하는군. 우리 다시 인사할까?」

그가 앞으로 나서며 손을 내밀었다.

「오랜만이네, 마이클. 반도전쟁에서 살아남은 자네를 보니 정말 기쁘군.」

상대방은 마치 독사라도 만난 듯 뒤로 움찔 물러났다.

「내가 농을 치고 있다고 생각하나? 맛을 봐야 알겠어?」

그러자 공작이 날카롭게 쏘아붙였다.

「논해야 할 문제가 있다면 여기보다는 내 서재가 나을 것 같군.」

순전히 강압적으로 그들은 모두 복도 바로 아래쪽 방으로 이끌려 들어갔다. 몇 개의 등에 불을 켜며 레이프가 말했다.

「오늘밤은 검이 쟁기로 바뀐 날이네. 그 동안 곪은 상처가 있다면, 마이클, 지금이 치유할 수 있는 좋은 기회라구.」

팽팽한 감정의 대립이 성난 물결처럼 방안에 소용돌이쳤다. 클레어는 가슴이 막막했다. 이들은 공립학교라는 엄한 환경에서 만나 함께 자란 남자들이었다. 모든 친구들이 그렇듯 그들은 오랜 시간 동안 갈등과 유대감을 느끼고 기쁨과 슬픔을 공유하며 얽히고 설켜왔을 것이다. 그런데 이제 그들 중 한 사람이 날실과 씨실로 짜인 그 피륙을 찢어버리려 위협하고 있는 순간이었다.

마이클 케넌은 공작의 책상 뒤로 물러났다. 클레어는 사나운 그의 눈빛이 마치 궁지에 몰린 짐승처럼 느껴졌다.

「레이프, 이건 자네가 상관할 일이 아니야. 자네도 끼어들지 마, 루시언.」

그는 니컬러스에게 정말 안됐다는 듯한 목소리로 말했다.

「네가 이곳을 떠났다는 말을 들었을 때, 난 네가 영영 돌아오지 않을 정도의 체통은 지킬 거라고 생각했다.」

북을 당기듯 팽팽하게 긴장한 목소리로 니컬러스는 대답했다.

「내가 무슨 일을 저질렀다고 생각하는지 자네 생각을 말해주겠나?」

「결백한 척하지 마라, 애버데어. 다른 사람들은 모두 널 믿을지 몰라도 난 아니야.」

레이프가 말을 꺼내려 하자 니컬러스가 손을 들어 그를 제지했다.

「내가 혐오스러울 정도로 잘못한 일이 있더라도 잊어주게, 마이클.

난 자네와 진지하게 사업 이야기를 나누고 싶네. 펜리스에 있는 자네 탄광 말이야, 아주 위험한 방법으로 운영되고 있어. 자네의 감독은 일꾼들을 위험에 빠뜨리고 있을 뿐 아니라 이익금까지 착복하고 있다는 제보도 있었네. 자네가 시간이 없거나 직접 시정하지 못하겠다면 회사를 내게 다시 넘겨서 조치를 취할 수 있도록 해야 할 것 같네.」

잠시 미심쩍어하던 마이클이 웃음을 터뜨렸는데, 클레어는 그 웃음소리에 등골이 오싹했다.

「매덕이 네 기분을 상하게 했다면 그 친구 월급을 올려줘야겠군 그래.」

클레어는 니컬러스만큼 화가 치밀어 올랐지만, 그는 의외로 호의적인 목소리를 유지했다.

「탄광 일을 우리와 결부시키지 말게, 마이클. 지금 위험에 처해 있는 이들은 죄 없는 순수한 사람들이야. 자네가 날 걸고넘어지는 일과는 상관없이 말이야.」

「갑자기 할멈이 되셨군, 애버데어! 탄광은 항상 위험했었고 앞으로도 그럴 거야. 광부들은 그 사실을 알면서도 받아들이고 있어.」

「용기와 무모함은 달라. 지난 몇 주 동안 난 비슷한 처지에 있는 탄광에서 일어난 사고들과 인명피해에 대해 들었네. 펜리스의 탄갱은 다른 곳보다 네댓 배나 더 위험해. 머지않아 큰 재난이 일어날 가능성을 안고 있어. 난 내 눈으로 직접 상황의 심각함을 목격했네.」

「네가 내 탄광에 갔었다고?」

마이클의 녹색 눈이 가늘어졌다.

「앞으로는 얼씬도 하지 마. 두 번 다시 내 땅에 침입했다는 말이 들리면 매덕에게 법에 따라 처리하라고 일러두겠어.」

「자네가 왜 그 사람에게 일을 맡겼는지 이제 이해가 되는군. 그자와 자넨 미리 입을 맞춘 듯이 똑같은 이야기를 하고 있어. 내 말이 믿기지 않는다면 직접 조사해보게. 자네가 그자의 일꾼들이 도살되는 것을 보고 싶어하는 게 아니라면 바로 조치를 취해야만 한다는 사실을 인정하게 될 거야. 신속하게 일을 처리할 수 있는 위치에 있는 사람은 자네뿐이네. 젠장, 그러니 자네가 책임을 지라구. 내가 그 땅의 주인이라는 사실을 기억하게. 자네가 만일 지금의 상태를 개선하지 않겠다면 임대계약을 파기할 방법을 찾아보겠어. 판결이 날 때까지 기다리다가 사람이 죽을지도 모르니 법에 맡기고 싶지는 않지만 그 방법밖에 도리가 없다면 별수 없지.」

니컬러스의 목소리가 굳어졌다.

「맹세하지만, 혹시라도, 자네가 그렇게 심술을 부리는 동안 불필요하게 사람이 죽는 일이 생기면 난 개인적으로 자네에게 책임을 묻겠네.」

「왜 위험을 기다리며 시간을 낭비하나?」

마이클이 주머니에서 구겨진 장갑을 꺼내서 책상을 돌아 걸어왔다. 누군가가 그의 마음을 미처 읽기도 전에, 구겨진 장갑이 날아와 사정없이 니컬러스의 얼굴을 때렸다.

「무슨 뜻인지는 알겠지? 결투에 입회시킬 사람들 이름이나 대봐라, 애버데어.」

충격으로 모두 잠잠해지자 멀리서 술을 마시며 떠들어대는 소리가 선명하게 들려왔다. 클레어는 가위에 눌린 듯한 이 순간에서 벗어나고 싶었다. 이런 일은 있을 수 없었다. 마이클은 오랜만에 만난 친한 벗과 목숨을 내걸고 싸우려 하고 있었다.

니컬러스의 뺨이 붉게 달아올랐지만 그는 다시 받아치려 하지 않았다. 대신에 그는 옛친구를 처음 만나는 사람인 양 가만히 바라보았다.

「전쟁은 사람을 미치게 만들 수도 있는데, 그 일이 바로 자네에게 일어난 모양이군.」

그가 클레어를 향했고 그녀는 그의 눈에 가득 찬 분노를 보았다.

「미치광이와는 싸우고 싶지 않아. 이리 와요, 클레어. 가야 할 시간이오.」

니컬러스가 그녀의 팔을 잡고 문으로 가서 손잡이를 잡으려는 순간,

마이클의 으르렁거리는 목소리가 들렸다.

「겁쟁이 같은 놈!」

쉭 하는 소리가 침묵을 가르더니 탁 하고 둔탁한 소리로 끝을 맺었다. 예리한 칼끝이 클레어와 니컬러스 사이에 있는 문에 꽂혔다. 부르르 떨리는 칼자루를 보고 죽음의 칼날이 얼마나 가까이에 왔었는지 깨달은 그녀는 소름이 끼쳤다.

니컬러스가 조용히 말했다.

「걱정 말아요, 클레어. 마이클이 날 맞힐 생각이었다면 그렇게 했을 테니까.」

그가 칼을 잡고 비틀어 문에서 뽑아내고서 벗을 향해 몸을 돌렸다.

「난 자네와 싸우지 않겠네, 마이클. 만일 날 죽이고 싶다면 자넨 냉혈한 살인마가 될 수밖에 없을 거야. 자네가 이렇게 많이 변했다니 믿을 수가 없군.」

「네 믿음은 틀렸다, 애버데어. 난 널 정당한 방법으로 죽일 거야. 싸워, 빌어먹을 자식아.」

눈에 불을 사르며 하는 마이클의 말에 니컬러스가 머리를 저었다.

「날 겁쟁이라고 여기고 싶다면 그렇게 하게. 난 자네의 망상 따위에는 관심 없으니까.」

그가 클레어의 팔을 다시 잡았다.

마이클은 다시 왼손으로 마호가니 책상을 두드리기 시작했다.

「네 자은 매춘부 아가씨께서도 네가 할아버지와 아내를 죽인 사실을 알고 있나?」

니컬러스가 팔을 들어 방 저편으로 칼을 다시 세게 내던졌고, 너무나 빨라서 클레어는 그 움직임을 따라잡을 수 없었다. 그 칼은 마이클의 손가락에서 십 센티미터 정도 떨어진 곳에 꽂혀 책상을 얇게 베었다.

「클레어는 숙녀다. 너 같은 놈은 이해할 수 없는 여자야.」

그의 목소리는 더 이상 온화하지 않았다.

「그래 좋다. 정 그렇게 싸우고 싶다면 싸워주지. 다만 네가 도전자인 만큼 무기 선택은 내가 하겠다.」

루시언이 끼어들려 하자 마이클이 그를 제지했다. 그러고는 만족스러운 목소리로 말했다.

「언제 어디서든, 그리고 어떤 무기든 좋다.」

「시간은 지금.」

니컬러스가 담담하게 말했다.

「장소는 여기. 그리고 무기는 말채찍이다.」

마이클의 얼굴이 붉어졌다.

「말채찍? 장난하자는 건가, 애버데어. 총과 검 중에 선택해라. 네가 원한다면 칼을 가지고 일 대 일로 싸울 수도 있지만 채찍 같은 시시한 것은 사양하겠다.」

「내가 할말이다. 받아들이든지, 그만두든지 해라.」

니컬러스가 얼음같이 차가운 미소를 지었다.

「말채찍으로 날 내리치는 순간을 생각해봐라, 얼마나 즐거울지. 자네 채찍 실력이 괜찮다면 아주 만족스러울 텐데. 물론 자네 실력이 그럴 것 같진 않지만.」

「네놈 가죽을 벗겨낼 실력은 충분하다. 자, 시작하자.」

레이프가 참을 수 없다는 듯 분노를 폭발했다.

「그만 좀 해! 둘 다 제정신이 아니야. 난 내 집에서 이런 짓을 하는 걸 용납할 수 없어.」

그러자 루시언이 침착하게 말했다.

「마이클이 폭력으로 일을 해결하려고 마음먹었다면 난 오히려 우리 둘 다 지켜볼 수 있는 여기가 더 좋을 것 같아.」

루시언과 레이프가 오랫동안 서로의 얼굴을 쳐다보았다. 어쩔 수 없다는 듯 공작이 말했다.

「자네 말이 맞을지도 모르겠군.」

「자네가 입회인이 되어주겠나, 루스?」

니컬러스가 말했다.

「물론이야.」

마이클은 루시언에게 화를 돌렸다.

「아랍 속담에 '내 적의 친구 역시 내 적이다'라는 말이 있지. 다른 사람에게 맡기도록 하게.」

단호한 얼굴로 루시언이 말했다.

「난 자네 둘 다 친구로 생각하고 있어. 그리고 나의 가장 큰 의무는 이 싸움을 피 흘리지 않고 해결하도록 하는 거야. 자네가 먼저 불만을 이야기하면 니컬러스에게 답변할 수 있는 기회를 주겠네.」

마이클이 머리를 흔들었다.

「무슨 일이 있었는지 말하고 싶지 않아. 인정하든지 안 하든지 애버데어 자신이 잘 알고 있을 테니까. 자네가 저 친구 대리자 역할을 계속한다면 더 이상 내 친구가 아닐세.」

「그렇게 되면, 그건 자네의 뜻에 의한 거지, 내가 바라는 바는 아니네.」

루시언이 진지하게 말했다. 마이클이 공작을 쳐다보았다.

「자넨 내 쪽 입회자가 되어주겠나 아니면 거짓말쟁이 집시의 편에 설 텐가?」

레이프가 언짢은 얼굴로 그를 바라보았다.

「나의 대리자가 될 텐가?」

마이클이 되풀이해서 묻자, 레이프가 한숨을 지었다.

「좋아. 자네의 입회인으로서 니컬러스가 할 수 있는 일이 있는지 물어보겠네. 사과라든지 자네 불평에 대한 다른 설명이라든지. 그러면 이 분쟁을 해결할 수 있을 걸세.」

마이클이 냉소적인 미소를 지으며 입술을 삐죽거렸다.

「됐네. 애버데어가 무슨 말을 하든 난 결코 마음을 바꾸지 않아.」

레이프와 루시언이 시선을 교환했다. 그리고 나서 공작이 말했다.

「그럼 좋아. 집 뒤의 정원이 적당할 거야. 너무 추워서 손님들이 관목 숲에는 오지 않을 테니까. 난 마구간으로 가서 결투에 쓸 채찍을 가져올 테니 거기서 만나지.」

그들은 서재에서 줄지어 나갔고 뒤따르던 레이프는 집 뒤쪽을 향해 갔다. 클레어가 그들과 함께 나오자 루시언이 얼굴을 찡그렸다.

「그냥 계시는 게 나아요. 결투장은 여자들이 있을 만한 장소가 아니 에요.」

「이 비정상적이고 어리석은 결투에 제가 있다고 해서 뭐가 더 나빠 지겠어요.」

루시언이 주저하자 니컬러스가 말했다.

「잠자코 있게, 루스. 클레어는 스무 명이나 되는 꼬마들 기강을 잡 을 수 있으니까. 우리 중 누구보다도 의연할 수 있는 사람이야.」

클레어는 그들 중에서 니컬러스가 제일 침착해 보인다고 생각했다. 그리고 그가 잘 해내리라 직감하고 있었다. 하지만 마이클의 태도는 그녀를 오싹하게 만들었다. 그는 결투에서 니컬러스를 죽이지 못한다 면 다른 무슨 짓이라도 저지를 듯한 분위기였다. 그는 충분히 그럴 사 람이었다.

그들은 좁은 뒤쪽 계단을 내려가서 밖으로 나갔다. 차가운 4월의 밤 공기 속으로 걸어나가자 클레어는 몸이 부르르 떨렸다. 니컬러스가 코 트를 벗어서 그녀의 어깨 위에 걸쳐주었다.

「여기 있소. 난 입지 않을 거요.」

클레어는 고개를 끄덕이고서 따뜻한 코트로 몸을 감쌌다. 반시간 전 에 그녀가 즐겼던 화려하고 경박했던 시간들이 믿기지 않았다.

런던 저택의 정원은 방대하고 연회장과 동떨어져서 쥐죽은듯 조용했 다. 저택 뒤에는 여름밤의 연회를 위한 작은 안뜰이 있었다. 그 공간을 빙 둘러 횃불 지지대가 놓여 있었고, 거기에 레이프와 루시언이 마구 간에서 가져온 횃불을 붙이기 시작했다. 바람이 불꽃을 때려 검은 그 림자가 너울거리고 있었다.

마이클은 행동을 개시할 때가 임박한 지금 오히려 더 진정이 되어 보였다. 니컬러스에 이어 그도 코트와 양복 윗도리를 벗었다. 니컬러스는 구두와 양말을 마저 벗어던지고 맨발이 되어 있었다.

결투가 준비되자 레이프와 루시언이 말채찍 두 개를 꼼꼼하게 살펴, 큰 차이가 없다는 것에 동의했다. 그 채찍이 무기로 제공되자 니컬러스는 가까이에 놓인 것을 집어들고 시험적으로 후려쳐 보고 나서 고개를 끄덕이며 수락의 의사를 표했다. 기대감에 불타는 눈빛으로 마이클도 똑같이 행동했다.

「채찍으로 하는 결투는 성문화된 규칙이 없으니 우리가 지금 정하려고 한다. 등을 맞대고 돌아서서 내가 '시작'이라고 말하면 여덟 걸음을 걸어나가다 돌아서라. 그때 내가 떨어뜨린 손수건이 땅바닥에 닿으면 싸움을 시작하는 거다. 그리고 결투는 스트레스모어 백작과 내가 인정하면 끝난다.」

말을 마친 레이프가 두 남자를 번갈아 쳐다보다가 의심스러운 듯 마이클에게 시선을 못박았다.

「만약 끝났음에도 너희가 멈추지 않으면 신의 이름을 걸고 우리가 너희를 막겠다. 알겠나?」

「잘 알아들었네.」

니컬러스가 말했다. 상대편은 대답 따위는 하지도 않았다. 루시언이 클레어를 안뜰 구석으로 끌어내며 낮은 목소리로 말했다.

「여기 뒤에 서 있어요. 채찍은 날아가는 범위가 꽤 넓으니까.」

그녀는 묵묵히 고개를 끄덕이고 나서 무슨 일이 일어날지 상상하지 않으려고 애썼다. 채찍이 죽음에 이르게 하지는 않는다고 해도 일순간에 한쪽 눈을 앗아갈 수도 있었다. 그녀는 설마 니컬러스가 고의적으로 적을 불구로 만들려고 들까 싶었지만, 마이클은 그의 적을 장님으로 만드는 것이 자신을 불만스럽게 한 일에 대한 복수라고 생각할지도 몰랐다.

등골이 오싹한 극적 장면을 연출하며 두 결투자는 요구받은 의식을 행하고 있었다. 등을 맞대고 있던 그들은 공작이 '시작'이라고 소리치자 발걸음을 떼었다.

두 남자가 서로 마주보고 대면한 순간 레이프가 손수건을 들어서 아래로 떨어뜨렸다. 클레어의 시선은 가벼운 머슬린 손수건을 따라 땅을 향해 표류했다. 손수건이 땅에 막 닿으려는 찰나 미풍이 살랑거려 돌 위로 천이 살짝 스쳐 지나가게 했다.

손수건이 아직 닿지 않았다는 것을 알아차리지 못했는지 아니면 더 이상 기다릴 수가 없었는지 마이클이 채찍을 휘둘렀다. 니컬러스가 왼팔을 들어 얼굴을 막았다. 채찍이 끔찍한 소리를 내며 그의 팔뚝을 휘감아 셔츠를 찢어놓았다.

그의 소매가 검붉은 빛으로 얼룩지자 뿌듯한 듯 마이클이 소리쳤다.

「첫 번째 피다, 애버데어.」

「성급하게 시작하는 것, 기억해뒀다가 다음 번에 나도 써먹으마.」

말하면서 니컬러스가 채찍을 날려보냈다. 희미하고 위협적인 휘파람 소리가 나더니 적의 볼과 턱에 가느다란 빨간 줄을 그었다. 마이클이 고통을 참지 못해 신음소리를 내었지만 언제 그랬냐는 듯 재빨리 반격했다. 이번에는 발을 치려고 했지만, 니컬러스가 춤을 추듯이 공기 중으로 뛰어올라, 사악한 가죽끈은 그의 발 아래를 스쳐 지나갔다. 니컬러스는 땅을 딛기도 전에 채찍을 휘둘렀다. 마이클의 가슴을 가로지르며 옷이 찢어지고 다시 피가 흘러나왔다.

망설이지 않고 마이클이 다시 공격했다. 니컬러스는 몸을 비틀며 그의 어깨를 후려쳤다. 클레어는 비명이 나오지 않도록 손으로 입을 막았다. 그녀는 학생들이나 술에 취한 광부들의 싸움을 본 적이 있었지만 지금 보고 있는 것처럼 원시적이고 야만적인 전쟁은 아니었다.

신음소리를 내며, 마이클은 더 가까운 거리에서 공격을 하려고 앞으로 나왔다.

「이 순간을 수년간 기다려왔다, 망할 자식!」

놀랍게도 니컬러스는 가볍게 손목을 놀려 채찍으로 상대를 저지했다. 가죽끈들이 서로 꼬였을 때 그가 말했다.

「그렇다면 조금 더 기다릴 수도 있겠군.」

마이클의 무장을 해제시킬 생각으로 니컬러스는 채찍을 휙 잡아챘다. 상대는 무릎으로 끌려오면서도 무기를 손에서 놓지 않았다. 잠깐 동안 그들은 줄을 잡고 실랑이를 벌였다. 그때 끈들이 급작스럽게 풀렸고 그 덕에 두 남자 모두 뒤로 비틀거렸다.

니컬러스는 레슬링 선수처럼 몸을 웅크려 옆으로 움직이면서 채찍을 들고 공격할 준비를 하고 있었다. 마이클도 같은 자세를 취했고 그들은 서로 원을 그리며 돌기 시작했다. 사나운 표정과는 달리, 두 남자는 미끄러지듯 부드럽게 움직이고 있었다.

희미한 불빛에서도 그 둘을 구분하는 것은 어렵지 않았다. 짐시 니컬러스가 가볍고 재빠른 발걸음으로 적의 채찍질을 앞질러 움직이는 반면, 공격적인 마이클은 잔인하게 적을 죽이겠노라는 의중이 행동으로 고스란히 옮겨지고 있었다. 포석을 밟는 소령의 부츠발 소리만이 정적을 파고들었다.

니컬러스가 성공적으로 또 한번의 채찍질을 피하자 마이클이 헐떡거리며 말했다.

「도망가는 데는 소질이 있군, 더러운 집시자식.」

「난 내가 무엇이든 부끄럽지 않아, 마이클.」

강한 손목의 힘으로 니컬러스는 상대의 셔츠에 또 다시 구멍을 냈다.

「아까 한 발 나시 해보지 그래?」

그의 빈정거림은 마이클의 분노를 촉발시켰다. 소령은 느닷없이 습격하여 채찍을 후려쳤다. 가죽 채찍이 살을 후려치는 끔찍한 소리가 안뜰을 가로질러 클레어를 휘감았다. 그녀에게서 괴로운 신음이 새어나왔다. 니컬러스는 저렇게 많은 매를 맞으면서도 왜 팔을 올려 머리를 보호하지 않고 옆으로 피하지도 않는 걸까?

그녀는 한 발에 체중을 실어서 가격하려고 앞으로 걸어나온 마이클을 보고서야 그 연유를 알았다. 니컬러스는 그 순간을 기다리고 있었던 것이다. 그는 정확하게 채찍을 휘둘렀고 쉬 하는 소리를 내며 가죽 끈이 부츠를 신고 있는 마이클의 발목을 여러 번 감았다.

상처는 거의 입히지 않았지만, 니컬러스가 채찍을 두 손으로 홱 잡아 당겼을 때 상대는 균형을 잃고 쓰러져, 소리가 날 정도로 판석에 머리를 부딪쳤다.

급작스럽게 결투가 끝났다. 마이클은 여전히 죽은 사람처럼 누워 있었고, 거칠게 내쉬는 니컬러스의 숨소리만이 얼어붙은 정적을 깨고 있었다. 클레어는 순간적으로 니컬러스가 이긴 것을 감사했다. 그녀는 안뜰을 가로질러 쏜살같이 달려가서 쓰러진 남자 옆에 무릎을 꿇었다. 그녀는 학교 운동장에서 아이의 상처를 치료하듯이 침착하게 피가 나는 남자의 머리를 살폈다.

니컬러스가 옆에 와 앉았다. 그의 셔츠는 갈기갈기 찢어져 있었고 적어도 열 군데 이상의 상처에서 피가 배어나오고 있었지만, 언뜻 곁눈질로 살펴본 클레어는 깊지 않은 상처들임을 확신했다. 그는 자신의 상처에는 아랑곳 않고 오로지 의식이 없는 남자에게만 관심을 보였다. 떨리는 목소리로 그가 물었다.

「심하게 다쳤소?」

클레어는 마이클의 머리 상처뿐만 아니라 맥박도 확인하느라 아무 말도 하지 않았다.

「그렇진 않은 것 같아요. 맥이 확실히 뛰고 있고 두개골도 괜찮아요. 머리 상처는 피가 많이 나서 실제보다 더 상태가 나빠 보이죠. 누구 손수건 가진 사람 있어요?」

우아하게 C자가 수놓아진 손수건이 그녀의 손안에 맡겨졌다. 그녀는 접혀진 천으로 단단히 상처를 눌렀다.

니컬러스가 중얼거렸다.

「상태가 심각하지 않다니 정말 다행이오. 난 저 친굴 쓰러뜨리려 했지 죽이려고 한 게 아니오.」

「자네 자신을 비난하지 말게. 저 자식이 자네에게 이 싸움을 강요했으니까. 만약 자네가 권총이나 칼을 선택했다면 지금 둘 중 하나는 죽어 있을 거야.」

루시언이 냉철하게 말했다.

「어떤 종류든 싸움에 동조한 내가 어리석었어. 자네도 마이클이 이전에 어떻게 행동하는지 봤잖나. 저 친구가 이 싸움을 마지막 분풀이로 받아들일 것 같은가?」

이어진 침묵은 충분한 대답이 되었다.

첫 번째 수건이 다 젖자 클레어는 다른 수건을 사용했는데 이번에는 스트레스모어의 S자가 수놓아져 있었다. 다행히 출혈은 거의 멈추었다. 니컬러스는 크러뱃을 풀어서 건네주자 그녀는 두 번째 손수건으로 막아놓은 자리를 그것으로 어설프게 동여매었다. 위를 올려다보며 그녀가 말했다.

「가능한 한 움직임을 줄여야 해요. 공작님, 이분이 이곳에 머무를 수 있을까요?」

「그야 당연하죠.」

짓궂은 감탄의 눈빛으로, 그가 덧붙여 말했다.

「당신은 이런 건달패거리에 제격인 것 같으니, 날 레이프라고 부르는 편이 더 낫겠어요.」

「제가 공작님의 이름을 함부로 불러도 되는지 모르겠군요.」

일어서며 클레어가 말했다.

「공작이라고 생각하지 말고, 기엽게도 니컬러스의 '맨손으로 고기 잡는 법' 강습에서 낙오된 누군가로 생각해줘요.」

더 이상 나쁜 일이 일어나지 않을 거라는 암시가 담겨 있는 레이프의 유머에 클레어는 미소를 지었다.

「그럼 좋아요…… 레이프.」

공작이 계속 말을 이었다.

「루스, 우리 둘이 저 녀석을 집안으로 들여놓을 수 있을까? 하인들을 부르지 않았으면 좋겠는데.」

「할 수 있을 거야. 저 친구 원래 체중보다 최소한 십 킬로그램쯤은 덜 나가니까.」

루시언이 경쾌하게 대답했다.

둘이 마이클을 조심스럽게 판석으로부터 일으켰을 때 그의 찢어진 셔츠가 떨어져나와 왼쪽 어깨에서 허리까지의 끔찍한 흉터가 드러났다. 그들은 서로 쳐다보면서 몸을 떨었고 니컬러스는 작은 목소리로 욕설을 내뱉었다.

「살라망카(스페인 서부의 도시. 나폴레옹 전쟁중 영국의 웰링턴 장군이 프랑스군을 격파한 곳. 1812년)에서 총탄의 파편을 맞아 부상당한 거야. 이 친구가 말했던 것보다 심각했던 게 틀림없어.」

레이프가 험악하게 말했다.

마이클의 발을 들어올리자 약간 의식이 돌아오는 것 같았고, 그래서인지 죽은 사람처럼 그렇게 무겁지는 않았다. 그의 친구들은 그의 팔을 어깨에 걸쳤다.

니컬러스는 양말과 구두를 신고 채찍을 모았다. 일행을 따라 집으로 들어가면서, 클레어는 결투가 불행으로 끝나지 않은 것을 하나님께 감사했다. 하지만 니컬러스의 말이 맞을지도 모른다는 두려움 때문에 크게 안도감을 느낄 수는 없었다. 오늘밤의 결투가 마이클의 분노를 가라앉히지 못하면 어떡한단 말인가……

18

긴장된 얼굴로, 니컬러스는 치료받기를 거부했다. 그의 셔츠는 완전히 찢어져 있었기 때문에 레이프에게서 헐렁한 윗도리를 빌려 입어야 했다. 잠시 후에 그와 클레어는 집으로 가는 마차 안에 있었다. 다른 손님들은 파티를 즐기느라 여념이 없어, 저택을 나서는 그들에게 아무도 눈길을 주지 않았다.

메이페어 거리를 덜컥거리며 지나가는 동안 그들은 침묵했다. 니컬러스는 상처 입은 등이 닿지 않도록 조금 비스듬하게 앉아 있었다. 애버데어 저택에 다 와서 클레어가 마차에서 내리도록 도와줄 때도 그는 다소 부자연스럽게 움직였다.

집안으로 들어서자마자 클레어가 선생님 같은 투로 말했다.

「침대로 가기 전에 상처를 소독하고 약을 발라야겠어요. 고통을 참는 것을 즐기는 데도 한계가 있어요.」

니컬러스가 그녀에게 멋쩍은 미소를 보냈다.

「동감이오. 이미 한계에 이르렀으니. 어디에서 치료를 받는 게 좋겠소?」

「당신 방에서요. 전 옷을 갈아입고 폴리와 함께 의료용품을 찾아서 뒤따라갈게요.」

폴리는 클레어의 방에서 낮잠을 자고 있었다. 하녀는 화들짝 깨어나서 옷을 갈아입는 클레어를 도와주고 나서 붕대와 약품을 가지러갔다.

마치 속세에 취해 있던 것에 대한 벌처럼, 클레어의 파란 실크 가운은 마이클의 피와 땅에 닿았을 때 묻은 더러움으로 얼룩져 있었다. 그녀는 편한 하얀색 플란넬 나이트가운으로 갈아입고 런던 의상실에서 가져온 붉은 벨벳 겉옷을 걸쳤다. 머리를 빗질한 후 땋아서 느슨하게 묶어놓고는 앉아서 폴리가 돌아오기를 기다렸다.

결투를 지켜보고 집으로 돌아오는 여정의 피곤함으로 신경이 날카로워져 있던 그녀에게 갑자기 피곤함이 몰려왔다. 그녀는 팔걸이의자에 기대어 손으로 관자놀이를 눌렀다. 휙휙 날아들던 그 끔찍한 채찍소리들이 기억 속에 영원히 각인된 것만 같았다. 만약 마이클의 뜻대로 권총이나 검으로 싸웠더라면……. 그녀는 몸서리를 치며 생각을 다른 곳으로 돌리려 애썼다.

니컬러스를 공격하는 마이클을 볼 때는 살의가 느껴졌지만, 결투가 끝난 지금 그 남자를 생각하니 클레어는 마음이 아팠다. 니컬러스에 대한 그의 노골적인 비난은 혼란스러운 마음에서 비롯된 것이었지만, 그는 정말 그렇게 믿고 있었고, 그 때문에 그는 정말 괴로웠던 것이었다. 그는 전쟁으로 인한 첫 번째 희생양도 아니었고, 슬픈 일이지만, 마지막도 아닐 것이다. 때가 되면 그의 마음도 치유되겠지. 클레어는 그렇게 되기를 진심으로 바랐다.

그렇더라도 그는 정말 위험한 사람이었다. 니컬러스는 자신의 옛친구가 살인을 저지르지 못할 거라 생각하고 있었지만 클레어는 그렇게 믿지 않았다. 아마도 이제는 웨일스로 돌아가야 할 때인 것 같았다. 마이클은 니컬러스를 일부러 찾지는 않겠다는 투로 말을 했으니, 눈에서 멀어지면 잊어버릴 수 있을 것이다.

폴리가 붕대와 약품이 든 쟁반과 따뜻한 물이 들어 있는 대야를 가지고 돌아왔다. 클레어는 지친 몸을 억지로 일으켜 쟁반을 받아들고는 니컬러스의 침실로 갔다.

니컬러스는 벽난로 앞에 무릎을 꿇고 앉아 석탄을 집어넣고 있었다. 클레어는 그가 벌거벗은 줄 알고 하마터면 쟁반을 땅에 떨어뜨릴 뻔했다. 다시 힐끗 쳐다보니 허리 아래에 수건을 두르고 있었다.

펭귄과 수영하는 그를 보았을 때 클레어가 수줍어하며 감탄했던 그 아름답고 근육이 발달한 몸을 가까이서 보는 것은 아찔해지는 일이었다. 클레어는 정신을 가다듬고 상처를 살폈다. 뒤늦게 그녀는 그가 치료하기 편하도록 옷을 벗었다는 사실을 깨달았다. 그 생각이 클레어의 마음을 가라앉혔고 그녀는 정부가 아니라 간호사로서 그 자리에 있었다.

불을 다 지피자, 니컬러스가 일어서서 테이블에 있는 잔을 들었다.

「브랜디 좀 마시겠소? 오늘밤은 독한 술 한 잔 정도는 마셔도 될 것 같은데.」

곰곰이 생각을 해본 후에 그녀가 말했다.

「감리교도의 규칙은 그 사람의 양심에 따르는 법이죠. 마음을 진정시키기 위해서라면 기꺼이 받아들이겠어요.」

그는 브랜디를 조금 따라서 그녀에게 잔을 건네주었다.

「우습게 보지는 마오. 맥주보다 훨씬 독한 술이니까.」

「제가 만취하도록 부추기고 싶지 않나요? 여자들을 얼근하게 취하게 만드는 것이 유혹을 하는 기본적인 기술이라던데.」

「그런 생각을 안 해본 건 아니지만 그건 정정당당한 방법이 아니잖소. 난 당신을 공정하고 정당하게 유혹할 거요.」

「아뇨. 당신은 공정하게도 정당하게도 그리고 다른 어떤 방법으로도 날 유혹할 수 없을 거예요.」

브랜디의 첫 맛은 클레어를 숨막히게 했지만 차츰 기분을 누그러뜨리고 즐거운 쾌감을 전해주었다.

술을 조금씩 들이키면서, 클레어의 눈길은 잔을 들고 방안을 어슬렁거리는 그를 따라다니고 있었다. 거의 알몸에 가까운 그의 모습은 정신을 앗아갈 만큼 매혹적이었다.

팔, 가슴, 등은 상처투성이인데, 흠 없는 아름다운 근육질의 다리는……

그는 환자야, 클레어. 치료중임을 잊지 말라구. 그녀가 잔을 내려놓고 활기를 띠며 말했다.

「치료를 시작할 시간이에요. 의자에 앉아요.」

그가 묵묵히 시키는 대로 했다. 그녀는 채찍질로 찢겨 달라붙은 옷조각과 잔모래를 제거하기 위해 따뜻한 물로 조심스럽게 상처를 씻어내기 시작했다. 그는 브랜디를 홀짝거리며 방 건너편을 바라보고 있었다. 그가 움직일 때마다 물결치는 탄탄한 근육에 매료되지 않으려고 클레어는 무던히 애썼다. 모든 육욕적인 생각들은, 극기의 한계를 넘어선 통증으로 니컬러스가 저도 모르게 얼굴을 찡그릴 때마다 자취를 감추었다.

그녀가 벌어진 상처에 가루약을 뿌리면서 말했다.

「살갗이 해진 천조각처럼 너덜너덜한데 기분이 이상하지 않아요? 다행히 상처가 깊지 않아서 출혈은 멈췄지만 상처가 더 악화될지도 모르겠어요.」

「채찍질은 희생물이 움직일 수 없을 때 더 지독한 상처를 남기지. 군인들이 기둥에 묶여 채찍질을 당할 때처럼 말이오. 움직이는 목표물은 그렇게 큰 피해를 당하지 않소.」

「이상하게도 상체에만 피해를 입었네요. 마이클 경은 생각 없이 채찍을 휘둘렀나봐요. 계속 같은 부위만 공격을 했어요.」

니컬러스가 술병으로 다가가 브랜디를 더 따랐다.

「그 친군 내 목을 치려고 했소. 만일 내가 그 친구의 발목을 감은 것처럼 그 친구가 내 목을 채찍으로 감고 당겼다면 성공할 수도 있었겠지.」

클레어는 놀라서 하던 일을 멈췄다.

「일부러 당신을 죽이려고 했단 말이에요?」

니컬러스가 눈썹을 치켜올렸다.

「물론이오. 그 친구 입으로 내게 날 죽이고 싶다고 말했었소. 마이클은 항상 약속을 지키니까.」

클레어의 손이 떨리기 시작했다. 창백해진 그녀의 표정을 보고 니컬러스는 일어나서 그녀를 가까운 팔걸이의자로 데려갔다. 클레어는 채찍이 니컬러스의 목을 휘감는 순간을 상상하고 소름이 끼쳐서 손에 얼굴을 묻었다.

「미안하오. 당신에게 이런 말은 하지 말았어야 했는데.」

니컬러스가 다시 의자로 돌아가 앉으면서 말했다.

「마이클은 성공할 가능성이 없었소. 두어 번 집시들 사이의 비슷한 싸움을 본 적이 있어서, 난 채찍 싸움의 기본 전술들을 잘 알고 있소.」

처음에는 경련을 일으키던 그녀가 자신의 감정과 싸우고 난 후 마이클을 올려다보며 말했다.

「그 사람 정말 제정신이 아니군요. 다른 사람도 아니고 하필 당신한테 그런 광기를 부리는 이유가 뭐죠?」

「내 할아버지와 아내를 죽였다고 날 비난하던 마이클의 말이 옳으냐고 묻는 게 더 정확한 물음이 되지 않겠소?」

그녀는 참을 수 없다는 듯 손을 움직였다.

「전 그가 난시 충격을 주기 위해 한 말이라고 생각해요. 두 분의 갑작스러운 죽음은 그 사람에게 공격을 위한 편리한 명분이었겠죠. 게다가 그는 제 반응을 염두에 두었던 거예요. 그의 관심은 온통 당신을 적대시하고 당신과 친구들 사이를 이간질하려는 것뿐이었어요.」

니컬러스가 일어나서 다시 걷기 시작했다.

「아주 냉정한 판단이오. 그렇지만 당신은 분명히 내가 살인자일지도 모른다는 생각을 마음속에 품고 있을 거요.」

「당연히 전 사 년 전, 그 사건이 일어났을 때는 그런 생각도 해봤어요. 하지만 당신이 비록 불같은 기질을 가졌다고 해도 전 당신에게 그런 종류의 폭력성이 숨어 있다고 생각지는 않아요.」

그는 종을 당기는 줄을 침대 기둥에 빙빙 감으면서 장난을 쳤다.

「폭력에도 여러 종류가 있단 말이오?」

「물론이에요. 마이클 경이 살인할 수 있다고 믿기는 쉬운 일이죠. 제 생각에는 극한 상황에서는 루시언도 마찬가지일 거예요. 분명히 그분은 필요하다면 냉혹해질 수 있어요. 반면에 당신은 위험한 사람이지만, 오늘 증명된 대로, 오히려 웃어넘기거나 어려운 상황으로부터 달아날 거예요. 자기방어를 위해서나, 혹은 어쩔 수 없을 때를 제외하곤 사람을 죽이지 못하는 사람이에요, 당신은.」

니컬러스의 입이 뒤틀려 올라갔다.

「난 오늘밤 마이클을 거의 죽일 뻔했소.」

「그건 우발적인 일이었어요.」

그녀가 날카롭게 말했다.

「제가 당신의 생각을 눈치채지 못했다고 생각해요? 마이클 경도 채찍을 잘 다루었지만 당신이 한 수 위였어요. 당신이 원했더라면 그를 토막낼 수도 있었어요. 그런데도 당신은 그를 무력하게 만들 기회를 노리면서 필요 이상의 채찍질을 당하게 자신을 내버려뒀다구요.」

「많이도 알고 있군.」

그가 갈색 화장대로 가서 동전을 쌓아올리기 시작했다.

「아무래도 너무 많이 알고 있는 것 같소.」

'당신에 관한 것은 모두 다 알고 있어요, 니컬러스……'

「아버지는 직업상 여러 종류의 사람들을 집으로 데려오시곤 하셨어요. 그래서 전 자연스럽게 인간의 본성에 대해 배우게 됐죠.」

「마이클과 루시언, 그리고 나의 폭력성을 분석해내다니 여간내기가 아니오.」

동전쌓기에 몰두하며 그가 말했다.

「레이프는 어떤 것 같소?」

그녀가 곰곰이 생각했다.

「그분에 대해선 잘 모르잖아요. 아마 당신 같은 사람이 아닐까 싶어요. 싸움을 바라지는 않지만, 피할 수 없는 상황일 때는 그 상황을 받아들이는 사람.」

「당신은 내가 생각한 것보다 훨씬 더 위험한 사람이군.」

그가 재밌다는 듯 말했다.

「내가 달아날 거라는 말은 아주 정확하오. 모든 집시들은 달아나도록 교육받소. 우린 늘 살아남기 위해 달아나고 최대한 빨리 텐트를 접는 방법을 배워야 하고 살육당하기를 기다리기보다는 도망치도록 훈련을 받아야만 했지.」

「치고 받고, 그러고 나서 줄행랑치는 자가 또 하루를 살 수 있으니까.」

클레어가 잘못된 인용구를 끄집어내어 말했다.

「꼭 맞는 말이오.」

동전에 관심이 사라진 듯 그는 은색 카드 케이스를 만지작거리기 시작했다.

「마이클이 왜 날 목표로 정했는지를 알고 싶소? 내 추측으로는 노백작 때문에 화가 난 것 같소. 그 친구는 제 아버지인 애쉬버튼 공작과는 사이가 소원하면서도 어떤 이유인지 내 조부와는 사이가 좋았지. 노백작은 여러 번 마이클이 내 대신 후계자가 되었으면 좋겠다고 말하곤 할 정도였소.」

니컬러스가 카드 케이스에서 카드를 꺼내더니 엄지와 검지로 부채처럼 펼쳤다.

「할아버지는 죽는 그날 밤까지도 기운이 펄펄 넘치는 양반이었소. 아마도 마이클은 내가 부지불식간에 퍼지는 집시의 독이나 흑마술로 그 늙은 사나이를 죽였다고 믿고 있나보오.」

분명히 깊이 상처받았을 일에 그는 이상하리 만치 냉정하다는 생각을 하며 그녀가 물었다.

「마이클과 당신 할아버지가 잘 지내는 것이 부럽지 않았나요?」

그는 카드를 탁 하고 합치더니 케이스 안에 집어넣었다.

「내가 더 어렸다면 그랬을지도 모르지. 하지만 마이클이 펜리스에 왔을 때는 그다지 마음 쓰이지 않았소. 오히려 마이클이 손자 대리인 노릇을 하는 것이 그들 둘을 행복하게 했다면 다행스러운 일이라고 생각했거든. 난 대부분의 시간을 다른 곳에서 보냈소.」

클레어는 혹시 노백작이 손자의 마음을 괴롭히려고 고의적으로 두 젊은이의 사이를 틀어지게 만든 것이 아닐까 싶어졌다. 노백작은 그토록 사악하고 잔인했단 말인가? 만약 그랬다면 그는 대답해야 할 것이 많았다. 그리고 에밀리처럼, 클레어는 그가 아주 뜨거운 곳에서 그것에 대한 대답을 해주기를 바랐다.

치료를 끝내고 방에 가서 쉬어야겠다고 마음먹은 클레어는 허브 연고가 들어 있는 단지를 들고 화장대 옆에 있는 니컬러스에게로 다가가, 피는 멈추었지만 속살이 드러난 상처들 위에 연고를 펴 발랐다.

등의 민감한 부위를 건드리자 니컬러스는 숨을 들이마셨지만 움직이지는 않았다.

「당신의 폭력성은 어떤 것 같소. 클레어? 설마 지독하게 겁이 많아서 할말도 제대로 못하는 소심한 아가씨라고는 못 하겠지?」

「전 전쟁보다는 평화가 낫고, 치고 받으면서 싸우는 것보다는 그냥 달게 비난을 받는 편이 낫다고 생각해요.」

그녀가 그의 쇄골에서부터 갈비뼈까지 찢어진 상처에 연고를 발랐다.

「자랑할 일은 아니지만 제가 돌봐야할 사람들을 위해서라면 폭력적이 될 수도 있다고 생각해요. 예를 들어 학교에 몇 명의 악당이 침입해서 아이들을 위협한다면 말이에요.」

'아니면 누군가가 니컬러스를 위협한다거나…….'

그녀는 붕대가 놓여 있는 쟁반 쪽으로 움직였다.

「심한 상처는 이걸로 싸매야겠어요.」

클레어는 그의 손목을 감싸고 나서 머슬린 붕대를 그의 가슴에 두르기 시작했다. 아무렇지 않은 듯 그가 물었다.

「루시언과의 키스는 어땠소?」

「뭐라고요?」

그녀는 너무 놀라서 하마터면 붕대를 떨어뜨릴 뻔했다.

「아! 그랬죠. 나폴레옹의 퇴위 소식을 들었을 때 제게 입을 맞추었죠. 꽤 괜찮았던 것 같은데……, 잘 모르겠어요.」

클레어는 겨드랑이 아래서 붕대 끝을 감고는 어깨 위에서 단정하게 매듭을 지었다. 머슬린 천이 그의 검은 피부와 대조되어 새하얘 보였다.

「당신하고는 달랐어요.」

「다음 번에 루시언의 코를 납작하게 해주려면 그 친구 솜씨가 얼마나 밋밋했는지 말해주면 되겠군.」

「설마, 정말 그러지는 않…….」

그녀가 의심스러운 눈초리로 그를 쳐다보았다.

「농담이군요.」

「당연하지, 종작없이 튀어나오는 말버릇이 내 주무기잖소.」

상처가 얼마나 심한지 보려고, 그는 시험삼아 어깨를 돌려보았다.

「왜 루시언이 무자비한 경향을 가졌다고 생각한 거요? 물론 당신 말이 맞긴 하지만, 어떻게 그와 잠깐 같이 있으면서 그런 사실을 알아냈는지 놀랍소. 너구나 그 친구는 아주 예의바르게 행동했을 텐데 말이오.」

「그저 느낌일 뿐이에요. 루시언이 아마추어처럼 행동해도 그의 내부에 있는 무언가는 광이 나는 차가운 금속을 떠올리게 하거든요.」

그녀가 살짝 미소지었다.

「전 루시언의 관청 직무가 첩보활동과 관련이 있고 당신이 그를 위해 일했을 거라는 생각에 깜짝 놀랐어요.」

「세상에, 당신이 그걸 알아냈단 말이오? 혹시 당신도 첩보활동 하는 거 아니오?」

브랜디 잔을 비운 니컬러스는 더 마실까 생각하며 술병을 쳐다보았다.

「진통제를 드세요. 술로 고통을 잊으려고 애쓰는 것보다 효과가 있을 거예요.」

「둘 다 필요 없소.」

니컬러스는 입을 단단히 다물고 빈 잔을 술병 옆에 내려놓았다.

「잘 치료해주어서 고맙소. 그리고 당신의 첫 연회를 이렇게 끝나게 해서 미안하오.」

「뭘요. 어쨌든 잊지 못할 경험이었어요.」

그녀가 쟁반을 들고 문 쪽으로 걸어갔다.

「클레어. 가지 마오.」

니컬러스가 긴장된 목소리로 말했다. 그녀는 다시 돌아섰다.

「네?」

창문 밖의 조용한 거리에 시선을 고정시킨 채, 그는 거친 숨을 쉬며 오른손으로 옷자락을 움켜쥐었다 놓았다 했다. 아무 대답이 없자 클레어가 다시 말했다.

「무슨 일, 있나요?」

그는 한 마디 한 마디 힘겹게 내뱉듯 말했다.

「나와 함께 있어주지 않겠소?」

「함께 자고 싶다는 뜻인가요?」

루시언의 키스에 대한 질문을 받았을 때보다 더 당황이 되어, 클레어의 입에서는 바보 같은 말이 튀어나오고 말았다. 니컬러스가 창문에서 돌아섰고, 그의 거친 숨소리가 방안을 가득 채웠다. 마이클 경을 만나고 온 후로 처음으로 그가 자신을 똑바로 쳐다보고 있다는 것을 깨달은 클레어는 그의 눈 속에 담긴 번민에 충격을 받았다.

순간, 내내 초연해 보였던 그의 모습은 가식이었다는 사실이 명백하게 다가왔다. 클레어는 자신을 걷어차고 싶었다. 감각이 예리하다고 하는 그녀였지만, 겉으로 드러나지 않는 그의 초조함, 그리고 자신과 눈을 맞추지 않으려 한다는 것을 눈치채지 못한 것이었다.

이제 조심스럽게 쌓아올려져 있던 그의 허울이 무너져내리면서 그 아래 숨어 있었던 것들이 드러나고 있었다. 그녀는 마음이 아팠다. 우정을 믿는 한 남자가 가까운 친구로부터 거부를 당하는 것이 괴로운 일일 줄은 알았지만 실제의 아픔은 그녀의 상상보다 훨씬 더 심각했던 모양이었다.

클레어의 표정을 잘못 이해한 남자는 더듬거리며 말했다.

「정부로서가 아니라…… 친구로서 말이오.」

허물어질 듯한 그의 모습에 클레어는 눈물이 날 것 같았다. 그녀는 쟁반을 내려놓고 조용히 말했다.

「그럴게요, 당신이 원한다면.」

그는 방을 가로질러 와 그녀를 힘껏 끌어안았다.

「상처 조심하세요.」

「아프지 않소.」

클레어는 그의 말을 믿지 않았지만, 친밀감에 대한 그의 욕구가 몸의 통증보다 훨씬 큰 것만은 분명했다. 그녀는 상처를 조심스럽게 피해서 팔을 그의 허리에 두르고 머리를 그의 뺨에 기대었다. 그들은 그렇게 오랫동안 서 있었다. 어느 정도 진정이 되자 그는 그녀를 풀어주며 말했다.

「떨고 있군. 따뜻한 침대에 들어요. 잠시 후에 당신에게로 가겠소.」

그는 드레스 룸으로 갔고 그녀는 등불을 끄고 겉옷을 벗어서 의자 위에 걸쳐놓았다. 벽난로의 타오르는 불빛만이 방안을 비추고 있었다. 클레어는 침대 안으로 미끄러져 들어갔다. 그녀는 부끄러움을 느끼긴 했지만 한순간도 자신이 잘못된 일을 하고 있다고는 생각하지 않았다. 깊은 동정심이 체면을 지키는 일보다는 훨씬 중요하니까.

잠시 후에 그가 잠옷으로 갈아입고 돌아왔다. 보아하니 한번도 입어보지 않은 잠옷 같았다. 클레어는 그가 자신의 처녀다운 감수성을 존중해서 그런 잠옷을 골랐나보다 생각하며 슬며시 미소를 지었다. 붕대를 감고 나니, 그는 평상시처럼 아무렇지 않아 보였다. 얼굴에 드리워진 쓸쓸함을 제외하면…….

니컬러스는 침대 위로 올라와 그녀의 입술에 가볍게 입맞추었고, 그녀의 머리를 당겨 팔베개를 해주고서 머리칼을 어루만지며 속삭였다.

「혼자 있고 싶지 않았소」

「같이 있게 돼서 기뻐요」

니컬러스의 옆으로 편안하게 다가가 누우며 클레어는 솔직하게 말했다. 그녀는 그가 느끼는 육체와 영혼의 고통을 공감하고 있었고 그를 위해 그녀가 할 수 있는 최선은 그와 함께 있어 주는 일이라는 것을 알고 있었다. 다시 생각해도 마찬가지였다. 그는 쓸쓸하게 말했다.

「그 친구는 항상 날 니컬러스라고 불렀소」

그런데 이제 마이클은 개인적인 정이 실리지 않은 '애버데어'라는 호칭을 사용하고 있었다. 그녀는 속으로 맹세했다. 앞으로 무슨 일이 생기더라도 니컬러스와의 우정을 배반하지 않겠다고.

19

니컬러스는 잠이 들 수 없을 것 같았는데 클레어의 부드러운 체온이 그의 슬픔과 고통을 잠재워주었다. 새벽녘에 깨어난 그는 팔을 베고 선잠이 든 여자를 깨우지 않으려고 그대로 누워 있었다. 지독하고 매서운 바람은 지나갔다. 그는 다른 배반들 속에서도 살아남았고 이번에도 살아남을 것이다. 그러나 옆에 클레어가 없다면 훨씬 힘이 들었을 것이다.

어젯밤, 그녀가 방을 나서려고 하기 직전까지 그는 자신의 감정을 잘 억제하고 있다고 생각했다. 그러나 그녀가 떠나려는 순간 무기력한 절망감이 그를 삼켜버렸다. 그 순간에는 그녀를 잡을 수만 있다면 무릎이라도 꿇고 싶었다.

감정을 자제하고 클레어를 그냥 보내야 했었는지도 모른다. 그랬다면 자신의 나약함이 드러나지 않았을 테니 말이다. 하지만 그는 후회할 일을 만들고 싶지 않았다. 지금 그에게 후회는 없었다.

니컬러스는, 그들이 이미 연인이고, 조금 후에 입맞춤으로 그녀를 깨워 사랑의 완성을 향한 첫 단계로 가는 환상에 빠졌다. 그의 시선이 그녀의 입술로 향했다. 소리 없는 아침 햇살에 비친 입술은 너무나 달콤해 보여서 맛보고 싶은 충동을 억누르기가 힘들었다.

마음속으로 그는 클레어와 함께 나누었던 가장 잊혀지지 않을 입맞춤을 차례차례 떠올려보았다. 그런 입맞춤이 헤아릴 수 없이 많은 걸 보니, 클레어는 관능이라는 예술에 재능이 뛰어난 학생임이 분명했다. 그 사실은 그에게 그리 놀랄 만한 일은 아니었다. 그는 이전부터 지적인 여자들이 훌륭한 잠자리 상대라는 것을 알고 있었다. 그들이 사랑하는 사이가 된다면 그녀는 누구에게도 비길 수 없는 여자가 될 것이다.

그러나 그런 일은 아직 일어나지 않았기 때문에 니컬러스는 욕망을 조절해야만 한다. 자신이 이미 그녀의 가녀린 몸을 어루만지고 있다는 사실을 깨닫기 전까지만 해도, 니컬러스는 자제하는 건 그다지 어려운 일이 아니라고 생각했다. 스스로에게 멈추라고 명령했을 때, 그의 손은 클레어의 가슴 위를 맴돌고 있었고, 여전히 그 손은 거두어지지 않았다. 얇은 플란넬 옷을 통해 클레어의 심장박동이 손바닥으로 전해져왔다.

이제 손을 치워야 돼! 니컬러스는 속으로 외치면서 가까스로, 손가락 끝이 클레어의 젖꼭지를 간질일 수 있을 만큼만 손을 들어올렸다.

니컬러스는 웃어야 할지 아니면 욕설을 내뱉어야 할지 알 수가 없었다. 그렇게 위험한 일만 아니었다면, 말 안 들으려고 하는 몸의 반응이 오히려 유쾌했을지도 몰랐다.

클레어가 만족스러운 듯 한숨을 내쉬더니 그의 몸의 아랫도리로 손을 미끄러뜨리며 바짝 다가들었다. 그 순간 욕망을 이기지 못해, 니컬러스는 앞으로 몸을 기울였다. 그는 플란넬 나이트가운을 벗겨서 그녀의 비단결 같은 피부를 드러내고 싶었다. 그녀의 젖가슴에 키스를 하면 그녀의 목에서 달콤한 신음소리가 흘러나오리라. 손에 잡힐 듯 생생한 환상이 그를 압도하고 있었다.

하지만 그는 아무 일도 할 수 없었다. 잠시 그는 정욕과 양심 사이에 갇혀 무기력함을 느꼈다. 수렁에서 벗어나기 위해, 그는 자신의 인생에서 최악의 순간이었던 때, 너무나 불쾌해서 욕정까지 사그라뜨리는 그때의 일을 떠올렸다. 욕망이 완전히 사라지지는 않았지만 그는 충분히 몸을 일으킬 수 있었다.

깨우지 않으려고 부러 조심했는데도, 부스럭거리는 그의 움직임에 눈을 뜬 클레어가 길고 짙은 속눈썹을 천천히 들어올리며 진지하게 그를 바라보았다. 그녀의 깊고 푸른 눈에서 니컬러스는 후회가 아닌 부끄러움을 보았다.

「잘 잤어요?」

「생각했던 것보다는 괜찮았소.」

그녀가 일어나 다리를 꼬고 앉아서 주위의 담요는 엉키게 둔 채 그를 나른하고 호기심이 가득한 눈으로 바라보았다.

「항상 절 유혹하겠다고 하더니 이제 완벽한 기회가 지나가버렸군요. 염두에 두세요, 제가 당신의 자제력에 감사한다는 것을. 그렇지만 정말 이상하군요.」

니컬러스는 어물쩍거리며 미소를 지어 보였다.

「난 친구로서 같이 있어달라고 부탁한 것이었소. 그런 요구를 거절하기는 아주 힘든 일이고, 그걸 기회로 삼는 것은 비열한 짓이오.」

그녀가 작은 소리로 웃었다.

「남자들의 명예 법전은 아주 이상하고 모순적이군요.」

「아마 그럴 거요.」

그의 시선이 그녀의 맨살이 드러난 나이트가운의 목덜미 부분에 머물렀다. 다행히 그는 품이 넉넉한 잠옷을 입고 있어서 흥분으로 일어선 은밀한 부분을 감출 수 있었다. 그는 신경을 다른 곳으로 돌리려 애쓰며 설명했다.

「감리교도의 신앙처럼 명예라는 것은 개인에게 지극히 중요한 것이오. 당신을 유혹하고 당신의 명성을 다치게 한 것에 대한 양심의 가책은 없지만, 당신을 기만하면서까지 그럴 수는 없소.」

「당신은 어떤 부류의 집시인가요? 전 교활함이 집시들의 삶의 방식이라고 생각했거든요.」

놀리듯 묻는 말에 니컬러스가 미소를 지었다.

「그렇기는 하지만, 날 타락시킨 것은 관습적인 영국의 도덕성이었소.」

그녀가 아랫입술을 조금씩 물어뜯자 그는 자신이 그녀의 입술을 깨물고 싶은 충동을 느꼈다. 그런 생각은 너무 강렬해서 그녀가 하는 말을 알아듣지 못할 지경이었다.

「우리 빨리 집으로 돌아가야 하지 않나요? 런던은 재미있는 곳이지만 펜리스에 해야 할 일이 많은데요.」

「탄도 밖으로 날 끌어내시려고?」

「그래요. 마이클 경은 어젯밤의 우연한 만남의 결과에 만족하지 않을 거예요.」

「그럴 거요. 하지만 내 뒤에서 총을 쏠 친구는 아니오. 그리고 난 어떤 종류의 싸움이든 당하고만 있지는 않을 거요.」

클레어가 믿지 못하겠다는 표정을 했다.

「당신 말이 맞기를 바라지만, 그래도 전 빨리 웨일스로 돌아가고 싶어요. 제가 받아들일 수 있는 것 이상으로 런던에 대해 너무 많은 것을 보았어요.」

「사업상의 일들이 다음주 안으로 정리될 거요. 그럼 바로 출발합시다.」

「좋아요.」

기분이 좋아진 얼굴로 그녀가 침대에서 뛰어 내려왔다.

「이제 제 방으로 돌아가야겠어요. 아직 이른 시간이니까 하인들이 제가 여기서 밤을 지냈다는 걸 눈치채지 못할 거예요.」

「그들이 어떻게 생각할지가 그렇게 중요하오?」

그녀가 애처롭게 미소지으며 벨벳 겉옷을 입었다.

「중요하지 않을 수도 있겠지만 전 귀족으로 자란 처지가 아니라, 다

른 사람의 생각 따위에는 관심 없는 당신처럼 거만해질 수가 없어
요.」

클레어가 한 손으로 문손잡이를 잡았을 때 그는 간밤에 그녀가 떠나
려고 했을 때와 똑같은 아픔을 느꼈다. 오늘 아침은 전날보다 심하지
는 않았지만 그래도 마음이 아려왔다.

그는 자신이 바보 같다는 생각을 하면서 말했다.

「오늘의 입맞춤을 하고 싶소.」

그녀가 뒤돌아 약간은 신중한 얼굴로 말했다.

「나중을 위해 아껴두어야 하는 거 아녜요?」

「당신은 원한다면 언제든지 더 할 수 있잖소.」

그가 둘 사이의 거리를 성큼 두 걸음으로 좁히더니 그녀를 끌어안았
다. 클레어는 잠옷 사이로 흥분된 그의 일부를 느끼고 숨이 막혔지만
밀어내지 않았다.

니컬러스는 천천히, 조금 전 자신을 매혹시켰던 그녀의 아랫입술을
깨물었다. 그녀의 입술이 벌어졌고 거친 숨결이 그의 뺨을 간질였다.
뜨거워진 그의 혀는 향기로운 그녀의 입 속으로 미끄러져 들어갔다.

숨막히는 입맞춤이 계속되었다. 어렴풋하게, 니컬러스는 자신이 그녀
를 문에 고정시켜 꼼짝못하게 해놓고, 두 사람이 골반이 서로 부대끼
며 은밀한 자극을 불러일으키고 있다는 것을 알았다. 그녀의 겉옷과
잠옷은 쉽게 들어올려졌고 그는 그녀의 엉덩이를 한 손으로 감싸 쥐면
서 다리 사이의 그녀를 더욱 압박했다.

「클레어…… 당신은 너무 사랑스럽소. 그래서 너무나 갖고 싶어.」

「이제…… 키스를 끝낼 시간이에요.」

「어제는 키스를 하지 않았으니 지금 그것을 챙겨도 되겠소?」

대답을 기다리지 않고 그는 그녀의 목에 입술을 댔다. 그녀가 숨을
헐떡이며 말했다.

「안 돼요, 어제는 이미 지났고, 지나간 키스는 되돌려 받을 수 없어
요. 게다가 어제는 비공식적으로 나눈 키스가 많았잖아요.」

「그렇다면 내일 몫의 키스는?」

니컬러스가 그녀의 부드럽고 탄탄한 엉덩이를 주무르며 말하자, 클레어는 조금 흥분한 듯 깔깔거리며 웃음을 터뜨렸다.

「꼬박꼬박 세면서 왔더라면 아마 우리가 지금까지 나눈 키스의 횟수는 1830년 치에 다다랐을 걸요. 이것으로 충분해요, 니컬러스.」

충분하다. 니컬러스의 숨소리가 거칠어져 갔다. '손을 놔, 소름이 끼칠 정도로 허전할지라도. 그녀의 아름다운 맨 다리를 가리우게 옷을 내려놔. 문을 누르고 있는 손을 떼라구. 그녀의 탐스러운 입술, 열정으로 가득 찬 눈동자에서 눈을 떼란 말이야.'

'명예. 명예를 기억해야 해.'

'자, 이제 문을 열고, 빌어먹을, 너무 늦기 전에 그녀를 내보내줘.'

그녀에게 해야 할 말이 하나 더 있었다.

「같이 있어줘서 고맙소, 클레어.」

클레어는 다정한 미소를 지어 보였다.

「친구로서 한 일인 걸요.」

그러고 나서 그녀는 밖으로 나갔다. 그는 몸과 마음이 바늘로 찔리는 듯한 고통을 느끼며 닫혀진 문을 오랫동안 바라보았다. 저 새침한 여선생이 그토록 관능적일 줄 그 누가 생각이나 했을까? 그리고 애버데어 백작을 협박하려고 찾아온 그 성가신 여자가 그의 친구가 될 줄 그 누가 짐작이나 했을까?

화이트 바의 위엄 있는 도어맨이 마치 어제 만난 사람을 대하듯 니컬러스를 맞아주었다. 상류층이 드나드는 이 클럽은 사 년 전과 다름이 없었다.

레이프가 아직 도착하지 않아서 니컬러스는 열람실 안을 어슬렁거리다가 '타임스' 한 부를 뽑아들었다. 예상대로, 지면은 나폴레옹의 퇴위 소식이 장래에 미칠 영향과 영국의 용기와 현명함, 그리고 승리를 자축하는 기사로 메워져 있었다.

낯익은 목소리를 듣고 니컬러스는 고개를 들었다. 레이프가 그를 향해 다가오고 있었다. 방의 절반쯤 왔을 때 레이프는 흥분해서 입에 거품을 물고 달려드는 한 젊은이에게 붙들렸다.

「소식 들었어요, 공작님? 나폴레옹이 자리를 내놓고 프랑스의 부르봉 왕조가 다시 세워진답니다.」

그 젊은이를 노려보면서 레이프가 냉담한 목소리로 말했다.

「그래서?」

젊은이는 얼굴이 확 달아오르더니 사과의 말을 웅얼거리며 뒤돌아서 가버렸다. 니컬러스가 비웃듯 쳐다보고 있었다. 레이프가 다가오자 그가 말했다.

「자네, 주제넘게 구는 인간들 겁주는 게 사 년 전보다 훨씬 능란해졌군.」

「정말 그리 되고 싶네. 그래서 내 부지런히 연습 중이지.」

레이프가 나른한 미소를 지으며 대답했다. 니컬러스는 참지 못하고 미소를 띠며 물었다.

「세상 사람들 가운데 과연 몇이나 자네의 실상을 보았을까?」

「내게 거만한 면이 있다는 건 부인하지 않겠어. 아마 자넨 거만함이 부족해서 다른 사람들의 거만한 면을 제대로 보지 못할 거야. 내가 정말 편안하게 생각하는 사람이 몇이나 있는지 자네가 정 알고 싶다면 대충 여섯 명 정도라고 해두지.」

애정의 표현으로, 레이프는 니컬러스의 어깨 위에 손을 올려놓았다. 순간적으로 니컬러스가 몸을 움찔거렸다.

「이런 빌어먹을.」

레이프가 황급히 손을 내렸다.

「미안하네. 자네가 너무 멀쩡해 보여서 등이 체스판과 같은 지경이라는 사실을 잊었어. 얼마나 다쳤나?」

니컬러스는 아픈 데도 불구하고 어깨만 으쓱했다.

「뭐 대단치 않아.」

미심쩍었지만 레이프는 다른 이야기로 화제를 돌렸다.

「우리 커피나 한잔할까? 어젯밤에 주인 노릇 하느라 바빠서 제대로 먹지도 못했어. 게다가 아침밥도 먹는 둥 마는 둥 했거든.」

「그러지.」

커피가 있는 방으로 향하면서 니컬러스가 덧붙여 말했다.

「어젯밤 일로 자네가 이 약속을 달가워하지 않을까 걱정했네. 마이클이 나와 만나는 걸 알면 적과 내통한다고 생각할 거야.」

「말도 안 되는 소리 마. 일시적으로 혼란상태에 빠진 친구 때문에 다른 한 친구를 잃고 싶진 않아.」

레이프가 슬며시 미소를 띠었다.

「더군다나 그 친군 우리가 만나는 사실도 모를 텐데 뭘 그러나.」

커피 룸에는 벽면 찬장 위에 냉육과 그 외의 요리들이 마련되어 있었다. 이른 시간이라서 커피 룸은 대부분의 테이블이 비어 있었고, 그들은 음식을 고른 후 조용히 이야기할 수 있는 구석 자리로 갔다. 공작을 본 웨이터가 와인 한 병을 가져다놓고 물러났다. 둘만 남게 되자 니컬러스가 물었다.

「오늘 마이클은 어떤가?」

레이프가 절인 양파를 반으로 썰어서 소고기 한 조각과 곁들여 입에 넣었다.

「빌어먹을 두통만 아니면 몸은 괜찮은 것 같아. 의사 말을 들어보니 클레어의 진단이 아주 정확하더군. 난 그녀가 아주 좋아졌어. 어깨 위에 냉철한 머리를 가지고 있거든.」

니컬러스에게 의미 있는 눈길을 보내고, 잠시 생각한 후 그가 덧붙여 말했다.

「어깨 역시 아주 근사했지만.」

「둘 다 제대로 관찰했군.」

니컬러스는 클레어와 자신의 별난 관계에 대해 말하고 싶은 기분이 아니어서 그냥 그렇게 동의했다.

「마이클의 상처가 심각하지 않다니 다행이군. 그런데 그 친구 기분은 어때?」

「아침에 찾아갔을 때는 정중하긴 했지만 마치 처음 보는 사람들인 양 시선을 피하더군. 어제 일에 대해서는 한마디도 언급하지 않았어.」

레이프가 뭔가 더 이야기하려다가 머뭇거렸다.

「자네 이름을 꺼내니까 아예 입을 다물어버리더라구. 어젯밤에 왜 그렇게 화를 냈는지, 자넬 다시 찾아올 것인지 어쩔 건지에 대해서도 아무 암시가 없고 말이야.」

「그 친구가 내게 다시 싸움을 걸어온다고 해도 응하지 않겠어.」

레이프가 넌지시 물었다.

「마이클이 미스 모건을 모욕한대도?」

니컬러스는 입을 굳게 다물더니 곧 다시 입을 열었다.

「그런다고 해도 마찬가지야. 마이클이 뭐라고 비난해도 견뎌낼 거야. 날 겁쟁이라고 불러도 신경 쓰지 않을 거고. 내게 그 따위 자존심은 없으니까.」

「자네가 싸움을 하지 않겠다고 해서 마이클도 그럴 거라는 보장은 없잖아.」

니컬러스가 공작을 날카로운 눈빛으로 쏘아보았다.

「아무리 화가 나도 마이클이 날 당장에 죽이려 들지는 않을 거야.」

레이프가 걱정스러운 얼굴을 했다.

「제발 그랬으면 좋겠군.」

「자네도 마이클을 알잖아. 콧대 높은 얼간이일지는 몰라도 비열한 짓은 절대로 하지 않을 친구야.」

「사 년 간의 전쟁은 누구라도 변화시킬 수 있어. 그 친구도 그러더군, 자기가 많이 변했다고 말야.」

다른 사람도 아닌 레이프가 하는 말이라, 니컬러스는 그럴 가능성에 대해 진지하게 생각해보았다. 그와 마이클 케넌은 좋은 시절, 나쁜 시절을 함께 겪으면서 이십 년 이상을 알고 지내온 사이였다. 마이클은 늘 무서운 기질에, 또 그만큼 무서운 명예심을 가지고 있었다. 위험한 것은 '예스'. 배반은 '노'.

「그렇게 많이 변했다니, 마이클이 아니야.」

「맞아, 그래서 정말 걱정이야.」

레이프가 그들의 잔에 와인을 가득 채웠다.

「그 친군 너무 바빠서 복수하는 데 신경 쓸 겨를이 없을지도 몰라. 오늘 아침, 전쟁이 끝났으니 군대로 돌아가지 않고 군직을 넘겨야겠다고 했거든.」

「잘 됐군. 그 친굴 미치게 만든 전쟁이 없으면 곧 다시 제정신으로 돌아올 거야.」

「나도 그렇게 믿고 싶어.」

기분을 전환하려고 레이프가 화제를 돌렸다.

「자네 정말로 블렌하임에서 제인 웰코트를 만났던 걸 기억하고 있었나, 아니면 그저 예의상 해본 말인가?」

「기억은 하고 있었네. 신사로서 밝힐 수 있는 상황은 아니었지만 말이야.」

니컬러스가 싱긋 웃으며 덧붙였다.

「심지어 나 같은 놈도 제 입으로 밝힐 수는 없을걸.」

「그럴 필요 없네. 상상이 가.」

레이프가 토끼 고기를 맛보며 말을 이었다.

「그 여자와 이제 갈라설 때가 된 것 같아. 최근에 지겨워지기 시작했거든.」

현명한 남자가 논평할 성질의 말이 아니었기에, 니컬러스는 돼지고기 파이나 먹기로 했다. 레이프의 가볍고 품위 있는 교제는 거의 6개월을 넘기지 못했고, 레이디 웰코트도 예외가 되지는 않을 모양이었다.

니컬러스는 클레어를 떠올렸다. 고집스러움, 분통 터지는 도덕관, 그리고 그녀의 솔직함과 따뜻함. 비록 그의 작은 웨일스의 장미가 온통 가시투성이라고 해도, 레이프의 화려하고 속물적인 귀부인과 일년을 보내느니 차라리 그녀와 일주일을 보내는 게 낫다는 생각이 들었다.

그는 돼지고기 파이를 한 입 더 먹었다. 이번 주는 쏜살같이 지나가고 있었고, 이제는 클레어를 그의 정부로 만들어야 할 때였다. 아무래도 그녀의 옛 생활을 떠올리게 하는 것들이 곳곳에 산재해 있는 펜리스에서보다는 낯선 런던에서 그녀가 더 쉽게 굴복할 거라는 생각이 들었기 때문에, 그는 앞으로의 며칠을 잘 활용해야만 했다. 석 달이 끝나기 전에 클레어는 그의 여자가 되어야 했다. 이제 결코 그녀를 보내지 않을 생각이기에, 다른 결과는 허락할 수가 없었다.

빈 접시를 밀어내며 그가 물었다.

「내가 영국에 없는 동안 무얼 하고 지냈나? 아직도 그 훌륭한 붉은 말을 타고 달리나?」

「아니, 하지만 그 녀석이 절 닮은 훌륭한 망아지를 낳았어.」

자연스럽게 대화는 말들에서 정치적인 문제로 넘어갔다. 루시언처럼 레이프도 마지막으로 만난 지가 언제이든 상관없이 금방 격의 없이 지낼 수 있는 친구였다.

한때는 마이클도 그런 친구였다. 그런 생각이 떠오르자 니컬러스는 화가 나서 벌떡 일어섰다.

「사무변호사(solicitor, 법정변호사와 소송 의뢰인 사이에서 재판 사무를 취급하는 하급 변호사로서 법정에 나서지 않음)와 약속이 있어서 그만 가봐야겠네. 며칠 후에 웨일스로 돌아갈 참일세. 하지만 머지않아 다시 런던에 오게 될 거야.」

「알았네. 이번 여름은 몇 주 동안 보운 성에 내려가 있는 건 어떨지 생각해봐.」

「펜리스에서의 일이 제대로 처리되면 기꺼이 가야지. 혹시 내가 못 가게 되면 자네가 애버데어로 오게, 언제나 환영이니까.」

악수를 나눈 후 레이프가 진지하게 말했다.

「마이클이 무슨 일을 벌일지에 대해서 자네는 관심이 없겠지만, 그래도 부탁하는데…… 제발 조심하게.」

클레어는 애버데어 저택을 떠나온 후로 니컬러스와 지내는 하루하루가 행복했다. 그와 같이 보낸 밤은 그녀를 사랑에 빠지기 쉬운 상태로 만들었고 항복하기 일보 직전에 이르게 했다. 훌쩍거리는 바보 얼간이가 되어버린 그 순간에 멈추라고 요구할 수 있었던 것은 기적 같은 일이었다.

어젯밤 니컬러스가 그날의 키스를 이미 다 써버린 것은 천만다행이었다. 금방이라도 허물어질 듯하고 감각적인 느낌이 아직도 이렇게 살아 있는데, 만일 키스라도 더 했으면 어찌했을까. 어쩌면 그녀는, 니컬러스가 달콤한 말로 부추기며 빼앗아간 입맞춤을 마음속으로 모두 세어두어야 했을지도 모를 일이었다. 그걸 다 세어두었더라면 이제 내일의 키스는 없는 셈이니까 유혹으로부터 안전해지는 것일지도 모를 일 아니었던가.

저녁식사 시간이 다 되어 니컬러스가 돌아올 때까지 그녀는 육욕적인 본능을 진정시키려 애쓰고 있었다. 그와 다시 밤을 함께 보내지만 않는다면 순결은 무사할 것이다.

식사를 마쳤을 때 니컬러스가 말했다.

「같이 서재로 가겠소? 펜리스 탄광의 채굴 임대계약서를 보여주고 싶은데. 나와 사무변호사가 놓친 부분을 당신은 찾아낼 수도 있을 것이오.」

「임대계약을 파기해서 그 탄광을 인수할 생각인가요?」

「그렇소. 내 사무변호사는 어떤 문제든 법정에 가지고 갈 수 있다고 확신했소. 그런데 이 특별한 임대는 너무 단순해서 허점을 찾아내기가 어렵더군. 서류가 길고 복잡한 편이 이의를 제기하기는 더 쉬울 거요.」

그들은 지금껏 사업에 대해 종종 논의하긴 했었지만 그가 중요한 문제로 클레어에게 도움을 청하기는 처음이었다. 괜스레 그녀는 우쭐한 기분이 들었다. 사실, 서재로 걸어가면서 클레어는, 오늘밤은 그의 태도가 좀 다르다는 것을 깨달았다. 문득 굉장한 생각 하나가 머리를 스쳤다. 이제 그들은 서로를 친구로 인정한 것이고, 니컬러스는 그녀를 유혹하겠다는 작전을 포기한 것일지도 모른다는 생각.

그들의 관계는 도전과 동료애가 묘하게 섞인 것이었지만, 클레어는 어젯밤 이후로 변화를 느꼈다. 이제 그들 사이에는 단순한 욕정보다 더 깊고 따뜻한 그 무엇이 존재하고 있었다. 니컬러스는 만일 자신이 그녀를 유혹하면 그녀의 인생이 위험해질 거라는 걸 알고 있고, 게다가 그는 결코 친구의 인생을 망치고 싶어할 사람이 아니었다.

그런 생각을 하다 보니 더 이상 그의 유혹을 두려워하지 않아도 된다는 것이 점점 더 확실해졌다. 집으로 돌아온 이후 그가 한번도 자신에게 손을 대지 않았다는 사실이 그 생각을 뒷받침해주고 있었다. 평소 같았으면 만지고 싶어 애달아했을 사람인데.

비록 그와의 입맞춤이 그리워지긴 하겠지만-그것도 아주 끔찍하게-지금까지 그와 벌여온 위험한 게임을 돌이키고 싶지는 않을 것이다. 몇 주 동안 그녀는 벼랑 끝에 매달려 있었고 앞으로 한 발자국만 내딛으면 심연으로 떨어져버릴 듯 위태하고 불안했다. 남은 석 달 동안 남매처럼 지낸다면 편안해질 터였다. 그리고 결국은 타락하지 않은 모습으로 펜리스로 돌아갈 수 있을 것이다.

그녀는 니컬러스가 금욕주의를 받아들일 거라고 생각할 만큼 바보는 아니었다. 그녀와의 잠자리를 포기하고 나면 그는 곧 더 고분고분한 여자를 찾을 것이 분명했다. 사실, 그것은 클레어에게 몹시 불쾌한 일이었다. 하지만, 니컬러스가 무슨 일을 벌이고 다니든 그녀가 그 구체적인 내용을 귀에 담지 않는 한 그럭저럭 견딜 수 있을 것이다. 쉽게 잊혀질 잠자리 상대로 남기보다는 그의 친구가 되는 편이 나았다.

서재에 들어선 그는 그녀에게 임대계약서 한 부를 찾아 건네주었다. 클레어가 앉아서 계약서를 자세히 들여다보는 동안 그는 하프를 꺼내어 들고 나지막이 연주를 시작했다.

계약서를 세 번이나 검토한 후에 그녀는 책상에 다시 내려놓았다.

「서류에는 마이클 케넌 경이나 그의 수탁인(受託人)이 21년 동안 지정된 지역에서 석탄을 채취할 수 있는 권리가 있다고 명시되어 있군요.
만약 임대료가 이익금에 대한 비율로 정해져 있다면 매덕이 횡령할 경
우 당신이 소송을 걸 수 있지만, 금액이 정해져 있기 때문에 어쩔 도
리가 없겠군요.」

「그리고 불행하게도 오백 파운드의 임대료는 매 성모 영보 대축일
마다 꼬박꼬박 지급되었소. 혹시 연체된 적은 없는지 살펴보았지만 그
런 일도 없었고 말이오.」

「혹시 탄갱이 임대제한선을 넘었을 가능성은 없나요?」

그의 눈썹이 올라갔다.

「그거 좋은 생각이군. 임대부지가 꽤 넓어서 탄광이 경계선 내에 있
을 수도 있지만, 내 한번 알아보리다. 또 다른 점은 없소?」

「미안해요. 그게 제가 할 수 있는 최선이에요.」

그가 미소를 지었다.

「당신이 내 사무변호사보다 훨씬 낫소. 그 사람은 마이클이 부당한
영향력을 행사해 할아버지를 설득한 후 내 법적인 상속권의 일부분을
빼앗아 탄광에 대한 권리를 빌려주도록 한 점을 들어 소송하라고 하더
군. 그건 별 실속 없는 논쟁이오. 오백 파운드의 금액은 적정한 가격이
고 계약서에 서명할 때는 그 노인네의 정신도 멀쩡했으니까. 궁리해보
면 이길 수 있는 법적인 소송거리를 찾아낼 수 있을 거요.」

그는 다시 하프를 타기 시작했고, 이번에는 선율에 맞춰 웨일스어로
노래도 불렀다. 클레어는 소파에 앉아 슬리퍼를 벗고 발을 모았다. 두
번째 노래를 부를 때 그가 함께 부르자고 제안했다. 그녀의 목소리는
두드러지진 않았지만 찬송가를 부를 때는 힘차고 나긋나긋했다. 자신
의 고향사람들처럼 클레어 역시 음악을 사랑했다.

그들은 때로는 영어로 때로는 웨일스어로 몇 곡의 노래를 불렀다.
클레어는 가사를 알면 따라 부르고 모르면 미소를 띤 채 가만히 그의
노래를 들었다. 하프에 몸을 굽혀 연주에 몰두하는 그의 모습은 이루
말할 수 없이 낭만적이었다. 하지만 정말 중요한 것은, 두 사람이 긴장

감 없이 서로 편안하게 이 시간을 즐기고 있다는 사실이었다.

그러나 사랑의 노래들을 부르기 시작하면서 니컬러스의 눈빛은 애무가 되었고, 마음을 잡아당기는 가사의 구절구절이 그녀를 겨냥하고 있었다. 클레어는 위험을 감지하기 이전에 이미 파멸의 길에 반쯤 들어서 있었다. 단 한번의 접촉도 없이, 니컬러스는 그녀의 저항감을 녹여버리고 침대로 향할 준비를 하고 있는 것이었다.

그녀의 꿈같은 만족감은 사라져버렸다. 소파에서 일어나 앉으면서 클레어는 비난하듯이 말했다.

「또 절 유혹하려 하는군요.」

그는 부르던 노래를 마치고 나서 그녀에게 은근하게 순진한 미소를 지어 보였다.

「오늘 아침 이후로 당신을 만진 적이 없는데도 말이오?」

그녀가 눈살을 찌푸렸다.

「그렇지만 당신이 부르고 있는 노래들은 여자의 마음을 사로잡으려는 것들이잖아요.」

그가 더 크게 웃었다.

「그랬으면 얼마나 좋겠소.」

아무 것도 변하지 않음을 깨닫는 순간 그녀가 품었던 이전의 희망은 산산이 깨어졌다.

「이제는 절 유혹하는 일을 그만두었으면 했어요. 우리가 정말 친구라면 왜 저의 인생을 파멸시키려는 거죠?」

「문제가 뭐냐 하면 말이오, 난 정말 열정을 파괴적인 것으로 보지 않는다는 거요.」

그의 손가락이 하프 줄 위에서 춤을 추었다.

「난 그걸 해방이나 충만감으로 생각하오. 우리가 처음 이 거래에 동의했을 때 내가 말했듯이, 내가 이기면 우리 모두 이기는 거요.」

「그리고 내가 이기면 당신은 지는 거죠.」

클레어는 일어나서 슬리퍼를 신고 문으로 향했다. 이제는 니컬러스가 그들 간의 싸움을 끝낸 것이려니 믿었건만 그건 클레어 혼자만의 생각인 모양이었다. 하지만 그런 배신감에도 불구하고 마음 깊은 곳에서는 아픔이 느껴졌다. 어젯밤 니컬러스가 그녀를 필요로 했을 때 클레어는 모든 생각을 접어두고 도와주러 왔는데 그는 다른 식으로 보답을 하고 있었다.

그녀가 문에 거의 이르렀을 때 그가 다시 노래를 부르기 시작했다. 12세기 ,시의 왕자가 '후얼 오웨인 그위니드'가 부른 노래였다. 그의 노래였다고 해도 니컬러스가 부른 것만큼 매력적으로 들리지는 않았으리라.

내가 선택한 한 여인. 그녀는 가냘프고 아름다워.
보라색 외투를 입은 그녀는 늘씬하고 아름다워.

그 음악에 이끌려 클레어는 멈추어 서서 천천히 그에게로 돌아섰다. 그의 눈에 타오르는 어두운 불꽃은 그녀의 분노와 저항을 녹여버렸고 그의 벨벳 같은 목소리는 한 여자가 바라는 한 남자의 갈망을 장황하게 늘어놓고 있었다.

나의 선택은 바로 당신 - 당신도 나를 바라보나요?
왜 말해주지 않나요? 침묵하고 있는 누가 이토록 사랑스러울까요?

마지못해 발걸음을 떼면서 그녀는 방을 가로질러 그에게로 왔다. 그의 눈은 불타오르고 목소리는 노래의 절정에 이르러 높이 치솟았다.

난 한 여인을 선택했네. 후회는 없다네.
사랑스럽고 아름다운 그녀를 선택한 것은 너무나 당연한 일이라네.

마지막 소절이 끝나자 니컬러스는 그녀에게 이리 오라는 손짓을 하면서 부드럽게 말했다.

「이번 키스는 꼭 당신이 해주었으면 좋겠소.」

강한 주문에 그녀는 손을 들어 그의 손을 잡았다. 집시의 마술. 음악의 마술. 모든 악마의 힘을 가진, 올드 닉.

자기혐오감과 함께, 클레어는 자신이 얼마나 금방 굴복할 지경에 이르렀는지를 깨달았다. 그녀의 손이 서둘러 아래로 떨어졌다.

「음악의 거미줄로 덫을 놓아 어리석은 파리를 잡는 거미 같아요, 당신은. 하지만 이번만은 안 될 거예요.」

니컬러스는 포기하지 않겠다는 듯 미소를 지었다.

「다른 사람의 일부분이 된다는 것은 궁극적으로 합일된다는 말이오. 인간은 서로 만나서 하나가 되기 위해 노력하지만 최선을 다해야만이 그 꿈을 이룰 수 있소.」

그윽하고 우울한 선율이 하프에서 흘러나와 그의 말과 어우러졌다.

「어느 누가 고독의 끝에 선 외로운 파리가 거미와 하나가 되고 싶지 않다고 장담할 수 있겠소?」

무슨 말이든 낭만적으로 만들어버리는 그의 능력에 화가 나서 클레어는 톡 쏘았다.

「아름다운 비유이긴 하지만, 현실 속에서 파리는 거미의 저녁식사감이 되는 법이죠. 거미가 다른 어리석은 먹이들을 게걸스럽게 먹어치울 동안 파리는 죽어가고 말이에요.」

발을 돌려 문 쪽으로 씩씩하게 걸어가면서 클레어는 한마디 더 쏘아붙였다.

「다른 먹이감을 찾아보세요.」

니컬러스가 하프를 바닥에 놓고 방을 가로질러 그녀를 따라왔다.

「클레어.」

마지못해 클레어는 그를 향해 돌아섰다.

「당신에게 날 멈추게 할 권리는 없어요. 당신은 오늘의 키스를 이미 해버렸고 내일 것도 마찬가지예요.」

「잘 알고 있소.」

가까이 서 있는 그의 몸에서 온기가 느껴졌다.

「내가 당신에게 키스할 수는 없지만 당신이 나에게 할 수는 있지.」

니컬러스가 황홀한 집시의 미소를 지었다.

「아마 그러면 난 반항을 하겠지?」

그녀는 더 이상 참을 수 없었다.

「이건 농담이 아니에요!」

「왜 그렇게 마음이 상한 거요?」

그가 조용히 묻자, 클레어는 눈물을 참으며 말했다.

「우정을 믿으라고 했던 건 니컬러스 당신이에요. 아주 이기적인 사람이라구요, 당신이란 사람은. 내가 만났던 다른 남자들처럼.」

움찔하는 그를 바라보면서 클레어는 자신의 말이 그에게 상처가 되었다는 것을 알고 만족감을 느꼈다. 잠시 후, 니컬러스가 입을 열었다.

「아마도 남자와 여자가 그 문제를 달리 바라보기 때문에 남녀간에 우정이 존재하는 경우가 드문 모양이오. 분명 당신은 우리의 우정이 정신적인 것이어야 한다고 생각하겠지만, 난 우정이 열정을 강화시켜 준다고 생각하오.」

그의 손가락 끝이 거미줄처럼 가벼운 그녀의 머리카락을 스쳐갔다.

「맞소. 난 당신과 사랑하기를 원했고 거기에는 약간의 이기심도 있을 거요. 그렇지만 내가 단순히 육체적인 정욕만을 만족시키려 했다면 다른 곳에서 찾는 편이 더 쉽지 않았겠소. 당신과 함께라면 열정이 훨씬 더 의미 있을 거요.」

그의 목소리에 담겨 있는 부드러움은 그녀를 거의 원상태로 돌려놓을 뻔했다. 그러나 그녀가 다시 부드러워진다면 지게 되는 것이다. 화를 내는 것이 스스로를 보호하는 방법이었다.

「사람의 마음을 잘 현혹시키는 그 집시의 혀로는 뉴캐슬(Newcastle, 석탄 수출로 유명한, 잉글랜드 북부의 항구)에 석탄을 팔아먹는 일이라도 능히 하겠지만, 이번에는 소용없을 거예요. 아무리 당신이 그럴 듯한 말로 치장을 해도, 당신 욕망이 먼저이고 내가 바라는 것은 훨씬 뒷전이라는 건 뻔한 사실이니까요.」

그녀는 자신이 불합리하다는 것을 알고 있었고 그가 화를 낸다 해도 놀라지 않을 각오였다. 그러나 그의 대답은 부드러웠다.

「당신은 펜리스의 주민들과 광부들을 당신 자신의 안위보다 더 염려한다고 말한 사람이었소. 난 그들에게 당신이 원하던 그 행복과 안전을 안겨주려고 최선을 다하는 중이오. 열정은 거래의 맨 마지막 문제이고, 난 그저 당신도 그것을 원하게끔 하려는 것뿐이오. 아무래도 내가 성공한 것 같은데, 안 그런가? 당신이 그렇게 화를 내는 것도 바로 그 때문이잖소.」

클레어는 솔직해질 수밖에 없었다.

「당신 말이 맞아요. 그렇다고 제 화가 누그러진 건 아니에요. 잘 자요. 니컬러스.」

쾅 소리가 나게 문을 닫고 클레어는 나가버렸다. 니컬러스는 클레어의 최대 관심거리를 그녀의 머릿속에서 잊혀지게 만들려고 애를 쓰는 중이었는데, 어처구니없게도 그녀가 역습을 가해오는 것이었다. 니컬러스는 그녀를 원했고, 그녀는 그 사실을 이용해서 그에게 자신이 느끼는 괴로움을 느끼게 해주려고 하고 있었다.

클레어가 침대에 누우려는데, '잡다한 집시 무리들이여, 오!'의 경쾌한 리듬을 연주하는 니컬러스의 하프소리가 들려왔다. 비단금은과 새신랑을 모두 버린 채 잡다한 무리의 집시들과 함께 달아나 버린 양갓집 여인의 이야기를 들려주는 그 옛 민요의 노랫말이 클레어의 마음속에서 너울너울 춤을 췄다.

민요에 등장하는 그 여인은 부도덕한 음녀(淫女)이며, 보드라운 깃털 침대에서보다 차가운 허허벌판에서 자는 것을 더 좋아했다면 머리가 좀 이상한 건 아닌지 연구해볼 필요도 있었다. 하지만 그 여인을 꼬드겨 함께 달아난 집시가 니컬러스를 닮은 사내라면 클레어는 그 여인을 조금도 비난할 수가 없었다.

20

    다음날 아침에 잠을 깨었을 때 클레어는 화가 좀 풀리긴 했지만 니컬러스에게 따끔한 맛을 보여주리라던 결심은 조금도 변함이 없었다. 그런데 어떻게 해야 제대로 앙갚음을 할 수 있을까?

    그녀의 침실 천장에는 전원풍의 배경에 요정을 쫓아가는 사티로스가 그려져 있었다. 그 사랑의 몸짓을 보고 불현듯 해답이 떠올랐다. 쫓고 쫓기는 것은 남자와 여자 사이에 끊임없이 계속되는 사랑의 양식이었다. 여자는 자신에게 가장 잘 어울리는 짝을 만날 때까지 자신을 지키고자 도망을 치고, 남자는 또 한 명의 여자를 정복하고 싶어서 그 뒤를 쫓고……. 클레어와 니컬러스의 관계가 바로 그런 모습이었다.

    그가 클레어를 곤경에 빠뜨렸으니 그녀의 복수도 그런 식으로 이루어져야 했다. 이제, 요정이 사티로스를 괴롭힐 차례였다. 그녀는 그가 욕망으로 반쯤 미칠 때까지 적당히 타락한 여자인 양 행동하다가, 욕구불만으로 괴로워하는 그를 남겨두고 떠나면 되는 것이다.

    물론 복수를 바라는 마음은 분명 크리스천답지 못한 것이었다. 하지만 니컬러스와 함께 한 달을 지낸 지금, 그녀의 영혼은 너무나 퇴색되어 또 다른 도덕적 과오를 범한다고 해도 더 나빠질 것이 없는 지경이 었다.

더 걱정이 되는 것은, 다 자란 여자는 사악한 행실을 좀 해도 괜찮다는 식의 미숙한 사고방식으로 행동하려고 한다는 사실이었다. 클레어는 지금까지 살면서 그렇게 추잡하게 행동했던 적이 없었다. 슬프게도, 그녀는 그것이 바로 자신이 도덕적으로 타락했다는 징조라는 것을 깨닫고 있었다.

보다 위험한 생각을 해본다면, 클레어는 열정에 휘말려 니컬러스에게 그가 원하는 것을 내주려고 하게 될지도 몰랐다. 만일 그런 일이 벌어진다면 그것은 물론 클레어가 자초한 일이 되겠지만, 그래도 그녀는 자신이 니컬러스를 저지할 수 있을 거라고 믿었다. 어쨌든 그의 품에서 나른한 하룻밤을 보낸 후에도 '노'라고 말을 했으니까 말이다. 그것은 지금 생각해봐도 대단한 의지력을 발휘한 행동이었다.

가장 위험한 일은 만일 니컬러스가 너무 흥분을 한 나머지 클레어가 멈추라고 했을 때도 멈추지 못하게 되는 것이었다. 설령 그런 일이 일어난대도 클레어는 결과에 대해 그를 비난할 수 없을 터였다. 하지만 이미 보고 또 보아왔다시피 니컬러스의 자기통제력은 믿을 만했다. 그는 욕정에 미쳐 허우적대는 스무 살의 청년이 아니었고, 클레어 역시 빼어난 미모 때문에 수천 척의 배가 들고일어나 전쟁을 일으켰던 트로이의 헬렌이 아니었다.

클레어는 팔베개를 하며 기대감에 부풀어 미소를 지었다. 완벽하게 전략을 세웠으니 이제 성공하기 위해서 적재적소를 선택하는 일만 남아 있었다.

다음날 클레어의 화가 가라앉은 것을 보고 니컬러스는 안심했다. 그녀는 말이 없었지만 부루퉁해 있지는 않았다. 니컬러스 쪽에서는, 전날 아침 해버린 오늘의 키스를 벌충하고 싶다는 요구를 조심스럽게 회피하고 있었다. 하지만 이 완고한 시골색시를 유혹할 수 있는 좋은 방법을 정말 찾아야 했다. 문제는 클레어는 그가 아는 다른 여자들과는 다르다는 것이었다. 대체로 여자들은 값비싼 옷과 금은보화를 쥐어주면 사르르 녹기 마련이었다. 하지만 클레어는 계약을 지키기 위해 억지로 그런 옷을 입을 뿐이었다. 또 대체로 여자들은 남자가 시나 사랑의 노래로 구애를 하면 유순해지면서 아이처럼 좋아하기 마련이었다. 클레어도 그런 것에 무감한 반응을 보이는 건 아니었지만, 그 따분한 도덕심을 잊게 만들기에는 역부족이었다.

만일 클레어의 신앙이 정말로 독실하다면 그녀의 저항적인 태도를 이해하기가 오히려 더 쉬웠을 수 있겠지만, 니컬러스는 그녀의 신앙심이 피상적인 것이라고 확신하고 있었다. 그녀의 내면에는 이교도적인 욕망의 불꽃이 숨어 있었고, 니컬러스는 종종 그 불꽃이 반짝거리며 모습을 드러내는 것을 보아왔다. 그는 클레어의 정절을 지켜주는 것은 그녀의 완고함이 아닐까 하는 의심이 들기도 했다. 클레어는 그가 자신을 유혹하지 못할 것이라고 호언장담을 했고, 그 맹세가 두 사람을 죽이게 되더라도 결코 마음을 바꾸지 않겠노라고 했다. 고집쟁이 아가씨 같으니라고.

하지만 니컬러스의 고집도 그녀의 고집에 뒤지진 않을 것이다.

키스를 하지 않고 지나간 다음날 저녁식사 시간에 유난히 매력적인 모습으로 클레어가 방에 들어섰다. 니컬러스는 자신을 향해 다가오는 그녀에게서 눈을 떼지 못했다. 정숙해 보이기도 하고 도발적으로 보이기도 하는, 장밋빛 가운을 입고 있었다. 머리모양 또한 새로웠다. 니컬러스는 그 탐스럽고 부드러운 머리카락의 굴곡을 따라 손가락을 움직여보고 싶었다. 그녀는 시골 여선생이 아니라 사악함이 조금 엿보이는 세련된 귀부인처럼 보였다.

「오늘밤은 유난히 아름답군.」

그가 팔을 내밀었다.

「당신 하녀도 우리와 함께 웨일스로 가려고 할까?」

「폴리는 뛰어난 하녀지만, 전 하녀가 필요 없어요. 지금껏 제 일은 혼자 다해 왔으니까요.」

「화려한 옷들을 입으려면 도움이 필요할 텐데. 그리고 폴리는 머리 손질도 아주 잘하잖소.」

「하긴 그래요. 그럼 폴리에게 웨일스에 있는 두 달 동안만 있어 달라고 부탁할게요. 집으로 돌아가기 전까지만요.」

집으로 돌아가? 떠난다는 말에 니컬러스는 발끈했지만 그녀의 완고함을 악화시키리라는 생각이 들어 아무 말도 하지 않았다. 태연한 척 그는 그녀에게 의자를 빼어주며 말했다.

「사업적인 일은 대부분 끝났으니 모레쯤에는 애버데어로 돌아갈 수 있을 거요.」

순식간에 그녀의 얼굴이 밝아졌다.

「그래요? 준비할게요.」

「채석장 일을 시작하기 전에 펜린을 방문하고 싶소. 대규모의 채석장이 어떻게 운영되고 있는지 살펴봐야 할 것 같아서 말이오.」

그가 자신의 자리에 앉으며 말했다.

「웨일스 중부를 관통해서 말을 달려 올라가면 이삼 일 정도 걸릴 거요. 그렇게 빨리 달려도 당신, 괜찮겠소?」

「너무 빠르지만 않다면요. 달리면서 봄을 만끽할 수 있겠네요.」

「좋소. 애버데어로 돌아간 후 일주일쯤 뒤에 계획을 잡읍시다.」

자유로운 대화로 식사가 길어졌다. 커피까지 다 마셨을 때는 시간이 아주 많이 지나 있었기 때문에 클레어가 먼저 방으로 올라가겠다고 양해를 구했어도 니컬러스는 놀라지 않았을 터였다. 그런데 클레어는 당장에 의심이 들게 하는 순진한 표정으로 그를 말똥말똥 쳐다보고 있었다.

「당구 치고 싶지 않으세요? 저 연습 많이 했는데. 당신과 같이 쳐보고 싶어요.」

니컬러스가 흔쾌히 받아들였고 그들은 당구장으로 자리를 옮겼다.

클레어는 큐대를 들어올려 천천히 손가락 사이에 끼웠다.

「우리 내기할까요?」

「정말 연습을 많이 한 모양이군.」

즐거운 표정으로 그가 샹들리에를 낮추어 테이블 위에 매달며 물었다.

「그래 어떤 내기를 하고 싶소?」

그녀의 눈이 반짝였다.

「제가 이기면 당신은 더 이상 내게 키스할 수 없어요.」

「받아들일 수 없소. 만일 내가 이겼을 경우에 당신은 오늘밤 키스를 거절할 수 없다, 라는 단서를 달지 않는다면 말이오.」

「그건 안 돼요……. 다른 제안은 없나요?」

양초에 불을 붙이면서 니컬러스는 다른 방법을 궁리했다.

「옷 벗는 건 어떻소. 게임에 질 때마다 하나씩 옷을 벗는 거요.」

「그건 정해진 규칙이 아니잖아요.」

「그렇긴 하지만 전에 이런 내기를 걸고 카드 게임을 해본 적이 있소. 당구라고 안될 이유는 없잖소. 누구든 속살이 먼저 드러나는 사람이 지는 거요.」

그가 줄로 샹들리에를 안전하게 고정시키며 싱긋 웃었다.

「하겠소?」

잠깐 생각하는 듯하더니 그녀가 결단을 내렸다.

「좋아요, 하죠. 전 슈미즈만 남게 되면 포기하겠어요.」

「좋도록 하시오. 시작하는 옷가지 수가 같아야겠지.」

머릿속으로 자신의 옷가지 수를 헤아려보고서 그가 말했다.

「외투를 벗으면 난 열 가지 종류를 입었소. 당신이 그 매력적인 가운 아래 특별한 속옷을 입지 않았다면 아마 당신의 옷가지 수와 같을 거요.」

클레어는 얼굴을 조금 붉히며 머릿속으로 숫자를 세어보고는 고개를 끄덕였다.

「열 개, 맞아요. 시작할까요?」

「숙녀 먼저.」

그가 공을 제자리에 놓아주자 클레어가 엎드려 신중하게 스트로크를 했다.

당구를 치고 있는 그녀의 말끔한 발목과 둥근 엉덩이, 그리고 매력적인 목덜미가 그에게 무수한 즐거움을 주었다. 니컬러스가 그 광경을 즐기는 동안 그의 작은 말괄량이는 그에게 공을 칠 기회를 주기 전까지 파란 공 여섯 개를 차례로 집어넣었다.

그가 웃으면서 말했다.

「정말 연습을 열심히 했군 그래.」

니컬러스는 광이 나는 헤시안 부츠(19세기 영국에서 유행하던 군용장화) 한 짝을 벗어서 벽 옆에 세워 두고서 다시 게임을 시작했다. 그는 빨간색 공 네 개를 집어넣은 후 다섯 번째 공을 쿠션의 부드러운 부위에 맞히는 바람에 놓쳐버렸다.

다시 클레어의 순서가 돌아왔고, 그녀는 이번에도 공 여섯 개를 모두 집어넣었다. 니컬러스가 다른 한 쪽 부츠를 벗어서 처음 벗은 부츠 옆에 놓고 나서 말했다.

「당신 큐대 좀 봅시다.」

그는 클레어가 건넨 큐대의 끝을 유심히 살폈다.

「이 끝 부분은 가죽으로 만들었소?」

그녀가 고개를 끄덕이자 그가 이어 물었다.

「한번 사용해봐도 될까?」

그녀의 허락을 받고 그 큐대를 시험해본 니컬러스는 깜짝 놀랄 만한 결과를 얻었다. 큐대를 돌려주며 그가 말했다.

「클라리시마, 당신이 고래의 당구 기술에 혁명을 일으켰군 그래. 이렇게 조절이 잘되는 큐대는 본 적이 없소.」

「저도 놀랐어요. 제가 더 나은 큐대를 가지고 있으니, 어려운 샷을 구사하는 당신과 동등한 게임을 할 수 있을 거예요.」

그녀가 익살맞게 미소를 지었다.

「당신이 원한다면 뭐든 유리한 대로 택해도 좋소.」

그가 유쾌하게 곁눈질을 하며 말했다. 그 제안에 위축될 줄 알았던 클레어는 당당하게 대답했다.

「나중에 혹시 필요하면요.」

그러고는 길고 짙은 속눈썹을 깜박거리며 덧붙였다.

「더 하실 말씀이 없으시면 게임이나 계속하죠.」

「그 큐 스틱이 우리의 실력을 정말 동등하게 해줄 거요.」

클레어가 다시 게임을 시작하는 동안 니컬러스는 테이블에 늘어지게 기대어, 오늘밤 그녀를 달라 보이게 하는 것이 뭔가를 곰곰이 생각했다. 어차피 피할 수 없는 일 차라리 즐기기로 했나보다고 믿고 싶었지만, 그건 아닌 것 같았다. 이 작은 마녀는 아마도 당구로 그의 콧대를 눌러 분수를 알게 해주려는 심산일지도 몰랐다. 큐대도 더 나아지고 실력도 인정해줄 만하므로, 공정함을 타고난 그 천성이 그에게 불리하게 적용한 원래의 게임규칙을 없애고 동등하게 겨루겠다고 덤벼들지만 않는다면 그녀가 이길지도 모를 일이었다.

니컬러스의 시선은 그녀에게서 떨어질 줄을 몰랐다. 두 번째 공을 넣은 그녀를 보며 그는 클레어가 성공한 고급매춘부 같은-절대적인 여성미와 남자를 압도하는 힘을 가진-분위기를 풍긴다는 것을 깨달았다. 물론 그녀가 당구 게임을 하면서 고급매춘부의 기술을 연마했을 리는 없겠지만 확실히 그녀는 이전에 없던 관능을 드러내고 있었다.

「니컬러스, 당신 차례라구요.」

생각에 깊이 빠져 있는 그를 클레어가 반복해서 불렀다.

그는 테이블 위로 몸을 구부려 샷을 조준했다. 당구를 잘 치는 편이었지만 경쟁심이 부족한 탓에 수년 동안 당구에 무관심했던 터였다. 하지만 클레어의 새로운 기술이 그를 자극했다. 단숨에 그는 테이블 위의 공을 깨끗이 치워버렸고 그녀가 옷 하나를 벗을 차례였다.

순순히 그녀가 키드 가죽(새끼 양가죽) 슬리퍼 한 짝을 발로 차 벗어버리자 발목이 드러났다. 스타킹을 끌어내리며 그녀가 말했다.

「음, 이 카펫은 느낌이 참 좋아요.」

그녀의 발가락이 부드러운 털 속으로 말려 들어갔다.

니컬러스는 카펫 위에 눕고 싶은 충동을 느꼈다. 그럴 수 없다면 최선을 다해 게임에 이겨서 그녀의 관능적인 모습을 보겠다고 생각하며 진지한 표정으로 공을 다시 제자리에 놓았다.

대화는 점점 줄어들고 긴장감은 고조되어 마치 한 쌍의 당구 전문가들이 겨루는 것 같았다. 두 사람의 능력은 거의 비슷해서 대부분 표면의 불규칙한 굴곡과 쿠션(cushion, 당구 테이블의 전 둘레를 따라서 처진 탄력성 있는 삼각형의 고무)에서 튀는 것으로 게임의 승패가 갈렸다.

니컬러스의 넥타이가 풀려 나와 부츠와 운명을 같이 했다. 그리고 클레어는 다른 쪽 슬리퍼를 내놓았다. 다음 게임에 진 클레어가 앉아서 치마를 들어올리자 무릎이 보였다.

니컬러스는 왼쪽 스타킹을 벗으며 드러난 그녀의 매끈한 다리를 최면에 걸린 듯 쳐다보았다. 새침한 모습으로 클레어는 얇은 실크를 종아리에서부터 발목까지 돌돌 말면서 설명했다.

「가터가 없으면 어차피 스타킹이 흘러내릴 테니까, 스타킹을 먼저 벗는 게 낫겠어요.」

「아주 논리적이오.」

바싹바싹 침이 마르는 걸 느끼며 그가 말했다. 다시 덮이는 그녀의 발목을 보나가 그는 다음 공을 놓쳤다. 장난스럽게 웃으며 클레어가 여섯 개의 공을 차례로 포켓에 넣었다.

그가 벨벳 양복 윗도리를 벗고는 무릎을 꿇고 불을 피웠다. 추운 밤이었고 둘 다 빠른 속도로 옷을 벗고 있었다. 그는 석탄을 더 넣으며 스스로에게 미소지었다. 벌거벗는 일이 자신보다는 클레어에게 더 괴로울 거라는 생각이 들어서였다.

그녀의 다른 쪽 스타킹도 처음과 같은 의식으로 벗겨졌다. 니컬러스는 넋을 잃은 채 그 모습을 감상하다가 간신히 정신을 똑바로 차리고 공을 쳤다. 불행히도 네 번째 스트로크에서 쿠션이 협조를 해주지 않았다. 클레어가 차근차근 공을 쳐내어 게임을 이겼다.

그는 첫 스타킹을 벗었고 잠시 후에 두 번째 것 역시 잃어버렸다. 맨 발에 닿는 카펫의 느낌이 좋았다.

클레어가 다음 번에는 어떻게 나올까 하는 기대로, 그는 신중하게 초점을 가늠했고 다음 게임을 이겼다. 그녀의 치마가 다시 위로 올라가고 이번에는 무릎 위로 매여진 리본 가터가 훨씬 더 많이 드러났다. 화사한 분홍색 장미로 장식된 가터를 바라보며 그는 희색만면했다. 클레어는 리본을 잡아당긴 후에 가터를 바라보며 생각에 잠겼다. 그러고는 사악한 미소를 흘리며 위를 흘끗 올려다보더니 그것을 그에게 던졌다.

니컬러스는 한 손으로 가터를 붙잡고는 새틴에 묻어 있는 클레어의 체온을 느꼈고, 그녀가 뿌리고 다니는 희미한 향수 냄새를 맡았다. 클레어가 다시 게임에 들어가자, 니컬러스는 더 이상 그녀의 향기를 맡을 수 없을 때까지 그 리본을 손가락에 돌돌 감고 있었다.

그는 테이블 위로 엎드려 깔끔하게 네 개의 공을 처리했다. 다섯 번째 공은 부딪쳐 튀는 바람에 다시 클레어의 차례가 되었다. 그녀가 다가와서 그의 옆에 자리를 잡았다. 둘 사이가 너무 가까워서 그녀가 몸을 기울이자 치마가 그의 맨발 주위에서 펄럭거렸다. 물론 니컬러스가 살짝 움직이면 그만이었지만 그는 그렇게 하지 않았다.

니컬러스는 공을 치려고 조준하는 클레어의 매끈한 등을 바라보면서 감탄했다. 토닥여주려고 손을 뻗다가 문득 자신이 실책을 범하려고 한다는 것을 깨닫고 그는 서둘러 손을 거두었다. 신사는 절대로 상대편이 공을 칠 때 방해하지 않는 법이었다.

그녀가 공을 집어넣고서 유리한 위치를 찾아 이동했다. 클레어의 모든 관심은 테이블 위에 있는 것 같았지만 그녀의 맨발가락은 움직일 때마다 살짝살짝 니컬러스의 발을 간질였다. 그의 시선이 그녀의 발에 집중되었다. 공을 치는 순간 클레어가 오른발에 체중을 실으면서 왼발을 허공으로 들어올렸다. 니컬러스는 그녀의 발이 얼마나 우아한지를 지금까지 전혀 모르고 있었다.

「니컬러스!」

그녀의 목소리에 그가 눈을 깜박거리며 고개를 들었다.

「당신이 벗을 차례예요.」

단추를 풀고 셔츠를 머리 위로 벗으면서 니컬러스는 호기심 어린 클레어의 시선을 느꼈다. 그는 속옷을 입었지만 소매가 없고 목이 낮게 파여서 구릿빛 피부를 많이 드러내고 있었다.

클레어는 침을 꾹 삼키고 시선을 테이블로 다시 돌렸지만 단 하나의 공도 제대로 쳐내지 못했다. 몇 분만에 니컬러스가 테이블 위를 깨끗이 비웠다.

「다른 한 쪽 가터를 벗을 차례인 것 같은데, 아니오?」

그녀가 빈정거리듯 미소지었다.

「맞아요.」

클레어는 의자 가장자리에 걸터앉아 치마를 올리고 이전의 행동을 반복하려고 했다. 그러나 이번에는 가터가 협조를 해주지 않았다. 한참 애를 쓰더니 그녀가 얼굴을 찌푸리며 올려다보았다.

「리본이 너무 꽉 묶여 있어서 풀 수가 없어요, 도와주실래요?」

니컬러스는 마치 노련한 자의 손에 잡혀 희롱을 당하는 송어가 된 기분이 들었다. 어느 순간이 되면 결국 강둑에 내버려진 채 숨을 헐떡거리게 되겠지만 개의치 않았다. 니컬러스는 그녀의 의자 앞에 무릎을 꿇고 앉아 맨발을 자신의 허벅지에 올려놓았다. 그러고 나서 천천히 다리의 윤곽을 그리며 무릎 위의 가터에 이르렀다.

리본은 너무 단단하게 매듭지어 있어서 풀기가 힘들었다. 그녀의 안쪽 허벅지는 따뜻하고 비단처럼 부드러웠으며 그가 창백한 피부를 건드릴 때마다 그녀는 몸을 떨었다. 그 역시 마찬가지였다.

매듭이 거의 풀렸을 때에는 그녀의 치마가 허벅지 반쯤 올라가 있었고 둘의 호흡이 거칠어졌다. 니컬러스는 리본을 풀어내서 그녀에게 건네주었다.

「여기 있소.」

「이걸 다른 곳에 묶을까 해요.」

클레어가 쉰 목소리로 말했다. 니컬러스가 팔을 들어올리자 그녀는 가터를 그의 손목에 묶었다.

두 사람의 시선이 얽혀들었다. 관능적이면서도 즐거운 듯한 클레어의 표정을 보자, 니컬러스는 지금의 오늘의 키스를 하기에 적당한 때라는 생각이 들었다.

그가 결정을 미루는 사이, 클레어가 먼저 몸을 앞으로 기울여 그의 입술에 자신의 입술을 대고 뜨겁고 깊은 키스를 했다. 그녀는 야생의 꿀처럼 달콤한 맛이 났다.

니컬러스는 무릎을 꿇고 앉아 있다가 몸을 일으켜 클레어의 다리 사이로 움직여 그녀의 허리를 감싸 안았다. 클레어는 그의 머리카락을 계속해서 어루만지며 그를 끌어당겼다. 그때 갑자기 앞으로 넘어지며 그에게로 미끄러졌다. 서로의 팔 안에 엉켜 있는 어색한 자세를 보고 그들은 웃음을 터뜨렸다.

웃음이 사그라지자 니컬러스는 그녀가 뜨거워지고 있음을 느꼈다. 그가 다시 키스하려고 하는 순간, 클레어가 올려다보며 말했다.

「다음 게임할 준비는 됐나요?」

니컬러스의 손이 그녀의 어깨를 단단히 움켜잡았다.

「난 다른 종류의 게임을 할 준비가 되었소.」

「당신은 누가 이길지 궁금하지 않아요?」

아담을 매료시켰던 이브의 미소를 지으며 그녀가 물었다. 니컬러스는 허탈하게 웃으며 그녀에게서 떨어졌다. 자신의 타고난 관능을 무제한 허용하면서도, 클레어는 얼마나 오래 끌어야 궁극적인 만족감을 높일 수 있는지를 본능적으로 알고 있었다. 니컬러스는 그녀의 현명함에 감탄하면서도 그 현명함이 조금만 덜했으면 하는 생각이 들었다.

그는 일어나서 그녀를 일으켰다.

「난 준비됐소만, 누가 시작할 차례인지 기억하겠소?」

그녀가 쿡쿡 웃음소리를 냈다.

「제 차례인 것 같은데요.」

이상하게도 항상 먼저 시작하는 사람이 이겼고 이번 승리는 역시 클레어의 차지였다. 니컬러스의 속셔츠가 벗겨져야 할 순서였다.

그가 머리 위로 옷을 벗자 그녀는 손가락으로 큐대를 움켜쥐었다. 그의 드러난 가슴에 시선을 고정시킨 채 클레어가 말했다.

「끝이 보이는 것 같군요. 둘 다 벗을 옷이 별로 남아 있지 않잖아요.」

「거의 남지 않았지.」

그가 유쾌한 목소리로 동의했다. 그가 시작할 차례였다. 실수를 범해 클레어에게 순서를 넘겨주었지만 그녀 역시 운이 따라주질 않았다. 순서가 두 번 바뀐 후에 그녀의 패배로 끝이 났다.

클레어는 그에게 자극적인 눈길을 보냈다.

「또 도와주셔야겠어요. 당신 말처럼 이런 옷은 혼자서는 벗을 수가 없으니까요.」

「기꺼이 도와주지.」

그가 반가운 마음으로 말했다. 그녀의 가운 뒷부분은 복잡한 고리와 매듭으로 채워져 있었다. 다른 여자들의 가운을 벗도록 도와준 경험이 지금 이 순간 호조건으로 작용하고 있었다. 그렇지 않았다면 나머지 시간을 헤매느라고 다 소비했을지도 몰랐다.

잠금장치가 풀리자 니컬러스는 부드럽게 가운을 어깨 아래로 떨어뜨렸다. 그녀의 팔꿈치 아래로 장밋빛 천이 스르르 떨어지자 크림 같은 어깨가 드러났다. 니컬러스는 자제할 수 없어 앞으로 몸을 기울여 그녀의 검은 머리타래 사이의 목덜미에 키스했다.

클레어가 작게 숨을 몰아쉬었고 니컬러스의 시선은 그녀의 귀 언저리에서 목선을 따라 어깨의 매끈한 굴곡까지 내려왔다. 동시에 그는 그녀의 가운을 더 아래로 끌어내렸고 허리를 지나 엉덩이 위로 그리고 바닥으로 떨어뜨렸다.

그녀는 속치마와 스테이즈(stays, 현재의 코르셋을 말하며 영국에서 프랑스어인 코르세 대신 한때 사용하던 명칭), 그리고 시프트(슈미즈)만을 입은 채 그에게로 돌아섰다.

「제 차례예요.」

클레어의 머리카락이 한 올씩 흘러 내려오자 니컬러스가 그녀의 머리핀들을 뽑아냈다. 클레어가 큐대를 집어들자 머리타래가 어깨 위로 폭포처럼 흘러내리더니 엉덩이 주위에서 소용돌이치며 춤을 추었다. 그녀는 빠른 속도로 다섯 개의 공을 집어넣었지만 머리카락이 얼굴을 가려서 넣기 쉬워 보이던 마지막 공을 놓치고 말았다.

니컬러스는 침착해지려고 깊게 숨을 몇 번 들이마시고 나서 순서를 받았다. 그는 기술보다는 운으로 그 게임을 이겼다.

「속치마 벗는 것도 도와줘야 하오?」

내심 기대하는 눈빛으로 그가 말했다. 그녀가 웃으며 머리를 저었다.

「아니, 괜찮아요. 당신이 또 한번 게임을 이겨 스테이즈를 벗어야 한다면 도움이 필요할지도 모르죠.」

그녀가 허리를 두르고 있는 속치마를 고정시켜주고 있는 끈을 풀고 유연하게 몸을 꿈틀거리며 머리 위로 잡아 당겼다. 그 속치마 아래로는 겨우 무릎 길이의 속이 비칠 듯한 시프트와 짧은 스테이즈만을 입고 있었다. 그녀에게서 시선을 떼기가 더욱 힘들어졌다. 옷을 거의 벗어버린 여자와 같이 있을 때마다 그는 사랑의 행위로 끝을 내곤 했다. 이번에도 다르지 않기를 그는 간절히 바랐다.

니컬러스가 친 처음 공이 순조롭게 포켓 안으로 들어갔다. 두 번째 공을 넣으려고 재고 있는 동안 테이블 반대편에서 쳐다보던 클레어가 팔짱을 끼고 쿠션에 기대어 몸을 앞으로 기울였다. 그녀의 젖가슴은 상아 당구공처럼 둥글고 완벽해서 마치 테이블 위로 튀어오를 듯했다.

깜빡 정신을 빼앗기는 바람에 니컬러스는 큐대를 베이즈 천에 찔러 넣어 공을 빗나가게 하는 실수를 하고 말았다.

「이런 작은 마녀 같으니! 그건 비겁한 반칙이라구.」

니컬러스가 웃으며 소리치자 태연하게 그녀가 말했다.

「당신이 내 머리를 풀어헤치지 않았다면 저도 마지막 공을 놓치지 않았을 거예요.」

크림 단지 속에 빠진 고양이처럼 배시시 웃으며 공을 모두 집어넣고 나서 클레어는 그가 반바지를 벗기를 기다렸다.

그는 그녀를 보면서 단추를 끄르고 옷을 벗었고 이제 무릎길이의 드로어즈(반바지식 속옷) 한 벌만을 입고 있었다. 이번 게임은 너무 쉽게 무너졌다. 젠장, 그녀가 시프트를 벗기 전에 자신이 먼저 옷을 모두 벗을 수는 없었다.

다시 게임에 들어간 클레어는 공 세 개를 성공시키고 실수로 수구를 포켓으로 미끄러뜨리고 말았다.

니컬러스의 기회였다. 이제껏 그토록 집중해본 적이 있는지 궁금할 만큼 신중을 기했다. 처음 공과 두 번째 공은 성공시켰고, 세 번째에서는 조준이 약간 빗나가는 듯했지만 수구가 표적공을 재빠르게 후려쳐서 포켓에 잘 빠뜨려 주었다.

남은 것은 세 개의 공뿐이었다. 그는 벗어놓은 셔츠에 손을 닦고 나서 몸을 구부려 네 번째 공을 노렸다. 이제 남은 공은 두 개! 마지막 브라보를 외치며 그는 한방에 두 개를 성공시켰다.

「스테이즈를 벗을 차례지, 클라리시마.」

부드럽게 엉덩이를 흔들며 클레어는 그에게로 걸어와서 그가 고리를 풀 수 있도록 등을 돌렸다. 흰색 무명을 누벼 만든 스테이즈는 가운 아래로 매끄럽게 선을 살려주고 젖가슴을 매혹적으로 받쳐주고 있었다.

니컬러스는 서툰 손길로 스테이즈의 작은 끈을 당겼다. 얇은 시프트 아래로 그녀의 다리와 엉덩이의 선이 선명하게 드러났다.

스테이즈의 끈을 다 풀고 난 후 그는 가느다란 가죽끈을 어깨 아래로 잡아당기며 그녀의 팔 아래로 손을 집어넣어 젖가슴을 감싸 쥐었다. 얇은 시프트 아래로 그녀의 젖꼭지가 봉긋 솟았다. 그가 단단한 젖꼭지를 엄지로 건드리자 클레어가 숨을 들이마셨다. 조심스럽게 그녀는 그를 향해 돌아섰다. 부드러운 여자의 윤곽이 고스란히 드러났다.

니컬러스가 붙잡고 있던 자제력의 끈이 뚝 끊어져나갔다. 허리를 감싸 안으며 그는 클레어를 당구 테이블 가장자리에 세우고 얼굴을 마주했다. 니컬러스는 굶주린 듯 키스를 퍼부었고 그녀도 적극적으로 그에게 매달렸다. 그녀의 다리 사이에 몸을 고정시키고 허벅지 바깥쪽을 애무하며 그는 시프트 자락을 위로 끌어올렸다.

그때 클레어의 손이 자신의 상체 아래로 움직이는 것을 느끼고 니컬러스는 말할 수 없는 충격을 받았다. 그녀가 머뭇거리며 손가락으로 뜨거워진 부분 주위로 곡선을 그리는 순간 그는 산산이 부서져버릴 것 같았다. 눈을 감고 그는 클레어를 쓰러뜨려 테이블 위에 눕혔다.

「그만…… 니컬러스! 그만 됐어요.」

그녀의 목소리가 높아졌다.

「당장 멈춰요!」

그가 멈칫하더니 흐려진 눈으로 그녀의 얼굴에 초점을 맞추려고 애를 썼다. 그러고는 쉰 목소리로 말했다.

「제발, 클라리시마, 이번만은 안 돼.」

그의 손이 그녀의 허벅지를 살며시 어루만졌다.

「난 그저 당신에게 보여주고 싶을 뿐이오.」

그녀의 얼굴은 격정적이었지만 목소리는 그렇지 않았다.

「더 이상은 안 돼요! 오늘의 키스는 끝났어요.」

그는 계속하지도 물러서지도 못하고 얼어붙어 있었다. 팽팽한 침묵이 흐르고 있을 때 거실의 시계 종소리가 분명하게 들려왔다. 하나, 둘, 셋…… 열 둘.

의기양양하게 그가 말했다.

「클라리시마, 자정이오. 이제 또 하루가 시작됐소. 그리고 이건 또다른 하루의 키스요.」

그는 앞으로 몸을 숙여 클레어의 가슴에 굶주린 입술을 대었다.

21

  그만두라던 클레어의 말은 산산이 흩어져 부질없이 되었다. 니컬러스의 뜨거운 입술이 젖가슴에 닿는 순간 그녀는 힘없이 무너져버렸고, 의지력은 욕망 저편에 있었기에 자신이 왜 이 일을 끝내려고 했는지도 기억할 수 없었다. 그녀는 그에게 바싹 다가들었다.

  니컬러스는 시프트 끈을 당겨 드러난 그녀의 가슴에 입을 맞추기 시작했다. 열정에 휩싸인 클레어는 그의 등을 끌어안았다. 그의 손가락은 뜨거운 길을 찾아 그녀의 은밀한 곳으로 향했다. 그의 손길이 스치자 그녀는 신음을 토하며 머리를 뒤로 젖혔다. 그녀는 그런 강렬함에 어떤 말로 반응해야 할지 몰랐다.

  능숙한 손길로 니컬러스는 촉촉하게 젖은 그녀의 대지를 어루만졌다. 그녀는 단단하고 둔한 압력을 느꼈지만 움직일 수가 없었다. 본능적으로 클레어는 니컬러스가 지금 육체의 갈구를 완성시키려고 하는 것임을 알았고, 그녀는 살짝 몸을 들어서 그의 무게를 기쁘게 받아들였다.

  그때 강렬한 고통이 클레어의 욕망을 날려버렸다. 그녀는 찢어지는 고통을 느끼며 그의 어깨를 미친 듯이 밀어냈다.

「그만해요!」

고통과 공포가 그녀를 떠밀어 애원하게 했다.

「제발…… 더 이상은 안 돼요.」

니컬러스는 한동안 어찌할지 몰라 망설이고 있었다. 그러더니 마음을 정한 듯 숨을 내쉬며 그녀에게서 몸을 일으켰다.

안도감에 이어 순간 뒤죽박죽 일그러진 당혹감이 뒤따랐다. 세상에, 어쩌다 내가 이런 일을 저질렀을까? 그녀는 손으로 입을 막고 수치심을 억눌렀다. 나쁜 짓을 했으니 곱절의 화를 입으리라.

아직까지 가시지 않은 병적인 흥분상태를 벗어나 그녀는 가능한 몸을 다 가리도록 시프트를 끌어당겼다. 니컬러스는 바닥에 웅크리고 앉아 고개를 숙이고 있어서 얼굴을 볼 수 없었다. 그는 양손으로 반대편 손목을 붙잡은 채 그녀만큼 심하게 떨고 있었다.

조금 전의 육체적 고통만큼 날카로운 죄의식을 느끼며 그녀는 시선을 돌렸다. 의도했던 건 이런 상황이 아니었다. 그녀는 두 사람 모두 파멸하지 않는 교훈을 얻고 싶었던 것이다.

깊게 숨을 들이마신 후에 니컬러스는 씁쓸한 농담을 던졌다.

「경건한 여교사인 체 하던 것도 나쁘지는 않았지만 당신에겐 음탕한 계집이라는 표현이 더 어울릴 것 같소.」

창자가 뒤집힐 듯한 비참함에 참으려고 하던 그녀의 눈물이 터져 나왔다. 자신을 저주하며 클레어가 말했다.

「계속하세요. 난 음탕한 계집일 뿐만 아니라 영혼의 사기꾼이고 위선자예요. 잠시 동안 타락한 여자가 되보고 싶었지만 제겐 그럴 권리조차 없었던 거예요.」

그녀가 손으로 얼굴을 감쌌다.

「전 태어나지 말았어야 했어요.」

긴 침묵이 흐른 후 그가 차갑게 말했다.

「그건 너무 극단적인 생각이오. 당신이 없다면 당신 아버지는 어떠

셨겠소?」

「아버지는 제 존재조차 거의 의식하지 못하셨어요.」

그녀는 마치 스스로에게 결코 인정하지 않았던 것을 큰 소리로 말해버린 것에 놀란 듯 입을 꾹 다물어버렸다. 그리고 니컬러스는, 빌어먹게도, 괴로움이 담긴 그 말의 의미를 너무나 잘 알고 있었다. 차분한 목소리로 그가 물었다.

「클레어, 아버지가 당신을 사랑하지 않았다고 생각하는 거요?」

「오! 아버진 절 사랑하셨죠.」

그녀가 애처롭게 말했다.

「아버지는 성인이셨고 모든 사람을 사랑하셨으니까요. 그분은 원한다면 누구에게든 시간과 열정과 지혜를 나누어주셨죠.」

그녀는 니컬러스와 눈이 마주치지 않도록 계속 머리를 숙이고 있었다.

「당신은 성인(成人)과 산다는 게 어떤 건지를 물어본 유일한 사람이니까, 제가 진실을 말해드리죠. 그건 순수한 지옥이었어요. '하나님의 일은 설교자의 가정보다 더 중요하다'는 게 제가 어머니에게 처음 배운 가르침이었죠. 그리고 그 일은 늘 제게 최우선이었어요. 전 아버지가 기대하셨던 믿음이 독실하고 침착하며 자비로운 사람이 되려고 열심히 노력했구요, 어머니처럼 훌륭한 크리스천이 되려고 노력했어요. 아버지 속을 썩이지 않으면 아버지가 더 많은 시간을 내주실 거라 믿었던 거죠. 하지만 아버진 끝내 그러지 않으셨어요.」

그녀의 입이 씰룩거렸다.

「당신이 애버데어에 처음 왔을 때, 아버지가 당신을 어떻게 도와주었는지 말해주었던 날, 사실 그때 저보다 아버지의 시간과 관심을 더 많이 차지한 당신에게 질투가 났어요. 그거 알아요? 그분은 제겐 그토록 자상하시지 않았어요.」

「부모님의 사랑을 바라는 건 지극히 인간적인 거요. 아마 우리는 과거에도, 그리고 지금도 절대로 그걸 바랄 수는 없을 것 같소.」

「제가 왜 이런 이야기를 당신에게 하는지 모르겠군요.」

그녀가 깍지 낀 손에 힘을 주며 비참하게 말했다.

「당신의 가족은 제 가족보다 훨씬 더 심각한데 말이에요. 최소한 저의 아버지는 절 팔지도 않았고, 다른 아이가 당신 자식이었으면 하고 바라지도 않으셨으니까요. 그리고 생각이 날 때면 시키는 대로 잘 따라준 제게 늘 정중하게 고마움을 전하셨죠.」

「자신을 공공연하게 배반한 누군가를 증오하는 것은 아주 간단한 일이오. 하지만 이해할 수 없는 방식으로 당신에게 배신감을 안겨준, 사심 없는 성인을 원망한다는 건 아마 더 지독하고 괴로운 일일 거요. 특히 마을 사람들이 당신 역시 성스러운 사람이라 믿고 있을 텐데.」

너무 많이 이해하고 있는 그에게 괜스레 화가 나서 클레어는 손등으로 쓱 눈물을 훔쳤다.

「그렇지만 전 성인이 아니에요. 주는 것엔 개의치 않지만 무언가 돌려받기를 원하는 그저 평범한 사람이죠. 돌려받지 못했을 때는 원망도 해요. 이기적이고 탐욕스러운, 시온 예배당에서 쫓겨나도 마땅한 사람이죠.」

「왜 자신을 종교를 빙자한 사기꾼으로 모는 거요?」

그녀가 깍지 낀 손을 응시하며 말했다.

「제 신앙적인 소망은 하나님을 직접 경험하는 거예요. 영국 감리교 초창기에, 존 웨슬리 목사가 사람들의 경험과 믿음이 진실한 것인지 알아보려고 개인적인 면담을 가졌던 적이 있어요. 만약 제게 그 기회가 주어졌다면 진실하지 않다는 말을 들었을 거예요. 한번도 하나님의 존재를 경험해보지 못했거든요. 때때로 아버지와 대화를 나누다보면 아버지는 모든 것을 멈추고 먼 곳을 응시하셨어요. 그분의 얼굴은 영혼이 빠져나가는 것처럼 서서히 붉게 달아올랐죠.」

그녀의 목소리가 흔들렸다.

「전 그것도 질투가 났어요. 어릴 때 하나님께 한 순간만이라도 영혼의 교감을 느낄 수 있게 해달라고 매일 몇 시간이고 기도했어요. 하지만 머리로는 믿고 있었는지 몰라도 제 마음은 텅 비어 있었죠. 끔찍한 모순이 뭐냐 하면 말이죠, 사람들이 내 기도를 듣고 날 신앙심이 아주 깊은 사람인 줄로 알아버린다는 거였어요. 내가 교회에서 리더 자리를 거절했을 때 사람들은 내가 겸손해서 그런다고 생각했죠. 난 진실을 말했어야 했지만 다른 사람이 생각하는 나로 행동하는 편이 더 쉬웠어요. 성스럽고 사심 없는 척 행동하자 사람들은 날 진실된 인간이라고 생각했구요. 하지만 당신을 만난 이후로 내 모든 허식적인 행동은 하나씩하나씩 산산이 부서져버렸고 지금은 아무 것도 남아 있지 않아요. 난 손톱만큼도 진실된 인간이 아니라는 말이죠.」

그녀는 자신의 엉킨 머리카락을 그가 손가락으로 부드럽게 빗어내리자 그제서야 니컬러스가 일어서서 방을 가로질러 왔다는 것을 알았다.

「당신은 내게 있어 가장 진실한 사람이오.」

그의 손가락이 미끄러져 내려와 클레어의 목덜미를 어루만졌다.

「당신이 진정으로 누구인가를 알기까지는 시간이 걸릴 거요. 옛 것이 파괴되어야만 새 것이 들어갈 자리가 생기지 않겠소. 그 과정은 고통스러운 시간이 되겠지만, 당신을 오래도록 행복하게 해줄 거요. 이 지경까지 오게 해서 미안하오. 모순된 말로 들리겠지만 난 당신을 타락시키고 싶었지 상처를 주고 싶었던 건 아니오.」

그녀는 이상한 대화라는 생각을 하며 그의 손에 뺨을 기대었다. 둘다 분노의 저편에 처량하게 서 있는 것 같았다.

「당신 탓이 아니에요, 니컬러스. 내가 스스로에게 저지른 잘못에 비하면 당신은 나쁜 일을 한 게 아녜요. 제가 당신에게 하려고 했던 일이 너무나 부끄러워요.」

클레어는 애써 미소를 지어 보였다.

「이제 저도 하나님이 왜 복수를 예비해두시는지를 이해할 것 같아요. 인간이 스스로 앙갚음을 시도하려고 할 때는 일이 너무나 쉽게 잘못될 수 있기 때문이에요.」

「남자와 여자 사이에는 일이 잘못 돌아갈 때가 많소. 인간이라는 종족이 여태껏 살아남은 것이 놀라울 정도로 말이오. 차라리 생각이 없는 짐승들의 짝짓기가 훨씬 더 쉬운 것 같소.」

아마 클레어의 문제는 생각이 너무 많다는 것일지도 몰랐다. 그녀가 한숨을 지었다.

「왜 저의 가장 나쁜 점을 모두 털어놨는지 모르겠어요. 아마 잘못된 행동에 대한 속죄였나봐요.」

니컬러스가 그녀의 손가락을 꽉 쥐었다.

「난 오히려 당신이 나에게 속마음을 말해주어서 우쭐한 기분이오. 자신을 비난하는 건 그만두었으면 좋겠소. 클레어 당신의 죄는 악의가 있어서가 아니라 그저 혼란스러워서 생긴 작은 산물일 뿐이오.」

「제 나이의 여자들은 그런 혼란에 빠지지 않아요.」

니컬러스가 잠깐 자리를 뜨더니 외투를 가지고 돌아와 그녀의 어깨에 걸쳐주었다.

「이제 그만 잠자리에 들어요. 여긴 내가 정리할 테니. 아무도 모를 거요…… 무슨 일이 일어날 뻔했는지.」

지금도 클레어는 그게 걱정이었다. 니컬러스는 그녀가 테이블에서 내려올 수 있도록 도와주었다. 여전히 그의 얼굴은 볼 수가 없었지만 클레어는 바지를 다시 입은 그를 보고 내심 안도했다. 그들 사이에는 장애물이 많을수록 좋았다.

그녀는 문을 빠져나와 모두 잠든 집을 맨발로 걸어갔다. 차 오르고 있는 달이 환한 빛을 뿌려주고 있었다.

클레어는 방에 다 이르러서야 자신이 피를 흘리고 있다는 것을 깨달았다. 실없는 웃음이 흘러나왔다. 이제 더 이상 처녀가 아니라는 의미일까? 부분적으로 처녀일 수도 있을까? 클레어는 반쪽 처녀 상태로 만들어놓은 사람이 니컬러스이긴 했지만, 그녀는 그런 것을 물어볼 엄두가 나지 않았다.

체혈을 흡수할 패드를 대면서, 그녀는 얻은 것도 하나 없는데 이제 표면상으로는 몸을 망친 것이라니 어처구니가 없다는 생각이 들었다.

그녀는 담요로 몸을 감싼 채 창가에 웅크리고 앉았다. 너무 긴장해서 잠이 오질 않았다.

클레어는 열정이 명예와 품위, 그리고 상식을 송두리째 마비시킬 수 있다는 사실을 깨달은 것은 이번이 처음이었다. 그녀에게는 너무나 어이없고 저속하게 일어난 일이다. 더구나 당구 테이블 위에서 처녀성을 잃다니. 그나마 예상치 못했던 고통이 없었다면 그녀는 지금 니컬러스의 온전한 정부가 되어 있을지도 몰랐다.

결혼한 여자들이 뒤에서 하는 이야기들을 듣고 처녀성을 잃을 때의 아픔을 짐작하긴 했었지만 클레어는 그것이 아주 가볍고 재빨리 지나가는 고통인 줄만 알았었다. 첫경험에서 느끼는 고통의 크기는 여자들 저마다 다른 것이 틀림없었다. 그러한 고통 덕에 마지막 고비를 넘긴 것을 기뻐해야 할까? 아니면 유감스러워해야 할까? 차라리 처녀를 완전히 잃어버렸다면 훨씬 행복했을지도 모를 일이었다. 그렇게 되었다면 최소한 훨씬 덜 혼란스러웠을 것은 분명했다.

열정과 고통이 식은 지금, 클레어는 혹시 자신이 니컬러스의 매혹적인 남성미에 압도당하고 싶다는 은밀한 기대를 품고서 앙갚음에 뛰어든 것은 아닐까 의문이 들기 시작했다. 만일 그가 이겼더라면 지금쯤 클레어는 따뜻하고 안전한 그의 품에 안긴 채 잠들어 있었을 것이다. 죄인이지만 행복한 여자가 되어.

그녀는 런던의 북적이는 사람들 머리 위로 냉정하게 떠다니는 달의 차가운 얼굴을 올려다보았다. 서양 신화에서의 달은 늘 여자였다. 달의 여신, 다이애너는 적극적인 처녀였다. 그 여신이라면 니컬러스에게 어떻게 다가갈까? 아마도 화살을 날려 그를 이끼 낀 숲에 쓰러뜨려 눕히겠지.

종종 확신이 흔들릴 때가 있긴 했지만 그런 생각들은 무시될 때가 많았다. 그런데 니컬러스와 함께 지내면서 그녀가 가졌던 믿음과 확신이 곧 무너질 모래성처럼 끊임없이 불안하게 흔들리고 있었다.

클레어는, 자신은 결국 사기꾼이며 신실하지 못한 교인이라는 것을 인정하면서도 도덕성을 완전히 벗어던질 수는 없었다. 니컬러스의 정부가 된다는 것은 여전히 옳지 않은 생각이었고, 욕정을 채우기 위해 자신을 그에게 던진다면 욕망이 충족되자마자 스스로를 경멸하게 될 게 뻔했다. 그리고 현실을 직시해서 본다면, 자신을 사랑하지도 않고 자신과 결혼하지도 않을 남자에게 자신을 내던진다는 것은 바보 같은 짓이었다.

그녀가 그의 정부가 될지는 아직 미지수였다. 니컬러스는 그날 밤의 실패 이후에도 그녀에게 친절히 대하겠지만 다시는 그녀를 원하지 않을지도 모른다. 그래서 클레어는 자신이 세웠던 이전의 목표 - 그가 자신을 돌려보내는 - 를 성공적으로 달성하게 될지도 모를 일이었다.

하지만 그 성공이 그녀를 행복하게 해줄 것 같지는 않았다.

니컬러스에게 아침부터 사업상의 일이 생긴 것은 고마운 일이었다. 클레어가 그의 삶에 폭풍을 일으킨 이후의 시간은 믿어지지 않을 만큼 정신없이 지나갔다. 마치 일년 동안 겪을 일을 몇 주에 쏟아놓은 듯했다. 어젯밤 이후로 두 사람의 관계는 바뀌었고 그는 앞으로 무슨 일이 생길지 짐작도 할 수 없었다. 그 일로 니컬러스는 이전보다 더 그녀를 원하게 되었다. 그리고 클레어가 자신을 포기할 뻔한 일은 그녀만큼 그에게도 괴로운 일이었다.

일을 마치고 돌아가는 길에 그는 무심코, 아름답고 도발적인 젊은 여자들이 시중을 드는 고급 업소에나 들러볼까 하다가 이내 그런 생각을 떨쳐버렸다. 낯선 여자를 품에 안는다고 해서 클레어를 향한 욕망이 사라지지는 않을 테니까. 만족하기보다 오히려 더 외로워질 것 같았다.

이 시간에 클레어가 종종 집 근처에 있는 하이드 파크를 산책한다는 생각이 뇌리를 스쳤다. 그는 서둘러 그쪽으로 발걸음을 돌렸다. 으스스한 날씨 탓인지 공원은 한산했다. 곧 클레어의 모습이 눈에 들어왔다. 충직한 하녀가 그녀의 뒤를 따르고 있었다.

그는 채찍을 마부에게 건네며 집으로 돌아가라고 지시했다. 그러고 나서 조용히 그 하녀더러 물러가라는 손짓을 했다. 슬며시 옆으로 다가간 그를 보고도 클레어는 담담한 표정이었다. 그녀는 소박한 옷차림에 눈가는 그늘져 있었지만 평소의 침착함을 되찾은 듯했다.

「동에 번쩍 서에 번쩍 하는 놀라운 재주도 가지고 있으셨군요. 고양이처럼.」

그는 그녀에게 팔짱을 끼게 하고 서펜타인 호수(런던의 하이드 파크에 있으며 S자 모양의 호수)를 향해 느릿느릿 걸었다.

「말을 걸어주니 한결 마음이 놓이는군.」

그녀는 한숨을 지으며 시선을 돌렸다.

「당신에게 화를 낼 이유가 뭐 있겠어요. 모든 일은 제 의지였고 그릇된 제 판단 때문에 생긴 일인데.」

「당신은 자신이 매우 훌륭한 크리스천이라는 걸 잘 느끼지 못하겠지만, 당신은 분명 죄를 통달한 거요.」

그녀는 머리를 돌려 그에게 경멸의 표정을 지었다.

「제게 양심이 없었으면 좋겠어요.」

그는 자신의 팔을 잡고 있는 그녀의 손가락을 톡톡 쳤다.

「차라리 날 헐뜯는 편이 낫겠소. 그게 더 평소다우니까.」

마지못해 그녀가 살며시 미소를 띠었다.

「평소답다는 게 당신의 뺨을 때리고 싶은 욕구를 말하는 거라면 지금 선 최고조에 달했어요.」

「집시 싸움의 첫 번째 원칙은 자신보다 이십 센티미터나 큰 사람의 따귀를 절대로 때리지 않는 거요.」

「염두에 두죠.」

그들은 오리들이 시끄럽게 싸움을 벌이고 있는 호숫가에 도착했다. 두 소년들이 장난감 배를 물에 띄우고 있었고 그 모습을 아이 보는 하녀가 쳐다보고 있었다. 호수를 한바퀴 돌았을 때쯤 니컬러스가 고갯짓으로 배가 떠 있는 쪽을 가리키며 말했다.

「루시언 말로는 유월에 이곳에서 승리 축하연이 열릴 예정이라더군. 섭정 황태자가 아마도 서펜타인 위에서 트라팔가 해전(1805년, 나폴레옹 지휘의 프랑스군과 스페인의 연합군과의 교전)을 재연할 것 같소.」

「그게 정말이에요?」

「하늘에 맹세코 진실이요. 불꽃놀이와 퍼레이드, 그리고 즐겁고 통속적인 행사들이 펼쳐질 모양이오. 그 장관을 보고 싶다면 그때 다시 런던에 옵시다.」

「아직 두 달이나 남았어요. 내일 일도 모르는 걸요.」

그녀가 깊고 푸른 눈으로 올려다보았다.

「우린 계속 이렇게 지낼 수는 없어요. 당신도 잘 알잖아요.」

그가 다물었던 입을 열었다.

「왜 안 된다는 거요?」

「우린 서로 유혹을 하는 위험한 게임으로 상대방을 막다른 곳까지 떠밀고 있어요. 그만두지 않는다면 제 병적인 불안감과 당신의 좌절감이 서로를 흔적도 없이 갉아먹을 거예요.」

「당신 말이 옳을지도 모르겠군. 그럼 무슨 좋은 방법이라도 있소?」

「가장 쉬운 방법은 제가 펜리스의 집으로 돌아가는 거예요.」

근심의 물결이 니컬러스를 휘감았다.

「내가 전에 한 말은 아직 그대로요.」

그가 쉰 목소리로 말했다.

「석 달이 되기 전에 당신이 떠난다면 그간의 계획은 없던 걸로 하겠소.」

클레어가 걸음을 멈추고 그를 노려보았다.

「제가 있고 없음에 왜 그렇게 신경을 쓰는지 이해할 수가 없어요. 당신이 지금 탄광 문제를 추진하는 것도 그저 마이클 백작에게 본때를 보여주려고 그러는 것 같다는 생각이 든다구요.」

니컬러스는 자신을 이해할 수 없었지만 클레어를 보내고 싶지 않다는 것만은 너무나도 명백했다. 접촉으로 그녀를 설득해보려고 본능적으로 그는 손을 들어올렸다. 클레어가 미세하게 긴장하면서 뒤로 주춤 물러났다. 니컬러스는 가슴이 에이는 아픔을 느끼면서 손을 내려놓았다. 클레어가 자신을 두려워하기 시작한다면 그건 견딜 수가 없는 일이었다. 니컬러스에게는 내키지 않는 생각이었지만 이제 그녀가 받아들일 만한 해결책은 하나밖에 없었다.

「매일 하기로 했던 키스에 대한 약속은 철회하겠소. 그러면 우리가 함께 이성을 잃는 일은 없을 거요. 당신이 어젯밤 당구 게임을 하기 전에 제안했던 금욕적인 생활을 하면 어떻겠소?」

그녀의 눈썹이 가운데로 모아졌다.

「이해할 수 없군요. 어젯밤 키스를 포기할 수 없다고 했던 당신이 말이에요.」

「그때는 그때고 지금은 지금이요.」

그가 그녀의 팔을 잡고 다시 걸어가기 시작했다.

「난 당신과 함께 있는 것이 즐겁소. 애버데어로 돌아가면 개를 키울 생각이오. 하지만 당분간은 당신이 대신 그 역할을 해주었으면 하는데 괜찮겠소?」

그녀가 편안한 표정으로 미소지었다.

「그렇게 애교를 부리는데 어느 누가 거절하겠어요.」

그녀의 미소를 보니 니컬러스는 기분이 좋았다. 그러나 애버데어 저택으로 돌아가면 그녀와 함께 있는 시간은 두 달뿐이며 더 이상은 그녀를 설득하기 위해서 아무 일도 할 수 없다는 사실에 금세 시무룩해졌다.

레이프가 집으로 돌아왔을 때 마이클이 떠나려 하고 있었다. 불안감을 감추며 레이프가 말했다.

「내가 자네한테 너무 소홀했나, 마이클?」

무표정한 얼굴로 그의 친구가 말했다.

「아니야. 더 이상 상이군인처럼 누워서 시간을 낭비할 여유가 없어 그러네. 시간을 너무 많이 낭비했어. 움직일 때마다 머리가 울리긴 하지만 특별히 아픈 곳은 없다구.」

그가 예의를 잊지 않고 덧붙였다.

「그간 고마웠네.」

「여기서 더 지내는 게 어때? 이 큰집에서 나 혼자 지내기도 적적하고 말야.」

「런던을 떠나려고 해. 오랫동안 사업에 무관심하고 소홀했던 것 같아 이번에 직접 돌아보기로 했네.」

레이프는 뒷목이 따끔거리는 듯했다.

「펜리스에 있는 자네 탄광에도 가볼 생각인가?」

마이클이 집사로부터 모자를 받아들어 머리에 쓰자 모자의 챙이 눈 위로 그늘을 드리웠다.

「그렇게 되겠지.」

「전쟁이 막 끝났네. 난 자네가 또 다른 전쟁을 시작하지 않았으면 좋겠어.」

「은퇴한 군인만큼 평화를 사랑하는 사람도 없다네. 런던에 돌아오면 연락하지.」

마이클이 차갑고 알 수 없는 표정으로 인사를 던졌다. 그러고는 돌아서서 뒤도 돌아보지 않고 문을 향해 걸어갔다.

22

모리스 일가족에게는 일요일이 신을 위한 날일뿐만 아니라 가족을 위한 날이기도 했다. 대개는 점심 식사 후에 산책을 했다. 때로 마기드가 같이 오기도 했지만 보통 그녀는 가끔 조용히 있고 싶다고 솔직히 고백하고 집에 남아 작은 여유를 누리곤 했다. 그러면 모리스가 혼자서 아이들을 도맡아 즐거운 시간을 보냈다. 남자가 그런 노력도 하지 않는다면 아이들이 자라는 모습을 놓치기 쉬웠다.

비가 오고 햇빛이 오락가락 하는 웨일스의 전형적인 날씨였다. 큰아들 드레버의 주장에 따라 오웬의 가족은 평소에는 다니지 않던 길을 따라 언덕으로 향했다. 이 길은 인적이 드물었는데 그 이유는 방문객을 반기지 않는 마이클 케넌의 브린 매너 영지에 있기 때문이었다. 돌벽으로 둘러싸인 그 영지는 사람들이 종횡으로 드나드는 애버데어와는 사뭇 달랐다. 그러나 오웬은 케넌의 땅에 오래도록 머물러 있어도 문제가 없으리라는 것과 봄에는 그 길이 너무 아름답다는 것을 알고 있었다.

사내아이들이 강아지 떼처럼 이리저리 뛰어다니는 동안 꼬마 숙녀

메간은 아버지 곁에서 걷고 있었다. 꼬마 휴가 자신의 아이들과 장난치며 즐거워하는 모습을 보고 있자니 오웬은 마음이 흐뭇했다. 탄광을 떠나온 후로 그 아이는 살이 붙고 키가 칠 센티미터는 족히 자란 것 같아 보였으며 혈색도 좋아졌다. 마기드는 휴가 아주 총명한 학생이어서 식탁 위에 차려진 음식을 보고 군침을 흘리는 배고픈 아이처럼 모든 새로운 학과에 관심을 보인다고 했다.

작은 오솔길을 따라 올라가면서 오웬이 메간에게 물었다.

「네 생일이 다가오는 데 특별히 받고 싶은 선물이 있니?」

아이는 아빠를 비스듬히 올려다보면서 말했다.

「새끼고양이.」

오웬이 눈썹을 치켜올렸다.

「우린 이미 고양이 한 마리를 기르고 있잖니.」

「그래도 아빠 난 새끼고양이가 갖고 싶어요. 내 새끼고양이요.」

그가 터져 나오려는 웃음을 억눌렀다.

「새끼 고양이가 자라면 고양이가 되는 거란다. 그리고 네 고양이가 생기면 스스로 돌봐주어야만 해. 넌 이제 열 살이 될 거고 그럼 거의 다 자란 거니까. 정 가지고 싶다면 엄마에게 여쭤보렴. 엄마가 반대하시면…….」

메간이 기쁨의 함성소리를 내며 그의 말을 잘랐다.

「엄만 아빠가 반대하지 않으신다면 좋다 하셨어요. 에슬린의 고양이가 새끼를 배고 있거든요. 이 주일 후면 엄마 고양이 뱃속에서 나올 거래요.」

오웬이 싱긋 웃었다. 그는 메간의 말을 부인할 기회도 갖지 못했지만 그 아이의 어느 것 하나도 부인할 수가 없었다. 그 아이는 제 엄마와 너무나 많이 닮아 있었다.

트레버가 숲 속에서 튀어나오는 순간 만족감이 산산이 흩어졌다.

「아빠, 빨리요, 빨리 와보세요. 휴가…….」

아이가 헐떡이며 말했다.

「엄마에게 수선화를 따다 드린다고 헤매 다니고 있었는데 뒤에서 악마처럼 따라오는 게 있었대요. 무슨 일인지 물어봐도 그냥 울기만 하고 대답을 안 해요.」

오웬이 성큼성큼 걸어갔다. 몇 분 후에 두 소년이 있는 나무 사이로 걸어 들어갔다. 흥분해서 울고 있는 휴의 가슴에 어색한 모습으로 수선화가 들려 있었다. 오웬의 작은아들 데이비드가 휴의 어깨를 토닥여주고 있다가 아빠를 보더니 안심했다.

오웬이 휴를 들어올려 울음을 달랬다. 많이 자라긴 했지만 휴는 여전히 작은 소년이었다. 아이의 눈물이 멈추었을 때 그가 물었다.

「무슨 일이니, 휴?」

휴가 더러운 손으로 눈을 비볐다.

「오웬 아저씨, 저…… 저 지옥의 문을 봤어요.」

「트레버, 데이비드와 메간을 데리고 집으로 가거라. 휴가 본 것을 아빠에게 보여줄 수 있도록 말이다.」

트레버가 순순히 어린 동생들을 데리고 오솔길로 다시 돌아갔다. 휴는 불안해 보였지만 오웬이 손을 잡아주자 진정이 되었다. 그들은 무너져가는 돌벽이 나올 때까지 숲 속으로 깊이 들어갔다. 휴는 오웬의 손을 놓고 그 석조물의 갈라진 틈을 지나 기어오르기 시작했다.

오웬이 인상을 썼다.

「더 들어가선 안 된단다. 여기는 케넌의 영지거든.」

「수선화를 발견하고 마기드 이줌미에게 따다 드리려고 했어요. 조금만 더 가면 돼요.」

휴가 악몽을 꾸는 것보다는 공포와 맞서게 하는 편이 더 낫다는 걸 알고 오웬은 그 벽의 좁은 틈으로 몸을 억지로 밀어넣었다. 산등성이의 저편 꼭대기에는 눈부신 수선화들이 흐드러지게 피어 있었다. 산허리에 나무가 울창했지만 아직 가지가 벌거벗은 상태라 산등성이 저편에서 피어오르는 연기를 볼 수 있었다.

휴가 걱정스러운 표정으로 두리번거리더니 손가락을 입술에 대었다.

그러고 나서 몸을 구부리고 은밀히 산꼭대기로 가서 작은 분지를 살펴보았다. 오웬이 휴를 팔로 감싸고 아이를 놀라게 한 것이 무엇인지 아래를 내려다보았다.

아이가 말한 '지옥의 문'은 산허리에 세워진 허름한 오두막이었다. 햇빛의 장난으로 연기가 엄청나게 뿜어져나오는 것처럼 보여 아이가 지옥을 떠올린 것이었다.

「잘 봐라, 휴. 뒤쪽에서 햇빛이 연기를 비추고 있지. 그래서 이상해 보이는 거야? 저건 그저 나무꾼의 오두막이야.」

휴는 대답하지 않았지만 조금 긴장을 푸는 듯했다. 떠날 생각은 않고 오웬이 호기심 가득한 눈으로 오두막을 바라보았다. 무슨 일로 따뜻한 봄날에 큰불을 피운 거지? 이상했다.

잠시 후 문이 열리더니 검은 옷을 입은 두 남자가 모습을 드러냈다.

「악마들이에요.」

아이가 오웬의 뒤로 몸을 숨기며 속삭였다.

조지 매덕과 휴의 아버지 나이 윌킨즈였다. 오웬의 눈빛이 날카로워졌다. 만일 끔찍한 아버지를 홀끗 보았더라면 그 소년은 분명 지옥을 보았다고 믿었을 것이다.

매덕이 문을 잠그고 나서 두 남자는 오웬과 휴가 숨어서 보고 있는 반대편으로 걸어가기 시작했다. 사내들이 시야에서 사라지기를 기다리는 동안 오웬은 자신이 본 것이 무엇인지 생각했다. 마이클 케넌의 탄광 감독으로서 매덕은 이 영지 안에 있을 정당한 권리가 있었다. 매덕의 집은 계곡 근처 케넌의 땅에 있으니까. 하지만 이런 칙칙하고 외진 오두막에 그가 찾아왔다는 것은 이상한 일이었다. 그리고 나이 윌킨즈는 왜 이곳에 있는 걸까? 광산에서야 매덕의 총애를 받는 그라지만 오늘은 일요일이었다. 자신의 우월한 지위에 대해 계급의식이 강한 매덕이 윌킨즈와 허물없이 지내는 사이일 리도 없고.

사내들이 시야에서 사라지자 오웬이 휴에게 말했다.

「휴, 여기서 기다려라. 아저씬 좀 가까이에서 보고 올 테니.」

조용히 오두막으로 내려가서 오웬은 작은 창문 안을 엿보았다. 안에는 그가 스완지 근처에서 보았던 도기를 굽는 가마를 생각나게 하는 커다란 오븐이 자리를 차지하고 있었다. 조지 매덕이 도기에 취미가 있다는 건 상상도 할 수가 없는 일이었다. 그는 대충 만들어진 탁자 위에 놓여져 있는 연장과 도구들로 시선을 옮겼다. 몇 가지는 낯익은 것이지만 어디에 쓰이는지 알 수 없는 것들도 몇 있었다.

휴와 마을로 돌아오는 동안 그는 생각에 잠겼다. 지금 본 광경이 별 의미 없는 것일지도 모르지만, 오웬은 니컬러스 데이비즈가 런던에서 돌아오면 그 베일에 싸인 오두막에 대해서 말해줄 참이었다.

클레어는 위험의 끝에서 살아가는 하루보다 키스를 하지 않고 지내는 하루가 편안하다는 사실을 알았다. 하지만 그 일은 육체적인 접촉뿐만 아니라 그들 사이의 친밀함마저도 잃어버렸기에 슬픈 일이기도 했다. 이제 니컬러스는 격식을 차려야 하는 경우를 제외하고는, 예를 들어 마차에서 타거나 내리는 것을 도와주는 것 외에는 절대로 그녀에게 손을 대지 않았다. 여전히 스스럼없는 대화를 나누었지만 그는 약간 위축되어 있었다. 애버데어로 돌아오는 길에도 클레어와 폴리와 함께 마차에 앉아 있기보다는 말을 타고 달리는 것을 더 좋아했다. 가까이 있지 않아 긴장할 필요는 없었지만 그 여행은 런던으로 가는 여정보다 훨씬 더 길게 느껴졌다.

클레어는 계곡으로 돌아가는 동안 복잡한 감정을 느꼈다. 그곳은 세상에서 가장 친숙한 장소였지만 지금의 그녀는 떠날 때와는 다른 여자가 된 느낌이었다. 그녀는 변했고 집은 결코 전처럼 평온하지는 않을 것이다.

그녀가 애버데어로 돌아온 후 처음 한 일은 리스 윌리엄즈와 만나는 일이었다. 집을 위해 주문한 물품들이 어떤 것들이며 구입한 물건들이 언제쯤 도착할 것인지를 설명한 후, 클레어는 퉁명스럽게 물었다.

「타락하고 부도덕한 여자와 살 수 없다고 이 집을 떠난 하인들이 몇 명이나 되나요?」

잠시 머뭇거리던 집사가 똑같이 퉁명스럽게 대답했다.

「태그웬 얼라이어스와 브로뉜 존스 두 명이에요. 브로뉜은 가고 싶어하지 않았지만 극구 반대하는 어머니의 성화에 못 이겨 갔구요.」

마을에서 도덕성은 심각한 주제였으니 클레어의 생각보다 더 나쁜 상황일지도 모른다. 어두운 표정으로 그녀가 물었다.

「다른 문제는요?」

「없어요. 하녀 둘쯤이야 쉽게 구할 수 있지만 아가씨가 돌아와서 직접 뽑는 게 나을 것 같아 내버려뒀어요. 일자리 구하기가 하늘의 별따기니까요. 그까짓 입소문 때문에 좋은 일자리를 팽개칠 사람들은 많지 않죠. 저도 마찬가지지만.」

실리주의는 그런 이유로 그녀의 편이 되었다. 클레어는 자신의 도덕성에 관해 집사의 개인적인 의견을 물어볼까 했지만 모르는 편이 더 나을 거라고 생각해 그만두었다.

집으로 돌아온 다음날 그녀는 자신이 없는 동안 행해진 일들을 둘러보느라고 정신이 없었다. 리스 윌리엄즈와 하인들이 홀과 응접실 등 출입이 자유로운 방들을 근사하게 청소하고 꾸며놓아서 이제는 더 이상 흉한 가구들이 어수선하게 널려 있어 보이지도 않았다. 거기에다가 클레어가 런던에서 주문해놓은 벽지와 그림들과 직물들로 장식을 해놓으면 조만간 훨씬 아름다운 집이 될 것 같았다.

집을 단장하는 일은 막힘 없이 잘 진행되고 있었지만 그녀는 날이 저물수록 걱정이 커져갔다. 그날 저녁에 있을 구역예배에 참석한다면 어떤 대접을 받게 될지 자신이 없었다. 니컬러스는 저녁식사 시간에 그녀의 기분을 알아차리고 무슨 일인지를 물었다. 그녀가 근심을 털어놓자 그가 말했다.

「마음 같아서는 내가 같이 가주고 싶은데 그랬다가 괜히 당신 입장만 더 난처하게 만들어놓을 것 같소. 당신, 안 가면은 안 되겠지?」

그녀가 머리를 저었다.

「그건 비겁한 일이에요. 친구들이 제가 귀족과 가까이 지내는 것을 더 좋아한다고 생각할까봐 걱정스러워요.」

그녀의 얼굴이 굳어졌다.

「그 사람들이 저보고 나가라고 소리친다고 해도 그 자리에서 쓰러지진 않을 거예요.」

저녁식사 후에 클레어는 이층으로 올라가서, 런던에 가기 전에 입었던, 아무의 도움 없이 혼자서도 입을 수 있는 옷으로 갈아입었다. 구역예배의 회원들은 그녀의 가장 가까운 친구들이고 그녀를 가장 잘 믿어줄 사람들이었다. 하지만 클레어는 내심 자신이 그 모임에서 쫓겨날 만하다는 생각이 들었다. 법적으로는 여전히 처녀일지 몰라도 부도덕하고 잘못된 행동을 저질렀다는 것은 두말할 나위가 없었다. 하지만 가장 큰 문제는 그녀가 후회하고 있지 않다는 것이었다. 혼란스럽고 슬프기는 했지만 진정으로 후회가 되지는 않았다.

그녀는 모임이 시작되기 직전에 마차를 몰고 모리스의 작은 오두막 집으로 갔다. 집안으로 들어서자 방은 침묵으로 뒤덮였고 열 한 쌍의 눈들이 일제히 그녀에게로 모아졌다. 마기드가 다가와 그녀를 꼭 껴안았다.

「클레어, 네가 와서 기뻐. 학교로 곧 돌아올 수 있는 거지? 아이들이 널 보고 싶어해. 애버데어의 펭귄도 말이야.」

클레어의 얼굴에 미소가 머물렀다가 스치듯 사라졌다. 친구의 환대를 받는 것이 기뻤지만 그것이 나머지 사람들이 모두 그녀에게 호의를 가지고 있다는 의미는 아니었다. 그녀는 방안을 둘러보며 살며시 미소를 지어 보였다. 회원들 몇 사람이 웃어 보였고 어린 휴 로이드는 윙크를 했다. 그녀의 시선은 가장 비난할 것 같은 이디스 위크스에게 계속 머물러 있었다. 클레어가 물었다.

「아직도 내가 여기에서 환영받고 있는 건가요?」

이디스가 끌끌 혀를 찼다.

「뭔가 잘못 생각한 것 같구나, 어리석은 짓을 했어. 마을사람들 절반은 널 처신머리 없는 여자로 보고 있다.」

「이디스 아주머니, 전 애버데어의 정부가 아니에요.」

진실을 말할 수 있음에 마음 깊이 감사하면서 클레어가 말했다.

「물론, 난 믿는다. 정말 그게 아니길 바래. 하지만 얼라이어스 부인 같은 생각을 하는 사람들도 있단다. 그 여자 말이 주님은 심판의 날에 선인과 악인을 구별하실 거고 네게서 선한 구석은 찾지 못할 거라고 하더구나. 네가 황송하게도 대저택에서 일을 하고 있으니 수업 따위는 하러 오지는 않을 거라나. 하지만 난 그 여자보다 너를 더 잘 알고 있잖니.」

안도의 노래를 부르고 싶은 마음으로 클레어는 앞으로 몸을 기울여 이디스를 껴안았다.

「믿어주셔서 고마워요. 제 행동이 완전하다고 말할 순 없지만 두려워해야 할 일은 하지 않았어요. 주일학교 수업은 어떻게 하고 있어요?」

구역모임 리더의 권한을 가지고 오웬이 점잖게 꾸짖었다.

「여러분, 이야기는 나중에 하세요. 지금은 모임을 시작할 시간입니다. 주님을 찬양하는 노래를 부릅시다.」

고맙게도 클레어는 친숙한 예배의 찬송가와 기도 그리고 토론에 들어가자 마음이 편안해졌다. 말할 차례가 돌아오자 그녀는 간단하게 런던은 흥분과 유혹으로 가득 차 있으며 살기 좋은 곳이라고 말했다.

모임이 끝나고 모두 남아서 차와 케이크를 먹으며 클레어의 여행에 관한 이야기를 들었다. 런던탑과 기계 박물관에 대한 이야기, 존 웨슬리의 초기 성전을 방문했던 이야기를 흥겹게 들려주고 난 후 클레어는 아쉬워하며 자리에서 일어섰다.

「이제 가봐야겠어요.」

모두 헤어지려고 할 때 오웬이 그녀를 불렀다.

「애버데어까지 모셔다드릴게요, 클레어. 그렇게 먼 길을 혼자 보내드리고 싶지가 않아서요.」

펜리스는 늘 안심하고 다닐 수 있는 곳이었기 때문에 클레어는 잠시 의아스러운 눈길을 보내다가 곧 흔쾌히 동의했다. 애버데어로 돌아가는 마차 안에서, 사실은 니컬러스와 나누고 싶은 얘기가 있어서 함께 가는 것이라고 오웬이 설명을 해주었다.

현관문이 열리는 소리를 듣고 마치 클레어를 기다리고 있었던 것처럼 서재에 있던 니컬러스가 밖으로 나왔다. 오웬을 보고 그는 빙그레 미소지으며 애정 어린 악수를 청했다.

「마침 잘 왔네. 자네에게 물어볼 게 좀 있었거든.」

「저도 몇 가지 질문이 있습니다.」

오웬이 그의 손을 잡으며 답했다.

「제가 자리를 피해드릴까요?」

클레어가 물었다.

「그럴 필요 없소.」

니컬러스가 그들을 서재로 안내하면서 대답했다.

「오웬, 자네 먼저 말해보게.」

오웬이 가죽 커버가 씌워진 의자에 깊숙이 앉으면서 말을 꺼냈다.

「중요한 일이 아닐지도 모르지만 며칠 전에 조금 이상한 장면을 보았습니다.」

그는 계속해서 어린 휴와 케년의 영지에서 발견한 오두막에 대해 묘사했다. 이야기를 끝냈을 때 니컬러스가 말했다.

「흥미롭군. 뭔가 짐작 가는 일이라도 있나?」

「글쎄요, 혹시 질 좋은 광석을 공정하는 장소로 쓰이는 오두막이 아닐까요.」

오웬이 생각하는 듯 눈을 아래위로 굴리다가 말을 이었다.

「금일 수도 있지만 은에 더 가까울 것 같습니다.」

「그게 가능한가?」

니컬러스가 놀라서 대뜸 물었다.

「웨일스에서 가끔 금과 은이 발견된 적은 있었지만 그리 많은 양은 아니었잖나. 더구나 이 지역에서는 한번도 발견된 적이 없었고 말이야.」

「때때로 '와이어 실버'라고 불리는 광석 덩어리에서 순은이 발견되기도 하죠. 에뷰 베일 근처에서 표본을 본 적이 있는데, 그 암석은 아주 순수해서 오두막에 있는 것 같은 가마에서도 충분히 녹여내 은괴를 주조할 수 있을 듯했습니다. 일반 탄층에서 와이어 실버가 발견되는 일은 없지만…… 혹시 언젠가 암석 형질의 변화로 탄층이 고갈되어 더 이상 채탄을 하지 못하고 폐쇄한 탄갱에 대해 말씀드렸던 것을 기억하세요? 그렇게 해서 형질이 바뀐 암석 안에 은이 들어 있을지도 모르겠습니다.」

니컬러스는 눈살을 찌푸리며 생각했다.

「그렇다면 윌킨즈가 은을 발견해서 은밀하게 매덕에게만 말을 했다 그거군. 그 암석에 미세한 은이 퇴적되어 있다면 다른 사람들 눈에 띄지 않고 탄광 밖으로 가지고 나올 수 있었을 거고. 케넌의 영지에 있다는 오두막은 그것을 은밀히 녹일 수 있는 완벽한 장소 아닌가? 마이클이 없는 동안 매덕이 그 땅을 감독하고 있으니까.」

「왜 윌킨즈가 혼자서 차지하지 않고 매덕에게 갔을까요?」

클레어가 물었다. 대답은 오웬의 입에서 나왔다.

「나이 윌킨즈는 매덕처럼 경험이 많거나 은을 주조해서 팔 정도로 영리하지 못하오. 우리의 추측이 맞는다면 그들 사이에는 돈이 오갔을 겁니다.」

「우리가 찾던 게 바로 이거예요!」

클레어가 흥분해서 거의 의자에서 튀어나올 듯이 일어섰다.

「마이클 경과의 임대계약은 모든 광물이 아니라 석탄에만 한정되어 있어요. 만일 매덕과 윌킨즈가 탄광에서 은이나 다른 희귀 광물들을 채취하고 있다면 그 임대계약을 파기할 수 있는 이유를 제공해주는 격이 되는 거죠. 비록 마이클 경이 자신의 고용인이 한 일과 무관하다 해도 법적인 책임은 그 사람에게 있으니까요.」

긴장된 순간이었다. 니컬러스가 함성을 지르며 의자에서 일어나 키스하기 위해 그녀를 안아올렸다. 그는 순간 자제해야 한다는 사실을 기억해냈다.

가까스로 오웬에게 관심을 돌리며 그가 말했다.

「런던에서 마이클을 만났네. 그 친구는 반도전쟁에 출전하느라 사업에 소홀했던 모양이야. 뭔가 다른 조치를 취해달라는 요구를 그 친구가 거절하기에, 난 임대계약을 파기할 방법을 찾으려고 노력하던 중이었네. 이제 신의 도우심으로 우리는 그 방법을 찾은 거지. 자네와 휴에게 고맙네.」

오웬이 미소지었다.

「백작님께서 처음으로 옳은 말씀을 하시는군요. 주님 뜻이라는 얘기 말입니다. 휴가 우연히 그 오두막으로 가는 길을 발견했다는 것이 믿기 어려워 그곳에 가보았죠.」

이론적으로만 이야기가 흐르자 니컬러스가 말했다.

「지금까지의 이야기는 모두 심증일 뿐이야. 우린 직접적인 물증이 필요하네. 오웬, 날 그 탄갱으로 데려가 줄 수 있겠나? 우리 둘이 불법적인 채광을 증명할 수만 있다면 법정에 가서 지금의 작업을 중지시킬 수 있어. 그러고 나서 내가 할 일을 시작할 참이네.」

오웬이 얼굴을 찡그렸다.

「탄갱으로 내려가는 것은 쉬운 일이 아닙니다. 백작님이 그곳에 가시면 매딕이 즉시 명령을 내릴 테구요. 본갱의 갱외감독은 좋은 사람이지만 결코 매딕에게 대항하진 못할 사람이에요.」

「밤에 내려가는 건 어떻겠나? 어차피 우리가 탄갱으로 내려간다면 밤이건 낮이건 중요하지 않으니까.」

「백작님이 처음 다녀가신 이후에 매딕은 탄광 입구에 담장을 쳤고 밤에는 감시견과 보초를 세워둡니다. 들키지 않고 들어간다고 해도 아무도 모르게 권양기를 가동시키는 것은 불가능합니다. 아무래도 매딕이 백작님을 떼어놓으려고 미쳐 돌아가나봅니다. 뭐, 우리야 늘 매딕을 미쳤다고 생각하지만요.」

「설명을 들어보니 본 출구로 들어가는 것은 가망이 없는 것 같은데, 그럼 브크한 갱은 어때요? 너무 오래 되어서 지금은 거의 환기 통로로 사용하고 있잖아요.」

클레어의 말을 듣고 오웬의 눈이 휘둥그레졌다.

「그런 것까지 기억하고 있다니! 나도 브크한을 잊고 있었는데 말이오.」

「그럴 수 있다는 건가, 오웬?」

니컬러스가 물었다.

「가능할 겁니다. 좁긴 하지만 그곳에는 한번에 한 사람이 오르고 내려갈 수 있는 두레박이 있습니다. 그 두레박은 남자 한 명이나 조랑말 한 마리로 움직일 수 있으니 도와줄 사람 한 명만 있으면 될 겁니다. 뿐만 아니라 그 탄갱은 폐쇄된 터널 가까이까지 내려갈 수 있으니 눈에 띌 위험도 없구요. 가능합니다.」

「나흘 뒤에 계획을 실행해도 되겠나? 스완지에 있는 사람을 시켜 법적인 사항을 조사해볼 시간이 필요하네. 그리고 탄광에 들어가기 전에 그 오두막에 가보고 싶네. 만약 은을 녹였었다면 가마 주위나 장비 위에 흔적이 있을 거야. 확실한 증거지.」

오웬이 고개를 끄덕였다.

「나흘 뒤라고 하셨습니까. 두레박이 제대로 작동하는지 확인할 시간이 주어진 셈이네요.」

그의 표정이 불길하게 바뀌었다.

「마음을 정하셨으면 빨리 조치를 취해야 할 것 같습니다. 지난 두 주 동안 가스 문제가 더 심각해졌거든요. 게다가 형편없는 버팀목 때문에 세 번의 터널 붕괴사고가 있었습니다. 백작님께서 내려간 그날 이후로는 목숨을 잃은 이가 없었지만 뭔가 끔찍한 일이 일어날 것 같다는 예감이 들어요.」

「지금으로부터 일주일이면 탄광은 내 손에 들어올 거네. 그럼 서둘러 필요한 부분을 개선할 참이야.」

　니컬러스가 자신 있게 말했다. 마이클에게서 탄광 관리권을 빼앗아 올 수 있는 길이 열렸다고, 니컬러스의 안에 숨어 있는 집시의 본능이 말해주고 있었다. 만일 마이클이 그걸 원하지 않는다면 그건 지독하게도 끔찍한 일이었다.

23

조지 매덕은 고용주의 방문을 맞을 채비를 갖출 틈도 없었다. 사무원으로 하여금 매덕에게 알릴 틈도 주지 않은 채, 마이클 케넌이 성큼성큼 사무실로 들어선 것이었다.

매덕은 처음에 여위고 냉정한 눈빛의 그 손님이 사 년 전에 보았던 멋있는 귀족 청년인줄 알아보지 못했다. 하지만 그가 입을 열자 흘러나온 낮고 굵은 음성은 틀림없이 그의 것이었다.

「알리지 않고 찾아와서 미안하네, 매덕, 그냥 한번 와보고 싶었네.」

「정말 깜짝 놀랐습니다. 영국에 계시는 줄은 몰랐거든요.」

「두 달 전에 요양 차 돌아왔네. 전쟁이 끝났으니 군직을 팔고 사업이나 확장할까 싶어.」

질문을 기다리지 않고 마이클이 자리에 앉았다.

「먼저 지난 사 년간의 회계장부를 좀 보고 싶군.」

「제 관리사항에 불만이라도 있으신 겁니까?」

매덕이 걱정스럽다기보다는 오히려 화가 난 듯 보이려고 애쓰며 무뚝뚝하게 말했다.

「아닐세. 자네는 아주 눈에 띌 만한 이익을 냈어. 난 그저 일을 다시 시작하기 위해 빨리 익숙해지고 싶은 것뿐이네. 군대 생활이 너무 길었던 탓에 민간인의 생활방식을 다시 배워야 할 것 같아서 말이야.」

「지당하신 말씀입니다.」

매덕은 재빨리 생각을 정리했다.

「이전 원장들은 집에 있습니다. 제가 장부를 모아서 주인님께 한꺼번에 보내드리겠습니다. 여관에 묵고 계시나요?」

「아니, 난 브린 매너에 있을 생각이야. 그곳으로 가는 길에 자네를 먼저 만나보려고 들른 걸세.」

「오래 머무르실 생각인가요?」

마이클이 어깨를 으쓱했다.

「얼마나 오래 있을지는 모르겠네. 급하게 떠나지는 않을 거야. 웨일스는 봄을 나기에 좋은 곳이니까.」

「차 한 잔 하시겠습니까? 아니면 좀 더 독한 걸로 드릴까요?」

「됐네.」

마이클은 다시 자리에서 일어나 안절부절못하는 사람처럼 넓은 사무실 안을 계속 왔다갔다했다.

「애버데어 백작이 무슨 문제라도 일으켰나?」

「예, 좀…… 그걸 어떻게 아셨죠?」

놀란 눈으로 매덕이 쳐다보자 케넌이 심드렁하게 말했다.

「런던에서 만났는데 탄광의 안전에 대해 내게 잔소리를 해대더군. 그래서 주먹질을 좀 했지.」

「애버데어 백작은 탄광이 항상 위험한 사업이라는 걸 깨닫지 못하는 것 같습니다.」

매덕이 코웃음을 쳤다.

「내 말이 바로 그 말일세.」

그의 표정이 거칠게 바뀌었다.

「애버데어가 탄광에 들어왔었나?」

「한번이요. 제가 쫓아냈죠. 이제 밤마다 탄광에 보초를 세웁니다. 다시는 들어오지 못할 거예요.」

「아주 잘했네. 애버데어가 다시 들어오려고 하면 수단과 방법을 가리지 말고 막게.」

어렴풋이 생각나는 듯 매덕이 말했다.

「실은 백작이 성가시게 굴어도 주인님 친구분이라 막기가 어려웠습니다.」

「친구? 예전에는 그랬지. 하지만 더 이상 신경 쓸 필요 없네.」

마이클이 겨울바람처럼 차가운 목소리로 말했다.

「애버데어가 내 사업을 망치는 것을 보고 있지만은 않을 거야. 그가 만일 또 다시 문제를 일으킨다면 즉시 내게 연락하게.」

「잘 알겠습니다, 주인님. 그럼 내일 아침까지 원장을 보내드리겠습니다.」

고개를 까딱해 보이고 마이클은 사무실을 떠났다.

매덕은 의자에 깊숙이 앉아 손을 떨며 책상 서랍에서 휴대용 위스키 병을 꺼내 잔을 채운 다음 들이켰다. 언제나 사람을 당황스럽게 할만큼 치밀한 마이클 케넌이지만 이제는 직접적으로 위협하고 있었다. 빌어먹을 자식 같으니, 이베리아 반도에서 그냥 콱 죽어버리지 왜 살아 돌아와서 골치를 썩이는 거야.

최근에 위조 장부를 만들어놓은 자신의 선견지명에 매덕은 스스로 찬사를 보냈다. 빼돌린 돈에 대해 그 빌어먹을 작자가 아무런 낌새를 챌 수 없도록, 오늘 밤 짬을 내서 다시 한번 빈틈없이 훑어보는 게 좋을 성싶었다. 어쨌든 탄광은 놀라운 이익을 내고 있으니 다행이었다.

그렇다고 해도, 마이클 케넌의 귀환은 재앙이었다. 처음 그가 탄광을 사들여 열정적으로 사업에 관여하기 시작했을 때는 불쑥불쑥 찾아와 깐깐하게 감시를 하는 고약한 습성을 지닌 주인이기도 했다. 버팀목을 구입하는 데 들어갔다고 하는 금액의 액수와 갱도의 실제 상태가 일치하지 않는다는 것을 그가 눈치 챌지도 모를 일이었다. 게다가 매덕이 몰래 투기로 이익을 내고 있다는 것을 걸고넘어질 수도 있다. 아쉽지만 당분간 투기는 그만두어야 할 것 같았다.

위스키 잔이 비자 그는 의자에 기대며 얼굴을 찌푸렸다. 스완지의 한 상인의 아들로 태어나 사 년 동안 탄광을 자신의 일처럼 돌보면서 최선을 다해 일해왔는데, 편히 먹고 자란 귀족나부랭이의 명령이나 들어가며 살아야 하다니, 빌어먹을 세상이었다.

그러나 유감스럽게 탄광의 주인은 잘난 그 귀족이었다. 매덕은 당분간 복종적인 하인처럼 행동해야 했다. 운 좋게 케넌이 곧 따분해져서 계곡을 떠날 수도 있다. 그러고 나면 모든 일이 정상적으로 돌아갈 수도 있다. 하지만 그가 떠나지 않는다면…….

매덕은 나중 일은 생각하고 싶지 않았다. 그는 잔을 다시 채우면서 자신의 자리를 차지할 방법을 강구하기 시작했다. 첫 번째로 떠오른 생각은 간단하다는 장점은 있지만 성공할 가능성이 그저 그런 것이었다. 만일 실패하면 보다 복잡한 계략을 짜내어 다른 사람의 손을 빌려야 할지도 모른다. 그런 일은 늘 위험이 따르기 마련이었다. 하지만 필요할 경우, 명령하는 것은 무엇이든 실행하고 그후 입을 다물어줄 폭력배들을 매덕은 언제라도 끌어들일 수 있었다.

새로 따른 위스키를 단숨에 비우고 나서 매덕은 입가에 씁쓸한 미소를 베물었다. 마이클을 처음 보았을 때는 화가 치밀었지만 생각할수록 이번이 매덕 자신의 정당한 위치를 찾을 수 있는 기회라는 생각이 들었다. 그는 애버네어나 마이클 케넌보다 더 영리했고 일도 더 열심히 해왔다. 나약한 바보들을 밀어내고 조지 매덕 자신이 펜리스에서 가장 힘이 있는 사람이 되는 것은 시간문제였다.

조그만 올웬 로이드가 예민해진 펭귄을 쫓아가는 광경을 보고 클레어는 아이의 팔을 붙들었다.

「올웬, 불쌍한 동물을 놀라게 하지 말아야지. 갑자기 낯선 사람들이 저 펭귄과 친구들을 방문했으니 얼마나 당황스러울지 생각해보렴.」

실제로 펭귄들은 침입을 아주 잘 견뎌내고 있었다. 그 새들은 아이들이 따라오지 않는 것이 이상한 듯이 뒤돌아 쳐다보더니 뒤뚱거리던 걸음을 멈추고 무관심하게 부리로 잔디를 쪼고 있었다. 올웬이 펭귄에게서 떨어져나온 흰 깃털을 집어올리며 뭔가 생각하는 눈초리로 펭귄을 바라보았다.

「펭귄을 다치게 하지 않을게요. 모건 선생님.」

아이가 벌써 검고 흰 깃털 한 주먹을 움켜쥐고 있는 것을 보고 클레어가 물었다.

「집에 가지고 가서 남동생에게 보여주려고 그러니?」

「깃털을 많이 모았으니 제 펭귄을 만들 수 있을 거예요.」

아이의 진지한 말투에 클레어가 웃음을 지었다.

「펭귄 인형을 말하나 보구나. 하지만 엄마 펭귄과 아빠 펭귄만이 진짜 아기 펭귄을 만들 수 있단다.」

「두고보세요.」

아이가 깃털을 더 수집하기 위해 관심을 돌리자 클레어는 활기찬 아이들의 얼굴을 웃으며 찬찬히 둘러보았다. 펭귄과 같이한 소풍은 대성공이었다.

구역예배를 갖고 나서 클레어가 마기드와 얘기를 나누다가, 오월제도 가까워오고 있으니 봄맞이 겸해서 아이들에게 펭귄을 구경시켜주는게 어떻겠냐고 해서 나온 소풍이었다.

다행히도 펭귄들은 이틀 정도는 밖에서도 지낼 수 있었기에 밖으로 데리고 나오는 것은 그리 어려운 일이 아니었다. 애버데어의 짐마차 세 개가 짚으로 채워져 학교로 왔다. 학교에는 흥겨워 깔깔대는 아이들과, 아이들이 넘어질까 걱정이 되어 따라온 몇몇 어머니들로 북새통을 이루었다. 일행을 태운 짐마차는 덜거덕거리며 다시 애버데어로 향했고 영지를 지나 펭귄 연못으로 가는 길로 올라갔다.

예측을 불허하기로 악명이 높은 날씨조차도 도와주듯 그날은 해가 나고 따뜻했다. 비도 오지 않아서 지체할 이유가 없었다. 웨일스에서는 아이들조차도 궂은 날씨에 단련되어 있었다. 그러나 파란 하늘과 미풍은 더 좋았다.

소풍길에 자원해서 따라 나서준 그를 처음 보았을 때 클레어는 깜짝 놀랐는데, 니컬러스는 눈을 반짝거리며, 그저 펭귄들을 지켜주려고 따라나섰을 뿐이라고 했다. 이유가 무엇이든, 그는 마냥 어린아이들처럼 즐거워하고 있었다. 그런 모습을 지켜보면서 클레어는 그에게는 참 젊게 사는 재주가 있구나 하는 생각이 들었다. 성인이 되어서도 그런 성향을 지니고 있기는 참 드문 일이었다. 펭귄에게 먹이를 줄 때 그의 얼굴에서 느낄 수 있었던 것과 같은 순수한 기쁨을 언제 느껴봤는지 기억도 할 수 없는 클레어는 그런 그가 부러웠다.

하지만 그녀는 다른 종류의 기쁨을 알고 있었다. 그의 팔 안에 안겨 있는 기쁨을……

그녀는 연못에서 물에 흠뻑 젖은 아이를 능숙하게 끌어내는 그를 보다가 발갛게 상기되어 있는 얼굴을 들킬까봐서 얼른 고개를 돌렸다. 지금은 비록 오누이처럼 지내고 있지만, 제어가 되지 않는 그녀의 기억력은 이전의 일들을 고스란히 간직하고 있었다.

이대로가 좋아. 그녀는 힘주어 스스로에게 말했다. 다른 생각이 들기 전에, 그녀는 애버데어의 요리사가 만든 양고기파이와 건포도 케이크를 나눠주기 시작한 다른 여자들 틈에 합류했다. 운 좋게 음식 바구니가 가득 차 있어서 펭귄들은 배부르게 음식을 받아먹었다.

식사가 끝나자 하늘에 구름이 덮이고 집에 갈 시간이 되었다. 니컬러스가 가장 작은아이를 들어올려 짐마차에 태웠고 아이들은 모두 엎드려 배부른 강아지들처럼 낮잠이 들었다. 수를 세어본 후 그는 마부에게 출발하라는 신호를 보냈고 마차는 덜걱거리는 소리를 내며 떠났다.

마지막으로 니컬러스와 클레어가 떠날 차례였다. 그는 원기 왕성한 자신의 검은 종마가 호기심 많은 아이들을 다치게 할까봐 온순한 밤색 사냥말을 타고 있었다.

「아주 즐거웠소. 우리 다음에 또 옵시다.」

짐마차를 따라 론더를 출발시키며 클레어가 미소지었다.

「즐거웠다니 기뻐요. 아이들이 집에 돌아가서 이 일을 가족들에게 재잘댈 거예요. 그러면 사람들이 당신에게 마을 전체가 참여할 수 있는 축제를 열자고 아우성을 치겠죠. 토요일 오후가 좋을 것 같군요.」

그가 시원스런 미소를 지어 보였다.

「좋소. 세례 요한 축일은 어떻소? 마을 전체가 소풍 온다…… 장소는 낮은 지대의 초원으로 정하고 펭귄을 보는 것도 더 적은 인원으로 제한하는 게 좋을 것 같소. 욕심 많은 펭귄들이 물고기는 안 먹고 건포도 케이크에 입맛이 드는 건 싫으니까.」

그들은 다정한 침묵 속에 말을 몰았다. 앞서 가던 마기드의 노래 소리가 들려왔고 잠들지 않는 아이들의 맑은 피리소리 같은 목소리가 공기 중에 울려 퍼졌다. 클레어는 기쁘고 행복했다.

산을 내려가는 세 번째 길에 접어들었을 때 니컬러스가 무심코 말했다.

「어제 마이클이 계곡으로 돌아왔소. 브린 매너에서 지내면서 탄광 일들을 조사한다는군.」

클레어가 고개를 홱 돌렸다.

「그가 여기에 왔다고요?」

「사람들이 그러더군.」

그가 살짝 미소지었다.

「그렇게 겁먹지 말아요, 클라리시마. 브린 매너는 마이클의 집이고 그 친구가 그곳에서 사는 건 지극히 당연한 일이오.」

「당신과 또 싸우려고 이곳에 왔다면 당연한 일이 아니죠. 마이클 경은 위험한 사람이에요, 니컬러스.」

「그렇소. 하지만 영리하기도 하지. 자신이 제일 먼저 의심을 받을 줄 알면서 그런 짓을 할 리는 없소. 아마 결투 직후에 내가 탄광에 대해 했던 말이 생각나서 조사해보기로 결정한 모양이오.」

확신이 서지 않는 듯 클레어가 중얼거렸다.

「제발 그랬으면 좋겠어요.」

그들 앞에서는 노래 한 곡이 끝나면 잠시 조용하다가 다른 노래가 이어졌다. 하늘빛이 차츰 회색으로 변하더니 멀리서 천둥소리까지 들려왔다. 클레어의 말이 놀라서 뒷걸음질치고 니컬러스의 사냥말은 히힝대며 뒷다리를 들어올렸다.

욕설을 내뱉으며 니컬러스가 말에서 떨어지지 않으려 안간힘을 쓰고 있었다. 그는 말을 제압한 후 앞으로 엎드려 론더의 옆구리를 찰싹 때리며 소리쳤다.

「앞으로 몸을 숙여요. 어서!」

조랑말이 앞으로 튀어나갔고 그의 사냥말은 바로 뒤에 있었다. 클레어는 거의 떨어질 뻔하다가 이내 균형을 잡았다. 그들은 튀어나온 바위가 있는 굽은 길까지 언덕을 달려 내려갔다.

니컬러스가 다시 소리쳤다.

「이제 천천히! 속도를 줄여요, 클레어. 여기는 안전할 거요.」

클레어가 고삐를 잡으며 니컬러스를 흘끗 보았다. 갑자기 달려 내려온 이유를 물으려다가 그녀는 사냥말의 목에서 피가 흐르고 있는 것을 보았다.

「맙소사, 천둥이 아니라 총소리였군요. 당신 괜찮아요?」

「괜찮소. 시저는 총알이 살짝 스쳤지만 나는 피해갔소.」

그가 머리를 숙여 길색 말의 상처를 들여다보았다.

「단순한 찰과상이오. 흉터는 남겠지만 심각하지는 않소.」

「심각하지가 않다고요? 당신이 죽을 뻔했어요!」

「밀렵꾼들이 실수로 사람을 쏘는 건 종종 있는 일이오. 그나마 운이 좋았소.」

그가 이해할 수 없는 얘기들을 중얼거리며 피가 흘러내리는 말의 목을 유심히 살폈다. 클레어는 둔한 그를 한 대 때려주고 싶었다.

「마이클 경이 펜리스로 돌아온 바로 다음날 누군가가 당신을 쏜 것이 우연의 일치라고 생각하는 거예요?」

니컬러스는 그녀를 조용히 바라보았다.

「이건 우연의 일치요, 클레어. 어떻게 마이클이 오늘 내가 여기 있는 걸 알았겠소?」

「마을 사람들 모두가 오늘 이 소풍에 대해 알고 있어요.」

그녀가 격분하며 소리를 높이자 니컬러스가 넌지시 말했다.

「마이클이 아무리 날 쏘고 싶었대도, 자칫하면 실탄이 빗나가 여자들이나 마차 가득 타고 있는 아이들이 맞을 수도 있는 장소에서 그러지는 않을 거요.」

손수건으로 말의 목을 누르면서 그는 런던에서 했던 말을 덧붙였다.

「게다가 그 친구라면 절대 실패하지도 않았을 거고.」

더 이상 신경을 곤두세우지 말자고 생각한 클레어가 조심스럽게 입을 열었다.

「총을 쏜 사람이 마이클 경이라고 생각하는 편이 좋을 것 같아요. 조금만 경계하면 목숨을 잃을 위험은 줄어들잖아요.」

니컬러스는 말을 천천히 앞으로 나아가게 했다.

「총알이 어디에서 날아왔는지는 곧 알아낼 수 있겠지만, 총을 쏜 사람은 이미 멀리 달아났을 거요. 무턱대고 치안판사에게 가서 마이클이 날 죽이려 했다고 고발한다면 증거가 없으니 바로 쫓겨날 거 아니겠소. 그리고 설령 그 총알이 날 목표로 했다고 해도 남은 평생을 집안에서 움츠리고 총 맞는 게 무서워 창문을 피하면서 살아갈 수는 없소. 차라리 죽는 편이 낫지.」

니컬러스가 곁눈질로 그녀를 보았다.

「클레어, 당신이 걱정할까봐 하는 말이 아니오. 난 정말 이 일이 밀렵꾼들에 의한 사고라고 믿고 있소. 마이클이 날 찾아온다면 이런 식이 아니라 직접 얼굴을 맞대고 했을 거요.」

「언제까지 그를 두둔할 생각이죠? 그 충성심은 감복할 만하지만 어떻게 마이클의 행보에 대해서 그렇게 확신할 수 있는지 모르겠군요.

당신은 수년 동안 그를 보지 못했고 거기다 그는 굉장히 많이 변했어요」

니컬러스는 묵묵히 말을 달렸다. 그러다가 마침내 입을 열었다.

「인간을 속속들이 예측하고 이해할 수는 없지. 그러나 어떤 사람이 행할지도 모르는 일의 범위나 한계는 알 수 있소. 마이클 그 친구는 내가 잘 알고 있는 몇 안 되는 사람들 중 하나요. 난 마이클이 화를 내거나 쓴소리를 하거나 파괴적인 행동을 해도 그리 놀라지 않소. 늘 그런 씨앗을 속에 품고 있는 친구니까. 동시에 혈통 못지않게 명예를 중요하게 생각하기도 하고. 맞소, 그 친군 위험한 사람이오. 그렇지만 절대로 비열하진 않소」

「당신은 어제 마이클의 영지에 있는 오두막에 가서, 그곳에서 은이 주조되고 있다는 증거를 목격했잖아요. 내일 당신과 오웬은 불법 채광의 증거를 찾기 위해 탄갱으로 내려갈 예정이에요. 당신이 그걸 찾아내서 그의 회사를 망하게 하도록 마이클 경이 내버려 둘 거라고 생각해요?」

니컬러스는 그녀를 차갑게 응시했다.

「그의 사업이 망하는 걸 원하는 건 아니오. 그가 탄광의 안전을 위해 개선작업을 한다면 계속 사업을 유지할 수 있소. 하지만 그게 어렵다면…….」

니컬러스가 어깨를 으쓱했다.

「망할 수밖에.」

「남은 삶을 집안에서 움츠리며 살아가라는 게 아니에요. 하지만 최소한 경계의 고삐를 늦추지 말라는 거죠.」

「걱정 마오. 런던에 있는 동안 나도 뜻을 바꿨으니까. 만일 내게 무슨 일이 생기면, 펜리스를 위해 쓸 신탁자금은 당신이 관리하도록 해요. 당신이 바친 시간과 노력에 대한 수당도 그 자금 안에 포함되어 있소.」

짓궂은 미소를 지으면서 니컬러스는 덧붙여 말했다.

「내가 죽으면 당신이나 마을 모두 이득을 보게 되는 셈이니까, 결국 당신은 마이클이 날 죽이기를 바라야겠군.」

참을 수가 없어 클레어는 그의 뺨을 치려고 했다. 그러자 니컬러스가 한 손으로 말고삐를 잡아당기면서 다른 한 손으로 그녀의 손을 쉽게 가로챘다. 그녀의 조랑말이 순순히 멈추었고 그가 물었다.

「무슨 짓이오?」

「어떻게 절더러 그런 말을 할 수 있죠. 당신이 죽도록 기도하라뇨.」

눈물이 그녀의 뺨을 타고 흘러내렸다.

「농담으로도 해서는 안 될 말이 있는 거예요.」

「인생이 농담이오, 클라리시마.」

그가 입술로 그녀의 손가락 끝을 건드리고 나서 손을 놓아주었다.

「그리고 웃음만이 살아남는 방법이지. 날 걱정하느라 시간 낭비하지 마오.」

「저도 어쩔 도리가 없어요. 그건 당신도 알잖아요.」

그의 얼굴이 굳어지더니 얼굴을 돌리고 말을 다시 몰았다.

그 길을 따라 묵묵히 내려오면서 클레어는 그가 자신의 마음을 이해하고 있다는 것을 느꼈다. 그러나 그녀의 마음은 그가 인정할 수 있는 것 이상이었다.

24

니컬러스가 깨어났을 때는 안개가 세상을 감싸고 있었다. 그는 만족스러운 미소를 지었다. 비밀리에 탄갱을 방문하기에는 완벽한 날씨였다.

서둘러 낡은 광부의 옷을 입은 후 그는 아침밥을 먹기 위해 아래층으로 내려갔다. 먼저 일어나 있던 클레어가 그에게 커피를 따라주며 걱정스럽게 쳐다보았다.

「제발 조심하세요.」

「그러리다.」

그는 혀를 델 정도로 뜨거운 커피를 후루룩 마시고 두툼한 빵조각에 마아말레이드를 발랐다.

「오늘 저녁이면 성공은 우리 손에 들어올 거요.」

빵을 우적우적 먹어치운 그는 집을 나와 마구간으로 향했다.

소용돌이치고 있는 안개가 펜리스로 가는 길을 잊을 수 없을 만큼 아름답게 만들었다. 니컬러스는 익숙한 길을 밟아 가면서 콧노래를 흥얼거렸다. 이상하게도, 처음에 클레어가 펜리스의 일에 그를 끌어들이려고 했을 때 왜 자신이 그렇게 반대를 했을까 싶은 생각이 들었다. 수년 동안 지금만큼 살아 있는 기분을 느낀 적이 없었다. 이제 클레어를 사랑의 행각으로 끌어들일 수만 있다면…….

그런 생각을 하니 조금 맥이 빠지는 기분이 들었다. 그놈의 오누이 사이는 날이 갈수록 견디기가 힘들어져 가고 있었다. 클레어의 새침함과 열정, 그리고 밤낮으로 맴도는 그녀의 영상들은 저항할 수 없는 매혹을 지니고 있었다. 니컬러스는 다시는 당구대를 침착하게 쳐다볼 수 없을 것만 같았다.

현재의 상황도 견딜 수가 없는 것이었지만, 클레어가 석 달이 끝나면 돌아갈 생각을 하고 있으니 앞날의 상황은 더욱 난감했다. 궁지에서 벗어날 해결책이 없는 것은 아니지만 그건 저주받을 짓이었다.

만나기로 약속한 탄광에서 멀지 않은 나무숲에 도착하자 니컬러스는 마음이 편안해졌다. 오웬이 목발을 짚고 있는 남자와 함께 벌써 와서 기다리고 있었다. 니컬러스가 말에서 내리자 오웬이 낯선 남자를 소개했다.

「이분은 제이미 하킨입니다. 줄과 두레박을 조종해주실 분이십니다.」

그들은 목적지를 향해 조용히 움직였고 니컬러스는 말을 이끌었다. 평소 탄광 근처에서 나던 시끄러운 소리들이 안개 속에 묻히고 있었다. 그들은 계곡 아래에 있었고, 안개가 짙게 깔려 있어서 방향을 잃어버릴 위험도 있지만 니컬러스는 개의치 않았다. 브크한 갱은 수상한 행동을 들키기 쉬울 만큼 본갱과 가까웠지만 오늘은 안개가 그들의 움직임을 가려주고 있었다.

갱에 도착하자 니컬러스는 두레박을 움직이게 하는 바퀴에 그의 말을 걸어 매었다. 오웬이 도르래와 줄을 살피고 나서 고개를 끄덕였다.

「제이미 아저씨, 제가 먼저 내려가겠습니다. 이 줄을 당겨서 작은 벨소리로 신호를 보낼게요.」

벨소리를 시험 삼아 들어본 그는 촛불을 켜고 두레박 안으로 들어갔다. 하킨이 거세한 말을 움직이게 하자, 오웬은 끼긱대는 바퀴소리와 함께 좁은 수갱 아래로 모습을 감추었다. 벨이 울리자 제이미는 바퀴를 거꾸로 돌려 두레박을 끌어올렸다.

이제 니컬러스의 차례였다. 그는 이미 켜진 초를 들고 안으로 걸어 들어가서 제이미에게 시작하라고 고개를 끄덕였다. 아래로 내려가면서 니컬러스는, 두레박을 타고 갱도로 내려가는 것이 밧줄 올가미 위에 올라앉아서 내려가는 것보다는 어쨌든 더 낫다는 생각을 했다. 그래도 브크한 갱은 너무 좁아서 마치 토끼 굴로 떨어지는 느낌이 들었다. 공기가 휙 소리를 내며 지나가자 두레박이 요동치며 갱도 옆면에 쿵 소리를 내며 부딪쳤다. 바닥에 도달하자마자 초가 바람에 빛을 잃었다. 다행히 오웬이 초를 밝히고 그를 기다리고 있었다.

니컬러스는 두레박에서 빠져나와 오웬의 초를 이용해 자신의 초에 불을 붙였다.

「어느 쪽인가?」

「이쪽으로 오십시오.」

오웬이 오른쪽으로 향했다.

「멀지는 않지만 사람들 눈에 뜨이지 않으려면 빙 돌아가야 할 것 같습니다.」

그곳은 탄광에서 가장 오래된 곳 중 하나였고 버팀목도 띄엄띄엄 세워져 있었다. 니컬러스는 오웬을 따라가면서 처음으로 탄갱에 내려가던 날 클레어와 물에 빠졌던 즐거운 시간들을 떠올렸다. 그날 그녀의 키스는 정말 대단했었는데…….

매섭게 니컬러스는 그 생각을 떨쳐냈다. 탄광이라는 곳이 정신을 팔아서는 안 되는 곳임을 이미 경험으로 알고 있는 터였다.

그들은 탄광의 배수구 역할을 하는 횡갱을 지난 후, 여섯 명의 소년들이 빈 석탄 운반 바구니를 본갱으로 끌고 가는 동안 버려진 통로에 몸을 숨기고 있었다. 바퀴의 덜거덕거리는 소리가 희미해지자 그들은 계속 걸어갔다.

채탄을 하는 금속음이 들리는 터널을 지나갈 때 오웬이 얼굴을 찡그리며 말했다.

「아이들이 석탄 운반 바구니를 가지고 나오는 곳이 저곳입니다. 정말 못마땅해요. 이 지역은 가스가 너무 많아서 한동안 일을 하지 않던 곳인데 저 터널 아래로 좋은 광맥이 있으니 사람들이 위험을 무릅쓰고라도 일을 하게 된 거죠. 특히 최근에 매덕이 임금 비율을 더 낮추었기 때문에 사람들은 전과 같은 수당을 벌기 위해서 더 많은 석탄을 캐내려고 야단들입니다.」

잠시 후 그들은 버팀목을 대고 못으로 고정해놓은 통로에 이르렀다. 오웬이 엎드려서 아래로 기어갔고 니컬러스도 뒤를 따랐다. 니컬러스는 터널 바닥의 먼지들이 최근에, 그것도 자주 휘저어졌었다는 것을 주의 깊게 관찰했다.

한쪽 눈으로 계속 벽을 주시하며 가던 그는 갱도의 끝에 다다랐을 때 돌 색깔이 달라졌다는 것을 알게 되었다.

오웬이 손바닥으로 벽의 먼지를 걷어냈다.

「우리가 수상하게 여긴 곳이 여기라면…….」

니컬러스도 똑같이 따라해보며 물었다.

「우리가 찾아볼 게 뭔가?」

「가끔 암석 틈에서 공기 주머니를 발견하게 됩니다. 부그라고 불리는데 크기는 호두 만한 것에서 커다란 방만한 것도 있죠. 와이어 실버가 발견될 수 있는 곳인 셈이기도 하고 말입니다. 윌킨즈는 이 광맥에서 작업했을 때 채탄원으로 일했던 사람들 중 한 명입니다. 제 추측으로 그는 상당한 크기의 부그 구멍을 찾아냈고 무언가를 알아채고 입을 다문 것 같습니다. 광맥이 고갈되었으니 작업이 멈추었을 테고 아무도 눈치채지 못했던 거겠죠.」

벽을 두드리던 니컬러스의 손이 갑자기 무릎 높이에 있는 틈새 속으로 쑥 사라졌다. 그는 무릎을 꿇고 좀 더 자세히 살펴보다가 60센티미터 가량 높이의 환기구멍을 발견했다.

「이곳이 맞을지도 모르겠네.」

오웬이 그의 옆에 앉자 니컬러스는 배를 바닥에 깔고 엎드려 구멍 속으로 꿈틀거리며 몸을 밀어넣었다.

「이 길이 어디로 통하는지 알아보세.」

니컬러스는 초를 들어올리다가 수천 개의 반짝거리는 표면에 반사된 불빛을 보고 놀라워서 숨이 멎을 지경이었다. 그 부그는 대략 2.4평방미터 넓이에 2미터쯤 높이의 불규칙한 직사각형의 방이었다. 특이한 것은 벽면에 튀어나와 있는 반짝이는 수정체 덩어리들이었다. 그는 수정체 덩어리에 머리를 부딪치지 않으려고 주의하며 오웬을 불렀다.

「어서 들어와보게, 오웬. 굉장해.」

잠시 후에 그곳으로 들어온 오웬은 멀거니 서서 두려운 마음으로 주위를 두리번거렸다.

「수정 동굴이군요! 옛날 사람들은 이런 장소를 신비한 곳으로 믿었는데 그들이 옳았나봅니다. 규모가 작은 수정 동굴을 본 적은 있지만 이렇게 큰 곳은 처음입니다.」

니컬러스가 부서진 수정 덩어리를 가리켰다.

「이것이 우리가 찾던 것인가?」

오웬은 부서진 수정의 사금파리들을 털어내고는 촛불을 좀 더 가까이 들이댔다. 그러자, 환한 은의 파편에서 빛이 반짝였다. 오웬은 부서진 부분의 한가운데 박혀 있는 실처럼 가느다란 금속을 가리키며 의기양양하게 말했다.

「바로 이겁니다. 와이어 실버 덩어리를 끌로 파낼 때 끊어져나간 세맥이죠. 이렇게 부서져나간 곳이 얼마나 많은지 찾아봐야겠습니다.」

그들은 체계적인 조사를 시작했고 끌로 파낸 곳을 마흔 군데쯤이나 찾아냈다. 몇몇 곳은 와이어 실버가 있었던 흔적이 남아 있었다. 그들은 또 다른 낮은 통로를 발견했다.

「여기서 은을 캐낸 후에 윌킨즈가 이 근처의 부그를 찾으려고 구멍을 뚫었나봅니다.」

오웬은 말을 한 후 그 틈을 통해 작은 부그 안으로 들어갔다. 많지는 않지만 그곳에도 수정체들이 있었는데, 채굴 흔적이 적은 것으로 보아 새로 발견된 것이 분명했다.

니컬러스가 초를 들어올려 천장을 살펴보는데 반짝이는 불빛이 그의 눈길을 사로잡았다. 좀 더 자세히 들여다보니, 그것은 돌출해 있는 석영(石英)을 불규칙하게 감싸고 있는, 매듭처럼 꼬인 은 세맥이었다.

「이거군. 손대지 않은 원래의 형태야.」

그가 나지막이 말하자, 오웬이 와서 올려다보았다.

「부셔버리기에는 너무 아름답지 않습니까?」

「그렇긴 하지만 견본이 필요하니 어쩔 수 없잖나. 법정에서 와이어 실버를 본 적이 없는 치안판사에게 우리의 입장을 확실히 하는 데 도움이 될 테니 말이야.」

오웬이 몇 개의 작은 연장을 가져와 수정을 파내기 시작했다.

「잘라내는 데 시간이 좀 걸리겠습니다. 대부분의 구성물은 수정들 사이에 묻혀 있어서 이것처럼 찾기가 그리 쉽지 않을 테니까요. 아마도 윌킨즈는 이곳에서 한번에 몇 시간씩 몇 달 동안을 작업했을 겁니다.」

오웬은 석영을 떼어내어 니컬러스에게 건네주었다.

「여기, 백작님 겁니다.」

반짝이는 견본은 사과 크기 정도였으나 무게는 훨씬 무거웠다. 섬세한 수정과 은을 보호하기 위해 니컬러스는 손수건으로 정성껏 싸서 재킷의 주머니에 깊이 넣었다.

「여기에서 나가면 자네와 함께 스완지로 가서 치안판사 앞에서 진술서에 거짓이 없음을 선서했으면 하네. 내 사무변호사가 강제명령을 청구할 준비를 다 해놓았네. 내일이면 탄광은 폐쇄될 걸세.」

오웬의 미간이 일그러졌다.

「전 광부들이 굶어죽도록 도울 수는 없습니다.」

「절대 그렇지 않네. 난 모든 사람들을 같은 임금으로 채용할 생각일

세. 그들은 채석장에서 일을 할 수 있고 선로를 세우는 일도 시작하게 될 거야. 누구도 이 일로 직장을 잃지는 않아.」

오웬이 알았다는 듯이 고개를 끄덕거리고 나서 엎드려서 부그에서 기어나갔다. 뒤따르는 니컬러스의 마음은 계획을 세우느라 분주했다. 그들은 주요 통로를 지나 다시 왔던 길을 따라 발걸음을 옮겼다.

새로 생긴 막장으로 이어지는 통로를 지나갈 때 그들을 향해 움직이는 사람들의 소리가 들려왔다. 오웬이 입을 열었다.

「제가 가스 탐지하는 요령을 알고 있는데요, 조금 전보다 가스가 더 심해지고 있습니다. 만일 상황이 더 나빠지면 촛불을 끄고 어둠 속에서 길을 찾아나가야 해요. 다행스럽게도, 석탄 운반하는 아이들 중 하나가 사태를 파악하고 다른 인부들을 데리고 나가려는가봅니다.」

「아니면, 젊은이 중 한 사람이 다른 인부들을 내보내고 드러누워 가스에 불을 붙여서 그 불이 제 몸 위를 지나가게 하는 옛 기술을 시도해보려는 건지도 모르지.」

「가끔은 그렇게 하기도 하지만 여기서는 시도하지 않기를 바랄 뿐입니다.」

촛불이 깜박거리자 오웬의 표정이 심각해졌다.

「매덕의 인색한 경영 방식 때문에 이곳의 버팀목은 갱도 중에서 가장 열악합니다. 대부분의 버팀목은 제거되었고 새로운 터널에 다시 사용되었죠. 무너지는 것은 시간문젭니다. 거기다가 먼지폭발의 위험도 있구요.」

니컬러스는 설마 노련한 광부들이 위험한 일을 벌이려들까 싶었지만, 어느새 그의 걸음은 빨라지고 있었다. 경험상, 어느 집단에나 미련한 자들은 꼭 섞여 있기 마련이었다. 두레박이 대기하고 있는 입구에 이르자 그는 비로소 안도의 한숨을 내쉬었다.

그때 뒤에서 쿵 하는 소리가 나며 폭발이 일어났다. 그들은 얼어붙은 듯 서서 멀리서 들려오는 사람들의 비명소리와 우르르 갱도가 무너지는 소리를 들었다. 그러고 나서 또 한차례의 폭발이 땅을 진동케 했고, 이번에는 폭발음이 더 가깝게 들렸다. 창백하게 질린 얼굴로 오웬이 외쳤다.

「주여, 우리를 도와주소서! 이곳 전체가 무너지고 있습니다.」

니컬러스는 기다리고 있는 두레박을 보면서 그들 둘 다 한꺼번에 올라갈 수 있는 방법을 생각해내려고 노력했다. 하지만 불가능한 일이었다. 그는 오웬의 팔을 잡아 두레박 안으로 밀어넣었다.

「자네 먼저 가게, 자네에겐 가족이 있잖나.」

오웬이 잠깐 주춤거리더니 팔을 획 잡아 뺐다.

니컬러스는 얼마 안 가 이곳도 폭발할 거라는 말을 하려고 했지만 기회가 없었다. 말을 하는 데 시간을 낭비하지 않으려는 듯 오웬이 일로 단련된 단단한 주먹으로 니컬러스의 턱을 후려갈겼다. 생각지도 못한 타격에 니컬러스는 미처 손을 쓸 수가 없었다. 완전히 의식을 잃지는 않았지만 시야가 희미해지면서 무릎이 구부러지기 시작했다. 그는 오웬이 자신을 두레박 안으로 떠밀어넣는 것을 막으려고 손으로 줄을 감았지만 소용없는 일이었다.

그가 안전하게 들어가자 오웬은 신호줄을 힘껏 잡아당겼다.

니컬러스는 지상으로 올라오자마자 밖으로 나와 소리쳤다.

「젠장 빨리 다시 아래로 내려보내야 해! 폭발이 일어났소. 오웬을 끌어올려야 한다구.」

제이미 하킨은 즉시 시키는 대로 했다. 니컬러스는 두레박을 끌어올리는 말을 더 빨리 움직이게 하려고 집시의 온갖 비법을 동원해보았다.

그러나 이미 때가 너무 늦어버렸다. 발 아래에서 땅이 진동을 하더니 숨막히는 연기구름이 위로 뿜어져나왔다.

강한 돌풍이 두레박을 갱도 밖 공중으로 날려보냈고, 의지하고 있던 줄이 끊어지면서 두레박은 이십 미터 아래 땅으로 떨어져 산산조각이 났다. 니컬러스가 공포에 질려 바라보고 있을 때 갱도가 안으로 무너지면서 솟아오르는 연기를 덮어버렸다.

모두가 예견했던 대참사가 마침내 펜리스 탄광을 덮친 것이었다.

25

폭발 소식이 마을에 알려지고 수 킬로미터 내에 있는 건장한 남자들이 구조를 돕기 위해 탄광 주위로 모여들었다. 브크한 갱은 닫혀 있었기 때문에 니컬러스는 주 건물로 달려가 지하로 내려가는 첫 번째 구조대에 합류했다. 몇 사람이 놀란 눈으로 니컬러스를 알아보았지만 아무도 그가 거기에 있을 권리가 있는지에 대해서 묻지 않았다. 탄광에서의 그는 백작이 아닌 또 다른 구조의 손길이었다.

분노의 힘으로 그는 몇 시간 동안 부서진 돌덩이를 들어올렸다. 그의 손은 거칠어지고 근육은 지쳐서 부들부들 떨렸다. 한번은 그가 부서진 잔해 속으로 들어가 아이를 구해내기도 했다. 그러나 발견된 사람들은 대부분 도와줄 수 없는 상태에 있었다.

얼마나 오래 일을 했을까, 새로 투입된 한 사람이 더 돕다가는 쓰러질 거라면서 쉬어야 한다고 그의 팔을 잡고 승강기로 이끌었다. 밖으로 나왔을 때 니컬러스는 안개가 사라지고 태양이 붉은 핏빛으로 마을을 비추고 있다는 것을 알았다. 근처 어디에선가 호통을 치듯 명령하는 소리가 들려왔지만, 그는 너무 지쳐서 그 말이 귀에 들어오지 않았다.

빛에 눈이 부셔 가느다란 실눈을 뜨고 보니, 또 한 명의 착한 사마리아인이 그에게 샌드위치와 뜨거운 차가 마련되어 있는 테이블을 가리켰다. 음식 생각을 하니 속이 뒤집히는 것 같았지만, 니컬러스는 누군가가 그의 손에 쥐어주는 김이 나는 찻잔을 받아들었다. 열기와 단맛이 머리를 조금 맑게 해주었다. 여기저기 긁히고 멍이 들었지만, 그는 아픔이 느껴지지 않았다. 아무 것도 느낄 수가 없었다.

그곳은 사람들로 넘쳐났다. 어떤 사람들은 목적을 가지고 움직였지만 실종된 광부들을 찾는 가족들이 더 많았다. 어떤 사람들은 숙명적인 기다림 속에서 슬피 울었다. 니컬러스는 죽을 때까지 그들의 얼굴을 잊을 수 없을 것 같았다.

그는 사람들 사이에서 클레어를 보았지만 놀라지 않았다. 혼란의 중심에 서 있는 평온한 섬처럼 그녀는 일하는 사람들에게 음식을 제공하는 책임을 맡고 있는 모양이었다.

니컬러스는 빈 석탄 자루로 덮여진 시체들이 두 줄로 땅 위에 눕혀져 있는 대학살의 현장으로 걸어갔다. 세어보니 모두 스물 여덟 구였다. 그는 지금 막 줄 끝에 눕혀지는 주검을 보았다. 심하게 타버려 형체도 알아볼 수 없는 희생자였지만 어떤 여자가 반지를 보더니 미친 듯이 몸부림치며 울부짖었다. 시체가 덮여지고 늙은 남자가 눈물을 흘리며 그녀를 데리고 갔다.

마음이 아파 얼굴을 돌린 그는 마기드 모리스와 눈이 마주쳤다. 열여섯 살이었을 때 마을에서 가장 예쁜 여자아이였던 그녀는 아름다운 여자로 성장했다. 그런데 지금 마기드의 얼굴은 여위고 나이보다 두 배는 늙어 보였다.

「오웬이 실종되었어요. 살아…… 있을까요?」

니컬러스는 그녀의 질문에 대답을 하느니 차라리 탄광에서 죽어버렸으면 싶었다. 그러나 대답을 해야 했다. 폭발의 순간에 오웬과 함께 있었던 사람이 바로 그였으니까.

「어려울 거요, 마기드.」

그가 고통스럽게 말을 이었다.

「브크한 갱은 막혔고 터널 아래에서 동시에 폭발이 있었소.」

목이 잠겼다. 힘들게 침을 삼키며 그는 말을 맺었다.

「전문가들이 그 지역에서는 생존자를 기대할 수 없다고 했소.」

한동안 그녀는 멍하니 그를 바라만 보고 있었다.

마기드의 표정을 보는 순간 니컬러스는 참을 수가 없어 그녀를 끌어 안았다. 그녀는 물에 빠진 여자처럼 그에게 매달려서 작은 몸을 떨며 오열했다. 그가 분노의 눈물을 흘리며 쉰 목소리로 말했다.

「당신과 아이들에게 아무 것도 부족하지 않게 해주겠소, 마기드. 맹 세하오.」

하지만 남편과 아버지를 잃은 가족에게 경제적인 보상이 얼마나 하 찮은 일인지, 니컬러스는 잘 알고 있었다.

애처로운 얼굴로 클레어가 다가오고 있었다. 그는 마기드의 어깨너 머로 그녀에게 절망적인 시선을 보냈다. 클레어는 정황을 이해한 듯 친구에게로 가서 조용히 말했다.

「좋은 소식이 있으면 즉시 알릴게. 이제 집으로 가요. 아이들에게는 언니가 필요해.」

마기드가 천천히 일어서서 손등으로 눈을 닦았다.

「아이들에게 가야겠지……. 그리고 시어머니께도 말…… 말씀드려야 해.」

그 순간 마기드의 얼굴에 분노가 번쩍였다.

「절대로 내 아들들은 여기에서 일하지 못하게 할 거야. 절대로!」

클레어는 그녀의 팔을 잡고 돌아서서 걸어갔다.

니컬러스는 두 여자가 떼지어 움직이고 있는 사람들 무리 사이로 사 라질 때까지 바라보고 있었다. 날이 거의 어두워지자 횃불이 하나둘 켜졌다. 깜박이는 불빛 때문에 탄광은 마치 소름끼치는 지옥을 묘사한 중세의 그림 같았다.

납처럼 무거워진 마음으로 그는 본갱으로 건너가서 잠시 쉬고 지하로 다시 내려가는 사람들 무리에 합류했다. 검은 석탄 먼지를 뒤집어 쓴 그들은 서로를 거의 구별할 수가 없었다. 니컬러스는 자신도 같은 모습이려니 생각했다.

그가 내려가려고 기다리고 있을 때 낯익은 목소리가 들렸다.

「젠장 여기서 뭘 하는 거냐, 애버데어? 내 땅에서 썩 꺼져.」

니컬러스는 돌아서서 소리가 들려오는 쪽을 보았다. 마이클 케넌이었다. 어렴풋이, 조금 전 명령을 내리던 목소리가 마이클이었다는 것을 깨달았다. 그는 전쟁에서 배운 대로 효율적이고 냉정하게 구조 작업을 지휘하고 있었던 것이다.

「네 언짢은 기분 따위는 이 일이 수습될 때까지 접어둬. 그때까지 넌 한 명의 구조원이라도 더 필요할 테니까.」

니컬러스가 진저리를 내며 말했다.

마이클이 반박하려고 입을 벌리려 하자 니컬러스가 손을 들어 선수를 쳤다.

「마이클 케넌, 입 닥쳐.」

분노로 얼굴빛이 붉으락푸르락 했지만, 마이클은 더 이상 언쟁하지 않았다. 그는 입술을 깨물면서 자리를 떠났다.

그리고 니컬러스도 탄광으로 돌아갔다.

* * *

마기드를 집에 데려다준 그날 이후 클레어는 이틀이 지나도록 니컬러스를 다시 보지 못했다. 펜리스 근처에서 배달 일을 하고 있는 루이스가 의식이 없는 백작을 싣고 온 것은 그때였다. 리스 윌리엄즈가 부르는 소리에 밖으로 나간 클레어는 니컬러스의 상태를 보고 충격을 받았다. 누더기 차림에 몹시 지저분하고 손과 옷은 피투성이였다.

그녀의 걱정스러운 얼굴을 본 루이스가 안심을 시키려고 했다.

「다치신 게 아니에요, 모건 양. 그냥 지쳐 쓰러졌을 뿐이에요.」

그는 동의를 구하려는 듯 고개를 끄덕거렸다.

「백작님께서는 집시일지는 몰라도 정의로운 사람인 거 같아요. 손이 더러워지는 것도 개의치 않으시던걸요. 사람들 말이 이틀 동안 한숨도 붙이지 않고 일하셨대요. 이렇게 지치고도 쉬지 않으시면 기필코 사단이 나실 거예요.」

윌리엄즈와 마부는 니컬러스를 짚이 가득 차 있는 수레에서 들어올렸다. 클레어의 표정을 보고 집사가 말했다.

「걱정하지 말아요, 아가씨. 우리가 잘 돌봐드릴 테니까.」

아직 일이 남아 있음을 알고 그녀는 루이스에게 관심을 돌렸다.

「최종적인 사상자 수는 나왔나요, 루이스 씨?」

루이스의 표정이 우울하게 일그러졌다.

「서른 두 명이 죽었고 십여 명이 다쳤대요. 실종자도 다섯이나 되구요. 마을에서 피해를 입지 않은 집이 거의 없을 정도죠. 실종자들도 살아 있을 가망성은 없다고들 하대요. 구조반이 계속 시체 발굴 작업을 하고 있는 상황이지만 내일은 지장 없는 탄광 지역에서 다시 일을 시작할 거랍니다.」

이렇게 삶이 계속되어져야 하는 건가. 클레어는 씁쓸했다. 하긴 매덕과 마이클은 일을 지체해서 손해를 보고 싶진 않을 것이다.

「백작님을 집에까지 모셔다줘서 고마워요.」

루이스기 어떤 보상을 원하는 건 아닌가 생각하면서 클레어가 주저했다. 그녀의 생각을 짐작한 듯 루이스가 말했다.

「아무 것도 필요 없습니다, 모건 양. 마이클 케넌 경이 절 돌봐주고 계시니까요. 거칠기는 하시지만 아주 정의로우신 분이죠. 몸소 여러 번 탄광에 내려가시기도 하셨구요.」

그가 자신 있게 목소리를 내리깔며 말했다.

「모두들 그분이 직접 탄광을 운영하기를 바라고 있어요. 조지 매덕이라면 구조작업에 그렇게 많은 시간을 낭비할 사람이 절대 아니죠.」

마이클은 자신의 결점을 보충할 만한 다른 자질을 좀 가지고 있는 모양이다. 루이스가 작별을 고한 후에 클레어는 집안으로 들어갔지만 무엇을 해야 할지 몰라 엉거주춤하게 거실을 어슬렁거렸다. 그녀 역시 폭발이 일어난 후로 쉬지 않고 일했다. 구조원들에게 음식을 제공하고 기초적인 간호를 위한 허드렛일도 마다하지 않았다. 그리고 가족을 잃은 사람들을 찾아가 위로하고 필요한 도움들도 주었다.

벌써부터 그녀는 지쳐 있었다. 세 시간정도 눈을 붙인 후에 마을로 돌아갈 준비를 하고 있었는데 루이스가 와서 당장의 위기는 넘겼다고 말해준 것이었다. 분명히 클레어가 할 수 있는 일이 있겠지만 그녀의 도움은 이제 더 이상 사활이 걸린 문제는 아니었다. 더욱이 그녀는 너무 기진맥진해서 똑바로 생각을 할 수도 없었다.

한숨을 쉬며 그녀는 층계를 올라가 침대로 갔다.

클레어가 다시 깨어났을 때는 어두워져 있었다. 기분은 많이 안정이 되었지만 다시는 오웬을 볼 수 없다는 고통스러운 현실에 직면했다. 그녀는 마기드와 아이들 때문에 가슴이 아팠고 상실감은 더 커지고 있었다.

그날 밤은 그녀의 기분을 반영하듯 바람이 무시무시한 소리를 내며 집 주위를 휘감았다. 음악이 바람소리 그리고 클레어의 슬픔과 절묘하게 어우러졌기 때문에, 클레어는 조금 시간이 지나고 나서야 애수를 띤 그 슬픈 곡조가 그녀의 상상 속에서 나오는 것이 아니라는 사실을 깨달았다. 애버데어에서 보낸 첫날에도 같은 소리를 들었지만, 이번에는 어디에서 나는 소리인지를 알 수 있었다. 니컬러스가 잠에서 깨어나, 죽은 사람들을 위한 만가를 연주하는 것이었다.

그녀는 혼자 있을 수가 없어서 일어나 슬리퍼를 신고 차가운 물로 얼굴을 씻었다. 옷을 갈아입지 않은 채 쓰러져 잤던 탓에 아직까지 구겨진 평상복 차림인 그녀는 머리카락을 틀어 올리려다가 다시 리본으로 묶고 니컬러스를 찾아나섰다. 너무 늦은 시간이라 집안에 있는 다른 사람들은 모두 깊이 잠들어 있을 터였다.

니컬러스는 어스레 불빛이 흘러나오고 있는 서재에서 조용히 옛 만가를 부르고 있었다. 목욕을 하고 평상시처럼 검은 색과 흰색으로 옷을 차려 입고 있었기 때문에 턱의 상처와 피가 난 손가락을 제외하고는 아무렇지 않아 보였다. 클레어가 방에 들어서자 그가 눈을 들어 쳐다봤다. 초점 없는 눈. 악기를 다시 연주하려고 그는 몸을 구부렸다. 가사와 음조는 웨일스 풍이었지만 집시의 슬픔이 깊이 배어 있었다.

클레어는 말없이 방을 가로질러 가서 벽난로에 석탄을 더 집어넣었다. 그러고 나서 팔걸이의자에 앉아서 머리를 뒤로 한껏 기대고 음악에 빠져들어 갔다. 곁에 있어주는 것만으로도 그에게는 힘이 되리라.

마지막 곡이 방을 메우다가 스러지듯 사라졌다. 뒤이은 침묵 속에 멀리서 천둥치는 소리가 들렸다. 마치 그 소리가 신호탄인 듯, 니컬러스가 긴장된 목소리로 입을 열었다.

「좀 더 노력했어야 했는데…… 당신이 내게 탄광이 얼마나 위험한지 말해 주었는데도 그 경고를 심각하게 받아들이지 않았소. 모든 사업이 나에게는 또 다른 게임이었을 뿐이오.」

자신을 책망하는 그의 말에 클레어는 놀랐다.

「당신은 최선을 다했어요. 마이클 경에게 임대계약을 파기하겠다고도 선언했잖아요. 법적인 힘없이 당신이 무슨 일을 할 수 있었겠어요?」

「더 노력할 수 있었소.」

니컬러스는 하프를 내려놓고 일어서서 그늘진 방을 거닐기 시작했다.

「오웬이 죽은 것은 다 내 잘못이오.」

「자책하지 말아요. 그곳에서 일하던 사람들은 모두 죽었어요.」

그녀가 달래듯 나지막이 말했다.

「하지만 오웬은 그곳에 있었던 게 아니오. 나와 함께 하느라 그런 일을 당한 거요. 제길, 그는 지금 살아 있을 수도 있었어.」

바람이 멈추자 니컬러스가 커튼을 젖혀 창문을 들어올리고는 마치 폭풍우를 삼키려는 듯 깊게 숨을 들이켰다.

「우린 브크한 갱에서 일을 끝내고 떠날 준비를 하고 있었소. 그때 첫 번째 폭발이 일어나더니 터널이 무너지기 시작했던 거요. 두레박은 단지 한 사람만 탈 수 있었는데…….」

그는 손가락을 아프도록 꽉 쥐었다.

「가족이 있으니 먼저 가라고 했소. 하지만 그 친구…… 실랑이를 하지 않고 내 턱을 주먹으로 때리고는 두레박 안으로 밀어넣더군. 나가서 그를 구하려고 했지만 시간이 없었소. 시간이 너무…….」

그의 목소리가 점점 희미해졌고, 금방 내리기 시작한 빗방울들이 유리창에 후두두 떨어지다가 열린 창문 안으로 흩뿌려져 들어왔다.

니컬러스는 아내의 초상화를 채찍으로 후려쳤던 그때처럼 거센 분노의 표정을 지으며 방안을 서성였다. 지금 그는 자신에게 화가 나 있어 전보다 더 심각했다.

「내 인생이 금화 백 기니의 가치가 있다면 오웬의 삶은 돈으로 따질 수 없는 가치가 있었소. 오웬은 인생을 어떻게 살아야 할지, 어떻게 노래해야 할지, 어떻게 웃어야 할지 아는 사람이었단 말이오. 그는 사람들을 사랑했고 사랑받으며 살았소. 빌어먹을, 왜 내가 아니라 그가 죽어야 하지?」

클레어는 손톱으로 의자 팔걸이를 뜯었다. 그의 입장이라면 그녀도 같은 감정을 느꼈을 것이다. 친구의 목숨을 희생하여 살아남느니 죽는 것이 훨씬 쉬운 일이리라. 클레어는 그의 고통을 덜어주고 싶었다.

「만일 오웬이 당신을 위해 자신을 희생했다면 그건 당신이 탄광의 환경을 바꿀 수 있는 힘을 가졌다고 믿었기 때문이에요. 앞으로 많은 생명을 구할 수 있을 거라고 말이에요.」

「그걸로 다 보상이 되지는 않소!」

갑자기 니컬러스가 하프를 들어 온힘을 다해 방 저편으로 세게 내던졌다. 벽에 부딪힌 악기는 망가진 현들의 불협화음과 함께 바닥으로 나가떨어져 허공 속에 울림만 남긴 채 산산조각이 났다. 밤하늘을 가르는 번개가 니컬러스와 부서진 하프 위로 괴기한 빛을 비추었다.

천둥이 계곡을 가로지르며 울렸을 때 그녀가 소리쳤다.

「이제 그만하세요. 당신은 하느님이 아니에요!」

「내가 보기에는 하나님도 신이 아니야. 성경에서 욥에 대해 읽은 적이 있소. 신은 사람에게 이로운 존재가 아니더군.」

클레어는 신성을 모독하는 그를 꾸짖어야 했지만 그럴 수가 없었다. 선한 사람들이 비참하게 죽어갈 때 신의 정의를 믿는 것은 너무 어려운 일이었다.

니컬러스는 힘없이 벽난로로 걸어와 타다 남은 불씨를 응시했다.

「내가 좀 더 빨리 손을 썼더라면, 당신을 침대로 끌어들이려 애쓴 시간만큼 사람들의 어려움을 생각했다면 이런 일은 일어나지 않았을 거요. 오웬도 죽지 않았을 거고 다른 사람들도 마찬가지였겠지. 휴 윌킨즈 또래의 아이도 두 명이나 희생되었소.」

「당신이 누군가를 비난해야 한다면 책임져야 할 사람은 매덕이에요. 아니면 탐욕스럽고 어리석은 자에게 감독권을 준 마이클 경이거나.」

「게임은 끝났소, 클레어.」

그가 어떤 말로도 위로할 수 없을 것 같은 표정으로 그녀를 보았다.

「당신을 거래에서 풀어주겠소. 그리고 당신이 마을을 위해 원하는 모든 일을 해주리다. 이미 상처받은 당신에게 더 이상 상처를 주고 싶지 않소. 이제 나 혼자서 헤나갈 거요.」

클레어는 창백한 얼굴로 그를 뚫어지게 바라보았다. 그가 이렇게 제멋대로 그녀를 해고해버린 사실을 믿을 수가 없었다.

그의 목소리가 커졌다.

「내 말 들었으면 그만 나가주시오! 더 이상 이기적이고 세속적인 사람과 함께 있을 필요는 없소!」

죄의식을 덜기 위해 니컬러스가 스스로에게 벌을 내리고 있다는 것을 그녀는 깨달았다. 그는 클레어를 가장 필요로 하는 바로 이 순간에 그녀를 멀리 보냄으로 자신을 벌주려 하고 있었다.

번개가 다시 한번 반짝했고, 영혼을 뚫고 지나가는 그 빛의 순간에 클레어는 내면이 찢기는 경험, 두려움과 의심이 파열하는 경험을 했다. 그러나 결과는 분열이 아니라 숨이 막힐 것 같은 완전한 일체였다.

평생 동안 그녀는 영적인 접촉, 인간에 대한 사랑을 갈구해왔고, 너무나 나약하고 영혼의 그릇이 작아 그것을 갖지 못하는 자신을 경멸하기도 했었다.

그런데 숨 한 번 몰아쉬는 사이에 그녀의 세상이 달라진 것이었다. 마치 여러 가지 무늬들이 뒤죽박죽 섞여 있는 만화경 속을 들여다보는 것처럼 말이다. 신의 사랑과 인도하심을 한번도 경험해보지 못한 그녀지만 이제 분명한 것이 있었다. 오래 전부터 니컬러스를 사랑하고 있었다는 것. 영혼을 태우는 그 진실이 그녀의 삶을 완전하게 해준 것이었다.

클레어는 그곳에 남아 있어야 한다는 것을 확신했다.

그녀는 니컬러스에게로 다가가서 양손으로 그의 손을 잡았다.

「당신은 적극적인 여자들에게만 흥미를 느낀다고 말했었죠, 그렇죠, 니컬러스?」

그녀는 그의 피 묻은 손가락 끝에 입맞추었다. 그리고 그의 손을 꼭 잡아서 가슴에 갖다대었다.

「지금 제가 원하는 일을 하고 있어요.」

다시 천둥이 으르렁거렸고 그의 몸이 단단해졌다.

「궁색한 동정을 적극적인 행동이라고 변명하지 마시오, 클레어.」

「동정이 아니에요.」

천천히 그의 눈을 바라보며 클레어는 셔츠의 목 부분 단추를 풀기 시작했다. 셔츠가 풀리자 그녀는 그의 뭉친 어깨 근육을 주무르기 시작했다.

「지금 전 우정의 손길을 내밀고 있는 거예요.」

니컬러스는 눈을 감고 떨며 숨을 들이켰다.

「거절해야만 하는데 난 그럴 수가 없소.」

그가 다시 눈을 뜨고 나지막한 목소리로 속삭였다.

「신이여, 도와주소서! 전 할 수가 없습니다.」

클레어는 발뒤꿈치를 들고 그의 고통이 사랑의 힘으로 변하길 원하면서 그에게 입맞추었다.

신음소리를 내며 그는 그녀를 끌어안았다. 너무 세게 안아서 클레어는 숨을 쉴 수가 없었다. 그녀를 빼앗길까봐 두려워하는 듯한 절망의 손길이었다.

그는 무릎을 꿇고 그녀의 가슴에 얼굴을 묻었다. 그의 손은 그녀의 온몸을 쓸어내리고 엉덩이와 허벅지의 곡선을 그렸다. 그녀는 그의 비단결 같은 머리카락을 붙잡았다. 그는 서서히 그녀를 아래로 끌어당겼고 어느새 그녀와 그는 카펫 위에서 무릎을 꿇었다. 그녀의 왼편 벽난로에서 불이 타오르고 있었다. 창밖에는 빗줄기가 점점 거세어지며 마치 피난처를 찾듯 창문을 두들겼다.

니컬러스는 클레어의 정수를 빨아들이려는 듯 격렬하고 자극적으로 그녀의 입술을 취하면서 노련한 손놀림으로 그녀의 옷을 여미고 있는 끈과 단추를 풀어내고 슈미즈를 아래로 끌어내려 드러난 젖가슴을 감싸 쥐었다.

몇 주간의 키스와 감각적인 게임으로 불꽃같은 열정을 키우면서 더 민감해진 클레어는 거칠게 숨을 몰아쉬면서 그의 가슴을 쓸어내렸다. 그리고는 니컬러스의 셔츠를 올리고서 부드러운 젖꼭지가 단단해질 때까지 입맞추었다.

니컬러스는 신음하며 머리를 뒤로 젖혔다. 그의 목의 힘줄이 눈에 보일 정도로 빠르게 고동치고 있었다. 클레어가 이번에는 다른 쪽 젖꼭지에 이를 대고 살짝살짝 깨물며 그것을 간질였다.

그는 격정을 억누르는 소리를 내며 셔츠를 머리 위로 잡아당겨 벗어던졌다. 클레어를 안아 카펫에 눕히는데 빨갛게 타오르는 석탄불이 그의 탄탄한 상체 근육 위에서 너울너울 춤을 추었다.

클레어의 마음속에서는 격정의 소용돌이가 일어나고 있었다. 집요하고 벅찬 입맞춤, 민감한 젖꼭지를 압박해오는 탄탄한 근육, 카펫의 따끔거리는 촉감과 난로불의 뜨거운 열기……. 그러다가 순간, 니컬러스의 굶주린 입술이 그녀의 맨 가슴에 와 닿았다. 미친 듯, 클레어의 손가락이 그의 어깨를 후벼파기 시작했다. 클레어는 깊은 곳에서 고동치는 자신의 몸 곳곳에 그의 열기와 힘을 한꺼번에 느끼고 싶었다.

클레어의 치마를 걷어 올려 허벅지를 만지던 니컬러스의 손길이 점차 위로 올라가 축축하게 젖은 그녀의 은밀한 부위를 건드리자, 그녀는 타는 듯한 감각에 놀라 작은 비명을 내질렀다.

그녀의 육체는 생명력을 얻었고 저도 모르게 니컬러스의 몸을 어루만지고 있었다. 그가 행동을 멈추자 클레어는 울음을 터뜨리고 싶은 심정이 되었다. 그는 거칠고 조급하게 옷을 벗기다 단추를 뜯어버렸다.

니컬러스가 자신의 몸 위로 올라오자, 클레어는 엄습할 고통을 각오하며 입술을 깨물었다. 그러나 이번에는 찰나의 불편함이 느껴졌을 뿐, 곧이어 몸만이 아니라 마음까지 충만하게 채우는 침입이 뒤따랐다.

폭풍우가 세차게 집을 때리고, 사방에 울리는 천둥소리는 클레어를 휘감으며 그녀의 마음속에까지 휘몰아쳐, 저항할 수 없는 힘으로 그녀를 변화시키고 있었다. 그와 하나가 된 지금 클레어는 시작과 끝이 어디인지도 알 수가 없었다.

니컬러스는 비명을 지르며 그녀의 안으로 깊숙이 들어갔다. 번개가 쳐 서재 안에 파리한 빛을 쏟아 붓고 천둥소리가 유리창을 요란하게 흔들어대고 있었다. 또 한차례 번개가 몰아쳐 니컬러스의 얼굴 윤곽에 이 세상 것이 아닌 듯한 빛을 드리웠다.

그는 참을 수 없도록, 몸서리쳐지도록 아름다웠다. 그가 악마 백작이든 타락한 천사이든, 빛의 왕자이든 어둠의 왕자이든, 그런 것들은 알고 싶지도 않았고 관심도 없었다. 중요한 것은 그녀가 그를 사랑하고 있다는 사실이었고, 서로의 육체와 정신을 공유한다는 것은 그녀가 지금껏 겪은 일 중에서 가장 진실한 것이었다.

26

열정이 식은 후 그들은 조용히 팔짱을 끼고 불 앞에 누워 있었다. 클레어는 살면서 지금보다 큰 행복감과 완전함을 느껴본 적이 없었다. 세속적인 사랑이 나약한 그녀의 영혼을 치료해준 것은 참 이상한 일이었다. 아니, 어쩌면 전혀 이상한 일이 아닌지도 몰랐다. 아버지에게 사랑받지 못했다는 느낌이 그녀의 마음을 가난하게 만들어 신의 사랑을 받아들일 수 없게 한 것이었다. 마음이 비어 있었던 것이다.

니컬러스에 대한 사랑을 인정하는 것이 클레어의 마음의 문을 열어주었다. 그녀는 아주 오래 전부터 알고 있었다. 아버지가 최선을 다해 그녀를 사랑했다는 것을. 그녀는 아버지가 줄 수 없는 다른 사랑을 원했기에 커다란 슬픔을 느끼고 살아왔던 것이다. 이제 비로소 그녀는 아버지를 아버지의 모습 그대로 받아들여 아무런 원망 없이 그를 사랑할 수 있을 것 같았다.

그녀는 새로 태어난 기분이었고 전에는 결코 느끼지 못했던 생기를 느꼈다. 니컬러스의 고통을 조금이라도 덜어주어 변화시키려고 노력한 덕분에 그녀 역시 변화된 것이다. 클레어는 너무 기뻐 큰 소리로 웃고 싶었다.

앞으로 어떤 일이 일어날지 클레어는 궁금해졌다. 그녀가 니컬러스를 사랑한다는 사실이 그 역시 그녀를 영원히 사랑할 것이라는 의미는 아니었다. 지금의 묘한 관계가 끝나면 클레어는 그가 몹시 그리워질 것 같았다. 하지만 이제 비로소 완전한 마음을 얻었으니 견디어나갈 수 있을 것이다.

불이 거의 사그라지고 차가운 외풍이 열린 창문 틈으로 밀려 들어왔다. 니컬러스가 따뜻하게 보듬어주는데도 그녀는 몸을 떨기 시작했다. 니컬러스가 살며시 일어나 앉아서 그녀를 내려다보았다. 우울한 표정이었지만 그의 얼굴에서 분노는 사라지고 없었다.

클레어가 말을 하려고 입술을 달싹이자 그가 손가락을 가만히 입술 위에 대었다. 클레어의 옷을 대충 제자리로 끌어내린 후 그도 일어나 옷을 입었다.

재빠른 동작으로 니컬러스는 창문을 닫아 커튼을 치고 촛불을 끈 후 구겨진 셔츠를 집어들었다. 그러고 나서 꿇어앉아 클레어를 안아올려 서재를 나왔다.

그녀의 방으로 가는 동안 클레어는 니컬러스의 어깨 위에 졸린 듯이 나른하게 머리를 기대고 있었다. 니컬러스는 그녀를 침대 위에 내려놓고 옷을 벗긴 후 이불을 덮어주었다. 방금 전 그들 사이에 있었던 일을 생각하면 수줍음으로 얼굴을 붉히는 것은 한심한 일이었다. 하지만 그녀는 어둠 속에 있다는 것이 다행스러웠다.

클레어는 그가 나갈 거라고 생각했는데, 놀랍게도 방문 닫히는 소리에 이어 그의 옷 벗는 소리가 들려왔다. 그러고서 니컬러스는 침대로 올라와 그녀를 품에 끌어안았다. 클레어는 그와 시선이 닿는 것은 수줍었지만 알몸으로 그에게 안겨 있는 것은 부끄럽게 느껴지지 않았다.

의식은 또렷했고 영혼은 평화로운 상태로 그녀는 잠이 들었다.

문고리를 돌리는 소리에 클레어는 잠이 깼다. 폴리인 모양이었다. 이른 아침 폴리가 차를 가져다주는 시간이었는데, 클레어는 왜 문이 잠겨 있는 것인지 잠시 의아했다. 그러다가 문득 어젯밤의 기억들이 봇물 터지듯 마음속에 되살아났다.

눈치 빠른 폴리는 단념하고 가버렸다. 그녀가 꽉 막힌 여자가 아니라는 게 얼마나 다행인가. 게다가 사려분별력도 갖추고 있으니, 클레어가 혼자가 아니라는 것을 짐작했을 테고, 어디 가서 함부로 입을 놀리지도 않을 터였다.

옆으로 팔을 뻗던 클레어는 침대에 혼자 누워 있다는 사실을 깨달았다. 니컬러스가 떠났다면 왜 문이 잠긴 걸까? 그녀는 일어나 앉아서 주위를 둘러보았다.

니컬러스는 창가에 서서 팔짱을 끼고 계곡을 바라보고 있었다. 그의 벗은 몸은 근사했고 피부는 희미한 새벽빛을 받아 청동처럼 빛났다.

뒤척이는 소리에 니컬러스가 고개를 돌리자, 두 사람이 시선이 마주쳤다. 그의 얼굴에는 클레어가 한번도 본 적이 없는 표정이 드리워져 있었다. 전날 밤 일에 대한 절망적인 죄책감도 아니었고, 가끔씩 보이는 사나운 분노도 아니었다. 그녀가 좋아하는 그 장난기 가득한 솔직함이 담긴 표정도 분명 아니었다. 뭐랄까, 단호한 표정? 체념적인 표정? 그가 마치 낯선 사람 같이 느껴져 불안한 기분까지 들었다.

머뭇거리며 그녀가 물었다.

「오늘 아침은 기분이 어때요?」

그가 어깨를 으쓱했다.

「죄의식도 덜하고 기분도 많이 안정되었소. 무엇보나 난 이렇게 살아남았잖소.」

니컬러스의 시선이 그녀를 맴돌았다.

「당신은 설교자의 타락한 딸치고는 무척 침착해 보이는군.」

긴 머리카락을 제외하고는 아기처럼 거의 벌거벗고 있다는 것을 알고 클레어는 재빠르게 이불을 끌어당겨 가슴을 가렸다.

「수줍어하기엔 좀 늦은 것 같은데.」

클레어는 도전적으로 이불을 허리 아래로 내리고 머리카락을 어깨

뒤로 넘겼다.

니컬러스의 평정이 약간 흔들리며 그의 호흡이 가빠졌다. 보기에도 힘겨운 모습으로 그는 시선을 클레어의 얼굴로 끌어올렸다.

「우리는 반드시 결혼하게 될 거요. 빠를수록 더 좋을 것 같소. 오늘 런던에 결혼 인가를 요청할 생각이오.」

침착함이 사라지고 그녀의 입이 벌어졌다.

「결혼이라뇨? 도대체 무슨 말을 하는 거죠?」

「법적인 혼인을 말하고 있는 거요. 우린 남편과 아내가 되는 거요. 죽음이 우리를 갈라놓을 때까지.」

영혼은 다시 태어났을지 몰라도, 클레어의 마음은 여전히 혼란에 빠질 수 있는 상태였다.

「뭐…… 뭐라고요? 다시는 아내를 얻지 않겠다고 맹세했잖아요. 도대체 왜 나와 결혼하려는 거죠?」

「아주 근본적인 이유를 말하자면, 당신이 내 아이를 가졌을지도 모른다는 거요.」

정말 그럴지도 모른다는 생각에 터져 나오려는 기쁨을 클레어는 가차없이 억눌렀다.

「임신을 막는 방법이 있다고 했었잖아요?」

「그랬지. 하지만 어젯밤에는 그 생각을 못하고 있었소.」

「아이를 가졌을 수도 있지만 아닐 가능성도 있잖아요. 급하게 일을 처리해서 후회하기보다는 좀 더 기다려보는 게 현명할 거예요.」

「확실히 알게 되려면 수 주일은 걸릴 거요. 펜리스 사람들에게 그때 가서 결혼소식을 알리면 아마 아이는 '칠삭둥이'가 될 텐데, 그러길 바라는 거요? 처녀였을 때는 당신의 양심이 깨끗했기 때문에 최악의 사태가 벌어졌을 거라고 믿는 사람들의 비난에 당당하게 맞설 수 있었겠지만, 이제 더 이상은 그럴 수가 없잖소. 난 당신에게 약점을 만들어준 셈이고, 그걸 보상할 수 있는 길은 단 하나뿐이오.」

그녀는 침묵했다. 그를 육체로 위로한 일을 부끄럽게 여기지는 않았다. 하지만 사랑의 행동이 값싸고 사악한 것이 되어 사람들 입에 오르내리는 일은 죽기보다 싫었다.

「당신은 왜 그렇게 결혼에 대해 적대적이었죠?」

그가 입을 꽉 다물고 창 밖을 쳐다보고 있어서 클레어는 그의 옆얼굴만을 볼 수 있었다.

「노백작은 일생을 애버데어 가(家)의 손을 잇기 위한 열정으로 살았소. 합법적인 상속에 필요한 종마 노릇을 거절하는 것이 그 노인네를 거역하는 유일한 방법이었지.」

니컬러스는 다시 그녀를 향해 다가갔다. 아침 햇살이 비쳐 몸의 윤곽만을 드러냈기 때문에 그녀는 그의 표정을 읽을 수 없었다.

「이제 할아버지에 대한 의미 없는 복수는 집어치우고 당신에 대한 책임을 지고 싶소. 당신의 명성을 무너뜨리고 순결을 빼앗은 것에 양심의 가책을 느끼지 않는다 해도 우발적으로 당신을 임신시키는 일은 나 스스로 용납할 수가 없을 거요. 그러니 결혼을 해야 하오.」

그녀가 니컬러스의 아내가 되길 바라서는 안 되는 특별한 이유가 있을까? 하지만 오늘 아침이 오기 전까지 결혼은 생각도 할 수 없었던 일이었다. 클레어는 그가 오웬의 죽음에 대한 죄를 속죄하는 방법으로 자신과 결혼하기로 결정을 한 것은 아닌가 하는 생각이 들었다.

「거래가 시작된 후로 당신은 절 유혹하려고 온갖 애를 썼는데, 이제 성공했다고 해서 이렇게 돌연 당신 마음이 변할 수 있는 건지 전 이해할 수가 없군요.」

「난 당신을 유혹하지 않았소. 오히려 그 반대지.」

그녀의 얼굴이 화끈 달아올랐다.

「당신에게 결혼이라는 올가미를 씌우려던 건 아니었어요.」

「알고 있소, 클레어. 당신은 나에게 아주 큰 선물을 주었소. 자비로운 동기에서 우러나온 선물을 말이오. 하지만 그걸 받아들이는 건 어떤 의무를 지는 것이고, 난 늘 내 의무를 다하면서 사는 사람이오.」

클레어는 자신도 모르게 떨리는 것을 참고 있었다.

「그건 결혼을 위한 냉정한 근거일 뿐이에요.」

얼음처럼 차가운 초연한 기운에 온기를 불어넣어 주는 친숙한 빛이 니컬러스의 눈동자에 반짝거렸다.

「오, 그것뿐이 아니오. 예를 들면 마침내 난 사악한 방법으로 당신을 차지했고 또 다시 당신이 갖고 싶을 거라는 거요. 종종.」

그녀가 망설이자 그가 말했다.

「설득해야 하나보군.」

그는 큰 보폭으로 두 걸음만에 침대 위로 올라왔다. 클레어는 미처 숨 돌릴 사이도 없이 침대 위에 눕혀졌고 그는 그녀에게 키스하면서 한 손으로는 그녀의 머리카락을 또 한 손으로는 젖가슴을 애무했다.

클레어의 신음은 항복하는 소리처럼 들렸고 그는 머리를 들고 중얼거렸다.

「결혼식 말인데, 특별히 요구하고 싶은 거라도 있소? 내 생각엔 간소하게 하는 것이 좋겠지만 필요하다고 하면 뭐든 준비하겠소.」

클레어는 정신을 찾으려고 애를 썼지만, 그가 애타는 육체에 놀라운 일을 행할 때는 그게 쉽지가 않았다.

「전…… 전 당신과 결혼하겠다고 말하지 않았어요.」

니컬러스가 그녀에게서 얼굴을 조금 떼자 클레어는 그의 눈동자가 훨씬 더 검게 변해가고 있는 것을 보았다.

「왜 못 하겠다는 거요?」

그가 거친 목소리로 물었다.

「당신도 나와 사랑을 나누는 걸 싫어하는 것 같지는 않았는데. 물론 사회적으로 인정받지 못하는 남자들과 같이 자는 여자들도 있긴 하지만.」

「바보 같은 소리하지 말아요! 당신이 거꾸로 생각하고 있어요. 마을 여교사와 결혼을 하는 백작은 없다구요.」

「백작의 자제 분들이 집시 여자와 결혼을 하지 않는 것처럼 말이오? 당신의 아버지는 상류사회의 아들로 교육받고 자란 교구 목사님이셨고 당신의 어머니는 존경받을 만한 자작농의 가문의 따님이셨소. 나보다 혈통이 더 좋다고 생각하는 사람들도 많을걸.」

그의 표정이 밝아졌다.

「당신은 나와 결혼해야만 하오, 클레어. 당신은, 아직 태어나진 않았지만 우리 아이에게 이름을 지어주어야 할 의무가 있소.」

클레어는 웃음이 터져 나올 것 같았다.

「존재도 확신할 수 없는 아이의 이름을 지어요?」

그가 손바닥으로 가볍게 그녀의 배를 쓸고 나서 여린 허벅지 사이의 숲에서 장난을 치기 시작했다.

「수태할 가능성이 두 배쯤 늘어날 조짐이 보이는데.」

「그만하지 못해요!」

클레어가 그의 손을 찰싹 때렸다.

「당신이 그러고 있으니까 제대로 생각을 할 수가 없다구요.」

단념을 못 하고 니컬러스는 다시 아까의 위치로 손을 가져가서 하던 장난을 계속했다.

「사랑 없이 나와 결혼하겠다는 당신을 받아들일 수는 있어요. 그렇지만 원하지 않는 결혼으로 일생을 옭아맨 저를 저주하게 될 당신을 받아들이고 싶지는 않아요.」

「난 절대로 당신을 저주하지 않소, 클레어. 무턱대고 이 일을 계획하고 있는 건 아니오. 내가 만든 상황 때문에 당신을 괴롭게 하지는 않을 거요, 절대로.」

「다른 이유가 또 있어요.」

말해보라는 듯 니컬러스가 눈을 치켜올렸다. 클레어는 이런 걸 꼭 물어봐야 한다는 게 너무 싫어 머뭇거리다가 시선을 피하며 물었다.

「아내에게 충실하지 않았다고 들었는데, 사실인가요?」

일순간 그의 얼굴이 굳어졌다.

「그렇소.」

「귀족들이야 그런 문제에 대해 생각이 다르겠지만, 전 귀족이 아니에요. 전…… 전 당신이 다른 여자를 취한다면 참을 수 없을 거예요.」

침묵이 연장되었다. 그는 뜻 모를 표정을 하고 있다가 차가운 목소리로 말했다.

「또 다른 거래를 제안하겠소. 난 당신이 내게 성실하게 대하는 동안만큼은 당신에게 충실할 거요. 그러나 만일 당신이 다른 남자의 침대를 찾아간다면 나 또한 그렇게 하겠소.」

클레어에게 안도감이 밀려들었다.

「만일 당신이 그 거래에 동의하면 당신은 아주 길고 따분한 인생을 살아야 할 운명을 짊어지게 될 텐데요, 백작님. 전 절대로 다른 남자에게 눈을 돌리지 않을 테니까요.」

「따분하다고? 당신과 함께 있는 시간이? 난 그렇게 생각지 않소. 이걸로 당신이 내 제안을 받아들였다고 생각해도 되겠소?」

클레어는 내면의 목소리를 들으려고 눈을 감았다. 전날 밤에 그랬던 것처럼 확신의 물결이 마음속에서 용솟음쳤다. 그녀는 눈을 뜨고 만족스럽게 말했다.

「좋아요, 니컬러스. 마음과 영혼을 걸고 받아들이겠어요.」

대답을 들은 니컬러스는 침대에서 일어나 책상으로 가서 펜나이프를 들고 왔다. 의아해하며 쳐다보는 클레어 앞에서 그는 자신의 손목에 날카로운 칼날을 그어댔다. 검은 살갗 위에 진홍빛 방울 하나가 맺히더니 이내 연달아 방울이 생겨났다. 그러고 나서 니컬러스는 그녀의 팔을 들어올렸다.

무얼 하려는 것인지 짐작이 되자 클레어는 그가 자신의 손목에 비슷한 칼집을 낼 때도 겁 내지 않고 가만히 있었다. 그는 자신의 손목을 그녀의 손목에 대면서 조용히 말했다.

「피와 피로써 이제 하나가 되었소, 나의 아내여.」

합쳐진 팔목을 보면서 클레어는 원초적인 일체감을 느꼈다.

「이게 집시의 예식인가요?」

「여러 의식들 중 하나요. 집시들의 의식에는 여러 가지가 있소.」

미소지어 보이며 그가 말을 이었다.

「일반적으로 결혼 잔치는 가짜유괴로 끝이 나지. 신부가 너무 즐거워하는 모습을 보이면서 가족을 떠나는 것은 나쁘다고 여기기 때문이오. 어찌 보면 당신도 강제로 애버데어에 종속되었으니 유괴라고 생각할 수 있겠는걸.」

그는 혀로 그녀의 손목의 피를 핥았다.

「결혼을 완성하려면 해야 할 일이 있지 않겠소?」

클레어가 반기듯 팔을 들어올리자 허리길이의 머리타래가 그녀를 감싸 도발적인 모습을 자아냈다.

「기뻐요, 나의 남편과 함께라면.」

클레어에게 키스를 하면서 니컬러스는 잠깐 동안, 인생이란 것이 얼마나 예측 불가능한가 하는 생각을 했다. 사흘 전까지만 해도 탄광은 정상적으로 돌아가고 있었고, 오웬 모리스도 살아 있었고, 결혼은 염두에도 없던 문제였다. 그러나 이제는 그의 과거와 그리고 상상조차 해본 일이 없는 미래 사이에 또렷한 선이 그어지면서 모든 것이 변한 것이었다. 좋든 싫든, 지금 품안에 안겨 있는 여자에게 의무감을 띠는 헌신을 약속하기도 했다. 무제한 자유로웠던 인생이 가족과 가정이라는 굴레 안으로 들어가게 된 셈이었다. 그러나 클레어의 깊고 풍부한 입술 맛을 아는 이상, 새롭게 가야 할 인생이 후회되지는 않았다.

이번에는 전날 밤처럼 서두르거나 부주의하게 행동하지 않을 것이다. 불러낼 수 있는 온갖 기교를 발휘해서 클레어에게 열정이 무엇인지를 한번 제대로 보여주리라.

클레어를 다시 베개에 눕히면서 그가 속삭였다.

「누워서 긴장을 풀어요, 클라리시마. 지난밤은 전주곡에 불과하오. 이제 주제곡을 감상할 시간이오.」

클레어는 순순히 긴장을 풀었고 그녀의 긴 머리카락은 베개 위에서 소용돌이쳤다. 클레어가 쾌감에 신음을 토해낼 때까지 니컬러스는 감미로운 곡선과 계곡을 찾아가며 그곳에 입을 맞추었다. 클레어가 촉촉하게 젖어들자 그는 그녀의 다리 사이에 자리를 잡았다.

「지…… 지금 할 건가요?」

그녀가 떨리는 목소리로 물었다.

「아직.」

니컬러스가 손과 입술과 혀로 계속 구애하자 그녀의 입술 사이로 신음이 새어나왔다. 그녀는 몸을 꿈틀거리며 본능적으로 그를 찾았다. 그는 숨을 헐떡거리며 그녀의 단단해진 젖꼭지 주위에 뜨거운 입김을 불어넣었다.

팔로 몸을 지탱해가면서 그는 자신의 몸을 보다 깊이 밀어넣기 시작했다. 클레어는 그의 팔을 꽉 움켜잡아 손톱을 깊이 박으면서, 벌어진 입술 사이로 거센 숨을 몰아쉬었다. 그녀를 절정의 고비로 데려다놓은 후 니컬러스는 그녀의 상체에 땀이 송글송글 맺힐 때까지 계속 감질만 내고 있었다.

니컬러스는 템포를 조금 늦추고 싶었지만 쾌락의 열기가 그를 다시 잡아당겼다. 어느새 그의 몸은 매혹적인 속살을 누르고 있었다. 다시 몸을 빼내려는 순간 클레어가 골반을 들어올렸고 그는 완전히 이성을 잃고 말았다. 그가 그녀의 몸속으로 미끄러져 들어갔을 때 그녀의 몸은 뜨겁고 젖은 실크처럼 그를 휘감았다.

처음에 그는 그녀의 육체가 얼마나 깊이 자신을 받아들일 수 있는지 확신이 설 때까지 아주 천천히 움직이다가 차츰 쾌감을 느끼며 단계적으로 속도를 올리기 시작했다.

클레어가 소리를 내지르자, 니컬러스는 그녀의 어깨에 얼굴을 묻으며 그녀를 감싸 안았다. 격정에 흔들리며 클레어는 그의 엉덩이를 움켜쥐었고, 니컬러스의 무아경이 고스란히 그녀에게로 전해졌다. 클레어의 속살은 니컬러스가 아는 그 어느 여자의 속살보다도 감미로웠다.

그들은 땀과 체취가 뒤엉킨 채 흥분으로 몸을 떨며 함께 누워 있었다. 숨소리가 거의 정상적으로 돌아왔을 때 그녀가 중얼거렸다.

「조직화된 종교가 성교를 승인하지 않는 이유를 이제 알 것 같아요.

이런 행위는 사람들이 하나님을 잊게 만들겠어요. 하늘이 이보다 더 큰 기쁨을 주리라고 생각하기는 어려울 테니까요.」

그가 살짝 웃었다.

「신에 대한 모독으로 들리는군.」

「정말 그런 것 같아요.」

그녀는 손가락으로 그의 목덜미를 어루만졌다.

「왜 당신이 그토록 절 유혹하려고 열심이었는지 알겠어요. 열정은 정말 굉장한 거예요, 그렇죠?」

「그렇소. 늘 오늘처럼 굉장하지는 않지만. 당신이 애버데어에 처음 왔을 때 난 당신과 특별한 사랑을 나눌 수 있으리란 걸 예감했소.」

이번엔 그녀가 살며시 미소를 떠었다.

「전 당신이 절 취하는 데만 관심이 있는 줄 알았어요.」

「그렇기도 했고.」

그가 솔직히 인정했다. 그녀는 그의 팔을 올려서 펜나이프 때문에 생긴 작은 상처에 입을 맞추었다.

「아직 법적인 예식이 남아 있긴 하지만 전 벌써 결혼한 것 같은 기분이 들어요.」

「잘 됐군. 난 지금부터 당신과 매일 밤 함께 있을 생각이니까.」

그가 현실적인 세상을 기억하고 한숨을 쉬며 앉았다.

「아니오, 아무래도 당신의 찢겨진 명성의 나머지를 위해서 신중하게 행동해야 할 것 같소. 아직은 이른 시간이니 내 시종과 당신의 하녀를 제외한 다른 누구도 눈치채지 못했을 거요.」

그녀는 그에게 애처로운 미소를 지어 보였다.

「고마워요, 다른 사람의 생각 따윈 제게는 너무나 하찮은 일이지만 그렇게 하는 게 좋겠어요.」

「남은 생애를 이곳에서 살아가려면 신중하게 행동해야 하오.」

그는 그녀에게 입맞추었고 다시 침대로 돌아가고 싶은 욕망을 억눌렀다.

「오늘 아침에 루시언에게 기별을 해서 결혼 허가를 위해 런던시의 민법 박사회(Doctor's Cómmons, 옛날 런던에 있던 건물로서 한때는 민법 박사회의 식당이었으나 후에는 주로 민법을 다루는 교회 재판소와 해사 재판소가 들어 있었다)에 가달라고 부탁할 참이오. 루시언 그 친군 그런 일을 하는 데 소질이 있지. 다음주면 결혼식을 올릴 수 있을 거요.」

그녀가 고개를 끄덕였고 니컬러스가 옷을 입고 방을 빠져나가는 것을 쳐다보았다. 모든 일이 너무 갑작스레 일어나서 그녀는 믿을 수가 없었다. 그렇지만 마지못해 결혼을 제의했다고 할지라도 그는 불행해 보이지는 않았다. 그녀는 최선을 다해 그가 후회하지 않도록 만들겠다고 맹세했다.

육체적인 삶은 성공했으니 클레어는 영혼의 문제에 관심을 돌려야 했다. 그녀는 침대에서 나와 옷을 입고 나서 창으로 흘러 들어오는 햇살 속에 한쪽 무릎을 꿇었다. 그녀는 무릎 위에 손을 올려놓고 마음을 비웠다.

활활 타는 불줄기처럼 초월적인 믿음이 그녀의 심령을 채웠다. 그것은 그녀의 아버지와 매일 함께 계셨던 주님이 주시는 평안과 기쁨이었다. 명상이 깊어지자 아버지가 함께 계시다는 느낌이 들었다. 그녀는 아버지가 자신의 나약함을 아시고 구원을 위해 기도하고 계셨다는 사실을 깨달았다. 지금 아버지는 그녀의 깨달음을 함께 나누기 위해서 오신 것이다.

잠시 후 아버지의 존재가 희미하게 사라졌다. 그녀는 조용하게 미소를 지었다. 아직까지도 아버지는 불운한 사람들을 돕느라 바쁘신 모양이었다. 하지만 이제 그녀는 그런 아버지를 원망하지 않았다.

두려움과 겸손의 눈물이 뺨을 타고 흘러내렸다. 그녀는 감사의 기도를 올렸다. 이제 자신의 안에서 타오르고 있었던 불이 결코 꺼지지 않으리라는 것을 그녀는 알았다.

그녀에게 길을 보여준 것은 바로 사랑이었다.

27

생각에 깊이 빠져 있던 클레어는 폴리가 따뜻한 차와 김이 나는 물 주전자를 놓고 간 것을 발견하고 깜짝 놀랐다. 얼마나 많은 일이 일어났는지를 생각하며 그녀는 씻고 재빨리 옷을 입었다. 그러고는 아침식사를 하러 아래층으로 내려가려다 머뭇거렸다. 그녀는 서재를 우회해서 식당으로 가기로 마음먹었다.

그와 사랑을 나누었던 카펫을 훔쳐보고 싶은 유혹을 자제하며 그녀는 니컬러스의 하프가 부서져 있는 곳에 무릎을 꿇었다. 그녀가 하프를 유심히 살펴보고 있을 때 니컬러스가 서재로 들어왔다.

그를 올려다보고 그녀가 조심스레 말했다.

「줄이 많이 끊어지고 통과 분리되긴 했지만 조각들을 다시 합칠 수 있을 것 같아요.」

그가 곁에 무릎을 꿇고 앉았다.

「당신 말이 맞소.」

이리저리 살펴본 후 그가 말했다.

「고치지 못할 만큼 망가지지는 않았어. 다행이오. 위대한 예술가 탬의 작품을 부수려고 한 건 그에 대한 모독이오.」

「운 좋게도 하프가 아주 튼튼하게 만들어졌어요. 벽이 상당히 움푹 들어갔는데 말이에요.」

그녀가 그를 뒤따라 앉았다.

「지난밤에 당신이 하프를 집어던질 때 전 당신 안에 있는 음악까지 파괴시키려 한다는 느낌을 받았어요. 당신이 성공하지 않길 바랐죠.」

그녀가 즐거운 목소리로 말을 끝냈다.

「확실하게 기억해낼 수는 없지만 나도 그럴 마음이었던 같소.」

그가 아직 팽팽히 붙어 있는 줄 하나를 퉁기자 우울한 소리가 났다.

「탄광 폭발사고에 관한 노래를 써야겠소. 명예롭게 죽은 자들을 기념하는 것은 고대 켈트족의 전통이오.」

그녀가 손을 그의 손 위에 올려놓았다.

「그렇게 하세요. 그리고 다음에 열리는 시인경연대회에서 그것을 노래하는 거예요. 계곡에 있는 사람들에게 커다란 의미가 될 거예요.」

그의 얼굴이 굳어졌다. 분명 더 일찍 탄광을 보수했더라면 더 큰 의미가 되었을 거라는 생각을 하고 있으리라. 오늘 아침에 그의 슬픔과 죄의식이 많이 누그러들긴 했지만 완전히 사라진 것은 아니었다. 그녀는 그가 결코 그런 것들로부터 완전히 자유롭지 못하리라고 생각했다.

숨을 헐떡이면서 어린 소년과 함께 들어온 윌리엄즈로 인해 정적이 깨어졌다. 아이가 마기드의 큰아들 트레버 모리스라는 것을 알고 클레어는 벌떡 일어섰다.

「트레버, 엄마가 날 필요로 하시니? 이제 막 마을로 내려가려던 참이란다.」

아이는 머리를 저었다.

「아니에요. 굉장한 소식이에요. 우리 아빠가 살아 계세요! 사람들이 오늘 아침에 아빠를 찾았어요. 사람들이 아빠를 집에 모셔 오자마자 엄마가 소식을 전하라고 절 보내셨어요.」

「하나님, 고맙습니다!」

클레어의 감격에 찬 탄성은 니컬러스가 커다랗게 외친 '할렐루야!' 라는 고함에 묻혀버렸다.

도저히 믿어지지 않았지만 트레버의 빛나는 얼굴이 그 말이 사실이라는 걸 증명해주었다. 니컬러스의 얼굴에도 똑같은 기쁨의 빛이 번져 있었다. 그녀는 이 소식이 니컬러스의 마음속 깊은 곳의 상처를 치료해주리라는 것을 알았다. 니컬러스가 말했다.

「윌리엄즈, 쌍두마차를 부르게. 우리가 마을로 가는 동안 트레버가 자초지종을 설명해줄 거야.」

오 분도 채 못 되어 그들은 펜리스를 향해 빠른 속도로 달려가고 있었다. 클레어와 니컬러스 사이에 끼어서 트레버가 설명했다.

「폭발의 힘으로 아빠는 오래된 터널 속으로 날아가 떨어지셨대요. 그때 다리가 부러지셨고 오랫동안 정신을 잃고 계시다가 깨어보니까 많은 입구들 중 한 곳 근처에 있다는 걸 아셨대요.」

「배수 터널들 중 하나라는 말이냐?」

니컬러스가 묻자, 아이가 고개를 끄덕였다.

「아빠는 그곳으로 가기 위해서 천장이 무너진 곳에서 길을 파서야만 했구요. 그 입구에 이르렀을 때 폭발이 물의 수위를 낮추었기 때문에 아빠는 그곳에 공기층이 있는 걸 아셨대요. 어젯밤에 밖으로 나오신 아빠를 오늘 아침에 양치기가 발견했구요.」

「기적이에요.」

클레어가 조용히 말했다.

「엄마도 그렇게 말씀하셨어요.」

한동안 아무 말도 없었다. 그때 니컬러스가 물었다.

「사망자들의 가족들은 어떻게 되는 거요?」

「두 개의 친선 단체가 있는데, 그 사람들이 매주 조금씩 회비를 내서 어려운 일이 생긴 이들을 돕고 있어요.」

「그렇게 많은 사람이 죽었으니 그 단체에 손을 내미는 사람이 많겠군. 내가 기부를 한다면 고집스런 웨일스 사람들이 화를 낼 거라고 생각하오?」

「반대할 사람은 없을 거예요.」

모리스의 작은 집에 도착했을 때 니컬러스는 트레버에게 말들을 진정시키기 위해 앞뒤로 걷게 해달라고 부탁했고 소년은 민첩하게 그 부탁을 수락했다.

마기드가 문을 열었다. 그녀의 부은 눈은 미소와 기쁨 앞에서는 대수롭지 않아 보였다. 클레어가 그녀를 꼭 끌어안았고 둘은 기쁨의 함성을 질렀다.

오웬이 깰까봐 낮은 목소리로 마기드는 트레버가 했던 말을 되풀이하고는 덧붙였다.

「기쁜 소식이 더 있어. 공기층에서 생존자를 두 명 더 발견했대.」

마기드가 이름을 말해준 그 두 명은 클레어가 가르쳤었던 아이들이었다. 마기드가 말을 이었다.

「사람들이 탄갱에 변화가 일어날 거래. 불만스러운 점을 고치려고 마이클 경이 조치를 취하고 있다고도 하고.」

니컬러스의 눈빛이 날카로워졌다.

「매덕은 어떻소?」

마기드가 아주 만족스러운 얼굴을 하며 미소지었다.

「마이클 경은 사람들 앞에서는 매덕에 대해 뭐라고 하지 않았대요. 그렇다고 실제적으로 매덕이 총감독에서 주인의 명령만을 받들어야 하는 처지로 전락했다는 걸 감출 수 있겠어요? 사람들 말이, 매덕은 화가 머리끝까지 났지만 감히 불평 한마디 못하고 있다고 하더라구요. 하긴 엄청난 봉급과 집을 잃게 될지도 모르니까요.」

건포도 빵을 한 입 삼키고 나서 그녀가 다시 말했다.

「마이클 경은 아직 남아 있는 탄갱에 새 버팀목을 놓기 위해 사람들을 투입하고 있어요. 모두들 그분이 신식 와트 스팀 펌프와 와인딩 엔진을 주문했으니 앞으로는 끔찍한 줄에 포도송이처럼 주렁주렁 달려서 오르내릴 필요가 없을 거라고 들떠 있어요.」

그 말을 듣고 클레어가 감격해서 말했다.

「이제 필요한 모든 일들이 행해지는군요. 다시는 탄광에 그런 재난이 일어나지 않을 거예요.」

「마이클이 사 년 동안 버려두었던 곳에 이제야 관심을 기울이는가보군.」

니컬러스도 인정을 했다. 그 집의 여주인을 바라보며 그가 말했다.

「마기드, 오웬이 깼다면 이야기를 나눠도 되겠소?」

「제가 가서 보고 올게요.」

그녀가 남편을 살피러 갔다 돌아와서 답했다.

「일어났어요. 그이가 백작님을 만나고 싶어해요.」

「나보다 백작님을 더 많이 보고 싶어한단 말이야?」

클레어가 짐짓 화난 체 해 보이고는 말했다.

「마기드 언니, 감사 기도를 드리려는데 같이 할래?」

마기드가 신기하다는 듯이 머리를 곧추 세웠다.

「있잖니, 클레어, 난 여태껏 한번도 네가 너희 아버지와 닮았다고 생각해본 적이 없었는데 순간적으로 네가 아버지와 꼭 같아 보였어. 기도할 시간이라는 걸 일깨워줘서 고맙다. 사람들이 오웬을 집에 데려온 게 벌써 예닐곱 시간 정도 지났거든.」

두 여인이 무릎을 꿇는 모습을 보고 니컬러스는 위층으로 올라갔다. 오웬과 마기드는 집 앞쪽에 있는 작은 방을 함께 사용하고 있었는데 그 방은 더블 침대가 자리를 차지하고 있어 좁았다. 오웬의 얼굴은 창백했고 다리에 부목을 대고 있었지만 표정은 평화로웠다. 말없이 그가 손을 들어 보였다.

니컬러스는 선뜻 손을 잡고 침대 옆에 무릎을 꿇고 앉았다.

「자네가 무사하다니 신께 감사드리네. 삼 일 동안이나 땅 밑에 갇혀 있었는데도 무사하다니 정말 믿을 수가 없어.」

「아직 죽을 때가 아니었던가봐요.」

오웬이 약간 쉰 목소리로 말했다.

「그 자리에서 숨지지 않은 것은 기적이었죠. 밖으로 나갈 수 있을 만큼 입구에 아주 가까이 있었다는 것도 기적이구요.」

「자네는 그럴 만한 자격이 있으니까. 깜깜하고 미로 같은 터널 속에서 부러진 다리로 나올 길을 찾은 건 정말 대단한 일이야.」

「꼭 살아야만 한다고 생각했으니까요.」

니컬러스가 그의 얼굴을 찬찬히 쳐다보았다.

「왜 날 먼저 가게 해주었나? 자네는 가족이 있고 나보다 살아야 할 이유가 훨씬 더 많은 사람인데.」

오웬이 희미하게 웃었다.

「저야 죽으면 곧바로 천국으로 가게 되겠지만 백작님은 믿을 수가 있어야죠.」

순간 니컬러스는 그가 농담을 하고 있나 생각했다. 하지만 심각한 오웬의 표정을 보고 니컬러스는 머리를 침대의 오크 틀에 부딪쳐가며 주체하지 못할 정도로 웃기 시작했다. 웃으면서도 니컬러스는 경외심이 가득한 믿음을 보았고 그것이 자신의 남은 인생에 심오한 영향을 줄 것이라는 생각이 들었다.

「자네 말이 옳아. 천국과 지옥이 있다면 난 지금 계란처럼 튀겨지고 있을 거야.」

「그럴지도 모르죠.」

오웬의 눈이 반짝거렸다.

「이제 백작님의 마음을 바꿀 시간이 더 많아졌습니다. 백작님이 진정으로 사악하다고는 생각하지 않지만 심각하게 영혼의 구원을 생각해보셨는지 의심스럽군요.」

「그 말도 맞아. 그 부분에 있어서는 클레어가 틀림없이 긍정적인 영향을 끼치게 될 걸세.」

잠시 말을 멈춘 후에 그가 덧붙였다.

「우린 일주일 안으로 결혼을 할 거네. 자네에게 처음 말하는 거야.」

「우리의 클레어가 백작부인이 된다니 굉장하군요.」

오웬이 기뻐했다.

「더 나은 선택을 할 수는 없으셨나요? 세속적인 현실에 충실한 여자가 필요하셨을 텐데.」

피곤해하는 오웬을 보고 니컬러스는 자리에서 일어섰다.

「자네가 그때까지 일어설 수 있다면 결혼식에서 클레어를 내게 인도해주었으면 좋겠네. 클레어가 좋아할 거야.」

「목발을 짚고서 말입니까?」

오웬이 의심스러운 눈초리로 말했다.

「결혼식장에서 바퀴 달린 의자에 앉아 있는 자네를 보면 우리는 행복할 거야.」

마음의 짐을 부려놓은 기분으로 그는 아래층으로 다시 내려갔다. 병문안을 온 사람들로 붐비자 그와 클레어는 마기드에게 작별인사를 하고 다른 사람들에게 방을 양보하고 집을 나왔다.

애버데어로 돌아오는 길에 클레어가 말했다.

「오웬이 살아 있는 것을 알았더라면 지난밤 일은 일어나지 않았을지도 몰라요. 그리고 당신은 결혼이라는 문제에 부딪히지도 않았겠죠.」

그가 어깨를 으쓱했다.

「아마 그럴 운명이었나보오. 이미 그렇게 되었으니 더 깊이 생각할 이유가 없소. 집시들은 운명론적인 경향이 강한 편이거든.」

「당신이…… 괜찮다면야.」

그는 클레어가 결혼을 후회하고 있는 건 아닌가 의심스러워서 재빨리 곁눈질을 해보았지만 그녀의 표정은 밝았다.

「마이클은 분명히 내가 런던에서 했던 말을 심각하게 받아들인 거요. 이제 직접 상황을 보았으니 차근차근 고쳐나가겠지. 그러니 임대계약을 파기할 필요가 없게 됐소.」

「저도 감명을 받았어요. 틀림없이 마이클 경은 본래의 기질을 되찾았고 이성적인 사람으로 바뀐 거예요. 이제 당신이 채석장을 준비할 시간을 더 벌게 됐어요.」

「신혼여행은 펜린 채석장으로 말을 달리면서 보내는 건 어떻소? 산과 수선화, 별 아래의 낭만적인 밤과 우리 둘뿐인…….」

그녀의 눈썹이 올라갔다.

「비가 오면 어쩌죠?」

「산에 있는 여행자들의 오두막은 낭만적이진 않지만 아늑하고 포근하오.」

「근사해요.」

사랑스러운 그녀의 미소는 니컬러스로 하여금 당장이라도 말들을 매어두고 그녀를 수풀 속으로 데려가고 싶은 충동이 일게 했다. 신중하게 생각을 해보다가, 그는 정말로 그렇게 하고 말았다.

그 다음 주는 분주했다. 결혼식은 애버데어에서 간소한 의식으로 치르기로 결정했기 때문에 거창한 계획이 필요하지는 않았다. 그러나 마을에는 탄광 사고로 사망한 이들의 유가족들을 위해 해야 할 일이 많았다. 클레어는 열두 번의 장례식에 참석했고, 우는 여자들을 안아주었으며 미망인들이 미래에 대한 계획을 세우도록 도와주었다. 그녀의 약혼 사실이 널리 알려졌을 때 그녀를 비난하고 화를 내는 사람들도 몇명 있었지만 폭발사고와 비교하면 사소한 일이었다. 아이러니컬하게도 재난에 대한 마을의 관심은 그녀가 처한 상황을 수월하게 만들어주고 있었다.

오히려 그녀를 힘들게 한 건 니컬러스의 태도였다. 그는 매력적이고 사려가 깊었으며, 분명 그녀에게 육체적 기쁨을 주었다. 하지만 그녀는 많은 부분에서 그들이 적이었을 때보다 연인이 된 지금 더 서먹서먹했다. 육체적으로 가까워진 것에 대한 보상으로 감정은 뒤로 저만치 물러나 있었다. 그의 위축된 감정 때문에 결혼에 대한 그녀의 믿음이 흔들린 건 아니지만 클레어는 너무나 슬펐다. 그녀는 일상적인 결혼생활이 그와의 서먹함을 없애주기를 바랄 뿐이었다.

약혼 이후 오 일째 되던 날 늦은 오후에 그녀는 애버데어로 돌아와 윌리엄즈를 만났다.

「스트레스모어 백작님이 거실에 계십니다. 두 시간 전에 도착하셨어요.」

「오, 이런.」

클레어가 놀라면서 모자를 벗었다.

「니컬러스는 스완지에서 아직 돌아오지 않았나요?」

「아직 오지 않으셨습니다.」

거실로 들어선 그녀는 백작이 편안하게 앉아서 책을 읽으며 차를 마시고 있는 것을 보았다.

「루시언, 어떻게 된 일이에요? 니컬러스가 아무 말도 안 해서 몰랐어요.」

루시언이 일어나 그녀의 손을 잡고 가볍게 뺨에 입맞추었다.

「그 친구도 내가 오는 줄 몰랐을 거예요. 혼자서 특별 결혼 인가서를 직접 가져오기로 결정한 거니까. 하지만 니컬러스는 내가 결혼식을 놓치지 않을 거란 사실을 잘 알고 있을 거예요. 모든 신랑들은 함께 있을 친구가 필요한 법이죠. 유감스럽게 레이프는 상원의원직에 묶여서 올 수가 없겠어요. 그 친구가 추진해오던 법안이 투표를 목전에 두고 있다고 하더군요. 하지만 자기를 대신해서 신부에게 키스해달라고 특별히 내게 부탁하던 걸요.」

루시언이 그녀의 다른 쪽 뺨에 입술을 대었다.

「아직 신부가 아니에요.」

「그럼 결혼식 날 다시 키스를 해야겠군요. 두 번 할 참이에요, 니컬러스가 반대하지만 않으면.」

「오래 기다리시게 해서 죄송해요.」

「초대받지 않은 손님이니 기다리는 것쯤이야 당연한 거죠.」

「정원을 산책하시겠어요? 완연한 봄이에요.」

「내가 웨일스를 제대로 기억하고 있다면, 어서 빨리 밖으로 나가는 게 좋을 것 같은데요. 안 그러면 정원에 도착했을 때 비가 내릴지도 모르니까요.」

클레어가 얼굴을 찡그렸다.

「슬픈 일이지만 사실이에요.」

판석이 깔린 안뜰로 나가보니, 여전히 햇빛이 비치고 있었다. 공작새의 파란색과 초록색이 섞인 화려한 깃털이 햇빛을 받아 마술처럼 희미하게 빛나고 있었다.

「멋진 동물들이군요. 하지만 어찌 보면 비틀거리는 얼간이 같기도 하고. 아름다움의 저주를 보여주는 명백한 표본이죠.」

클레어가 웃었다.

「당신네 '타락천사들'의 친구들은 아름답지만 얼간이는 아니에요.」

루시언은 클레어의 손을 잡고 자신에게 팔짱을 끼도록 했다. 그의 초록 눈에는 즐거움이 반짝거리고 있었다.

「사실이긴 하지만 우린 외모 때문에 친구가 된 건 아니에요.」

「당신들이 서로 친구가 되고 그렇게 오래도록 친구로 남아 있을 수 있었던 특별한 이유라도 있나요? 서로 친구로 지내면 즐겁다, 라는 명백한 사실 말고, 그보다 더 특별한 어떤 이유라도 있나해서요.」

「대부분의 친구들 모임은 한 명의 지도자와 많은 추종자들로 이루어져 있죠. 아마도 우린 아무도 명령을 따르는 걸 좋아하지 않아서 친구가 되었던 것 같아요.」

「전 당신들 모두가 타고난 지도자들이라고 생각해요. 당신들 모두 아첨꾼 무리들을 거느릴 수 있었을 거예요.」

「하지만 우린 그런 길을 택하지 않았어요. 레이프는 아첨꾼들을 경멸했고 공작의 상속자라는 그 친구의 신분은 썩은 생선에 파리떼가 뒤끓듯 아첨꾼들의 관심을 끌었죠. 당신도 알다시피 니컬러스는 하기 싫은 일은 못하는 사람이에요. 다른 사람들을 힘으로 지배하기 싫어하고. 아마도 집시의 성향이 강한 탓인가봐요. 마이클은 자신보다 약한 사람들을 쉽게 지배하는 데 안주하기보다는 동료들과 부딪쳐가면서 스스로를 시험하길 좋아하는 것 같아요.」

「그러면 당신은요?」

그녀는 그의 분석에 흥미를 느끼며 물었다.

「나 말이요? 니컬러스처럼 명령을 받는 것을 싫어하고, 특별히 지도력이 있어 보이는 것도 싫고.」

「스파이 자질을 타고났군요.」

「그게 걱정이에요.」

그는 암공작 앞에서 꼬리를 부채처럼 펴고 있는 수공작을 의심스럽게 쳐다보았다.

「목소리를 낮춰요. 저 공작들이 프랑스의 앞잡이일지도 모르니까.」

두 사람은 웃으며 자갈길을 걸어내려 왔다.

「니컬러스는 남한테 명령하는 것은 좀 어려워할지 모르지만, 책임감이 워낙 뛰어나서 자기 딴에는 피하고 싶은 일에도 필요하면 적극 뛰어들 수 있는 친구예요.」

루시언이 재빠르게 그녀에게 시선을 보냈다.

「혹시 그 친구가 책임감 때문에 당신과 결혼하려는 거라고 생각하세요?」

「조금은요.」

그녀는 관심 있는 이야기를 나눌 기회를 놓칠 수가 없어 조심스럽게 말을 꺼냈다.

「그 사람과 거래를 시작했을 때 전 이방인이었고 절 타락시키겠다고 위협하긴 쉬웠겠죠. 하지만 저와 친해지자 죄의식을 느끼기 시작했을 거고 결국 결혼을 제안한 게 아닐까요? 그 사람은 전에, 아내를 원하지 않는다고 단호하게 말했었어요. 니컬러스가 우리의 결혼을 후회하지 않길 바랄 뿐이에요.」

「니컬러스는 투철한 책임감을 가지고 있는 반면에, 가고 싶지 않은 길을 억지로 가서 자신을 제단에 바칠 사람은 아니에요. 내가 이제껏 알고 지낸 니컬러스는 진정으로 하고 싶지 않은 일은 하지 않거든요. 그 친구의 할아버지가 가장 잘 알고 계실 거예요, 쓰라린 경험을 많이

하셨으니까. 두 사람이 항상 서로 사이가 나빴던 것도 바로 그 때문이
죠.」

늙은 정원사가 건장한 젊은 조수들을 두게 되면서 정원은 눈에 띄게
보수되고 있었다. 정원사에게 혼날 각오를 하고 클레어는 웅크리고 앉
아 주홍색 튤립을 꺾었다.

「니컬러스의 할아버지는 어떤 분이셨죠? 전 그분에 대해 알 기회가
없었어요.」

「어려운 분이셨죠. 니컬러스에 대한 그분의 태도는 아주 복잡했어요.
따뜻한 면도 하나 없었고. 니컬러스가 엎드려 굴복했다면 더 좋은 사
이가 되었을 수도 있겠지만, 니컬러스는 항상 예의바르게 행동하면서
도 다소 가식적인 느낌이 들게끔 했죠.」

「무슨 뜻인지 잘 알겠어요.」

그녀는 지난 며칠 동안 겪은 니컬러스의 행동들을 떠올리며 말했다.

「그건 정말 사람을 미치게 만드는 일이에요.」

「그 친구 할아버지께서도 정말 미칠 지경이었을 거예요.」

그들은 바위가 많은 정원으로 향했다. 꾸불꾸불한 길을 따라가고 있
을 때 암공작이 근처 나무 안에 있는 횃대에서 새소리를 지르기 시작
했다. 클레어는 새를 탐탁지 않은 눈으로 바라보았다.

「적어도 수컷들은 화려하기나 하지만, 암컷들의 비명은 암공작으로
만든 프리카세(닭고기, 송아지, 양고기 등을 잘게 썰어 국물을 약간만 넣고
익힌 후, 화이트 소스를 부어 먹는 프랑스 요리)를 맛보고 싶은 기분이
들게 해요. 전에는 공작들이 우아하고 귀족적일 거라고 생각했는데, 이
젠 그저 꿩을 좀 그럴싸하게 꾸며놓은 시끄러운 동물일 뿐이라는 사실
을 알게 됐어요. 지독한 환멸감까지 느낀다니까요.」

「귀족이 가진 매력과 많은 부분 비슷하군요.」

루시언의 한쪽 입꼬리가 살짝 올라갔다.

「공작 이야기를 하다보니까 니컬러스의 전 아내가 생각나는군요.」

튤립을 가지고 장난을 치며 클레어가 물었다.

「당신은 그녀를 어떻게 생각했죠?」

「이런 말, 해도 좋을지 모르겠지만, 니컬러스의 아내가 될 사람으로서 그녀에 대해 알아두는 것도 나쁘진 않을 거예요.」

그가 잠시 생각을 정리했다.

「케럴라인은 아주 아름다웠어요. 그리고 자신도 그 사실을 잘 알고 있었고. 아주 생기발랄한 여자였지만 난 그녀가 진심으로 좋게 느껴지지 않더군요. 사람을 질리게 하는 냉정함을 가진 여자였다고나 할까.」

그는 클레어를 밝은 얼굴로 쳐다보았다.

「하지만 그건 소수의 의견일 뿐이죠. 케럴라인이 원하기만 했다면, 대개의 남자들은 그녀가 밟고 지나갈 카펫 위에 몸이라도 기꺼이 던졌을 거예요.」

「카펫 위에 누워 있는 사람을 밟고 지나가는 일이 그렇게 재미있을 것 같지는 않은데요. 불편하지 않을까요?」

「그래서 당신과 니컬러스는 잘 어울리는 거예요. 그 친군 케럴라인의 매력에 감탄했지만 자신이 좋은 카펫 재료라고 생각하지는 않았거든요.」

클레어는 그것이 정말 결혼생활에 문제를 일으킨 원인이었는지 궁금했다.

「그녀를 사랑해서 결혼했을 거 아니에요.」

「사랑이 아니었죠. 당신도 알다시피 중매결혼이었어요. 아니 모를 수도 있겠군요. 그 결혼은 노백작의 생각이었죠. 물론 죽기 전에 안전하게 상속이 되는 것을 보고 싶으셨을 테고. 니컬러스는 미심쩍어했지만 케럴라인을 만나보기로 동의했고 그녀를 만나보고 몹시 기뻐했어요. 할아버지가 가문 좋고 말상을 한 말없는 여자들을 고를 거라고 염려했었으니 더 그랬을 거예요. 하지만 눈치 빠른 노백작은 여자가 매혹적이지 않으면 니컬러스가 절대로 협조하지 않으리라는 것을 알고 있었어요. 그랬기에 니컬러스는 선뜻 결혼하기로 동의한 거였어요.」

「처음부터 결혼생활에 문제가 있었나요?」

「중매결혼이라는 것이 흔히 그렇듯 아주 잘 되는 것처럼 보였었죠. 니컬러스도 거래에 아주 만족하는 듯했고. 그런데 몇 달이 지난 후……」

루시언이 어깨를 으쓱거렸다.

「그게 뭔지는 알 수 없지만 무언가가 잘못된 듯 보였어요. 니컬러스는 케럴라인을 애버데어로 보내고 혼자 런던에 머물렀죠.」

「그리고 방탕의 늪에 빠졌군요.」

루시언이 자세한 언급을 피하는 것처럼 보이자 그녀가 부추겼다.

「옆에서 보기 무서울 정도였죠. 방탕해서가 아니라 그 생활을 별로 즐거워하지 않았으니까. 우린 런던에서 가끔 만났지만 그 친군 아무 말도 해주질 않더군요. 그러다가 애버데어에서의 그 끔찍한 사건이 일어났고, 니컬러스는 영국을 떠난 거죠. 아마 그 얘긴 당신이 나보다 더 잘 알고 있을 거예요.」

「말해주어서 고마워요, 루시언. 전 가능한 한 니컬러스에 대해 많은 것을 알고 싶었어요.」

그녀가 진홍색과 함께 피어 있는 하얀 튤립을 꺾었다.

「때때로 전 그이가 한 편의 연극을 상영하고 있고 전 극의 중간에 끼어드는 바람에 앞에서 무슨 일이 있었는지를 추론해내야만 하는 그런 입장에 처한 기분이 들었거든요.」

루시언이 미소지었다.

「그게 모든 인간들이 가지고 있는 본질적인 우정의 모습이죠.」

「우정에 대해 이야기를 하니까 생각나는데, 마이클 경이 계곡 반대편에 있는 그분의 집에서 머문다는 얘기 들으셨어요?」

루시언이 머리를 획 돌려 그녀를 진지한 관심을 가지고 바라보았다.

「몰랐어요. 무슨 문제라도 있는 건가요?」

클레어는 그의 재빠른 태도를 보고 생생하게 기억이 되살아났다. 역시 루시언은 만만치 않은 남자였다. 관심을 나누고 싶어서 그녀가 말했다.

「마이클 경이 펜리스로 돌아온 다음날, 니컬러스가 총알에 맞을 뻔했어요. 전 마이클 경이 총을 쏜 건 아닐까 걱정했지만 니컬러스는 밀렵꾼이었을 거라고 주장했어요.」

「그 일과 비슷한 다른 사고들은 없었나요?」

「제가 아는 건 없어요. 그리고 마이클 경은 바빴어요.」

클레어는 탄광의 폭발사고와 그가 하고 있는 일들을 설명해주었다. 긴장했던 표정을 누그러뜨리며 루시언이 말을 꺼냈다.

「마이클이 본래의 평정을 회복한 것 같군. 틀림없이 그 친구는 니컬러스를 향한 적대감 때문이 아니라 사업의 이익을 위해서 여기에 왔을 거예요.」

「저도 그랬으면 좋겠어요. 그가 니컬러스를 곤경에 빠뜨릴까봐 조마조마 하며 살고 싶지 않아요.」

그녀는 아래 입술을 깨물었다.

「건방진 질문처럼 들리시겠지만, 그분에게도 좋은 점이 있나요? 조금이라도 장점이 있을 거예요. 그렇지 않고서는 이렇게 훌륭한 친구들을 두지 못했을 테니까요.」

「용기, 지성, 정직함. 마이클과 함께 있으면 그런 게 저절로 느껴졌어요. 기분이 좋을 때, 대개 늘 그랬지만, 그럴 때는 위트가 넘치고 정말 즐거운 친구예요. 친구들에 대한 의리는 누구도 따라갈 수 없었죠.」

「하지만 니컬러스에게는 아니었잖아요.」

「그래요. 나도 그 이유를 알고 싶군요. 하지만 어쨌든 이제 그 친구도 마음 상태가 호전되고 있나봅니다.」

「저도 그러길 바라고 있어요. 우린 앞으로 이웃으로 살아갈 운명에 처해 있으니까요. 여기 계시는 동안 그분을 만나봐주시겠어요?」

「그럴 생각이에요. 분명 그 친구는 내가 결투에서 니컬러스의 대리인 역할을 한 일을 잊어줄 거예요.」

루시언이 미소를 지었다.

「호랑이도 제 말하면 온다더니. 니컬러스 저 친구 때맞춰 오는군.」

두 남자는 악수를 나누었고 클레어는 마이클이 캔도버 공작의 연회에 나타났던 것을 떠올렸다. 그가 더 이상은 위협적인 존재가 아니라고 믿으면서도 적대감을 깨끗이 지울 수가 없었다. 그녀는 자신의 생각이 틀리기를 기도했다.

그날 밤 니컬러스가 클레어의 침대로 왔을 때는 아주 늦은 시간이었다. 친구와 새벽까지 이야기를 나누리라 생각하고 그녀는 먼저 잠을 청했었다. 하지만 그의 체중 때문에 침대가 푹 꺼지자 잠에서 깨어났다. 졸린 척 그녀가 농담을 중얼거렸다.

「거기 누구죠?」

순간 혹 숨을 들이마시는 소리가 들리더니, 방안이 온도가 20도는 내려간 듯한 싸늘함이 느껴졌다.

「누구 다른 사람을 기다리고 있었소?」

「농담이었어요, 니컬러스. 장난이에요.」

그녀는 앞으로 몸을 기울이며 팔로 그의 단단한 어깨를 감쌌다. 그러고는 조용히 말했다.

「케럴라인이 정숙하지 못했다는 거 알고 있어요. 그래서 당신이 부정한 행동을 하게 된 거예요. 하지만 전 케럴라인이 아니에요. 제 유머감각이 때때로 부적절할 때 발동했는지는 몰라도 다른 남자와 사랑을 한다는 건 상상도 할 수 없는 일이에요.」

그가 누그러지는 걸 느끼며 그녀가 덧붙여 말했다.

「당신이 저를 침대로 이끌기까지 얼마나 힘든 시간들을 보냈는지 생각해봐요. 어떻게 다른 남자가 성공할 수 있겠어요?」

그는 손을 그녀의 손위에 올려놓았다.

「본래 순진한 사람들이 그런 말도 안 되는 이유를 대는 거지만, 내가 누구에게 돌을 던지겠소.」

그의 목소리가 딱딱하게 굳어졌다.

「당신 추측이 맞소. 내 아내였던 케럴라인은 부정한 여자였소. 그 사람에 대한 얘기는 자세히 하고 싶지 않소.」

「자세히 설명해주는 편이 더 나을 것 같아요, 니컬러스.」

그녀의 손이 슬그머니 그의 상체 아래로 미끄러져 내려갔다.

「예를 들면······.」

그가 숨을 들이마셨다.

「뭐든 이렇게 빨리 배우는 편이오? 이제 다음 단계로 뛰어 넘어가야 할 것 같군.」

맹수처럼 재빠르게 그가 그녀를 뒤집어 눕혔다.

그날 밤 그는 마치 자신의 것으로 낙인이라도 찍듯 격렬하게 그녀를 취했다. 한 순간에 그녀가 그에게 느꼈던 거리감은 열정에 불타버렸고 그들의 육체와 영혼은 하나가 되었다.

클레어는 살아온 인생의 어떤 때보다 행복하게 그의 팔 안에서 잠에 빠져들었다. 잠이 들기 전에 그녀는, 불과 유황이 있는 지옥이 진실로 존재하기를, 그리고 공작의 딸이고 부정한 아내였던 케럴라인이 지옥 속에서 불타고 있기를 바라는 자신을 발견했다.

마이클 케넌이 서재에서 일하고 있을 때 시종이면서 집사의 일을 맡아 하고 있는 남자 하인이 스트레스모어 백작이 왔다고 알렸다. 마이클은 옛친구를 만나고 싶은 강한 열망으로 머뭇거렸다. 그것보다 그는 한때 자신과 루시언과 레이프, 그리고 니컬러스가 형제처럼 다른 친구의 하숙집에 스스럼없이 쳐들어갔던 그때처럼 순수하게 살기를 열망하고 있었다.

그러나 몇 해 동안 그의 삶은 순수하지 않았다. 런던에서 루시언은 애버데어와 손을 잡았잖은가.

「그냥 가시라고 전해라.」

「알겠습니다, 주인님.」

하인은 어쩔 줄 모르는 표정으로 순순히 대답하고 방을 나갔다.

다시 일을 하려고 했지만 마이클은 계산에 집중할 수가 없었다. 짜증이 난 그는 원장을 옆으로 밀어내고 창가로 가서 계곡을 응시하며 생각에 잠겼다. 루시언은 틀림없이 모든 마을사람들이 떠들어대고 있는 애버데어의 결혼식 때문에 왔을 것이다. 애버데어는 런던에서 같이 있었던 제 정부와 결혼할 참인 듯했다. 마이클은 꽤 매력적이었던 그녀를 떠올렸다. 애버데어와 잠자리를 했다는 것과 상관없이 그녀는 꽤 똑똑해 보였다.

비위가 뒤틀렸다. 그는 멀리서 희미하게 보이는 탄광으로 시선을 옮겼다. 생각이 있어 펜리스에 왔지만 탄광에서의 재난 때문에 도착한 날 이후로 그는 목표에 가까이 다가갈 수 없었다. 깨어 있는 모든 순간 그는 오로지 일만 했고 구조작업에 뛰어들었다. 그러고 나서 몇 년 전에 했어야 할, 새로운 장비를 구입하기 위한 계획도 세웠다. 런던에서 만났을 때 애버데어가 한 말이 사실임을 인정하는 건 언짢은 일이었다.

아직까지 증거를 찾지는 못했지만 아마도 매덕이 이익금을 횡령하고 있다는 애버데어의 말이 맞을지도 모른다. 장부상으로는 이익을 내고 있었지만 뭔가 앞뒤가 맞지 않았다. 더 깊게 생각하고 싶지 않았다. 매덕이 탐욕스럽다고 해도 그에게 기회를 준 사람은 바로 자신이었다. 그리고 그자는 꽤 쓸모가 있었다.

게다가 마이클은 마음먹은 훨씬 더 중요한 일이 있었다. 그는 머지 않아 그를 펜리스에 돌아오게 만든 소름끼치는 딜레마를 풀어야만 한다. 그리고 아무리 고통스럽다고 할지라도 정의는 꼭 이루어진다는 사실을 증명하고 말 것이다.

28

클레어는 기적이라고 할 정도로 평탄하게 애버데어 백작부인이 되었다. 우아하고 단순한 크림색 가운을 입은 신부는 밝은 봄꽃으로 만든 부케를 들었다. 마기드는 그녀 옆에 서 있었고 오웬은 목발을 짚고 그녀를 신랑에게 인도했다.

그녀가 초대한 구역예배의 다른 회원들과 참석한 사람들은 모두 좋은 의도와 호기심어린 눈으로 지켜보고 있었다. 매력적인 니컬러스의 모습에 이디스 위크스까지도 그가 훌륭한 여자를 사랑하기 위해 사악한 태도를 포기했다고 믿는 것 같았다.

예식을 마치고 클레어는 편안하게 피로연을 즐겼다. 일반 맥주보다 더 취하지 않는다는 니컬러스의 설득에 감리교도들 모두 샴페인을 마셨다. 그로 인해 여기저기서 많은 사람들이 어우러진 흥겨운 술자리가 벌어졌다.

런던으로 돌아가야 하는 루시언은 이른 오후까지 계속된 피로연이 끝나고 바로 떠나야 했다. 클레어는 그를 꼭 껴안았다. 그러고는 사람들이 비참하게 생각하는 신분이 낮은 여자와의 결혼에 참석해준 그에게 고마움을 전했다. 루시언이 혈통이 좋은 친구가 후원한다는 모습을 보여주기 위해서 웨일스까지 어려운 걸음을 해주었다는 걸 잘 알고 있었다.

웨일스인의 정력과 웨일스인의 음악적인 목소리로 노래를 부르면서 나머지 손님들이 떠나자, 니컬러스는 아름다운 신부의 손을 잡고 장난치듯이 그녀를 잡아끌었다.

「당신에게 보여줄 것이 있소. 어제 당신이 집을 비운 사이 준비한 거요.」

그가 당구실로 데리고 들어갔을 때 그녀의 눈이 휘둥그레졌다.

「슬레이트로 만든 건가요?」

그녀가 새 당구대의 초록색 표면을 쓰다듬었다. 튀어나온 곳이나 뭉친 곳이 하나도 없었다.

「세상에 나사로 덮인 거울 같아요. 이건 새로운 유행의 시작이 될 거예요.」

「프리미엄을 붙여서 슬레이트를 팔 생각이오.」

그가 손을 테이블 끝에 올려놓고 힘껏 밀었지만 꼼짝도 하지 않았다.

「내가 미처 생각하지 못했던 문제가 있는데, 슬레이트는 무거워서 남자 열 명과 소년 한 명이 움직여야 한다는 거요. 더는 공을 잘못 쳐도 당구대를 탓할 수 없소. 목수가 슬레이트의 무게를 지탱할 수 있는 틀을 강화하고 그에 맞게 다리를 만들어야만 할 것 같소.」

그녀가 싱긋 웃었다.

「결혼기념으로 게임 한번 어때요? 시험도 해볼겸. 아마 당신이 이길 거예요. 샴페인 두 잔을 마셨더니 가죽을 댄 큐 스틱을 쓴다 해도 공을 정확히 치지는 못할 것 같아요.」

「당구에는 놀랍게도 두 가지 뜻으로 해석되는 말들이 많소. 스트로크, 볼, 포켓, 가죽을 덧댄 큐대도…….」

그는 그녀에게 사악한 미소를 지었다.

「난 벌써 마음속에서 게임을 하고 있소. 당구는 아니지만.」

「니컬러스! 지금은 오후 중반이에요. 누구라도 들어오면 어쩌려구요?」

반은 웃고 반은 심각하게 그녀가 다른 쪽 테이블을 돌아갔다.

「일하는 사람들은 모두 방에서 샴페인을 즐기고 있소.」

그는 의도적으로 그녀를 향해 다가갔다.

「그리고 우리가 펜리스에서 돌아오던 그날도 이맘때쯤이었다는 걸 잊었소? 사흘 전에 건초더미에서 말이오. 그리고…….」

「하지만 그때는 생각지 않던 일이었어요. 지금처럼 미리 계획되었던 게 아니라구요.」

그녀는 점잔을 빼는 목소리로 말했지만 팔을 테이블 난간에 기대고 앞으로 몸을 기울였기 때문에 깊이 파인 가슴이 살며시 드러났다.

그의 표정이 일그러졌다.

「그 동안 있었던 일들이 미리 계획한 일이 아니었다고 주장하고 있는 거요? 그렇다면 왜 건초더미가 있는 사다리로 날 따라 올라왔소 그리고 왜 손으로 내…….」

그녀가 웃으면서 그의 말을 잘랐다.

「제발요! 제 의지력이 약하다는 걸 꼭 그렇게 깨우쳐주셔야겠어요?」

「난 당신이 눈부시게 상냥한 아내라고 생각하고 싶소.」

고양이가 쥐를 쫓듯이 그가 테이블을 한바퀴 돌기 시작했다.

「런던에서 했던 마지막 게임은 잊어버려야지, 안 그러면 난 다시는 당구를 할 수 없을 것 같소.」

그녀의 눈에 불꽃이 일기 시작했다. 아마도 샴페인 두 잔이 아니라 서너 잔은 마신 듯했다.

「결론을 바꾸려면 게임의 전반적인 조건들을 고쳐야겠군요.」

그녀는 우아하게 의자 가장자리에 앉아 치맛단을 올리고 키드 가죽 슬리퍼를 차버렸다. 그러고 나서 발을 들어 스타킹을 벗겨내면서 그가 자신의 새하얀 안쪽 허벅지를 살짝 엿보도록 했다. 런던에서의 상황과 아주 비슷했지만 이번에는 게임의 끝이 다를 것이다. 그녀의 욕망이 서서히 불타고 있었다. 그녀는 니컬러스에게 스타킹을 던졌다.

「당신 차례예요, 나의 낭군님.」

그는 한 손으로 실크 조각을 잡았고 냄새를 맡았다.

「라일락과 클레어 당신 냄새가 날 취하게 하는군.」

그는 최면에 걸린 듯한 검은 눈으로 그녀를 바라보고 있었다. 그는 외투를 벗고 근육질의 어깨를 드러냈다.

다시 그녀의 차례가 되었다. 그들은 뜨거운 시선으로 바라만 볼 뿐 서로를 건드리지 않고 스스로 옷을 한 꺼풀 한 꺼풀 벗어던졌다. 관능적이고 성적인 매력을 풍기는 색다른 춤을 추듯이.

슈미즈를 벗을 차례인 그녀가 먼저 그에게로 미끄러져 올라갔다. 항상 지배권을 가지고 있던 그는 갑작스럽고 서투른 공격에 당황했다.

그는 누빈 무명옷을 바닥에 떨어뜨리고 그녀를 가까이 끌어당겨서 그녀의 젖가슴을 애무했다. 기쁨의 한숨을 쉬며 그녀는 그의 품속으로 파고들었다. 그의 단단한 부분은 흥분되어서 그녀의 엉덩이를 누르고 있었다. 하지만 그녀는 여교사의 자제력을 불러내며 그를 놀리듯 빠져나갔다. 그녀의 그런 행동은 그의 몸을 한층 달아오르게 했다.

그는 속옷을 벗고 자유분방한 남성미를 보여주었다. 마지막으로 남은 것은 그녀의 코르셋이었다. 그녀는 끈을 풀고 온몸이 흔들리도록 도발적으로 옷을 머리 위로 끌어당겨 벗었다.

그는 그녀에게 열렬히 다가갔지만 그녀가 손을 들어 제지했다. 그녀는 테이블의 난간으로 올라가 앉아 다리를 느슨하게 꼬았다. 그리고 나서 머리에서 핀을 빼고 머리가 검은 실크처럼 등과 가슴 위로 쏟아져내리도록 머리를 흔들었다.

그 효과는 가히 폭발적이었다. 니컬러스는 격렬하게 그녀를 녹색 테이블 위로 쓰러뜨리고 런던에서 이루지 못해 가슴 아파했던 목표를 달성했다. 지난주에 그들의 몸은 서로 아름답게 조화되었고 그 합일은 부드럽고 즐거웠으며 열광적이었다.

합일의 기쁨을 누린 후, 그들은 서로의 팔 안에 누워 있었다.

「결혼 전에 신방을 꾸미면 결혼식 날 훨씬 편안하게 즐길 수 있을 거요.」

「그건 위험한 생각이에요. 남자들을 무절제하게 만드는 일이죠.」

그녀가 부드럽게 웃어 보이며 덧붙였다.

「당신이 처음에 내가 지면 우리 둘 다 이기게 되는 거라고 했던 그 말이 맞았어요.」

그가 손가락으로 그녀의 헝클어진 머리카락을 빗어내렸다.

「당신의 현명한 처신 덕분에 성공한 거요. 우린 둘 다 아무 것도 잃지 않고 이겼으니까.」

독신생활을 읽게 된 니컬러스는 그렇지 않을지도 모르지만, 그가 그 사실을 별로 문제 삼지 않는 것 같아 클레어도 굳이 그 얘기를 꺼내지 않았다.

「새로운 당구대의 표면은 당구를 치기에 아주 좋긴 한데, 더 육중해야 할 것 같아요. 우리 때문에 테이블이 1미터 정도 밀려났어요.」

그녀의 목소리가 여선생의 말투로 돌변했다.

「거기다 베이즈 천이 덮여 있다 해도 벌거벗은 사람에게 슬레이트가 나무보다 더 차갑다는 사실을 감추지는 못해요.」

그는 별로 힘들이지 않고 그녀를 자신 위로 올려놓았다.

「벌거벗은 사람 위에 눕는다면 따뜻하겠소?」

「음, 그래요.」

또 한 번 사랑을 나누니 친밀감은 더욱 깊어졌다. 그녀의 마음은 기쁨으로 가득 차서 더 이상 침묵할 수 없었다. 그의 검은 눈을 내려다보며 그녀는 생각에 잠긴 듯한 목소리로 말했다.

「제가 당신을 사랑했었다고 말하면 받아들일 수 있나요? 대여섯 살쯤이던가, 당신을 처음 보았을 때부터요. 봄이었고 당신이 우리 집으로 아버지를 찾아왔어요. 당신은 안장도 없는 얼룩 조랑말을 타고 있었는데 세상에서 가장 매력적인 남자였죠. 당신은 제가 거기 있다는 것조차 몰랐지만.」

그가 여전히 그녀를 갈망하는 눈빛으로 물었다.

「정말이오?」

「네, 정말이에요. 전 늘 당신을 바라보았고 내게 했던 모든 말들을 마음에 새겼어요.」

「무례한 말들도 있었겠군.」

「그래요. 당신을 위해 그 말들을 인용해볼까요?」

「하지 않는 편이 더 좋겠소.」

그는 팔을 클레어의 허리 위에 두르고 그녀의 눈을 가만히 들여다보았다.

「날 사랑했었다면 당신이 여기 왔을 때 당신의 계획을 돕도록 날 협박하는 짓은 하지 않았을 것이오.」

「깨닫지 못했어요, 그게 사랑이라는 거. 어느 누가 백작의 신분을 계승할 사람과 국교에 반대하는 무일푼인 목사의 딸 사이에 무슨 일이 일어날 거라고 생각하겠어요? 차라리 하늘에 있는 별을 따오기를 바라는 편이 더 낫죠. 그렇지만 당신은 항상 제 마음 그 자리에 있었어요. 제 가슴속에. 비록 저 자신은 인정하지 않았지만요.」

그는 아무 말 없이 손으로 그녀의 등과 엉덩이를 주무르고 있었다. 클레어는 그가 다시 위축되고 있다는 것을 감지했다. 그녀의 사랑은 그가 받아들이고 싶지 않았던 짐이었던 것이다.

그녀가 머리를 니컬러스의 어깨에 기대자 머리카락이 그의 가슴 위로 흘러내렸다.

그녀가 몸을 웅크리며 조용히 말했다.

「미안해요. 말하지 말 걸 그랬어요. 마치 제가 모든 일을 철저하게 계산한 것처럼 들리겠지만, 그렇지 않아요.」

「말하지 않는 편이 더 나을 뻔했소.」

그의 목소리에 우울함이 묻어 있었다.

「날 사랑한다고 말하는 사람들은 믿지 않소. 사랑한다는 말은 다양한 무기로 사용되거든. 난 적어도 헌신을 보여주는 사람들을 가장 신뢰하오.」

그녀는 그가 루시언과 레이프 같은 친구들을 두고 하는 말이라고 생각했다. 누가 사랑에 대해 자신 있게 말할 수 있겠는가? 그의 어머니가? 그의 할아버지가? 그의 아내가?

그들은 그를 배신한 사람들이었다.

「제 말은 잊어버리세요.」

그녀가 아무렇지 않은 듯 말을 늘어놓았다.

「전 우리의 태어나지 않은 아이에게 이름을 지어주려고, 당구 파트너가 되려고 당신과 결혼했어요. 그리고 남편이 있으면 웨일스의 겨울을 포근하게 지낼 수 있기 때문이기도 하죠. 믿거나 말거나겠지만.」

그는 웃었지만 눈빛은 냉정했다.

「난 누구보다 당신을 믿소.」

그는 두 손으로 그녀의 얼굴을 잡고 이상야릇한 표정으로 입을 맞추었다. 마치 그녀의 사랑을 원하기도 하고 두려워하기도 하는 것처럼. 그러나 그가 다시 말을 건넸을 때는 현실로 돌아와 있었다.

「펜린으로 가는 여행을 위해 내일도 오늘처럼 날씨가 맑았으면 좋겠소.」

날씨는 아주 쓸모 있고 안전한 주제였다.

냉혹한 눈이 쌍안경을 통해 애버데어 백작과 평상복을 입은 새로운 이름의 백작부인을 쫓았다. 두 사람은 가득 찬 안장주머니를 말에 실은 채 애버데어 영지를 달리고 있었다. 감시자는 그 광경을 보고 만족스러운 듯 차가운 미소를 지었다. 그가 한번 해야겠다고 결정하면 모든 일은 완벽하게 적재적소에서 이루어졌다. 애버데어가 웨일스의 북쪽으로 길을 떠날 것이라는 계획은 비밀이 보장되지 못했다. 하인들의 일상적인 말 몇 마디면 애버데어가 어디로 가고 있는지 언제, 그리고 왜 그곳에 가는지까지 마을 전체가 다 알게 되니까.

펜리스 근처에서는 더 어렵겠지만 애버데어가 야생의 언덕에 들어서기만 하면 매복하긴 쉬울 것이다. 계획은 완벽했고 준비도 완료된 상태였다. 어느 길로 갈지도 결정했으며 사람들도 고용했다. 이틀 안에 그의 문제는 해결되어질 것이고 정의가 행해질 것이다.

신혼여행의 첫날밤은 날씨가 맑았고 두 사람은 니컬러스가 약속했던 대로 별 아래에서 잠을 잤다. 사랑의 행위 후에 클레어는 그의 팔 안에 꼭 안겨 있었고, 그는 별자리를 가리키며 그것들이 하늘에 어떻게 자리잡게 되었는지에 관한 집시의 전설을 얘기해주었다.

클레어가 잠이 들자 그는 어떻게 운 좋게 여기까지 오게 되었을까 하는 생각을 했다. 그녀는 모든 것이 케럴라인과 달랐다. 따뜻하고 재치 있으며 현실적이고 지각력이 있으며 성실한 여자, 어린 시절 이후로 그의 마음속에 비어 있던 부분을 가득 채워준 사람이었다.

그는 클레어가 사랑과 충절을 함께 가지고 있는 여자라고 생각했다. 그녀가 사랑에 관해서 신중한 만큼 그를 사랑했다는 건 인정할 수 있었다. 사랑은 너무 많은 말을 하지 않고 너무 많은 기대를 하지 않는 편이 훨씬 더 안전했다.

그는 옆으로 몸을 돌려 그녀를 가까이 안고 턱까지 담요를 끌어당겨 덮어주었다. 그 밤은 바람과 부드러운 소리들로 충만한 진정한 집시의 침실이었다. 언젠가 그는 그녀와 함께 어머니의 친척들을 방문하고 싶었다. 그녀가 집시들의 생활 방식을 뜯어고치고 집시 아이들에게 글을 가르치려고 애쓸 생각을 하니 절로 웃음이 나왔다. 아마 클레어조차도 그곳에서는 어쩔 도리가 없을 터였다. 이 말괄량이를 겸손하게 만들 좋은 방법이 되리라.

평화로운 마음으로 그는 잠이 들었다.

클레어는 단순히 그 여행이 즐거울 거라고 생각했다. 니컬러스와 함께 있을 것이고 며칠 동안 말을 타고 달리거나 서로를 즐기는 일만 할 테니까. 그럼에도 불구하고 그녀는 자신이 얼마나 즐거워하고 있는지를 깨닫고 놀랐다. 반나절동안 그들은 여행을 했고 그는 자연에 마음을 열고 그녀가 지금껏 본 적이 없는 방법으로 긴장을 풀었다. 열려진 대기는 그에게 자신이 집시임을 느끼게 해주었다.

니컬러스의 안낭주머니에 매달려 있는 망토 아래 동그랗게 말린 모양의 거무스름한 것에 의아한 눈길을 주며 그녀가 물었다.

「왜 마차도 없는데 채찍을 가지고 왔죠?」

「집시들의 습관이요. 채찍은 쓸모가 아주 많거든. 예를 들면…….」

그가 채찍을 떼어서 머리 위로 높이 올렸다. 그러더니 손잡이를 잡아당겨 큰 나뭇가지를 손으로 잡을 수 있도록 꺾었다.

「사과들이 익었더라면 우린 사과잔치를 벌릴 수 있었을 거요.」

그녀가 웃었다.

「그런 생각은 미처 못했어요. 하긴 방랑생활을 하려면 그들만의 특별한 지혜가 필요할 거예요.」

그가 채찍을 다시 감아서 제자리에 놓고 근처 나무에 날아든 새를 가리켰다.

「근처에 집시들이 있소.」

그녀는 가냘픈 흑백의 새를 자세히 살펴보았다.

「제 눈엔 집시가 아니라 알록달록한 할미새처럼 보이는 걸요.」

「서선 '로마니 키리클로', 집시새라고도 불리는 새요. 저 새가 있으면 부근에 집시들이 있다는 뜻이지.」

그녀는 주위를 흘끗 보았지만 높은 언덕에 있어서 좁은 길을 제외하곤 사람들의 흔적을 찾아볼 수가 없었다.

「꼭꼭 숨어 있나봐요.」

「찾아봅시다. 보일 거요.」

8미터쯤 더 가서 그는 어떤 나무를 향해 몸짓을 했다.

「저 가지에 묶여 있는 회색 넝마조각이 보이오? 저건 한 집시족이 그들이 지나간 길을 다른 집시족에게 알려주기 위해 남긴 흔적이오. 그 흔적은 나뭇잎을 의미하는 파트린이라고 불리지. 작은 나뭇가지를 쌓아올린 것이나 또는 돌들이나 넝마조각 같은 여러 가지 형태가 있소. 파트린이 왜 평균적인 말을 타는 사람들의 눈높이 위에 매어져 있는지 이해할 수 있겠소? 보지 못하면 쉽게 길을 잃기 때문이오.」

「당신의 친척들은 그렇게 서로 메시지를 남기는군요. 똑똑한데요. 이 걸 남긴 사람들이 누구인지 알고 있어요?」

「알 수 있을 것 같소. 난 웨일스를 정기적으로 여행하는 집시족들을 모두 만나봤거든.」

그가 넝마조각을 자세히 살폈다.

「다섯 개의 집단으로 범위가 좁혀지지. 이 길을 따라 몇 미터를 가면 집시족 움막이 있을 거요. 가볼 테요?」

「가보고 싶어요.」

그녀가 선뜻 대답했다.

그러나 날씨가 다시 그들을 막았다. 아침 내내 간헐적인 소나기가 내리다가 오후가 되면서 서서히 비의 양이 늘더니 지금은 앞이 안 보일 정도로 비가 쏟아지기 시작했다. 클레어는 웨일스의 습한 날씨를 잘 알고 있었기에 불평하지 않았다. 그래도 그날은 궂은 날씨가 못마 땅했다. 그녀가 외투를 여미자 니컬러스가 말했다.

「멀지 않은 곳에 여행자들의 오두막이 있소. 밤이 깊었으니 쉬어가 겠소?」

「좋아요」

그녀가 반갑게 말했다.

길에서 조금 떨어진 오두막은 큰 나무들이 늘어선 작은 숲 속에 숨어 있었다. 이층으로 높고 단단하게 지어진, 한 쪽에 말을 쉬게 할 만한 헛간도 있는 집이었다. 두 사람이 말에서 내린 후 니컬러스가 말했다.

「안으로 들어가서 몸을 녹입시다. 신혼여행 중에 나의 신부가 감기에 걸리는 건 원하지 않소. 당신이 아파서 침대에 누워 있게 된다면 더 재미있는 일이 생기겠지만.」

클레어는 웃으면서 오두막으로 들어갔다. 그곳은 간소하게 테이블 하나와 예닐곱 개의 의자들만 갖추어져 있었다. 잠시 후에 니컬러스는 안장주머니들을 들여놓고 창고에서 한아름의 장작을 가져왔다. 그러고 나서 다시 밖으로 나가 말들의 잠자리를 깔아주었다. 다정한 그의 보살핌에 클레어는 몹시 기분이 좋았다. 마치 응석받이가 된 듯한 기쁨이었다.

불이 타오르기 시작하자 그녀는 오두막을 답사했다. 위층은 아래층과 아주 똑같은 가구도 없이 드넓은 방이었기 때문에 돌아보는 데는 시간이 걸리지 않았다. 회색 먼지가 얇게 덮인 모든 것들은 적당히 깨끗했다. 그녀는 가파른 계단을 내려가다가 밖에서 들어오는 니컬러스를 만났다.

「전 이럴 거라고는 생각 못 했어요. 산에 이런 오두막들이 많은가요?」

그는 젖은 모자와 외투를 벗었다.

「이것과 똑같은 것은 없소. 지난 세기 중반에 부유한 양모 상인들이 이곳을 지나다가 심한 폭풍우에 갇히게 됐는데 만일 양치기가 그들을 받아들이지 않았다면 목숨을 잃었을 거요. 고마움의 표시로 그 상인들은 여행자들의 피난처를 짓고 유지할 수 있도록 가까운 교구에 기부를 했소. 사려 깊은 어떤 사람이 늑대 같은 남자들의 한복판에 숙녀들이 갇히지 않도록 이층 방을 설계한 거지.」

「하지만 전 그런 남자에게 갇히고 싶은 걸요.」

「여자들이 다 당신처럼 훌륭한 생각을 하는 건 아니지.」

미소를 띠며 그가 승마 부츠를 비틀어 벗었다.

「그래서 이 오두막이 지어졌고 매해 봄마다 교구에서는 사람을 보내 겨울 동안 버려져 있던 곳을 수리하고 있소. 사람들은 이곳의 규칙에 따라 조심스럽게 사용하고 있기 때문에 그리 힘들지는 않을 거요. 예

를 들면 우리는 아침에 떠나기 전에 우리가 써버린 장작을 다시 모아
놓아야 하거든. 다음 여행자가 와서 사용할 장작을 준비해두는 거요.」

「그 상인들을 구해준 양치기는 직접 십 파운드를 주는 것을 더 좋아
했을지도 모르는데 아주 흥미로운 일이군요.」

그녀는 무릎을 꿇고 불 속에 장작을 더 넣었다.

「집시들도 여기에서 묵나요?」

「아니오. 집시들은 밖에서 잘 수만 있다면 절대로 안에 머물지 않소.
그들은 바람에 목말라 하니까.」

그의 깊은 시선이 그녀의 위에 머물렀다.

「그 젖은 옷들을 벗어버려야겠소.」

방을 가로질러 그가 다가왔다.

「옷 벗는 걸 도와주리다.」

내심 그가 도와주었으면 했던 클레어의 기대가 현실이 되었다. 행복
한 순간이었다.

그들은 불 앞에 나른하게 누워 있다가 옷이 얼추 마르자 일어나서
마른 옷을 입었다. 클레어는 햄과 감자, 그리고 양파로 만든 간단한 저
녁을 준비했고 니컬러스가 신혼여행을 염두에 두고 마련한 프랑스산
적포도주를 곁들였다. 둘은 불 앞에서 편안하게 몸을 쭉 펴고 누워서
떠들고 차를 마시며 밤을 보냈다. 잠자리에 들었을 때 클레어가 담요
를 끌어당기며 속삭였다.

「매봄마다 우리 이렇게 여행해요. 세상에 그런 부부는 드물 거예
요.」

「나도 그러고 싶소.」

그가 그녀에게 살며시 입맞추었다.

「클레어 당신은 다른 백작부인들처럼 되지 마시오. 난 지금 당신 그
대로가 좋소.」

그녀가 그를 올려보며 미소지었다.

「당신이 집시 백작이라면 전 집시 백작부인이 아닌가요?」

「그렇다고 봐야겠지. 당신은 위대한 숙녀가 되겠지만 그때도 당신은 늘 당신이요.」

그가 그녀를 끌어안았다.

「잘 자요, 클라리시마.」

작은 무리의 사람들이 비가 온다고 투덜거렸다. 곁에서 지켜보던 우두머리는 그들이 일당으로 얼마나 많은 돈을 받는지를 일깨워주며 입을 다물게 했다. 하지만 사실 그 자신도 짜증이 난 상태였다. 사냥감이 건물 안에서 하루 밤을 보내리라고는 생각지 못한 일이었다.

사내들은 아침이 밝아 오기를 기다리며 위스키 한 병으로 체온을 데우고 있었다. 그는 일을 마무리할 가장 좋은 방법을 생각하고 있었다. 저 오두막을 쳐들어가는 것이 가장 간단한 방법이겠지만 문은 분명 잠겨 있을 것이다. 만약 문을 부순다면 그 소리에 놀라서 잠에서 깰 터였다. 게다가 운 나쁘게 사냥감이 총을 가지고 있다면 되려 그가 위험해질 수도 있었다.

무리들을 남겨두고 그 우두머리는 조용히 오두막 주위를 정찰했다. 초라한 그 오두막은 창문들이 작고 너무 높아서 쉽게 올라갈 수가 없었다. 그는 헛간을 둘러보기로 하고 천천히 문을 열었다. 말 한 마리가 나지막이 울었지만 안에서 잠든 사람들을 깨울 정도는 아니었다. 오두막 한 쪽에 놓인 마른 장작처럼 보이는 검은 덩어리가 눈에 들어왔다. 그의 입가에 음흉한 미소가 번졌다. 비로소 그의 먹이를 뛰쳐나오게 만들 가장 좋은 방법을 찾아낸 것이었다.

모두 태워버린다.

29

불현듯 잠이 달아난 니컬러스는 생각에 잠겼다. 잠들지 않았던 무의식이 경계를 하는 것은 무엇이었을까?

뿌연 연기였다. 그는 벌떡 일어나 앉아서 방을 둘러보았고 벽난로의 반대편 창문에서 희미하게 타오르는 불꽃을 발견했다. 비는 그쳤고 밤의 침묵 속에서 어렴풋이 우지직거리는 위협적인 소리가 들렸다.

그는 옆에 누워 자고 있는 클레어의 어깨를 흔들었다.

「클레어, 일어나요. 불이 났소.」

그녀가 눈을 뜨자 그는 서둘러 일어나서 바지를 입고 부츠를 신고 셔츠를 입었다. 하지만 크게 걱정하지는 않았다. 문은 가까운 거리에 있었고 그들이 안에 갇힐 염려는 없었다.

클레어는 일어서서 아직 졸음이 가시지 않을 눈을 깜박거렸다. 그녀의 벌거벗은 모습을 뒤로 하고 그는 나이트가운을 던졌다.

「옷을 입고 밖으로 나가서 어디에 불이 났는지 봅시다. 운이 좋으면 금방 꺼질 수도 있지만 아니면 최악의 상태로 이어질 수도 있소.」

그녀는 고개를 끄덕이고 시키는 대로 부츠를 신고 망토를 걸치고서 문을 향해 걸어갔다. 니컬러스는 중요한 물건이 담긴 안장주머니를 집어들고 바로 그녀의 뒤를 따라갔다.

그러나 왜 이런 일이 일어났을까 하는 의구심을 떨쳐버릴 수가 없었다. 굴뚝에서 불꽃이 나오는 건 당연한 일이지만 습한 숲에서 불이 난다는 것은 정말 이상한 일이었다. 어떻게 헛간에서 불이 났을까? 그는 그곳에서 불붙을 만한 물건을 본 기억이 나지 않았다.

클레어는 문고리를 풀고 문을 열기 시작했을 때, 그는 불이 타오르는 소리가 오두막 양쪽에서 들린다는 걸 알았다. 그의 머리 속에서 경종이 울렸다. 헛간이 불타고 있다면 왜 말들이 날뛰며 소리를 지르지 않는단 말인가? 불이 어떻게 우연히 서로 다른 두 곳에서 시작되었단 말인가?

그는 클레어의 어깨너머로 문에서 몇 걸음 떨어진 곳에서 번쩍거리는 움직임을 보았다. 길고 곧은 물체가 위로 올라오면서 무엇인가를 겨누고 있었다.

총이었다.

공포가 그를 조여왔다. 안장주머니를 떨어뜨리며 그는 클레어의 허리를 안고 바닥으로 끌어내렸다. 그와 동시에 총이 발사되었다. 본능적으로 그는 클레어를 안고서 열려진 문안으로 굴러 들어갔다. 그들은 문을 쾅 닫았고 다음 순간 세 발의 총알이 그 육중한 나무 문을 맹렬하게 공격해왔다.

「오, 하나님.」

클레어가 숨을 몰아쉬었다.

「니컬러스 도대체 무슨 일이에요?」

「누군가 우리를 죽이려 하고 있소. 아니 날 죽이는 게 목표지만 당신이 같이 죽어도 상관없겠지.」

그는 벌떡 일어나서 문고리를 채웠다. 비록 별 의미는 없겠지만. 그는 짐꾸러미에서 권총을 꺼내 총알을 장전했다. 그러고는 창문 밖을 엿보았다. 건물의 양쪽 끝에서 불꽃이 일렁이고 있었다. 헛간은 무서운 속도로 타오르고 있어서 무너지기 일보직전이었다.

다섯 명의 무장한 사내들이 불빛의 바깥쪽에 서 있었다. 뒤로 니컬러스와 클레어의 말이 보였다. 불을 지르기 전에 창고에서 끌어낸 것이 틀림없었다. 사내들 중 하나가 조심스럽게 문을 향해 움직이기 시작했다. 니컬러스는 총을 겨누고 쏠 준비를 했다.

니컬러스는 유리창을 내려치고는 재빨리 총을 쐈다. 사내는 비명을 지르며 비틀거리더니 나동그라졌다. 니컬러스는 무서운 속도로 총알을 재고서 다시 총을 쐈다. 하지만 다른 공격자들은 먼 거리에 있어서 아무 소용이 없었다.

악을 쓰며 명령하는 목소리가 들렸고 그들 중 한 사람이 오두막의 뒤쪽으로 원을 그리며 돌기 시작했다. 니컬러스는 속으로 계산했다. 뒤쪽 창문으로 빠져나갈 수 있을지도 모른다.

긴장한 목소리였지만 차분하게 클레어가 말했다.

「불이 점점 번지고 있는 거죠?」

「그렇소. 밖에는 적어도 네 명의 남자가 총을 들고 우리가 나가면 쏴버릴 준비를 하고 있소」

그는 최선책을 생각해냈다.

「저 사람들이 원하는 건 나니까 내가 항복을 하면 당신은 보내줄지도 모르오.」

「안 돼요!」

연기가 금새 자욱해지며 눈을 찌르고 숨막히게 했다. 클레어는 숨을 깊이 들이마시다가 기침을 하기 시작했다. 기침이 멎자 그녀가 말했다.

「저들이 당신을 죽이는 걸 목격한 나를 그냥 두겠어요. 항복한다면 아마도 내게 몹쓸 짓을 하고 나서 죽일 거예요. 죽더라도 당신 옆에 있겠어요.」

「클레어 난 죽지 않을 거요.」

좋은 생각이 그의 머리를 스쳤다. 그는 권총을 바지 허리춤에 찔러넣고 나서 채찍을 낚아챘다.

「위층으로! 지금 당장!」

「기다려요.」

클레어가 짐에서 속옷을 홱 잡아당기더니 반으로 찢어서 아침에 먹으려고 떠놓았던 물 주전자에 담갔다가 꺼내어 건넸다.

「이걸로 입을 막아요.」

그들은 연기 아래로 몸을 웅크리면서 계단을 올라갔다. 올라가는 동안 연기가 위층에 빠르게 차 올라서 젖은 천 없이는 호흡곤란으로 죽을 수도 있었다. 눈 깜짝할 사이에 내부가 뜨거워져서 온 건물이 화염에 휩싸일 것이다.

「여기서 빠져나갈 수는 없어요.」

클레어가 냉정하게 말했다.

「짧은 결혼생활이었지만 행복했어요. 부부싸움도 한번 안 했잖아요.」

클레어는 연기 속에 파랗게 질린 얼굴로 기침을 하다가 희미한 미소를 지으며 말했다.

「이런 말을 하는 저를 용서하세요. 하지만 사랑해요, 니컬러스. 전 후회하지 않아요. 다만 당신과 더 많은 시간을 같이 하지 못하는 것이 아쉬울 뿐이에요.」

그 고백은 니컬러스의 마음에 아프게 파고들었다. 삶을 이렇게 끝낼 수는 없었다. 그는 절대 그렇게 둘 수 없었다.

창문 밖을 살폈으나 집 주위를 돌고 있는 무장한 남자를 볼 수 없었다. 잘된 일이었다. 그건 그 사내 역시 니컬러스를 보지 못한다는 걸 의미했다. 그는 그 여닫이 창의 자물쇠를 풀고 조심스럽게 열었다. 불꽃이 그의 바로 발 밑에서 혀를 날름거리고 있었다. 그는 밖에서 몰려들어온 더 많은 연기 때문에 기침을 토해냈다.

재빠르게 거리를 계산하고 그는 클레어에게 손짓했다.

「우린 살 수 있소. 지붕 뒤의 모서리를 꽉 잡고 꼭대기로 기어올라가요. 두려워하지 말고. 내 당신을 지켜주겠소.」

클레어가 믿음이 가득한 표정으로 고개를 끄덕였다. 그는 창문으로 올라가서 두 발을 창틀 위에 버티고 서서 열과 연기와 싸우며 의식을 잃지 않으려고 애를 썼다. 그는 자신의 무릎을 밟고 선 그녀를 천천히 들어올려 지붕의 모서리를 잡도록 해주었다. 그러고는 그녀가 안전하게 기어올라갈 때까지 위로 밀어 올려주었다.

연기가 감시자의 눈을 가려주길 기도하면서 니컬러스는 허리에 채찍을 감고 창문턱에 서서 혼자 힘으로 지붕 위로 올라갔다. 그는 쉽게 지붕 모서리를 잡고 위쪽으로 올라갔다. 하지만 그의 손가락이 젖은 슬레이트 지붕에서 미끄러지기 시작했다.

곡예사처럼 흔들리다가, 그는 아슬아슬하게 왼쪽 다리를 지붕 모서리에 걸쳤다. 그러고 나자 지붕의 경사면으로 제 몸을 끌어올리는 것은 순식간이었다. 번쩍이는 빛과 황량한 그림자들이 지붕을 얼룩덜룩 물들이고 있었다. 니컬러스가 보니, 클레어는 한 손으로 들보를 잡아 자신의 몸을 지탱하고서 그를 거들어줄 자세를 잡고 있었다. 똑똑한 여인이 같이 있어 정말 다행이었다.

소용돌이치는 연기와 훨훨 소리를 내며 타오르는 불길이 지금까지 그들을 습격자들로부터 숨겨주고는 있지만 얼마나 더 이렇게 피신을 할 수 있을지 위태위태했다. 오두막 아래층이 벌써 다 타버렸으니 건물 전체가 무너지는 것은 시간 문제였다. 그는 몸을 웅크리고 미끄러지지 않도록 한 손으로 들보를 잡은 채 클레어가 지붕의 다른 끝으로 가도록 도와주었다.

매끈한 슬레이트 지붕을 미끄러져 내려가며 니컬러스는 근처에 적당한 나무가 서 있기를 신께 기도했다. 다행히도, 오두막의 지붕에서 채찍이 닿을 만한 거리에 크고 둘레가 넓은 느릅나무가 있었다. 딱 한 그루이긴 했지만.

다음 순서는 큰 위험을 감수해야 하는 일이었다. 니컬러스가 몸을 일으켜야 하는 것이었다. 만일 침입자들의 눈에 띈다면 좋은 표적이 될 수밖에 없었다. 그러나 다른 방법이 없었다. 허리에서 채찍을 푼 그는 균형을 잡기 위해 들보에 한 발을 짚고 섰다. 그러고 나서 희미하게 보이는, 비교적 거리가 가깝고 그들의 체중을 지탱해줄 만한 어느 나뭇가지에 채찍을 날렸다.

가죽 채찍이 쉽게 나뭇가지에 감겼다. 니컬러스는 시험삼아 당겨보았더니, 안전하게 감긴 것 같지 않았다. 자신의 성급함에 화가 치미는 것을 참으며 그는 채찍을 느슨하게 풀어서 다시 잡아당겼다. 지붕은 점점 더 뜨거워지고 있었다. 그는 시간 감각조차 잃어버렸다. 잠을 깬지 오 분쯤 지났을까? 아니면 삼 분?

시간을 얼마나 벌 수 있느냐가 관건이었다. 그는 할 수 있는 한 멀리 몸을 뻗어서 채찍을 다시 휘감았다. 이번에는 단단히 감긴 것 같았다. 다행이었다. 시간이 많지 않았다. 그는 다른 한 손을 클레어에게 내밀었다.

「클레어, 이리로.」

그녀는 그의 옆으로 기어가서 몸을 일으켰다. 니컬러스는 그녀에게 입맞추었다. 그녀에게 다시 할 수 없을지도 모른다는 의미의 키스. 그는 팔로 그녀의 허리를 감았다.

「꽉 잡아요, 내 사랑.」

가냘픈 그녀의 팔이 그를 꽉 붙들었다. 두 사람은 오로지 검고 나긋나긋한 가죽끈에 의지한 채 공중에 매달려서 흔들리고 있었다. 니컬러스는 가지를 붙들고 있는 채찍이 느슨해지는 느낌을 받았다. 땅에 떨어진다고 해도 죽지는 않겠지만, 그렇게 되면 순식간에 습격자들이 그들을 덮칠지도 몰랐다.

흔들리며 내려오던 끝에 그들은 나무 기둥에 쿵 소리가 날 정도로 부딪쳤다. 클레어는 닫혀 있던 폐 깊이 숨을 들이켰다. 니컬러스가 다리를 구부려 충격을 흡수하려고 애를 써봤지만 부딪친 충격에 하마터면 그녀를 떨어뜨릴 뻔했다. 두 사람의 체중은 그의 긴장된 오른팔에 의지하고 있었다.

채찍이 무게에 못 이겨 풀리기 시작했다. 나무에서 떨어지기 직전에 니컬러스가 발을 뻗어 큰 나뭇가지 위에 올라섰다. 가지가 그렇게 단단하진 않았지만 둘을 지탱해줄 만했고 잠시 후에 그들은 안전하게 튼튼한 나뭇가지 위에서 균형을 잡고 섰다.

니컬러스가 채찍끈을 다시 감아올릴 때, 지붕이 끔찍한 소리를 내며 무너져내렸다. 불기둥이 하늘을 향해 치솟았고 타는 듯한 열기가 그들을 덮쳤다. 붉은 빛 속에서 니컬러스는 그들이 뒤쪽 창문으로 빠져나올 경우를 대비해 총을 들고 기다리고 있는 남자의 윤곽을 볼 수 있었다. 아주 가까운 거리였지만 그 습격자는 연기와 어둠 속에 있는 두 사람을 보지 못했다. 니컬러스가 지켜보는 동안, 그자는 총을 내린 채, 아무도 살아서 빠져나오고 있지 않은 불타는 오두막 주위를 둘러보고 있었다.

니컬러스는 높은 곳에 있었기 때문에, 불길이 치솟는 오두막의 한켠에 비켜서서 그 안에서 빠져나올 자들을 기다리고 있는 습격자들을 훤히 내려다볼 수 있었다. 그 중에 한 명은 키가 크고 팔다리가 길죽길죽했는데, 어디선가 본 듯한 자였다. 흘끗 보니, 클레어가 같은 방향을 보면서 몹시 성난 얼굴을 하고 있었다.

습격자들이 넋을 잃고 불만 바라보고 있는 지금 어서 빠져나가야 했다. 니컬러스는 클레어의 어깨를 툭 쳐서 함께 아래로 내려가기 시작했다. 가장 낮은 가지도 땅과 멀리 떨어져 있어서 다시 한 번 채찍을 이용해야 했다.

무사히 땅에 내려왔을 때 그는 채찍을 감고 나서 오두막에서 떨어진 숲으로 곧장 클레어를 데리고 들어갔다. 땅은 이전에 온 비로 흠뻑 젖어 있었고 공기는 축축하고 쌀쌀했다. 클레어가 망토를 가지고 도망친 것은 잘한 일이었다.

얼마쯤 벗어났다고 생각되었을 때 그들은 잠깐 쉬기 위해 멈췄다. 클레어가 기진맥진해서 숨을 몰아쉬자, 니컬러스가 그런 그녀를 끌어안았다. 클레어는 심하게 몸을 떨고 있었는데, 니컬러스는 단순히 추위 때문에 그런 것은 아닐 것이라 생각했다.

「여기는 안전하오.」

그가 속삭였다.

「불길이 잡히고 시체를 확인하려면 첫새벽까지 기다려야 할 테니까, 우릴 추격하진 못 할 거요.」

「당신도 보았죠, 그렇죠?」

중얼거리듯 그녀가 말했다.

니컬러스는 그녀가 뭘 묻는 것인지 새삼 확인할 필요도 없었다.

「마이클 케넌인 듯싶은 키 큰 남자를 보긴 했소. 그 친구 말고는 달리 날 죽이려 할 사람도 없는 것 같고. 하지만 그 문제는 나중에 생각합시다. 지금은 안전한 곳으로 피해야 하오.」

「근처에 민가가 있을까요?」

「없소. 그보다 더 좋은 곳이 있소.」

그는 그녀의 어깨 위에 팔을 두르고 타고난 방향감각에 의지하여 걸어가기 시작했다.

「집시족의 마을로 갑시다.」

울퉁불퉁한 길에 넘어지고 나무에서 떨어지는 물에 흠뻑 젖어가며 그들은 몇 시간 동안이나 숲 속을 걸었다. 달아나기 전에 두 사람 모두 부츠를 신고 있었다는 것이 그나마 다행이었다. 비칠대는 클레어를 니컬러스가 거의 업고 가다시피 했기에 망정이지, 안 그랬으면 그녀는 나무 아래 그대로 주저앉아버렸을지도 몰랐다.

동이 트기 시작하면서 어렴풋이 연기 냄새가 났다.

「사람이 살고 있군.」

만족해하며 니컬러스가 말했다. 그제야 클레어는 그도 여기에 사람이 살고 있다는 확신을 못 하고 있었다는 것을 깨달았다.

갑자기 개 짖는 소리가 들려오더니, 이쪽을 향해 달려오는 여섯 마리 개들의 희미한 형상이 보이기 시작했다. 클레어는 바짝 얼어붙은 채, 어서 달아나야 하지 않을까 생각하고 있는데, 니컬러스가 사납게

짖는 개떼를 향해 뭔가를 던져주듯 팔을 휙 내둘렀다. 손안에는 아무 것도 들어 있지 않았지만 신기한 효과가 나타났다. 개들이 즉시 잠잠 해지더니 캠프로 들어가는 그들의 뒤를 졸졸 쫓아오는 것이었다. 웬 소란인가 하여 나온 몇 명의 남자들이 경계하는 자세를 취하며 다가왔 다. 한 사람은 손에 채찍을 감아쥐고 있었다.

니컬러스가 보호하듯 팔로 클레어를 안고 가장 가까이 다가온 남자 를 흘끗 쳐다보았다.

「코레, 자넨가?」

순간 모두 놀란 듯 조용해졌다. 그 뒤로 바리톤 목소리가 울렸다.

「니키!」

갑자기 두 사람은 집시족 말을 쏟아내는 사람들에게 둘러싸였다. 니 컬러스가 손을 들자 사람들이 조용해졌다. 여전히 클레어를 꽉 잡은 채 그는 집시족 언어로 간단하게 상황을 설명했다.

순하고 예쁘게 생긴 여자가 클레어의 팔을 잡았다.

「애니와 함께 가요, 클레어. 잘 돌봐줄 거요. 나도 곧 따라가겠소」

지금 클레어는 그녀의 운명을 기꺼이 다른 사람의 손에 맡기고 있었 다. 애니는 그녀를 마차들 가운데 하나로 데리고 가서 베란다처럼 튀 어나온 턱을 밟아 올라서게 도와주었다. 마차 문이 열려 안을 들여다 보니, 깃털 이불 밖으로 올망졸망 줄지어 내밀고 있는 작은 얼굴들이 보였다. 니컬러스와 닮은 검은 눈동자들이 호기심으로 반짝이고 있었 다. 재잘거리며 질문을 쏟아내는 아이들에게 애니가 가만히 있으라고 입막음을 시켰다.

애니가 가벼운 영어 억양으로 말했다.

「여기서 눈을 좀 붙여요」

클레어는 젖은 망토를 벗고 어렵사리 부츠를 벗었다. 그러고는 진흙 투성이가 된 옷을 입은 채 자리에 누웠다. 애니가 그녀에게 깃털이불 을 덮어주었고 클레어는 곧 잠이 들었다.

니컬러스의 팔이 허리를 감싸는 느낌에 잠이 깬 것은 오전 중반이었다. 그녀처럼 그는 탈출할 때 입었던 바지와 목 부분이 활짝 열린 셔츠를 입고 있었다. 잠든 그의 얼굴은 여전히 젊었고 심장이 멎을 정도로 멋있었다. 클레어는 엎드려 그의 이마에 살며시 입맞추었다.

니컬러스가 눈을 떴다.

「기분이 어떻소?」

「아주 좋아요. 나무 사이를 걷다가 생긴 상처가 좀 있지만 대수롭지 않아요.」

그녀는 떨리는 것을 참으며 말했다.

「위험한 일이 닥쳤을 때는 당신 옆에만 꼭 붙어 있으면 될 것 같아요.」

니컬러스의 얼굴이 굳어졌다.

「내가 아니었으면 당신 목숨이 위험에 빠질 일은 없었을 거요.」

「그건 예측할 수 없는 일이었어요.」

그녀가 밝게 웃으며 말을 이었다.

「그리고 정말 대단한 모험이었는걸요. 그런 신혼여행을 보낸 사람이 몇이나 있겠어요?」

마지못해 미소를 지어 보였지만 클레어는 그의 슬픔을 느낄 수 있었다. 만약 그녀의 가장 오랜 친구인 마기드가 자신을 죽이려 한다면 어떤 심정일까? 상상만으로도 이처럼 괴로운데 우정을 믿고 싶은 니컬러스에게는 얼마나 고통스러운 일이겠는가. 그녀는 현실적인 문제로 화제를 돌리기로 했다.

「이제 어디로 갈 거예요?」

「꿈빠니아는 북쪽으로 가는 길이었지만 기꺼이 방향을 돌려서 우리를 애버데어로 데려다줄 거요. 짐마차의 속도로 삼일 정도 걸릴 거요.」

클레어는 자신의 조랑말을 생각하고 한숨지었다.

「누가 데려가든 론더를 잘 보살펴주었으면 좋겠어요.」

「돌아가면 몇 사람을 이곳으로 보내 조사하도록 해야겠소. 누군가 그 말들을 팔았다면 다시 사들일 수 있을 거요. 어쩌면 우리를 습격한 사람들이 누구인지를 알아낼 수 있을지도 모르고 말이오.」

그녀는 고개를 끄덕이며 다른 질문을 했다.

「집시들 사이에서 지내는 동안 지켜야 할 것들이 있나요?」

그는 잠시 생각하고는 일러주었다.

「청결에 대한 금기사항을 잘 지켜야 하오. 야영지에서는 개울물을 사용하는데, 가장 깨끗한 웃물은 식수나 요리를 하는 데 쓰고, 씻거나 목욕을 할 때는 훨씬 아랫물을 사용하오. 식사를 하기 전에는 반드시 먼저 씻고, 음식 그릇을 더러운 물에 담그면 불결한 것으로 간주되기 때문에 절대 그렇게 하면 안 되오. 그런 그릇은 내던져버려야 하오.」

니컬러스는 짓궂은 눈길로 그녀를 쳐다보며 설명을 이어나갔다.

「맘에 들진 않겠지만, 여자들 역시 불결한 존재로 여겨지고 있소. 나 아닌 다른 남자가 당신 치맛자락을 건드리게 해서도 안 되고, 한 남자 앞이나 두 남자 사이로 걸어가도 절대 안 되고, 말들이 있는 앞으로 지나가서도 안 되오.」

그녀가 양미간을 찌푸렸다.

「당신 말이 맞아요. 마음에 들지 않는군요.」

「이렇게 근접한 막사에서 사는 사람들에게는 일리가 있는 일이오. 그래야 여자들이 일정 정도의 사생활과 안전을 보장받을 수 있으니까 말이오. 그리고 성적 긴장감을 감소시켜주는 수단이기도 하고. 집시 여인들이 음란하다는 평을 듣지만, 실제 집시들 사이에 난잡한 성생활 따윈 별로 없소.」

「알았어요. 누구의 감정도 상하게 하지 않도록 노력하겠어요.」

목소리가 들리자 애니가 마차 안을 들여다보았다.

「아침 식사하세요. 니키, 당신은 좀 나가줄래요? 당신 아내를 위해 옷을 가져왔거든요.」

그는 일어나서 마차에서 나가기 전에 애니가 들어오는 것을 도와주었다. 집시족 여자들은 헐렁하고 목이 깊게 파인 블라우스와 불룩하게 부푼 밝은 색깔의 층이 진 치마를 입었다. 금화가 매달린 귀걸이와 목에 걸린 짤랑거리는 동전 목걸이가 옷과 잘 어울렸고 스카프로 머리카락을 덮고 있었다.

클레어는 장신구는 하지 않았지만 비슷한 옷차림을 했다. 깊이 패인 블라우스의 목 부분을 내려다보며 그녀가 말했다.

「니컬러스가 보면 아주 좋아하겠어요.」

애니가 싱긋 웃자 윤기 흐르는 검은 피부와 대조적인 새하얀 치아가 드러났다.

「니키가 아내를 얻다니 기뻐요. 결혼한 지 얼마나 됐죠?」

클레어는 머릿속으로 헤아려보았다.

「사흘이요.」

「겨우 사흘!」

그녀는 클레어의 손을 잡아 손목의 베인 상처가 이제 거의 나아가는 것을 보고 인정하는 듯이 고개를 끄덕였다.

「그쯤 됐겠군요. 당신과 니키의 결혼을 기념하기 위한 잔치를 열 거예요. 하지만 지금은…… 식사를 해야 해요.」

마차에서 나와 보니 비가 개어 하늘이 청명했다. 남자들이 저편에 매어둔 말 주위에 모여 있었다. 코앞에서는 여자들이 캠프 주위를 우아하게 돌아다니고 있고, 반쯤 벌거벗은 아이들의 무리가 마냥 즐거운 듯 소리치며 내달리고 있었다. 호두처럼 얼굴에 자글자글 주름이 진 왜소한 노파가 클레어를 가만히 쳐다보더니 고개를 끄덕이고서 다시 담배 파이프를 물었다.

마차 주위에서는 양철 주전자와 가마솥이 요리를 하기 위한 불 위에 놓여 있었다. 클레어가 허기를 느껴 코를 킁킁거리자, 애니가 웃으며 말했다.

「먼저 씻어요.」

그녀가 주전자를 들고 클레어에게 물을 따라주면 아래쪽에서 손을 씻으라고 일러주었다. 클레어는 순순히 따르면서 니컬러스에게 집시 생활 양식을 간단히 배워둔 것을 다행스럽게 생각했다.

애니는 그녀에게 달콤한 커피가 담긴 뜨거운 머그잔과 튀긴 양파와 소시지가 놓인 접시를 가져다주었다. 둘 다 맛이 있었다. 음식을 먹으면서 클레어는 떠날 준비를 하느라 짐을 싸고 있는 여자들을 보았다. 그녀들은 전혀 서두르지 않는 듯했다.

니컬러스는 세 명의 남자들과 진지하게 이야기를 나누고 있었다. 그는 헐렁한 가죽 조끼를 얻어 입고 빨간 손수건을 목에 두른 차림이었다. 동족들과 함께 있는 그의 모습은 완전히 고향에 온 것 같았다. 영국 귀족으로서의 그의 모습은 어디에서도 찾아볼 수가 없었다.

클레어를 보고 다가오던 그가 아까 그 노파를 보더니 발걸음을 돌렸다.

「케자 할머니!」

노파는 틈이 벌어진 이를 보이며 미소를 지었고 둘은 집시 언어로 이야기하기 시작했다. 클레어가 커피를 다 마셨을 때 한 소년이 캠프 안으로 뛰어 들어와 숨을 헐떡이며 말했다.

「사람들이 이쪽으로 오고 있어요. 총을 가지고 있어요.」

클레어의 심장이 요동치기 시작했다. 단순히 사냥꾼들일지도 모르지만, 놓친 먹이를 찾는 어젯밤의 습격자들일 가능성이 더 높았다.

「이쪽으로!」

애니가 마차를 향해 내몰듯 손을 휘저었다. 클레어와 니컬러스는 안으로 기어올라갔다.

「엎드려요, 클레어.」

엎드리며 니컬러스가 말했다. 클레어는 시키는 대로 했고 애니는 밖에서 바람을 쏘이고 있던 깃털 이불을 한아름 가지고 들어왔다. 그녀는 클레어와 니컬러스가 완전히 이불 더미로 덮일 때까지 그들 위에 이불을 하나씩 하나씩 펼쳐놓았다. 위에서 뭔가가 푹 하고 그들을 내리눌렀다.

클레어가 움찔거리고 있음을 느낀 니컬러스는 그녀의 손을 따뜻하게 꼭 쥐어주었다.

「애니가 네 살 된 자기 아들을 위에 앉혀놓은 거요. 누가 와서 우리를 찾는다 하더라도 꼬마 녀석 요조를 들어내서 들춰보지는 못할 거요. 어지간해서는 꿈쩍 안 하는 녀석이거든.」

클레어는 거의 숨이 막힐 것 같았지만 니컬러스의 손을 꼭 잡고 가만히 누워 움직이지 않으려고 애를 썼다. 잠시 후에 그녀는 마차 바로 바깥에서 영어로 말을 하는 굵은 목소리를 들었다.

「걸어서 여행을 하고 있는 남자와 여자를 못 봤나? 걱정이 돼서 그래. 그 사람들은…… 그 사람들은 열병에 걸려서 우리 캠프를 잃어버리고 길을 헤매고 있거든.」

집시들 중 한 사람이 말했다.

「오늘은 당신들을 제외하곤 고르조우들을 보지 못했습니다.」

「운수를 점쳐드릴까요? 어르신네들.」

한 여자가 말했다.

「당신은 앞으로 아름다운 여자를 만나실 겁니다. 새의 깃털만큼 우아한 손을 가지고 있어요. 제게 돈을 주시면…….」

애니가 끼어들었다.

「아닙니다, 어르신네들. 점에 있어서는 제가 최고예요. 전 참다운 집시의 영안을 가지고 있죠.」

다음에는 아이들의 목소리가 들렸다.

「가이를 위해 일 페니만 주십쇼.」

아이들의 목소리가 새소리처럼 높아졌다.

「일 페니만요. 아니면 반 페니라도.」

「일 페니만요, 네.」

「가이를 위해 일 페니만 주세요.」

「제발 그만둬.」

방문객이 으르렁거렸다.

「가이 포크스 데이(1605년 의회 지하에 화약을 장치하고 폭파하려던 구교도의 음모 사건의 주모자 중 하나인 가이 포크스의 체포 기념일. 11월 5일)는 육 개월이나 남았어. 저리 비키지 못해. 이 못된 녀석들아!」

마차의 문이 끽 소리를 내며 열렸다. 클레어의 손가락은 니컬러스의 손을 너무 세게 쥐고 있어서 피가 통하지 않을 것 같았다.

위에 있는 꼬마 요조가 갑자기 몸부림을 치며 소리쳤다.

「페니, 페니, 일 페니!」

이어 다른 영국인의 목소리가 들려왔다.

「안에 다른 것은 없나?」

「더러운 꼬마 뿐이야. 아예 뱃속에서부터 구걸하는 법을 배워가지고 나오는 족속들이라니까.」

첫 번째 목소리가 지겹다는 듯 말했다.

문이 쾅 닫혔고 그들의 목소리가 희미해졌다. 클레어는 참고 있던 숨을 몰아쉬었다.

깃털 침대 아래에서 길고 숨막히는 시간이 흘렀다. 요조는 곧 더 재미있는 일을 찾아 가버렸지만, 그들은 한 남자의 목소리가 들릴 때까지 그 자리에 꼼짝도 않고 있었다.

「이제 나와도 돼, 니키. 고르조우들은 모두 가버렸어.」

니컬러스와 클레어는 이불을 옆으로 밀어내며 일어나 앉았다. 마차의 가장자리에 앉아 있는 사람은 잘생기고 탄탄한 체격을 가진, 무리의 지도자이자 애니의 남편인 코레였다. 니컬러스가 물었다.

「고르조우 중 한 사람이 내가 말했던 녹색 눈을 가진 남자였나?」

코레가 머리를 저었다.

「네 사람이 있었는데 네가 말한 사람은 없었어.」

그가 돌 주전자를 들어올렸다.

「불타버린 오두막 주변을 살펴보려고 나갔던 아이들이 돌아왔는데, 별달리 발견된 것은 없군. 네 물건들은 다 망가지고 말들은 끌고 가버렸어. 근처에 이 빈 술 주전자하고 이게 있었고.」

그가 납작한 은색 상자를 내밀었다.

클레어는 그것이 신사들이 가지고 다니는 명함 케이스라는 걸 알고 얼굴을 찡그렸다. 니컬러스는 돌 같이 차가운 얼굴로 그것을 열어보았다. 안에 있는 명함은 축축하게 젖었지만 제 주인이 누구인지 말해주고 있었다.

'마이클 케넌'

또렷한 글씨를 보고 니컬러스의 표정이 굳었다. 코레는 그의 얼굴을 보고 정중하게 돌아서더니 마차를 뛰어 넘어갔다.

클레어가 속삭였다.

「니컬러스, 괜찮아요?」

그는 주먹을 불끈 쥐더니 상자를 꽝 닫으며 고통에 찬 목소리로 말했다.

「하지만 앞뒤가 맞질 않소. 가령 마이클이 미쳐서 날 사냥하기로 마음먹었다고 칩시다. 왜 하필 여기 산 속이란 말이오? 혼자서도 충분히 할 수 있는 일을 왜 사람들을 시켰을까? 그리고 그 자식이 날 찾고 있다면 꿈빠니아를 더 꼼꼼히 뒤졌을 거요.」

「그렇지만 그는 그 사람들과 같이 있지 않았어요. 아마도 의심받기 싫어서 그랬을 거예요. 이곳은 펜리스와 멀리 떨어져 있어서 우리의 죽음은 우연한 사고로 처리될 거고, 조사를 한다 해도 산적들의 소행으로 보이겠죠.」

그녀가 머뭇거리며 덧붙여 말했다.

「앞뒤가 맞지 않을 수도 있지만, 그기 지금 정상이 아닐 수도 있다는 점을 염두에 두세요.」

완벽하게 그럴듯한 이야기였다. 니컬러스의 손을 잡으며 그녀는 진심으로 그런 생각들이 틀리기를 소망했다.

30

　멀지 않은 곳에 집이 있는데도 불구하고 집시들과 여행을 하자니 클레어는 외국을 방문하고 있는 느낌이 들었다. 집시들의 풍습 중 많은 부분이 영국적이었고 모두 집시어뿐 아니라 영어와 웨일스 말도 약간씩 구사했다. 그렇지만 대체로 그들은 이국적이었다. 니컬러스의 아내로서 그녀는 어느 정도는 집시의 입장이 되어 그들을 이해할 수 있었다. 그들은 그녀를 마치 떠돌아다니다 들어온 새끼고양이처럼 편안하게 받아들여준 사람들이었다. 집시들의 생활방식을 다 인정할 수는 없었지만 그들만의 따뜻함과 강렬한 생명력을 부인할 수는 없었다.

　집시에 대해 아는 것은 니컬러스를 이해하는 데 많은 도움을 주었다. 그들이 현실을 살아나가는 법은 마치 과거나 미래가 없는 것처럼 보였다. 신비한 운명주의와 솔직한 행동의 자유라든가 하는 것은 그녀의 남편이 집시족에게 물려받은 흔적들이었다.

　그러나 그녀는 점차로 니컬러스가 쉽게 그들과 어울리고 아주 인기가 있기는 하지만 그 집단의 진정한 일원은 아니라는 사실을 깨달았다. 집시의 좁은 세계를 떠나서 성장했던 마음과 정신이 그의 많은 부분을 차지하고 있었던 것이다. 그녀는 만약 그가 집시들을 떠나지 않았었다면 지금보다 더 행복했었을까 하는 생각을 했다. 아마 언젠가는 그에게 물어볼 기회가 있을 것이다. 하지만 지금은 때가 아니었다. 애버데어에 도착했을 때 마이클에 관한 일이 부담이 되었고 그녀는 니컬러스의 마음속에 있는 슬픔을 느낄 수 있었다.

집시들과의 마지막 밤에 약속했던 잔치가 열렸다. 풍부한 음식과 술과 웃음이 가득한 자리였다. 잔치가 열리고 있는 장소 중앙에는, 배에 사과를 가득 채운 돼지가 장작불 위에서 구워지고 있었다. 클레어는 그녀 몫의 분배가 끝나자 손에 구워진 고기를 들고 조금씩 뜯어먹으면서 말했다.

「이 새끼돼지가 정직하게 얻어진 것이길 바라지만, 물어보기가 겁이 나네요.」

니컬러스가 싱긋 웃었다. 오늘 저녁에 그는 다른 일은 다 묻어버리고 집시의 삶을 즐기고 있었다.

「정당한 거요. 운 좋게 오두막에서 우리가 빠져나올 때 내 바지에 일 기니가 들어 있었소. 코레에게 경비로 쓰라고 했지. 내 눈으로 직접 코레가 이 작은 돼지를 사는 것을 보았소.」

애니가 그들이 앉아 있는 통나무로 다가왔다.

「이 잔치는 당신들의 결혼을 기념하기 위한 거니까 우리 뜻대로 작은 의식을 치러도 괜찮죠? 유괴도 아니고 애석해하는 것도 아닌, 당신들이 하나된 것을 상징하기 위한 거예요.」

클레어가 의심스러운 듯 물었다.

「전 집시들의 풍습을 몰라요.」

「아주 간단해요.」

애니가 밝게 말했다.

「어렵지 않을 거예요. 밀로쉬한테 깡깡이를 가지고 오라고 시켰어요. 니키, 당신은 나중에 우리를 위해 하프를 연주해줘야 해요.」

애니가 부산하게 가버리자 클레어는 어리벙벙해서 물었다.

「애석해하다뇨?」

「신부가 통상적으로 어머니에게 노래를 받치는데, 팔려서 시집가는 처지를 한탄하고 죽고 싶은 심정을 노래하는 거요.」

「전혀 잔치 분위기가 아니군요.」

「집시들에게 그건 아주 감동적인 일로 여겨지지. 이 의식과 유괴 의식 그림은 집시의 역사를 나타내는 흥미로운 그림이오.」

그녀는 손가락에 묻어 있는 기름기를 핥았다.

「집시들의 근원은 원래 어디죠?」

니컬러스는 대답하기 전에 와인을 벌컥벌컥 들이켰는데, 손가락을 주전자 목에 있는 고리에 끼우고 어깨위로 높이 들어올려 집시 스타일로 마셨다. 아주 호전적인 모습이었다.

「성문화된 기록이 없어서 확실히 아는 사람은 아무도 없소. 내가 직접 들은 옥스퍼드 언어학자의 이론으로는 집시의 방랑생활은 아시아에서 시작된 것 같다고 하더군. 인도 북쪽에서 말이오.」

그녀는 인도에 관한 책을 읽었던 것을 생각하며 자신의 주위에 있는 검은 피부의 사람들을 자세히 살펴보고 언어학자의 이론이 그럴듯하다고 생각했다.

「집시의 역사에 관한 구전 설화는 없나요?」

「많소. 서로 말들이 다르긴 하지만. 옛 속담에 이런 말이 있소. '스무 명의 집시에게 같은 질문을 하면 스무 개의 다른 대답을 듣게 될 것이다.' 반면에, 한 사람의 집시한테 똑같은 것을 스무 번 물어보면, 역시 스무 가지의 다른 답변을 듣게 될 거요.」

클레어는 그 말에 웃음을 터뜨렸다.

「일관성이라는 것이 집시들에게는 미덕으로 간주되지 않는다, 그런 말인가요?」

「가장 어린아이부터 가장 늙은 노인들까지 필요하다면 저들은 아름답게 그리고 유창하게 꾸며댈 수가 있소.」

니컬러스는 다시 술을 들이키고는 원을 지어 앉아 있는 옆 사람에게

술주전자를 건네주었다.

「그리고 그들은 독창성이 넘치거나 즐거움을 위해서는 거짓말을 해도 괜찮다고 생각하지. 이곳에서는 적당히 교활한 사람이 숭배를 받소. 웨일스에서 정직한 사람이 존경을 받는 것처럼 말이오.」

모닥불에서 멀리 떨어진 곳에서 밀로쉬가 바이올린을 켜고 더불어 한 남자가 탬버린을 치고 있었다. 대화가 사라지고 사람들이 음악에 맞추어 박수를 치기 시작했다. 클레어는 흥겨워서 몸을 흔들었고 그때 애니가 걸어와서 클레어에게 진홍색 스카프를 주었다.

「당신과 니키는 끝날 때까지 춤을 추어야 해요.」

클레어는 춤에 관한 한 문외한이었지만 기꺼이 해보기로 했다. 그녀가 일어나자 니컬러스가 제안했다.

「당신 머리를 풀고 춤을 춥시다.」

그녀는 순순히 머리의 스카프를 벗어서 손가락으로 두껍게 땋아진 머리채를 풀었다. 머리카락이 검은 망토 위로 쏟아져내렸다. 그녀와 니컬러스는 스카프의 반대편 끝을 잡고 원 안으로 들어갔다.

「바람난 처녀처럼 굴어봐요. 내가 아는 그 짓궂은 말괄량이 모습 있잖소.」

니컬러스가 '악마 백작' 특유의 미소를 지으며 말했다.

클레어는 팽팽해진 스카프를 사이에 두고 그와 천천히 원을 그리면서 생각을 했다. 니컬러스의 주문에 빨려들어 갔을 때 어떤 기분이었지? 그가 불러일으키는 성적인 최면에 두려움을 느끼면서도 도저히 저항할 수 없었던 일들이 떠올랐다. 니컬러스의 눈동자를 들여다보면서 그녀는 그 기억들을 그냥 흘러나오게 내버려두었다.

그녀가 말없이 부끄러운 몸짓으로 눈을 내리깔고 몸을 돌리자 낮게 파인 블라우스의 한 쪽 어깨가 도발적으로 흘러내렸다. 유연하면서도 강력하게 니컬러스는 짝을 찾는 수컷처럼 스카프를 당겨 그녀를 가까이 끌어들였다.

클레어는 가까이 미끄러져 왔다가 그가 다가올라치면 다시 슬며시 멀어졌다. 니컬러스가 따라오자 그녀는 방어를 하면서 은근 슬쩍 유혹을 하듯 그의 팔 아래로 빠져나가며 머리카락을 그의 얼굴에 스쳤다. 니컬러스는 달아나는 그녀를 그냥 내버려두다가 다시 확 잡아당겼다. 클레어가 나머지 한 손으로 수줍은 듯 얼굴을 가렸지만, 그녀가 빙글 돌자 스커트가 도발적으로 높이 말려 올라갔다. 그는 정복하고 차지하겠다는 무언의 다짐을 하며 거만한 종마처럼 그녀를 쫓았다. 음악이 점점 더 빨라지자 그들은 홀린 사람들처럼 빙빙 원을 돌며 예정된 춤의 마지막을 위해 열렬하게 움직였다.

열광적인 마지막 취주(吹奏) 함께 바이올린의 선율이 멈췄고, 고요함 속에 맥박의 고동 소리만 남았다. 클레어의 상체가 뒤로 젖혀지게 니컬러스가 그녀의 허리를 확 끌어안았다.

몸이 뒤로 넘어가는 순간 클레어는 반사적인 공포감을 느꼈다. 그러나 그녀의 몸속 세포들은 니컬러스가 그녀를 쓰러지게 하지 않을 것임을 잘 알고 있었기에, 공포감은 솟아날 때처럼 순식간에 사라져버렸다. 클레어의 머리타래가 풀밭에 닿아 찰랑거릴 때, 니컬러스는 그녀에게 자신의 여자임을 공언하는 키스를 했다. 집시들이 발을 구르며 환호성을 외쳤다.

그는 부드럽게 그녀를 일으켜 세워 다정한 눈빛으로 바라보았다.

「클라리시마, 마지막으로 우리는 애니가 놓아둔 꽃 장식이 달린 빗자루를 뛰어넘어야 하오.」

손을 잡고 그들은 꽃 장식이 달린 빗자루를 뛰어넘었다. 뒤이어 박수소리가 터져 나왔고 그 틈에 클레어가 속삭였다.

「빗자루 막대를 뛰어넘는 것은 웨일스의 오래된 전통이에요.」

그가 웃었다.

「집시들은 취사선택을 아주 잘 하는 사람들이오. 자신들을 즐겁게 하는 관습이라면 뭐든 받아들이지.」

바이올린의 선율이 다시 이어지고 이번에는 케자에서부터 걸을 수 있는 어린아이들까지 모든 사람들이 춤에 동참했다. 원이 만들어지고 그 원이 작은 무리로 나뉘어졌다. 연주자들은 모든 사람이 춤을 출 수 있도록 돌아가며 연주를 해주었다. 클레어에게 뜻밖의 깨달음이 찾아왔다. 이것은 단순한 오락이나 죄스러운 유혹이 아닌 삶의 호흡이었다.

그리고 니컬러스는 그 누구보다도 열정적이었다. 손을 잡고 춤추는 매 순간마다 그녀는 불타는 강처럼 내부를 흐르는 니컬러스의 약동하는 생명력을 느꼈다. 클레어는 안에서 막 피어나고 있는 열정을 모아 결론을 내렸다. 얼마 전까지 소녀였던 자신이지만 이제는 요부로서 그리고 자신의 남자를 기쁘게 할 수 있다는 자부심을 가진 여자로서 춤을 추고 있다는 것을.

시간이 흐르고 지친 아이들이 잠자리에 든 후에 어른들마저 지치자 코레가 작은 웨일스 하프를 니컬러스에게 건네주었다.

그는 부드럽고 가볍게 하프를 퉁겨보고 무슨 곡을 연주할까 생각하면서 조율했다. 고민 끝에 사냥의 기쁨과 방랑의 슬픔을 노래한 긴 집시 발라드를 택했다. 클레어는 그의 옆에 앉아서 지그시 눈을 감고 깊고 풍부한 목소리의 아름다움을 음미했다. 마지막에 그는 그녀를 위해 영어로 번역해서 노래해주었다.

세상에서 가진 것들은 너를 멸망시키리.
사랑은 부는 바람처럼 자유로운 것.
바람을 상자에 가두면 바람은 죽어버리지.
천막을 열어라. 네 마음을 열어라.
바람이 불 수 있도록.

노랫말의 강렬함이 클레어의 마음을 사로잡았다. 설마 그 노랫말이 자신에게 띄우는 그의 마음일까 싶긴 했지만, 니컬러스를 차지하려면 억지로 애를 써서는 안 된다는 것을 알 것 같았다.

사랑은 부는 바람처럼 자유로운 것……

잠시 뒤 그들은 다른 사람들과 멀리 거리를 두고서 잠자리를 마련했다. 별을 지붕 삼아 두 그루의 나무 사이에 누워서 니컬러스는 그녀와 강렬하고 독점적인 사랑을 나누었다. 춤을 추면서 달아올랐던 욕망이 이제 고요함 속에서 정점에 오르고 있었다.

클레어는 자신의 몸이 자신을 대신하여 사랑의 말을 마음껏 속삭이게 내버려두었다. 잠시 후, 니컬러스가 그녀의 가슴에 얼굴을 묻고 잠이 들자, 클레어는 이제 자신과 부부가 된 이 남자는 과연 어떤 사람일까 궁금해하며 그의 머리칼을 쓰다듬었다. 집시, 웨일스 사람, 귀족, 음유시인. 그에겐 그런 모습뿐 아니라 또 다른 모습이 있을 것이다. 그리고 죽을 때까지 그런 이 남자를 사랑할 수밖에 없을 것이다.

다음날 아침 클레어에게는 약간 허무한 느낌이 찾아들었다. 어제 저녁 너무 무절제했다는 생각 때문이었다. 너무 많이 먹었고 와인을 너무 많이 마셨으며 너무 오랫동안 춤추었다. 그리고 너무 무절제한 향연을 벌였다. 존 웨슬리라면 승인하지 않았을지도 모를 일이었다. 그러나 자신의 내면을 스스로 이끌어가게 된 지금, 그녀는 신과 직접 대화를 나누었고, 사랑은 그녀에게 열정을 불어넣어 주는 원천이기에 신께서도 괜찮다 해줄 것이라는 결론을 내렸다. 그럼에도 불구하고 경미한 두통은 그녀의 삶에 아직까지는 절제가 건재함을 실질적으로 일깨워주고 있었다.

집시들이 천막을 걷어내고 있을 때 노파 케자가 와서 말했다.

「자네에게 할 얘기가 있어. 오늘 아침에는 내 마차를 타고 가세.」

클레어는 기꺼이 받아들였다. 케자와는 거의 대화를 나눠보진 못했지만 가끔 이 늙은 여인의 시선을 느끼곤 했다. 케자가 영향력을 행사해 둘만의 사적인 자리를 마련해서 마차에 오를 수 있었다.

오랫동안 케자는 담배파이프를 훅훅 불며 그저 클레어를 쳐다보기만 할 뿐 말이 없었다. 그러다가 갑작스럽게 그녀가 입을 열었다.

「이 늙은이 니키의 애미, 마르터의 고모뻘 되는 사람일세. 니키의 외

조부와 사촌지간이지.」

클레어는 흥미가 동했다. 그렇다면 케자는 니컬러스의 가장 가까운 친척 중의 한 사람이었다. 기회다 싶어 그녀가 물었다.

「그분은 왜 자신의 아들을 팔았죠? 그 일로 니컬러스는 마음에 깊은 상처를 입었어요.」

「마르터는 폐병으로 죽어가고 있었어. 우리에게 니키를 맡기려 했지만 남편에게 아들이 고르조우의 생활양식을 배우도록 하겠다고 맹세를 했다더군.」

케자는 얼굴을 찡그리며 퉁명스럽게 말했다.

「켄릭이 원했던 일이고 머지않아 자기가 니키를 돌볼 수 없게 될 거라는 사실을 느끼고 있었던 게지. 그래서 니키를 가장 가까운 혈족인 아이 할아버지에게 데려갔고.」

「아들을 백 기니에 팔았다는 이유만으로 그분을 이기적이라고 단정 짓기는 어려웠어요. 세상에 어떤 여자가 자기 아들을 팔 수 있겠어요?」

클레어는 굳은 목소리로 말했다.

「그 늙은 고르조우가 자청한 일이야. 돈을 주겠다고 한 건 그 늙은이라구.」

케자가 혐오스럽다는 투로 말했다.

「마르터는 그 늙은이 얼굴에 침을 뱉어주고 싶었지만 일개 집시의 신분이었으니 참아야 했어. 늙은 고르조우가 멍청이가 되고 싶다고 발버둥을 치니 그냥 내버려두기로 한 게지.」

클레어는 집시들에 대해 배운 것들을 정리하며 주저하다가 말했다.

「결국, 두 분의 거래는 별개의 것이었다는 말씀인가요? 그러니까 니컬러스의 어머니는 켄릭을 위해 아들을 할아버지에게 데려갔을 뿐이고 니키와는 전혀 상관없이 돈을 받았다 그 얘기시군요.」

케자가 벌어진 이를 내보이며 미소지었다.

「집시도 아닌데 우리네 속성을 잘 아는구먼. 내 자네에게 마르터가 금화 때문에 아들을 팔지 않았다는 증거를 보여주고 싶었네.」

노인이 어떤 상자를 열어서 무거운 가죽 주머니를 꺼내더니 클레어에게 건네주었다.

「마르터는 이걸 내게 맡기며 적당한 시기가 되면 니키에게 꼭 좀 전해달라고 신신당부를 했지.」

클레어는 주머니 속에 들어 있는 금화를 보고 숨이 멎을 뻔했다. 케자가 다시 진실을 풀어냈다.

「마르터가 집시마을로 돌아오는 길에 음식을 사느라고 써버린 한두 기니를 빼곤 모두 그대로 들어 있어. 내가 있는 꿈빠니아가 마르터가 있던 곳에서 가장 가까웠기 때문에 우리와 함께 지내게 되었지.」

「그분은 어떻게 되었어요?」

케자가 파이프를 세게 불자 연기가 그녀의 머리 위로 동그란 고리를 만들었다.

「그해 겨울에 내 팔에 안겨 숨을 거뒀지. 금화는 니키를 위해 지금까지 내가 보관해왔고.」

당황한 클레어가 노인을 다그치듯 물었다.

「왜 그 사람에게 어머니가 죽어가고 있었기 때문에 아들을 포기했다는 말을 해주지 않으셨죠? 알았다면 니컬러스는 많이 달라졌을 거예요. 대체 왜 좀 더 일찍 금화를 주지 않으셨냐구요? 그 동안 그를 종종 만나셨으면서.」

「마르터는 내게 오직 니컬러스의 아내에게만 말해줘야 한다는 다짐을 받았어. 같은 여자만이 자식을 위해 최선을 다하는 엄마의 마음을 이해할 수 있다 그러더군.」

케자가 나지막이 말을 마치자 클레어가 물었다.

「그렇지만 니컬러스는 전처가 있었어요.」

노인은 만약 밖에 있었다면 침을 뱉을 것 같은 얼굴을 했다.

「흥, 살을 섞었을진 몰라도 내 보기에 그 여잔 니키의 진정한 아내가 아니었어. 자네는 마르터가 예견한 바로 그 사람이야. 그 사람은 앞

일을 내다보는 능력이 있었지. 자기 아들의 마음을 치료할 여자가 올 거라고, 반드시 올 거라고 하더군.」

금화를 쳐다보는 클레어의 눈앞이 점점 뿌옇게 변했다. 그분은 정말 나를 예견하셨을까? 젊은 나이에 어린 아들을 남기고 죽어간 불쌍한 사람.

노백작이 얼마나 냉정한 사람이었는지를 마르터가 알았다면 니컬러스를 할아버지에게 남겨떠날 수 있었을까? 아마 그녀는 켄릭의 어머니를 믿었을 것이다. 그러나 노백작의 첫째 부인은 죽기 몇 년 전부터 정신이 흐려져 긴 황혼으로 떨어지고 있었기에 손자를 사랑할 수도 없는 처지였다.

클레어는 진심으로 동정하며 말했다.

「친족들과 죽은 남편 사이에서 누구를 선택할지 힘들었을 거예요. 아들을 낯선 사람에게 보내야 하는 것은 무척 어려운 일이었겠죠. 그분의 영혼이 편히 쉴 수 있기를 바라요.」

「마르터는…… 지금 켄릭과 함께 있어. 자네가 니키 곁에 있으니 이제 더는 아들 걱정은 하지 않을 게야.」

클레어는 목덜미가 싸늘해지는 느낌을 받았다. 크리스천으로서 그녀는 영혼의 존재를 믿고 있었다. 또한 보이지 않는 세계를 볼 수 있는 영적인 능력을 지닌 사람이 매우 드물다는 사실을 알고 있었다. 존 웨슬리의 모친과 여자형제들이 그런 재능을 부여받았다고 한다. 그럼에도 불구하고 누군가가 초자연적인 것을 이렇게 차분하게 받아들이는 태도로 얘기하는 것을 들으니 섬뜩한 기분이 들었다. 그녀는 집시로부터 기대하지 못했던 많은 것들을 배우고 있었다.

「전 니컬러스를 사랑해요. 그이를 위해서 늘 최선을 다할 거예요.」

조용히 말하고 나서 클레어는 집시의 맹세 방식을 기억해내고 덧붙여 말했다.

「제가 이 맹세를 지키지 못하면 저를 위해 초를 태워주시기를 빕니다.」

「그렇게 하지.」

케자가 엄숙하게 말했다.

마차가 덜거덕거리며 멈춰 서고 니컬러스의 목소리가 들려왔다.

「클레어, 집에 도착했소.」

클레어는 금화 주머니를 여며 안 주머니 깊숙이 집어넣었다. 마르터의 이야기는 좋은 기회를 봐서 하기로 마음먹었다. 하지만 그를 오래 기다리게 하지는 않을 것이다. 옛 상처를 들춰내는 일이 고통스럽다 해도 니컬러스는 어머니가 자신을 배반했다는 생각을 버릴 수 있게 될 테니까.

클레어는 케자의 뺨에 입맞추었다.

「절 믿어주셔서 고마워요, 케자.」

그러고 나서 그녀는 마차에서 내렸다.

꿈빠니아는 애버데어 저택 앞에 섰다. 윌리엄즈가 위엄 있게 걸어나왔다. 분명 집시들을 쫓아내려고 했을 테지만 주인이 마차에서 내리자 그는 어리둥절해했다.

뒤이어 시끄러운 작별인사가 오고갔다. 클레어는 애니를 특별히 더 세게 끌어안았다.

「돌아올 거죠?」

애니가 밝게 웃었다.

「그럼요, 다시 만날 수 있어요. 우린 바람처럼 오고 가고 그리고 또 오니까요.」

잘 가라고 손을 흔든 후에 클레어와 니컬러스는 계단을 올라갔다. 버터처럼 부드러운 표정으로 윌리엄즈가 그들에게 문을 열어주었다. 클레어는 자신이 목이 깊이 패인 블라우스와 짧은 치마를 입고 있다는 것을 깨달았다. 하지만 그녀는 고개를 높이 들고 마치 근사한 옷차림을 한 양 침착하게 집사를 스쳐 지나갔다.

무언의 동의하에 그들은 곧장 침실로 향했다. 클레어는 부츠를 벗으며 편안함에 발가락을 이리저리 흔들었다.

「지금 당장 뜨거운 물에 몸을 담글 참이에요. 당신 친족들과 지내는 건 즐거웠지만 뜨거운 물이 부족해서 곤란했어요.」

웃고 있었지만 니컬러스의 눈은 공허했다. 클레어가 경박함을 후회하며 말했다.

「니컬러스, 마이클 경은 어떻게 할 건가요?」

그가 깊은 한숨을 지었다.

「치안판사 앞에 증거를 내놓아야겠지. 내 생각에 마이클은 당장 체포될 거고, 그럴듯한 이유를 대지 못한다면 문제가 심각해질 거요.」

「부와 권력을 가진 사람이니 자신을 보호할 수 있지 않을까요?」

니컬러스의 눈이 가늘어졌다.

「난 애버데어 백작이오. 그보다는 내 부와 권력이 더 막강하지. 만일 그 친구가 우리의 생명을 뒤에서 노렸다면 정의의 심판을 피할 수 없을 거요.」

처음으로 클레어는 그가 무서운 자기 할아버지를 닮았다고 느꼈다. 그가 자신을 보호할 수 있을 만큼의 영향력이 있다는 것에 안도하며 그녀가 말했다.

「당신이 직접 나서지 말고 법의 심판에 맡겼으면 좋겠어요.」

「결투는 중세 시대의 야만적인 유산이오. 그런 방법은 사용하지 않을 거요.」

니컬러스가 집시의 조끼와 스카프를 벗었다.

「오늘 저녁은 당신 구역예배가 있는 날이군, 갈 거요?」

클레어도 잊고 있던 일이었다.

「네, 오늘 저녁 제가 없어도 당신이 괜찮다면요.」

「모임에 다녀와요. 난 탄광 폭발사고를 추도하는 노래를 만들고 싶으니 말이오. 지난 며칠동안 몇 가지 아이디어가 떠올랐거든. 하지만 오늘 저녁 내내 떨어져 지내야 한다면 남은 당신의 오후 시간은 내가 독차지할 거요.」

그는 클레어에게 노골적으로 음탕한 시선을 보냈다.

「목욕준비를 하라고 시켜요. 욕조에서도 재미있는 일들을 할 수 있을 거요.」

그가 드레스 룸으로 가는 동안 클레어는 얼굴을 붉히며 지시에 따랐다. 그러나 옷을 벗는 대신에 니컬러스는 다른 문으로 급히 빠져나가 서재로 내려가서는 황급하게 편지를 썼다. 그것을 봉하고 나서 그는 집사를 불렀다.

윌리엄즈가 나타나자 니컬러스는 편지를 건네주었다.

「이 편지를 마이클 케넌 경에게 전해주게. 아마 이 시간에는 탄광에 있을 거야. 만약 없으면 전하는 사람에게 그 친굴 찾아서 대답을 기다리라고 해. 그리고 이 일에 대해서는 함구하게. 특히 레이디 애버데어에게는.」

「잘 알겠습니다. 백작님.」

니컬러스는 다시 드레스 룸으로 돌아왔다. 앞으로 몇 시간 동안은 특별히 해야 할 일이 없으니 최상의 방법으로 시간을 보낼 참이었다.

31

마이클은 편지를 받아들고 입을 굳게 다물었다. 간결하게 핵심만 적힌 짧은 글이었다.

'마이클. 단둘이 할 이야기가 있다. 오늘 저녁 일곱 시에 만나자. 카이르바흐에 있는 폐허가 편하겠지만 빨리 만날 수만 있다면 네가 원하는 곳 언제 어디서든 상관없다. 애버데어.'

「빌어먹을!」

친숙한 필체로 쓴 글을 읽고 난 마이클이 으르렁거렸다. 손으로 쪽지를 마구 구겨서 세게 집어던졌다.

「망할 자식!」

「그렇게 전할까요, 나으리?」

심부름꾼이 정중하게 말했다.

마이클의 분노가 어느새 모두 타버려 재를 남겼다. 그는 펜을 잉크에 찍어서 갈겨썼다.

'오늘밤 일곱 시에 카이르바흐에서, 단 둘이. 마이클 케넌.'

그는 쪽지를 봉해서 심부름꾼에게 던지듯 건네주었다. 그 남자는 인사를 하고 자리를 떠났다.

마이클은 멍하니 사무실 건너편을 응시했다. 결전의 날이 다가왔다. 그는 뼛속 깊이 이 대결을 피할 수 없으리라는 것을 느꼈다.

그는 책상 위에 쌓여 있는 일감을 물끄러미 쳐다보다가 옆으로 밀어 놓았다. 새로운 장비가 배달될 날짜를 정하는 일 따위에 신경을 집중할 수가 없었다. 그는 지친 듯 일어나서 모자를 쓰고 성큼성큼 사무실을 나섰다. 바로 밖에 있는 매덕의 책상 앞에 잠시 멈춰 서서 그가 말했다.

「난 지금 퇴근할 거네. 별 다른 일이라도 있나?」

매덕은 팔짱을 낀 채 크고 육중한 의자에 기대어 앉아 있었다.

「아니, 다 잘 돌아가고 있습니다.」

마음이 놓인 듯 고개를 끄덕이고 케넌은 자리를 떠났다.

매덕은 다시 일을 시작하는 시늉을 했지만 애버데어가 보낸 심부름꾼이 왔다는 흥미로운 사실에 신경이 온통 쏠려 있었다. 그는 마이클이 말을 타고 떠나는 것을 확인했다. 그러고 나서 고용주의 사무실 ─ 그 사무실은 사 년 동안 자신의 사무실이었다 ─ 로 들어갔다. 수위에 다른 일꾼들이 없었기 때문에 씁쓸한 표정을 감추려고 기를 쓸 필요가 없었다.

어느 누구도 서류가 산더미처럼 쌓여 있는 케넌의 사무실에 들어서는 매덕을 이상하게 여기지 않았다. 매덕은 바닥을 훑어보다가 사무실 한 쪽 구석에 똘똘 뭉쳐져 있는 종이를 찾아내어 내용을 읽어보았다. 다시 한 번 찾아온 행운을 그는 믿을 수가 없었다. 이건 완벽한, 너무 완벽한 기회이다. 신은 확실히 그의 편이었다.

목욕하는 동안 아주 재미있는 일들이 일어날 수 있다는 니컬러스의 말은 옳았다. 목욕을 하고 난 클레어는 티없이 깨끗해졌고 만족스러웠다. 그녀와 니컬러스는 그 이후에 선잠을 잤고 일어나서 간단한 식사를 했다. 클레어는 식사를 마치고 나서 그에게 가볍게 입을 맞추었다.

「구역예배 끝나고 봐요. 미완성 작품을 보여주기 싫어하는 예술가가
아니라면 오늘밤에 당신이 작곡한 곡을 좀 들어봐도 될까요?」

「곡의 초안이 나올 때까지 기다려주면 고맙겠소.」

니컬러스는 잠시 그녀를 바라보다가 등을 톡톡 두드려주며 말했다.

「다녀오시오. 지금 안 가면 늦을 거요.」

클레어는 챙이 달린 모자를 쓰고 나서 마구간 후문으로 갔다. 그녀
의 조랑말 마차가 기다리고 있었다. 집의 현관을 돌다가 그녀는 문득
오웬에게 책을 몇 권 빌려줘야겠다는 생각이 들었다. 그가 일을 다시
시작하려면 몇 주는 족히 걸릴 것이고, 오웬은 그 시간을 잘 이용하고
싶어했다. 그리고 결혼식 날 빌려준 책들은 이미 다 보았을 터였다.

그녀는 집 앞에서 마차를 멈추고 고삐를 묘석에 묶어두었다. 재빨리
집안으로 들어가서 그녀는 곧바로 서재로 달려갔다. 니컬러스는 보이
지 않았다. 틀림없이 음악실에 있을 것이다.

클레어가 책을 몇 권 고르고 방을 나서려는데 니컬러스의 책상 위에
서 반짝거리고 있는 환한 빛이 그녀의 눈길을 끌어당겼다. 호기심이
동해서 가까이 다가가 보니, 비스듬히 비추어드는 태양광선이 석영과
꽈배기처럼 꼬인 은 덩어리에 반사되고 있었다. 클레어는 그것을 들어
올려 손에 놓고 뒤집어보았다. 이것이 그 큰 위험을 무릅쓰고 채집했
던 와이어 실버의 견본이었다. 클레어는 와이어 실버를 내려놓으려다
가 그 아래 깔려 있는 편지를 발견했다. 편지가 펼쳐져 있어서 검은
필체의 내용이 그대로 시야에 들어왔다.

'오늘밤 일곱 시에 카이르바흐에서, 단 둘이, 마이클 케넌.'

그녀는 두려움으로 얼어붙었다. 안 돼…… 오, 하나님. 안 돼요.

책들을 책상 위에 와르르 쏟아놓은 채 그녀는 편지를 움켜쥐었다.
한 자 한 자 머릿속에 각인하듯 편지를 다시 읽어내려 가는데 문득 화
가 머리끝까지 났다. 거짓말쟁이 니컬러스! 어리석은 짓은 하지 않겠다
고 맹세해놓고 제 발로 사자 굴로 걸어 들어갔어. 결투는 차선책일 것
이다. 니컬러스는 우선 대화를 시도할 테니까. 대체 그는 그토록 당하

고도 마이클을 믿을 만큼 그렇게 어리석단 말인가? 그리고 그녀는 어쩌면 그렇게 니컬러스의 말을 철썩 같이 믿을 만큼 순진했을까?

바로 전날 그는 집시들은 필요하다면 유창하게 거짓말을 할 수 있다고 말했었다. 니컬러스도 집시의 피를 이어받았으니 그런 기술을 타고났을 거라고 한번이라도 의심했어야 했다. 그녀와 사랑을 나누기 전에 마이클 케넌에게 편지를 보내고 저녁식사를 하기 전에 회신을 받았던 게 분명했다. 빌어먹을, 거짓말쟁이, 고집쟁이 같으니……

클레어의 마음속에 저주의 말들이 부글부글 끓어올랐다. 그녀는 집을 나와 다시 마구간으로 뛰어가 마부를 보고 숨을 헐떡이며 말했다.

「백작님께서 밖으로 나가셨나요?」

「한 오 분전쯤에 나가셨는뎁쇼.」

「제가 탈 말에 안장을 얹어주세요.」

론더가 없어진 사실이 생각나서 그녀가 덧붙여 말했다.

「얌전하고 유순한 말이어야 해요. 곁안장이 아니라 정식 안장으로 얹어주시구요.」

마부는 클레이의 정숙한 옷차림을 의심스러운 눈으로 쳐다보았지만 순순히 자리를 떠났다. 그녀는 화를 억누르지 못하고 마구간 앞을 서성였다. 여태껏 이렇게 화가 난 적은 없었다. 니컬러스가 해방시킨 그녀의 열정은 생각지도 않았던 방식으로 표출되고 있었다. 그리고 살면서 이렇게 두려웠던 적도 없었다. 그들이 오후에 나누었던 사랑의 행위는 뭔가 달랐다. 돌이켜 생각해보니 그 사랑은 특별히 강렬했었다. 만약의 경우를 대비해서 작별인사를 한 것인가? 그런 생각이 스치자 그녀는 속이 뒤집힐 것 같았다.

그녀는 마부를 데리고 갈까 생각하다가 퍼뜩 혼자 가야한다는 생각이 들었다. 이것은 중세 기사들처럼 무장한 신하들에 의해 해결될 수 있는 결투가 아니었다. 오히려 여자라야 두 남자들 사이의 폭력을 막기가 더 쉬울지도 모른다. 두 남자 모두 체통 있는 영국 신사로 자란 사람들이고, 클레어는 그 사실을 철저하게 이용할 작정이었다.

마부가 밤색 말을 끌고 나타나자 클레어는 서둘러 안장에 올랐다. 치맛자락이 무릎에 엉키고 종아리가 드러났지만 예의를 차릴 때가 아니었다. 조금 전에 묘석에 매어둔 자신의 조랑말이 생각난 그녀가 고삐를 당기며 말했다.

「집 앞에 있는 제 마차를 끌고 오세요. 이제 필요 없으니까.」

그러고 나서 클레어는 질주하여 마구간을 나섰다. 지난 주 내내 여러 차례 말을 달렸었다는 것이 다행으로 여겨졌고, 말들을 아주 훌륭하게 단련시켜 놓은 니컬러스에게도 감사했다.

카이르바흐는 애버데어와 브린 매너 사이의 중간쯤의 평범한 목초지에 있는 황폐한 요새였다. 원래는 애버데어 성의 전초지였다. 도착하는 데 시간이 얼마 걸리지는 않을 것이다.

총성을 들을 수 있는 곳까지 어서 빨리 당도해야 할 텐데!

다그닥다그닥 맹렬한 속도로 길을 달리면서 클레어는 그 어느 때보다 간절하게 기도했다.

언덕 꼭대기에 서 있는 카이르바흐는 한때 마을의 전경을 한눈에 내려다볼 수 있는 곳이었다. 수세기를 지나오면서 숲은 침략을 당하고 암석은 다른 곳에 쓰이기 위해 잘려나가, 양지바른 풀밭 위를 굴러다니는 작은 돌덩어리들과 부분적인 성벽만 남아 있었다. 이제 그곳은 아이들에게는 숨바꼭질을 하기에 좋은 놀이터였고, 성인 남녀에게는 아무에게도 방해받지 않고 밀회를 즐길 수 있는 장소였다.

니컬러스는 주위를 경계하며 숲을 날렸다. 도착해보니 마이클이 벌써 와서 가슴에 팔짱을 낀 채 낮은 벽에 기대어 있었다. 그의 편안한 자세가 긴장된 얼굴과는 사뭇 대조적이었다.

니컬러스가 말에서 내리자 마이클이 기분 나쁜 투로 내뱉었다.

「늦었군.」

「시계를 빠르게 맞춰놓고 다니는 건 여전한가보군. 자넨 원래 일분만 늦는다고 생각을 해도 참지 못하는 성미였으니까.」

「케케묵은 옛날이야기로 시간낭비하지 마셔. 날 여기로 불러낸 이유가 뭐야?」

니컬러스는 천천히 바위 사이를 걸어갔다. 둘둘 말려 있는 채찍이 외투 아래서 살짝살짝 다리를 건드리고 있었다. 총은 가져오지 않기로 했지만 그렇다고 완전 무방비 상태로 이 자리에 나오고 싶지는 않았다. 그는 5미터 거리를 두고 마이클의 맞은편에 멈춰 섰다.

「이유는 두 가지다. 가장 큰 이유는 자네가 날 증오하게 된 동기가 뭔지 알고 싶다는 것이고. 레이프와 루스에게는 그렇지 않으니 나한테는 특별한 감정이 있다는 소리겠지.」

입술을 꽉 물며 마이클이 말했다.

「잘 맞췄군 그래.」

더 이상의 언급이 없자 니컬러스가 입을 열었다.

「내가 생각할 수 있는 유일한 동기는 순전히 잘못된 경쟁의식뿐이야. 젊은 시절에는 경쟁의식이 강한 법이고, 자네와 나도 종종 서로 대립했었지. 대개는 아주 막상막하의 호적수였고. 난 패배니 뭐니 그런 것엔 관심이 없었지만 자넨 지는 걸 죽기보다 싫어했어. 여러 번 실패를 안겨준 나에 대한 패배의식이 수년동안 자넬 괴롭혀왔기 때문인가?」

「웃기는 소리 그만해! 학생시절의 경쟁심은 이 일과는 관계없어.」

마이클이 딱 잘라 말했다.

니컬러스는 마이클로부터 정보를 이끌어내는 일이 결코 쉽지 않았다는 걸 알았기에 침착하게 행동했다.

「대체 자네가 이유를 입밖에 내는 것조차 싫을 만큼 내가 잘못한 게 뭐야?」

마이클의 턱 근육이 씰룩거렸다.

「내가 그 이유를 말하면 네놈은 죽어야 돼. 난…… 난 널 죽일 수밖에 없어.」

그가 정말 자신을 죽이고 싶어하는 것 같지는 않았기 때문에, 니컬러스는 더욱 알고 싶어졌다.

「난 여기 죽으려고 오지 않았다, 마이클. 하지만 싸워야만 한다면 그럴 거야.」

그는 한 손을 엉덩이 위에 얹었고 일부러 마이클에게 보이기 위해 외투를 올려서 채찍을 드러내 보였다.

「싸움에 들어가기 전에, 얼마 전 날 죽이려고 했던 일에 자네가 책임이 있는 건지 알아야겠네.」

니컬러스는 엄격한 자제심에 붙잡혀 있던 분노가 잠시 불끈하는 것을 느꼈다.

「내가 정말로 용서할 수 없는 건 클레어의 생명까지 위협했다는 거야. 그것도 자네에게 묻고 싶은 일이지. 순진하고 착한 여자를 나 때문에 죽이려고 할 만큼 그렇게 미쳐버린 건가?」

「무슨 소릴 하는 건지 모르겠군.」

「자네가 펜리스로 온 다음날 난 클레어와 아이들을 데리고 소풍 중이었지. 그때 총알이 내 말을 가볍게 스치고 지나갔어. 클레어는 자네가 날 쏜 거라고 확신했지만 난 밀렵꾼이라고 생각했네. 자네 같은 명사수가 날 쏘려고 마음먹었다면 절대로 놓치지 않을 테니까.」

「내가 네놈을 쏘려고 했었다면 넌 그 자리에서 죽었을 거야. 그것도 뒤에서라면.」

마이클이 얼굴을 찡그렸다.

「틀림없이 네놈의 다른 적들 중 한 놈의 소행이겠지.」

「날 죽이고 싶어할 나른 누가 있을 것 같진 않아서, 당분간 밀렵꾼들을 주시해볼 생각이네. 그렇다고 해도, 산중 오두막에 있던 클레어와 나를 습격해온 다섯 놈에 대해서는 어떻게 설명을 해야 하지? 그놈들은 한밤중에 우리가 자고 있던 오두막에 불을 질렀고 우리가 도망치면 총을 쏘려고 밖에서 기다리고 있었어.」

니컬러스가 주머니에서 은으로 만든 명함 케이스를 꺼내서 집어던졌다. 마이클은 본능적으로 외투 아래로 손이 내려갔다. 그런 움직임은 니컬러스로 하여금 그가 무장을 하고 왔다는 걸 확신하게 해주었다.

그는 니컬러스가 위험한 물건을 던지지 않았다는 걸 알고 재빨리 행동을 멈추고 한 손으로 상자를 받았다.

「내 명함 케이스는 어디서 났지?」

　고개를 든 그 눈은 분노로 이글거렸다.

「내 사업장에 다시 침입했었나?」

「그건 습격이 일어났던 오두막 바깥에서 발견한 거야. 법정에서 자네 목을 매달게 할 충분한 증거물이 되겠지. 명백한 증거에도 불구하고 난 자네가 비겁하게 악당까지 고용했다는 사실을 믿기 어려웠어.」

　하마터면 클레어를 맞힐 뻔했던 총알과 니컬러스의 몸에 구멍을 낼 뻔한 끔찍했던 탈출이 떠올랐다.

「어때? 변명할 말이라도 있나?」

「대답할 필요조차 없다, 애버데어. 하지만 네 판단이 옳은 건 사실이다. 런던에서 난 최선을 다해 네 목을 부러뜨리려고 했고 너에게 다시 도전할 생각을 하고 있었으니까. 오늘처럼 진정한 결투를 통해서 말이지. 하지만 습격 따윈 모르는 일이다.」

　마이클이 명함 케이스를 집어들었다.

「이건 며칠 전에 잃어버린 거야. 정확히 언제 어디서 잃어버렸는지는 몰라. 가끔 놓고 다니니까.」

　케이스를 주머니에 넣으면서 그가 말을 이었다.

「이런 게 바로 네놈을 믿을 수 없게 하는 확실한 증거지. 네가 생각하는 것보다는 네놈의 적들이 더 많은 게 분명해.」

　그 말이 함축하는 바가 무엇인지도 모르고 지껄이는 상대에게 니컬러스는 격분했다.

「이 바보 같은 자식! 이게 무슨 의미인 줄 모르겠나? 네 말이 사실이라면 누군가 날 죽이려고 하고 있고 너에게 혐의를 씌우려는 거다. 걱정이 되지 않는다면 네 멋대로 해라.」

　마이클이 놀라는 듯 보였다.

「말도 안 되는 소리 마라, 애버데어.」

「더 좋은 가설이라도 있나?」

말발굽소리가 침묵을 깼다. 니컬러스가 돌아보니, 클레어가 두려운 얼굴로 머리칼과 치맛자락을 흩날리며 나무 사이로 천천히 달려오고 있었다. 니컬러스가 무사한 것을 보고 그녀는 안도했지만 마이클에게는 분기에 찬 눈길을 던졌다. 기분이 살아나는 것을 느끼며 니컬러스가 말했다.

「런던에서 만났던 클레어를 기억하겠지.」

마이클이 못마땅한 얼굴을 했다.

「넌 아내도 단속 못 하나, 애버데어?」

「결혼도 해보지 못한 자네가 무얼 알겠나.」

니컬러스가 덤덤하게 말했다.

「하지만 저 친구의 말이 얼추 맞소, 클레어. 당신은 간섭할 필요도 없고 나도 그걸 원하지 않소.」

두 남자는 마치 고집센 황소들처럼 못마땅한 얼굴을 하고 있었고, 그녀는 말에서 내렸다. 아내의 다리가 너무 드러나서 니컬러스는 자신의 코트를 그녀에게 둘러주고 싶은 심정이었다.

「남자들은 언제나 어리석은 짓을 하려고 할 때 그런 말을 하죠. 전 당신들이 서로를 죽이지 않기를 바랄 뿐이에요.」

「급한 문제는 그게 아니오. 지금 떠오른 새로운 주제는 누군가 우리를 죽이려 하고 있다는 거요. 마이클은 오발사고와 오두막의 습격사건과 무관하다고 했소.」

「지금 저 사람을 믿는 거예요? 마이클 경이 아니면 도대체 누구죠?」

새로운 목소리가 목초지 저편에서 들려왔다.

「저런, 곧 알아낼 수 있겠군, 레이디 애버데어.」

그들 세 사람은 몸을 틀어 높은 장벽 뒤에서 얼음같이 차가운 눈을 하고 손에 총을 든 채 걸어나오는 매덕을 보았다. 클레어를 흘끗 보더니 그가 말했다.

「당신이 여기 있는 건 각본에 없었지만 다른 사람들과 같이 죽여도 문제될 건 없겠지. 당신은 늘 문제아였으니까.」

마이클이 움직이려 하자 매덕이 그를 향해 총을 겨누었다.

「꼼짝 마, 케넌. 안 그러면 쏘겠다.」

매덕은 마이클이 멈추자 흡족해서 고개를 끄덕였다.

「늘 네가 나에게 복종하는 모습을 보고 싶었지. 너희들 셋 다 머리 위로 손을 올려. 나이 윌킨즈가 군대에 있을 때 사격수였다는 건 모두 잘 알고 있나? 한 방이면 즉사하지. 그는 아직까지 옛친구들과도 연락이 닿는다더군. 너희들이 그자들로부터 도망쳤다는 말을 듣고 무척 놀랐지. 애버데어, 넌 생각보다 영리해. 하긴 집시놈들이 교활하다는 건 세상이 다 아는 사실이지.」

클레어와 다른 사람들이 손을 올리자 윌킨즈가 니컬러스를 향해 총을 겨누며 앞으로 걸어왔다. 그 광부는 마이클과 비슷한 건장한 체격을 가지고 있었다. 클레어는, 그날 밤 습격을 받았던 오두막 바깥에서 그녀와 니컬러스가 보았던 사람이 바로 윌킨즈라는 것을 알았다.

마이클의 눈이 가늘어졌다.

「네가 내 사무실에서 명함통을 훔쳤군.」

「그래. 오늘 애버데어의 편지를 발견한 것처럼.」

매덕의 창백한 눈이 험악하게 반짝였다.

「넌 날 대수롭지 않게 여겼어, 안 그래? 난 겨우 천한 고용인일 뿐이었으니까. 넌 내가 이 총의 사용법을 모를 거라 생각하겠지만 난 빌어먹게도 총을 아주 잘 쏘거든. 네가 프랑스 놈들을 사냥하느라 떠나 있을 동안 난 네 놈의 땅에서 사냥을 연습했지. 군대 저격수조차도 엄두를 못 내는 거리에서 애버데어를 거의 죽일 뻔하기도 했고.」

그가 야비하게 웃었다.

「난 너보다 영리해. 그리고 너보다 더 강하지. 이제 내 것을 찾아야 겠어.」

「뭘 말이야?」

마이클이 물었다.

「탄광. 난 수년동안 땀흘려 일했어. 정당한 기준에 따라서 그 탄광은 내 것이 되어야 했어. 탄광에서 많은 이윤을 낸 책임자는 나니까. 너에게 그럴듯한 액수의 돈을 보내고도 나에겐 많은 돈이 남았지. 넌 너무 멍청해서 속고 있다는 것도 눈치채지 못했어.」

「틀렸어.」

마이클의 침착한 시선은 싸울 준비를 하는 호랑이 같았다.

「난 네가 횡령을 하고 있다는 걸 알고 있었다. 하지만 네놈이 운영을 잘못해서 생긴 다른 문제들을 바로잡을 때까지 그 일을 문제삼고 싶지 않았을 뿐이야.」

사악한 표정이 매덕의 얼굴에 스쳐갔다. 클레어는 마이클이 일부러 그를 약올리려는 것 같아서 긴장이 되었다. 아마도 같은 생각을 하는 듯 니컬러스가 차가운 목소리로 말했다.

「이거 아주 재미있군 그래. 그런데 난 어디에 끼어야 하나? 탄광에 갔을 때 좀 싸웠다고 클레어와 나를 죽이기까지 할 필요는 없을 텐데.」

「난 너희들 모두 경멸해. 집시의 피가 섞여 있긴 하지만 넌 백작이야. 그리고 저 사악한 계집은 하찮은 촌년 주제에 신분 상승을 꾀했지. 너희들에겐 내가 가진 지식이나 야망이 없어. 그런데 아무 노력도 하지 않고도 파묻힐 만큼 돈이 많단 말이야.」

매덕이 조롱하며 말했다.

「하지만 네 말이 맞아. 난 케넌만큼 너희들을 증오하지는 않아. 그게 바로 케넌에게 죄를 뒤집어씌우기 위해 널 고통 없이 죽이려 했던 이유야.」

그가 흉악한 미소를 지었다.

「난 마이클 케넌이 무죄를 주장하려고 기를 쓰는 모습을 보고 싶었어. 교수형이 고통스럽다고들 하지만 사람들 앞에서 수모를 당하는 건 두 배로 고통스러운 일이니까. 넌 결백을 증명하려고 기를 쓰겠지만 결국은 교수대에서 끝장이 나는 거야.」

마이클의 얼어붙은 얼굴을 보고 클레어는 매덕이 그의 희생양을 잘 꿰뚫어보고 있다는 생각이 들었다. 하지만 마이클의 대답은 아이러니컬했다.

「네놈의 즐거움을 빼앗아야 하다니, 유감이군.」

매덕이 어깨를 으쓱했다.

「생각은 융통성을 발휘할 수 있어. 애버데어를 죽여서 너에게 죄를 뒤집어씌우는 일이 실패했으니 이제 간단히 너희들 둘을 쏘아 죽이면 되는 거야. 네가 애버데어를 증오한다는 건 모두가 아는 사실이니까 사람들은 너희들이 서로를 쏘았고 저 여자는 잘못 쏜 총에 맞았다고 생각하겠지. 물론 동정은 하겠지. 하지만 집시와 반쯤 미친 군인을 더 이상은 아무 생각도 하지 않을 거야.」

그가 조롱하는 표정을 지었다.

「소동이 가라앉고 나면 아주 훌륭하게 위조된 너의 마지막 유언장이 발견되겠지. '충성스러운 봉사'의 대가로 넌 내게 탄광과 브린 매너 그리고 오천 파운드까지 남겨주게 되는 셈이고. 너의 재산을 모두 차지할 수도 있지만 그러면 네 가족들의 의심을 살 테니까. 안 되지. 난 탄광과 영지, 그리고 약간의 현금만 차지하면 돼. 너희들 둘이 죽고 없으면 내가 이 골짜기에서 가장 막강한 사람이 되는 거야.」

그는 스스로 똑똑하다고 착각하고 있는 모양이었다. 클레어는 그런 자만심을 이용할 몇 가지 방법이 있을지도 모른다고 기대했다. 그는 자랑을 하느라 이 끔찍한 장면을 연출하고 있었던 것이다. 현명한 사람이라면 당장 그들을 쏘았을 것이다. 그는 마이클이 적을 과소평가했던 것과 같은 실수를 범하고 있었다.

그녀는 윌킨즈를 슬쩍 쳐다보았다. 그리고 나서 막연한 희망은 힘을 잃었다. 매덕의 약점과는 상관없이 윌킨즈는 살기를 띤 의무를 벗어던질 것 같지 않았다. 공포가 그녀를 위협하며 한입에 삼키려 했다. 그녀는 생명은 영원하다 믿었고 자신의 영혼이 이제는 훌륭한 형상을 하고 있다 믿었다. 죽음이 겁나지는 않았다. 하지만 아직은 죽고 싶지 않았다. 그녀와 니컬러스가 겨우 서로를 확신하게 된 지금은 때가 아니었다.

니컬러스가 조롱 섞인 정중함으로 말했다.

「질문에 답해주어서 고맙네. 모르고 죽기는 싫으니까.」

그는 마이클을 의미가 담긴 눈으로 쳐다보았다.

「더 빨리 행동했으면 좋았을 걸 그랬다, 마이클. 이제 날 죽일 수 있는 기회를 놓쳤으니 말이다.」

클레어의 상상일 수도 있었지만 두 남자 사이에는 무언의 메시지가 오간 듯했다. 그녀의 심장이 예민하게 뛰기 시작했다. 니컬러스와 마이클이 둘 다 만만치는 않지만 그들은 무장을 하고 있지 않았다. 무기도 없이 어떻게 총을 들고 있는 두 사내를 당해낼 수 있단 말인가?

그녀에게 잔인하리만큼 명료한 생각이 떠올랐다. 니컬러스와 마이클은 처음부터 그런 생각을 하고 있었을 것이다. 어느 순간이 되면 그들은 죽음을 각오하고 공격을 감행하기로 말이다. 실낱같은 희망이라도 희망이 아주 없는 것보다는 낫고, 싸우면서 죽어가는 것이 더 존엄한 일일 테니까.

그녀의 마음이 바빠지기 시작했다. 그들은 셋이었고 단발식 총 두 자루가 있었다. 무기만 없어진다면 싸움은 주먹 대 주먹이 되는 것이고, 그렇게만 되면 그녀는 '타락천사들'에게 돈을 걸어도 좋을 만큼 승산이 있게 되는 셈이었다.

여자라는 이유로 두 사내는 그녀에게 신경을 쓰지 않고 있었다. 그녀는 윌킨즈와 가까이 있었고, 만일 그를 공격한다면 그 순간 그의 총부리는 그녀에게 겨눠질 것이고, 니컬러스와 마이클이 필요한 행동을 취할 수 있는 시간을 벌 수 있을 터였다.

매덕의 만족스러운 목소리가 그녀의 생각들을 방해했다.

「살려달라고 기도나 하시지. 너는 애버데어와 그의 아내를 맡아, 윌킨즈. 케넌은 내가 해치우겠다.」

클레어가 그녀의 미약한 계획을 행동으로 옮기기도 전에 니컬러스가 말했다.

「기다려라. 날 감상에 젖은 멍청이라고 생각하겠지만 나의 아내에게 마지막 작별 키스를 하고 싶다.」

매덕이 클레어를 마치 처음 보는 것처럼 흥미롭게 쳐다보았다.

「너도 알겠지만 넌 아주 몸이 달은 음탕한 여자로 변했어. 흔히 목사의 딸들은 마음속으로 음탕하다고들 하지. 그래서 집시에게 다리를 벌렸나? 윌킨즈, 아직 저 여자는 쏘지 말아. 저놈들을 죽인 후에 즐거운 시간을 가져보자구.」

음흉한 미소를 띠며 윌킨즈가 니컬러스를 보고 고개를 끄덕거렸다.

「어서 키스해라. 여자의 몸이 뜨거워지면 우리에게도 좋은 일이니까.」

니컬러스의 눈에서 단숨에 그들을 죽일 듯한 분노의 불꽃이 일었다. 클레어는 심장이 멎을 것 같았다. 만약 그가 지금 매덕에게 몸을 날린다면 니컬러스의 운명은 끝날 것이다. 그녀는 소리치지 않으려고 입술을 깨물며 그에게 기다리라는 괴로운 애원의 눈빛을 보냈다.

니컬러스는 숨을 거칠게 들이쉬며 분노를 제압하려고 애썼다. 그러고 나서 클레어에게로 다가왔다.

그가 격렬함이 깔린 낮은 목소리로 말했다.

「사랑하오, 클레어. 이 말을 좀 더 일찍 했어야 했는데.」

그 말을 듣고 너무 놀란 나머지 클레어는 그가 키스하면서 속삭이는 말을 놓칠 뻔했다.

「내가 당신을 바닥으로 밀면 저 돌담 뒤로 몸을 굴려서 도망가요.」

그들은 서로 비슷한 생각을 하고 있었던 것이다. 키스하기 위해 이제 그는 윌킨즈에게 가까이 다가와 있었다. 그들의 포옹은 그녀가 계획한 행동을 이끌어낼 수 있을지도 몰랐다. 자신의 움직임이 그의 계획에 방해가 될지도 몰라 그녀는 알았다는 뜻으로 고개를 끄덕였다. 절대 도망칠 생각은 없었지만. 큰 소리로 클레어가 말했다.

「사랑해요, 니컬러스. 당신이 천국에 가지 못한다면 당신이 가는 곳 어디라도 따라가겠어요.」

그녀의 목소리가 떨려나왔다.

「제가 약속을 어긴다면 절 위해 초를 태워주세요.」

클레어는 니컬러스의 얼굴에 나타난 참을 수 없는 고통을 보았다. 자신의 것과 같은 고통의 빛. 그가 무엇을 생각하고 있건 이번이 마지막 입맞춤이 될지도 모른다는 생각이 들었다.

생애 최고의 감정이 두 사람 사이에 불타오르며 그들은 폭풍처럼 서로를 껴안았다. 일순간에 그녀의 몸이 찢기고 피를 흘리며 죽는다는 것은 상상할 수 없었다. 그리고 니컬러스는······.

클레어는 니컬러스가 떠밀 때 재빨리 넘어질 수 있도록 살짝 그의 팔을 잡았다.

그녀는 절망적인 상황에서도 총을 든 남자들의 탐욕스런 욕망을 느꼈다. 그들은 방심하며 지체하고 있었고 그것은 마이클이 기다리고 있었던 기회였다. 마이클은 옆으로 몸을 날려 매덕의 총을 쳤다.

동시에 니컬러스가 클레어를 떠밀면서 외쳤다.

「어서!」

클레어는 땅으로 넘어져 굴렀고 니컬러스는 맞은 편에 있는 윌킨즈를 향해 껑충 뛰었다.

총을 든 남자는 당황한 나머지 그의 먹이를 조준할 수 있는 귀중한 순간을 놓쳐버렸다. 그보다 먼저 니컬러스의 채찍이 마술처럼 나타나 난폭하게 휘둘러졌다.

니컬러스의 대담한 공격으로 채찍 끝이 윌킨즈의 손에 있는 권총에 거의 닿을 뻔했다. 윌킨즈는 잔인하게 그의 무기를 홱 잡아당겼고 총을 쏘려고 손을 비틀었다.

클레어는 마이클이 무기를 가지고 있다는 것을 알았다. 총이었다. 그와 매덕은 서로를 겨누었고 동시에 총을 쐈다. 총소리가 숲의 정적을 깨며 산산이 흩어졌다. 매덕의 비명소리가 들렸고 총알이 그의 목을 꿰뚫어 피가 콸콸 쏟아졌다. 마이클은 넘어지며 땅바닥을 굴렀다. 상처를 보지는 못했지만 클레어는 마이클이 총을 맞았고 아마도 치명적일 거라는 생각이 들었다.

그러나 니컬러스와 윌킨즈 사이에 팽배한 접전이 벌어지고 있어 마이클을 돌볼 시간이 없었다. 니컬러스가 총을 다시 비틀어 뺏으려 했지만 윌킨즈는 죽기살기로 총을 붙들고 있었다. 클레어는 두 남자를 향해 돌진했다.

채찍이 매끄러운 총신에 매달려 있다가 슬슬 미끄러지자 니컬러스가 균형을 잃고 비틀거리다가 한 쪽 무릎을 꿇었다. 윌킨즈는 채찍이 닿지 않을 만큼 뒤로 물러나서 사악한 눈빛으로 그를 겨냥했다. 니컬러스는 피하려고 했지만 그런 거북한 자세로 윌킨즈의 총을 재빨리 피하기는 불가능했다.

심장이 멎을 것 같은 공포를 느끼며 클레어가 총알을 막기 위해 앞으로 몸을 날리는 필사적인 시도를 했다. 그녀는 총신을 손바닥으로 밀었고 그 순간에 고막이 찢어질 듯한 소리를 내며 총알이 발사되었다. 굉음이 그녀의 사지 왼쪽을 마비시켰고, 클레어는 머리가 팽글팽글 도는 듯한 어지럼증을 느끼며 풀밭 위로 쓰러졌다.

니컬러스의 날카로운 목소리가 허공을 갈랐다.

「클레어!」

그는 미칠 듯한 표정으로 무릎을 꿇고 그녀의 상체를 일으켰다. 클레어는 어깨너머로 윌킨즈가 믿을 수 없이 빠른 속도로 총알을 다시 장전하는 것을 보았다. 윌킨즈가 총을 들어올리자 그녀는 니컬러스에게 위험을 경고하려 했지만 목소리가 나오지 않았다.

또 다른 총알이 발사되었고 이번에는 소총보다 더 가볍고 날카로운 총소리가 들렸다. 윌킨즈가 가슴에 검붉은 피를 흘리며 비틀거리다가 나동그라졌다.

클레어는 고개를 돌려 마이클이 손에 총을 들고 땅에 엎드려 있는 것과 총신 위로 한 줄기 연기가 올라가고 있는 모습을 보았다. 그는 살아 있을 뿐 아니라 니컬러스의 목숨을 구했다. 이상한 일이었다. 진정으로 마이클은 불가사의한 행동을 했다.

클레어는 망연자실했다. 작은 전쟁이 수초만에 끝났고 두 남자가 죽었다는 사실이 쉽게 이해가 되지 않았다. 몸을 가볍게 일으키는 걸로 봐서 마이클은 다치지 않은 것 같았다. 하지만 그녀는 아무 감각이 없어서 자신이 심각하게 다친 건지 단순히 무감각해진 건지 알 수가 없었다.

니컬러스가 총알이 스쳐 지나간 클레어의 왼쪽 소매를 벌리자 너무 고통스러워 그녀가 흐느꼈다. 재빨리 살펴본 후에 니컬러스가 달래듯이 말했다.

「총알이 팔 위쪽을 스쳐 지나갔소. 빌어먹을, 심하게 다쳤지만 다행히 뼈는 건드리지 않았소. 괜찮을 거요, 클레어. 출혈은 그리 심각하지 않으니까.」

니컬러스가 넥타이를 휙 잡아당겨 그녀의 팔을 단단히 동여매었다.

클레어의 마비증세는 점차 사라졌다. 가벼운 찰과상이라고 말할 사람들도 있겠지만, 니컬러스는 그녀의 팔이 심하게 다쳤다고 했다. 하지만 그녀의 발목이 부러졌을 때보다 더 심각한 건 아니었다.

클레어는 조심스럽게 일어나 앉았고 니컬러스가 그녀를 뒤로 끌어서 벽에 기대어 앉을 수 있도록 했다. 그녀를 안정시킨 후에 그가 매섭게 다그쳤다.

「도대체 왜 그렇게 어리석은 짓을 한 거요? 죽을 뻔했잖소!」

그녀는 그에게 불안한 미소를 지어 보였다.

「왜 윌킨즈가 총알을 다시 장전할 때 피하려고 하지 않았죠?」

「마이클이 그를 처리하리란 걸 알고 있었소. 그리고 당신이 총에 맞았다는 걸 알았을 때…….」

니컬러스의 목소리가 잦아들었다.

「저 때문에 생명을 포기하려 했군요, 내 사랑. 나도 당신을 위해 그렇게 할 수 있을까요?」

그는 혼란스러운 감정을 자제하려는 표정을 지었다. 니컬러스가 말하기 전에 마이클이 먼저 입을 열었다.

「레이디 애버데어는 괜찮나?」

니컬러스가 부드러운 표정으로 숨을 들이켰다.

「그래, 고맙네.」

그는 아직까지 파르르 떨리고 있는 손가락으로 클레어의 머리칼을 만졌다.

「일어서서 네 아내로부터 떨어져라, 아브데어.」

마이클이 쉰 목소리로 말했다.

「이제 우리 문제를 해결할 시간이다. 자네 아내를 다치게 하고 싶지 않아.」

상대의 목소리에 들어 있는 어조가 니컬러스를 번쩍 정신이 들게 했다.

돌연 경계심을 일으켜 세우며 그는 고개를 들었다.

마이클은 석양을 등진 채 권총을 쥐고 서 있었다. 그리고 총은 니컬러스의 심장에 겨누어져 있었다.

32

니컬러스는 권총을 쳐다보며 천천히 일어나서 클레어에게서 떨어졌
다.

「원점으로 돌아왔군. 넌 왜 날 죽이고 싶은지 아직 말을 안 했어.」

마이클이 더 가까이 다가왔다. 서서히 가라앉던 해는 자취를 감추었
다. 니컬러스는 그의 녹색 눈에서 지독한 절망감을 보았다. 그들을 거
의 삼켜버릴 뻔했던 폭력이 마이클의 광기에 방아쇠를 당기고 있었다.

클레어는 하얗게 질린 얼굴로 몸을 벽에 기댄 채 간신히 일어섰다.

「니컬러스를 죽이려면 저도 같이 죽여야 할 거예요, 마이클 케넌 경.
당신이 내 남편을 죽인다면 내가 입을 다물고 있으리라고 생각하진 않
으시겠죠?」

그녀가 사납게 말했다.

「물론 그렇게 생각하지는 않소. 하지만 그래봐야 내 목이 매달리는
걸 보게 될 뿐이오. 그건 중요하지 않소.」

마이클은 채찍이 있는 곳까지 걸어가 멈춰 섰다. 니컬러스에게 시선
을 꽂은 채, 그는 채찍을 집어 손이 닿지 않는 곳으로 던져버렸다.

「어쩌면 날 처형해야 할 교수형 집행인의 수고를 덜어줄 수도 있겠군. 어차피 나도 이후로 더 살 수 있을 것 같진 않으니까.」

「그렇다면 그만두세요. 도대체 니컬러스가 당신 손에 죽어야 할 정당한 이유가 뭔가요?」

클레어가 소리쳤다. 그러자 마이클이 처절하게 말했다.

「난 정의가 이루어질 거라고 맹세를 했소. 그 맹세에 대한 책임을 요구받게 되리라고는 생각지도 않고 말이오. 때가 오자, 난 겁쟁이가 되어버렸소. 총탄이 날 그런 요구에서 해방시켜주기를 바라면서 군대에서 사 년을 보냈소. 하지만 운명이 날 살려 여기까지 오게 한 거요.」

그의 얼굴에 고통이 스쳐갔다.

「난 더 이상 운명과 싸울 힘이 없소.」

「누구에게 맹세를 했나?」

니컬러스가 나지막이 물었다.

「내 할아버지에게? 할아버지는 날 증오했고 내 친구들과 이간질시키려고 발버둥을 쳤지. 하지만 절대로 할아버지가 날 죽이려 했다고는 생각하지 않았네.」

「네 할아버지가 아니야. 케럴라인이지.」

얼어붙은 듯한 침묵이 잠시 흐른 후, 니컬러스가 끝내 분노를 터뜨렸다.

「맙소사, 자네가 그 여자의 연인들 중 한 명이었다니! 그럴 거라고 짐작했어야 했어 그 증거는 어디에든 있었으니까. 하지만 난 믿고 싶지 않았어. 절대 그 사실을 믿을 수가 없었다구.」

「케럴라인과 난, 네 결혼식에서 처음 만나는 순간부터 서로 사랑했어. 하지만 그때는 이미 너무 늦었지.」

마이클이 죄의식에 싸여 굳은 얼굴로 말을 이었다.

「네가 내 친구였기 때문에 난 내 감정과 무던히 싸웠고 그녀도 그랬어. 그렇지만…… 그렇지만 우린 서로 헤어질 수가 없었어.」

「자넨 케럴라인의 거짓말에 속은 또 다른 희생양이 되었군.」

「그녀를 그런 식으로 말하지 마!」

마이클이 총의 개머리판을 손이 하얗게 되도록 꽉 움켜쥐었다. 그는 속에 묻어두었던 말들을 쏟아내기 시작했다.

「네가 그렇게 악독하게 학대하지만 않았다면 케럴라인은 부정한 여자가 되진 않았을 거야. 케럴라인에게 모든 얘길 들었다. 너의 잔인함, 그녀에게 강요했던 온갖 메스꺼운 일들을, 난 처음에는 그 얘기들을 믿을 수가 없었어. 하지만 자신의 친구가 여자들을 어떻게 대하는지를 깊이 알 수는 없는 일이지, 안 그래?」

「그러면 자신의 여자가 다른 남자들을 어떻게 대하는지는 알 수 있나?」

니컬러스가 통렬하게 쏘아붙였다. 마이클이 그의 말을 막았다.

「난 그녀의 몸에 난 상처들을 분명히 보았어. 그녀가 내 팔에 안겨서 서글피 울더군. 그후로 그녀의 말을 믿게 되었지. 케럴라인은 널 무서워했어. 자신이 원인 모르게 죽는다면 너 때문일 거라고 하더군. 난 절대로 그럴 일은 없을 거라고 생각하면서 그녀에게 맹세를 했어. 복수해주겠다고. 네가 극악무도한 행동을 했을지는 몰라도 절대 살인을 하지는 못할 거라고 생각했으니까.」

「케럴라인에게 상처가 있었다면 그건 그 여자가 거친 성생활을 좋아했기 때문이지. 그녀의 연인이었다면서 그것도 눈치채지 못했나? 그리고 케럴라인은 마차사고로 죽었어. 마부에게 빨리 말을 몰라고 다그쳤기 때문이었지. 나하곤 상관없는 일이야.」

「네가 그 사고의 원인일 수도 아닐 수도 있겠지. 그건 중요하지 않아. 만일 그녀가 널 무서워하지 않았다면, 네가 할아버지의 부인과 같은 침대에 있는 것을 보지만 않았다면 애버데어를 도망쳐 나오지는 않았을 거야. 넌 그녀의 마음에 총을 쏜 거나 마찬가지라구. 그 일에 대한 책임을 져야 해.」

마이클이 얼굴에 흐르는 땀을 떨리는 손으로 훔쳐냈다.

「그녀가 죽었을 때 임신 중이었다는 걸 알고 있었나? 그녀는 내 아이를 가지고 있었고 내게로 도망쳐 오는 길이었어. 난 그녀에게 좀 더 빨리 네게서 떠나라고 빌었지만 그녀는 명예를 저버리는 일을 거부했다구.」

니컬러스의 입이 씰룩거렸다.

「케럴라인은 명예가 뭔지도 모르는 여자였어. 자네가 그 아이의 아버지일 수도 있겠지. 난 확실하게 아니니까. 몇 달 동안 케럴라인을 건드리지 않았거든. 비록 자네가 유일한 후보자는 아니겠지만.」

「자신을 변호할 수 없는 여자를 모략하지 마라!」

몹시 흥분한 마이클의 목소리는 니컬러스의 분노를 억제하게 만들었다. 한번도 그의 옛 친구가 자신을 죽이려 한다고 생각하지 않았었다. 하지만 케럴라인이 연관되어 있다는 사실은 모든 걸 바꾸어놓았다. 지금 마이클은 총을 들고 있었고 방아쇠만 당기면 그는 죽은목숨이었다.

방법이 없었다. 모든 끔찍한 이야기를 털어놓아야만 했다. 치밀어오르는 분노를 억누르며 니컬러스가 말했다.

「케럴라인은 할아버지의 정부였어.」

무시무시한 침묵이 흐르는 가운데, 니컬러스는 클레어가 숨을 헐떡이는 소리를 들었다. 그때 마이클이 소리쳤다.

「거짓말하지 마!」

방아쇠를 잡고 있는 마이클의 손가락이 긴장하자 클레어가 절망적으로 소리쳤다.

「안 돼요. 제발 부탁이에요. 쏘지 말아요.」

클레어의 급박한 애원이 마이클을 머뭇거리게 만들었고 그의 얼굴은 마음속의 분노와 싸우고 있었다. 재빠르게 니컬러스가 말했다.

「빌어먹을, 마이클, 우린 이십 년 동안 서로를 잘 알고 지내왔어. 많은 시간을 형제보다 더 가깝게 말이야. 내게 말할 기회를 주겠나?」

마이클이 권총을 아래로 내리지는 않지만 난폭함은 약간 수그러들었다.

「그렇다면 말해봐. 하지만 내 마음이 바뀔 거라고는 기대하지 마.」

니컬러스는 깊게 숨을 들이켰다. 마이클을 진정시키고 확신을 시켜야 했다.

「자네도 알다시피 할아버지는 가문을 위해 결혼을 준비했네. 나는 케럴라인을 만나자마자 기꺼이 결혼을 승낙했지. 그렇지만 결혼은 처음부터 거짓이었어. 내가 청혼을 했을 때 그녀는 눈물을 흘리며 자기는 처녀가 아니라고 고백하더군. 자기가 열 다섯 살이었을 때 친척의 친구인 나이 많은 남자에게 농락을 당했다면서 어찌나 슬프게 울던지, 케럴라인이 그 남자가 벌써 저 세상 사람이 되었다고 말하지 않았다면 그자를 불러내 요절을 냈을지도 몰라. 난 무슨 일이 있었든지 문제삼지 않기로 했네. 그러나 결혼한 후에 난 그녀가 한 말이 진실일까 의심이 갔어. 두 번째라고 하기에는 남자와의 잠자리가 눈에 띄게 능숙했거든. 적어도 그녀는 심각한 연애를 했던 걸세. 난 그녀가 거짓말을 했다고는 생각하고 싶지 않았어. 여자들은 남자처럼 순결에 대한 죄의식에서 자유롭지 못하기 때문이라고, 내 나름대로 그녀의 행동을 합리화 시켜줬지. 결국 난 케럴라인이 존경받는 결혼생활을 하기 위해서 진실을 숨겨야만 했을 거라고 결론을 내렸어.」

거짓말에 일말의 의심 없이 속아 넘어갔었다는 생각에 니컬러스의 얼굴이 굳어졌다.

「난 그녀를 이해해주고 싶었네. 그녀가 내게 사랑한다고 말하더군. 자네도 알겠지만 케럴라인은 거짓말에 타고난 재능이 있어서 도저히 믿지 않을 수 없었지. 그리고 난…… 난 내가 그녀를 사랑했었는지 잘 모르겠어. 하지만 사랑하고 싶…….」

니컬러스는 말을 하려다가 입을 다물었다. 자신을 더 드러내기보다는 입을 다무는 편이 나을 것 같았다.

그는 전 아내의 행위에 관한 주제로 돌아갔다.

「결혼한 날 밤에 난 침대에 누운 그녀의 젖가슴에서 다른 남자와의 잠자리에서 생긴 듯한 물린 상처를 발견하기 전까지는 결혼을 잘 했다고 생각했어. 그녀는 자신의 부정한 행위를 부인하려고 들지도 않더군. 대신에 웃으면서 나의 순결도 생각하지 않겠다고 말했어. 난 그녀의 순결을 기대하지 말아야 했지. 그녀는 임신을 막는 방법을 알고 있다면서 절대로 내 아이를 갖지는 않을 거라고 맹세했어.」

그는 필요에 의해 시작된 결혼이 우스꽝스럽게 생각되자 다시 한 번 메스꺼움을 느꼈다.

「난 담담히 그런 조건들을 거절했어. 그녀는 내 마음을 바꿀 수 있을 거라 생각하며 날 유혹했더군. 내가 거절하자 불같이 화를 내며 지금껏 자신을 떠난 남자는 하나도 없다면서 언젠가는 후회하게 만들어 줄 거라며 포악을 떨었어. 그리고 그녀는 정말 그렇게 했어. 맙소사, 케럴라인은 그 맹세를 지킨 거야.」

그는 마이클과 눈빛을 마주쳤다.

「그 일이 있었던 게 1809년 4월이었네. 그날 밤 이후로 겨우 몇 주 후에 간통을 하고도 양심의 가책을 느끼지 못하는, 너를 향한 그녀의 사랑을 믿을 수 있겠나?」

마이클의 잿빛 얼굴이 충분한 대답이 되어주고 있었다. 니컬러스는 말을 계속하기 전에 마이클에게 조심스럽게 다가갔다.

「난 그녀를 애버데어로 보내고 런던에 혼자 남아 있었어. 돌이켜보면 그녀를 어떻게 길들여야 할지 의심스러웠어. 너무나 혼란스러워서 생각을 정리할 수가 없더군. 난 인생의 의미를 술병과 여자의 방에서 찾으려고 애쓰다가, 애버데어로 돌아가서 케럴라인과 대화를 나누어보려고 마음먹었어. 혹시 그녀의 마음이 변해서 둘이 함께 잘못된 결혼 생활을 고쳐나갈 수 있을지도 모른다고 생각했으니까. 하지만 그곳에는 고전 광대극이 기다리고 있었어. 등장할 순서가 아닌 어리석은 남편이 집에 돌아와서 다른 남자와 침대에 누워 있는 아내를 발견한 거야. 그 남자는 바로 나의 할아버지였고 말이야.」

그것은 악몽을 넘어선 배신이었다. 그 혐오스러운 장면이 생생하게 떠오르자 그는 속이 뒤집힐 것 같았다.

「두 사람이 날 조롱했어. 그 노인네는 자신이 얼마나 영리했었는지를 행복한 미소를 띠며 내게 자세히 설명을 해주더군. 지금 생각난 거지만, 꼭 매덕 같았어. 처음부터 할아버지는 내 집시 피를 경멸했고 나를 밀어낼 방법을 찾고 있었던 거네. 그는 첫 번째 부인이 오랫동안 병을 앓고 있어서 어쩌지 못하다가 그녀가 죽자마자 재혼을 한 거야. 그러나 온갖 노력에도 불구하고 에밀리는 임신이 되지 않았어.」

「모두 거짓말이야! 어쨌든 네가 상속을 받게될 텐데 네 할아버지가 왜 아들을 보려고 노력을 했다는 거지?」

마이클이 긴장을 하며 소리쳤다.

「자넨 할아버지가 얼마나 교활했는지 잘 몰라. 할아버진 내 부모님의 결혼과 내 출생에 관한 위조 서류를 준비했어. 그 노인넨 다른 아들을 낳게 되면 진짜 서류를 파기하고 가짜 서류를 변호사에게 들고 가서 슬픔에 잠긴 목소리로, 대를 이으려는 욕심에 내가 합법적인 손자인 줄 알았다고 말을 할 참이었지. 하지만 할아버진 더 이상 자신을 속일 수가 없었어. 난 상속권을 박탈당했고 쓰레기처럼 그렇게 내던져졌으니까.」

클레어가 나지막하게 절규했다.

「제가 족보에서 발견했던 두 부의 서류였군요. 하나는 당신이 태워 버렸지만.」

니컬러스가 그녀를 슬쩍 쳐다보았다.

「이제 내가 왜 화가 났었는지 이해하겠소?」

그는 다시 마이클을 향해 계속 말했다.

「하지만 할아버진 에밀리가 임신하지 못하자 날 제거할 또 다른 방법을 찾아야만 했지. 늘 원기가 넘치는 황소 같은 사람이었지만 연애는 신중했어. 신앙심에 대한 평판을 위태롭게 하고 싶지 않았으니까. 오래 전부터 정부로 삼았던 케럴라인에게, 할아버지는 나와 결혼하라고 제안했던 거야. 아마 타락한 그녀는 자극을 받아서 좋다고 말했을지도 모르지. 빌어먹을, 그녀가 먼저 제안했을지도 모르고 말이야. 할아버지가 내게 모든 일을 털어놓은 건 케럴라인이 임신을 했다고 말했기 때문이었어. 그 노인네 의기양양해서는 그 아이는 분명히 자기 아이고 아들이라는 걸 의심하지 않았지. 내 집시 피가 데이비즈 혈통에서 사라져버릴 수 있을 거라 믿었겠지. 내게 상속될 모든 것을 막을 수는 없었지만 내가 죽는다면 할아버지의 아들에게 승계를 하게 될 테니까. 매력적인 계획 아닌가, 마이클?」

니컬러스의 목소리가 빈정대고 있었다.

「할아버지는 고맙게도 케럴라인이 얼마나 영리한지까지 일러주더군. 그녀가 내 아이를 갖지 않기 위해 어떤 확실한 예방을 했는지를 말이야. 내 추측에는 할아버지가 에밀리와 실패한 걸로 봐서 그 아이는 네 아이인 것 같네. 이제 의미 없는 일이 되었지만. 아마 내가 살인을 저질렀다면 그날 밤에 했을 거야. 하지만 난 그들에게 손도 대지 않았어. 대신에 에밀리를 데리고 런던으로 가겠다고 했네. 그러고 나서 난 영국 역사상 가장 흉측한 이혼소송을 제기할 작정이었어. 할아버지와 케럴라인이 한 짓을 세상에 알리고 싶었거든. 난 할머니로부터 상속받은 돈이 있었기에 그럴 만한 경제력이 있었어.」

그는 주먹을 불끈 쥐었다.

「내가 할아버지를 죽음으로 이끌었다고 비난해도 무리는 없을 거네. 할아버진 간통이나 배신, 그리고 근친상간 따위는 아랑곳하지 않았지만 내가 에밀리에게 가려고 방을 나서자 들통이 날 위협을 느꼈던지 심장 발작을 일으켰던 게 분명하니까. 할아버진 자신의 방에서 죽었어. 케럴라인이 자신들의 간통을 숨기기 위해 할아버질 거기다 데려다놓았겠지. 그러고는 보석들을 챙겨서 늙은 연인을 버려둔 채 자네에게 가기 위해 폭풍우 속으로 급히 뛰어나갔던 거지. 자넨 그녀에게 남아 있는 가장 좋은 선택의 기회였으니까. 죽어서까지도 케럴라인은 운이 좋았어. 할아버지의 시종이 에밀리에게 남편이 죽어가고 있다고 알리러 왔다가 우리가 함께 있는 걸 발견한 거야. 에밀리는 잠옷을 입고 있었으니 의심받기에 충분했지. 그래서 에밀리와 나는 간통을 했다는 비난을 받았고 케럴라인은 거룩하고 상처받은 아내라는 칭송을 받으며 죽었지.」

「네 거짓말은 끝이 없구나, 애버데어. 넌 죄를 감추기 위해 이야기를 지어내고 있어.」

마이클이 창백한 얼굴로 말했다. 그러자 클레어가 부드러운 목소리로 말했다.

「난 이제 니컬러스의 아내예요. 결혼이라는 건 어려운 일이고 많은 남자들이 폭력적이 되어가기도 하죠. 하지만 니컬러스는 아니에요. 난 누구보다 그를 잘 알고 있어요. 그는 결코 케럴라인의 말처럼 여자를 학대할 수 없는 사람이에요. 신의 이름을 걸고 맹세해요.」

마이클이 부들부들 떨자 니컬러스가 한 걸음 한 걸음 그를 향해 발을 내딛기 시작했다.

「오랜 세월 동안 우린 서로를 알고 지내왔네. 내가 자네에게 거짓말을 한 적이 있었나?」

그는 마이클의 녹색 눈에서 다시 거친 불꽃이 일어나자 걸음을 멈추고 숨을 멈췄다. 마이클이 쉰 목소리로 말했다.

「내겐 하지 않았지. 하지만 다른 사람들에게 거짓말을 하는 걸 봤어. 넌 인도 왕자나 터키 전사에 대한 이야기, 그리고 잔인한 이야기와 하나님만이 아실 다른 이야기들을 장황하게 늘어놓았어. 우리는 나중에 네가 얼마나 그럴듯하게 이야기를 꾸몄는지 알고 웃곤 했지. 너무 그럴듯해서 런던에 있는 탐욕스런 고급창녀들이 돈도 받지 않고 너와 잠자리를 같이 할 정도였잖아. 그 여자들이 널 왕족이라고 생각했기 때문이었어. 내가 이런 상황에서 그런 널 왜 믿어야만 하지?」

「그건 순수한 장난이었네. 난 친구들에게는 거짓말하지 않았어.」

니컬러스가 천천히 다시 앞으로 움직이기 시작했다.

「맙소사, 자넨 내가 굴욕스러운 이야기를 지어내서 거짓말을 하고 있다고 생각한단 말인가? 내 할아버지와 내 아내가 간음을 했다고? 그건 음탕한 생각이기도 하지만 날 형편없는 바보로 만드는 일이야. 차라리 사악한 이기심을 가진 괴물이 내 가족을 파멸시킨 것처럼 꾸미는 편이 더 그럴 듯하겠네.」

마지막 걸음을 옮겨서 그는 마이클과 마주보고 섰다.

「영국을 떠났을 때 난 다시는 돌아오지 않을 생각이었어. 그러나 도망친다고 고통이 사라지는 건 아니더군. 자네가 돌아간 군대가 자넬 내친 것처럼 말이야. 날 죽이는 것 역시 아무런 의미가 없어.」

그가 손을 내밀었다.

「권총을 내게 주게.」

마이클이 뒤로 물러서더니 땅을 향해 총을 내려뜨렸다. 마음이 갈기갈기 찢긴 그의 얼굴은 죽은 사람처럼 창백했고 심하게 떨고 있었다.

니컬러스는 조용히 무기력한 친구의 손에서 무기를 받아들었다. 총알을 뺀 후에 그는 총을 옆으로 던졌다. 마이클은 주저앉아 손으로 얼굴을 가렸다. 그가 분을 삭이지 못하고 소리쳤다.

「내가 저지르려고 했던 일이 잘못된 거란 사실을 깨달았어. 모든 믿음에 배반을 당했다고 해도 난 그녀에게서 벗어날 수가 없어.」

클레어가 잔디를 가로질러 와서 마이클의 옆에 무릎을 꿇고 앉았다. 깊은 연민을 담아 그녀가 속삭였다.

「사랑하고 사랑 받는 것은 인간에게 가장 필요한 거예요. 케럴라인이 당신의 사랑을 받을 자격이 없었다는 사실은 비극이지 죄악이 아니에요.」

그녀는 부드럽게 자신의 손으로 약해진 남자의 손을 감쌌다.

「두 사람의 우정 사이에 끔찍한 일이 끼어들었던 거예요. 하지만 이제 끝났어요. 더 이상 자신을 괴롭히지 마세요.」

「내가 저지른 일은 결코 용서받을 수 없을 거요.」

마이클이 멍한 얼굴로 말했다.

「진정으로 회개하면 용서받지 못할 일이 아무 것도 없어요.」

클레어는 힘주어 말했고 그 모습을 보며 니컬러스는 그녀의 아버지가 떠올랐다. 그녀의 친절함과 온화함은 니컬러스의 영혼에 위안을 주었고 비통함이 사라지게 했다. 와야 할 것이 온 것이다. 앞으로 클레어와 함께 살면서 분노라는 독은 절대로 품지 않을 생각이었다.

지금의 상황은 마이클에게는 힘든 일이었다. 수척한 그의 뺨 위로 눈물이 흘렀다.

「런던에서 난 당신을 매춘부라고 불렀소. 당신의 남편인 저 친굴 거의 죽일 뻔했고 말이오. 그런 날 용서할 수 있겠소?」

「실제로 그렇게 하진 않았잖아요.」

클레어가 마치 그녀의 학생처럼 마이클의 머리카락을 쓸어내렸다.

「당신은 어떤 짓을 했든 결국 우정을 배반하진 않았어요.」

그녀는 니컬러스에게 애원하는 얼굴을 들어 보이면서 묵시의 도움을 요청했다.

니컬러스는 주먹을 힘껏 쥐었다. 자신의 가장 친한 친구가 케럴라인의 연인이었다니 가슴이 너무 아팠다. 배신보다는 광기를 받아들이는 편이 더 쉬우리라. 하지만 그는 마이클의 고통스런 얼굴을 들여다보고 생각지도 않던 동정심을 느꼈다. 케럴라인은 니컬러스를 지옥으로 밀어넣어 쓰디쓴 자책 속에 가둬둔 것이었다.

그는 한숨을 쉬며 마이클 옆에 무릎을 꿇고 앉았다.

「케럴라인은 내가 만난 사람 중에서 가장 완벽한 거짓말쟁이였네. 그리고 우리 모두를 얼간이로 만들었어. 난 자네처럼 그녀를 사랑하지 않았지만 이렇게 날 파멸시킬 뻔했지 않나. 그녀는 있는 힘껏 우리의 우정도 이간질했어. 영악한 그녀는 내게 우정이 얼마나 중요한지 알고 있었기 때문일 걸세. 자넨 그녀가 죽어서까지도 뜻을 이루길 바라나, 친구?」

클레어가 마이클의 손을 여전히 잡고 있어서 니컬러스는 두 사람의 손위에 자신의 손을 얹었다.

「난 자네가 그리웠네, 마이클. 우리 모두 자넬 그리워했어. 이제 집으로 돌아올 시간이야.」

마이클이 목이 메는 소리를 냈다. 그러고 나서 니컬러스의 손을 있는 힘을 다해 꽉 움켜쥐었다.

세 사람은 오랫동안 그렇게 앉아 있었다. 니컬러스는 폭력과 배신을 지나 마이클과의 오랜 우정 속에서 가장 좋았던 기억들로 거슬러 올라 갔다.

이튼의 공부벌레들 세계에는 어울리지 않았던 이국적인 외모의 소년 니컬러스는 친구들이 몹시 필요했었다. 마이클은 그런 니컬러스에게 진정한 우정을 나누어준 기댈 수 있는 장벽이었다. 땅거미가 그들을 감쌀 때 따뜻한 기억들이 니컬러스의 분노를 녹였다.

마침내 마이클이 깊게 숨을 들이마시며 손을 들었다.

「니컬러스, 내가 한 짓을 용서해줄 수 있겠나? 입장이 바뀌어서 자네가 내 아내와 그런 짓을 했다면 내가 용서할 수 있을지 모르겠지만 말이야.」

「우린 여러 면에서 달라. 그것도 우정을 이루는 요소의 일부지. 게다가 자넨 날 죽이려고 했지만 죽이지 않았어. 대신에 나와 클레어의 생명을 구해주었잖나. 그것만으로도 난 무엇이든 용서할 수가 있네.」

니컬러스가 손을 내밀었다.

「화해할 거지?」

잠시 머뭇거린 후에 마이클이 손을 잡았다.

「그럼. 고맙네, 니컬러스. 자넨 나보다 썩 괜찮은 녀석이야.」

「그럴 리가 있나. 하지만 진실한 마음을 가지면 용서하기가 더 쉽다는 것쯤은 내 알고 있지.」

니컬러스의 시선이 클레어를 어루만졌다.

뻣뻣한 몸짓으로 일어서면서, 기분을 살리려는 애끓는 노력으로 마이클이 한마디를 툭 던졌다.

「바보천치 짓을 하고 난 후에는 무얼 해야 하지?」

니컬러스는 일어서서 클레어가 일어나는 것을 도와주었다.

「열심히 살아가야지. 바보천치 짓 따위는 한 적이 없는 자의 모습을 보여주게. 그러면 난 자네에게 최고로 따분한 사람의 모습을 보여줄 테니까.」

「그렇다면 난 영국에서 가장 흥미로운 사람이 되어야겠군.」

저녁 날씨가 싸늘해지자 니컬러스가 외투를 벗어서 클레어의 어깨를 감싸주었다. 마이클을 보고 그녀가 말했다.

「오늘밤 애버데어로 같이 가세요. 혼자 계시지 말고.」

마이클이 잠깐 머뭇거리더니 머리를 저었다.

「고마워요. 레이디 애버데어. 하지만 지금은 혼자 있고 싶소.」

「클레어라고 불러주세요. 이제 우린 형식적인 사이가 아닌 걸요.」

그녀는 마이클의 얼굴을 살피며 조심스럽게 물었다.

「내일 저희와 함께 저녁식사 하실래요? 연극 같은 상황에서가 아닌 정상적인 상황에서 만나고 싶어요.」

마이클의 불확실한 표정을 보고 니컬러스가 말했다.

「꼭 와주게. 이제 행복한 집이 됐거든.」

「자네 말이 맞는지 확인해보겠네. 이제 가게. 난 관계자들을 불러서 시체를 처리하겠네. 전쟁 후에 뒤처리를 했던 경험이 있으니까.」

그는 힘이 솟는 듯한 목소리로 덧붙였다.

「치안판사가 자네와 이야기하고 싶어하겠지만 내일까지는 만나지 않아도 될 것 같아.」

「클레어의 말을 맡아주겠나? 그녀와 함께 타고 가고 싶은데.」

「좋아. 내가 내일 끌고 가지.」

니컬러스는 클레어가 말에 오르도록 도와주고서 그녀의 뒤에 올라타고는 집으로 향했다. 그녀는 혼자서 말을 타는 게 편하다고 느낄지도 모르지만 그의 원초적인 욕망은 그녀의 옆에 있고 싶었으며, 그녀 역시 같은 마음일 거라고 믿고 싶었다.

클레어의 따뜻하고 유연한 몸은 그녀를 잃을지도 모른다고 느꼈던 니컬러스의 공포심이 사라지도록 도와주었다.

집에 거의 다다랐을 때 그가 말했다.

「이제 당신은 모든 험한 이야기를 알게 됐소.」

니컬러스의 어깨에 머리를 기대면서 클레어가 고개를 끄덕였다.

「우습군요. 고고한 선조를 가진 당신 할아버지의 자부심 때문에 당신은 더 현명해지고 더 문명화되고 더 관대해졌으니까요. 노백작이 당신이 비범한 사람이라는 걸 몰랐다니 유감이에요.」

「내가 비범한지는 잘 모르겠지만 할아버지가 날 결코 알지 못했었다는 말은 맞소. 유감스럽지만 난 불가피하게 태어난, 제멋대로인 아버지와 고집 센 집시 어머니의 가장 나쁜 기질들의 복합체일 뿐이오. 언젠가 전에 그런 말을 했더니 할아버지는 상속자인 내가 없는 것보다는 났다고 하더군. 단지 그뿐이었지.」

「어떻게 그런 증오 속에서 살 수 있었죠?」

니컬러스가 어깨를 으쓱거렸다.

「할아버지의 모욕이 나와 상관없다는 걸 깨닫고서 난 그 사실을 바람처럼 날려보냈소. 대부분의 시간을 그와는 상관없이 행복해지려고 노력했지.」

「마이클은 케럴라인을 믿어야만 했을 거예요. 친구를 배신한다는 건 비열한 짓인데, 그것도 전혀 가치가 없는 여자 때문에 그 친구를 배신했다고 생각하면 얼마나 견디기 힘들었겠어요.」

「마이클이 비웃을 수도 있겠지만 그는 케럴라인의 사랑을 얻고 싶어서 농간에 속아넘어갔을 거요. 불쌍한 친구, 마이클이 그녀를 참아낸 게 놀랍소.」

「마이클은 강한 사람이에요. 언젠가는 행복을 다시 찾겠죠. 그런데 전 케럴라인이란 여잘 도무지 이해할 수가 없어요.」

그녀의 손가락이 그의 등을 어루만졌다.

「당신과 함께 살면서 어떻게 다른 남자를 사랑할 수 있죠?」

그가 살짝 웃었다.

「클레어 당신은 나에게 힘을 주는 여자요. 당신은 지난 이 주일 동안 많이 변했소. 더 평온해 보이는 것도 같고. 난 그게 내 매력의 결과라고 생각하고 싶지만 아마도 다른 이유가 있는 것 같은데?」

「그래요, 이유가 있어요. 설명하기는 어려운데…… 제가 당신을 사랑한다는 걸 스스로 인정하고 나니까 심각했던 제 영혼의 타락에 대한 문제가 자연스럽게 해결되었어요. 마침내 제가 갈망하던 영적인 기운을 느꼈고 사랑이 바로 그 열쇠라는 걸 알았죠.」

니컬러스는 그녀를 단단히 붙들고 나지막이 말했다.

「클레어 당신이 날 기쁘게 하는군. 그 이야기, 언젠가 자세히 듣고 싶소.」

그들은 애버데어에 도착했다. 그는 말고삐를 마부에게 넘겨주고서 클레어를 부축하고 집안으로 들어가서 곧장 그들의 방으로 올라갔다.

「그렇게 심하게 다치지 않았어요.」

「어떤 경우에도 당신을 아프게 하고 싶지 않소.」

니컬러스는 그녀를 침대에 눕힌 후에 상처를 브랜디로 소독하고 풀로 만든 약을 발랐다.

「집시의 치료법이오.」

클레어의 팔에 붕대를 감으면서 그가 설명해주었다.

「난 여러 가지 치료약들을 가지고 있소. 이건 감염을 막아줄 뿐만 아니라 고통도 덜어주는 성분도 들어 있소. 내일 의사에게 가서 진찰을 받읍시다.」

클레어는 그의 치료가 끝난 후에 머리에 처방전을 기억해두었다.

「정말 유용한 것들을 알고 있군요. 벌써 아픔이 가신 것 같아요.」

「이제 당신은 좀 쉬어야만 하오.」

「아직은 아니에요. 오늘은 오래된 비밀이 드러나는 날이 되었으니 저도 한가지 더 말할 게 있어요.」

그녀는 앉아서 그의 손을 잡고 마르터에 대한 이야기를 침착하게 들려주었다. 그리고 그의 어머니가 아들을 버린 이유를 말해주었다. 그 얘길 듣는 동안 니컬러스는 말없이 무표정한 얼굴을 하고 있었다. 클레어는 그가 무슨 생각을 하는지 읽을 수가 없었다. 이야기를 마치고서 클레어는 옷장에 가서 케자가 건네준 가죽 자루를 꺼냈다. 그러고 나서 그의 옆에 돌아와서 섰다.

「할아버지와 케럴라인은 당신을 배반했지만 어머니는 아니었어요.」

클레어가 조용히 말을 이었다.

「어머니는 저에게 설명을 해주라고 그렇게 당부하셨대요. 왜냐하면 여자라야 어머니가 자식을 위해 어떤 경우에라도 최선을 다한다는 걸 알고 있기 때문이라고……. 어머니는 당신을 사랑했고 당신에게 그분이 가진 모든 것을 남기셨어요.」

그녀는 자루를 열고 침대 위에 내용물을 와르르 쏟았다. 금화가 튀어올랐다. 그 사이에 클레어가 이전에 미처 보지 못했던 화려한 금반지가 섞여 있었다. 니컬러스가 그 반지를 들고 손가락에 끼어보았다.

「어머니의 결혼식 반지요. 어머니가 아프다는 사실을 알았어야 했는데…….」

「알았었다면 당신이 어머니 곁을 떠나려고 들었을까요?」

그가 생각하더니 머리를 흔들었다.

「아니. 우리 모자는 너무나 가까웠었기에 어머니가 날 팔았다는 사실에 더 깊이 상처를 입었던 거요. 하지만 어머니가 죽어가고 있었다면 난 그분 곁에 있어야 했소.」

「그분은 당신에게 병을 옮길까봐 두려웠을지도 몰라요. 게다가 당신이 그분이 운명할 때까지 함께 있었다면 집시들이 당신을 아버지의 가족들에게 데려다주었을까요?」

이번에는 그가 주저하지 않고 대답했다.

「절대로 날 보내지 않았을 거요. 그들은 나처럼 혼혈인 집시 아이조차도 고르조우로 바뀌는 것을 불명예스럽게 여겼을 테니까.」

「그래서 그분은 당신의 아버지와 한 약속을 지키기 위해 다른 선택은 할 수가 없었던 거예요.」

니컬러스는 눈을 감았다.

클레어는 그를 팔로 당겨 안으며 머리를 자신의 가슴에 기대도록 했다. 마침내 그가 중얼거리며 말했다.

「이상한 일이오. 난 어머니를 생각할 때마다 마음이 아팠소. 지금도 여전히 마음이 아프지만 전과는 완전히 다른 느낌이오.」

「더 좋은 쪽으로요, 아니면 나쁜 쪽으로?」

그가 한숨지었다.

「더 좋은 느낌인 것 같소. 어머니의 죽음이 비통하기는 하지만 내 어린 시절의 기억들을 다시 돌려받을 수 있게 됐소.」

그녀는 그의 머리카락을 만지작거렸다.

「그분이 당신을 집시족에게 남겨놓지 않아서 유감스러운가요?」

긴 침묵이 흘렀고 그가 천천히 입을 열었다.

「더 행복했을 수도 있었겠지. 분명히 단조로운 삶이었을 거요. 하지만 그건 아담이 선악과를 따먹은 일과 같은 것이어서, 일단 한 번 더 넓은 세상의 맛을 보고 나면 다시 돌아가기가 불가능하오. 그리고 내가 집시족과 함께 살았다면 결코 당신을 만나지 못했겠지.」

갑자기 수줍어하며 클레어가 입을 열었다.

「아까 제게 입맞추기 전에 당신이 했던 말은 진심이었나요? 아니면 매덕의 주의를 끌기 위한 작전이었나요?」

그의 얼굴이 편안해졌다.

「진심이었소.」

클레어는 침대 위에서 그의 옆에 앉아 있었다. 니컬러스가 그녀를 바짝 잡아당겼다.

「죽음이 목선에 있으니 정신이 또렷해지더군. 당신이 애버데어에 오던 날 난 당신을 보내지 않기로 이미 결정했었소. 그래서 당신이 가버리면 도와주지 않겠다고 협박했던 거지. 그건 전술이었던 거요. 당신을 가지 못하게 잡아야만 했으니까. 할아버지가 원하는 일을 거부하고 싶은 내 의지가 너무 강해서 당신을 지키는 방법을 생각하지 못했소.」

「결혼 말인가요?」

니컬러스는 그녀의 머리를 풀고 느슨해진 머리를 손가락으로 빗어내렸다.

「맞소. 우리가 연인이 된 후에 내가 얼마나 빨리 결혼을 하자고 했는지 생각나오? 당신이 아이를 갖지 않았다는 걸 알게 된다면 당신과 결혼할 명분을 찾을 수가 없게 될까봐 조급했었소.」

클레어의 마음속에 기쁨이 부풀어올랐고 웃음이 터져 나왔다.

「아주 편리하게 결혼에 대한 생각을 바꿨군요.」

「결혼에 대한 생각이 아니라 당신에 대한 생각이오.」

니컬러스가 그녀의 얼굴을 가볍게 위로 치켜올렸다. 그의 눈은 까맣고 벨벳처럼 부드러웠다.

「늘 당신의 성실함을 차지한다면 절대로 날 배신하지 않을 걸 알고 있었소. 그리고 내 생각이 옳았지, 그렇지 않소? 오늘 당신은 날 위해 당신 목숨을 걸었으니까. 아마도 난 일생 동안 나만을 바라봐줄 성실한 여자를 찾고 있었던 것 같소. 하지만 다시는 당신을 위험에 빠뜨리지 않겠소. 만약 월킨즈의 총알이 조금만 더 낮게 날았더라도…….」

그가 몸서리를 쳤다.

「하지만 그렇지 않았잖아요.」

클레어가 그의 뺨을 어루만졌다.

「당신에게는 아주 기쁜 날이에요. 우린 둘 다 살아 있고 당신은 마침내 할아버지와 케럴라인에게서 자유로워졌으니까요. 그리고 어머니와 벗을 다시 얻었구요.」

그가 놀란 얼굴을 했다.

「그 말을 듣고 보니 정말 멋진 날이 되었군.」

「더 멋지게 만들 수 있는 방법을 찾아볼 수도 있을 것 같아요.」

클레어가 그를 은밀한 시선으로 바라보았다.

「제 상처는 그리 심하지 않아요.」

그가 웃었다.

「당신이 지금 그 일을 할 수 있다고 생각하는 거요, 뻔뻔스러운 아가씨?」

「네. 전 제 안에서 당신을 느끼고 싶어요, 내 사랑. 죽음의 문턱에서 살아왔으니 자축을 해야죠.」

니컬러스는 머리를 숙여 그녀에게 키스했다. 그의 입술은 부드럽고 따뜻했다.

「사랑하오, 나의 여선생님. 사실 난 지금 당장 사랑의 교훈을 다른 방법으로 경험하고 싶소. 정말 상처는 괜찮겠소?」

클레어가 웃으면서 침대 뒤로 기대며 그를 끌어내렸다.

「다시 한 번 키스해준다면 말끔히 나을 거예요.」

니컬러스는 그녀와 부드럽게 사랑을 나누었다. 마치 그녀가 세상에서 가장 소중한 것처럼. 클레어의 연인으로서 그는 그녀의 육체에 기쁨을 심어주었다. 그리고 이번에는 그녀의 영혼에 기쁨을 뿌려주었다. 그는 주저할 것이 없었고 클레어 역시 그랬다. 영혼과 영혼, 그리고 육체와 육체로 그들은 함께 그녀가 꿈꾸었던 애정을 찾았다. 태양빛이 촛불을 흡수하듯이 현실은 그녀의 꿈을 흡수했다.

'타락천사'가 집에 돌아온 것이다.

에필로그

1814년 8월

펜리스 탄광의 역사에 있어서 가장 성대한 축하연이 열렸다. 사실 그것은 어느 탄광에서나 볼 수 있는 행사일지도 모른다. 클레어와 니컬러스는 수십 명의 다른 손님들과 함께 새로운 증기 승강기를 타고 부드럽게 내려가면서 새로운 와츠 펌프 엔진의 소리에 실려 갱도 위로 떠다니는 음악소리를 들었다.

그곳에서는 마이클의 제안으로 탄갱의 보수작업을 축하하기 위하여 계곡에 사는 모든 사람들을 초청해서 지하에서 연회가 열리고 있었다. 승강기 아래에 있는 거대한 회랑에는 꽃과 양초들로 화려하게 장식이 되어 있었고 사람들이 차츰 가까운 터널 안으로 밀려들고 있었다. 사람들은 벌써 다과를 즐기느라 바빴고 아이들은 달콤한 음식들 주위에 떼를 지어 몰려 있었다.

연주자들이 컨츄리 음악을 연주하자 사람들은 짝을 지어 춤을 추기 시작했다. 그들 중 몇몇은 감리교도였다. 그들은 탄광에서 춤을 추는 것을 죄악이라고 생각하지 않고 있었다. 불가피하게 다른 손님들은 활기차게 노래를 부르기 시작했다. 암벽으로부터 울려나오는 목소리를 듣고 클레어는 웨스트민스터 성당에서 들었던 웅장한 합창이 생각났다.

그들이 탄 승강기가 올라오자 마이클이 다가와서 미소를 지으며 반겨주었다. 체중도 늘고 아주 건강해진 그는 석 달 전에 고통에 찌들었던 남자라고는 생각하기 힘들만큼 평온해 보였다.

「지금의 탄갱 모습이 어떤 것 같은가?」

「정말 문명화된 곳처럼 보이는군. 모든 게 순조롭게 돌아가고 있으니 이제 뭘 할 생각인가?」

니컬러스가 말했다.

「걱정하지 말게. 뭔가를 생각해낼 테니까.」

「레이프와 루시언은 아직 오지 않았나요?」

클레어가 말했다.

「그 친구들은 어젯밤에 브린 매너에 도착했소.」

마이클이 껄껄 웃었다.

「증기 펌프가 어떻게 움직이는지 염탐하려는 루시언을 억지로 말리려면 애 좀 먹어야 할걸요」

클레어가 싱긋 웃었다. 마이클이 니컬러스와 화해를 한 이후로 그녀는 그가 훌륭한 친구가 될 수 있는 매력과 힘을 가지고 있다는 것을 확신했다. 비록 사 년간의 시간이 그에게 상처를 남겼지만 사업에 일생을 바치기로 결정한 듯했다. 니컬러스와 그의 우정은 오랜 시련을 통해 단련되었고 과거보다 더 강해졌다는 느낌도 받았다.

주위를 둘러보던 그녀는 탄광 기술자와 심각하게 대화를 나누고 있는 루시언을 보았다. 바로 옆에 선 레이프가, 열심히 이야기를 하고 있는 다섯 살 짜리 소녀의 말을 친절하게 들어주고 있었다.

「저기 레이프가 있군. 이곳에서 가장 예쁜 금발 아가씨를 찾았으니 그냥 내버려둬야겠는걸.」

니컬러스가 클레어를 보았다.

「인사하겠소?」

「나중에요. 전 먼저 마기드를 만나보고 싶어요.」

「너무 멀리는 가지 마오.」

그의 명령에 그녀는 새침한 미소를 지었다.

「알았어요, 주인님, 그리고 서방님.」

아무도 보지 않는 곳에서 그는 아주 음탕하게 그녀의 엉덩이를 툭 치더니 친구들에게로 갔다. 클레어는 너무 과식한 휴가 뱉어놓은 토사물을 차분하게 치우고 있는 마기드를 보았다.

하던 일을 끝내고 나서 마기드는 곧장 다가와서 그녀를 안았다.

「누가 옛 탄광이 이렇게 즐거운 곳이 되리라고 상상이나 했겠니? 오웬이 슬레이트 채석장의 십장(什長)을 맡아달라는 니컬러스의 제안을 받아들여서 너무 기뻐. 그곳은 사고 위험이 좀 적으니까.」

마기드가 암벽을 가로질러서 모여선 마이클과 루시언과 레이프, 그리고 니컬러스의 모습에 흘끗 시선을 던지며 속삭였다.

「저들은 여전히 내가 본 남자들 중 가장 멋진 사람들이야.」

그녀가 곰곰이 생각하다가 덧붙였다.

「물론 오웬은 빼고.」

잠시 이야기를 나누고 있는데 아이들이 달려들어서 마기드를 데리고 가버렸다. 클레어는 그들의 모습을 생각에 잠겨서 바라보았다. 잠깐 그녀는 전임교사가 되고 싶다는 생각을 했지만, 이제 그녀는 니컬러스의 두둑한 주머니를 차지했고 그 일보다 더 큰 규모로 사람들을 도울 수 있었다. 펜리스에는 더 이상 배고픈 아이들이 없었고 마을은 번창했으며 그녀가 꿈꾸었던 행복한 장소가 되었다.

클레어는 이야기를 나누기 위해 마을 사람들에게로 향하는 니컬러스에게 다가갔다. 그와 클레어의 결혼으로 생긴 분노들은 모두 사라진 것 같았다. 왜냐하면 그녀와 그녀의 남편은 확실하게 마을 사람들의 일부가 되었으니까.

그녀가 살금살금 니컬러스의 뒤로 다가갔지만 그는 그녀가 온 것을 알아챘다. 그는 보지도 않고 돌아서서 클레어를 끌어당겨서 팔로 그녀의 허리를 감았다. 클레어는 침대에 누운 것처럼 편안하게 그에게 안겼다. 그녀는 꿈결같이 생각했다. 오늘밤 니컬러스에게 말할 것이다. '작은 집시 백작'이 태어날 준비를 하고 있다고.

루시언과 레이프는 클레어를 따뜻하게 맞아준 후 그들의 기발한 토론으로 돌아갔다. 레이프가 선언했다.

「모든 사람들에게는 무언가가 필요한 법이야. 난 인생이 운명적이라고 믿기 때문에 적어도 우아하게 살아야 한다고 생각해.」

그러자 루시언이 제안했다.

「난 정직한 사람을 아주 존경하지만, 속임수는 과소평가된 재능이라고 믿고 있지.」

마이클이 즉각적으로 받아 말했다.

「난 명예를 믿네. 그리고 긴장을 풀어주는 위대한 담배의 힘을 믿지.」

클레어의 눈이 반짝이더니 대뜸 소리쳤다.

「전 여자들은 남자들과 평등하다고 믿어요.」

'타락천사들'이 놀란 얼굴을 했다.

「위험한 여자야, 니컬러스. 자넨 레이디 애버데어의 행복을 지켜주는 게 좋을 거야.」

레이프의 말에 니컬러스가 껄껄 웃었다.

「최선을 다할 생각이네. 그리고 내가 믿는 것은…….」

그가 순간 심각하게 생각하는 표정을 지었다.

「난 펭귄을 믿네.」

「그 동물을 보았다고 해도 쉽게 믿을 수 없을걸.」

루시언이 불쑥 끼어들었다. 니컬러스가 싱긋 웃었다.

「……그리고 우정.」

니컬러스는 힘껏 클레어의 허리를 끌어안았다.

「그리고 무엇보다도 사랑을 믿네.」

작가노트

나만큼 역사적인 평범한 사건을 좋아하는 사람들에게.

슬레이트를 깔아 만든 최초의 당구대가 나온 것은 1826년 런던의 존 서스턴에 의해서였다. 수십 년 동안, 사우스 웨일스 산 슬레이트가 선호되었다. 아마 서스턴은 클레어와 니컬러스로부터 그 아이디어를 얻었으리라.

공의 회전을 자유롭게 주기 위해 큐의 선단에 가죽 조각을 부착하는 것은 1807년에서 1820년 사이, 밍고라고 하는 프랑스 보병 대위에 의해 착안되었다. 밍고는 당시 수감 생활을 하는 중이었고, 그로 인해 당구 기술을 연마할 시간을 많이 가질 수 있었다. 실제로, 형기가 끝났을 때, 밍고는 자신의 기술을 더 연마하고자 한 달만 더 감방에 살게 해달라고 요청했다. 허가가 떨어졌다(어떤 사람들은 공짜 밥을 먹기 위해 무슨 짓이든 할 것이다). 석방되자마자 밍고는 프로 선수로 돌아섰고 세계 최초의 시범경기 당구 선수가 되어, 놀라운 기술로 만인을 놀라게 했다.

『바람꽃』의 배경이 된 때, 영국의 석탄 산업은 확장일로에 있었고 이는 그 유명한 웨일스의 탄광촌들을 생겨나게 했다. 1815년, 데이비 안전등이 발명되었다. 이 안전등은 광부들을 공기와 메탄의 혼합물인 폭발성 메탄가스로부터 지켜주었다. 영적인 열정과 기존 교회가 무시한 사회 구석구석에 대해 관심을 가졌던 감리 교회들은 광부들 사이에 강력한 도덕적 영향력을 끼쳤다.

이 책에 나오는 탄광에 대한 지식 중에 이따금 나오는 작은 이야기들은 실제로 일어난 일들이다. 눈먼 광부들, 와이어 실버, 그리고 자신은 천국에 갈 것을 믿고 있었지만 그의 동료의 영혼이 걱정되어서 대신 희생된 광부(콘월에서 일어난 일이었고 광부는 기적적으로 살아나서 이유를 설명해주었다).

탄광의 장면들을 묘사하는 데 도움을 준 지질학자 캐럴 핸런과, 탄광 기술자 딘 스터커에게 특별히 감사드린다.

펭귄들에게도 고마움을 전해야겠죠?

Susan Elizabeth Phillips

Lady Be Good

PGA 골퍼 케니 트레블러는 스캔들로 인해서 한동안 출장 정지를 당하게 되었다. 그런던 중 PGA 집행위원장인 달리의 아내 프란체스카에게서 엉뚱한 제안을 받는다.

프란체스카의 영국인 친구인 레이디 엠마를 2주일 동안 안내해주면 남편에게 잘 말해서 출장정지 해제를 도와주기로 한다.

엠마는 케니를 단지 운전수로만 여기고 그에게 명령조로 이것저것 지시하고, 두 사람은 이후 끊임없이 충돌하기 시작하는데……

히어로 케니는 아직까지도 '배드 보이' 시절의 아픔을 완전히 소화해내지 못한 상태이다. 그는 아버지와의 해결되지 않는 문제를 떠 안고 있으며, 이것은 그들 가족에게 그늘을 이루게 하는 원인이기도 하다.

한번도 자기 변명을 하지 않는 케니를 엠마는 이해하게 된다.

그리고, 그녀의 사랑을 받아들이면서 골프 외에도 세상에는 중요한 것이 너무도 많다는 것을 깨닫게 되고……

7월 초 출간 예정입니다.

Jude Deveraux

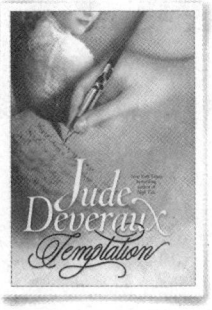

Temptation

1909년 뉴욕, 오닐은 아버지가 남겨준 유산으로 버림받은 여인들을 도와주는 일로 유명한 여인이었다. 하지만 여행을 갔던 엄마가 돌아온 순간 오닐의 운명은 바뀌고 만다. 의붓아버지 앵거스 맥케인은 결혼도 안 한 여자가 감히 세상의 질서를 어지럽힌다고 나무라며 함께 에딘버러로 가서 살아야한다고 선언한 것이다. 그는 오닐에게, 가정부로 위장을 해 그의 조카인 제임스 맥케인의 영지로 가 그에게 아내를 구해주면, 뉴욕으로 돌아가게 해주겠다고 제안을 한다. 오닐은 집으로 돌아가기 위해 무엇이든 할 생각이었다. 하지만 제임스는 무례하기 짝이 없는 거인이고 쓰러져 가는 저택의 주인이자, 양을 키워서 먹고사는 스코틀랜드에서 가장 가난한 부족의 족장이었다. 그리고 중요한 건, 그는 아내를 원하지 않는다는 것이었다. 게다가그의 괴팍한 성격으로 이제까지 왔던 십여 명의 가정부들도 하루만에 도망을 갔는데…… . 비를 맞으며 제임스를 찾아간 오닐은 문전박대를 당하지만, 무슨 일이 있어도 뉴욕으로 돌아가야 한다는 생각에 포기할 수는 없고…… .

7월 중순 출간 예정입니다.

옮긴이 · 주 숙 연

서울 출생, 덕성여자대학교 영어영문학과 졸업
현재 프리랜서로 활동 중
번역서로는
『우연한 결혼』이 있다.

바람꽃

지은이/메리 조 푸트니
옮긴이/주숙연
펴낸이/양장목
펴낸곳/현대문화센타
주소/서울시 은평구 대조동 191-1(122-030)
전화/384-0690~1 팩스/384-0692
E-mail/HDbook@netsgo.com   천리안 ID/hdpub
Homepage : http://HDbook.co.kr

출판등록일/1992년 11월 19일(제3-448호)
초판 1쇄 인쇄일/2001년 6월 10일
초판 1쇄 발행일/2001년 6월 14일

값/9,000원

ISBN 89 - 7428 - 166 - X

우 편 엽 서

보내는 사람

이름 _____ 성별(남 · 여)

전화번호 _____ 나이

직업 _____

주소 _____

☐☐☐ - ☐☐☐

도서출판 현대문화센타 펴집부

서울시 은평구 대조동 191-1 ㈜122-030

전화 : (02)384-0690~1 팩스 : (02)384-0692

E-mail : Hdbook@netsgo.com

홈페이지 http://www.hdbook.co.kr

현대문화센타 애독자 카드

보내주신 의견은 판기획의 소중한 자료로 활용하겠습니다.
많은 사랑과 충고 부탁드립니다.

구입도서명 · 구입장소

구입동기
1. 지은이의 이름을 보고
2. 서점에서(□ 제목 □ 표지 □ 내용)이 눈에 띄어
3. 신문 · 잡지 광고를 보고
4. 권유에 의해
5. 출판사 이름을 보고
6. 신간안내나 서평을 보고
7. 기타

구입서점에 대한 느낌
1. 내용(□ 좋다 □ 그저 그렇다 □ 별로다)
2. 제목(□ 좋다 □ 그저 그렇다 □ 별로다)
3. 표지(□ 좋다 □ 그저 그렇다 □ 별로다)
4. 정가(□ 적절하다 □ 싸다 □ 비싸다)

좋아하는 작가 · 작품
1. 국내
2. 국외

좋아하는 소설 장르
□ 로맨스 □ 판타지 □ SF
□ 추리 · 공포
□ 미스터리 □ 역사소설 □ 패러디 소설
□ 기타( )

구입했던 현대문화센타의 책

현대문화센타에 바라는 말